R Portmann

LE PAIN
DE LA MER

www.editions-jclattes.fr

Joël Raguénès

LE PAIN DE LA MER

Roman

JC Lattès

Carte : Françoise Monestier

« Un conte, que j'ai entendu dans mon enfance, met en scène une manière de kraken ou dragon marin, préposé, dans une grotte de corail, à la garde d'un fucus merveilleux, ar bijinn aour, l'algue d'or, dont la possession confère à celui qui la cueille en état de grâce, avec un couteau vierge, une puissance absolue sur tous les éléments. Le kraken n'existe plus, mais l'algue d'or est toujours là. Un sens profond se cache sous le vieux mythe qu'il appartient à nos Bretons de dégager... »

Charles Le Goffic,
La Revue des Deux Mondes,
novembre 1906.

Avertissement

L'auteur remercie MM. Breton, Arzel, Bramoullé, ainsi que la revue *Ar Men* dont les articles et ouvrages lui ont permis de recouper les données techniques des sources familiales dont il disposait sur l'exploitation des algues dans les îles au début du siècle.

Pour ce qui est des données économiques, il convient de se souvenir que le franc a gardé sa parité or jusqu'en 1910, mais qu'ensuite il n'a cessé de se déprécier :

1 F 1894,	1905 ou 1910	= 1,15 F 1914
"	"	= 1,50 F 1916
"	"	= 2,30 F 1918
"	"	= 3,50 F 1921
"	"	= 18,62 F 2001 (= 2,84 euros).

Si, en 1894, le salaire annuel d'un instituteur variait de 1 000 à 1 500 francs et celui d'un employé des postes de 900 à 1 800 francs (source *Quid*), un ouvrier agricole, non nourri, payé à la journée, ne gagnait que 2,60 francs, 3 francs en 1900 et 12 francs en 1919. Si son sort reste peu enviable, les journées de travail étant rares dans l'année, l'urbanisation réduit l'écart avec les autres professions manuelles au fil des ans (de 1 à 3 en 1894, il n'est plus que de 1 à 1,6 en 1919).

Remerciements

Je tiens à remercier tout particulièrement les éditions Coop Breizh et M. Breton, auteur de l'étude *Le Pain de mer*, qui m'ont généreusement autorisé à utiliser le titre *Le Pain de la mer.*

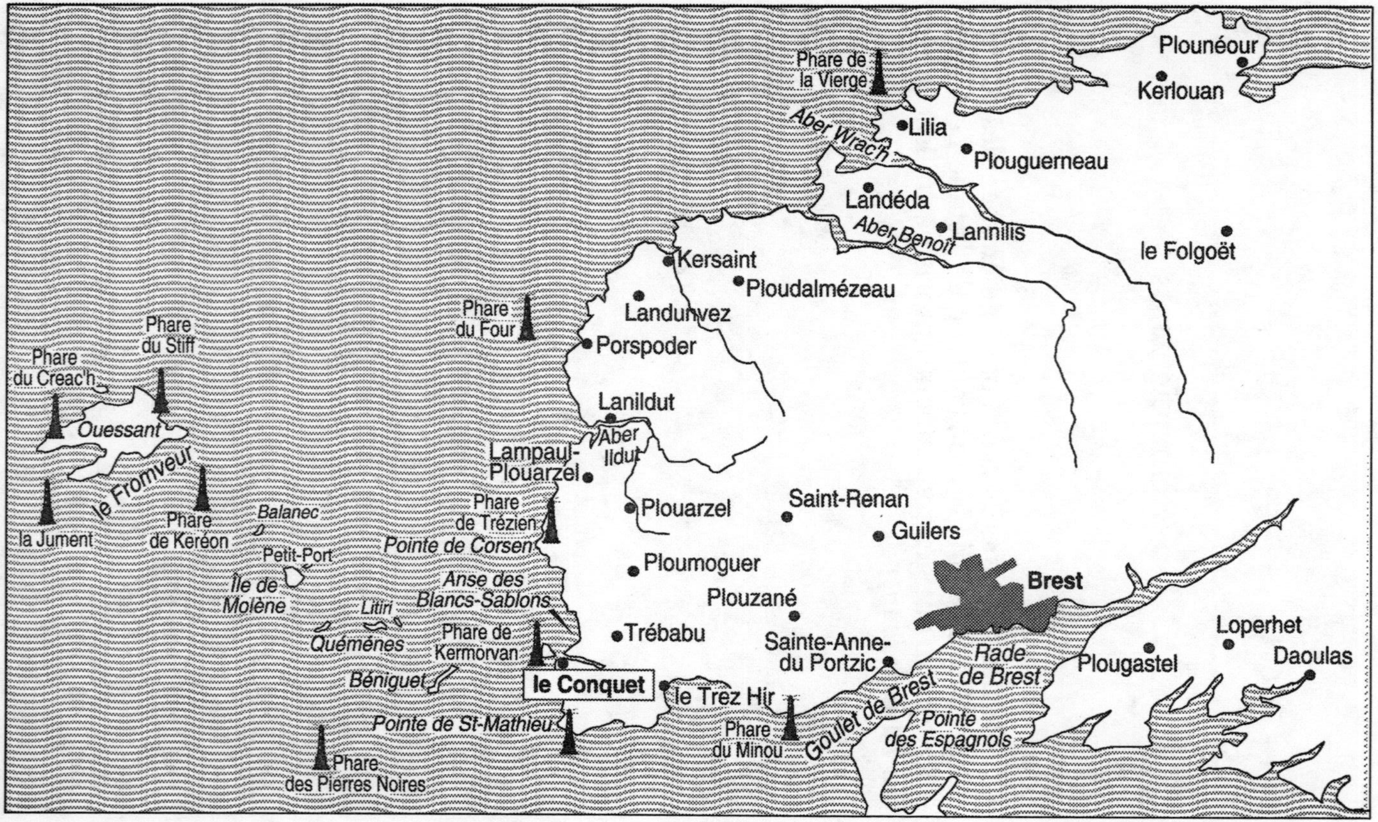
Phare de la Vierge
Plounéour
Kerlouan
Aber Wrac'h
Lilia
Plouguerneau
Landéda
Lannilis
Aber Benoît
le Folgoët
Kersaint
Ploudalmézeau
Phare du Four
Landunvez
Porspoder
Phare du Stiff
Phare du Creac'h
Ouessant
Lanildut
Aber Ildut
Lampaul-Plouarzel
le Fromveur
Phare de Trézien
Plouarzel
Saint-Renan
Guilers
la Jument
Phare de Keréon
Balanec
Pointe de Corsen
Petit-Port
Île de Molène
Anse des Blancs-Sablons
Ploumoguer
Plouzané
Brest
Litiri
Quéménes
Phare de Kermorvan
Trébabu
Sainte-Anne-du Portzic
Rade de Brest
Loperhet
Plougastel
Daoulas
Béniguet
le Conquet
le Trez Hir
Goulet de Brest
Pointe des Espagnols
Pointe de St-Mathieu
Phare du Minou
Phare des Pierres Noires

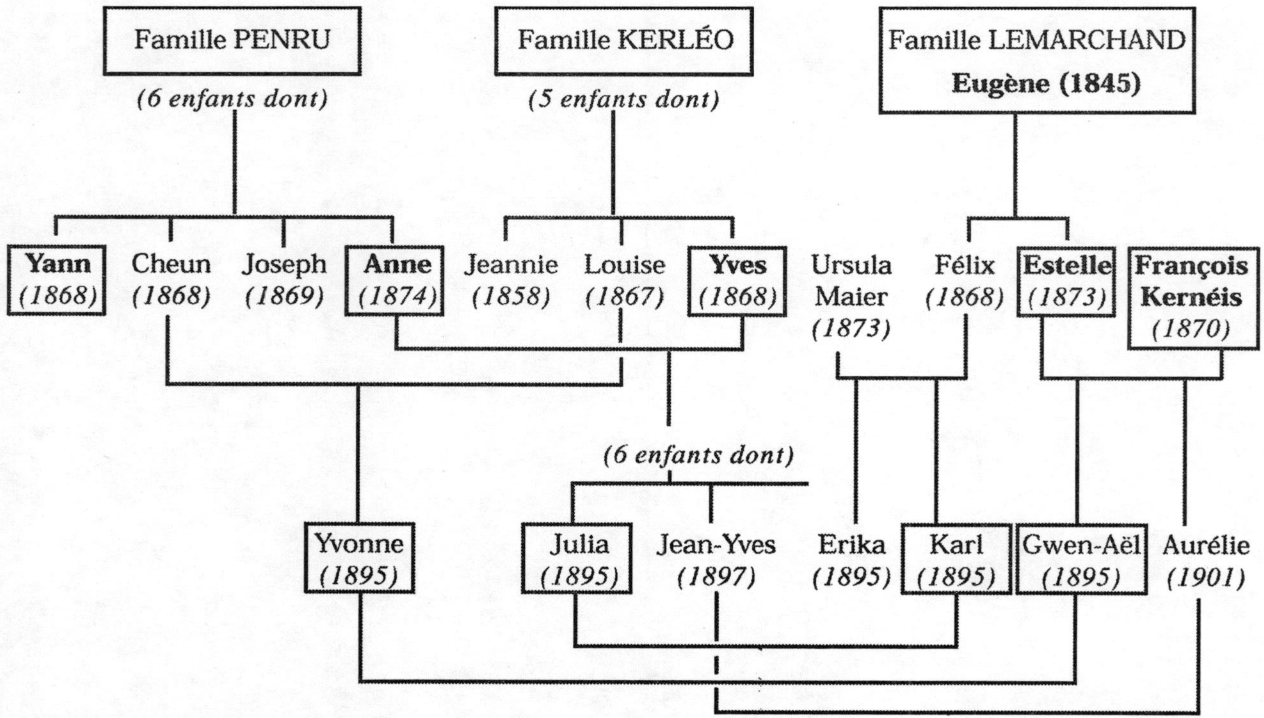
Famille PENRU
(6 enfants dont)
Famille KERLÉO
(5 enfants dont)
Famille LEMARCHAND
Eugène (1845)
Yann (1868)
Cheun (1868)
Joseph (1869)
Anne (1874)
Jeannie (1858)
Louise (1867)
Yves (1868)
Ursula Maier (1873)
Félix (1868)
Estelle (1873)
François Kernéis (1870)
(6 enfants dont)
Yvonne (1895)
Julia (1895)
Jean-Yves (1897)
Erika (1895)
Karl (1895)
Gwen-Aël (1895)
Aurélie (1901)

PREMIÈRE PARTIE

1

1894

L'homme tirait sur sa pipe éteinte. Machinalement, comme tout ce qu'il faisait depuis des jours et des jours. Il était trempé de la tête aux pieds ; la pluie, mêlée aux embruns, ruisselait sur son visage et collait sur son front des mèches de cheveux noirs et bouclés. Ses yeux, rougis de fatigue, fouillaient inlassablement le bouillonnement d'écume qui, trente mètres plus bas, ceignait Armen. En d'autres temps, il aurait apprécié le spectacle des énormes paquets de mer qui, inlassablement, montaient à l'assaut du phare et s'écrasaient sur la lourde porte de chêne solidement ancrée aux murs de granit. Il savait qu'il n'avait plus rien à craindre, que le plus dur de la tempête était passé. La tour d'Armen avait montré sa solidité et résisté aux coups de boutoir de l'océan déchaîné : les lames les plus gigantesques n'étaient pas venues à bout de la mince colonne de pierre.

L'homme rentra s'abriter et glissa sa pipe dans la poche de sa vareuse après avoir jeté un regard désolé au foyer vide. Cela faisait neuf jours qu'il n'avait plus de tabac. Il s'étira longuement et se frotta les yeux, que la fatigue accumulée avait enfoncés dans leurs orbites, plus profondément encore que d'habitude. De chaque côté du nez aquilin, d'épais sourcils noirs dessinaient un arc de cercle parfait sur la légère protubérance que formait l'os frontal. L'ensemble dénotait un caractère volontaire que confirmait le menton carré, mangé par une barbe de trois jours. Il était épuisé et aurait donné n'importe quoi pour quelques heures de sommeil, mais il devait assurer la veille, maintenir à tout prix la lanterne allumée. Et puis il y avait le bruit : le mugissement lancinant de la sirène qui lui vrillait les tympans, plus insupportable encore, par sa régularité, que le fracas des vagues. Si Mathieu avait pu l'aider ! Mais depuis sa chute dans l'escalier, trois jours plus tôt, son ami ne lui était plus d'aucun secours. Yves se décida à descendre le voir. Mathieu dormait, mais sa respiration était sifflante et il avait le front brûlant de fièvre. Yves s'allongea sur sa paillasse et ouvrit son ciré. Cinq minutes. Il allait se reposer cinq minutes, pas plus.

Il se réveilla en sursaut quand une lame titanesque fit sauter la porte et quand la mer s'engouffra dans la tour. Grâce à Dieu, ce n'était qu'un cauchemar ! Combien de temps avait-il dormi ? Il se leva. Huit heures, déjà ! Il avait dormi quatre heures... Il grimpa les quelques marches qui le séparaient de la lanterne. Le phare continuait à lancer ses trois éclats blancs toutes les vingt secondes, et la sirène à pousser ses trois mugissements chaque minute. Il jeta un coup d'œil au pied de la tour. La mer n'était pas calmée, pourtant il y avait quelque chose de changé. C'était le vent. Il avait légèrement tourné et les lames se brisaient maintenant sur les récifs avant de venir frapper le phare. Si les vents passaient au suroît, cela signifiait pour le lendemain le retour de la brouillasse habituelle, mélange de crachin et de brume, mais aussi la fin de la tempête et la relève, ce ne serait pas trop tôt. Il aurait dû faire jour, mais les lourds nuages noirs gorgés d'eau qui noyaient Armen en se hâtant vers Douarnenez lui cachaient le ciel. Vingt et un jours déjà qu'ils auraient dû être relevés, et neuf jours que Mathieu et lui se rationnaient pour survivre de quelques biscuits moisis et d'un reste de morue séchée ! Il allait descendre se changer et se sustenter. Ensuite, il examinerait son ami de plus près. Un nouveau coup d'œil au ciel confirma sa première impression : le gros de la tempête était passé.

*
* *

Eugène Lemarchand venait d'allumer son deuxième cigare de la soirée et de se servir un porto. Il se cala dans son fauteuil et commença à feuilleter le *Figaro* de l'avant-veille, mais son esprit vagabondait. Il reposa son journal et tendit les mains vers la cheminée. La lettre qu'il avait reçue ce matin même de sa fille Estelle était pleine d'interrogations auxquelles il allait devoir répondre. Jusqu'à présent, il avait réussi à cacher à ses enfants la vérité sur la santé de leur mère, mais, cette fois, il serait bien obligé de leur expliquer. Tous deux étaient encore adolescents lorsque, huit ans plus tôt, sa femme avait montré les premiers signes de démence et qu'il avait dû la faire interner dans une maison de la banlieue parisienne. Aujourd'hui, elle était dans un état tel que lui seul était autorisé à la voir.

Un coup de vent brutal fit claquer une persienne au deuxième étage. Cette tempête n'en finirait donc jamais ! Vingt-trois arbres abattus dans son parc... Il s'en voulut aussitôt de son égoïsme. Comment pouvait-il penser à son parc, alors que plusieurs de ses administrés avaient perdu tout ce qu'ils possédaient ? Granges ou maisons détruites, toitures arrachées, bateaux coulés, sans compter ces deux pêcheurs disparus en mer, le premier jour de l'ouragan...

Il soupira. Il était maire du Conquet depuis dix-huit ans, et ce n'était pas la première tempête qu'essuyait le petit port sous sa magistrature. Mais celle-ci avait été particulièrement dure : deux bateaux coulés dans le port, trois autres gravement endommagés... Les installations portuaires avaient montré leurs insuffisances. Il fallait y remédier et prendre des mesures d'urgence ; c'est pourquoi il avait convoqué son confrère Adrien Devernois, industriel de l'iode comme lui, ainsi que ses deux premiers adjoints, plus susceptibles de faire passer leurs décisions auprès des conseillers municipaux de la campagne. Il fallait à tout prix que les paysans parviennent à oublier le vieux clivage blancs-rouges et admettent, cette fois, que le rallongement et le renforcement de la digue était une nécessité vitale pour la commune.

Il prit une grosse bûche dans le coffre à bois et la posa précautionneusement sur la pyramide de tisons incandescents qui s'écroula aussitôt dans une gerbe d'étincelles. Il reporta sa pensée sur sa fille. Il semblait qu'Estelle n'ait pas rencontré à Paris le prince charmant que lui avait promis sa tante. Le seul homme qui y avait trouvé grâce à ses yeux était le jeune Kernéis, le fils d'un fermier de Ploumoguer. Un garçon brillant, d'ailleurs, puisqu'il avait été le premier fils de paysan du canton à suivre des études supérieures. À l'École navale, plus précisément. Eugène lui-même n'était pas étranger à la chose : à la demande du recteur de Ploumoguer, il était intervenu auprès du père Kernéis pour le convaincre de laisser son fils quitter la ferme familiale. Cela n'avait pas été sans mal : les Kernéis avaient une belle ferme et François était leur seul héritier mâle. Son départ signifiait que la ferme passerait dans des mains étrangères. Estelle avec ce garçon ? Pourquoi pas, après tout ? Le propre père d'Eugène n'avait-il pas été ouvrier avant de devenir artisan, puis industriel ? Et s'il était fils de fermier, ce jeune homme, beau garçon à en croire Estelle, était aussi cultivé, intelligent et honnête, toutes qualités qu'Eugène eût aimé trouver chez Félix, son propre fils.

Un bruit de voix dans le vestibule le fit se retourner : ses deux adjoints, François et Jean-Marie, arrivaient, le chapeau à guides à la main, et des souliers de ville aux pieds.

— Vous pouviez venir en sabots, mes amis, fit Eugène. Ce n'était pas la peine de vous changer. Asseyez-vous. Que voulez-vous boire ? Cognac pour tous les deux ? J'ai demandé à mon confrère Adrien Devernois de se joindre à nous. Il ne fait pas partie du conseil, mais il jouit d'un poids considérable dans la commune, vous le savez, et nous avons besoin d'unir nos forces. Comment cela se présente-t-il chez vous ? Pas trop de casse ?

— Ah ! monsieur le maire, ne m'en parlez pas ! s'exclama Jean-Marie. Que de dégâts ! Que de malheurs !

Sur la côte, bien sûr, où les fermes les plus exposées ont beaucoup souffert, mais, à l'intérieur aussi, des bâtiments ont été endommagés. Dame ! Avec de tels vents de noroît ! Il faudra que le conseil fasse quelque chose pour la campagne, monsieur le maire.

— Nous sommes ici pour en parler, mais il ne faut pas oublier les pêcheurs. Ce sont eux, les premières victimes de la tempête.

— Bien sûr, monsieur le maire, mais c'est nous qui tenons la mairie. Et c'est heureux ! Sans quoi, ces rouges auraient sûrement exigé de nouveaux travaux, comme ils le font chaque fois qu'ils perdent un bateau dans le port... À croire que nous n'avons pas construit la digue Saint-Christophe en 1877... Ah ! voici M. Devernois...

En se couchant, deux heures et demie plus tard, Eugène n'était pas mécontent de lui. Grâce à l'appui d'Adrien Devernois, qu'il avait été bien inspiré d'inviter, il avait réussi à faire admettre à ses adjoints la nécessité du renforcement du môle pour les pêcheurs et, par voie de conséquence, pour la ville. Mais les deux hommes n'avaient consenti qu'à une prise en charge maximum de 25 pour cent des travaux par la commune. Il faudrait qu'il prenne son bâton de pèlerin et fasse jouer ses relations pour que l'État et le conseil général acceptent de régler les 75 pour cent restants. Il avait beau jouir d'un poids considérable au sein du conseil, la digue allait s'ajouter au dossier du tramway électrique qu'il venait de lancer. Cela risquait de faire beaucoup.

*
* *

Goulven Simon venait de redescendre du toit de chaume que la tempête avait mis à mal et qu'il avait rafistolé tant bien que mal au moyen de pierres plates, avec l'aide de son voisin. Jean-Louis Pencréac'h et lui avaient pour points communs d'être veufs et affublés d'une ribambelle d'enfants : six pour Jean-Louis, cinq pour Goulven, qui s'entêtait à vouloir élever sa progéniture décemment, alors que son ami ne pensait plus qu'à noyer sa solitude dans l'eau-de-vie de cidre.

— Alors, Goulven, tu te décides à me l'offrir, ce verre de lambig ?

— Non. Tu sais très bien que je ne bois plus d'alcool depuis des années. Maintenant, si un bout de lard et un morceau de pain font ton affaire, ce sera avec plaisir...

— Va pour le casse-croûte, mais tu te fendras d'une bolée de cidre, quand même ?

— Tu ne peux vraiment pas t'en passer, hein ! D'accord pour le cidre. Il doit m'en rester quelques bouteilles. Rentrons. Quelle saloperie, cette tempête !

Pieds nus dans ses sabots de bois garnis de paille, une fillette jetait un fagot de genêt dans l'âtre.

— Léonie, peux-tu, s'il te plaît, nous servir un morceau de lard, du pain, des oignons et du cidre ? demanda Goulven.

— Tout de suite, Père.

— Comme tu lui parles à ta fille ! Ce n'est pourtant pas une princesse, ta Léonie ! Quelle âge a-t-elle ?

— Treize ans, répondit Goulven, sans relever la réflexion de son voisin. Léonie est l'aînée. Ensuite c'est dix, neuf, huit et trois ans.

— Les miens ont quinze et douze ans pour les filles, treize, dix, neuf, et six ans pour les garçons. Quelle misère ! Si seulement mon aîné ne voulait pas devenir pêcheur ! Il m'aurait aidé à la ferme.

— Il est toujours à la mer ?

— Oui, mousse sur le bateau de Pierrick Abhervé. Mais mousse, ça ne gagne que la godaille, la part de pêche qu'on lui donne, et je n'aime pas le poisson. Enfin, les enfants ont de quoi se nourrir. Maria, mon aînée, s'arrange pour accommoder ces sacs d'arêtes. J'espère qu'elle restera encore quelques années à la ferme, la garce, le temps d'élever les petits. Elle me doit bien cela ; je ne l'ai pas placée.

— Les miens m'aident comme ils le peuvent. Ils gardent les vaches, s'occupent de la traite en rentrant de l'école. Car je veux qu'ils sachent lire, écrire et compter. Comme leur mère et moi.

— Je ne sais ni lire, ni écrire, et je ne m'en porte pas plus mal. À quoi cela te sert-il, Goulven, de savoir lire et compter, hein ? À rien !

— Jusqu'ici, c'est vrai. Mais ce n'est pas parce que nous sommes malheureux, parce que la chienne du monde ne nous lâche pas les braies, qu'il faut qu'il en soit de même pour nos enfants. Je veux qu'ils aient une autre vie...

— Une autre vie ? Tu rêves ! Une autre vie ? Laquelle donc ? Nous sommes tous dans le même bateau, goémoniers comme pêcheurs. Notre sort est fixé à la naissance. Pour tous, la misère. Il n'y a pas de miracle possible.

— Raison de plus pour ne pas pleurer. Merci pour le coup de main, Jean-Louis. Je crois qu'il vaut mieux que tu rentres chez toi. Tes enfants et tes bêtes doivent t'attendre. On ne va pas refaire le monde ce soir.

Leur voisin parti, Goulven et Léonie firent dîner les petits avant de les mettre au lit, puis de souper en tête à tête. Léonie couchée à son tour, Goulven se prépara, comme chaque soir, à affronter la solitude nocturne et son cortège de soucis. Heureusement, il pouvait dialoguer avec sa femme Joséphine, disparue un an plus tôt. Il la retrouvait toutes les nuits, lui racontait sa journée et lui demandait d'intercéder en sa faveur auprès de la Vierge Marie. Le Seigneur Dieu devait l'aider à trouver une solution. Il ne pouvait l'abandonner ainsi avec sa marmaille. Il récita un Pater en insistant bien sur le « Donnez-nous notre pain quotidien ». C'est qu'il n'était pas facile à gagner, le pain, en ce mois de janvier 1894, en Finistère.

*
* *

La tempête ayant baissé d'intensité, Yves avait fait boire Mathieu et lui avait donné un peu de quinine, puis il s'était couché. Ils avaient dormi plus de trois heures. La quinine avait fait tomber la fièvre, mais le blessé était trempé de sueur. Yves enleva la couverture de laine de sa propre paillasse et l'en recouvrit. Il fallait qu'il tienne jusqu'à la relève. Grâce à Dieu, c'était son ami Youenn

Guilcher qui assurait le service d'Armen, et Youenn, un solide Sénan, connaissait le métier. Yves le savait, il profiterait de la première éclaircie. À terre, on devait se faire du mauvais sang pour eux.

Il avait bien fait une dizaine d'allers-retours entre la salle de veille et leur chambre, mais il avait beau scruter la mer, rien, pas un signe du *Stered mor*[1], le bateau de Youenn. Il était trois heures de l'après-midi, et le jour n'allait pas tarder à baisser. Yves monta une nouvelle fois les marches, juste au moment où le *Stered mor* émergeait enfin du crachin, à moins d'un mille. Il lui fallait faire vite, réveiller Mathieu, et le préparer pour le transfert qui s'annonçait difficile. Il le secoua sans ménagement :

— Allez, Mathieu, réveille-toi ! Ton calvaire est fini, la relève arrive. Assieds-toi, je vais t'aider à t'habiller. Avec la fièvre que tu as, ce n'est pas le moment d'attraper froid.

Avec son épaule droite démise, enfiler son pantalon, sa vareuse, avait été un véritable supplice pour Mathieu, et descendre l'escalier avait été pire. Yves aidait Joseph Tromeur, le gardien qui allait le remplacer, à prendre pied sur la plate-forme. Youenn avait décidé de hisser d'abord sur le phare les provisions, le pétrole et l'eau douce, avant de s'occuper du transfert de Mathieu par le va-et-vient. Ils y mirent autant de délicatesse que s'il se fût agi d'un service de porcelaine ou d'une bouteille de tafia. Lorsqu'il fut au-dessus du *Stered mor*, Mathieu fut happé et amené à bord avec précaution. Yves poussa un soupir de satisfaction, son ami était tiré d'affaire.

— Je reviendrai demain avec Hervé Le Goff, parole de Sénan, lança Youenn à Yves ; c'est lui qui devait te relever, mais il avait un enterrement aujourd'hui, et tu connais le règlement : vous devez être deux au phare.

Yves observait Joseph, à l'œuvre dans la petite cuisine du phare. Bon camarade et joyeux drille, Joseph était, aussi, célèbre pour ses talents culinaires. Ils avaient longuement parlé de la tempête pendant que Joseph prépa-

1. *Stered mor* : Étoile de mer.

rait le repas. Yves apprit ainsi la disparition, dans la nuit du 11 janvier, d'un vapeur dont on ignorait tout. Il n'y avait eu qu'un seul SOS et aucune des épaves venues à la côte n'avait permis d'identifier le navire, anglais sans doute. Pour Joseph, il ne pouvait s'agir que d'un bateau fantôme ; Yves envisageait plutôt une escroquerie à l'assurance qui aurait mal tourné, un bateau faussement annoncé disparu par l'armateur et qui aurait finalement coulé pour de bon...

— Tu veux toujours avoir réponse à tout ! s'était emporté Joseph. Avoue pourtant qu'un bateau fantôme, ça t'en boucherait un coin !

— Sans aucun doute, mais la poule que tu nous prépares m'en bouchera un autre, et bien mieux. Tu n'imagines pas à quel point je suis heureux de t'avoir avec moi aujourd'hui. Depuis une dizaine de jours, je n'ai mangé que des biscuits moisis et cette fichue morue.

— Tiens, ouvre cette bouteille. C'est le patron qui te l'offre. Il n'était pas sûr que vous vous en sortiez, Mathieu et toi. Nous non plus, d'ailleurs. On se demandait, en venant, si le phare serait encore debout... Au fait, j'ai du courrier pour toi...

Deux lettres d'Anne... Yves les ouvrit fébrilement. Sa fiancée lui parlait d'eux, de leur amour, de leur vie future... Rien d'autre ne lui importait. Elle comptait les jours qui la séparaient de lui. Soudain, il tressaillit. Anne venait l'attendre à Audierne. Elle annonçait sa venue pour le 2 janvier. On était le 24 ! Si elle était venue, elle était repartie depuis longtemps. Mais elle reviendrait, il le savait. Yves ne doutait jamais d'Anne.

— Les nouvelles sont bonnes, Léonais ? Ta promise t'attend ? Tu lui manques, hein ? Elles disent toutes ça avant le mariage, mais une fois qu'elles ont la bague au doigt, c'est une autre chanson. Je sais de quoi je parle, matelot...

— Oui, tout va bien, répondit Yves qui n'avait pas prêté attention au commentaire de son ami. Alors, on mange ?

*
* *

Anne était couchée depuis plus d'une heure, et, ce soir encore, le sommeil la fuyait. Deux jours déjà qu'elle attendait Yves à Audierne, mais demain, c'était sûr, il serait là. Si ce Mathieu Le Bihan ne s'était pas blessé, ce serait déjà chose faite. Elle se retourna sur le ventre en faisant attention de ne pas réveiller sa jeune cousine Françoise, dont elle partageait le lit clos. Sa cousine était si curieuse ! La nuit précédente, elle avait dû lui raconter ses amours, pendant plus de trois heures, tout lui dire de sa rencontre et de ses fiançailles avec François Kernéis, un jeune enseigne de vaisseau riche et beau. Le bonheur annoncé, la satisfaction de ses parents... Et puis il y avait eu ce 29 avril 1893, cette promenade qu'ils avaient faite ensemble, François et elle, et sa rencontre avec Yves, leur coup de foudre à tous les deux et ce qui avait suivi : la rupture avec François, la déception et la colère de son père, son refus de voir Yves, leur affrontement, puis la réconciliation et, pour finir, le consentement paternel... Un vrai roman, avait conclu Françoise.

Le 29 avril, lorsqu'elle avait demandé à François de la prendre dans son cabriolet devant l'église, à la sortie de la messe, Anne savait qu'elle ferait des jalouses. C'est bien simple : si Francine Abhervé avait eu des pistolets à la place des yeux, Anne serait morte sur-le-champ. Il est vrai que François était superbe dans son uniforme, que la voiture brillait comme un sou neuf, et que la jument elle-même était splendide, le poil luisant, la crinière et la queue impeccablement brossées. Anne avait toisé ces filles du haut de son siège, tandis que son fiancé prenait les rênes. Si elle avait osé, elle l'aurait embrassé en public. Quelle gamine elle était ! et si loin de se douter que sa vie allait basculer quelques heures plus tard ! Ce jour-là, comme les autres, François avait été d'une correction exemplaire : il en avait fait la promesse au père d'Anne, et surtout à ses deux frères, Yann et Cheun, les jumeaux — ceux qu'on appelait les « géants roux », des colosses de près de deux mètres et de cent dix kilos. Pourtant, elle aurait bien aimé un peu plus d'audace de sa part. Avait-il peur d'eux ? Ils s'étaient promenés dans le Thévenn, il lui avait montré les forts construits par Vauban, la plage des Blancs-Sablons, l'Ilette, la presqu'île de Kermorvan et tous ces dolmens et cromlechs qui, à son désespoir, disparaissaient peu à peu. Il lui avait raconté les invasions saxonnes, les raids successifs que les Anglais avaient menés sur la côte pendant trois siècles, jusqu'au sac de 1558, quand ils avaient rasé Le Conquet, ne laissant que huit maisons debout, et mettant même le feu à l'abbaye de Saint-Mathieu. Anne écoutait poliment ; cela l'intéressait si peu.

Avant d'arriver à Saint-Mathieu, ils étaient allés au restaurant. Elle avait un peu bu, et, dans les ruines de l'abbaye, elle avait posé la tête sur sa poitrine quand ils s'étaient allongés dans l'herbe. La douceur de l'air, le trot de la jument ajoutés à la chaleur de l'alcool auquel elle n'était pas habituée, tout incitait à l'intimité et lui laissait espérer une initiative de son fiancé. En fait d'initiative, il lui avait parlé de l'abbaye, du trésor des moines qui pouvait être encore enterré quelque part, près d'eux, ou enfoui dans l'un des souterrains débouchant sur les falaises, avant de se relever et de lui proposer de visiter le phare. Le jeune garçon qui les avait accueillis au pied de la tour les avait laissés devant les marches et lui avait souhaité « Bonne chance » en lui souriant...

Ils étaient à peine essoufflés en atteignant le sommet du phare. Sans l'attendre, François, s'était précipité sur le chemin de ronde. C'est alors qu'elle avait vu Yves. Il était courbé, torse nu, occupé à quelque ouvrage. Les muscles longs et fins de son dos jouaient sous sa peau qui paraissait d'autant plus blanche qu'elle tranchait sur le hâle des bras et le noir du pantalon. Il transpirait légèrement et des gouttes de sueur coulaient lentement le long de sa colonne vertébrale. Comme s'il avait senti le poids de son regard, il s'était redressé et tourné vers elle. Il faisait face au soleil et avait cligné des yeux, aveuglé par la lumière. Elle se souvenait encore de ses premières paroles :

— Bonjour, mademoiselle, avait-il dit. Beau temps pour visiter la côte et admirer les îles. Vous avez bien choisi votre jour. D'ici, la vue est superbe...

Rien de plus banal, et pourtant, elle était restée sans voix, pétrifiée. Il était si beau, si grand aussi ! Elle n'avait pu détacher son regard des siens, comme hypnotisée. Les yeux d'Yves, leur bleu de mer en furie, parsemé de paillettes dorées qui les faisaient scintiller au soleil ! Il avait fallu l'appel de François pour qu'elle s'en détourne.

— Anne ! Viens voir les îles...

— Vous vous appelez Anne ? avait-il demandé. C'est le plus beau des prénoms. C'était celui de ma mère...

— Et vous, comment-vous appelez-vous ? avait-elle répondu, étonnée de son audace.

— Moi c'est Yves ; ce jeune homme...

— C'est mon fiancé, oui. Nous sommes engagés depuis quatre mois, mais nous ne devons pas nous marier tout de suite. François est officier de marine.

— Oui, je l'avais noté. Enseigne de vaisseau. C'est un beau métier que celui d'officier de marine. Pour l'homme, du moins, parce que, pour la femme...

— Que voulez-vous dire ?

— Vous serez souvent seule, et la solitude n'est facile pour personne, je suis placé pour le savoir. D'où êtes-vous, mademoiselle ?

— De Ploumoguer, s'était-elle entendue répondre. Et vous ?

— Moi ? Je suis né ici, à Saint-Mathieu, il y a vingt-cinq ans, et je suis dans ce phare en remplacement. Mais j'ai déjà travaillé à Ploumoguer et j'y ai deux amis. Sans doute les connaissez-vous, d'ailleurs. Tout le monde connaît les jumeaux Penru, les « géants roux ».

— Yann et Cheun, vos amis ? s'était-elle écriée. Mais ce sont mes frères !

— Vraiment ? Alors, je ne suis pas près de leur pardonner de m'avoir caché votre existence ! J'aimerais beaucoup vous revoir, Anne...

— Mais je suis fiancée !

— Sans doute, puisque vous le dites ; mais fiancée

n'est pas mariée ! Et, si vous étiez la mienne, je ne vous laisserais sûrement pas aussi longtemps avec un étranger. Je vous embrasserais là, maintenant, que votre officier ne s'en apercevrait même pas. Il n'a d'yeux que pour la mer.

Elle s'était rebiffée, piquée au vif.

— Ne me dites pas que pour un gardien de phare la mer n'a pas d'importance !

— Moi, Anne, à la place de cet homme, je me ferais paysan, ouvrier, chiffonnier même, s'il le fallait, mais je choisirais un métier qui me permettrait de vous avoir près de moi chaque heure de chaque jour...

Les yeux dans les yeux, ils se faisaient face, silencieux soudain, sans un geste. Combien de temps cela avait-il duré ? Une minute, peut-être, une éternité sûrement... C'était François qui y avait mis fin en appelant de nouveau, mais c'est à Yves qu'elle avait obéi quand il lui avait murmuré :

— Allez-y, Anne... Nous nous reverrons très bientôt...

Françoise s'agitait près d'elle. Anne lui sourit et remonta le drap que sa cousine avait repoussé. Yves... Elle l'aimait tant... elle en était folle... il le lui fallait... Pourquoi devrait-elle attendre le mariage, alors que des jeunes filles comme Françoise savaient déjà ce qu'était l'amour ? Il serait là demain ; ils auraient deux jours pour eux seuls. Elle réussirait bien par arriver à ses fins. Encore que... Lui aussi était si respectueux !

*
* *

Confortablement installée dans son wagon-lit, Estelle Lemarchand s'apprêtait à occuper aussi bien que possible les presque dix-huit heures qui la conduiraient par l'express de Paris à Brest, où elle arriverait le lendemain à midi. Le chemin de fer avait fait de grands progrès, ces dernières années, et ce n'était plus une expédition de rallier la capitale, d'autant qu'elle avait la chance de pouvoir dormir à peu près n'importe où. Un privilège de l'âge, lui disait son père.

Estelle venait de passer deux mois à Paris, à l'invitation de sa tante Juliette, la sœur cadette de son père. Elle n'était pas dupe : on cherchait à la marier — comme si vingt ans constituaient une limite d'âge. Juliette avait fait chou blanc. De tous les « partis » qu'elle lui avait présentés, un seul lui aurait convenu, mais ce garçon n'aimait pas les femmes et s'en était excusé, fort poliment. Pourtant, elle ne rentrait pas bredouille ; elle avait fait la connaissance d'un jeune officier de marine, François Kernéis, en mission à Paris, et que son père avait utilisé comme coursier pour lui faire parvenir quelques vêtements. Elle connaissait déjà ce garçon de vue, l'ayant entr'aperçu au Lion d'Or, quelques mois plus tôt, en compagnie d'une petite paysanne. Si elle l'avait, ce jour-là, trouvé assez ordinaire, il avait vraiment fait sa conquête au cours d'un dîner où sa tante l'avait convié par politesse. Toute la soirée, François avait fait preuve d'une culture et d'un sens de l'humour étonnants. Les jours suivants, il avait montré à son égard un empressement de bon aloi. Bref, il lui faisait une cour tout ce qu'il y avait de plus classique. Enfin, la veille au soir, il s'était déclaré. S'il la rejoignait dans ce train, comme elle l'en avait défié, il marquerait un point supplémentaire, car elle ne lui avait laissé que quelques heures pour obtenir de ses supérieurs la permission d'écourter de deux jours son séjour parisien.

Tout en se préparant à gagner le wagon-restaurant, Estelle songeait à sa mère. Pourquoi ne l'avait-on pas laissée la voir ? Son état était-il si terrible ? Sa tante avait refusé de lui en parler : c'était à son père de le faire. Estelle avait cependant découvert que cette clinique était spécialisée dans les maladies mentales. Sa mère était-elle folle ?

Le contrôleur frappa à la porte.

— Veuillez m'excuser, mademoiselle, mais un jeune officier de marine m'a demandé de vous remettre ce message pour le cas où je vous rencontrerais avant lui.

Elle ne put réprimer un sourire : François avait réussi.

Le voyage passerait sans doute beaucoup plus vite qu'elle ne se l'était imaginé.

Ils avaient dîné en tête à tête, et ces deux heures passées ensemble avaient conforté Estelle dans son opinion : ce garçon était terriblement attachant et séduisant. Il l'avait déjà étonnée, à Paris, la première fois qu'ils avaient dîné ensemble, quand il avait pris seul la défense d'un jeune provincial en butte aux sarcasmes d'un pseudo bel esprit parisien. Elle avait apprécié et n'avait pas hésité à voler à son secours quand elle l'avait senti en difficulté. L'aparté en breton qu'ils avaient eu, à ce moment, les avait rapprochés autant qu'il avait surpris leurs adversaires, désarçonnés. Elle avait aimé cet instant de complicité, comme elle appréciait, en ce moment même, la verve et la flamme avec lesquelles il parlait de la Bretagne.

— D'aussi loin que je puisse m'en souvenir, disait-il, j'ai toujours été attiré par notre passé : l'*Ossian* de MacPherson ou le *Barzaz Breizh* de La Villemarqué m'ont enthousiasmé, mais aussi les vies de Morvan, Erispoé, Nominoé, Alain Fergent, nos rois, princes et ducs. Notre terre bretonne voit disparaître, un à un, les vestiges de son passé, et cela me révolte. Savez-vous qu'il ne reste plus que huit menhirs, deux dolmens et un cromlech à Kermorvan, alors qu'il y en en a eu dix fois plus ? Savez-vous qu'il y a cent ans, il y avait encore un cromlech à Béniguet ? Les propriétaires fonciers mettent à bas ces vestiges du passé pour s'en servir de matériaux de construction. Exactement comme, autrefois, personne n'a empêché des curés ignares de les détruire, sous prétexte de lutter contre le paganisme ! Un jour, nos petits-enfants nous reprocheront ce crime, mais ce jour-là, la Bretagne ne sera plus...

Mon Dieu, quelle passion ! se disait Estelle en le regardant s'animer à mesure qu'il parlait. C'était vraiment dommage qu'il n'ait pas de fortune, car il était à la fois intelligent et bien élevé, en dépit de ses origines paysannes. Et beau garçon, ce qui ne gâtait rien. Pourtant, son père le lui répétait souvent : c'est sur ce qu'il était et non ce qu'avaient été ses parents ou ses ancêtres qu'il convenait de juger un homme. Cela voulait-il dire... Mais bien sûr ! Estelle eut une sorte de vertige et n'en sortit que lorsqu'il lui passa la main devant les yeux.

— Où étiez-vous, Estelle ? Je vous avais perdue. Je crains fort de vous ennuyer, et...

— Pardonnez-moi. Je songeais à ma mère qui a quelques problèmes de santé, actuellement.

— J'en suis désolé, fit François, évidemment sincère.

— Vous n'y êtes pour rien, mon ami.

Mais le charme était rompu ; il avait perdu contenance et l'avait bientôt raccompagnée à son compartiment. Au moment de la quitter, cependant, il s'était risqué à lui embrasser l'intérieur du poignet.

*
* *

Ce qui lui arrivait était merveilleux, inespéré. François était amoureux ; cette fois, il en était sûr. Cela n'avait rien à voir avec ce qu'il avait éprouvé pour Anne Penru, l'année précédente, et qu'il avait pourtant cru être de l'amour. En présence d'Estelle, il ressentait quelque chose d'indéfinissable, d'inexplicable, d'incroyablement plein. Elle était belle à couper le souffle, et il sentait qu'il lui plaisait, lui aussi ; d'ailleurs, elle le lui avait laissé entendre. Sûrement, il aurait dû l'embrasser, mais il n'avait pas osé. Pourtant, elle lui avait dit qu'elle aimait l'audace. De toute façon, ils prendraient leur petit déjeuner ensemble, dans quelques heures, et il oserait, cette fois.

Contrairement à ce qu'il avait laissé croire à Estelle, François n'avait eu aucun mal à obtenir de ses supérieurs ce retour anticipé. En réalité, personne, au ministère, ne se serait aperçu de son départ s'il n'en avait rien dit. Mais il valait mieux être prudent, surtout si quelque chose de sérieux devait se passer entre eux. Eugène Lemarchand, le père d'Estelle, était le cousin du préfet maritime, ce qui pourrait être utile un jour, mais ne lui permettait pas la moindre erreur aujourd'hui. Et son père à lui, que dirait-il s'il le savait amoureux d'Estelle ? Il le traiterait de jeune présomptueux et il aurait raison. Il devait garder les pieds sur terre et son secret pour lui.

Dieu sait pourtant qu'il avait envie de crier son bonheur ! Estelle était si belle. Au wagon-restaurant, quelques instants plus tôt, les regards de tous les convives masculins étaient un véritable plébiscite. Un visage parfait, un teint incroyablement mat, une magnifique chevelure auburn. Elle s'était fait aujourd'hui une sorte de chignon avec des anglaises, mais il se souvenait encore de ce matin où il l'avait surprise en cheveux, chez sa tante, avenue de Breteuil. Elle lui avait souri. Ces lèvres, cette bouche dont il s'emparait si souvent en rêve seraient à lui un jour, il le savait, il le voulait. En deux semaines, ce désir avait tourné à l'obsession. Il y avait bien ces bruits... Certains la disaient légère, on lui prêtait des aventures. Mais n'avait-il pas entendu sur Anne les mêmes insanités dont il savait qu'elles n'étaient que calomnies ?

2

Dès dix heures, le lendemain matin, Youenn Guilcher était là, accompagné d'Hervé le Goff. Réveillé à cinq heures, Yves avait aussitôt remplacé Joseph, qui avait assuré l'essentiel de son tour de garde. Dès le lever du jour, il avait briqué optiques et cuivres. S'il ne pouvait laisser à ses collègues un phare impeccable, du moins leur outil de travail le serait-il. Son sac était prêt. Yves quitta le phare sans réveiller Joseph.

Le *Stered mor* filait bon train, vent arrière, et ils seraient vite à Audierne. Youenn et Yves avaient toujours plaisir à se retrouver. Ils s'étaient connus sept ans plus tôt et avaient appris le métier de gardien ensemble, mais Youenn ne s'était pas fait à la solitude de ce travail. Son île de Sein et son bateau lui manquaient trop : il était resté deux ans gardien auxiliaire, puis avait quitté le service.

— Cela t'a fait un sacré bout, hein ? Près de huit semaines...

— Neuf, Youenn. J'étais en remplacement pour six semaines et j'aurais dû être relevé le 3 janvier. Je t'avouerai que j'en avais plus qu'assez : plus rien à manger, plus de tabac, pratiquement plus de pétrole pour les lampes, et toujours surveiller la mer... De plus, je craignais que Mathieu ne soit grièvement blessé, et je me voyais déjà coincé là avec un mourant. On a vu des gardiens devenir fous pour moins que ça.

— Et le phare ? Tu n'as pas eu peur qu'il te lâche ?

— Au début de la tempête, non. Mais, ces dix derniers

jours, quand elle a tourné à l'ouragan, oui, j'ai vraiment eu peur. Ces paquets de mer qui passent par-dessus le phare ! J'ai même ramassé une planche, là-haut ! Enfin, cela me donne une idée de ce qui m'attend à Béniguet.

— À Béniguet ?

— Oui. Je m'installe là-bas au printemps. J'achète une des deux fermes, une ferme à froment. Mais je ferai de la soude, en même temps.

— Tu achètes ? fit Youenn, ahuri. Tu as assez d'argent pour ça ?

— Non, mais je fais comme si. Enfin, j'en ai quand même un peu, et ma sœur Jeannie me prête le reste.

— Mais, une île... Tu vas décourager les filles !

— Tu oublies que je vais me marier.

— C'est vrai... N'empêche... Au fait, sais-tu que je connais Anne ? Elle est venue à Audierne au début du mois. Elle t'attendait depuis trois jours, je lui ai conseillé de repartir. Une sacrée jolie fille, je dois le dire ! Tu ne dois pas t'embêter ! Et en plus, elle a de la conversation ! Si nous n'étions pas amis, j'aurais tenté ma chance.

— Oui, mais voilà, nous sommes amis. Tu viendras à mon mariage ? Je te promets de te dénicher une jolie cavalière... Tu m'excuseras de ne pas rester à Audierne, mais dès que je mets pied à terre, je prends le train pour Quimper, et Brest. Ensuite, trois heures de marche et je la tiendrai dans mes bras.

— Tu ne restes même pas enterrer ta vie de garçon ?

— Désolé, matelot, ce sera pour une autre fois.

Le soleil qui se cachait depuis près d'un mois venait de faire une timide percée lorsqu'ils pénétrèrent dans le port d'Audierne. Ils s'étaient amarrés au corps mort et Youenn discutait avec un pêcheur quand Yves crut soudain entendre une voix familière l'appeler. Anne ? C'était impossible. Il se retourna. C'était bien elle, elle était là ! Et déjà, il la serrait dans ses bras à l'étouffer, et l'embrassait, l'embrassait ! Il l'écartait de lui, la tenait à bout de bras pour mieux la contempler. Jésus, Marie ! elle était plus belle encore que dans ses rêves les plus fous ! Les cheveux blonds, légèrement bouclés, qui s'échappaient d'un drôle de petit bonnet que, dans leur étreinte, il avait mis de guingois, le nez droit, les lèvres rouges et sensuelles tranchant sur le blanc éclatant de dents parfaitement rangées, la carnation de la peau rosie par l'émotion — tout, il retrouvait tout d'elle, et, surtout, ce regard ensorceleur et malicieux dont il n'arrivait pas à détacher le sien. Qu'avait-il fait pour la mériter ?

— Anne, ma chérie, murmura-t-il, comment as-tu su ?

— Je ne savais pas, mais dès que j'ai vu le vent faiblir, hier matin, j'ai pris le train pour Quimper, puis pour Audierne. Et tu le vois, j'ai eu raison, cette fois, puisque te voilà !

— Où loges-tu ? Que va dire ton père ?

— J'ai dormi chez ma tante Kerveillant. Et Père ne dira rien ; il me croit à Saint-Mathieu, chez ta sœur. Mère sait tout, par contre. Tu n'es pas trop fatigué ? Je n'ai pas cessé de m'inquiéter pour toi. Cette tempête a été si terrible, et j'ai entendu de telles histoires sur le raz de Sein... Nous allons déjeuner chez les Kerveillant, si tu le veux bien. Tu es invité ; je ne pouvais pas refuser, ils auraient été trop déçus. Nous pourrons partir tout de suite après, si tu le souhaites.

*
* *

Ils avaient quitté Audierne par l'omnibus en milieu d'après-midi. Autant Yves avait été ravi du geste d'Anne, autant il s'interrogeait maintenant sur ses conséquences. Que dirait Hervé Penru, s'il apprenait qu'il était seul avec sa fille ? Et comment se passerait la nuit suivante ? Anne était sûrement décidée à sauter le pas, sinon elle ne serait pas là, mais elle était mineure, et, si elle n'était pas raisonnable, lui devait l'être pour deux. Il y allait de leur avenir...

— Sauf imprévu, nous aurons le rapide de sept heures pour Brest, dit la jeune fille. Sinon, nous devrons dormir à Quimper.

— Nous attraperons le train, rassure-toi. Ce que j'ignore, c'est comment nous ferons à Brest, car nous y arriverons en pleine nuit.

— Nous pouvons dormir à l'hôtel. D'ailleurs, il serait sans doute préférable que nous passions la nuit à Quimper.

— Crois-tu que ce soit très sérieux ? Tu sais, je ne suis pas de bois et...

— Moi non plus, Yves, et c'est justement pour ça que je suis là ! Je pensais que tu l'avais deviné.

— Tu ne te rends pas compte de ce que tu dis, Anne ! Tu pourrais le regretter demain. Et puis... Non. Je n'ai pas le droit...

Un silence gêné avait suivi ce premier désaccord entre eux. Le train roulait maintenant depuis plus de vingt minutes. Ostensiblement tournée vers la fenêtre, Anne regardait, sans la voir, la campagne défiler sous ses yeux. Champs inondés, arbres arrachés, la tempête avait tout dévasté. Ils passaient devant des fermes aux granges détruites, aux toits de chaume crevés, aux ardoises envolées. Yves aussi se taisait. Quand elle voulait quelque chose ! Comment allait-il s'en sortir ? Qu'elle était jolie quand elle boudait ! Mais elle ne boudait pas, c'étaient bien des larmes qui perlaient à ses yeux. Mon Dieu, il ne voulait pas la faire pleurer...

— Allons, dit-il en se penchant vers elle, je ferai ce que tu voudras, tu le sais bien... Nous irons à l'hôtel et advienne que pourra !...

— J'étais sûre que tu comprendrais, mon chéri, répondit-elle, en esquissant un sourire. De toute façon, il faut bien dormir quelque part, n'est-ce pas ?

À Quimper, ils avaient dix minutes de battement qui auraient été largement suffisantes pour leur permettre de prendre le rapide de Brest, mais ils laissèrent partir le train sans eux. Anne choisit l'hôtel du Léon, un petit hôtel sans prétention, face à la gare, et Yves régla leurs deux chambres d'avance. Il lui fallut vingt bonnes minutes pour se décider à aller frapper à la porte de la jeune fille. Sans doute en avait-elle profité pour se préparer. Mais non. Elle était à demi dévêtue quand il poussa la porte.

— Tu peux t'asseoir pendant que je finis, lui dit-elle. J'en ai pour une minute.

— Je préfère t'attendre en bas, ma chérie, balbutia-t-il.

— Est-ce que je te ferais peur, Yves Kerléo ? Entre donc ! Crains-tu que je ne te...

Mais il était déjà parti. Ce serait certainement plus difficile qu'elle ne l'avait pensé... Dépitée, elle acheva de s'habiller et le rejoignit aussitôt, tout en se promettant d'éviter de le brusquer à nouveau.

— J'ai trouvé tes cousins Kerveillant très sympathiques. Curieux, mais sympathiques, dit Yves, lorsqu'ils eurent choisi leur menu.

— Ils voulaient simplement connaître ta version de notre rencontre. Mais tu n'étais pas obligé de leur faire tout ce discours sur ta famille. Je leur avais déjà lu la lettre que Jeannie m'a adressée, pendant que tu étais au phare.

— Jeannie t'a écrit ? J'aimerais savoir ce qu'elle a bien pu te raconter. Elle s'imagine que personne ne me connaît mieux qu'elle...

— Tu veux la lire ?

— Non. Je préfère que tu me racontes, toi.

— Ce qui revient à te raconter toi. Jeannie ne fait grâce d'aucun détail. Écoute bien, tu verras si tu te reconnais.

Yves se cala sur sa chaise. Au fond, ça l'amusait, ça le flattait aussi, d'entendre sa vie rapportée par la femme qu'il aimait.

— Vos parents étaient issus de familles de fermiers aisés, les Kerléo et les Quellec, commença Anne. Anna Quellec, votre mère, était la deuxième fille d'une vieille famille locale de paysans. Prigent Kerléo, ton père, est né à Plougonvelin en 1820. Les Kerléo étaient des Bleus, des Républicains, et la famille est toujours restée républicaine. Quand ton père a épousé ta mère, il avait trente-sept ans, elle vingt-deux. Tes parents ont eu sept enfants, dont cinq ont vécu. Tu es le seul garçon, si bien qu'en plus de Jeannie, j'aurai trois autres belles-sœurs, Claudine, Françoise et Louise. Ta mère est morte à ta naissance ; ton père trois ans plus tard, victime de la ruade d'un cheval, et tu as été élevé par Brigitte, la sœur cadette de ta mère, et par Jeannie, que tu appelais ta « petite maman ». C'est vrai, jusque-là ?

Yves hocha la tête en souriant. Si Anne avait aussi bien retenu l'histoire de sa famille, c'est qu'elle était vraiment désireuse d'y entrer.

Elle reprit :

— Républicain, votre père vous imposait de parler français à la maison. Il tenait à ce que vous sachiez tous lire et écrire, et aurait été fier de te savoir au collège. Tu as été un enfant plus sérieux et raisonnable que la majorité des garçons de ton âge et tu savais lire et écrire à six ans. À sept ans, tu as été inscrit à l'école des Frères. Quatre kilomètres le matin, et autant le soir, par tous les temps. Et avec ça, presque toujours premier en classe. Pendant les vacances, tu travaillais aux champs, tu gardais les vaches, nourrissais les poules, et allais à la pêche et à la chasse avec l'oncle Jean, qui t'a même emmené à deux battues au loup. Tu as tout de suite aimé la mer. Dès les premiers beaux jours, tu te baignais dans l'eau glacée et tu grimpais sur les rochers d'où tu attrapais des poissons et des crustacés que tu allais revendre dans quelques bonnes maisons du Conquet, ou échanger contre du lait ou du beurre. Il paraît même que tu braconnais un peu, Yves Kerléo. Tu as passé ton certificat d'études et as été le premier de la famille à l'avoir. Du coup, le frère directeur s'est mis à parler d'études secondaires ; il te voyait déjà prêtre. Mais ta famille ne voulait pas en entendre parler. Yves, seul héritier mâle susceptible de perpétuer le nom Kerléo, devait se marier et avoir des enfants. Et ça, en effet, mon chéri, ça te pend au nez.

Yves éclata de rire. Oh ! oui, il voulait se marier ! Et se marier avec elle, avec Anne.

Il lui prit les mains et ils restèrent un long moment à se regarder en silence. Chacun sentait battre le cœur de l'autre. C'est le garçon, en apportant le plat suivant, qui mit fin à cette étreinte muette.

Anne eut de mal à reprendre le fil de son récit.

— Où en étais-je ? Ah ! oui, tu étais un brillant élève, monsieur le gardien de phare.

— J'étais surtout un élève studieux qui ne voulait pas gaspiller l'argent de sa famille qui n'en avait pas de trop, observa Yves. J'ai passé mon brevet et je l'ai eu. Ce jour-là, j'étais assez fier de moi, je te l'avoue.

— Pourquoi n'as-tu pas voulu passer ton baccalauréat, comme François Kernéis ? Tu aurais pu l'avoir...

— Sans doute, oui. Mais pour quoi faire ? Je rêvais d'être fermier. Mon professeur de mathématiques, un jésuite, lui aussi fils de paysan, est venu à Saint-Mathieu me relancer. Il a convaincu Jeannie, Brigitte et l'oncle Jean, mais pas moi. Il avait été très choqué, pendant la guerre de 1870, de voir des régiments entiers de Bretons incapables d'obéir à des chefs ne parlant que le français et dont ils ne comprenaient pas les ordres. Je lui ai répondu que s'il y avait à nouveau une guerre, je serais, moi, capable d'obéir aux ordres reçus en français et de les transmettre en breton... Et j'ai ajouté : « Ce n'est pas la connaissance du grec et du latin, de l'algèbre et de la géométrie qui feront de moi un meilleur fermier, et comme c'est ce que je veux être... » Je me souviens de cette scène comme si c'était hier. Le père Leborgne il s'appelait. C'était un très bon professeur de mathématiques. Il n'a pas insisté et a quitté la ferme juste au moment où arrivait Tanguy, qui allait épouser Jeannie un mois plus tard. Onze ans déjà !

— Ensuite, reprit Anne, tu as travaillé, deux ans, comme valet de ferme à Ploumoguer, avant de partir à Loguivy, où tu as embarqué sur un caseyeur. Le patron avait une fille qui est tombée amoureuse de toi et a voulu t'épouser.

— Décidément, ma sœur parle trop ! Mais ce qu'elle ne t'a pas dit, parce qu'elle ne le sait pas, c'est que si j'ai quitté le Finistère, c'est pour la laisser seule avec Tanguy, qu'elle venait d'épouser. C'est vrai, Mariannick est venue à Saint-Mathieu et voulait que je l'épouse. Mais je n'en ai jamais eu l'intention. J'avais dix-huit ans ! D'ailleurs, c'est ce que lui a dit Jeannie... Et puis, dis donc, est-ce que je te pose des questions sur ta vie passée ?

— Mais est-ce vrai qu'elles sont si... entreprenantes, ces filles, Yves ? Ma cousine Françoise a déjà eu des expériences... Je me trouvais sotte quand je l'écoutais, hier...

— La curiosité te perdra, ma chérie. C'est vrai que, dans les ports, les filles sont souvent assez délurées. Plus qu'à la campagne, en tout cas. Cela tient probablement aux risques du métier de pêcheur et aux absences prolongées des marins.

— Cette fille et toi...

— Ma sœur a dû te dire que nous nous sommes connus au sens biblique du terme, n'est-ce pas ? Elle adore cette formule.

— Oui, c'est ce qu'elle a écrit, en effet. Qu'est-ce que cela veut dire ?

— Que nous avons fait l'amour. Mais cela n'a duré que jusqu'à ce qu'elle trouve un marin plus âgé qu'elle a épousé l'année suivante.

— Alors, n'en parlons plus. Et c'est ensuite que tu as fait la connaissance de mes frères, après un conseil de révision un peu trop arrosé qui vous a valu, à tous les trois, de passer une nuit à la prison du Conquet. C'est Jeannie qui vous en a sortis.

— Oui, c'est exact. Tiré au sort, j'ai fait mes classes à Mayenne avant d'entrer aux Phares et Sémaphores, ce qui m'a permis d'apprendre un métier tout en restant en Bretagne. Avec l'aide de M. Lemarchand, Jeannie m'a fait reconnaître comme soutien de famille. J'ai donc quitté l'armée, tout en restant dans mon administration : la seule différence, c'était le salaire de fin de mois. Aujourd'hui, je sers le plus souvent dans les phares de pleine mer, ceux qu'on appelle les « Enfers », et qui sont réservés aux célibataires. Du moins, je servais, car, depuis aujourd'hui, c'est fini, terminé.

— Maintenant, tu es à moi, pour toujours.

— Oui, mais ce n'est pas un métier, cela, répondit-il

en souriant. Fermier-goémonier, voilà ce que je serai, désormais !

Il y eut un nouveau silence. Leurs yeux s'étaient repris.

— Yves, montons nous coucher, dit doucement Anne.

*
* *

Estelle avait invité François à profiter de la voiture qui l'attendait devant la gare de Brest. Ils avaient pris le petit déjeuner ensemble, à sept heures et demie, et ce n'est que vers neuf heures qu'ils avaient rejoint le compartiment d'Estelle. Elle avait pris sa décision : ce garçon lui plaisait vraiment et elle voulait aller plus loin avec lui. Cette fois ce serait quelque chose de sérieux, tant pour elle que pour lui, qu'elle devinait sensible et un peu naïf. Il manquait visiblement d'expérience. Si elle voulait que les choses avancent, il faudrait donc qu'elle y mette du sien et l'amène là où elle voudrait aller sans qu'il s'en aperçoive. Son père appréciait François, il le lui avait laissé entendre. D'ailleurs, ce n'était sans doute pas sans arrière-pensée qu'il lui avait demandé de se charger de ses vêtements, deux semaines plus tôt. Mais bien sûr ! Comment n'y avait-elle pas pensé plus tôt ? Son père avait tout manigancé...

Seul à seul avec Estelle, dans ce landau, François savait qu'il avait là une opportunité qui ne se représenterait pas de sitôt. Il attendit qu'ils soient sur la grand-route pour se jeter à l'eau.

Leur premier baiser fut plutôt raté, mais, au bout de quelques minutes, Estelle enregistra certains progrès. Déjà, il s'enhardissait, et ses mains se faisaient curieuses et caressantes. Estelle ne voulait ni se montrer trop prude, ni donner à son soupirant l'impression qu'il pouvait l'enlever au premier assaut. Aussi se décida-t-elle, après quelques minutes, à repousser la main qui lui enveloppait le sein gauche.

— N'abusez pas de votre pouvoir, François, murmura-t-elle, et ne profitez pas de ma faiblesse. Ne me faites pas regretter d'avoir pris le risque de rester seule avec vous...

— Veuillez m'excuser, balbutia le jeune homme. Je me conduis comme un goujat. Mais c'est que j'attends ce moment depuis si longtemps ! Si vous saviez comme je vous aime !

— Je vous crois, François, sinon je ne serais pas dans vos bras. Mais il vous faut être raisonnable et patient. Nous avons de l'attirance l'un pour l'autre et le savons tous deux, mais nous devons apprendre à mieux nous connaître. Ne brûlons pas les étapes. Nous avons la vie devant nous...

Pour lui, cet aveu valait toutes les déclarations. Il était résolu à mériter cette femme et, pour cela, à lui obéir en tous points, mais aussi à ne rien lui cacher de lui-même ou de son inexpérience. Une heure plus tard, Estelle savait tout ou presque, et était, plus que jamais, convaincue que ce garçon ferait un très bon époux. Mais elle s'était découvert une rivale inattendue, la mer. Car, s'il était officier de marine, c'était bien par vocation, et non par ambition comme elle l'avait cru jusque-là. C'était une chose dont elle allait devoir tenir compte, en même temps qu'un problème à résoudre, car pour elle, il était hors de question d'être l'épouse d'un officier de marine.

Eugène Lemarchand était sorti sur le perron pour accueillir sa fille qui lui sauta au cou. Il invita François, qui déclina le déjeuner mais accepta le verre de porto que lui proposait son hôte, avant de s'excuser et de se faire immédiatement reconduire chez ses parents. Assis en face de sa fille, Eugène, sidéré, la regardait dévorer avec un appétit d'ogresse un râble de lièvre.

— Ne parle pas la bouche pleine et ne t'étouffe pas, surtout. Tu as tout ton temps.

— Comme je vous le disais, Père, nous nous aimons. Enfin, il est amoureux de moi, cela j'en suis sûre ; et je crois que je suis, moi aussi, en train d'en tomber amoureuse.

— Tu crois, tu crois... Tu m'as malheureusement

appris à me méfier de tes tocades. Figure-toi que j'ai reçu, ce matin, une lettre de ta tante Juliette qui ne tarit pas d'éloges sur ce garçon...

— Cela ne m'étonne pas. Si je n'avais pas été là, ma chère tante n'aurait pas hésité une seconde. En dépit de son âge, elle a toujours la même passion pour les porteurs d'uniformes, surtout quand ils sont jeunes et fringants...

— Estelle ! Je ne me ferai jamais à votre cynisme, à ton frère et toi. Vous avez une façon de parler de ces choses ! Je n'arrive pas à m'y habituer. Donc, j'ai bien fait de choisir François comme coursier ?

— Vous avez même eu une riche idée. Mais ce n'est que ce matin que j'ai compris votre manœuvre. Et moi qui croyais tirer les ficelles ! Pauvre François ! S'il savait qu'il n'est qu'un pion sur votre échiquier !

— N'exagère pas ; je ne suis pas si machiavélique que ça. J'estime beaucoup François, voilà tout. Comme je mise beaucoup, aussi, dans un tout autre domaine, sur un autre jeune paysan que tu verras bientôt.

— Un militaire, lui aussi ?

— Non, un gardien de phare. Mais promis à un bel avenir, car il sait ce qu'il veut. Pour en revenir à ton prétendant, il est sorti second de sa promotion de Navale et je suis sûr qu'il fera un brillant officier...

— Et l'argent ? Ne craignez-vous pas que...

— La différence de fortune ne doit pas être un critère pour toi, ou alors, c'est que je t'ai très mal éduquée. Toi, tu auras de l'argent ; peu importe que ton mari en ait ou non. D'ailleurs, officier de marine, c'est un bon métier. Que vous vous aimiez et vous entendiez, c'est assez... J'aimais ta mère quand je l'ai épousée, et c'était réciproque, je crois. Nous avions des fortunes comparables. Cela n'a pas suffi. Elle n'a jamais pu se faire à la Bretagne, avant sa maladie...

— Justement, j'aimerais bien comprendre. On ne m'a pas laissée voir maman.

— Ce sont mes instructions, Estelle. Il y a dix ans environ, ta mère a commencé à avoir des absences, des trous de mémoire. Tu étais encore à la maison, et c'est pour cela que, dès que je m'en suis aperçu, je t'ai mise en pension et j'ai fait venir une infirmière de la région parisienne pour éviter les ragots. Mais les choses ont vite empiré : elle ne pouvait plus manger seule, ne savait plus lire l'heure, s'habiller ; elle était incapable d'accomplir, sans aide, le moindre acte de la vie courante. C'est une maladie terrible, épouvantable... Garde d'elle le souvenir que tu en avais il y a dix ans, et ne cherche pas à la revoir. Cela te ferait trop de mal. Je savais qu'un jour je devrais vous dire la vérité, à toi comme à Félix. Mais c'est tellement dur pour un père de devoir expliquer ça ! Considère que ta maman est décédée il y a huit ans, quand elle est entrée dans cet hôpital. C'est mieux ainsi. Il nous restera d'elle ses deux portraits.

*
* *

Eugène avait rejoint son usine, assez content de lui. S'il avait pu se douter qu'Estelle aurait accepté aussi tranquillement la nouvelle de la maladie de sa mère, il lui en aurait parlé depuis des années. D'autre part, il était heureux de voir sa fille s'intéresser à ce François Kernéis, qui ferait un gendre parfait : ce garçon avait un excellent fond, une bonne éducation et il ne pouvait qu'aller de l'avant. Il était incroyablement cultivé, curieux de tout et très intelligent. Sans compter que, contrairement à ce que s'imaginait sa fille, le père Kernéis était un paysan très aisé doublé d'un brave homme.

Ce matin, Eugène Lemarchand avait également reçu des nouvelles de son fils Félix, qui vivait à Bâle depuis six mois. Six mois depuis cette explication orageuse qu'ils avaient eue tous deux. Eugène avait eu à enregistrer les plaintes de deux ouvrières, deux femmes mariées que son fils avait « importunées ». Félix ayant reconnu les faits, Eugène l'avait immédiatement chassé de l'entreprise familiale, comme n'importe quel salarié indélicat. Félix ne comprenait pas : il était le fils du patron et il se croyait tous les droits, alors que son père lui répétait que cela lui donnait surtout des devoirs. Il ne le voulait plus dans le Finistère et ne lui avait laissé d'autre choix qu'un emploi en Suisse, dans l'entreprise Bachmann, un ancien client avec lequel il avait gardé des relations amicales. Dans sa dernière lettre, Félix affirmait se plaire à Bâle, aussi bien dans sa nouvelle vie que dans son emploi de directeur commercial, qu'il remplissait très bien, au dire de Bachmann lui-même. Et si cette faute de son fils lui était finalement bénéfique, se disait Eugène ? Si elle pouvait lui mettre un peu de plomb dans la cervelle et lui redonner un peu de sens moral...

Il trouva un message sur son bureau. Mme Mazé était passée le voir pour l'informer que son frère, Yves Kerléo, serait au Conquet le lendemain ou le surlendemain. Elle avait dû s'en faire, du souci, cette pauvre Jeannie, car les gardiens eux-mêmes, à commencer par le plus ancien d'entre eux, le père Kerfriden qu'il avait rencontré quinze jours plus tôt, n'avaient qu'une confiance très limitée dans ce phare d'Armen. Le jeune Kerléo impressionnait Eugène par sa détermination. Il fallait être d'une trempe exceptionnelle pour se remettre au travail sans perdre une journée, après plus de deux mois d'isolement total, dans des conditions aussi difficiles. Ce garçon était déterminé et traçait son sillon sans dévier d'un pouce. Et cette énergie, cette avidité à apprendre ! Depuis qu'il lui avait ouvert sa bibliothèque, quelques six mois plus tôt, Eugène avait dû prêter une bonne centaine de livres au jeune homme, assez intelligent pour mettre à profit les moments de solitude et d'oisiveté que lui laissait son métier. Il dévorait tout, avalait tout : philosophes, classiques, essais, romans, ouvrages techniques... Il saurait tout de l'iode et de la soude avant d'avoir mis le pied sur son île ! Jeannie laissait entendre qu'il aurait peut-être besoin d'un prêt à court terme, si elle n'arrivait pas à faire l'appoint elle-même. Eugène sourit : il le pourvoirait, bien sûr.

Ces Kerléo... Bien des années auparavant, Eugène Lemarchand était tombé follement amoureux de Jacqueline Kerléo, la sœur cadette du père d'Yves et de Jeannie, et lui avait même parlé mariage. La jeune fille était prête à dire oui, mais Prigent, le frère aîné et chef de famille, lui avait dit la vérité : Jacqueline l'épouserait, mais elle aimait ailleurs. Il s'était effacé mais n'avait jamais oublié Jacqueline qui s'était mariée et était morte en couches l'année suivante. Plus tard, Eugène avait éprouvé un véritable choc : Jeannie était le portrait craché de son amour perdu. L'idée l'avait un instant effleuré d'en faire sa maîtresse, mais Jeannie n'était pas faite de ce bois-là ; il s'en était aperçu à temps. Depuis, il s'était toujours senti un peu coupable à son égard, et l'idée que son jeune frère puisse avoir une dette envers lui n'était pas pour lui déplaire.

À sa connaissance, c'était la première fois qu'un garçon ayant le brevet élémentaire choisissait de devenir fermier. Eugène avait apprécié Prigent Kerléo, le père, avant de voir sa fille Jeannie à l'œuvre. Et, dès leur première rencontre, il avait été convaincu qu'Yves était de la même trempe que sa sœur. Il ne savait pas encore ce qui l'avait amené à choisir Béniguet pour s'y installer, mais ce choix lui convenait, à lui, Lemarchand ; il allait, en effet, lui permettre de tenter d'organiser quelque peu cette profession de goémonier qui en avait bien besoin. Pour l'heure, il était condamné à traiter séparément avec chacun d'entre eux : il n'y avait pas deux lots de soude identiques — sauf, peut-être, chez les Molénais, et encore ! Pourtant, il faudrait bien en venir à un minimum d'uniformisation, sans quoi les « usiniers » comme lui finiraient par y perdre leur latin. Hanté par la crise qui, dix ans plus tôt, avait ruiné sa profession et aurait pu le mener à la faillite, Eugène attendait beaucoup du jeune Kerléo. Il espérait en faire son homme chez les goémoniers comme chez les pigouillers — ces faucheurs de la mer, qui tiraient leur nom de celui de leur outil, la pigouille, la longue faux avec laquelle ils coupaient la *laminaria digitata* si riche en iode, qu'ils appelaient le « tali », le trésor des chenaux du Four et de la Helle, leur algue d'or.

3

Voilà, c'était fait. Désormais, quoi qu'il advienne, elle était la femme d'Yves. Bien sûr, la cérémonie n'aurait lieu que dans trois mois, mais, depuis qu'ils s'étaient unis charnellement, cette nuit, elle était sa femme. L'avait-il trouvée trop légère ? Si oui, elle n'en avait cure. Elle le voulait, elle l'avait eu. Sa jeune cousine Françoise ne pourrait plus lui dire, avec son air de supériorité : « L'amour, ça ne s'explique pas, ça se fait. » Si les siens savaient ! Son père, ses frères... Yves était leur ami, mais quand même ... Après tout, c'était sa vie à elle. Elle ne l'avait pas vu pendant neuf longues semaines, et elle avait eu si peur pour lui...

Non, Anne ne regrettait rien. Sauf d'avoir attendu si longtemps. Car cette nuit quimpéroise avait été merveilleuse. Que c'était étrange cette intimité entre un homme et une femme ! Jamais elle n'aurait imaginé une chose pareille ! Cela avait pourtant mal commencé. Quand elle avait découvert que leurs deux chambres communiquaient, elle avait su qu'il ne pourrait pas la repousser indéfiniment. Pourtant, il avait résisté ! Une fois, deux fois, cinq fois, il l'avait ramenée dans sa chambre et remise au lit. Ils étaient furieux tous les deux : lui, de son insistance, elle, de son rejet. À la fin, elle l'avait rejoint dans son lit, en grelottant de froid car elle avait laissé sa chemise de nuit dans sa chambre. Il avait gardé la sienne et lui tournait le dos. Elle s'était mise à pleurer. Quand il s'en était aperçu, il s'était enfin retourné vers elle et l'avait prise dans ses bras : il ne supportait pas de la voir pleurer. Il l'avait consolée, réchauffée contre lui, et puis... Des heures plus tard, dans cette voiture qui la ramenait à Ploumoguer, elle pouvait encore sentir ses mains sur elle, sur son dos, son ventre, ses baisers et ses caresses sur ses seins, et tout son corps, si lourd, contre le sien, ses cuisses, sa toison sous ses mains, et ce membre si vivant et si étrange qu'elle avait attendu avec curiosité et crainte et qu'elle avait osé saisir et caresser avant qu'il ne la prenne...

Au début, Yves s'était pourtant montré incroyablement dur avec elle. À un moment donné, il lui avait même fait peur, tant il semblait en colère. Jamais elle ne l'aurait cru capable de la repousser ainsi. Et puis, dès qu'elle avait fondu en larmes, il était devenu si tendre, doux et prévenant, faisant tout pour éviter de la choquer, de la blesser... Oui, il lui faudrait des jours pour réussir à analyser tout ce qu'elle avait ressenti à cet instant-là dans son cœur et dans son corps. Aucune douleur, en tout cas, contrairement à ce qu'on lui avait dit — ni la première fois, ni les suivantes. Peu à peu, elle avait pris de l'assurance et, ce matin, en le contemplant à la lumière du jour, elle s'était aperçue que leur nudité le gênait bien plus qu'elle. Elle s'était dit qu'Ève s'était peut-être fait la même réflexion, au paradis terrestre, après avoir croqué la pomme. Finalement, Jeannie devait avoir raison quand elle assurait que les femmes étaient moins prudes que les hommes. Anne soupira et jeta un coup d'œil circulaire dans la voiture. Personne ne l'observait, personne ne pouvait imaginer ses pensées ni ce sentiment de triomphe et de plénitude qui l'habitait : ce devait être cela, le bonheur.

*
* *

Yves descendait la rue de Siam. Jamais il n'aurait imaginé, quarante huit-heures plus tôt, la nuit qu'il venait de vivre. Il savait ce à quoi il devait s'attendre, pourtant, mais n'avait rien pu faire, d'abord ; rien voulu faire, ensuite. Il aurait fallu qu'il soit un saint pour résister à Anne. D'ailleurs, qu'ils aient ou non péché était sans importance.

Ils allaient se marier ; alors, un peu plus tôt, un peu plus tard... Son désir à elle avait eu raison de ses principes à lui, voilà tout. Il leur faudrait cependant se confesser sans tarder ; en attendant que viennent d'autres nuits, mille et mille.

Plongé dans son rêve, Yves ne remarquait pas l'animation de la ville qui accueillait, ce jour-là, une escadre russe. Il arrivait à la direction des Phares et Sémaphores. Il n'avait pas de rendez-vous ferme, mais savait que le directeur l'attendait. Comme d'habitude, celui-ci fut parfait. Il commença par lui demander de consigner par écrit ce qu'il savait de l'accident de Mathieu, toujours hospitalisé, avant d'en venir à la tempête elle-même et à l'état du phare, dont il lui donna les dernières nouvelles. La veille, à marée basse, les techniciens de l'équipement avaient constaté que de nombreux joints avaient sauté, il fallait les réparer d'urgence. Sans doute faudrait-il abandonner le phare à terme, si l'on n'en renforçait pas la base d'une façon ou d'une autre. Une mission d'expertise était déjà sur place.

— Vous me dites qu'Armen est fiable, Yves, et vous êtes mieux placé que quiconque pour le savoir, poursuivit le directeur. Vous y avez vécu un ouragan qui a laissé une note plutôt salée : trois caboteurs disparus corps et biens, rien que dans le Nord-Finistère, deux dans le Sud, dont un, non identifié, le 11 janvier. On n'avait jamais vu ça. Pas plus que vous je ne suis spécialiste en construction, mais j'ai, moi, charge d'âmes. Tant que nous n'aurons pas protégé la tour jusqu'à la plate-forme, je ne serai pas rassuré. Ces travaux sont indispensables.

— M. Reynaud, votre prédécesseur, était du même avis, répondit Yves, et pourtant Armen est toujours là. Faites faire les travaux, monsieur Bourdelles, mais je prends le pari que, dans cent ans, ce phare sera toujours debout.

— Pari tenu, mon garçon, d'autant que ni vous ni moi ne serons là pour le constater. Vous allez nous quitter, Yves, après des années de bons et loyaux services. Votre paie est prête. Il paraît que vous allez vous marier et vous installer comme fermier à Béniguet. Si vous le souhaitez, vous avez toute latitude pour intégrer le corps des gardiens de réserve, d'autant que votre instruction vous permettra de suivre les évolutions techniques du métier. En outre, en cas de guerre, tout en étant certainement plus utile dans un sémaphore que sur un champ de bataille, vous y courrez aussi moins de risques, ce qui mérite d'être pris en considération.

— Quelles seront mes obligations ? demanda Yves.

— Une période de quinze jours à effectuer tous les deux ans.

— Alors oui, comptez-moi au nombre de vos réservistes.

*
* *

Yves avait rendez-vous au Pont Tournant avec ses futurs beaux-frères, Yann et Cheun Penru, les « géants roux ». C'était le milieu de l'après-midi, et il savait qu'il les trouverait dans l'une des deux tavernes qui jouxtaient le pont. Yann y était, effectivement, attablé devant une bolée de cidre.

— Content de te voir, fit Yves en lui tapant sur l'épaule. Seul ?

— Cheun est encore avec sa petite vendeuse de chapeaux. Je me demande bien ce qu'elle va pouvoir inventer comme excuse à sa patronne, aujourd'hui...

— Où en êtes-vous avec Béniguet ?

— Ça avance, même si depuis six semaines nous n'avons pas mis le nez à l'île, à cause de la tempête. Mais nous nous sommes renseignés. Quatre chevaux devraient suffire, au moins dans un premier temps. L'idéal, ce serait six, qui serviraient à la fois pour la ferme et le goémon.

— Tanguy Mazé, mon beau-frère, s'en occupera. Il s'y connaît en chevaux. Et le reste ?

— J'ai acheté les outils que tu voulais et Lom Riou a promis de commencer les travaux des citernes aux premiers beaux jours. Tu es sûr que ces citernes sont indispensables ? Cheun et moi n'en voyons pas tellement l'utilité.

— Je te l'ai déjà dit : je veux qu'Anne puisse disposer en permanence d'eau courante et potable. Et comme les puits de l'île ne donnent que de l'eau saumâtre, les citernes d'eau de pluie sont la seule solution. Dans votre ferme, vous ferez ce que vous voudrez.

— Tu prends toujours à ta charge le mur de protection ?

— Oui, ce mur est indispensable pour protéger les champs des vents dominants, et son coût sera amorti en un an. Il y a trop de surfaces arables inutilisées ; il faut y remédier. D'ailleurs, les galets et les pierres sont gratuits. Ça ne coûtera pas grand-chose. On le fera ce printemps, aux moments perdus. Et mon grand valet ?

— J'en ai deux à te proposer. Deux bons qu'il te faut rencontrer pour faire ton choix. Ils sont tous deux prêts à venir à Béniguet, mais c'est une question de prix.

— Combien ?

— Je ne sais pas exactement. Ils doivent toucher 400 francs par an. Plus le gîte et le couvert, bien sûr. Pour Béniguet, il faudra bien 100 francs de plus... Sans compter les avantages habituels, les vêtements surtout : des chemises de fil, une tenue de ville de temps à autre, deux paires de sabots de bois, une de chaussures, ce genre de choses... Les graines et les semences sont commandées. Je ne vois rien d'autre.

— Vous avez fait du bon travail, comme d'habitude. Et de votre côté, où en êtes-vous ?

— Nous avons de grandes chances d'obtenir un bail à ferme de neuf ans, à la Saint-Michel. Reste à régler le problème du prix, bien sûr. Nous comptions aller à Béniguet voir le locataire actuel, début janvier, mais avec la tempête... As-tu été sur la côte ? Les dégâts sont énormes. Les maisons et les fermes en ont pris un coup ! Sans parler des arbres.

— Oui, c'est triste de voir la campagne comme ça. En mer, au moins, les bateaux vont par le fond et ne laissent pas de traces visibles. Tu peux m'amener au Conquet, ce soir ?

— Oui, bien sûr. J'attends Cheun jusqu'à six heures. S'il n'est pas là, c'est qu'il reste avec sa petite vendeuse jusqu'à demain matin. Nous partirons sans lui.

*
* *

Il s'était mis en route à six heures du matin et était arrivé à Saint-Mathieu, chez Jeannie et Tanguy, moins d'une heure plus tard. Trempé par la bruine, il s'ébroua avant d'entrer dans la salle commune où ses neveux et nièces étaient attablés devant un bol de bouillie d'avoine. Après avoir salué tout le monde, il se mit en bout de table, attendant que sa sœur en ait fini avec sa nichée. La patience était une vertu qu'il avait apprise de bonne heure et il la savait indispensable au fermier qu'il allait redevenir. Les enfants partis, sa sœur aînée s'assit près de lui :

— Pas trop fatigué ? lui demanda-t-elle. Ça a dû être très dur, n'est-ce pas ?

— Oui. Des tempêtes comme celle-là, il n'y en a pas souvent. Et ici, pas trop de dégâts ?

— Non, mais il faut dire qu'on avait pris nos précautions et placé des pierres plates sur le chaume. Brigitte, elle, a eu une partie du toit de sa grange arrachée. Ils ont déjà réparé ; Tanguy a aidé son frère. Sais-tu que j'ai eu la visite d'Anne ? À deux reprises. Je lui ai même écrit une lettre.

— Je sais, elle me l'a dit. Tu avais vraiment besoin de lui raconter l'histoire de Mariannick ? Elle est si jalouse...

— C'était pour attiser sa jalousie, justement ! Tu ne connais rien aux femmes, mon pauvre Yves ! Elle est revenue te chercher ?

— Oui, tu parles d'une surprise quand je l'ai vue sur le quai !

— Elle avait peur pour toi. Moi aussi, d'ailleurs. Vous êtes rentrés hier, je suppose.

— Oui. Nous avons raté le rapide pour Brest et nous avons dormi à l'hôtel, à Quimper.

— J'en étais sûre ! Et vous... vous avez...

— Nous avions pris deux chambres, Jeannie, mais nous n'en avons utilisé qu'une.

— Je vois. Ce n'est pas ce que je voulais te demander, mais...

— Mais, si, petite sœur... C'est ce que tu voulais savoir, et rien d'autre. Ne sois pas jalouse, Jeannie. Anne ou une autre, je serais parti un jour, et mieux vaut Anne qu'une mégère avec qui tu ne te serais pas entendue... Est-ce que je suis jaloux de Tanguy, moi ?

— Pourquoi le serais-tu ? Mais tu as raison, parlons d'autre chose. Tu dois passer ce matin chez M. Lemarchand. Il t'attend. Auras-tu suffisamment d'argent ? Je ne peux te prêter que 2 000 francs, tu le sais. Tu devrais peut-être réduire tes frais d'aménagement à l'île...

— Non, Jeannie. Il est hors de question que je demande l'impossible à Anne. Vivre dans une île est déjà assez dur, alors si c'est pour y vivre en sauvage... Nous sommes convenus, mon beau-père et moi, que ses jeunes sœurs viendraient lui tenir compagnie à tour de rôle, pour qu'elle ne s'ennuie pas trop, même si elle risque d'avoir du travail par-dessus la tête.

— Bon, bon... Pour en revenir à l'argent, si tu n'en as pas assez, M. Lemarchand pourra t'en prêter. Il m'en a parlé et j'ai laissé la porte ouverte. Quand tu le verras, contente-toi de parler de ta ferme ; n'insiste pas sur ce que tu penses faire avec la soude. Il faut le laisser venir, qu'il découvre ses batteries. Il a besoin de toi. Il cherche un jeune fermier intelligent qui fasse de la soude.

*
* *

« Comment vais-je m'habiller aujourd'hui ? se demandait Estelle tout en se regardant dans sa glace. Il n'y a pas à dire, je ne suis quand même pas mal faite. » Un coup d'œil à Rozenn lui permit de constater que sa femme de chambre, qui la détaillait, semblait partager cet avis. Le teint mat, le nez légèrement retroussé, de grands yeux verts surmontés de sourcils bien dessinés, de longs cheveux, d'un châtain foncé aux reflets auburn, tombant en ondulations libres jusqu'à la cambrure des reins, des lèvres gourmandes découvrant des dents d'un blanc éclatant, les seins haut plantés et d'une fermeté étonnante pour leur volume, la taille fine, le ventre plat et musclé, les fesses pleines, les jambes longues, admirablement galbées... Estelle était belle et le savait ; Rozenn aussi, qui cachait mal le trouble qu'elle ressentait à voir ainsi sa maîtresse prendre des poses un peu trop suggestives.

— Eh bien, comment me trouves-tu ?

— Très belle, mademoiselle, vous le savez bien, répondit la jeune fille en s'éloignant à regret.

— Attends, Rozenn ! Quelle robe me conseilles-tu ?

— La verte, mademoiselle, c'est celle qui va le mieux avec vos yeux.

Rozenn était elle-même une jeune fille accorte. Elle était à Bellevue depuis deux ans, et avait été employée aux cuisines, dont Estelle l'avait sortie pour en faire sa femme de chambre quand la petite était venue se confier à elle. Elle avait été victime d'un viol peu auparavant et n'était pas en état de supporter les exigences de Félix, lequel avait une fâcheuse tendance à considérer que toutes les employées de Bellevue âgées de quinze à trente-cinq ans faisaient partie de son harem personnel.

Elle tendit successivement pantalon, chemises, jupon, brassière et bas, à Estelle. Soie, linon et dentelle mêlés, les deux jeunes filles adoraient, visiblement, le contact de cette lingerie fine. La sonnette de la porte d'entrée dissipa leur trouble.

— Va voir qui arrive, Rozenn. J'attends M. Kernéis. Si c'est lui, introduis-le dans mon boudoir, fais-le patienter un instant, et veille à ce que l'on ne me dérange sous aucun prétexte.

La veille au soir, elle avait mentionné négligemment qu'elle serait seule ce matin. François avait mordu à l'hameçon et, quelque peu emprunté, il se tenait là, devant elle, la canne et le chapeau à la main, alors qu'elle se brossait les cheveux, devant sa coiffeuse.

— Prenez une bergère et installez-vous, François, lui dit-elle en le regardant dans la glace. Vous êtes très élégant, ainsi. Vous me permettez de finir de me préparer devant vous ? Eh bien ? Qu'avez-vous à me regarder comme cela ? Qu'y a-t-il ?

— C'est un tel privilège pour moi de vous surprendre ainsi dans votre intimité ! Je suis fou de vous, Estelle. Complètement fou. Je ne sais pas ce qui m'arrive. En quinze jours, vous avez pris toute la place, il n'y a plus que vous dans ma vie. Vous et rien d'autre. Et là, en cet instant, je crois voir une madone de Raphaël.

— Allons, n'exagérez pas ! Ne me prenez pas pour une madone, mon ami, vous seriez vite déçu. Et comme je ne veux ni vous décevoir, ni vous rendre malheureux...

— Mais je ne suis pas malheureux, Estelle, pas du tout ! Je suis pleinement heureux, au contraire. D'autant que vous m'avez laissé un certain espoir, n'est-ce pas ?

— Croyez-vous que vous vous trouveriez dans mon boudoir si vous m'étiez indifférent ?

Il n'en fallait pas davantage au jeune homme qui, se sentant encouragé, montra une audace dont il ne se serait pas cru capable. Tout en la fixant dans la glace, il la saisit aux épaules et la fit se lever avant de la faire pivoter vers lui. Leurs lèvres se joignirent et il s'enhardit jusqu'à lui prendre un sein qu'il entreprit de dégager de la robe. Lorsqu'il y fut parvenu, Estelle se décida enfin à réagir : il allait trop vite, trop loin. « Non, murmura-t-elle, il ne faut pas, je ne veux pas. » Déjà, elle s'était ressaisie. Même si elle voulait ce garçon — et elle le désirait à cet instant de tout son être — elle devait se maîtriser, montrer qu'elle était une jeune fille convenable. Sa réputation n'était pas sans tache, elle le savait, et peut-être l'audace de François lui venait-elle de ce qu'il avait pu entendre sur elle. Elle se mit à pleurer de la façon la plus inhabituelle pour elle. Il la serra contre lui.

— Ma chérie, ne pleurez pas. Pardonnez-moi, je croyais... Je me suis mépris, et...

— Non, vous ne vous êtes pas mépris. Je vous veux comme vous me voulez, mais je ne peux pas, il ne le faut pas. Je suis stupide... ces larmes... Pardonnez-moi.

— Ne pleurez pas, Estelle. Ne pleurez pas, mon amour. Ce n'est rien. Nous avons toute la vie devant nous. Et, soyez en sûre, vous ne me décevez pas du tout. Bien au contraire.

— Caressez-moi, François, embrassez-moi. Je crois que je vous aime ; je crois que je veux être votre femme. Oui, je le veux.

*
* *

L'entrevue entre Yves et Eugène Lemarchand avait été franche. Yves avait confirmé à l'industriel qu'il rachetait la plus grande des deux fermes de Béniguet, et qu'il reprenait également au second fermier ses droits à l'exploitation du goémon sur l'île, droits que celui-ci n'utilisait guère au demeurant, sa portion de côte étant particulièrement difficile d'accès. Yves voulait exploiter sa ferme en priorité et, ensuite seulement, faire un peu de soude — métier où il estimait avoir tout à apprendre.

Eugène lui brossa les grandes lignes du tableau d'une économie locale reposant à 80 pour cent sur les usines d'iode, et donc sur la soude et le « tali ». Leur industrie sortait à peine d'une double crise qui avait bien failli la ruiner. Cela avait été d'abord la découverte, en Allemagne, des gisements de Stassfurt qui, outre le chlore et la potasse, renfermaient aussi des bromures de magnésium dont provenait, aujourd'hui, l'essentiel du brome mis sur le marché, alors qu'auparavant celui-ci était extrait, en quasi-totalité, des algues et des pains de soude. Le brome et l'iode avaient été, pendant cinquante ans, les deux mamelles de cette industrie chimique des algues dont la découverte allemande avait réduit presque de moitié les débouchés. Du coup, les industriels français avaient enregistré une augmentation considérable de leur prix de revient en iode, et nombre d'entre eux avaient dû mettre la clef sous la porte. Au même moment, les Sud-Américains s'étaient attaqués au marché européen, cassant les prix. Ce n'était que depuis les accords de 1888 avec le Pérou et le Chili que le marché s'était assaini. Bien entendu, les industriels n'avaient pas été les seuls à souffrir. Très vite, à l'autre bout de la chaîne, la chute des cours de l'iode avait entraîné celle de la soude et plongé les goémoniers dans une misère noire. La faim, la maladie en avaient conduit beaucoup au cimetière.

L'industriel exposa honnêtement à Yves ses objectifs, lui démontrant qu'il pourrait y trouver son intérêt. Il était persuadé qu'Yves mesurerait rapidement la rentabilité d'une exploitation organisée de pains de soude et qu'il deviendrait, pour lui, un fournisseur important. Mais il voulait surtout lui faire comprendre qu'en groupant les goémoniers, en rationalisant un tant soit peu leurs méthodes de travail, et en accroissant leurs gains, il travaillerait aussi pour lui-même en devenant acheteur de pains de soude pour le compte des usines Lemarchand. Ce qui revenait à l'associer à ses affaires. Cela paraissait un peu trop beau, et Yves se demandait ce qui lui valait pareille faveur. Sa sœur Jeannie et l'industriel ? Y aurait-il eu quelque chose entre eux ? Non, c'était impossible, et pourtant... Un court instant, Yves avait perdu le fil, mais l'industriel poursuivait...

— Je vais essayer de vous expliquer les choses aussi simplement que possible. Le goémonier récolte les algues, les sèche, les brûle pour en obtenir des pains de soude qu'il vend à l'industriel que je suis. Si je peux m'appuyer sur quelqu'un qui lui explique que toutes les algues ne se valent pas, que la teneur en iode dépend de la façon dont il récolte le tali, dont il le sèche et le brûle, je puis augmenter mon rendement en iode de 50 pour cent, et donc payer mon goémonier en rapport. Ce n'est pas plus compliqué que cela, mais moi, les goémoniers ne m'écoutent pas ; vous, ils vous entendront, parce que vous êtes de leur monde et de leur côté. Comprenez-moi : il n'est pas du tout dans mes intentions de vous détourner de votre projet initial. Vous voulez faire des céréales à Béniguet et vous avez raison : l'île est connue pour être l'une des meilleures terres à blé de Ploumoguer. Il n'en demeure pas moins que le tali peut vous rapporter bien plus que le froment — sans parler de notre collaboration éventuelle, à laquelle vous avez tout le temps de réfléchir. Dites-moi plutôt comment vous comptez vous organiser.

— Avant tout, monsieur, je tiens à vous remercier pour la confiance que vous me témoignez, répondit le jeune homme qui avait écouté avec la plus grande attention. Si je veux faire du froment en priorité, c'est que je sais qu'il me permettra de faire face à mes obligations : j'emprunte une partie du prix de ma ferme à ma sœur Jeannie, et je devrai régler une soulte de 1 500 francs à mon vendeur à la Saint-Michel, l'an prochain. Si je m'aperçois que le tali est une meilleure affaire que le blé, croyez-moi, je n'hésiterai pas à m'y convertir. Mais, jusqu'à présent, les goémoniers se plaignent bien plus que les paysans. Sans compter qu'avant de penser à organiser les goémoniers, je dois d'abord songer à organiser ma ferme. Quand j'aurai choisi mon grand valet, nous pourrons en reparler, si votre proposition tient toujours à ce moment-là.

Eugène Lemarchand sourit intérieurement. Ce garçon savait ce qu'il voulait et ne s'emballait pas non plus comme un cheval fou. C'était bien sur lui qu'il fallait miser.

— Très bien, Yves, nous en reparlerons donc. Mais avez-vous une idée de ce que peut vous rapporter, en tali, une île comme Béniguet ?

— Non, je ne sais pas... 3 000 francs, 5 000, peut-être ?

— Multipliez par trois ou par quatre, vous serez plus près de la réalité. Peut-être pas cette année, mais l'an prochain, à coup sûr.

— Quinze ou 20 000 francs par an ! s'exclama Yves. Ce n'est pas possible !...

— C'est tout à fait certain, au contraire. À condition, justement, de vous organiser et de rationaliser le ramassage. Que faites-vous, ce midi ? Puis-je vous inviter à Bellevue ?

— Je vous remercie, monsieur, mais je dois passer voir mon notaire. Vous voudrez bien m'excuser...

— Vous n'avez pas à vous excuser, mon jeune ami. Mais vous ne pouvez me refuser un porto ! Il faut que nous fassions plus ample connaissance. Suivez-moi. Un peu de marche à pied nous fera le plus grand bien et me mettra en appétit. De fait, j'aimerais que vous me réserviez trois jours pour une visite sur la côte, à la marée d'équinoxe de mars. Vous comprendrez peut-être mieux, alors, ce que j'attends de vous.

Les deux hommes avaient traversé le parc en silence. Les saignées béantes que la tempête y avaient laissées mettraient longtemps à se cicatriser, se disait Eugène Lemarchand, en songeant qu'il serait mort avant que son parc ne retrouve son aspect originel.

— Regardez qui vient là ! s'exclama soudain Lemarchand. Ma fille Estelle... Vous connaissez-vous ? Non ? Permettez-moi de faire les présentations... Ma chérie, M. Kerléo, que voici, nous fait le plaisir de prendre un porto avec nous, mais ne peut rester déjeuner. Yves Kerléo est un ancien condisciple de ton frère Félix, à Notre-Dame-de-Bon-Secours, à Brest. C'était il y a une quinzaine d'années, n'est-ce pas ? Dites-moi si je fais erreur...

— Non, pas du tout, monsieur, mais j'ignorais que vous le saviez...

— Mon cher, je suis le maire de cette petite ville, et il est de mon devoir d'en savoir le plus possible sur tous mes administrés. Et comme, en achetant votre ferme, vous serez bientôt l'un d'eux...

— Mes respects, mademoiselle, fit Yves, en saluant Estelle. Je suppose donc, monsieur, que vous connaissez aussi l'animosité qu'entretient votre fils à mon égard...

— Animosité de collège que Félix n'a jamais réussi à expliquer de façon satisfaisante et qui, de ce fait, ne me concerne pas, répondit l'industriel.

Estelle, pendant ce dialogue, avait observé très attentivement Yves.

— Vous savez, Père, l'affection que j'ai pour mon frère, intervint-elle soudain. Je n'aimerais pas donner l'impression de le trahir. Aussi me pardonnerez-vous de vous laisser tous deux en tête à tête. Si vous avez une sœur ou un frère, monsieur Kerléo, vous me comprendrez sûrement.

Le regard d'Yves se planta dans le sien.

— J'espère, dit-il, que Félix apprécie la chance qu'il a de vous avoir pour sœur, mademoiselle. Mais c'est moi qui vais vous laisser. Je disais justement à M. Lemarchand que je ne disposais que de très peu de temps, aujourd'hui.

— Je vous laisse partir, Yves, mais je compte sur vous samedi matin.

*
* *

Estelle était furieuse contre elle-même. D'abord, elle s'était montrée anormalement agressive envers cet homme qu'elle ne connaissait pas et dont elle n'avait que faire et, surtout, elle avait contrarié inutilement son père.

— Tu n'étais pas obligée de te montrer aussi désagréable, observa celui-ci. Si ce jeune homme avait été moins courtois... J'ai été étonné de la manière dont il t'a sortie du mauvais pas où tu t'étais fourrée. Il a fait preuve d'un tact remarquable.

— Je l'admets, j'ai été impolie, répondit-elle. Mais c'est parce que je voulais être seule avec vous... J'ai une grande nouvelle à vous annoncer...

— Félix t'a écrit ?

— Oui. Comment le savez-vous ? Mais ce n'est pas cela, la nouvelle. François est venu ici, ce matin.

— Et il t'a demandée en mariage...

— Père, vous n'êtes pas drôle ! Vous le connaissez suffisamment pour savoir que c'est à vous que sera faite la demande. François m'aime, en effet, et il ne m'est pas indifférent ; je crois même que je suis en train d'en tomber amoureuse... Enfin, s'il me demande en mariage, je dirai oui, sans hésiter. Il a tout pour lui, la naissance mise à part, et cela n'a pas plus d'importance pour moi que pour vous. Ce qui pourrait éventuellement m'arrêter, c'est son métier d'officier de marine. Mais j'ai ma petite idée là-dessus...

— Ma chérie, je suis doublement heureux : de ton bonheur, tout d'abord, de ton choix, ensuite. J'ai, moi aussi, très bonne opinion de ton François, et je serais ravi d'avoir pour gendre un officier de marine. Son paysan de père est un très brave homme, au fond, même s'il a des côtés ridicules. Sais-tu qu'il est assez aisé ?

— Vraiment ? fit Estelle en éclatant de rire. « Mieux vaut riche paysan que gentilhomme sans argent », m'avait dit François en breton, chez tante Juliette. Je croyais qu'il plaisantait...

— Bon, eh bien, tout cela m'a donné faim, fit Eugène en se frottant les mains. Finalement, l'année s'annonce assez bonne. Et Félix, que t'écrit-il ?

— De son côté aussi, vous pouvez vous attendre à une surprise, car je crois que mon frère convolera avant moi. Mais je ne vous ai rien dit, et je compte sur votre discrétion, Félix m'en voudrait terriblement s'il apprenait que j'ai éventé son secret.

— Parfait, parfait ! Nous allons fêter cela comme il se doit ! Il est quand même l'heure de ce porto... Sonne Alfred, veux-tu ? Tout cela nous pose, cependant, un problème d'organisation. Je viens d'inviter le jeune Kerléo samedi midi, en même temps que ton fiancé, et je ne vois pas comment le décommander, surtout après ce qui vient de se passer. Le plus simple serait de demander à François de ne venir qu'en fin d'après-midi. Il pourrait coucher à Bellevue... Quant à Kerléo, Estelle, entendons-nous bien. C'est un garçon très volontaire et sur lequel je compte pouvoir m'appuyer. J'aimerais qu'il soit, entre les goémoniers et moi, le lien que Félix n'a pas su être. Il est vrai que ton frère ne parle pas breton. Yves Kerléo, lui, fera le poids. Il connaît la terre et la mer, et il sait s'affirmer et se faire respecter...

— Il m'a pourtant semblé tout à fait ordinaire, maugréa Estelle. Comment savez-vous qu'il sait se faire respecter ?

— Il s'est très bien sorti de plusieurs affaires délicates. Celle de Rozenn, par exemple...

— Comment cela ? Cet homme connaît ma femme de chambre ?

— Tu sais que Rozenn a été violée, et que c'est ton amie Justine qui l'a recueillie. Eh bien, c'est Yves et son oncle Hall qui ont mis fin à son calvaire, en chassant les violeurs à coups de fourche. Yves les aurait embrochés si on ne l'avait arrêté. Je croyais que tu savais tout cela.

4

François s'était changé dans son petit appartement et avait revêtu une tenue plus adaptée au vélocipède que sa tenue d'officier. Il avait acheté ce bicycle Rudge quinze jours plus tôt, un modèle identique à celui avec lequel Charles Terront venait de rallier Saint-Pétersbourg à Paris en deux semaines. François aimait pédaler. Il avait même réussi à faire le trajet aller-retour Brest-Le Conquet sans une seule crevaison, et en bien moins de temps que « l'Hirondelle », la diligence de Mme Le Bars.

Cela faisait près d'un mois déjà qu'il avait déclaré son amour à Estelle. Aujourd'hui, ils étaient officieusement fiancés et il était reçu en hôte privilégié à Bellevue, où il s'apprêtait à passer une nuit dont il attendait beaucoup. Il y avait bien une difficulté : il était officier de marine, et tous les dictons populaires mettaient les jeunes filles en garde contre la mer, cette croqueuse d'hommes, la plus gourmande des maîtresses ; Estelle, comme les autres, craignait qu'il ne lui préfère cette maîtresse. Leurs derniers rendez-vous en avaient été assombris, mais aujourd'hui, il ne voulait pas que quoi que ce soit vienne troubler leur soirée. Elle devait comprendre qu'il était officier de marine. Le comprendre et l'admettre.

Lorsque, deux jours plus tôt, elle avait confié à son père qu'elle n'épouserait son officier que s'il quittait la Royale, Eugène était resté sans voix et s'était dit que, décidément, les femmes ne doutaient de rien. Il ne les avait jamais comprises et ce n'était pas maintenant, à cinquante ans passés, qu'il allait le faire. Estelle se trouvait devant un vrai problème. Ou elle épousait la Royale et acceptait de vivre seule la moitié de sa vie : c'était inenvisageable. Elle l'avait dit à François : elle n'était pas une Pénélope. Ou bien elle ne l'épousait qu'après qu'il eut quitté la marine. Il y avait bien une autre solution, la plus simple : il restait dans la marine, elle ne l'épousait pas, et leur histoire se terminait là. Mais pour elle, il allait de soi que, puisque François l'aimait vraiment, il ne pouvait qu'accepter de quitter l'uniforme. Eugène, une fois de plus, avait fini par admettre le point de vue de sa fille, tout comme il avait accepté le principe de prendre son futur gendre comme assistant à la direction des usines Lemarchand.

Estelle tenait à régler seule la question avec son futur époux. Elle avait entièrement confiance en son pouvoir de séduction sur les hommes en général et sur François en particulier, mais elle savait aussi qu'il lui faudrait procéder par étapes, ne pas brusquer les choses.

Après le dîner, Estelle s'était installée au piano pendant qu'Eugène et son futur gendre dégustaient un armagnac. Puis l'industriel s'était retiré et les jeunes gens s'étaient réfugiés dans le petit salon, bien plus intime. Le silence initial avait bientôt fait place à un mélange de chuchotements et de froissements d'étoffes entrecoupés de rires étouffés et de soupirs. François se montrait très entreprenant et Estelle avait de plus en plus de mal à le contrôler. Elle lui avait déjà accordé trop de privautés pour prétendre jouer les mijaurées, mais ne pouvait lui permettre de se comporter en soudard... Aussi, après un long moment de résistance, cessant soudain de se défendre, elle avait glissé :

— Est-ce vraiment là votre façon de m'aimer, François ? Que vous me vouliez pour maîtresse, vous me le prouvez ; mais pour épouse, j'en doute, car vous ne me respectez guère...

— Pardonnez-moi, mais je vous désire tant ! avait-il répondu, en se redressant, piqué au vif. Je vous aime et veux vous épouser, mais quand je vous sens contre moi...

— J'ai bien peur que vous ne sortiez les mêmes fadaises à beaucoup d'autres femmes, dans les ports où vous faites escale...

Elle s'était rajustée rapidement avant de regagner sa chambre et s'était couchée avant de l'autoriser, au terme de longs palabres, à s'allonger près d'elle. Ils avaient longtemps bavardé et il était plus de deux heures du matin quand, les sens en feu, il l'avait quittée en lui fixant rendez-vous le jeudi suivant, au Petit Jardin. En rentrant à son bord, le lendemain, il était soucieux. Si elle disait ne pas pouvoir supporter un éloignement de quelques mois, comment réagirait-elle quand elle apprendrait que la flotte allait bientôt appareiller, quitter Brest pour près d'une année ?

*
* *

C'est Jacques Andrieux, tout jeune notaire et ami d'Yves depuis leur internat, qui avait procédé à la signature de la vente de Béniguet. Cela faisait bientôt quinze ans qu'ils se connaissaient et, quand ils se retrouvaient, c'était comme s'ils s'étaient quittés la veille.

Au moment de signer, Yves avait eu une sensation bizarre, une sorte de vertige suivie d'une contraction de l'estomac. Il avait même cru qu'il allait vomir. Jacques s'en était aperçu et, autant pour détendre l'atmosphère que pour fêter la vente, il leur avait servi un bourgogne blanc. Le vendeur était pressé et s'était éclipsé, laissant les deux amis seuls. Jacques, mis au courant, avait été très impressionné par la proposition d'Eugène Lemarchand.

— Lemarchand a une réputation que tu n'imagines pas, dit-il à son ami. C'est une référence, un homme prudent, honnête et avisé, qui passe pour avoir un flair infaillible. S'il mise sur toi, c'est que tu ne dois pas être trop mauvais. Il possède quatre usines et préside la fédération des producteurs d'iode. Sans compter qu'il a une fille superbe.

— Oui, et qui le sait.

— Tu l'as rencontrée ?

— Deux fois. La première, nous avons eu un petit accrochage, à propos de Félix, naturellement. Nous avons aussi déjeuné ensemble, quand son père m'a invité, il y a trois semaines. Cela s'est beaucoup mieux passé.

Après avoir quitté Jacques, Yves était allé chercher Anne qui l'attendait chez une cousine. Ils étaient sortis de Saint-Renan et venaient de laisser la grand-route pour s'engager sur un chemin pierreux. Yves avait mis la jument au pas, mais cela ne suffisait pas à leur éviter les cahots.

Ils approchaient lentement de la ferme, engourdis de froid et perdus dans leurs pensées. Anne revivait son retour chez elle, ce 29 avril de l'année précédente, le jour où elle avait rencontré Yves. Sa mère était seule quand elle était rentrée. Elle avait longuement hésité à lui avouer qu'elle s'apprêtait à quitter un fiancé riche et plein de promesses pour un homme qu'elle n'avait vu qu'une demi-heure et dont elle ne savait rien. Sa mère, d'abord, s'était méprise et avait cru qu'elle avait fauté. Quand elle avait compris qu'il n'en était rien, elle avait commencé par pousser un « ouf » de soulagement avant de tenter de la raisonner. Elle ne la blâmait pas — nul ne pouvait rien contre un coup de foudre —, mais elle craignait la colère de son mari. Et de fait, quand son père était rentré, cela avait été une tout autre chanson. Il fallait que sa fille soit folle ou qu'elle ait le diable au corps pour rejeter un parti comme François Kernéis. Heureusement, ses frères l'avaient défendue : ils connaissaient Yves Kerléo et en avaient fait l'éloge à leur père qui n'avait voulu rien entendre pendant plusieurs mois, jusqu'au jour où...

— Me confieras-tu, enfin, ce que mon père et toi vous êtes dit, quand tu es venu faire ta demande ?

— Jamais, ma chérie. Je le lui ai promis et je tiendrai parole. Mais cela n'a rien de si terrible. Je ne l'ai pas insulté, si c'est ce que tu crains ; autrement, il ne m'aurait jamais accepté pour gendre. Lui, par contre, ne m'a pas ménagé, tu peux me croire...

— Tu sais qu'il a fait son enquête sur votre famille ?

Il avait commencé par demander à notre recteur de s'informer auprès de son confrère de Plougonvelin. Surpris d'obtenir de bons renseignements, il est allé lui-même sur place vérifier qu'on ne lui avait pas menti. Il s'est trouvé un peu stupide de devoir révéler à Mère et aux jumeaux ce qu'il avait appris sur les Kerléo, les Quellec ou les Mazé, et de devoir admettre que vos fermes étaient aussi belles que la sienne... Il en a voulu aux jumeaux qui, pourtant, lui avaient déjà révélé tout ce qu'il venait de découvrir. Mais mon père est ainsi fait qu'il en veut aux autres de ses propres erreurs.

— Il n'est pas le seul. Au fait, j'ai rencontré ton ancien fiancé en rentrant de Brest, il y a quinze jours. Nous avons parlé pendant une bonne demi-heure. Il a été très poli et je ne pense pas qu'il m'en veuille. Mais je ne serais pas étonné qu'il courtise Estelle Lemarchand... Il était en civil...

— Il courtise Estelle Lemarchand ? s'exclama Anne d'une voix qui tremblait un peu. Tu dois te tromper. François n'a pas pu se remettre aussi vite de notre rupture, c'est impossible. Je le connais bien, il était très amoureux.

Yves éclata de rire.

— Tu es incroyable, Anne ! Pourquoi François devrait-il rester pleurer sur son sort et continuer à penser à toi, alors que tu vas en épouser un autre ? Ma parole, on dirait que tu es jalouse d'Estelle !

— Je ne suis pas jalouse, mais c'est impossible. Cela voudrait dire qu'il ne m'aimait pas ! Et, j'en suis sûre, il m'aimait... Avoue que c'est vexant, quand même ! Un garçon prétend t'aimer et puis il en aime une autre et t'oublie. C'est dur d'admettre que l'on compte si peu.

Anne se mordit la lèvre et se tut, sous le regard amusé d'Yves. Elle était confuse.

— Tiens, reprit-elle au bout d'un moment, on dirait mon père devant nous, avec le cheval. Ne lui dis pas que tu as loué la voiture, il va te trouver gaspilleur.

— Détrompe-toi. Plus je vais gaspiller, comme tu dis, plus ton père me croira riche et aura de la considération pour moi. Attends-toi à une surprise.

*
* *

À la ferme Penru, l'ambiance, ce soir-là, était détendue. Yves se souvenait de cet autre jour, cinq mois plus tôt, où il était venu seul demander la main d'Anne à son père. Il avait bien cru que le fermier refuserait de l'entendre, mais, finalement, une demi-heure lui avait suffi pour le convaincre qu'un gardien de phare ne ferait pas un si mauvais gendre.

À la fin du repas, il avait décidé de mettre les choses au clair.

— J'aime profondément Anne, avait-il dit. Je l'ai aimée à la minute où je l'ai rencontrée et souviens-t'en, Anne, je t'ai dit ce jour-là qu'un homme devait choisir entre son métier et sa famille. Eh bien, c'est ce que j'ai fait. J'ai démissionné des Phares et Sémaphores. Gardien de phare, c'est un beau métier, mais un métier de célibataire, pas d'homme marié... Je reprends la grande ferme de Béniguet. Je ne puis quitter mon administration avant la fin de l'année, mais, dès avril ou mai, nous emménagerons à Béniguet. Si cela vous convient, monsieur Penru, c'est à ce moment-là que nous nous marierons. Au fait, cette ferme, je ne la loue pas, je l'achète.

Les Penru en étaient restés sans voix — Anne comme les autres, qui avait toujours cru qu'il s'agissait d'une simple location. Par superstition, peut-être, Yves n'avait rien voulu lui dire avant d'avoir signé. Le père, lui, ne comprenait pas pourquoi son futur gendre lui avait caché ses projets. Il y avait quelque chose qui lui échappait : s'il lui avait dit qu'il achetait une ferme, il lui aurait donné sa fille les yeux fermés ; il n'aurait pas eu à se battre pour obtenir son consentement !

Ce soir, c'était l'achat de la ferme qu'ils fêtaient. Le père d'Anne s'apprêtait à déboucher une bouteille de Monbazillac, quand Yves sortit d'un sac de toile deux bouteilles de vin de champagne.

— Monsieur Penru, si vous le permettez, nous allons

goûter ce cadeau de mon ami Jacques Andrieux. Je crois que c'est l'occasion ou jamais.

Décidément, c'était la richesse !

— Puisse cette ferme être une bonne terre à froment ! déclara le père Penru en levant son verre. Puissiez-vous y être heureux, ainsi que vos enfants, nos petits-enfants. Et vous, les jumeaux, qu'attendez-vous ? La Bible le dit, il n'est pas bon que l'homme soit seul. Mariez-vous donc, puisque vous reprenez l'autre ferme de Béniguet à la Saint-Michel prochaine. Votre frère Joseph va finir son service, et, vous le savez, notre ferme est trop petite pour vous nourrir tous...

Quand il les avait quittés, Anne l'avait accompagné jusqu'à la barrière. Elle aurait aimé le suivre à Béniguet, pour se faire une idée de la vie qui l'attendait à l'île, mais il ne le souhaitait pas, le bâtiment principal tenant, pour le moment, davantage de l'étable que de la maison d'habitation.

— Tu ne pourras pas y venir avant Pâques, ma chérie, lui dit-il. Le temps est beaucoup trop froid, et tu n'imagines pas comme le vent peut être glacial en mer. Attends les beaux jours. Et puis, je voudrais faire quelques travaux avant ta venue.

— J'attendrai, c'est promis. Mais je suis impatiente de voir à quoi ressemble ma ferme, maintenant que me voilà propriétaire...

Qu'elle serait déçue, si elle savait la vérité ! se disait Yves sur le chemin du retour. La lune, à son deuxième quartier, distillait suffisamment de clarté pour permettre à la jument d'avancer au petit trot, maintenant qu'ils avaient retrouvé la grand route. Huit kilomètres. Il en avait pour quarante minutes. Sa nuit serait courte, car il devrait se lever tôt s'il voulait voir son ami Jean Menguy avant son départ pour la pêche. Il fallait qu'ils conviennent du jour où ils iraient à Camaret, acheter le bateau, *son* bateau.

*
* *

Estelle attendait François et bouillait intérieurement. Trente minutes de retard : c'était tout à fait inadmissible. Elle venait de décider de lui accorder dix minutes supplémentaires, les dernières, quand elle le vit, enfin : il la cherchait du regard, visiblement inquiet. Elle lui fit un signe discret de la main et ne manifesta rien tandis qu'il se confondait en excuses : son commandant l'avait retenu à propos d'une sombre histoire de vol qu'il allait devoir élucider le lendemain. Ils dînaient au Petit Jardin, un endroit tranquille. À peine assis, il avait commandé, tout en l'écoutant lui raconter ses courses du jour, quand elle s'était soudain interrompue :

— François, vous êtes un cachottier ! Pourquoi m'avoir dissimulé que vous aviez été fiancé l'an dernier ? Je l'ai appris hier, par hasard. Il vous en faut une par an ?

Il la regarda un instant avant de répondre. Était-elle vraiment furieuse, ou simplement curieuse ? Jalouse ou complice ? Il se rendit compte qu'il ne savait pas encore lire son visage.

— Cela n'a rien d'un secret, Estelle, répondit-il enfin. J'ai, effectivement, été fiancé quelques mois à une jeune fille de Ploumoguer, Anne Penru. Nous avons rompu, d'un commun accord. Nous n'étions vraiment pas faits l'un pour l'autre ; nous aurions commis une erreur. Moi du moins, car je ne vous aurais jamais connue, ma chérie...

— Savez-vous que votre ex-fiancée épouse un certain Yves Kerléo ? Un gardien de phare qui vient d'acheter une ferme dans les îles.

Il se sentit rougir... Ainsi, c'était vrai ; les bruits qui couraient à Ploumoguer étaient fondés. Anne l'avait berné en l'amenant à la rupture peu après leur rencontre avec ce garçon, au phare de Saint-Mathieu. Mais bien sûr ! Dès la semaine suivante, elle avait prétendu qu'elle ne supporterait pas ses absences...

— Eh bien, qu'avez-vous, François ? Je ne voulais pas vous blesser. Ce n'était pas du tout mon intention...

— Non, ce n'est pas cela... C'est simplement que ma vanité en prend un coup. Alors que j'étais persuadé que c'était moi qui avais quitté Anne, je découvre soudain que c'est elle qui m'a amené à rompre pour pouvoir épouser son gardien de phare ! Un type très sympathique, au demeurant, ce Kerléo. Nous avons fait le trajet de Brest au Conquet ensemble, dans l'Hirondelle, il y a une dizaine de jours.

— Et un type, comme vous dites, que vous allez sans doute rencontrer de temps à autre à Bellevue, — si, du moins, vous m'épousez.

— Estelle ! Vous le savez, c'est mon vœu le plus cher et j'ai bien réfléchi. Je comprends très bien que vous considériez la vie de famille comme primordiale et je suis prêt à quitter la marine, si nécessaire. Mais pour quoi faire à la place ? Je ne puis vous épouser et devenir fermier. Or, à part la mer et le métier d'officier, c'est encore ce que je connais le mieux...

— Fermier, non, mais industriel, pourquoi pas ? Vous avez, je le crois, de bonnes bases scientifiques et la chimie de l'iode, ce n'est pas très sorcier, si j'en crois mon frère... J'en ai parlé à Père : il est convaincu de vos capacités et persuadé que vous pourriez le seconder dans l'entreprise avant de lui succéder, le temps venu. Qu'en pensez-vous ?

Il hésita un instant avant de répondre :

— J'en pense que c'est tentant, évidemment. Mais ne croyez-vous pas que nous risquons tous de le regretter un jour ? Supposez que je ne m'entende pas avec votre frère Félix...

— Félix est en Suisse où il va se marier, répondit Estelle. Mais même s'il revenait, Père a quatre usines. Il y en aurait deux pour Félix et deux pour nous... Réfléchissez bien. Je ne veux aucunement briser votre vie. Et si votre vie c'est la mer...

— C'est vrai, Estelle, ma vie c'est la mer, mais, plus encore que la mer, ma vie, aujourd'hui, c'est vous. C'est vous, d'abord et avant tout.

Sans trop savoir comment, ils s'étaient retrouvés dans la garçonnière de François, un petit trois-pièces situé au second étage d'un hôtel particulier, à l'angle des rues de Siam et Traverse. Elle en avait fait le tour, pendant qu'il s'escrimait à ranimer le feu, tout en lui préparant un grog. Quand la chaleur de l'alcool et celle du feu les eurent quelque peu réchauffés, François lui enleva sa fourrure, se pencha sur elle, et, tout en l'embrassant, lui murmura en commençant à la déshabiller :

— Je ne voudrais pas profiter d'un moment d'égarement ou d'abandon, Estelle. S'il arrivait quoi que ce soit...

— S'il arrivait quoi que ce soit, je vous sais homme d'honneur, cela me suffit, murmura-t-elle entre deux baisers.

Elle avait noué les bras autour de son cou, et les yeux dans les siens, lui chuchota :

— Je vous aime, et pour vous le prouver, je veux me donner à vous. C'est aussi simple que cela. Je sais que c'est prématuré, déraisonnable, et que je ne devrais pas le faire, mais j'ai envie de vous, comme vous avez envie de moi, et nous avons attendu assez longtemps tous les deux.

Il l'avait portée sur le lit et avait fini de la dévêtir, délaçant le corset, ôtant successivement dessous de robe, jupons, chemise, et enfin le petit pantalon de dentelle, qui jonchaient maintenant le parquet. Il avait mené l'assaut avec l'impétuosité et la fougue d'un jeune officier de hussards lançant sa première charge, sans aucune manœuvre préparatoire. Estelle l'avait laissé faire jusqu'au dernier moment, où elle lui avait soufflé « Retenez-vous, François, ou retirez-vous ». Mais c'était trop tard. Quelques minutes plus tard, elle le caressait, le couvrait de baisers rapides sur tout le corps et tout en se disant « Je vais devoir tout lui apprendre, ma parole ! Mais cela devrait être plutôt agréable », elle lui murmura :

— Il vous faudra être plus patient, tout à l'heure, mon amour. Penser à moi, aussi... Après tout, l'amour se fait à deux, n'est-ce pas ?

— Je manque d'expérience, Estelle, je vous l'ai dit, et...

— Je pensais que vous plaisantiez... Mais... cela ne fait rien... Nous allons devoir apprendre tous les deux, ensemble, mon chéri.

*
* *

Jean Menguy était un grand marin et il était en train d'en apporter la preuve à Yves.

Ils étaient partis à l'aube, avec le jusant, sous un léger crachin d'ouest. Le temps s'était radouci la veille et ils s'en félicitaient. Moins de trois heures plus tard, ils étaient à Camaret. Trois heures encore et le bateau était acheté et payé, après que Jean eut obtenu du vendeur un second jeu de voiles pour une bouchée de pain. Après quoi, ils avaient mangé sur le pouce dans un café du port avant de reprendre la mer. Yves l'avait enfin, sa *Marie-Jeanne*. Anne ne serait peut-être pas contente d'apprendre que c'était sa sœur qui en serait la marraine, mais Yves devait bien cela à Jeannie. La *Marie-Jeanne* ne serait certainement pas un coursier des mers, mais c'était une solide barque de pêche qui avait fait ses preuves, et qui, bien entretenue, devrait encore lui assurer quinze ou vingt ans de bons et loyaux services.

Ils rentraient maintenant de conserve, et Jean ralentissait de temps à autre pour attendre le néophyte qui ne savait pas, comme lui, tirer le meilleur profit de la moindre risée. Yves remerciait le ciel du courant portant qui lui permettait de ne pas être trop ridicule. Avant de quitter Camaret, Jean lui avait confié : « Nous avons bien choisi le jour et l'heure, matelot, et le retour au Conquet sera une vraie promenade de santé. Tu comprendras ce que je veux dire quand il t'arrivera d'aller du Conquet à Béniguet contre vent et courant. »

Yves était fier de son bateau ; il en aimait la ligne, l'avant bien dégagé, l'étrave cambrée. Et ce liston blanc, ces voiles lie-de-vin... Un beau camarétois, de l'avis de Jean. Sacré Jean, qui avait accepté, moyennant une rétribution forfaitaire par voyage, de lui acheminer à l'île, toutes les semaines — au début, du moins — non seulement les vivres frais, mais aussi les animaux vivants dont il aurait besoin : chevaux, vaches, cochons, volailles... Il avait bien protesté qu'il était pêcheur, pas transporteur, mais Yves le connaissait : il prendrait vite l'habitude de ces voyages. De son côté, il avait deux choses urgentes à faire : recruter son premier valet et aller à Béniguet. Il devait démarrer l'exploitation le 1er avril au plus tard et, d'ici là, restaurer la ferme : le bâtiment avait besoin d'un nettoyage complet, d'un lessivage des murs aussi bien que des sols, et d'un coup de badigeon, tant à l'intérieur qu'à l'extérieur. La toiture, la cheminée, les cloisons, l'escalier, les fenêtres, les volets, il fallait tout revoir. Alors seulement, il pourrait faire venir Anne ; mais pas avant. Dans quinze jours, il devait effectuer cette tournée sur la côte avec Eugène Lemarchand, et il en attendait beaucoup, car, si le tali rapportait vraiment, chaque année, les 15 000 francs que disait l'industriel, il n'était pas question de rater cette première saison. Et la meilleure période étant celle du printemps, celle du *bijinn ebrel*, le goémon d'avril, il lui fallait être prêt le 15 avril au plus tard. Cela lui laissait un mois et demi pour organiser cette campagne. C'était court, il faudrait que ce soit suffisant. Yann ou Cheun, il aurait besoin d'un des deux géants pendant un mois ou deux ; ils sauraient se faire respecter. Mais la première chose à faire était bien de recruter ce grand valet, qui devrait être son représentant sur l'île.

Une nouvelle fois, il s'était laissé distancer par Jean. Dès qu'il laissait vagabonder son esprit, Yves n'accordait plus l'attention suffisante à son bateau, et, comme il était loin d'avoir les automatismes de son ami, il prenait moins bien le vent et perdait de la vitesse. Ils en étaient au troisième mois de l'hiver, et les jours avaient bien rallongé depuis le solstice. Pourtant, les journées étaient tellement remplies qu'elles lui paraissaient de plus en plus courtes. La semaine précédente, Anne et lui avaient effectué la quasi-totalité de leurs achats. Il dépassait ses prévisions de dépenses et il s'en voulait parfois de sa recherche obsessionnelle du meilleur produit. Il lui fallait toujours la meilleure qualité pour ses outils, ses animaux, ses graines ou ses semences, comme, aujourd'hui, pour son bateau. Et évidemment, le meilleur, c'était cher.

À Béniguet, les travaux des citernes avançaient ; Lom Riou s'y était mis quinze jours plus tôt, et les terminerait sous huitaine. Anne allait être surprise, mais sans doute le serait-elle plus encore par ce fourneau moderne qu'il venait d'acquérir et dont on disait qu'il allait changer la vie de la femme dans sa cuisine. Ce serait son cadeau de bienvenue sur l'île... Anne... Tout à l'heure, il allait la retrouver dans leur chambre. Ils étaient complètement déraisonnables et le savaient tous deux, mais peu leur importait : ils avaient déjà accepté la probabilité d'une grossesse avant le mariage.

Une nouvelle fois, Jean le ramena à la réalité : il gesticulait des deux bras pour attirer son attention. Yves se sentit rougir : il partait sur Béniguet. Il rejoignit son ami qu'il s'appliqua à suivre jusqu'au port du Conquet où ils accostèrent avant la tombée de la nuit.

5

Eugène venait de s'installer dans son wagon-lit et de défaire ses bagages pour la nuit, avant d'aller dîner au wagon-restaurant. S'il détestait dormir dans le train, il appréciait cependant les rencontres qu'il y faisait. Cette fois, ce serait peut-être un de ses collègues du conseil général ou l'un de ses confrères, ou encore un ancien condisciple de collège ?... S'il n'y avait eu ce télégramme si alarmiste de l'hôpital...

Pourtant, la semaine écoulée avait été bonne. Elle avait vu la concrétisation du projet d'union entre Estelle et François, et cette réunion — ce dîner d'affaires, plutôt — entre eux trois. Il avait bien remarqué à quel point son gendre était gêné de parler dot, intérêts, argent. Visiblement, cela le mettait mal à l'aise ; l'argent ne l'intéressait pas. Il en faut pourtant, songeait Eugène qui s'était engagé à céder à Estelle un quart des actions de la société propriétaire de l'usine, ainsi qu'un capital de 200 000 francs placé à 4,5 pour cent. Eugène avait rendu visite à son cousin, le préfet maritime, pour régler le départ de François de la Marine nationale. Il allait rentrer immédiatement dans l'affaire d'iode et se familiariserait avec l'usine, avant d'effectuer quatre stages d'un mois chez deux fournisseurs et deux clients. Eugène l'aiderait à revoir ses notions de chimie. La première année, il percevrait la même rémunération que celle précédemment accordée à Félix — soit 25 000 francs par an — et bénéficierait, en outre, de gratifications indexées sur les résultats. Eugène y avait ajouté une prime d'engagement de 10 000 francs pour lui permettre de s'installer.

Ce soir-là, François n'avait pas dormi à Bellevue ; il avait préféré rentrer immédiatement à Ploumoguer. Seul avec sa fille, Eugène était resté décontenancé quand elle lui avait avoué qu'elle était la maîtresse de son fiancé. Qu'avait-elle besoin de lui parler de son intimité ? Il ne connaissait rien à la sexualité féminine et était trop pudique pour aborder ce problème avec sa sœur Juliette, la seule qui aurait pu l'éclairer. Par chance, les aventures amoureuses de sa fille, qu'il connaissait surtout par les indiscrétions de Félix, si elles avaient fait jaser, n'avaient finalement pas porté à conséquences : Estelle pourrait se marier en robe blanche, comme n'importe quelle rosière de village.

C'est le lendemain de ce repas qu'il avait eu la visite de M. Kernéis père. Pour la circonstance, le fermier avait troqué son habit breton et le chapeau à guides contre une tenue de ville qu'il avait jugée plus adaptée aux circonstances et à la qualité de son interlocuteur, mais dans laquelle il paraissait quelque peu emprunté. Eugène avait écourté l'entrée en matière pour lui offrir aussitôt l'un de ses meilleurs portos, et rapidement mis à l'aise son visiteur, visiblement impressionné par un décor auquel il n'était pas habitué. Une heure plus tard, le fermier s'en était retourné chez lui, ravi pour son fils, ébloui par la beauté de sa future bru autant que par ses attraits financiers, et, surtout, flatté d'avoir été si bien reçu par l'une des plus éminentes personnalités du canton. Dès lors, il n'eut de cesse que de faire savoir à tous que son fils François épousait la fille de l'industriel Lemarchand, « vous savez, le propriétaire de la grande usine d'iode, maire du Conquet et conseiller général, un homme si sympathique et si simple... ».

Eugène venait d'éteindre son cigare et se préparait à rejoindre le wagon-restaurant. Dans une semaine, il devait faire cette tournée avec le jeune Kerléo. Ce serait une bonne chose que François puisse les accompagner. Bon sang ! Il avait complètement oublié qu'Yves Kerléo devait dîner à Bellevue, ce soir ! Le garçon allait s'étonner de son absence, et il serait reçu par Estelle qui ne l'aimait guère...

*
* *

Yves remontait l'allée lorsque Estelle était arrivée à sa hauteur, montée sur une jument alezane. Elle avait répondu à son salut et s'apprêtait à le dépasser quand elle l'avait reconnu et avait sauté de cheval.

— Monsieur Kerléo ! Comment allez-vous ? Je suis contente de vous rencontrer. Je tenais à m'excuser auprès de vous pour mes manières abruptes, lors de notre première rencontre. Nous ne nous sommes revus qu'en compagnie de mon père, que je ne souhaitais pas avoir comme témoin de ces excuses.

— Vous n'avez rien à vous reprocher, mademoiselle, je vous l'ai déjà dit. J'ai apprécié la fougue avec laquelle vous soutenez Félix, et j'aimerais que mes sœurs en fassent autant pour moi à l'occasion.

— Vous êtes un vrai gentleman, monsieur, et vous justifiez l'estime que vous porte mon père. Il a malheureusement dû s'absenter et partir pour Paris. Il m'a demandé de le remplacer, je le ferai avec plaisir.

C'est de façon tout à fait irréfléchie qu'Estelle venait de réparer l'oubli de son père ; elle aurait tout le temps de s'interroger plus tard sur les motifs qui l'avaient conduite à maintenir ce dîner. Yves l'avait suivie des yeux pendant qu'elle tendait les rênes de sa jument au palefrenier : cette fille avait une assurance et une aisance étonnantes pour son âge. Il lui emboîta le pas et ils gravirent ensemble le perron. Alfred leur ouvrit la porte.

— Vous m'excuserez quelques minutes, monsieur Kerléo... J'ai besoin de me rafraîchir après cette course dans les dunes. Prendrez-vous un porto ? Alfred, vous m'en servirez un également. Vous trouverez les journaux parisiens d'avant-hier et la presse locale du jour sur la table basse. Installez-vous...

Yves était plongé dans la lecture d'un article du *Figaro* où il était, une fois encore, question de l'affaire du canal de Panama et des conséquences de ce scandale sur la carrière de Clemenceau. Cela commençait à devenir lassant et tournait au règlement de comptes. Il entendit la porte s'ouvrir et eut un véritable choc quand il la vit. Elle était resplendissante. Incapable de cacher son admiration, il se surprit à dire :

— Mademoiselle, vous êtes vraiment éblouissante.

— Vous me flattez, répondit-elle, surprise de ce qu'elle lisait dans son regard, mais j'accepte le compliment. Asseyez-vous, je vous en prie. Vous voudrez bien excuser Père, mais, comme je vous le disais, il a reçu un télégramme de Paris, en début d'après-midi. Mère est hospitalisée à Neuilly, et son état de santé s'est considérablement dégradé récemment. D'où ce voyage imprévu.

— Je suis désolé. Je... je vais me retirer, je reviendrai voir M. Lemarchand un autre jour.

— Surtout pas. Je suis moi-même très secouée et je vous sais gré d'avoir accepté de me tenir compagnie. Je ne voulais pas rester seule, ce soir... Le repas est prêt ; je vais demander que l'on nous serve. Le temps de finir ce porto....

C'est ainsi qu'avait débuté cette étrange soirée. Effectivement très cafardeuse et plus affectée qu'il n'y paraissait par l'état de santé de sa mère, Estelle avait déjà considérablement abusé du porto avant de faire servir le dîner sur une petite table dressée à la dernière minute. L'alcool aidant, elle avait vite glissé dans une euphorie où Yves ne voulait pas la suivre, lui qui ne s'était jamais trouvé dans une pareille situation, seul avec une jeune fille qui utilisait un langage et un ton badin auxquels il n'était guère accoutumé.

À un moment de la soirée, Estelle avait demandé au maître d'hôtel d'aller chercher Rozenn, sa chambrière. À peine eut-elle aperçu Yves que la jeune fille se précipita vers lui et, s'agenouillant, lui prit la main et la baisa. Yves la releva et l'embrassa sur les deux joues. Estelle observait la scène avec une curiosité non déguisée.

— J'ai pensé que Rozenn serait heureuse de vous rencontrer, Yves. Je ne me suis pas trompée. Sais-tu, Rozenn, que M. Kerléo se marie ?

— Dieu bénisse votre épouse et vos enfants ! s'exclama la jeune fille. Je prierai pour votre bonheur et celui de votre famille.

— Merci beaucoup, Rozenn. Tout va bien ?

— Tout va bien, monsieur Yves. Vraiment. Mademoiselle est très gentille et M. Lemarchand est très bon pour moi. Puis-je me retirer, mademoiselle ? Au revoir, monsieur. Bonsoir, mademoiselle.

Estelle avait été surprise de voir Rozenn s'éclipser aussi vite ; pourtant, elle avait paru heureuse de rencontrer Yves et d'apprendre son mariage. Dès que sa chambrière eut quitté la salle à manger, Estelle le pria de l'excuser pour l'avoir appelé par son prénom, mais comme, volontairement ou non, elle réitéra, par la suite, cette erreur à plusieurs reprises, elle finit par déclarer qu'il serait plus simple qu'ils en usent dorénavant ainsi. Une fois de plus, elle se surprenait à céder à ses impulsions sans savoir où elles la mèneraient. Cet homme l'intriguait plus encore qu'il ne lui plaisait, et elle voulait déterminer ce qu'il avait de plus que François pour avoir ainsi séduit Anne Penru. Il était pourtant moins beau que François ; à vrai dire, il n'était même pas beau, d'ailleurs. C'était pire : il avait du charme.

— Je cherche à comprendre ce qui a décidé Anne à quitter François pour vous...

— Ce qu'on appelle le coup de foudre, je suppose. Un mystère que la science ne réussira, je l'espère, jamais à expliquer.

— Qui sait ? Je crois, moi, qu'on y arrivera, un jour. J'aimerais comprendre le pourquoi de cette attirance d'un être pour un autre. Ou de son rejet. Ainsi, pourquoi ai-je été agressive avec vous, la première fois que je vous ai rencontré ? Est-ce vraiment parce que Père vous juge supérieur à mon frère, ou pour une raison plus obscure que je me refuse à admettre ? Je ne le sais pas. D'ailleurs, ce soir, je me sens bien avec vous. J'ai bu un peu trop de vin. Sans doute pour oublier mon chagrin, mais peut-être pour autre chose, aussi.

Une heure plus tard, ils se faisaient toujours face devant les reliefs de leur repas, mais Estelle ne cherchait plus à cacher sa fatigue. Tout en parlant, elle avait entrepris de se recoiffer ; du moins était-ce ce que supposait Yves, jusqu'à ce que la lourde chevelure de la jeune fille s'écroule soudain en une masse soyeuse qu'elle secoua en riant.

— Je n'arrive pas à remettre ces épingles, alors autant les retirer. Comme je ne vais pas tarder à aller me coucher, cela n'a guère d'importance. Me préférez-vous ainsi, Yves ? Cela me change, n'est-ce pas ? Savez-vous que mes cheveux sont ma seule parure de nuit, l'été ?

Elle multipliait les provocations et il y était de moins en moins insensible. Si ce repas se prolongeait, il allait se mettre en danger. Il était temps pour lui de prendre congé.

— Je me sens très fatigué, Estelle, répondit-il, et je pense qu'il vaudrait mieux que je vous laisse vous reposer. Il est tard.

— Ce que vous voulez dire, c'est que nous devons nous conduire en adultes raisonnables, n'est-ce pas ? Sonnez Rozenn, voulez-vous ? J'aurai besoin de son aide, et peut-être même de la vôtre, pour rejoindre ma chambre, je le crains. J'ai la tête qui tourne...

Rozenn n'avait pas suffi, en effet, et c'est Yves qui avait dû la porter à l'étage. Il était resté quelques minutes au pied du lit, et avait regardé Rozenn dégrafer la robe et passer de l'eau sur le visage de sa maîtresse, déjà endormie.

— Vous pouvez nous laisser seules maintenant, monsieur Yves. J'arriverai à coucher mademoiselle. Elle est belle, n'est-ce pas ?

Perdu dans un monde lointain et merveilleux, il avait répondu, un étrange sourire aux lèvres :

— Oui, elle est belle. Très belle.

À sa stupéfaction, Rozenn avait fondu en larmes. Il s'était penché sur elle et lui avait demandé :

— Pourquoi pleurez-vous, Rozenn ?

— J'ai peur, monsieur, j'ai peur pour vous... Je crois que vous vous trompez tous les deux... Je ne sais pas pourquoi, mais je le sens. C'est elle que vous devriez épouser. Vous vous aimez tous les deux, j'en suis sûre, mais vous ne le savez pas encore...

Yves n'avait rien répondu. Il avait quitté Bellevue sur-le-champ, plus troublé qu'il ne voulait se l'avouer.

*
* *

Ils étaient partis à six heures du matin, avaient passé Ilien, Brenterc'h, Trézien et se dirigeaient vers Lampaul en longeant la côte. François tenait fermement les rênes. La veille au soir, après qu'Eugène les eut officiellement présentés l'un à l'autre, Yves et François n'avaient pas tardé à se mettre d'accord pour se passer de Victor, le cocher. Ils conduiraient à tour de rôle et seraient ainsi plus libres de leurs mouvements. Les deux jeunes gens avaient tout à apprendre sur le tali, la soude et l'iode, et attendaient beaucoup de ces trois jours. Ils n'avaient toujours pas quitté leur canton, et pourtant, passé Trézien, ils se sentaient déjà en terre inconnue, aucun d'eux n'ayant jamais longé cette côte des abers ni visité les villages qu'ils traversaient.

En dehors des îles, c'était pourtant ici que les goémoniers étaient le plus nombreux et le plus actifs, mais le plus pauvres aussi. C'était ici que commençait le royaume du tali, d'ici que provenait l'essentiel des pains de soude dont on tirait l'iode. François venait de s'arrêter sur une falaise surplombant une grève. Trente mètres en contrebas, des goémoniers s'affairaient : il était temps pour Eugène Lemarchand de leur donner leur premier cours.

— Vous voyez ces longues algues brunes, en forme de rubans, de lames, si l'on se réfère à la racine latine du mot, la *laminaria digitata*, commença-t-il. Ce sont ces laminaires qui constituent le produit de base de notre industrie. Les hommes et les femmes qui les chargent sur cette voiture à bras vont d'abord les étaler sur la falaise pour en extraire l'eau de mer ; puis ils les disposeront en tas, en meules plus ou moins bien formées, où le goémon finira de sécher. C'est seulement en septembre, quand il sera bien sec, qu'on le brûlera dans des fours rudimentaires que nous aurons l'occasion de voir. Une fois brûlées, ces algues donneront le pain de soude, le *bara mor* ou « pain de mer », dont nous extrayons l'iode. Regardez ces deux femmes qui portent le goémon dans leur tablier, et cet homme, là-bas, qui le porte sur son dos et croule sous sa charge. Ces pauvres gens vont faire les deux cents mètres qui les séparent de la dune dix, vingt, trente fois dans la journée, tant que la mer ne sera pas trop haute. C'est un travail de forçat, et c'est eux qu'il s'agit d'aider en priorité, Yves. Si nous pouvions leur fournir les charrettes et les chevaux qu'ils avaient autrefois mais que la crise et la misère leur ont enlevés, vous imaginez la fatigue qu'ils s'épargneraient et le gain supplémentaire qui en résulterait pour eux.

Les deux jeunes gens s'étaient approchés du seul couple à disposer d'une charrette. L'homme chargeait de lourdes fourchées de goémon que sa femme et lui venaient d'arracher aux fonds rocheux où les algues s'accrochaient par de petits crampons. Il transpirait à grosses gouttes. Le cheval attelé à la charrette se tenait totalement immobile dans l'eau qui lui arrivait aux genoux. L'étale de basse mer était passée et il restait aux goémoniers moins d'une heure de ramassage. François essaya d'entamer la conversation, mais le goémonier lui lança un regard noir, et jeta à sa femme, en breton, croyant sans doute avoir affaire à des « étrangers ».

— Il est né un samedi, il aime le travail déjà fait.

Yves ne put réprimer un sourire, tandis que François rougissait jusqu'aux oreilles. À la stupéfaction de l'homme, Yves lui répondit par un autre proverbe :

— De toute couleur, bon cheval. De tous pays, bonnes gens.

Et il ajouta aussitôt.

— Nous sommes du Conquet, mon ami et moi. Nous

nous intéressons au tali, mais nous sommes nouveaux dans le métier et nous avons tout à apprendre. Mon ami est le fils d'un fermier de Ploumoguer et va épouser la fille Lemarchand, de l'usine d'iode. Quant à moi, je m'installe comme fermier à Béniguet.

— Vous allez vivre à Béniguet ? s'exclama le goémonier, qui allait de surprise en surprise. Je vous plains, mon garçon ! J'ai un frère qui y a travaillé. C'est un véritable bagne ! Mon frère travaillait pour un nommé Kérébel. Vous le connaissez ?

— Pas très bien. C'est l'autre ferme que je reprends. Et puis n'importe quelle ferme peut être un bagne ; cela dépend certes du fermier, mais aussi des employés...

— Ça, c'est vrai, jeune homme, fit le goémonier étonné du bon sens de celui qu'il avait pris pour un godelureau. Bon. Que voulez-vous savoir ? Comment on ramasse le goémon ? Comment on le coupe ? Comment on le charge ? Alors, regardez ! Maria ! Remets le *tal-benn* en place ! Encore quelques fourchées et c'en sera fini de ce chargement.

— Jakez ! fit la femme, la mer a commencé à monter. Pressons-nous.

— Elle a raison. Désolé, jeunes gens, la marée n'attend pas.

D'un « han » sonore, le goémonier arracha une fourchée de plus de vingt kilos de varech qu'il balança, d'un coup de reins, par-dessus les ridelles de sa charrette. Les longs rubans foncés ruisselaient d'eau et projetaient partout des gouttelettes. L'homme s'activait sans un mot, mais aussi sans hâte.

Ses mouvements étaient réguliers, tout comme ceux de sa femme qui, à l'aide d'une sorte de faucille à long manche, qu'ils appelaient la pigouille, coupait, d'un geste sûr, les laminaires à la base des tiges. La charrette fut bientôt pleine. Sans un mot, et toujours aussi économe de ses mouvements, le goémonier prit le cheval par le mors et le fit manœuvrer lentement, scrutant le fond de l'eau devant l'animal et devant les roues de la charrette. Arrivé sur un fond sablonneux et dégagé, il lança un « hue » sonore auquel l'animal répondit immédiatement en s'élançant vigoureusement vers la falaise. Alors seulement, l'homme se tourna vers François.

— Alors, monsieur l'usinier, que voulez-vous apprendre au juste ? Comment on étrangle les pauvres gens ?

— Non, bien sûr, fit François, gêné. J'aimerais savoir quelle quantité de tali vous faites par marée.

— Entre vingt et trente tonnes, à chaque grande marée, répondit l'homme, qui paraissait s'amadouer un peu. Ce qui nous donne environ cinq fois moins de goémon sec et vingt-cinq fois moins de pains de soude. Au mieux, ça fait une tonne de *bara mor* par marée. Sur le continent, nous faisons environ six tonnes par an alors que dans les îles, ils en font le double. Au prix que nous paient les usiniers, aujourd'hui, il n'y a plus personne qui puisse vivre de la soude. Il y a vingt ans, on vivait du tali ; aujourd'hui, on en crève. Dites-le à votre patron. Nous voulons bien travailler à nouveau pour lui, mais qu'il nous paie. Regardez ces gens, là-bas. Jadis, ils étaient riches ; avec la crise, ils ont tout perdu, même leur ferme. Ils n'ont même plus de cheval et sont obligés de porter le tali sur ce brancard qu'ils traînent derrière eux. Ho ! Grisette ! Tout doux ! Nous voilà arrivés...

Le cheval avançait lentement, obéissant aux ordres de la femme tandis que, de son croc, l'homme faisait glisser régulièrement le tali au sol. Il avait ouvert le *tal-benn*, le panneau arrière de la charrette.

— J'étalerai les laminaires plus tard, fit le paysan.

— C'est quoi, ces tas de pierres, ces galets entassés de chaque côté du chemin ? demanda François.

Cette fois, ce fut Yves qui répondit ; il savait.

— Ils servent à marquer le territoire de chaque goémonier. Ce ne sont pas des propriétés, tu comprends. La dune est un domaine communal.

— Aujourd'hui, c'est trop tard, je n'aurai pas le temps de le faire, reprit le goémonier, mais demain, dès neuf heures, si le temps est beau, j'étalerai le tali sur la dune pour le faire sécher au vent et au soleil. Je le retournerai vers une heure de l'après-midi et le ramasserai le soir. Quand il fait très chaud, il faut le retourner plus souvent, pour éviter qu'il ne soit grillé par le soleil. Et demain soir, je ferai des faix de goémon sur ces galets.

— Ces faix, ce sont de petites pyramides de goémon, n'est-ce pas ? Et vous avez une marque distinctive ?

— Pour sûr ! Sinon, j'en connais plus d'un qui seraient capables de prétendre que ma récolte est à eux ! Le soir, je regroupe mon goémon et je l'étale à nouveau le lendemain matin.

— Et quand il est sec ? poursuivit François.

— On le met en meules et, à partir de juin, quand on a du temps libre, on le brûle pour en faire des pains de soude. Certains préfèrent attendre la fin de l'été pour avoir le goémon le plus sec. Moi, je prétends qu'il est plus important de bien le sécher, à la récolte.

— Est-ce que ça vous dirait de rencontrer M. Lemarchand ? demanda François.

— Lemarchand ? Je n'ai rien à lui dire. Cela fait dix ans que je ne lui ai rien vendu.

— En tout cas, intervint Yves, nous vous remercions de votre amabilité. Je m'appelle Kerléo, Yves Kerléo. Je reviendrai sûrement vous voir pour les pains de soude. Peut-être pourrons-nous travailler ensemble, qui sait ?

— Travailler ensemble ? Je n'ai pas du tout l'intention d'aller à Béniguet, si c'est ce que voulez dire. Mais si vous revenez par ici, ma ferme est au Guermeur. Jakez et Maria Méneur, du Guermeur. Au revoir, jeunes gens...

*
* *

Rejoignant Eugène qui les avait attendus dans la voiture, Yves et François lui firent part de l'amertume des goémoniers.

— Ils en veulent beaucoup aux industriels. Ce Jakez Méneur a même refusé de venir vous parler.

— Je le comprends fort bien, François. Ils s'imaginent que nous leur tordons le cou et ne se rendent pas compte qu'avant de les ruiner, la concurrence américaine avait entraîné la fermeture de la moitié de nos usines. C'est pour cela que j'ai besoin de vous, Yves. À vous, ils feront peut-être confiance. Vous serez l'un des leurs.

— Je l'ai bien compris, monsieur.

— Sachez pourtant qu'il y a beaucoup plus malheureux qu'eux. Mon confrère, le propriétaire de l'usine de l'Aberwrac'h, accepte de leur faire des avances sur récoltes, sans quoi ils ne pourraient pas payer le médecin, l'hiver, et mourraient sans soins, comme cela arrive trop souvent.

Yves ne doutait plus de la sincérité de l'industriel ; Lemarchand était incontestablement ému par la détresse des goémoniers, et leur mieux-être lui tenait à cœur. Leur procurer chevaux et charrettes, ce serait, tout à la fois, augmenter leurs revenus et améliorer leurs conditions de travail.

— Est-ce ainsi jusqu'à Brignogan, monsieur ?

— Oui, et même jusqu'à Roscoff et au-delà. Et c'est pareil en Normandie, où nous avions une usine que je viens de fermer, faute d'acquéreur. La seule différence, c'est les algues récoltées, et donc l'usage qu'en font les industriels. Si nous sommes des spécialistes de l'iode, en effet, d'autres axent leur activité sur la soude et la potasse. N'oubliez pas que les pains de soude contiennent 13,5 pour cent de chlorure de potassium, 16 pour cent de chlorure de sodium, 10 pour cent de sulfate de potasse, et seulement 2,7 pour cent de brome et 1 pour cent d'iode. Mais assez de chimie ! Je connais une bonne auberge sur l'Aber-Ildut...

Yves et François avaient immédiatement sympathisé, et, dès la fin de la première journée, ils s'appelaient par leur prénom. Pendant le déjeuner, François les avait fait beaucoup rire en leur parlant de sa passion pour la bicyclette. Très jeune, il avait suivi les exploits de ces acrobates du grand bi qu'étaient les Terront, Waller, Moore ou Pascaud, mais, lorsqu'il avait révélé à qui de droit sa vocation de coureur cycliste, une paire de gifles paternelles l'avait contraint à mettre ses ambitions en veilleuse. Bientôt, à celle du vélo il avait ajouté la passion de la mer, et son père, cette fois, s'était incliné quand il lui avait représenté qu'il serait ridicule d'avoir dépensé tant d'argent pour faire d'un bachelier un fermier. S'il entrait à Navale pour devenir officier de marine, le coût de ses études serait à la fois justifié et rentabilisé. M. Kernéis père s'était rendu à ces arguments.

*
* *

L'après-midi, ils avaient observé quelques fours et visité une usine de soude. La mer était haute, et la récolte de tali terminée pour la journée. Ils avaient pu voir, sur les dunes, des goémoniers étaler leur varech tandis que d'autres, moins nombreux, séchaient le leur dans le vent, en le pendant sur des fils. Mais partout, ils avaient rencontré des hommes et des femmes au visage résigné.

Ce premier soir, ils avaient dîné et couché dans un hôtel qui surplombait l'aber Wrac'h. Le gîte y était rustique, mais le couvert parfait. Après une soupe de poisson, ils s'étaient régalés d'huîtres de l'aber, froides et chaudes, de coquillages farcis — praires, palourdes et moules — ainsi que d'un bar au beurre blanc. Yves croyait le service terminé quand l'hôtesse leur avait servi une poularde. François et lui avaient échangé un regard perplexe. S'agissait-il là du régime habituel d'Eugène ?

Un groupe d'hommes pénétra bruyamment dans la salle.

— Regardez qui vient là ? s'exclama Eugène en brandissant son verre. Nos amis rapins... Permettez-moi de vous présenter MM. Émile Bernard et Henri Moret, accompagnés d'un de leurs amis. Vous avez quitté le Midi, monsieur Bernard ? Des nouvelles de votre ami Gauguin ?

— Bonsoir, monsieur. Oui. Paul est en France et doit, prochainement, venir en Bretagne. Il voudrait récupérer les toiles qu'il a laissées, en gage, au Pouldu, il y a trois ans. Connaissez-vous notre ami Loiseau ? Gustave est l'un des nôtres, passionné de Bretagne, lui aussi. Nous faisons un petit tour sur la côte du Léon, que nous découvrons. Maufra — vous connaissez Maxime, je crois — doit nous rejoindre à Camaret ; Henri et Gustave ont, eux, l'intention de s'installer quelques jours à Ouessant. Il paraît que la côte y est extraordinairement sauvage et la luminosité exceptionnelle...

— Yves Kerléo, mon jeune ami que voici, l'interrompit Eugène, va vivre à Béniguet, une petite île située face au Conquet, mais encore rattachée à Ploumoguer, par une aberration de notre administration. Il sera ravi de vous y accueillir, si d'aventure vous tombiez amoureux de notre Léon.

Quand les peintres se furent éloignés, Eugène reprit :

— À leur façon, ces jeunes gens célèbrent, eux aussi, la Bretagne. Je leur achète, en moyenne, cinq ou six huiles, chaque année, principalement à Bernard et Moret, que vous venez de voir, mais aussi à Maurice Denis, Maufra et quelques autres encore, comme Sérusier. Le jeune Bernard a un ami, Gauguin, un peintre certainement talentueux, mais fantasque et très orgueilleux ; je ne l'ai pas trouvé très sympathique quand je l'ai vu à Pont-Aven, il y a quelques années. Estelle, qui aime la peinture, s'est renseignée, en décembre dernier, auprès de marchands qui lui en ont conseillé l'achat, certains d'entre eux commençant à se faire un nom. D'ailleurs, c'est l'occasion !... Laissez-moi vous offrir à chacun une marine.

— Voyons, monsieur Lemarchand... protesta Yves.

— Si, si, cela me fait plaisir, et vous allez vous marier tous deux. Mettons que se sera mon cadeau.

Et ce soir-là, Yves et François choisirent chacun une huile de Moret. Yves avait abandonné à François une *Pointe du Raz* dans laquelle il ne reconnaissait pas la sienne, celle qu'il avait contemplé d'Armen, des années durant. Il lui avait préféré des *Voiliers par temps de brume* qui rendaient parfaitement l'atmosphère des ports de pêche bretons au petit matin.

*
* *

— Avez-vous réfléchi à ce que nous disions hier, Yves ? interrogea Eugène, tout en allumant son premier cigare de la journée.

— Oui, monsieur, mais, sincèrement, je ne vois pas comment nous pourrions fournir chevaux et charrettes à tous ces goémoniers quand les récoltes se font partout au même moment — aux grandes marées ou après les tempêtes — et alors que les paysans en profitent pour louer leurs attelages à prix d'or. Il nous faudrait donc en acheter un certain nombre et en louer d'autres, mais uniquement dans les fermes de l'intérieur où les prix sont certainement plus raisonnables. Il faut donc envisager, aussi, l'aspect financier du problème.

— Cela, c'est mon affaire. Vous aurez carte blanche quand vous vous déciderez, ne vous inquiétez pas. Ah ! une précision : vous n'aurez pas à vous occuper du secteur de Ploudalmézeau, entre les abers Ildut et Benoît. J'y ai des accords avec mon confrère de Portsall. Au fait, j'ai oublié de vous demander si vous aviez enfin recruté votre second, ce grand valet dont vous m'aviez parlé. A-t-il accepté votre offre ?

— Oui, c'est réglé. J'ai été voir son patron que j'ai dû indemniser ; je n'avais pas le choix. Il s'appelle Pierre Le Bars. Il va s'installer tout de suite à l'île. Il est tout à fait capable de tenir la ferme seul, et c'est un homme d'une moralité exemplaire. Bien sûr, ces qualités ont un prix, mais si je veux me consacrer au tali et aux pains de soude, je ne peux pas lésiner.

— À propos du tali, intervint François, pourriez-vous me donner quelques précisions complémentaires sur son exploitation ?

Eugène hocha la tête, tira sur son cigare, et commença :

— Le varech est exploité en Bretagne depuis des temps immémoriaux, surtout dans le Finistère. C'est un produit très riche qui servirait même à l'alimentation humaine au Japon. La législation qui régit sa récolte est donc très ancienne et varie selon le type de goémon : le varech d'épave — *bijinn tonn* ou *bijinn pensê* — vient à la côte après les tempêtes, et son ramassage est entièrement libre. Le varech de mer, qui peut être récolté neuf mois sur douze, est ramassé à partir de bateaux dont tous les membres d'équipage doivent être inscrits maritimes. Enfin, le varech de rive ne peut être récolté sur l'estran que deux mois avant et après le solstice d'été. Ce goémon appartient à l'État qui en concède gratuitement l'exploitation aux riverains.

— C'est donc ce goémon de rive que récoltaient nos goémoniers, remarqua François.

— Tout juste, fit Yves, même s'ils n'en avaient pas le droit à cette époque de l'année. Au fait, je n'ai vu rentrer aucun bateau de goémoniers.

— Dans le Léon, les Molénais sont les seuls à faire le tali en mer, répondit Eugène. Leurs fonds s'y prêtent : peu profonds, et riches en laminaires. Ils livrent chaque année entre 1 200 et 1 500 tonnes de pains de soude, ce qui est énorme. Et ce sont eux qui ont la plus forte teneur en iode, car ils ne brûlent pratiquement que du tali. Avez-vous déjà vu des pains de soude, François ?

— Oui, en visitant l'usine. Ce sont bien ces blocs noirâtres qui ressemblent à de gros galets parallélépipédiques ?

— C'est cela. En réalité, ces pains de soude ont la forme du four où ils sont cuits. Nous avons vu quelques fours sur les dunes de Porspoder, pas tous en très bon état, d'ailleurs, mais ils seront refaits avant le brûlage.

Yves interrompit l'industriel.

— Vous voudrez bien m'excuser, monsieur, mais je ne vais pas m'attarder. Je suis attendu à Ploumoguer. Après quoi, je passerai quelques jours à Béniguet, avec Pierre Le Bars, le temps pour lui de se familiariser avec l'île et de prendre la mesure du personnel. Vous ne me verrez pas souvent ces trois prochains mois, à cause de mon mariage, bien sûr, mais aussi du recrutement de nouveaux employés. Je ne tiens pas à garder de gibiers de potence parmi mes goémoniers, et j'en ai déjà repéré deux dont il me faut me débarrasser au plus tôt.

Tout en marchant d'un bon pas dans les dunes, Yves réfléchissait. Durant leur périple sur la côte, il avait noté à quel point la récolte du goémon était difficile, aussi bien pour les chevaux que pour les goémoniers qui devaient constamment veiller à ce que leurs charrettes ne s'enfoncent pas dans le sable meuble ou ne dérapent sur des roches humides et glissantes, souvent immergées et recouvertes de varech. Comme eux, il devrait se montrer vigilant. Dans le choix des chevaux et dans celui des hommes.

6

Le jour du mariage était enfin arrivé. Depuis la veille, la tension était vive à la ferme Penru que les hommes avaient désertée tant les accrochages entre femmes s'y multipliaient. Anne s'habillait. Elle houspillait ses deux jeunes sœurs, Eugénie et Jacquette, qui étaient supposées l'aider, mais lui faisaient surtout perdre du temps.

Quand il lui arrivait d'être seule un instant, elle palpait ses vêtements avec un plaisir sensuel : jamais elle n'avait eu de jupon si léger, de chemise si douce à la peau, et même un pantalon si coquin qu'il en était presque indécent. Et ces broderies, ce foisonnement de dentelles ! Elle se sentait un peu oppressée... C'était ce corset, bien sûr ! Elle ne s'y ferait pas... Jacquette l'avait trop serré. Sa taille était bien assez fine sans cela. Elle le retirerait dès la fin de la cérémonie.

Une demi-heure plus tard, elle s'admirait toujours dans la glace. Oui, cette fois, ses parents avaient cassé leur tirelire. La robe et la courte veste assortie étaient de toute beauté : on distinguait même les fils d'or dans toutes ces broderies multicolores qui accrochaient les rayons de soleil et tranchaient sur le fond vert bouteille du tissu. Le haut chignon que lui avait fait Eugénie lui dégageait parfaitement le visage et soulignait la finesse du cou. Elle y avait fixé la coiffe de fête, toute de dentelle ajourée. S'il n'y avait eu ces souliers ! De beaux souliers vernis, certes, mais si durs ! Pourquoi sa mère ne l'avait-elle pas laissée les assouplir ? Elle allait prendre sa vieille paire de souliers du dimanche et les changerait quand elle enlèverait son corset. Elle serait plus à l'aise pour marcher et danser, et comme on ne les verrait pas...

Plus que trente minutes avant l'heure fatidique... Elle jeta un coup d'œil par la fenêtre avant de sortir. Yann et son père faisaient les cent pas devant la maison. Yann avait refusé d'être le cavalier de Louise, la sœur d'Yves, tellement l'institutrice, comme il l'appelait, l'intimidait. Louise héritait donc de Cheun, promu garçon d'honneur. Pour elle, cela n'aurait guère d'importance, les jumeaux étant interchangeables. Anne se dirigea vers son père.

— Cela va-t-il, Père ? demanda-t-elle. Vous semblez inquiet...

— Bien sûr que je suis inquiet, ma fille ! Deux jours de fête, quatre cents invités, c'est du souci, je crois !

— Pourquoi t'inquiéter ainsi ? l'interrompit sa femme. Nous avons tout prévu, même la pluie. Allons, pressez-vous, le ménétrier a commencé à jouer « l'air pour quitter la maison ».

Le sonneur venait, en effet, de se mettre à jouer et toute la famille Kerléo, qui avait patiemment attendu la mariée dans la cour de la ferme, entreprit de le suivre, précédant les Penru. Derrière le musicien, Louise et Cheun formaient les couples en un cortège qui s'ordonna de lui-même en allant vers l'église. Lorsque débouchèrent sur la place, les enfants, en tête du cortège, suivis des garçons et filles d'honneur, les cloches sonnaient à toute volée. Quand, au bras de son père, Anne pénétra dans l'église, elle fut surprise de voir plus de la moitié des fidèles lever la tête vers les orgues. Une fois de plus, Yves avait eu raison : l'organiste qu'il avait fait venir de Brest valait cent fois la religieuse qui tenait habituellement l'harmonium. Mais son entrée dans l'église risquait, du coup, de passer inaperçue. Elle fut vite rassurée par les murmures qui les accompagnèrent, son père et elle, tandis qu'ils remontaient la nef.

*
* *

Anne s'étonnait de se trouver si détachée de la cérémonie ; elle avait l'impression que c'était une autre qu'elle qui se mariait. Elle ne revint à la réalité et ne se sentit vraiment concernée qu'au moment des consentements, quand Yves lui passa au doigt l'anneau qui scellait leur union. Le sourire qu'il lui adressa à ce moment fit monter en elle une telle bouffée d'amour qu'elle crut défaillir de bonheur, et remercia Dieu de lui avoir donné ce mari. « Comme je l'aime ! » se disait-elle en l'observant. À quoi pouvait-il penser ?

Elle aurait été étonnée si elle avait su qu'Yves n'avait cessé de prier durant tout l'office. Il venait de terminer son action de grâce ; « Seigneur, je vous remercie pour cette journée. Accordez-nous, à Anne et à moi, une vie chrétienne aussi heureuse qu'elle l'a été jusqu'à ce jour. Accueillez dans votre paradis nos parents et tous les membres de nos deux familles, ainsi que tous ceux qui nous sont chers. Aidez-nous à respecter vos commandements et ceux de notre Sainte Mère l'Église, et à élever les enfants que vous voudrez bien nous donner dans la foi chrétienne. Donnez-nous la force de toujours vous aimer et d'aimer nos semblables. »

Quelques rangs derrière la famille, Estelle avait passé tout l'office à observer les uns et les autres. La cérémonie, célébrée pour moitié en français, pour moitié en breton, lui avait paru très originale. Ces mariages campagnards étaient, quand même, curieux ; la piété, la ferveur qui s'en dégageaient la surprenaient toujours. Anne Penru — elle devait en convenir — était ravissante dans sa tenue bretonne qui valait toutes les robes blanches dont la mode commençait à se répandre. Par contre, elle ne semblait pas du tout à son aise. Son corset peut-être ? Elle ne devait pas y être habituée. C'était une fille plutôt jolie, mais pas tellement plus qu'une autre. Son charme tenait surtout à ses cheveux et ses yeux. Sa bouche, aussi, peut-être, oui, et son teint... Oui, finalement, Anne Penru était un beau brin de fille.

Yves, lui, semblait être ailleurs. Sans doute rêvait-il...

Estelle non plus n'aurait pas deviné qu'il priait « Quel homme étrange ! se dit-elle. Mon Dieu, que d'amour dans ce regard vers sa femme ! Pourquoi ce pincement au cœur ? Suis-je jalouse ? Mais... mais oui ! c'est cela ! je l'aime ! Comment ne m'en suis-je pas aperçue jusqu'à aujourd'hui ? Ce n'est pas possible ! Je l'aime ! C'est cet homme-là que j'aime ! »

Sous le coup de cette révélation, elle sentit brusquement s'accélérer les battements de son cœur et rougit violemment. Qui était-elle pour avoir une pareille pensée en cet instant, pour oser convoiter, dans une église, le jour de son mariage, un homme qui en épousait une autre ? « Sainte Vierge, pardonnez-moi et aidez-moi... Je ne veux pas pécher, pourquoi me laissez-vous me tromper ainsi ? Aidez-moi à aimer François toujours davantage. François sera mon mari, et je l'aimerai de toute mon âme, il le faut... »

La jeune femme frissonna. Un grand froid venait de la saisir.

*
* *

Anne n'en pouvait plus : il était plus que temps qu'elle change de chaussures. Quand Yves et elle débouchèrent sur le parvis, la lumière du soleil les éblouit un instant. Décidément non, il ne pleuvrait pas. Il fallait absolument que sa jeune sœur, Jacquette, aille lui chercher son autre paire de chaussures, sans quoi elle serait incapable de tenir la séance de photos ou de mener la danse.

Dès les premières mesures de la « Danse du mariage », Louise avait entraîné Cheun qui s'émerveillait de trouver dans la jeune institutrice une partenaire à sa hauteur. La deuxième danse, celle du « Bouquet », le conforta dans cette idée et il commença à se dire qu'il n'avait jamais rencontré une pareille cavalière. Leur couple entraîna vite les autres jeunes du cortège dans une succession endiablée de gavottes et de jabadaos. Anne et Yves, de leur côté, étaient rentrés à la ferme où, sur les tréteaux nappés de draps blanc, victuailles et boissons attendaient qu'on leur fît honneur.

Quelques heures plus tard, les draps de lin avaient perdu leur pureté matinale ; certains esprits commençaient à s'échauffer, d'autres à s'embrumer. François et Estelle venaient de s'asseoir à la table d'Yves et d'Anne. Les deux femmes avaient fait connaissance quelques jours auparavant, mais Anne montrait une certaine réticence à se lier avec celle qui l'avait remplacée dans le cœur de François. De son côté, Estelle, qui aimait les situations nettes, avait souhaité faire table rase du passé — du moins jusqu'à ce matin, jusqu'à la terrible découverte de son amour pour Yves — mais, en bonne paysanne, Anne se méfiait de l'intérêt que lui manifestait cette jeune fille qui n'était pas de son monde, et elle n'avait pas hésité à le lui dire, en soulignant leur différence d'éducation. Elle avait, cependant, accepté de lui rendre visite un jour prochain.

Yves lui avait également présenté le père d'Estelle, Eugène Lemarchand, qui s'était montré très aimable avec elle. Mais là encore, elle ne comprenait pas Yves qui ne se méfiait pas de cet industriel. Comment un *penn braz*, un « grand », maire et conseiller général, pouvait-il avoir besoin d'un « petit » comme son mari ? Yves était trop gentil et si naïf ! Il discutait maintenant avec François, et tous deux se dirigeaient vers elle. François allait l'inviter à danser. Mon Dieu ! Que devait-elle faire ?

— Rassure-toi, Anne, j'ai la permission d'Yves, qui vient d'ailleurs d'inviter Estelle.

— Tu ne crains pas que les gens jasent ? Je préfère attendre Yves...

— Voyons, une gavotte, ce n'est rien !

Anne s'était levée à contrecœur. Comme elle le craignait, tout le monde les avait regardés entrer dans la danse, mais François avait placé leur couple tout près de celui formé par Yves et Estelle, si bien que l'attention retomba très vite. Non loin de là, Anne apercevait Cheun et sa cavalière. Son frère dévorait Louise des yeux et sa nouvelle belle-sœur soutenait ce regard, semblant l'inviter à une tout autre danse. Cheun et Louise ! Ce serait incroyable... L'instant d'après, ils disparaissaient tous deux discrètement. Il fallait qu'elle le dise à Yves, qu'ils arrêtent cela, mais auparavant, elle devait répondre à François qui semblait nourrir certains regrets :

— Si, l'an dernier, nous avions eu, si j'avais eu un peu plus d'expérience ou tout simplement d'audace... aurais-tu accepté ?

— Comme cela n'a pas été le cas, tu ne le sauras jamais, lui avait-elle répondu, avec ce sourire enjôleur qu'elle savait irrésistible.

Yves venait vers elle, l'entraînait avec lui :

— Voulez-vous m'accorder cette valse, madame Kerléo ?

— Avec plaisir, monsieur mon mari. Tu me négliges. J'ai besoin de te parler. Il se passe tant de choses. Cheun et Louise se sont éclipsés il y a un instant...

— Ils sont assez grands pour savoir ce qu'ils ont à faire, tu ne crois pas ? Ma sœur a vingt-sept ans, ton frère vingt-six... S'ils font des bêtises, ils ne pourront s'en prendre qu'à eux-mêmes. Et puis, pour Louise, il commence à être temps...

— Estelle voudrait que j'aille la voir, mardi prochain. Je n'y tiens pas plus que ça, mais je lui ai dit oui.

— Pourquoi pas, en effet ? Eugène, lui aussi, veut faire plus ample connaissance avec toi et nous invite lundi soir. Nous ne pouvons refuser ; François et Estelle seront sans doute là également. J'aime beaucoup Lemarchand ; c'est un homme remarquable, d'une bonté exceptionnelle. Il admire beaucoup Jeannie, m'a-t-il dit, sans que je sache pourquoi. Tiens ! revoilà nos tourtereaux ! Tu as sûrement raison ; il y a quelque chose entre ces deux-là... Je ne reconnais pas ma sœur ! Elle mange littéralement Cheun des yeux. Voilà des complications en vue entre les jumeaux. Regarde Yann. Il a l'air furieux !

Le repas tirait à sa fin. Après les charcuteries — saucisses, andouilles, pâtés de toutes sortes, boudins et tripes — certains convives en étaient encore à se resservir en rôts ou desserts quand la plupart des hommes en faisaient autant en alcools de prune, de poire, de marcs et de cognacs. Certains dansaient, beaucoup chantaient, et tous s'apprêtaient à recommencer, car le dîner serait servi dans moins de trois heures. Dans les cuisines, on s'activait : il fallait que la fête soit belle et les panses bien remplies.

Anne et Yves partirent vers dix heures, en compagnie d'Estelle et de François qui les avaient déposés à l'hôtel Pen Ar Bed, une demi-heure plus tard. Ni Yann ni Cheun ne viendraient les y chercher, Yves ayant laissé croire qu'ils coucheraient à Saint-Renan. Cette nuit de noces n'avait peut-être plus l'attrait de la nouveauté, mais c'était quand même leur première nuit de mari et femme, et Anne s'était promis de la rendre inoubliable.

C'était elle qui s'était approchée de lui pour le déshabiller, puis elle l'avait aidé à retirer la robe qu'elle devrait remettre le lendemain matin. Leurs mains s'activaient, impatientes, et Anne fut la plus rapide : elle défit la ceinture, fit tomber le pantalon d'Yves et lui murmura : « Laisse-moi faire. Cette nuit est ma nuit. Je te l'ai demandé, tu me l'as promis... » Il comprenait enfin ce qu'elle entendait par là et résolut de la laisser faire. Elle promenait sa bouche sur tout son corps, osait toutes les caresses, lui révélant des plaisirs qu'il ne soupçonnait pas. Un moment, il en fut presque choqué.

— Voyons, lui répondit-elle, qu'y a-t-il donc ? Tu connais l'épître de Paul aux Corinthiens : tu m'appartiens comme je t'appartiens. Ton corps est à moi, tout ton corps. Je puis en user à mon gré et je veux être ta maîtresse tout comme je suis ta femme.

Plus tard dans la nuit, alors qu'ils reposaient, Yves se décida à poser la question qui lui brûlait les lèvres.

— Qui t'a appris tout cela, Anne ?

— Tout quoi ?

— Eh bien...

— Je n'allais quand même pas me marier sans me renseigner ! C'est ce que j'ai fait, ces jours derniers, auprès de certaines femmes de mon village, que l'on dit expérimentées.

— Tu es folle ! Que vont-elles penser de toi, de moi,

maintenant ? Et comment ont-elles pu te transmettre leur... science ?

— Pourquoi te poser toutes ces questions ? T'ai-je jamais demandé ce que tu as fait avec Mariannick ou les autres ? Non. Alors, quelle importance ? Montre-moi, plutôt, que tu as encore envie de moi, mon amour...

*
* *

La deuxième journée des réjouissances avait elle aussi commencé sous le soleil, mais plus l'heure avançait et plus la pluie menaçait. À peine avaient-ils fini le déjeuner qu'elle se mit à tomber, drue, lourde, froide. En un tournemain, les tables furent débarrassées, les tréteaux repliés. Si, pour Yves et Anne, la fête était finie ou presque, elle continuait pour les plus jeunes qui s'étaient rabattus sur les granges où s'étaient abrités les musiciens. On y déploierait, tout à l'heure, les tréteaux sur lesquels serait servi le dernier repas. Pour d'autres encore, cette fête n'en était encore qu'à ses débuts et en annonçait d'autres. C'est ainsi qu'Yves et Anne virent soudain surgir de nulle part Cheun et Louise, ruisselants de pluie et resplendissants d'amour partagé. Louise était lumineuse et Yves en fut saisi. Jamais il n'avait vu sa sœur ainsi.

Le géant la tenait par la main. Quand elle fut à quelques mètres d'Yves, Louise lâcha Cheun pour se jeter à son cou :

— Que je suis heureuse, Yves ! Jamais de ma vie je ne l'ai été autant. Jamais, même, je n'aurais cru que cela fût possible.

— Alors, c'est bien vrai ? Le coup de foudre, toi aussi ?

— Oui. Le coup de foudre. Tous les deux. Nous avons déjà décidé de nous marier. Pourquoi attendre ? Nous ne sommes plus des enfants et nous savons tous les deux ce que nous voulons.

— Dois-je comprendre que...

— Oui, tu comprends bien. Ne reproche rien à Cheun.

Nous le voulions tous les deux. Quant à moi, j'avais suffisamment attendu, tu ne crois pas ?

— Alors, Cheun, c'est décidé ? reprit Yves en se tournant vers le géant.

— Tu sais, fit l'armoire à glace, les paroles, moi, ce n'est pas mon fort. Ce que je puis te dire, c'est que j'aime Louise et la veux pour femme.

Mais la fête était bien finie. On venait à peine d'entamer le repas du soir quand François annonça à Yves le décès de Mme Lemarchand. Yves et Anne firent un aller-retour à Bellevue pour manifester leur sympathie à Eugène et sa fille. Mais Eugène était déjà parti pour Paris quand ils arrivèrent chez les Lemarchand, et ils ne restèrent que quelques minutes avec Estelle qui ne leur cacha pas que cette mort était une délivrance pour elle, et surtout pour son père. François était resté près d'elle tandis que les mariés étaient rentrés pour prendre congé de leurs invités.

Quand ils arrivèrent à la ferme, ces derniers s'en allaient, les uns après les autres. Dans un coin, Yann et Cheun discutaient calmement ; un peu plus loin, Louise en faisait autant avec Jeannie et Tanguy. Demain, il y aurait des explications et peut-être aussi des grincements de dents. Jeannie ne leur dit pas autre chose, d'ailleurs, en les quittant :

— Nous rentrons sur Saint-Mathieu. Les enfants sont fatigués, et demain, le travail nous attend tous. Ce fut un beau mariage. J'ai félicité tes parents, Anne, et les ai remerciés de la part de tous les Kerléo. Ta mère est vraiment une maîtresse femme. Mais je me fais quelques soucis pour Cheun et Louise. S'aimer, c'est bien ; vivre ensemble, c'est une tout autre chose. Enfin, à chaque jour suffit sa peine...

7

Anne découvrit Béniguet une semaine avant son installation définitive à l'île. Le temps était beau mais frais lorsqu'ils prirent la mer, et la jeune femme ne tarda pas à comprendre pourquoi Yves lui avait recommandé de bien se couvrir. Dès qu'ils eurent quitté le port du Conquet et l'abri de la pointe de Kermorvan, elle eut l'impression de n'être qu'un bouchon sur l'eau. Il lui semblait, en effet, que son estomac montait et descendait au gré des vagues en même temps que le *Marie-Jeanne*.

— Que se passe-t-il ? demanda-t-elle.

— Rien, Anne. C'est juste un peu de clapot. C'est toujours comme cela, à l'entrée du courant. Mais ne t'en fais pas, la mer est belle et ça ne durera pas.

Mais cela avait duré, beaucoup trop au goût d'Anne, qui avait eu la nausée durant tout le trajet. Elle ne comprenait pas non plus pourquoi, au lieu d'aller droit sur l'île, ils piquaient au nord, en direction de Trézien, pour repartir ensuite au sud.

— Nous utilisons le courant, Anne. Le courant et le vent. Ce sont eux qui commandent. Pour le moment, nous profitons du flot ; tout à l'heure, après l'étale, ce sera la renverse, et le jusant nous ramènera vers Béniguet. En mer, vois-tu, la ligne droite est rarement le chemin le plus rapide pour aller d'un point à un autre.

Anne était blanche comme linge et se sentait honteuse d'avoir si peu le pied marin quand Yves l'aida à débarquer sur la petite cale où ils venaient d'accoster.

— Tu ne t'attendais sans doute pas à avoir un marin d'eau douce comme épouse ? fit-elle d'un ton pitoyable.

— Ce n'est rien, ma chérie, cela passera avec l'habitude. Tu seras bientôt un vrai loup de mer.

Elle en doutait, mais ne dit rien et ils prirent la direction de la ferme. C'était une vieille bâtisse toute simple, de douze mètres sur huit, que les ventes d'ouest avaient beaucoup malmenée. Ils y furent accueillis par une servante d'une cinquantaine d'années, mais qui en paraissait bien davantage. Yves se tenait légèrement en retrait.

— C'est vous la nouvelle patronne ? fit la femme. Est-ce bien vrai que vous allez vivre ici ? Sur l'île ?

— C'est bien mon intention, oui, répondit Anne, interloquée par le ton peu amène sur lequel avait été formulée la question.

— Je vous souhaite bien du courage, madame. Certes, aux beaux jours, la vie n'est pas trop désagréable, mais l'hiver... Avez-vous songé à l'hiver ?

Anne se tourna vers son mari.

— Yves, je crois que Mme Le Guen tente de me faire peur. C'est toi qui le lui as demandé ?

Il avait l'air furieux.

— Madame le Guen, lâcha-t-il, ce n'est pas encore l'hiver et vous perdez votre temps à vouloir effrayer ma femme ; vous n'y arriverez pas. Maintenant, si vous trouvez que deux femmes à la ferme, c'est trop, je ne vous retiens pas, vous pouvez partir. Ici, la patronne, dorénavant, c'est ma femme.

— Ce que j'en disais, monsieur Yves, c'est histoire de causer, rien de plus. Cela fait bien longtemps qu'il n'y a pas eu de patronne dans l'île. Aucune n'a pu tenir.

— Moi, je tiendrai, ne vous en faites pas, dit Anne.

La vieille femme la regarda dans les yeux, et, après l'avoir jaugée quelques secondes, conclut, comme à regret :

— Oui, je crois qu'effectivement la patronne tiendra... Bienvenue à l'île, madame Anne.

L'intérieur de la ferme ressemblait à tous les autres : le sol en terre battue, l'âtre, la grande table et ses bancs, deux coffres, les lits clos en enfilade, le long du mur opposé à l'entrée. L'escalier central, qui faisait face à la porte, desservait mansardes et grenier tout en séparant, au rez-de-chaussée, la pièce principale des réserves. La différence tenait à ce que les étables et les écuries ne faisaient pas partie du bâtiment principal, mais en étaient séparées d'une quinzaine de mètres. Ce qui était clair, c'est qu'ils allaient devoir tout rénover, repeindre, faire leur chambre dans la pièce des réserves et mettre celles-ci ailleurs. En revanche, le toit d'ardoises tout neuf et les dépendances parfaitement entretenues ne manquaient pas de surprendre. Anne fut frappée par les deux grands réservoirs d'eau installés en surplomb.

— Lom Riou a-t-il fini, madame Le Guen ? demanda Yves, en les examinant.

— Pour sûr qu'il a fini. Suivez-moi, je vais vous montrer. Regardez, patronne : j'ouvre le robinet et l'eau coule toute seule. Quand le réservoir est vide, il suffit de pomper pour le remplir à nouveau. Plus besoin d'aller chercher dehors cette bonne eau de pluie que l'on peut boire sans la faire bouillir.

— Il n'y a pas de puits d'eau potable à Béniguet, expliqua Yves, il nous faudra nous contenter de ces réservoirs. Mais, avec toute la pluie qui tombe ici, cela devrait suffire. Est-ce que Pierre le Bars est là, madame Le Guen ?

— Il avait à faire à l'autre ferme, mais il ne devrait pas tarder.

— Nous allons faire un tour dans les champs, en attendant. Viens, Anne.

Ils avaient quitté la ferme.

— Quel accueil ! fit-elle, sans cacher son agacement. Tu comptes la garder ?

— C'est à toi d'en décider. Tu es la patronne, maintenant, et elle le sait. Mais il faut la comprendre : pendant des années, elle a tout régenté ici, et elle n'est plus habituée à obéir à une femme. La maison sera ton domaine, mais tu devras t'occuper aussi de la basse-cour, des cochons, des vaches. Tu auras des employés pour t'aider, bien sûr. Moi, ce sera les champs, la soude et les chevaux.

Dire qu'Anne était déçue était un euphémisme. Elle lui en voulait de lui avoir caché l'état de la ferme. Elle décida pourtant de se taire et la visite se poursuivit sans qu'ils échangent un mot : pas de végétation, pas ou peu de chemins, pas d'animaux domestiques, non plus — ni chèvres, ni moutons, ni vaches. Rien que des oiseaux de mer : goélands, mouettes, cormorans, hirondelles de mer, huîtriers-pies, d'autres encore, dont les cris perçants ne cessaient jamais. Mais ce qui la frappait le plus, c'était l'absence totale d'arbres. C'était un autre monde qu'elle découvrait et qu'il lui faudrait apprendre à aimer. Sans quoi... Elle le regarda...

Yves semblait parfaitement à son aise, et nullement dépaysé. Il est vrai qu'il avait passé huit ans en pleine mer. Anne le dévisagea soudain avec angoisse : cet Yves qui était là devant elle, son mari, c'était un homme qu'elle ne connaissait pas...

— Tu verras, lui dit-il, comme s'il lisait en elle, bien sûr, c'est un monde différent mais on s'y fait rapidement et on apprend même à l'aimer. Ça viendra plus vite que tu ne te l'imagines. Regarde plutôt les champs, et dis-moi ce que tu en penses.

Là aussi, c'était une surprise, mais elle était meilleure. Il lui avait bien parlé de la taille minuscule des champs, bornés d'innombrables talus destinés à couper le vent, mais il ne lui avait rien dit de cette belle terre à froment qu'elle pétrissait dans la main et qui lui glissait entre les doigts.

— Les champs sont beaux, Yves, dit-elle, et le blé en herbe prometteur, même s'il est encore un peu tôt pour en juger. C'est tout ce que je puis en dire. Peut-être aurait-on dû semer plus dru. C'est du froment, n'est-ce pas ?

— Oui.

— Et ce fourneau que tu m'as promis, je peux le voir ?

Il sourit. Anne venait de mettre le pied sur l'île.

*
* *

Pierre Le Bars rassura Anne : en moins d'une semaine, il s'était fait à l'île et lui affirma que, au moins, par beau temps, la vie n'y était pas désagréable. Ils déjeunèrent des restes réchauffés d'un homard et d'un lieu servi avec des pommes de terre à l'eau et se désaltérèrent d'un pichet de cidre. Anne préféra se taire, mais se promit d'interdire la cuisine à Julie Le Guen. Son poisson, lessivé et fade, était immangeable. La conversation s'orienta vite sur l'intendance de la ferme, qui serait de son ressort. Elle écoutait avec attention Yves et Pierre débattre du problème des vivres frais : légumes, viandes, pain...

— Nous ferons le pain à l'île, déclara Yves. Il suffit de nettoyer et de vérifier l'ancien four qui marchait très bien, il y a quelques années... Il faudra que l'île fournisse au moins la moitié, sinon la totalité, de nos légumes frais. Ce sera ton travail, Anne. Au fait, avons-nous assez de pommes de terre ?

— Oui, patron répondit Pierre, nous tiendrons jusqu'à la nouvelle récolte.

— Pierre, je t'ai déjà dit de m'appeler par mon prénom. Ne serait-ce que pour asseoir ton autorité sur les employés. Nous ne sommes pas dans une ferme ordinaire, ici, je te l'ai expliqué. Tu ne dois pas être l'un des leurs, mais leur chef, tout comme moi.

— Il faut que je m'habitue, patron. C'est la première fois qu'un maître me demande de l'appeler par son prénom, ce n'est pas facile.

— Tu y arriveras. Autre chose : je veux que les employés soient bien nourris. Il faut leur donner de la viande et du poisson. Nous élèverons des porcs pour la viande, des vaches pour le lait et le beurre. Jean Menguy nous apportera, chaque semaine, ce dont nous aurons besoin. Le poisson, nous l'avons en abondance, mais il faut savoir le préparer. N'est-ce pas, madame Le Guen ?

Mais la domestique avait quitté la pièce sans qu'ils s'en aperçoivent.

— Combien de fois mangez-vous du poisson, par semaine ? demanda Anne.

— Trois repas sur quatre, et toujours aussi mal préparé que ce lieu, répondit Pierre. Je vous ai vu faire la grimace, madame, et il y avait de quoi. Il y a trente-six façons de bien accommoder le poisson, mais notre Julie n'en connaît qu'une, la sienne, et c'est la pire. Si les goémoniers acceptent son régime sans trop regimber, les domestiques de la ferme y sont allergiques et c'est une des causes de la brièveté de leurs séjours à l'île.

— Tu entends, Anne ? fit Yves. Il faudra que tu y penses.

— Combien de personnes aurai-je à nourrir, chaque jour ? demanda la jeune femme.

— Une quinzaine en ce moment. Dans un mois, peut-être dix de plus. Ce sera beaucoup de travail et il te faudra une aide à la cuisine, en permanence. Je veux que cette ferme marche aussi bien et même mieux que n'importe quelle autre sur le continent. Pour cela, il faut que le personnel se plaise à l'île, et donc qu'il y soit bien traité. Nous devrons garder les bons éléments et chasser les mauvais. Ce qui pose le problème de l'alcool et du vin. Je suis tout à fait contre le système actuel : abrutir le personnel de vin le dimanche pour le sevrer en semaine me semble tout à fait ridicule.

— Qu'entendez-vous faire ? demanda Pierre.

— Si tu as accepté de venir à l'île, c'est pour le salaire, n'est-ce pas ?

— Oui, ainsi que pour les perspectives d'avenir. Mais aussi parce que cela m'intéressait d'avoir un patron de mon âge.

— Je crois que nous en trouverons d'autres comme toi, si nous leur donnons de bons gages.

Anne commençait à comprendre que si Eugène Lemarchand voulait travailler avec son mari, c'est qu'il avait perçu l'aptitude d'Yves à examiner un problème sous tous les angles avant d'y apporter une solution appropriée et souvent nouvelle.

Il était temps de rentrer sur Le Conquet. La jeune

femme se sentait bien mieux que cinq heures plus tôt ; pourtant, elle fut à nouveau malade. Yves commençait à douter qu'elle s'y habituât jamais.

Lorsqu'ils mirent pied à terre, Anne, glacée, transie et maussade, n'était pas d'humeur à s'extasier devant ce qui devait être leur nid d'amour, une petite maison aux volets rouges et à escalier extérieur qu'Yves avait louée sur le port.

*
* *

Bientôt trois mois qu'ils s'étaient installés à Béniguet. Ils n'avaient pas été de tout repos.

Les premiers jours avaient été particulièrement mouvementés. Yves se souvenait de la stupéfaction générale quand il avait annoncé la suppression de toutes les sanctions corporelles — coups de fouet, de bâton, privation de nourriture —, remplacées par des avertissements, le troisième avertissement entraînant le renvoi. Une bagarre à mains nues valait un avertissement, une bagarre à l'arme blanche ou à coups de fourche, le renvoi immédiat. Il y avait eu quelques ricanements au début, mais un mois et demi plus tard, les fortes têtes avaient quitté l'île ; il n'avait eu à déplorer qu'un incident grave : une agression à coups de faucille qu'un simple coup de fusil tiré en l'air avait suffi à faire avorter.

Sa deuxième grande innovation avait concerné l'alcool, dont il avait limité les rations quotidiennes à un quart de vin rouge et un litre de cidre par homme, la quantité de vin étant doublée le dimanche. Yves ne voulait ni ivrognes, ni trafics avec les employés de la ferme voisine, celle que devaient reprendre les jumeaux. Cette limitation draconienne avait entraîné le départ de plus du quart des employés dans les deux premiers mois. C'était exactement ce que cherchait Yves, qui souhaitait renouveler son personnel. Les remplaçants étaient des paysans-goémoniers de la région de Ploudalmézeau, aussi habitués au tali qu'aux travaux de la ferme.

Enfin, il avait instauré un service religieux, le dimanche. Il lisait l'épître et l'évangile du jour et il avait été surpris de constater que cette initiative répondait à un besoin informulé : cette prière permettait aux hommes de sanctifier le dimanche et de rester en règle avec le ciel. Il n'avait pas connu le même succès avec sa prière du soir. Le jour du Seigneur, c'était le dimanche, pas les jours de semaine.

Tout cela, ajouté aux gages, de 20 à 25 pour cent supérieurs à ce qu'ils étaient dans la ferme voisine, avait beaucoup modifié l'atmosphère du travail. Mais Michel Kérébel, son voisin, appréciait peu ces changements qui ne faisaient qu'inciter ses propres employés à la contestation.

Le temps venu de la première moisson, cela avait été un vrai plaisir pour Yves de voir ses employés couper à la faucille les épis de froment, dorés à souhait, lier les javelles entre elles pour en faire des gerbes fièrement dressées, quatre à quatre, vers le ciel. S'il n'était, lui-même, qu'un moissonneur tout à fait quelconque, il avait pu admirer l'efficacité de Pierre, qui avait rapidement confirmé qu'il avait bien l'envergure du « chef » qu'Yves avait décelé en lui. Ensuite, il y avait eu le battage. Ils avaient rapporté les gerbes des champs, nettoyé l'aire. Au petit jour, il avait vu arriver les six employés que Michel Kérébel mettait à sa disposition pour la durée du battage — à charge de revanche, bien entendu. Ils étaient seize en tout, dont douze, le fléau à la main, se faisaient face, deux par deux. En demandant à Pierre de commander le battage, alors qu'il acceptait lui, le patron, de n'être qu'un batteur parmi d'autres, il en faisait son égal aux yeux des autres.

Tout était réglé comme un ballet : quatre des hommes de Kérébel apportaient les gerbes, dégageaient à la fourche la paille égrenée, la retournaient, tandis que les fléaux s'abattaient l'un après l'autre sur les épis dorés. La récolte était belle, les hommes travaillaient bien. Il était hors de question, aux îles, de se servir de l'une de ces machines qui avaient envahi les fermes sur le continent, et qui soulageaient le paysan d'une de ses tâches les plus rudes, mais aussi les plus gratifiantes.

Anne s'était montrée à la hauteur de l'événement et avait prouvé aux domestiques qu'ils étaient dans une ferme où les patrons savaient reconnaître la valeur du travail bien fait. Dès dix heures, elle faisait servir le premier en-cas de la journée. Chacun, alors, parlait à son voisin, toute hiérarchie abolie. Yves allait de l'un à l'autre. Il voulait créer un esprit de corps entre employés de sa ferme, ainsi qu'entre ses goémoniers. Et les copieux repas préparés par Anne y avaient grandement contribué : chaque jour, elle avait alterné poisson et viande, variant les préparations de raie, baudroie, congre, maquereau, mulet, lieu ou homard, servant du porc surtout, mais aussi du bœuf et du mouton, et même de la poule, un dimanche.

Yves se souvenait du premier soir de battage, quand, recru de fatigue, il avait regardé ses hommes se laver, torses nus, devant la citerne. Ils plaisantaient, s'aspergeaient d'eau comme des gamins, avant de se désaltérer de grandes rasades de cidre servi à profusion et de s'attabler devant les plats fumants qu'apportait la vieille Julie Le Guen. La veille au soir, une fois les hommes couchés après le dernier repas de battage, il avait serré dans ses bras Anne, affalée sur une chaise. Elle était épuisée mais heureuse, satisfaite du travail accompli, mais quand il lui avait proposé de l'accompagner sur le continent, il n'avait pas eu à le lui dire deux fois : elle avait bondi sur ses pieds, si excitée, soudain, que ses yeux brillaient d'une joie mal contenue. Elle lui avait sauté au cou, et quelques mèches blondes s'étaient échappées de sa coiffe, qu'elle avait rentrées de ce geste gracieux de la main qu'il aimait tant.

*
* *

Elle était avec lui dans la barque et dormait du sommeil du juste, depuis une heure, déjà. Elle ne s'était pas sentie bien, la veille, et la fatigue lui avait donné des nausées. Sans doute lui avait-il trop demandé, les jours derniers : il y avait, en effet, une semaine que, comme les précédentes, la dernière cuisinière les avait quittés. La vieille

Julie avait raison : les femmes ne restaient pas à Béniguet et cela commençait à devenir préoccupant. C'est pourquoi il fallait qu'Anne se change les idées ; trois mois à l'île ou presque, sans voir une seule amie, c'était trop long pour elle. C'était dit : il allait la laisser une semaine libre de ses mouvements. Il leva les yeux : il ne s'était pas trompé, enfin, le vent était là et gonflait la voile. Ils allaient, enfin, pouvoir avancer vraiment. Il voulait arriver au Conquet avant dix heures, pour ne pas perdre sa journée.

Après lui avoir fixé rendez-vous au Lion d'Or pour le déjeuner, il avait laissé Anne devant leur maisonnette et avait immédiatement rejoint Poul-Conq et l'usine Lemarchand. Il s'y était entretenu avec l'industriel jusqu'à midi, heure à laquelle ils avaient, tous deux, gagné le restaurant. Anne n'y était pas. Quand elle poussa la porte, avec une demi-heure de retard, il la trouva nerveuse. Une visite impromptue chez le médecin, expliqua-t-elle.

— Je croyais que tu te sentais mieux ce matin, observa-t-il. Ce n'est rien de grave ?

— Non, ce serait plutôt une bonne nouvelle..., répondit-elle devant son air inquiet.

— Je crois que j'ai deviné, intervint Eugène.

Yves venait enfin de comprendre. Il passa par toutes sortes de sentiments avant de s'exclamer, incrédule, puis radieux :

— Un bébé ! Tu vas avoir un enfant ! C'est cela, n'est-ce pas ?

— Eh bien, tu as mis le temps ! sourit Anne. Oui. Tu vas être père : je suis enceinte.

Le repas avait été gai et animé, et ce n'est qu'au dessert qu'ils s'étaient remis à parler affaires. Yves avait mis Anne à contribution ; il voulait qu'elle fasse étalage de ses connaissances nouvelles en matière d'iode. Elle avait bravement commencé à réciter sa leçon : l'iode, corps simple, découvert par le Français Courtois en 1811, couleur grise, densité 4,9... Son nom vient du grec iodès qui signifie violet, avant de s'interrompre soudain :

— Yves, je ne vais rien apprendre à M. Lemarchand !

avait-elle lancé, agacée. Ce que tu me demandes là est ridicule...

Il ne comprenait pas ; cette sortie lui ressemblait si peu... Était-ce déjà de l'énervement dû à sa grossesse ?

— Anne a raison, Yves, intervint Lemarchand. Nous savons tout cela depuis longtemps, vous et moi. Laissez-moi plutôt lui expliquer pourquoi j'aimerais que nous travaillions ensemble.

Il se tourna vers la jeune femme.

— Yves vous aura dit que l'iode est commercialisé en solution aqueuse ou alcoolique, sous forme de « teinture », à la fois révulsif et antiseptique. Cette teinture, généralement concentrée à 10 pour cent, est utilisée dans le traitement de nombreuses maladies, vous le savez. On l'obtient, dans nos usines, par le traitement au chlore des cendres de laminaires brûlées dans les fours sur la côte, les fameux pains de soude.

— Yves m'a montré ces fours, à l'île, fit Anne. Et j'ai également vu sécher de nombreuses meules de laminaires. Elles dégagent une odeur peu agréable et attirent des nuées de mouches.

— C'est vrai, c'est l'un des inconvénients du séchage du tali, convint l'industriel. Une fois séchées, ces laminaires donnent les pains de soude, eux-mêmes transformés en iode et en sels divers dans nos usines. Ces produits sont ensuite vendus hors de Bretagne, et l'argent qu'ils rapportent revient, pour partie, à nos employés sous forme de salaires, pour partie, aux goémoniers pour leur matière première. Ce que je souhaite, c'est qu'Yves m'aide à améliorer les conditions de travail et de vie des goémoniers. Seul, je n'y arriverai jamais. Pour eux, je suis un usinier, un industriel qui ne songe qu'à les exploiter. S'il est vrai que, comme tout entrepreneur, je cherche à faire du profit, je pense cependant que Dieu m'a mis sur la terre pour autre chose, et, pour moi, cette autre chose, c'est d'aider ces gens qui ont tant de mal, aujourd'hui, à joindre les deux bouts. Yves a des idées qu'il se propose de mettre en application dès ce mois d'août, et je suis sûr qu'il réussira, car il est urgent que nous apportions à ces pauvres gens un surplus de revenus.

— Du moins vais-je essayer, Anne, précisa Yves.

— Comment vas-tu faire ? demanda Anne, inquiète. Qui s'occupera de Béniguet ?

— Je te l'expliquerai.

*
* *

À Saint-Mathieu, ils sentirent tout de suite la tension qui régnait chez les Mazé, tant elle était palpable. Entre Jeannie et le nouveau couple formé par Louise et Cheun, le ton était vif et frisait la dispute. Louise venait tout juste d'apprendre à sa sœur aînée qu'elle était enceinte de deux mois. Il fallait éviter le scandale et marier d'urgence ces deux nigauds, guère plus dégourdis que des gamins de vingt ans, expliqua Jeannie à Yves.

— Quand pensez-vous pouvoir vous marier ? demanda celui-ci à sa sœur, dont le calme apparent contrastait avec l'énervement perceptible de Cheun.

— Mi-août. Le froment sera rentré, le vannage terminé. Nous aurons le temps de nous organiser avant le départ de Cheun pour Béniguet.

— Tu viendras à l'île, toi aussi, Louise ? demanda Anne ? Ce serait merveilleux ! Et puis nos bébés naîtront presque en même temps. Parce que moi aussi, je suis enceinte.

Les deux jeunes femmes tombèrent dans les bras l'une de l'autre en riant, sous l'œil mi-sévère mi-ému de Jeannie, qui ne savait plus trop que penser de toute cette surabondance de vie. D'ailleurs, ils avaient tous un autre sujet de préoccupation, et c'est Anne qui en parla la première.

— Celui qui m'inquiète, c'est Yann, déclara-t-elle.

— Et vous avez raison, dit Jeannie. Il est venu me voir, il y a moins d'une semaine, quand la moisson a été rentrée à Ploumoguer. Il estime que Louise lui vole son frère, et que Cheun le trahit.

— Eh bien ! trouvons-lui une femme, fit Yves en riant.

— Il n'y a pas de quoi rire ! répliqua sa sœur. Que crois-tu que Cheun essaie de faire depuis trois mois ? Tu connais Yann. Il estime que, s'il avait accepté d'être garçon d'honneur, c'est lui qui aurait été le cavalier de Louise, et que, comme Cheun et lui sont quasiment des sosies, c'est lui qui épouserait Louise, aujourd'hui. Va-t'en raisonner une bête pareille !

— Toujours aussi compliqués, les jumeaux ! s'exclama Yves. Tu avais raison, Anne, tes frères ne pouvaient se marier que le même jour.

— C'est de ma faute, dit Cheun, j'aurais dû lui en parler. Il avait son mot à dire...

— Son mot à dire ? Et pourquoi donc ? fit Anne. Crois-tu que l'accord de ton père ne soit déjà pas assez difficile à obtenir ? Et toi, Louise, qu'en dis-tu ?

— Je ferai ce que voudra Cheun. Je suivrai mon mari.

— Bon, conclut Yves. Les choses me semblent suffisamment claires sans qu'il soit besoin de s'énerver. Cheun et Louise sont en âge de décider de leur avenir. Ils veulent se marier ? Eh bien, qu'ils le fassent et le plus tôt sera le mieux. À toi de voir, Louise, si tu vas prendre ce poste d'institutrice ; ce serait idiot de le perdre. Pour ce qui est de notre ferme, Cheun, nous verrons tous deux le problème avec Yann, ce soir.

L'entrevue d'Yves avec les jumeaux faillit dégénérer, tant Yann se montra buté. Il prétendait, en effet, interdire à Louise de venir à Béniguet tant qu'il ne serait pas marié lui-même, et estimait même avoir un droit de veto sur ce mariage. Yves voyait approcher le moment de la rupture entre les jumeaux. S'ils en arrivaient là, ils renonceraient forcément à leur bail sur la seconde ferme de l'île, et cela, Yves ne pouvait l'accepter. Pour leur éviter de se ruiner, il serait contraint de louer lui-même la seconde ferme. Quand il lui fit part de son entretien avec ses deux frères, Anne eu une réaction étonnante, qui le laissa sans voix :

— Louise semble avoir jeté un sort aux jumeaux, dit-elle. Elle est la première à avoir réussi à semer la zizanie entre eux. Et si elle a ensorcelé Cheun et s'apprête à en faire autant de Yann, c'est bien qu'elle a le diable au corps... D'ailleurs, pour coucher avec Cheun dès le premier soir, il faut bien qu'elle soit une chienne en chaleur !

— Anne ! s'écria Yves. Tu n'as pas honte ? Te rends-tu compte de ce que tu dis ? Et de ma sœur, encore ! Tu la traites simplement de putain, rien de moins !

— Je ne te le fais pas dire. Elle a le feu au... tabernacle !

— Tu oublies un peu vite que cela aurait pu t'arriver, à toi aussi. Nous avons eu de la chance, c'est tout !

— Oui, mais nous étions fiancés et devions nous marier. Et puis, non, ce n'était pas pareil. Vraiment, je me demande jusqu'où ira Louise avec mes frères. Ils sont identiques, presque interchangeables... Qui sait si elle fera toujours la différence entre eux ?

— Tu es complètement folle !

Yves resta quelques minutes sans mot dire, observant, à la dérobée, Anne qui, sans être vraiment fâchée, avait pris sa mine boudeuse d'enfant gâtée. Quelles idées saugrenues lui passaient parfois par la tête ! C'était incroyable. Le profil pur, l'œil limpide, les cheveux parfaitement rangés sous la coiffe, les joues rosies par la brise, tout en elle disait la candeur, l'innocence, la naïveté même, et pourtant... Comment pareilles idées pouvaient-elles germer dans une si jolie tête ?

*
* *

Estelle avait réussi à cacher son trouble quand son père lui avait annoncé qu'il avait invité les Kerléo et elle avait accueilli François, à son retour de Paris, avec le même enthousiasme que d'habitude. Pourtant, elle n'était plus la même depuis le jour du mariage d'Yves quand elle avait compris qu'elle s'était trompée d'amour. Le choc qu'elle avait ressenti alors avait mis à bas toutes ses défenses. Depuis, elle ne s'appartenait plus et ne vivait que dans l'attente. Pourtant, elle s'était fiancée et allait épouser François ; rien ne changeait en apparence...

Parfaitement maîtresse d'elle-même, elle salua Yves avec autant de naturel que d'habitude, avant d'embrasser Anne sur les deux joues quand elle descendit du cabriolet.

— Vous êtes resplendissante, Anne, lui dit-elle. Béniguet vous va parfaitement au teint.

— À moins que ce ne soit ma grossesse, répondit la jeune femme en lui lançant un regard de défi.

Ainsi, cette petite garce était enceinte ! Estelle pâlit. Mais elle se ressaisit très vite et joua son rôle de maîtresse de maison avec sûreté. Considérant que la meilleure façon d'approcher Yves était de gagner l'amitié de sa femme, elle entreprit de faire la conquête de celle-ci et lui fit visiter Bellevue, pendant que les hommes s'installaient au salon. Elle s'amusa de l'admiration d'Anne devant les pièces de réception, le hall gigantesque et ses portes en verre gravé et biseauté ou la statue de bronze qui supportait la rampe de l'escalier monumental. Anne ne savait pas ce qui l'étonnait le plus, des lampes à pétrole en porcelaine de Sèvres, des consoles sculptées de têtes d'animaux, des boiseries qui recouvraient les murs de la salle à manger ou encore de l'énorme lustre qui surplombait la table et éclairait le plafond peint.

Tout cela n'était rien, pourtant, comparé à la stupéfaction qu'elle marqua devant la chambre, le boudoir et la salle de bains d'Estelle. Il y avait tant d'émerveillement, de naïveté dans les yeux d'Anne, et si peu de jalousie, que cela réconforta Estelle, qui, soudain mieux disposée, n'hésita pas à ouvrir les tiroirs de ses commodes et penderies. Anne s'extasia devant les robes et les jupes, les manteaux et les pelisses, mais plus encore devant les jupons, guêpières et autres jarretelles. À un moment donné, les deux femmes se regardèrent dans les yeux avant de se sourire.

— Je crois que nous allons bien nous entendre, dit Estelle d'une voix caressante. J'aimerais que nous devenions amies.

— Je le souhaite aussi. Si, du moins, une petite paysanne comme moi...

Estelle s'avança, la serra dans ses bras et l'embrassa sur la joue.

— Je suis sûre qu'aujourd'hui débute une grande amitié, répondit-elle doucement.

Le dîner avait été harmonieux. Sans doute le calme et la douceur de l'air, en cette fin de juillet, y étaient-ils pour quelque chose. Yves avait trouvé François changé, plus sûr de lui, épanoui et aussi à l'aise en directeur des usines Lemarchand qu'en fiancé d'Estelle. Au sortir de table, Eugène les avait fait monter sur la terrasse où on leur avait servi des rafraîchissements. La vue était magnifique, aussi belle que du sommet du phare de Saint-Mathieu. La nuit tombait et, l'un après l'autre, les feux s'allumaient dans le chenal du Four, et, plus loin, dans ceux de la Helle et du Fromveur, leurs faisceaux blancs et jaunes se croisant et se recroisant, au large, dans une danse incessante.

8

Il avait passé Kermorvan depuis plus de trois heures et n'avait pas encore parcouru la moitié du chemin. Il n'avançait pas, faute de vent, et dérivait lentement sur Quéménès. La mer était d'une platitude désespérante et la voile pendait, lamentable et inutile. Yves repensait à ce qui s'était passé l'avant-veille au soir, quand, profitant de l'obscurité et alors qu'Anne et lui prenaient congé, Estelle avait posé les lèvres sur les siennes en lui chuchotant un « Je t'aime » si inattendu qu'il n'avait pas réagi. Il ne savait que faire. Certes Estelle était jeune et ce baiser ne tirerait sans doute pas à conséquence, mais c'était quand même embarrassant, d'autant qu'Anne et elle paraissaient s'entendre aussi bien que lui-même et François.

Ouessant s'était évanoui dans la brume qui commençait à draper Molène d'un rideau ouaté de plus en plus dense, quand la première risée salvatrice fit frissonner la mer cent mètres en avant du *Marie-Jeanne*. « Enfin ! » se dit-il, en rangeant les lignes qui l'avaient aidé à tuer le temps et à prendre deux douzaines de maquereaux. Lorsque la grand-voile se gonfla et claqua au vent, le *Marie-Jeanne* craqua et sauta la première vague aussi brutalement qu'un cheval méchamment éperonné.

Plutôt que de se diriger sur le Courleau, puis de prendre au nord, en passant, comme d'habitude, par le Trou de la Vache, il décida, pour gagner la brume de vitesse, de tirer tout droit sur la grève de galets, à l'est de l'île. Comme il s'en approchait, son regard fut attiré par une nuée de goélands cendrés qui piquaient à tour de rôle sur l'eau et semblaient se disputer une proie, quelque gros poisson mort, sans doute, peut-être même un phoque, ou alors...

Il repensa soudain aux deux naufrages qui avaient alimenté les conversations des pêcheurs du Conquet toute la semaine précédente. Deux caboteurs anglais de 1 000 tonneaux, le *Rhio* et le *Tana*, qui faisaient tous deux route au sud, s'étaient jetés sur les récifs, victimes d'une brume très dense, inhabituelle en cette saison. Et le second naufrage ne devait pas dater de plus de douze jours. Oui, il devait aller voir cela de plus près.

Il dirigea sa barque vers le rassemblement d'oiseaux de mer. La proie qu'ils se disputaient n'était pas totalement immergée, mais reposait sur un rocher qui découvrait à mi-marée. À mesure qu'il avançait, il lui semblait distinguer les jambes d'un homme. Les goélands se montraient de plus en plus vindicatifs et n'hésitaient plus à piquer sur lui. Ce n'est qu'à vingt mètres du caillou qu'il acquit la certitude que c'était bien sur un noyé que s'acharnaient les oiseaux.

Il sentit venir la nausée dès qu'il fut en mesure de voir réellement le cadavre. La tête n'était plus qu'une bouillie informe et il n'y avait plus ni chair, ni peau, ni yeux, rien que les os du crâne, percés de milliers de coups de bec. Le reste du corps, protégé par les vêtements de toile huilée que portait le noyé, avait, apparemment, moins souffert de la voracité des oiseaux de mer. Yves vomit, puis, surmontant son dégoût, il accrocha de sa gaffe le corps et tenta de le dégager du rocher où il était échoué. Dix fois, il crut y arriver... Peut-être y serait-il parvenu sans ces maudits oiseaux qui montraient maintenant une telle hargne qu'il dut se résigner à abandonner provisoirement le cadavre. Il reviendrait avec du renfort. Il repartit vers la grève où il accosta bientôt, avant de se diriger vers la ferme.

Quand il y parvint, ce fut pour s'apercevoir que tout travail y était arrêté : deux heures plus tôt, des goémoniers avaient découvert un autre noyé sur la côte sud-ouest de l'île, dans un état qui n'avait rien à envier à celui qu'il venait de trouver lui-même. Pierre Le Bars, habituellement si efficace, paraissait désarmé : la mer n'était pas son domaine et il n'avait jamais vu de noyé.

— J'ai fait mettre le corps à l'abri, dit-il à Yves, et l'ai recouvert d'une bâche. Il me tardait que vous reveniez, car je ne savais pas ce qu'il convenait de faire exactement.

— Moi non plus, Pierre, mais il y a un début à tout. Qui a trouvé le corps ?

— Lucien Jézéquel et le grand Calec. Cela ne leur a fait ni chaud ni froid, on dirait.

Yves essaya de sourire, mais ne parvint qu'à grimacer.

— Viens, dit-il, on prend un remontant, et puis on va récupérer mon noyé à moi. Il n'est pas beau à voir, je te préviens !

Après un verre d'eau-de-vie avalé à la hâte, ils rassemblèrent les hommes, traversèrent l'île et remirent le *Marie-Jeanne* à flot, Calec restant sur la grève avec le cheval. Yves descendit sur le rocher, pendant que les autres chassaient les goélands. Il passa un bout autour des jambes du noyé qu'il dégagea du rocher avant d'accrocher dans la ceinture du pantalon la gaffe que Lucien tenait à bout de bras. Puis il fit glisser le corps à l'eau et sauta dans la barque qu'il éloigna du rocher, d'une poussée. P'tit Louis Le Gall tirait sur les avirons, tandis que Lucien, détournant ostensiblement la tête, tenait fermement le cadavre au bout de la gaffe. Tout doucement, le bateau vint s'échouer sur la grève où le noyé fut tiré avant d'être hissé sur la charrette où s'installèrent Calec et Lucien Jézéquel.

— Vous rentrez à la ferme tous les deux et vous m'y attendez sans décharger le corps, ordonna Yves.

Tout en regardant P'tit Louis godiller, Yves réfléchissait à ce qu'il convenait de faire. Sans cette brume, il aurait pu envoyer des signaux en morse au gardien de Kermorvan, et attendre des instructions. Avec cette purée de pois, ramener les corps au Conquet, c'était prendre des risques inutiles. Les garder dans la grange, il ne fallait pas y compter : les goémoniers ne l'accepteraient pas. Le mieux était encore de les enterrer provisoirement.

— Nous allons donner à ces hommes une sépulture décente, dit-il à Pierre. J'espère que personne ne s'est amusé à les fouiller ou les voler.

— Je n'en sais rien, répondit le grand valet. Calec et Jézéquel sont les seuls qui auraient pu le faire.

— Non. De Lucien, je suis sûr, et comme il a toujours été avec Calec... Ces oiseaux... C'était abominable. Je savais que les albatros et les frégates attaquaient l'homme, mais les goélands, je l'ignorais. Trouve-moi deux gars pour creuser une fosse. Non, attends : nous allons les mettre dans un four à soude. Nous les enroulerons dans une toile en guise de linceul et nous les recouvrirons de galets. Je préviendrai les autorités et le consulat de Grande-Bretagne demain. C'est certainement le consulat qui assumera les frais. Avaient-ils des papiers sur eux ?

— Non, mais ils ont tous les deux une sorte de bracelet au poignet, une plaque d'identité. Le vôtre s'appelle P.T. Taylor ; le nôtre, E.L. Irvine.

— Des Anglais, c'est bien ça. Sans doute, des marins du *Tana*. Mettez le deuxième corps sur le char à bancs. Prenez des pelles et allons-y. Prenez aussi deux vieilles bâches, dans la grange. Quand nous aurons fini, nous ferons une prière pour le repos de leurs âmes.

Après le repas du soir, pris en commun comme à l'accoutumée, Yves réunit tous les employés dans la cour de la ferme, et récita avec eux les prières des morts. Puis, tous ensemble, paysans et goémoniers confondus, entonnèrent avec conviction le *Dies Irae*, ce « Jour de colère » divine dont leurs curés les menaçaient régulièrement et qu'ils attendaient avec fatalisme, tant ils étaient convaincus de ne pouvoir y échapper. Car, s'ils étaient de trop mauvais chrétiens pour prétendre au paradis, du moins espéraient-ils que Dieu les prendrait en pitié et les accepterait dans son Purgatoire. Mais si, jusqu'à ce jour, ils avaient attendu sans crainte particulière l'Ankou qui viendrait un jour, armé de sa faux, les emporter dans sa charrette, ils craindraient, dorénavant, de devoir se présenter au Seigneur Dieu sans yeux, sans joues, sans nez, comme les deux marins mangés par les oiseaux.

*
* *

Dès cinq heures, le lendemain matin, Yves partit contrôler les fours en compagnie de Lucien, le meilleur de tous ses goémoniers. Deux mois plus tôt, il avait réussi à le convaincre qu'il avait besoin de ses conseils.

— L'ancien patron se fichait pas mal que le goémon soit ou non étalé et retourné, avait dit Lucien, du moment qu'il avait sa quantité de soude. Vous, vous voulez du travail bien fait et vous avez raison. Alors, voilà. Pour le séchage, ce n'est pas compliqué : par beau temps, trois jours suffisent. Si le tali était récolté ce soir, par exemple, il faudrait le décharger, puis laisser passer la nuit pour que l'eau de mer s'évacue. Demain matin, il faudrait l'étaler à la fourche sur des *billiogs*, des bancs de galets, comme celui-ci, juste devant vous, ou encore sur la dune. Par beau temps, il faut retourner le goémon à demi sec deux ou trois fois dans la journée. On recommence le jour suivant, et, le troisième jour, le tali est sec, prêt à être stocké en meules. Le goémon doit toujours être sec et propre, sans sable, avant d'être brûlé. Sinon, l'usinier peut refuser les pains de soude.

Ils avaient fait le tour complet de l'île, sur le pourtour de laquelle s'élevaient partout des meules : Yves n'imaginait pas qu'il y en eût autant. Partout aussi, des fours, dont plus de la moitié en mauvais état. Il avait demandé à Lucien de les remettre en état de fonctionnement avant le début de septembre. C'était un travail considérable pour lequel il lui avait adjoint le grand Calec.

— Enlève-moi ces nids, ces oiseaux crevés, et même ce mouton... Comment se fait-il que Michel Kérébel ne s'en soit pas aperçu ?

— Certainement qu'il l'a su, patron, mais trop tard pour pouvoir le manger ! Ensuite, il ne s'est pas fatigué à le tirer de là, tout simplement...

— Remplace les pierres cassées ; je veux des fours impeccables, de grandes fosses trapézoïdales de sept mètres de long, quarante centimètres de largeur à la base et soixante au sommet. Les pierres, ce n'est pas ce qui manque ici. Longues et plates au fond, les plus petites pour les séparations.

— Oui, les *traversidou*.

— C'est cela, des traversières. J'ai aussi noté que sur la côte sud, il y a de grosses quantités de tali qu'on pourrait récupérer sans se fatiguer.

— Mais le sud, c'est à Kérébel, pas à nous.

— Toute la côte est à nous. J'ai payé à Kérébel le droit d'exploiter le tali sur sa portion de côte. Au fait, quel tonnage allons-nous récupérer ?

— En pains de soude ? Je ne sais pas. Peut-être y a-t-il deux cents *grac'hel bijin*, ces grandes meules rectangulaires qui contiennent de six à sept tonnes de tali, alors que les petites meules rondes ne font qu'une tonne environ.

Yves put constater que Lucien avait fait du bon travail : les fours étaient prêts, et n'avaient besoin que d'un rapide nettoyage avant d'être mis en service. Il le félicita et se promit de réfléchir au conseil que venait de lui donner ce goémonier qui préconisait, compte tenu du beau temps, d'avancer le brûlage à la mi-août. Mais ce tour de l'île le libérait encore d'un autre souci : fin septembre, au plus tard, il était assuré d'avoir des rentrées confortables. Les mois d'avril à juin pendant lesquels Yann avait surveillé le travail des goémoniers avaient été fructueux. Son beau-frère avait la poigne nécessaire pour se faire respecter des quelques fortes têtes qui restaient encore sur l'île.

*
* *

Mettant à profit la brise qui soufflait de noroît, Yves gagna Le Conquet en moins d'une heure trente, d'autant plus décidé à régler ce problème des noyés que sa réputation risquait de se jouer là-dessus. Le capitaine de gendarmerie enregistra sa déclaration et adressa immédiatement un télégramme au consulat de Grande-Bretagne à Brest. La réponse lui parvint dans l'après-midi : le consul souhaitait le voir le lendemain matin. Yves résolut de se rendre sur-le-champ à Brest et d'emmener Anne. Mais, quai du Drellac'h, la maisonnette était vide : il attendit sa femme une bonne heure avant de comprendre qu'elle avait dû s'absenter pour plusieurs jours, car elle avait emporté une partie de sa garde-robe. Plus tard dans l'après-midi, il se rendit à Saint-Mathieu, où Jeannie lui apprit que Cheun et Louise avaient fait publier les bans de leur mariage. Mais personne ne savait où était Anne. Il rentra au Conquet par la côte et dîna au restaurant du Port où ses noyés constituaient le sujet de conversation du jour. Il dut répéter quatre ou cinq fois son histoire et boire autant de bolées de cidre avant de dîner d'un homard grillé et d'une darne de lieu.

Lorsqu'il poussa la porte du consulat, le lendemain matin, le consul le reçut immédiatement. Bien qu'ayant acquis la nationalité française par son mariage avec une jolie Brestoise, Arthur Robinson était l'archétype du Britannique : grand et osseux, il avait un visage coloré que rehaussait une moustache peignée et fournie, aussi rousse que ses cheveux. C'était un homme direct et chaleureux, qui plut tout de suite à Yves. Le consul commença par le remercier de s'être déplacé et d'avoir sacrifié plusieurs jours de travail pour permettre à ces morts d'avoir une sépulture décente. Yves lui remit les plaques d'identité des deux noyés et ne lui cacha pas l'état pitoyable des corps. Après l'avoir écouté attentivement, le consul lui remit 600 francs et lui demanda de faire mettre les dépouilles en bière : il ne fallait en aucun cas que les familles puissent voir leurs morts pareillement mutilés.

— Taylor, le capitaine du *Tana*, appartenait à une famille honorablement connue et très aisée, expliqua le consul. Par télégramme, son épouse m'a confirmé sa venue et souhaitera sûrement vous rencontrer. Faites pour le mieux ; vous m'ôterez une épine du pied et vous n'aurez pas affaire à un ingrat.

Yves rentra immédiatement au Conquet et passa chez Hamon Cléac'h, son ami charpentier, qui ne pouvait terminer les cercueils avant la nuit. Ils ne partiraient donc que le lendemain, à l'aube. Comme il avait l'après-midi devant lui, Yves descendit à Poul-Conq, mais ni l'industriel ni son gendre n'étaient à l'usine. À Bellevue non plus, il n'y avait personne. Il s'éloignait quand il vit venir Estelle qui rentrait d'une promenade à cheval. La jeune fille se laissa glisser de sa jument qu'elle attacha à un arbre de l'allée.

Elle s'arrêta à un pas de lui et, tout en lui souriant, fit disparaître, d'un coup de langue, une goutte de sueur qui perlait sur sa lèvre supérieure. Yves en fut troublé, comme par les longs cils noirs, recourbés à leur extrémité, qui rehaussaient incroyablement le vert de ses yeux. Estelle enleva sa bombe et la grosse épingle qui lui maintenait les cheveux ; libérés, ceux-ci croulèrent dans son dos, tandis que, de la main gauche, elle rejetait en arrière une mèche qui lui tombait sur les yeux. Elle était encore légèrement essoufflée et chacune de ses inspirations soulignait la rondeur et la fermeté des seins sous le voile léger du chemisier.

— Vous vous sauviez sans me saluer, Yves ? Ce n'est pas très gentil.

— Il n'y avait personne à Bellevue, Estelle, et comme je suis pressé...

— Vous prendrez bien un rafraîchissement avec moi, ne serait-ce que pour me raconter la découverte de ces deux noyés, reprit la jeune fille, en souriant.

— Vous êtes au courant ?

— N'oubliez pas que Béniguet dépend de la gendarmerie du Conquet, qui a avisé Père dès votre passage, hier.

— Je vous raconterai tout, mais un autre jour. Aujourd'hui, je ne...

— Vous n'avez pas le temps, l'interrompit la jeune fille. Vous vous répétez. Yves. Pourquoi me fuir ainsi ? Je le sais, j'ai eu tort, l'autre soir, de vous dire que je vous aimais. Mais c'est pourtant la vérité : je t'aime... je vous aime, depuis le premier jour où je vous ai vu, ici même.

Seulement, j'ai refusé de l'admettre jusqu'au jour de votre mariage. Ah ! Si j'avais été plus clairvoyante ! Je t'aime, je t'aime comme une folle, et je souffre. Je pense à toi jour et nuit, même quand... Que la vie est mal faite !

— Une aventure ne nous mènerait nulle part, Estelle. Et puis, il y a Anne. Je suis marié...

— Je ne te suis pas indifférente, quand même !

— Non, bien évidemment ! Vous êtes belle et désirable, mais c'est impossible, je n'ai pas le droit, nous n'avons pas le droit. Vis-à-vis d'Anne et de François.

— Pourtant, l'an dernier, ce droit, tu l'as pris. Anne et François étaient fiancés...

— Mais ils n'étaient pas mariés, Estelle. Nous, nous commettrions un adultère.

— Et alors ? Ils ne le sauront pas. Personne n'en saura rien. Tu es marié ; Anne va avoir un enfant, c'est vrai. Mais moi aussi, je vais me marier ; je vais épouser François puisque je ne puis t'épouser, toi. Pourtant, je te veux et tu me désires aussi, je le sais. Anne a eu François qu'elle a rejeté pour toi. Elle t'a maintenant. Moi, je n'ai rien. Pourquoi n'aurais-je pas le droit de t'aimer ?

Elle n'essayait pas de retenir ses larmes, et Yves ne savait plus que faire. Il la prit dans les bras et la berça, buvant ses larmes sur son visage.

— Ne pleure pas. S'il te plaît, ne pleure plus. Je n'aurais jamais pu t'offrir ce que tu attends de la vie. Tu es trop entière, trop exigeante pour moi. Cela n'aurait jamais marché. Rentre chez toi et sèche tes larmes. Il ne faut pas rester là, on pourrait nous surprendre. Je te promets de repasser te voir bientôt. Tu as ma parole, mais, maintenant, je dois m'en aller.

— Tu viendras, tu me le promets ?

— Oui, c'est promis. Mais te voir, rien d'autre. Je dois partir, maintenant.

— Embrasse-moi, Yves. S'il te plaît !

Il s'était penché vers elle et l'avait embrassée doucement, tandis qu'elle s'accrochait à lui désespérément. Elle se serrait contre lui, se frottait à lui, le sentait enfin réagir quand il l'écarta soudain de lui et la quitta, la laissant pantelante et insatisfaite.

*
* *

Hamon Cléa'h et de son fils Ronan attendaient Yves sur le quai. Ils hissèrent, péniblement, sur le *Marie-Jeanne*, les deux lourds cercueils de chêne, pourtant vides encore, qu'ils avaient transportés sur une voiture à bras. L'aube se levait à peine, et la brume légère qui noyait encore la ria les enveloppait dans un voile cotonneux où les formes devenaient floues, les bruits mats, assourdis. Ils n'en émergèrent qu'au bout d'une demi-heure, quand le soleil dispersa les derniers pans de cette brume matinale. Ils étaient dans le chenal du Four depuis un moment et se laissaient porter vers l'île par le courant.

Pierre les avait vus arriver et les attendait sur la grève de galets avec deux charrettes et deux hommes. Ils y placèrent les cercueils et prirent aussitôt la direction du four à soude où, deux jours plus tôt, ils avaient enseveli les Anglais.

— Nous allons les mettre en bière ici, dit Hamon, une fois les corps déterrés. Je vais juste clouer le couvercle, je le plomberai au Conquet. Mais presse-toi ; cette odeur m'incommode. Nous repartirons aussitôt.

— Fais pour le mieux, c'est toi le spécialiste.

Le retour fut encore plus rapide que l'aller, Yves ayant profité du vent et du flot.

— Eh bien, pour un paysan, tu ne fais pas un si mauvais matelot, jeune Kerléo ! s'exclama Hamon. Tu te débrouilles même très bien.

— Tu me flattes, charpentier. Il ne nous reste plus qu'à ramener les corps à ton atelier.

— Mon fils a laissé la voiture à bras devant chez toi. Je n'en ai que pour cinq minutes à la récupérer. Attends-moi.

Lorsqu'il redescendit avec la voiture, Hamon était

accompagné de deux pêcheurs d'Erquy qui avaient accepté de l'aider.

— Tu comprends, paysan, un cercueil c'est déjà lourd, vide. Alors, deux cercueils chargés de clients imbibés d'eau de mer, c'est trop pour deux hommes seuls. Mes amis vont nous aider à ramener ces citoyens à mon atelier. Des Anglais ! Si on m'avait dit qu'un jour j'inviterais deux Saxons chez moi, et qu'en plus ça me rapporterait quelques sous...

Yves souriait. Tous connaissaient la propension qu'avait Hamon à tourner la mort en dérision, ce qui n'était, sans doute, que sa façon de cacher la peur qu'il en avait. Il fit prévenir les gendarmes. Quand ils arrivèrent, les cercueils étaient plombés depuis longtemps. Dans la soirée, le consul fit savoir que les corps seraient enlevés par une voiture le lendemain matin. Il souhaitait voir Yves dès que possible.

C'était une bonne chose de faite, et une bonne indemnité pour sa peine. Les deux cercueils ne lui coûteraient pas plus de 250 francs et le consul lui donnerait sans doute encore un petit supplément... Il lui faudrait, quand même, penser à récompenser Lucien et Calec, qui lui avaient donné un sacré coup de main. Il hésita à se rendre à Ploumoguer pour chercher Anne, qui était simplement allée voir ses parents, et se dit qu'elle était peut-être rentrée quai du Drellac'h. Elle y était.

*
* *

Le lendemain matin, ils étaient encore au lit quand il entendit frapper à la porte. Il consulta sa montre. Sept heures, déjà ! La nuit, il est vrai, avait été agitée. Il jeta un regard reconnaissant à Anne, toujours endormie, et il enfila pantalon et chemise avant de descendre ouvrir la porte. Qui cela pouvait-il être ? Il s'attendait à Yann, à Cheun, aux gendarmes peut-être, mais sûrement pas à Michel Kérébel, son voisin à l'île. Il le fit rentrer et comprit immédiatement que de nouveaux ennuis s'annonçaient. La veille au soir, un des employés de Kérébel avait purement et simplement occis le grand Calec d'un coup de pierre à la tête. Le meurtrier était à la ferme, entravé, pieds et poings liés, sous bonne garde, car l'on pouvait craindre une vengeance expéditive des amis du mort. Michel Kérébel voulait prendre le conseil d'Yves avant d'aller trouver les gendarmes.

— Cela te pendait au bout du nez, lui dit Yves. Il y a trop de sauvages parmi tes hommes, et tu le sais. Comment est-ce arrivé ?

— Ils se sont disputés au sujet des Anglais que vous avez trouvés. Il semble que le meurtrier, un de mes domestiques, Le Lannic, était avec les tiens quand ils ont trouvé le corps de Taylor.

— Taylor ? Mais Calec m'a dit que c'était celui d'Irvine qu'il avait trouvé.

— Pour te tromper. Non, ce n'était pas Irvine, c'était Taylor.

— Pourquoi aurait-il menti ? Il n'y avait rien à cacher.

— Détrompe-toi. Ce Taylor portait une ceinture, sous ses vêtements. Une ceinture en toile imperméable contenant des pièces d'or. Le Bars l'a récupérée et n'a pas voulu me la donner. Il manque probablement quelques pièces, c'est pourquoi je pense que nous aurions intérêt à ne pas parler de cette ceinture ; on risquerait des ennuis. Qu'en penses-tu ?

— Si tu n'en parles pas le premier, c'est Le Lannic qui le fera. Pour se blanchir, il pourrait prétendre que c'est sur ton ordre qu'il a tué Calec ou dérobé la ceinture. Si j'ai bien compris, c'est Calec qui avait cette ceinture, et Le Lannic l'a tué en voulant la lui reprendre. C'est bien cela, n'est-ce pas ?

— Oui. Je ne pense pas que Le Lannic m'accuserait, mais je ne veux pas d'ennuis.

— Crois-tu qu'il se gênerait, alors qu'il risque la peine de mort ? Si tu caches quelque chose à la justice, tu peux être accusé de complicité et de recel.

— Tu as raison. Allons voir les gendarmes.

Ils s'étaient rendus à la gendarmerie et avaient exposé au capitaine ce qu'ils savaient du drame qui s'était déroulé la veille au soir. Le capitaine décida d'envoyer un adjudant et deux gendarmes à l'île dans la journée et autorisa Kérébel et Yves à regagner Béniguet. Après être passé commander un nouveau cercueil chez Hamon Cléac'h, ils avaient fait route sur l'île, de conserve.

Le corps de Calec était allongé à même la terre battue de la salle commune. Lucien Jézéquel se tenait en prières, dans un coin de la pièce. Yves lui fit signe de le rejoindre dehors ; il lui fallait mener une enquête rapide avant l'arrivée des gendarmes. Lucien lui confirma qu'il n'avait laissé Calec seul qu'une dizaine de minutes, quand il était parti prévenir Pierre Le Bars. À leur retour, Calec était en discussion avec Le Lannic, mais Lucien n'avait vu ni ceinture ni pièces. Seul Le Lannic pouvait donc lui expliquer ce qui s'était réellement passé.

Quand il s'approcha du meurtrier, celui-ci ricanait. Yves fit mine de ne rien remarquer.

— Tu ne me connais pas, Le Lannic, commença-t-il, même si tu m'as déjà vu. Mais Calec était mon employé, et je veux savoir ce qui s'est passé et pourquoi l'as-tu tué.

— Je n'ai rien à vous dire, curé.

— Curé ?

— Oui, c'est comme cela qu'on vous appelle dans notre ferme, avec tous les sermons que vous faites à vos employés, vos prières et vos messes.

— Tu seras sûrement plus bavard tout à l'heure, devant les gendarmes.

— Les gendarmes ? Vous avez prévenu les gendarmes ? Mais vous n'aviez pas le droit ! Avant vous, ces affaires, on les réglait entre nous, ici, à l'île, en famille.

— Oui, à coups de pierre sur la tête. Ce temps-là est terminé. Fini. Je ne veux pas de sauvages sur mon île.

— Pour le coup de pierre, patron, c'est un coup malheureux.

— Tiens, tu m'appelles patron maintenant ?

— Dame, si les gendarmes viennent, vous allez me

défendre, tout de même ! Kérébel ne saura pas le faire et, en plus, il s'en fout. Calec, je ne voulais pas le tuer, je vous le jure, seulement lui faire peur, pour qu'il me donne mon dû. Il voulait me voler.

— Comment cela, te voler ?

— Quand ils ont trouvé le corps, Calec a envoyé Lucien prévenir Le Bars. C'est à ce moment qu'il a fouillé le noyé. Je l'ai vu enlever cette ceinture et, tout de suite après, il tenait une pièce d'or qui brillait au soleil, tellement elle était grosse. Il l'a replacée dans la ceinture qu'il a cachée dans le goémon, sur la charrette.

— Tu es venu le trouver et tu lui as demandé de partager ?

— Oui, et c'est alors que Lucien est revenu avec Le Bars. Je suis parti. Ensuite, quand j'ai retrouvé Calec, il ne m'a proposé que deux pièces, prétendant qu'il n'y en avait que quatre. Je savais bien qu'il y en avait beaucoup plus que ça : la ceinture avait l'air lourde quand il l'avait soulevée pour la cacher. On s'est engueulés et je l'ai frappé avec le premier caillou qui m'est tombé sous la main. Manque de chance, il était lourd et coupant. Mais je ne voulais pas le tuer, je le jure.

— Un caillou de près de deux kilos ! s'exclama Yves. Je l'ai vu. Mais je ne crois pas, en effet, que tu voulais le tuer ; sinon, comment aurais-tu retrouvé la ceinture ? Calec mort, tu perdais tout.

— C'est vrai, ça ! C'est la preuve que je ne voulais pas le tuer ! Vous savez, patron, ici, plus personne ne respecte les règles. Les épaves nous appartiennent comme ce que possèdent les noyés. Mais il faut partager... Calec aurait dû le faire.

— Les épaves nous appartiennent, oui, mais pas ce que possèdent les noyés, et tu le sais parfaitement. Les morts sont sacrés, et c'est pour cela que Dieu vous punit, Calec et toi. Le mieux que tu puisses faire, c'est de répéter aux gendarmes exactement ce que tu viens de me dire. Je ne pense pas qu'ils retiendront la préméditation. Finalement, c'est une bagarre qui a mal tourné.

— C'est exactement cela, patron ! Je voulais simplement lui donner une bonne correction pour lui apprendre à vivre, et puis le voilà mort ! Vraiment, ce n'est pas de chance : le jour où je mets la main sur un trésor, je tombe sur un gars pas partageux et au crâne fragile.

La ceinture contenait dix-huit pièces de 10 dollars américains et trente pièces de 20 dollars. Michel Kérébel ne voyait toujours pas la nécessité d'en restituer la totalité, mais Yves resta intraitable.

Les gendarmes arrivèrent en début d'après-midi ; deux d'entre eux avaient été malades comme des chiens pendant la traversée et le troisième ne valait guère mieux, si bien qu'ils ne procédèrent qu'à un interrogatoire rapide du meurtrier avant de l'emmener, menottes aux poignets. En quittant l'île, ils demandèrent à Yves et Kérébel, mais aussi à Lucien et Pierre, de se tenir à la disposition de la justice : il était probable que le juge d'instruction les convoquerait en temps opportun.

9

Quand cela s'arrêterait-il ? L'été, si bien commencé avec cette belle récolte de froment, n'apportait plus qu'ennuis imprévus. Plutôt que de passer une nouvelle veillée funèbre à l'île, Yves se décida à repartir immédiatement, seul avec le cadavre, même s'il commençait à se lasser de ces allers-retours. Heureusement, il pouvait se reposer sur Pierre le Bars qui, pendant tous ces jours, avait montré les qualités d'autorité et d'organisation qui en feraient un patron respecté de tous. Yves n'hésita donc pas à lui confier la ferme pour quinze jours, en lui recommandant de s'appuyer sur Lucien Jézéquel. Il lui enverrait Yann pour surveiller le travail des goémoniers.

La nuit tombait quand il accosta. Il laissa la dépouille dans le bateau et fila chez le charpentier. Hamon vint récupérer le corps avec sa voiture à bras et, une heure plus tard, le cercueil était plombé. Yves voulut prévenir Anne de son retour, mais elle était déjà repartie. Décidément, à peine tournait-il le dos qu'elle s'évanouissait dans la nature... Il lui fallait voir Eugène Lemarchand, et, en dépit de l'heure tardive, il prit le chemin de Bellevue. Eugène finissait de dîner.

— Alors, mon jeune ami, fit-il en voyant Yves, enfin débarrassé de vos noyés ?

— Ne m'en parlez pas ! C'est un vrai cauchemar.

Eugène lui servit un porto en l'écoutant raconter en détail les derniers événements et l'invita à dîner avec François et Estelle, puisque lui-même devait se rendre au conseil municipal. Il lui promit de le décharger autant que possible des soucis de l'enquête, et lui annonça qu'il lui remettrait, le lendemain matin, les 5 000 francs qui lui seraient nécessaires pour mettre sur pied leur structure dans les abers. Il lui proposa même son cabriolet pour faire sa tournée sur la côte.

Eugène bouclait sa sacoche quand ils entendirent Estelle pénétrer dans le hall.

— Je vous laisse, Yves, maintenant que ma fille est arrivée, dit Lemarchand. Peut-être serez-vous encore là à mon retour ? Mais qu'est cela ? ajouta-t-il en s'emparant d'un télégramme déposé dans une coupe. Un télégramme de François ; il n'arrivera que lundi. Un rendez-vous imprévu à Paris. Estelle va être furieuse de l'avoir attendu pour rien. Je vous sais doublement gré de dîner avec elle ce soir, car elle m'inquiète depuis quelques semaines. Depuis la mort de sa mère, en fait. Elle qui était si gaie, depuis sa rencontre avec François, elle est souvent abattue, maintenant. Les enfants ! Qu'ils sont difficiles à comprendre ! Je vous la confie. À demain.

Cette fois, le piège qui se refermait sur lui était tout à fait fortuit et pas plus lui qu'Eugène ou Estelle ne l'avait prémédité. C'était le destin et rien d'autre. La jeune fille était d'une pâleur tout à fait inhabituelle, et comme éteinte, elle d'habitude si vive et enjouée.

— D'où veniez-vous, tout à l'heure, Estelle ? demanda-t-il pour dire quelque chose.

— De Brest, où j'ai fait des courses. J'ai acheté une bicyclette à François, une Rudge semblable à celle qu'il s'est fait voler il y a moins d'une semaine. Je me suis aussi acheté deux robes, une jupe, et des tas de dessous plus affriolants les uns que les autres. À chacun ses amusements, n'est-ce pas ? Vous, je le crains, vous n'en avez guère. Vous êtes si puritain !

— Croyez-vous que je ne préférerais pas m'amuser, comme vous dites, plutôt que de collectionner les cadavres, comme je le fais aujourd'hui ? Croyez-vous qu'Anne n'aimerait pas vous accompagner dans les magasins à Brest ? Elle aime autant que vous la soie et les dentelles. Il lui manque tout simplement les moyens et le temps pour le faire. Quand on doit assurer tous les jours la subsistance de trente domestiques dans une île, il est certain qu'on ne peut pas jouer les élégantes rue de Siam !

— Enfin ! sourit Estelle, j'ai réussi à vous faire réagir, et même à vous blesser, ce que je ne voulais pas. Par moments, j'en arrive à me demander si vous êtes un être de chair et de sang. Je n'ai jamais connu quelqu'un comme vous, et jamais non plus un homme ne m'a traitée comme vous le faites. Malheureusement, c'est vous que j'aime.

— Non Estelle, vous *croyez* m'aimer, ce n'est pas la même chose. Vous vous trouvez devant un défi : un homme vous résiste et cela vous agace, et vous ne l'admettez pas.

— Yves, vous êtes un goujat ! Qu'est-ce qui vous autorise à agir et à me parler ainsi ? Croyez-vous que l'argent empêche l'amour ? Et que savez-vous de mon amour pour vous, puisque vous le rejetez ? Je vous aime plus que vous ne serez jamais aimé par quiconque, et je donnerais tout ce que j'ai pour être à la place d'Anne.

— Vraiment ? fit-il, ébranlé par son accent de vérité.

— Tout, Yves. Et même plus. Ma vie, mon âme, s'il le fallait. Tu le sais bien.

Il n'avait rien répondu, et elle sentit soudain que quelque chose se passait. Il craquait. Il ne résistait plus à l'attirance qu'il avait pour elle. Il se leva et vint à elle. Il lui prit la main, la fit se lever et, d'une voix basse et rauque, lui dit : « Je te veux, Estelle, tout de suite. C'est de la folie, mais, après tous ces morts, je veux de la vie, de l'amour. Mais ne restons pas ici. Quelqu'un pourrait entrer. »

— Embrasse-moi, soupira-t-elle. Cela m'est égal d'être vue. Je t'aime, et je voudrais le crier au monde entier.

Dans sa chambre, des heures plus tard, ils avaient entendu Eugène rentrer et s'étaient faits aussi discrets que possible. Un peu avant l'aube, Yves dit doucement :

— Je vais partir à pied et reviendrai tout à l'heure prendre le cabriolet. Comme ça, si je croise ton père, il ne se doutera de rien.

— Fais-moi l'amour une dernière fois avant de partir, supplia-t-elle. Sais-tu que tu ne t'es pas retiré ? On voit bien que tu es un homme marié : la prudence n'est plus ton problème. Et si j'étais enceinte de toi, moi aussi ? Ce serait merveilleux...

*
* *

Yves avait retrouvé Eugène comme ils en étaient convenus la veille. L'industriel lui avait remis les 5 000 francs, ainsi que de nombreuses recommandations pour trois maires, un conseiller général et deux curés. Ensuite, comme Yves prenait la voiture, Eugène avait remarqué :

— J'ai été surpris que vous n'ayez pas pris le cabriolet hier soir.

— J'avais un peu trop bu, monsieur. Votre porto et tout ce bordeaux... J'ai préféré rentrer à pied mais cette fois, je prends le cabriolet. Nous nous reverrons dans une semaine.

Il avait rencontré Yann par hasard en traversant le bourg de Ploumoguer pendant la grand-messe, à laquelle le géant n'assistait que rarement, préférant celle de sept heures, beaucoup plus brève. Il fut immédiatement d'accord pour se rendre à Béniguet et y surveiller le travail des goémoniers pendant l'absence d'Yves.

— Pour tout te dire, cela m'arrangerait même de travailler pour toi jusqu'en septembre, ajouta-t-il. Depuis que Joseph est rentré du service militaire, nous sommes trop nombreux à la ferme. De plus, je ne supporte pas d'entendre Cheun me parler, sans cesse, de Louise. Il la rejoint chaque nuit au Conquet, tu le savais ?

— Tu peux prendre le *Marie-Jeanne* ou demander à Jean Menguy de te conduire, répondit Yves. C'est comme tu préfères. Fais-toi aider de Lucien Jézéquel ; il connaît bien le métier. Mais, surtout, ne commence pas le brûlage avant mon arrivée. Sais-tu où est Anne ?

— Elle est seule à la ferme. Père et Mère sont à l'église. Avant la messe, il y avait le service de huitaine d'une vieille tante, c'est pourquoi je suis ici. Cheun est parti rejoindre Louise, comme d'habitude, et Joseph, courir la gueuse, comme d'habitude aussi. Il m'épate le Joseph ! Il a toujours trois ou quatre fers au feu, c'est incroyable ! Il finira par s'attirer des ennuis. Les cocus ne sont pas toujours contents ou aveugles et mon frère serait bien inspiré d'aller chasser sur d'autres terres que celles de son village.

En arrivant à la ferme, Yves vit Anne sortir de l'étable, la main devant les yeux qu'elle protégeait du soleil. Quand elle l'aperçut, elle lui sourit, s'essuya les mains dans son tablier, et courut se jeter dans ses bras.

— Tant pis pour toi si tu sens la bouse de vache ! s'écria-t-elle en riant. Tu n'avais pas à me surprendre ainsi, toute crottée...

Ils mirent à profit le temps magnifique de ce premier dimanche d'août pour aller se baigner. Anne avait décidé d'apprendre à nager. Ne pas savoir nager lorsque l'on habitait une île constituait, en effet, aux yeux d'Yves, un risque qu'il ne convenait pas de courir. Ce fut une journée de vacances comme ils n'en avaient plus connu depuis leurs fiançailles, une journée entre sable et mer, à nager, à courir, à jouer comme des enfants. Et si, à l'heure de l'angélus, Anne ne savait pas encore nager, du moins flottait-elle et avançait-elle un peu ; et surtout, elle n'avait plus peur de l'eau, ce qui était l'essentiel. Yves la voyait déjà comme une vraie sirène.

Le soir venu, ils étaient rentrés au Conquet. C'était le lendemain qu'Anne avait rendez-vous avec Estelle. En entendant son épouse prononcer le prénom de la jeune femme, Yves s'étonna de n'éprouver aucun remords. Il ne posa aucune question, et décida de faire comme si de rien n'était et de passer la nuit, quai du Drellac'h, plutôt que de partir immédiatement pour Brest. Il lui suffirait de se lever de très bonne heure. Tous deux se promettaient d'effacer, en cette nuit de retrouvailles, toutes celles qu'ils avaient passées seuls ces dernières semaines. Demain serait un autre jour, se dit Yves en s'endormant.

*
* *

Il avait attelé le cheval aux premières lueurs de l'aube. Il lui fallait être au consulat de Grande-Bretagne à huit heures au plus tard, s'il ne voulait pas gâcher cette première journée de sa tournée. Ce fut un Arthur Robinson tout guilleret qui l'accueillit.

— Monsieur Kerléo, c'est le ciel qui vous envoie ! fit le consul en lui secouant chaleureusement la main. Vous tombez à pic, Mrs. Taylor est arrivée à Brest hier au soir, elle nous rejoindra dans un instant. Elle tient absolument à vous remercier. La gendarmerie m'a fait parvenir la ceinture de son mari. Je suis navré pour cette histoire dans votre île, mais je comprends ces pauvres diables : comment ne seraient-ils pas tentés par des sommes qui représentent plusieurs fois ce qu'ils gagnent dans l'année ? D'ailleurs, si j'en crois les gendarmes, cette mort est plus un accident qu'un meurtre.

— C'est une façon de voir les choses, en effet, monsieur le consul.

— Quoi qu'il en soit, mon cher Kerléo, je vous saurais gré de n'en rien dire à Mrs. Taylor. Cela ne l'intéresse nullement, d'autant que la ceinture et son contenu sont là, n'est-ce pas ? Vous savez, c'est une famille très riche, et... Mais la voilà qui arrive. Veuillez m'excuser un instant...

La veuve, une jeune femme élancée aux cheveux roux et bouclés, avait un visage constellé de taches de rousseur qui lui donnaient un air étonnamment juvénile, en dépit des cernes bleuâtres qui ombraient ses yeux d'un bleu-vert très clair, presque transparent. Elle salua Yves en français, avant de s'excuser de devoir poursuivre en anglais et de demander au consul de servir d'interprète. Après l'avoir remercié, au nom de sa famille, pour les risques qu'il avait pris et pour tout ce qu'il avait fait pour les défunts, elle le pria d'accepter la ceinture et son contenu.

Yves protesta en se demandant ce qu'avait bien pu raconter le consul, mais la jeune femme balaya ses réticences d'un geste négligent de la main. Elle ne s'était même pas donné la peine de vérifier le contenu de la ceinture de toile huilée.

— Cette ceinture représente bien peu de chose, monsieur, reprit-elle, eu égard au service rendu. Notre famille est aisée et doit bien cela à celui qui, au péril de sa vie, a permis à mon mari et à cet homme d'équipage d'avoir une sépulture chrétienne. En mon nom, ainsi qu'au nom de mes beaux-parents et de mes enfants, je vous remercie du fond du cœur.

Avant de quitter le consulat, Yves eut un aparté avec Arthur Robinson qui lui signifia qu'il le tenait quitte de la somme avancée pour les cercueils, si, du moins, cela avait suffi.

— Veuillez m'excuser, monsieur Robinson, demanda Yves, mais qu'est-ce que cette histoire de brume et de risques énormes que j'aurais pris ?

— Il y avait bien de la brume quand vous avez retrouvé le corps, n'est-ce pas ?

— Oui, mais j'y avais échappé.

— Peut-être, mais vous auriez pu vous y perdre. Un peu d'imagination, que diable ! J'en ai besoin, moi, pour me faire valoir. Ne l'oubliez pas, vos mérites rejaillissent sur moi !

Encore quelque peu ahuri, Yves se rendit immédiatement à la banque où il commença par se délester de la moitié des 5 000 francs que lui avait avancés Eugène Lemarchand, avant d'y négocier les dollars américains. Il savait que la somme qu'il en retirerait serait importante, mais ne s'attendait pas du tout aux 5 180 francs que le banquier porta à son crédit. Finalement, Robinson avait bien joué : Yves saurait utiliser cet argent bien mieux que la famille Taylor, qui semblait n'en avoir nul besoin.

Nanti d'un viatique de 2 500 francs, il reprit la route de la côte et choisit de déjeuner à l'auberge où, quelques mois plus tôt, il avait si bien dîné en compagnie de François et d'Eugène Lemarchand. Il lui fallait reprendre ses esprits, avant d'attaquer la semaine — ou plutôt, laisser mûrir tout ceci, et n'y penser que quand il aurait mis en place son organisation. Il se rendit successivement au presbytère et à la mairie de Plouguerneau : les renseignements qu'il obtint lui permirent de sélectionner trois hommes, parmi lesquels il devait choisir son représentant sur le canton. Il les vit tous trois dans l'après-midi et retint d'abord un célibataire de vingt-deux ans, Pol Le Rû, qui n'avait, pour toute famille, qu'une sœur de deux ans sa cadette. Il leur proposa de venir travailler tous les deux pour lui à Béniguet. Il dédommagea le fermier qui les employait, leur avança 200 francs et leur fixa rendez-vous au Conquet le lundi suivant.

C'est un père de famille de cinq enfants, Goulven Simon, un veuf de trente-huit ans, qu'il choisit pour le représenter jusqu'à l'Aber-Benoît. Yves ne lui confirma son choix qu'après l'avoir vu à l'œuvre. Pendant trois jours, ils battirent ensemble la campagne, Yves expliquant à Goulven le type d'organisation qu'il voulait mettre en place et l'esprit dans lequel il entendait travailler avec les goémoniers. À la fin de ces trois jours, ils avaient loué huit chevaux et autant de charrettes pour les prochaines grandes marées. Il avait traité sur parole et versé la moitié du prix de la location aux paysans.

— Goulven se mettra en rapport avec vous pour avoir les attelages en temps opportun, leur expliqua-t-il. Il est mon représentant ici et c'est avec lui que vous traiterez dorénavant. Il va de soi que je ne veux pas entendre parler de cheval malade, d'essieu cassé, ou de tout autre prétexte aussi usé. Je vous fais confiance pour m'aider dans ce projet que le maire et le recteur approuvent.

Ils firent également le tour des masures des goémoniers les plus pauvres. Yves laissa Goulven expliquer à ceux-ci que, s'ils travaillaient pour lui et l'usine Lemarchand, il mettrait à leur disposition chevaux et charrettes durant toute la marée. Fini le transport, à dos d'homme, de la grève à la dune. Lui, Goulven, récupérerait le coût de la location, rien de plus normal, mais de leur côté, ils n'auraient pas à nourrir les chevaux toute l'année. Ils y gagneraient la possibilité de récolter à nouveau les quantités de tali et de soude qu'ils traitaient naguère. Tout cela leur serait expliqué lors de la réunion qu'Yves Kerléo tiendrait le jeudi suivant au Café de l'église.

Devant une salle pleine, Yves se présenta comme un paysan-goémonier de Béniguet qui, en accord avec les industriels, voulait améliorer leurs conditions de travail à tous. M. Lemarchand leur garantissait l'achat de toutes les quantités qui lui seraient proposées. Lui-même et Goulven fourniraient chevaux et attelages à ceux qui en auraient besoin, ils toucheraient, pour cela, un pourcentage couvrant les frais de location et leurs propres frais. Il conclut en demandant aux goémoniers de calculer le supplément de gains qu'ils pouvaient escompter d'un surplus de récolte. Le murmure approbateur qui parcourut l'assemblée valait toutes les réponses.

En quittant Landéda, où il termina sa tournée, après une visite de condoléances à la famille Calec, Yves était peu satisfait. Si les petits l'avaient écouté, il n'avait réussi à décider qu'un seul des trois gros paysans-goémoniers du village à traiter avec lui. Il lui faudrait revenir un de ces jours. Certes, son mandat d'acheteur de l'usine était un vrai sésame, mais, comme tous les paysans, ces hommes étaient méfiants, et cette méfiance qu'Eugène n'avait aucune chance de vaincre, lui-même avait du mal à la dissiper. Il lui faudrait du temps pour les convaincre tous.

*
* *

Incrédule, Goulven tâtait dans ses poches les cinquante napoléons que venait de lui remettre son nouveau patron. Cinquante pièces de 20 francs. Il n'arrivait pas à y croire, c'était comme un rêve éveillé. Il aurait voulu crier sa joie, appeler ses enfants, sa fille Léonie, mais il n'osait pas. Il pressa le pas en approchant de chez lui ; mais il n'allait pas assez vite encore. Il ôta ses sabots et se mit à courir avant de s'arrêter au bout de dix mètres. Si on le voyait ? Sans compter qu'il risquait de perdre ses pièces ! Il avait le cœur si gonflé de bonheur qu'il craignait qu'il n'éclate. À chaque pas, il remerciait la Vierge, sainte Anne et sa défunte épouse, Joséphine, d'avoir si bien plaidé sa cause auprès du Très-Haut. Enfin, il aperçut sa fille, un seau à la main : elle donnait à manger au cochon... Les larmes lui vinrent aux yeux... Il allait lui acheter une robe, ce qu'elle voudrait. Il lui devait tout : c'était elle, son aînée, sa petite fille, qui l'avait empêché de sombrer, elle qui avait tenu le ménage, s'était occupée des petits, qui avait ranimé son courage quand il désespérait. Il allait se rattraper, lui offrir tout ce dont elle avait manqué, et avant tout, lui permettre de retourner à l'école qu'elle aimait tant.

La première chose qu'ils avaient faite, elle et lui, avait été de prier, de remercier le ciel pour ses bienfaits.

— Je vous l'avais dit, Père. Il fallait faire confiance à maman. J'étais certaine qu'elle serait entendue là-haut. La Vierge Marie ne pouvait l'ignorer.

— Ma grande, répondit Goulven, tu vas nous préparer un repas de fête, dimanche. Un *kig-ha-farz*, un vrai, avec de la bonne viande ; et un gâteau, aussi. Mais, dès samedi, tu vas m'accompagner à Brest. Nous allons faire des courses, acheter des vêtements, ce qu'il vous faut à toi et aux petits. Et dimanche, nous irons tous à la grand-messe.

Goulven, ce soir-là, mit des heures à trouver le sommeil. Il tenait enfin sa chance, et n'allait pas la laisser passer. Il savait que l'homme dont il devenait le représentant était honnête et de grande valeur : il l'avait entendu parler aux goémoniers. Sans compter qu'il lui avait fait confiance, sur parole ! Il n'allait pas le décevoir. Cinquante louis... Il se releva encore une fois pour vérifier qu'ils étaient toujours là et s'endormit enfin, rassuré.

Il faisait nuit quand Yves arriva au Conquet. En passant devant la gendarmerie, il se rappela qu'il avait oublié d'y faire sa déposition. Quai du Drellac'h, la petite maisonnette aux volets rouges était déserte ; pourtant, les vêtements d'Anne étaient là. Où était-elle donc passée ? Elle pourrait quand même lui laisser un mot pour lui dire où la retrouver. Il était fatigué et ne prit même pas la peine de dîner. Il s'endormit à peine couché. Il rêvait. Deux géants noirs se battaient à coups de troncs d'arbre et se disputaient une femme dont le visage lui était caché : était-elle blonde, brune, rousse ? L'un d'eux réussit à s'en emparer et à l'emporter sous son bras, avant de la jeter sur son cheval et de s'enfoncer dans la mer où ils disparurent tous les deux. Il se réveilla en sursaut, trempé de sueur. La ferme, la deuxième ferme ! Bien sûr, il fallait qu'il l'achète, ou il risquait de tout perdre, si les jumeaux ne la louaient pas, s'ils se disputaient, comme cela était probable et comme ce rêve le laissait entendre...

Anne était à Bellevue, où elle dînait avec Eugène Lemarchand et Estelle. Ils l'avaient invitée à passer la semaine chez eux, plutôt que de la laisser seule au Conquet, et l'industriel se réjouissait de constater que les relations entre les deux jeunes femmes étaient, en quelques jours, devenues franchement amicales. Certes, l'attention d'Estelle envers Anne avait d'abord tenu du calcul, mais, dès le deuxième soir, au terme d'une séance d'essayage ponctuée de fous rires, elle avait admis qu'elle serait stupide d'en vouloir à la jeune femme parce qu'elle était l'épouse d'Yves. Anne lui plaisait, et elles pouvaient parfaitement être amies.

Cette amitié, Anne la lui accorda d'emblée, séduite par la liberté et la générosité d'Estelle qui, si elle était riche, était cependant bien plus simple que de nombreuses filles de fermiers de sa connaissance. Ne lui avait-elle pas tout de suite proposé d'utiliser sa salle de bains et les services de Rozenn ? Anne n'avait pas hésité à le faire et si, le premier soir, elle avait cru ressentir une certaine hostilité de la part de la jeune femme de chambre, cette impression n'avait pas duré. Au fil des jours, Rozenn s'était montrée de plus en plus aimable avec elle, quand elle la massait, après le bain, lui posant quantité de questions, souvent naïves, sur sa grossesse. Une salle de bains comme celle-là, c'était le rêve d'Anne. C'était le comble du raffinement et du confort ; il faudrait qu'elle en parle à Yves.

*
* *

Annonciatrice d'un automne particulièrement précoce, la première grande tempête de cette année 1894 survint le 1er septembre. Yves était sur la côte nord de l'île et criait ses ordres aux goémoniers qui, dans la pluie et les embruns, s'activaient à protéger les meules de varech sec qu'ils n'avaient pas encore eu le temps de brûler. Il se félicitait d'avoir suivi les conseils de Lucien Jézéquel et de Pierre Le Bars et d'avoir avancé le brûlage du tali et la moisson de sarrazin. Les choses se faisaient naturellement, jour après jour : Pierre prenait la direction de la ferme ; Yann, celle des goémoniers. Il ne pouvait que s'en féliciter car ils le libéraient pour ce qu'il commençait à considérer comme sa grande affaire.

L'été avait été magnifique : il y avait des années que juillet et août n'avaient été pareillement ensoleillés, et le mariage de Cheun et de Louise avait été célébré par une chaleur caniculaire, juste après l'Assomption. Tous deux s'étaient installés à l'île, dans la ferme que Michel Kérébel avait accepté de quitter un mois plus tôt que prévu. Il avait rentré et vendu ses récoltes et n'aurait eu que des frais en septembre. Yves, qui savait dorénavant où il allait, avait emprunté 8 000 francs à Eugène et acheté la deuxième ferme en moins d'une heure. Le 24 août, il avait annoncer à ses beaux-frères qu'il était leur nouveau propriétaire.

La chance, il est vrai, avait été de son côté. Il y avait d'abord eu ces noyés du *Tana* : aux 5 000 francs de la famille Taylor s'en étaient ajoutés 1 500, qu'il avait reçus de l'armement, tandis que la Société des sauveteurs en mer du Conquet en avait reçu le double. Il avait consacré une partie de cette somme à la défense de Le Lannic, le meurtrier de Calec, et avait placé 1 000 francs au nom de Lucien Jézéquel, chez son ami Jacques Andrieux, le notaire de

Saint-Renan, qui saurait les faire fructifier au mieux. La récolte de froment, exceptionnelle, couvrait tous les frais de la ferme pour l'année entière. Lorsque Yves en avait informé Pierre, ce dernier avait hoché la tête, incrédule.

— Vous avez là une sacrée terre ! Je n'aurais jamais imaginé ça, en arrivant ici. Quand je pense que, sur le continent, tout le monde n'a que mépris pour ces mauvaises terres à blé ! Pol Le Rû me disait, il y a deux jours, que c'est ce qui l'a le plus étonné, ici, et c'est un garçon qui connaît bien son affaire. Vous avez eu la main heureuse, avec lui.

— Sans compter qu'il a une jolie sœur, n'est-ce pas, Pierre ?

Pierre avait rougi. Depuis trois semaines que Pol et Maria avaient posé leur sac sur l'île, le grand valet n'était plus le même, en effet, et Yves s'en était aperçu. Par chance, la jeune fille ne semblait pas au goût de Yann, sans quoi les choses auraient pu se compliquer.

Pour Anne aussi, la venue de Maria était une bénédiction. Disposer d'une jeune femme de son âge comme amie et confidente lui faisait voir l'île sous des couleurs plus riantes. Maria ne resterait pas longtemps célibataire, tous le savaient. Pol, son frère, était jeune et ne pourrait indéfiniment la protéger ni empêcher l'un de ces hommes de la lui enlever un jour. Yves espérait que Pierre serait celui-là. Dès qu'Anne eut acquis la certitude que, de son côté, Maria ne dirait pas non, bien au contraire, Yves poussa un soupir de soulagement et s'en fut annoncer la bonne nouvelle à son second. Un mois plus tard, ils fêtaient les fiançailles. Un mois encore, et ils étaient mariés.

Il avait profité d'une accalmie pour rejoindre Le Conquet, emprunter son cabriolet à François, et partir immédiatement sur Plouguerneau. Il lui fallait savoir où en était Goulven, avec lequel il resta quatre jours à courir la campagne et la côte. Il voulait doubler les 250 tonnes de pains de soude dont s'était déjà assuré son représentant, cette quantité étant la même que celle qu'avait obtenue Eugène Lemarchand sur la zone, l'année précédente.

À la fin de ces quatre jours, Yves pouvait compter sur 420 tonnes et en espérer une petite centaine de plus. Il en sortirait une marge de 10 à 12 francs la tonne, au plus, mais c'était assez pour couvrir ses frais de location de chevaux et charrettes pour l'année entière, les salaires et les charges de Goulven, et dégager peut-être un petit bénéfice. Il pourrait rendre à Eugène la moitié de son prêt. Pour une première année, il était difficile de faire mieux.

Le temps s'était remis au beau, et, du bateau, il apercevait les volutes de fumée blanche qui lui annonçaient que le brûlage avait repris. Il fallait qu'il s'y mette, qu'il apprenne, maintenant qu'il tenait, en Pol Le Rû, un expert en matière de pains de soude.

*
* *

Pol et Yann l'avaient placé près de Lucien. Puisque le patron voulait apprendre le travail du brûleur, autant le mettre avec le meilleur d'entre eux. Il avait observé les hommes qui alimentaient les fours : à intervalles réguliers, ils jetaient des fourchées d'algues sèches dans les longues fosses de pierre, au-dessus desquelles opéraient les brûleurs. Chacun de ceux-ci s'occupait d'un four sur lequel il allait s'activer sans relâche pendant trois heures, remuant la pâte qui se formait au fur et à mesure que brûlaient les algues, la pétrissant, tel un boulanger sa pâte à pain, la malaxant à l'aide d'un pifon — un ringard qui se terminait par une sorte de cuiller. Lorsqu'une nouvelle fourchée d'algues tombait dans la fosse de pierre, le goémon crépitait et flambait brièvement en dégageant cette fumée âcre qui leur irritait les poumons et les faisait tousser.

Yves observait Lucien Jézéquel du coin de l'œil. Le goémonier lui avait paru lent, au premier abord, mais il avait vite constaté qu'il était beaucoup plus efficace que lui, parce que plus économe de gestes ; aussi s'appliqua-t-il à l'imiter. Le pifon était, en effet, extraordinairement lourd à manier et il convenait de ne malaxer la pâte qu'à bon escient. Il fallait surtout éviter de tenir en permanence la barre de fer à la main, comme il l'avait fait pendant la première heure, ce qui n'aurait pas manqué de lui valoir des crampes s'il avait persisté. Il s'aperçut que Lucien, lui-même, se relevait de temps à autre pour observer Pol, courbé sur un autre four, à cinquante mètres d'eux, et que, plus loin, les autres brûleurs en faisaient autant. Pol était donc le modèle de tous les soudiers.

— Dis-moi, Lucien, demanda-t-il que penses-tu du jeune Pol Le Rû ?

— Un tout bon, patron, un tout bon. Il sait tout faire, la moisson, le tali... Regardez comment il protège son four pour ne pas donner trop de prise au vent ! Sûr qu'il est bon. Je ne crois pas en avoir déjà vu d'autres qui le valent. Sa pâte brûle lentement, régulièrement, presque sans flamme. Il garde tout l'iode du tali dans le pain de soude.

Lorsque arriva la pause du déjeuner, Yves était éreinté. Il n'avait pas pu s'arrêter à dix heures, comme l'avait fait Lucien, et avait dû manger tout en continuant à malaxer la pâte. Mais comme lui il avait fait ses deux fournées de pains de soude, qui étaient en train de refroidir. Il n'était pas le seul brûleur débutant et, même si les autres avaient déjà une dizaine de jours d'expérience, eux aussi avaient les reins moulus, les épaules endolories, les mains brûlantes, malgré les gants grossiers et le court manche de bois supposé les protéger de la chaleur de l'acier du pifon. Il fallait qu'il profite de cette pause.

Anne leur avait préparé un pâté à l'oseille dont il était le seul à savoir que c'était de l'esturgeon que Cheun avait pris à la palangre deux jours plus tôt. C'est ce même esturgeon qu'ils prirent tous pour du veau quand elle le servit rôti, accompagné de pommes de terre au beurre. Ils reprirent le travail, passant d'un four à l'autre, laissant refroidir les cendres qui n'étaient pas encore solidifiées. À la fin de la journée, ils avaient tous fait leurs quatre fournées et, des fours de pierre, avaient sorti, en les cassant, les pains de soude brûlés la semaine précédente.

Douze jours plus tard, ils en avaient terminé.

Un mois encore et Yves put enfin tirer le bilan ce cette première année. Il ne s'était pas trompé en achetant sa première ferme, car la récolte de froment avait été exceptionnelle. Pour le reste, il limiterait désormais ses productions au strict nécessaire, c'est-à-dire à leur propre consommation en orge, avoine et betteraves. Ce qu'il devait faire, c'était du froment, du tali, et rien d'autre. Pour ce qui était des hommes aussi, il avait fait les bons choix : Pol et Pierre étaient bien les responsables qu'il lui fallait, mais il pouvait également compter sur ses beaux-frères, installés dans la seconde ferme, sans lui en avoir, d'ailleurs, versé le premier franc de leur bail. Jean Menguy acheminait les pains de soude à l'usine de Poul-Conq. Pour les 4 francs la tonne qu'Yves lui payait, Jean avait affirmé qu'il prendrait tout son temps pour assurer ce transport lui-même.

Yves avait vendu à Eugène Lemarchand les 224 tonnes de pains de soude extraits de Béniguet à un prix moyen de 82 francs la tonne, dépassant, en recettes, les prévisions les plus optimistes de l'industriel, et avait pu rendre à ce dernier les 8 000 francs qu'il lui avait prêtés pour acheter sa deuxième ferme. L'un dans l'autre, ses deux fermes payées, il allait lui rester de quoi couvrir tous ses frais de l'année à venir, car il disposerait encore de plus de 10 000 francs, alors qu'il n'avait pas encore vraiment démarré sur Lilia. C'était proprement incroyable.

Fin octobre, il s'était entretenu avec Eugène qui se frottait ouvertement les mains de leur collaboration. Pour une mise de fonds minime, déjà récupérée en très grande partie, puisque Yves ne lui devait plus que 2 500 francs, il avait obtenu 488 tonnes de pains de soude, soit 250 de plus que l'année précédente. Il n'aurait plus besoin de courir dans le Morbihan relancer des goémoniers qui passaient d'un usinier à l'autre pour 1 ou 2 francs la tonne. Eugène Lemarchand avait bien mis la main sur l'homme qu'il lui fallait.

10

1896

Eugène jouait avec le coupe-papier en argent que lui avait offert Estelle pour son anniversaire, tout en écoutant Yves lui annoncer ses objectifs pour l'année 1896-1897. En deux ans, le jeune Kerléo avait pris beaucoup d'assurance ; il allait vite, trop vite à son gré. François, par contre, semblait prendre plaisir à écouter son ami développer ses projets.

— Il y a deux ans, Yves, l'interrompit Eugène, j'étais aux anges, car vous me montriez que la confiance que j'avais placée en vous l'avait été à bon escient. J'ai toujours la même opinion aujourd'hui, mais la vitesse avec laquelle vous menez vos affaires commence à me faire peur. Vous avez acheté votre première ferme au printemps 1894, la seconde, six mois plus tard, et aujourd'hui, en septembre 96, vous venez de conclure l'achat de la ferme de Quéménès qui couvre aussi Triélen et Litiri en tali. Je vous connais : vous allez doubler la production de Quéménès, qui était très mal exploitée, alors que son potentiel est énorme, et donc représenter pour nous, dès cette année, un producteur si important qu'il risque de devenir pesant. Ce n'est bon ni pour vous, ni pour nous.

— Ce que vous dites vaut dans l'absolu, intervint François mais ne prend pas en compte les relations amicales exceptionnelles que nous entretenons avec Yves. Je pense, au contraire, qu'avoir Yves comme fournisseur principal est une chance pour lui comme pour nous. Par rapport à nos concurrents, nous connaissons, avec une saison d'avance, nos prix d'achat de soude et donc notre prix de revient, ce qui est un atout dont nos confrères souhaiteraient bien disposer. On pourrait presque dire que c'est nous qui déterminons le prix du marché. De plus, le succès d'Yves nous vaut un regain d'estime sur l'ensemble de la côte du Léon puisque tout le monde sait, maintenant, que derrière lui, il y a Eugène Lemarchand. Nous sommes donc de véritables partenaires, d'autant que — même si Yves reste libre de vendre à qui il veut, comme nous d'acheter à qui nous voulons — nous savons qu'il nous donnera toujours la priorité, et réciproquement. Yves ne va pas trop vite ; il va à sa vitesse. Si nous voulons le suivre, c'est à nous d'accélérer, pas à lui de ralentir.

— C'est vrai, dit Yves. Pour moi, avant d'être des clients, vous êtes, en effet, des amis, et c'est cette amitié qui doit servir de socle à nos relations professionnelles et non l'inverse.

Eugène Lemarchand sourit intérieurement. Il venait d'entendre ce qu'il voulait entendre.

— Soit, soit..., grommela-t-il. Revenons-en au problème de la qualité des pains de soude. Il y a différentes façons de récolter le tali : le ramasser à la côte, l'arracher au rocher, entier, avec son crampon, ou le couper à la pigouille. Les laminaires arrachées au rocher, entières, avec leur crampon, sont celles qui conservent le plus leurs iodures. Malheureusement, cette méthode entraîne rapidement la disparition de la ressource, les laminaires ainsi récoltées ne repoussant pas. L'algue coupée à la pigouille repousse, elle, mais subit une légère déperdition d'iodures, beaucoup plus importante, encore, pour le goémon d'épave : il se produit un phénomène d'osmose entre le milieu ambiant, la mer, et l'algue morte qui n'arrive plus à fixer ses iodures.

— Je crois deviner où vous voulez en venir pour Quéménès, dit Yves. À la récolte en bateau, n'est-ce pas ? Comme les Molénais ?

— Exactement. Ce sont eux qui ont la meilleure

teneur en iode, de loin. D'ailleurs, leurs pains se paient plus cher que les vôtres ou ceux de Lilia. Comprenez bien : à Plouguerneau, Guissény, Kerlouan, Porsall, Plounéour-Trez où l'on fait surtout du goémon d'épave, la teneur en iode est de 0,83 pour cent. À Béniguet, 0,96 pour cent cette année contre 0,90 pour cent l'an dernier. À Molène, plus de 1 pour cent. C'est pourquoi nombre de mes collègues veulent dorénavant travailler par lots, sur échantillonnages. Cela risque de faire du bruit dans le Landerneau des goémoniers. Je compte sur vous pour trouver une solution qui satisfasse tout le monde, Yves.

— J'y réfléchirai, monsieur Lemarchand, comme je réfléchirai aussi à cette récolte en mer pour Quéménès, d'autant que le prix de vente serait indexé sur le taux d'iode. Et puisque j'ai, à Béniguet, une teneur de 15 pour cent supérieure à celle de Lilia, peut-être envisagerez-vous, pour l'année nouvelle, un aménagement de mon tarif ?

François avait souri à cette dernière remarque que son beau-père, fidèle à sa stratégie, avait provisoirement éludée en proposant un porto, se donnant ainsi le temps de la réflexion.

— Et les débouchés à l'étranger, François ? avait demandé Yves.

— Nous nous y intéressons de très près. Je suis allé partout cette année : Pays-Bas, Belgique, Allemagne, Italie... Toi, ta partie, ce serait plutôt les Anglais, si j'en crois les journaux. Dis-moi, ce naufrage du *Drummond Castle*... Tu étais bien à Molène, quand il s'est produit ? On dit que tu aurais aidé les sauveteurs...

— Tu connais le proverbe : « *On dit* est souvent un grand menteur. » Surtout quand ce « on » s'appelle Arthur Robinson.

— Parce que tu crois que c'est le consul qui a répandu ce bruit ?

— Je n'en sais rien, mais, dès qu'il se passe quelque chose dans les îles, pour Arthur, je suis obligé d'y être. Tu comprends, il me connaît, ne connaît que moi et il me prend pour un saint-bernard de la mer. La réalité est beaucoup plus prosaïque : le 16 juin, en quittant Le Conquet, je me suis égaré dans la brume. Bel exploit comme tu vois. Sur ma route, j'ai eu la chance de croiser Mathieu Masson, un pêcheur de Molène qui m'a ramené à son île où j'ai passé la nuit. Sans lui, je serais peut-être au fond de l'océan, aujourd'hui. Toujours est-il que le lendemain, Mathieu m'a proposé une partie de pêche. Le *Couronne de Marie*, son bateau, se dirigeait vers le port du Stiff, à Ouessant, lorsqu'en rentrant dans le Fromveur, nous avons rencontré une quantité de débris flottants, avant de recueillir deux survivants épuisés : Wood et Godblodt. Mathieu a fait immédiatement demi-tour et les a ramenés à Molène. Dans le même temps, le père Berthelé repêchait un troisième rescapé, Marquardt, dans le sud-ouest d'Ouessant ; il en récupéra même un autre, un officier, qui est mort avant d'atteindre Lampaul.

— C'est arrivé aux Pierres-Vertes, n'est-ce pas ?

— Oui, dans la nuit du 16 au 17 juin. Le bateau a coulé en une demi-heure. Deux cent quarante-trois noyés, victimes d'une imprudence humaine ! Le capitaine Pierce a fait une grossière erreur de navigation en confondant Pierres-Noires et Pierres-Vertes. Il n'y a pas d'autre explication possible. Heureusement pour lui, il s'est noyé, sans quoi... Le paquebot filait à douze nœuds dans ces récifs, et par une brume à couper au couteau ! Résultat, le plus grand naufrage du siècle sur nos côtes.

— On a dit que les îliens avaient été exceptionnels...

— C'est vrai. Merveilleux d'habileté et de courage. Il faut voir un homme comme Mathieu mener son bateau : là où toi ou moi ne voyons rien, il avance comme en plein jour ; il a vraiment un sixième sens. Il lit la mer, il la sent, la respire, et trace son chemin, sans hésitation, comme par beau temps. C'est incroyable ! Et c'est pareil pour tous les autres patrons de bateaux, qui ont ramené les vingt-huit corps ensevelis à Molène. Comme ils n'avaient pas de bois pour les cercueils, les îliens ont sacrifié leurs draps et même des voiles de bateau, pour en faire des linceuls. Ils ont tout noté : vêtements, signes distinctifs de chaque noyé, si bien que l'on a pu mettre un nom sur chaque dépouille.

— Comment se fait-il qu'on ait retrouvé d'autres corps si loin, jusqu'à Camaret ?

— Le Fromveur, François ! Ce courant est terrible ! N'oublie pas le dicton : « Nul n'a passé le Fromveur sans avoir peur. »

— Sauf les îliens.

— Parce qu'ils le connaissent, et en mesurent le danger. En tout cas, si, après cette histoire, on traite encore les Bretons de naufrageurs et de pilleurs d'épaves, c'est à désespérer de tout.

— C'est vrai, approuva Eugène, et vous ne vous êtes pas privé de le dire aux journalistes. J'ai gardé l'article. Tenez, François, je vais vous le montrer.

— Laissez, monsieur Lemarchand, protesta Yves, c'est de l'histoire ancienne, tout ça. Aujourd'hui, l'actualité, c'est cette affaire Dreyfus.

— J'aimerais autant que nous évitions le sujet, si vous n'y voyez pas d'inconvénient, Yves : entre François et moi, c'est un sujet de désaccord, et même de discorde. Cette affaire me donne même la nausée. J'ai beau ne pas les porter particulièrement dans mon cœur, les juifs français sont français avant d'être juifs, comme nous sommes français avant d'être bretons. Il y a pourtant des hommes aussi sensés que François pour les considérer comme des citoyens de second ordre.

— Je constate simplement, Père, que Dreyfus a trahi au profit de l'Allemagne et qu'il est juif. À chacun d'en tirer ses propres conclusions.

— Tu te trompes, François, dit doucement Yves. Depuis 1791, les juifs sont citoyens français. Dreyfus est donc français comme toi et moi, ne t'en déplaise. Traître, peut-être, mais français. Dreyfus est un capitaine français de l'armée française. Qu'il soit circoncis n'y change rien.

*

* *

Ils déjeunaient tous les trois en célibataires, à Bellevue, Estelle s'étant rendue à Brest pour la journée, et se délectaient en silence d'un énorme plat d'huîtres qui se vidait peu à peu. C'est Yves qui, le premier, mit les pouces.

— Trois douzaines, c'est assez pour moi.

— Je finis ma cinquième douzaine, et je m'arrête aussi, soupira Eugène. Quand je pense qu'à votre âge, je mangeais un cent comme rien !

— Pour ma part, je n'ai pas compté, fit François, mais je dois me situer entre vous deux. Comment va ta fille, Yves ?

— Julia va très bien, merci. Elle va bientôt avoir dix mois et ressemble de plus en plus à sa mère, même si Anne prétend que c'est à moi, pour me faire plaisir. J'espère que c'est un petit frère que lui donnera bientôt Anne. En tout cas, cette fois-ci, il est hors de question qu'elle accouche à l'île. Surtout après la mort de Louise.

— Oui, quelle terrible histoire ! Comment s'en remet ton beau-frère ?

— On ne peut pas dire qu'il s'en remette. Il est resté prostré plusieurs semaines et avait perdu vingt kilos en quatre mois. Il est parti il y a quinze jours, pour le nord de la France, a-t-il dit. Ne me demandez pas pourquoi, lui même n'en sait probablement rien. Ce qui est sûr, c'est que tout le monde a été soulagé de le voir partir. Yvonne est pourtant une splendide petite fille, mais Cheun la tient pour responsable de la mort de sa mère... Bref, nous voici, Anne et moi, nantis d'une fille supplémentaire, de quinze jours de moins que Julia. Et Gwen-Aël, François ? Sais-tu que je n'ai encore jamais vu ton fils ? J'étais absent, pour le baptême.

— Nous l'avons regretté.

— Moi aussi, mais je n'y pouvais rien ; cette tempête a duré près d'une semaine...

— Comment allez-vous vous organiser, sans Cheun ? demanda Eugène.

— Je vais réunir en une seule les deux fermes de Béniguet, répondit Yves. Pierre Le Bars la dirigera, et Yann sera dorénavant responsable du tali. Je sais que Pierre et lui n'ont pas beaucoup d'atomes crochus, mais je fais un dernier essai. S'il y a de nouveaux problèmes entre eux, je prendrai Yann avec moi à Quéménès.

— C'est vrai ce qu'on raconte ? que, pour ne pas se fâcher, les jumeaux ont préféré couper leur bateau en deux ?

— C'est vrai, oui. Ces deux idiots ont scié leur bateau au harpon. Quand je leur ai dit que je l'aurais acheté, j'ai cru que je les insultais et qu'ils allaient m'étriper. Ce sont pourtant deux braves garçons, mais...

— Un peu trop caractériels à mon goût, le coupa François. Et pourtant, à Ploumoguer, je fais partie des rares types de notre génération qui n'ont reçu ni gifle ni coup de poing de l'un d'eux. À part ça, oui, ce sont de braves garçons !

— Je connais Yann et Cheun depuis longtemps, sourit Yves, et je sais que, s'ils ont de grandes qualités, ils ont aussi de gros défauts. Mais outre l'affection que je leur porte, ils ont quelque chose que nous n'avons ni toi ni moi : une force colossale que les goémoniers apprécient et respectent, tu peux me croire, quand il s'agit de soulever une charrette embourbée ou de la remonter de la grève quand elle est pleine de tali. Sans compter que cette force est dissuasive, le cas échéant.

— Et c'est vrai que de la force, il en faut, quelquefois, approuva Eugène. Ces îles sont un peu notre Far West, presque aussi sauvage que le vrai.

— N'exagérons rien, fit Yves. Mais il est exact que les îles ne sont pas faciles, comme vous le montrera l'histoire qui est arrivée à l'un de mes employés à la dernière marée d'avril.

Voyant l'œil de ses interlocuteurs s'allumer, Yves avala une gorgée de vieil armagnac et commença.

— Cela s'est passé le deuxième jour de la grande marée. Le temps était superbe et la mer belle. Le *bijinn ebrel*, le tali d'avril, arrivait en abondance à la côte, chargé d'iode. Deux de mes gars, Michel L'Hostis et Jean-François Crenn, étaient partis avec cheval et charrette tôt le matin, et, dès sept heures, ils étaient à pied d'œuvre. Il faut savoir que si Jean-François est un gars paisible, Michel, lui, a la tête près du bonnet et tendance à considérer que les intérêts du patron sont les siens — ce qui est assez rare pour être signalé. Aussi, quand il a vu deux bateaux de Lanildut s'approcher un peu trop près de la côte, il les a tout de suite soupçonnés de vouloir lui voler « son » tali, et il leur a montré le poing. Ils ont échangé les politesses que vous imaginez. Michel était fou de rage. S'il avait su mieux nager, il aurait sauté à l'eau et aurait fait chavirer leur barque. Jean-François a eu toutes les peines du monde à le calmer.

Une heure plus tard, la mer était presque étale. Michel ne digérait toujours pas de s'être fait insulter. Peu à peu, il s'était avancé dans l'eau et avait trouvé un passage de sable pour le cheval et la charrette. Il travaillait vite. De leur côté, les pêcheurs avec qui il s'était pris de bec tranchaient, sans arrêt, les tiges à la base, et entassaient les algues ruisselantes dans leur barque. Insensiblement, il se rapprocha d'eux, bien décidé à les empêcher de continuer leur funeste besogne, et il s'aventura sur un rocher qui venait juste de découvrir. Nul n'a vu ce qui s'est passé ensuite, mais c'est assez facile de le deviner. Il a dû glisser et, en tentant de garder l'équilibre, il est tombé sur le dos, sa tête a porté sur la roche et il a été assommé. Il a roulé jusqu'à la mer. Il n'a pas dû s'y enfoncer tout de suite, maintenu un moment à la surface par le matelas de fucus qui se crée à marée basse. Peu à peu, cependant, son corps a fait son nid dans les algues, et un quart d'heure plus tard, Jean-François l'a trouvé, noyé dans dix centimètres d'eau, une vilaine blessure à la tête. On n'a pas pu le ranimer.

— Décidément, tu collectionnes les noyés... remarqua François, après un moment de silence.

— C'est cela, les îles, François : la moindre imprudence peut entraîner la mort, et deux autres de mes goémoniers ont été heureux d'en être quittes pour la peur, il y a trois mois. Ils s'étaient réfugiés sur un rocher après s'être perdus dans la brume à marée basse et ils étaient sur le point d'être submergés quand ils ont été secourus par des pêcheurs du Conquet. Bien entendu, ils ne savaient pas nager. Ça m'a servi de leçon : cet été, j'ai obligé tous mes employés — paysans comme goémoniers — à apprendre la brasse. Mais il se fait tard, conclut-il en regardant sa montre. Je vais vous laisser.

— Revenez me voir demain, Yves, dit Eugène. Nous nous mettrons d'accord sur les prix de la campagne en cours. Finalement, votre réclamation se tient ; nous allons arranger cela.

*
* *

Il se réveilla en sursaut, trempé de sueur. Encore ce cauchemar, toujours le même. Anne, qui dormait près de lui, ne pouvait se douter de l'angoisse qui le prenait à mesure que sa délivrance à elle approchait. Il avait si peur que ce nouvel accouchement ne ressemble à celui de Julia qu'il revivait celui-ci presque toutes les nuits.

Anne avait eu ses premières contractions en descendant du bateau, au moment de l'accostage à Béniguet. Il l'avait regardée avec anxiété. Elle lui avait souri et dit : « Ne crains rien, tout se passera bien, tu verras. »

C'était elle qui souffrait et c'était elle qui le rassurait ; il était si désarmé devant sa souffrance ! Heureusement, Maria était là ; la vieille Julie, elle, n'était capable que de faire bouillir de l'eau, et encore ! Pendant les trois premières heures de travail, Anne avait dominé la douleur, malgré les cris étouffés que lui arrachait, de temps à autre, une contraction plus forte. Lui, bêtement, se contentait de répéter : « Courage, ma chérie, c'est bientôt terminé... » Ça ne faisait que commencer.

Maria avait fini par lui demander de se taire et de les laisser seules. Il était sorti dans la cour de la ferme. Six heures plus tard, alors que Yann était depuis longtemps parti chercher le médecin du Conquet, les cris d'Anne se faisaient toujours plus stridents. Yves les prenait comme un reproche. Pourquoi devait-elle souffrir ainsi ? C'était de sa faute à lui, si elle était grosse. De sa faute, si elle l'avait accompagné à l'île, enceinte de huit mois.

Enfin, Maria était venue le rassurer. La délivrance approchait. Sa bouteille de tafia était vide ; il était rentré dans la salle commune pour en prendre une autre, quand il se ravisa. Doucement, il avait poussé la porte de la chambre et l'avait vue. Le visage congestionné, les cheveux trempés de sueur et collés au front, la bouche ouverte, les mains crispées sur les draps, Anne poussait, les jambes repliées, tandis que Maria s'activait en l'encourageant. Il avait détourné la tête et s'était enfui.

Il y avait eu un hurlement. Il avait laissé tomber la bouteille et s'était bouché les oreilles. Cette fois, elle allait mourir ; il l'avait tuée. Il avait fait le tour de l'île à pied ; marcher lui faisait du bien. Lorsqu'il était revenu à la maison, Anne ne criait plus. Dans la salle commune, Maria, décoiffée, était assise devant un bol de café noir. Pierre Le Bars se tenait auprès d'elle.

— C'est une fille, Yves, lui avait-il dit. Une belle petite fille. Anne est fatiguée et se repose, mais tout va bien. Ce sera plus facile la prochaine fois.

— Il n'y aura pas de prochaine fois, Pierre. C'est fini. Terminé. C'est trop dur.

Pourtant, il avait recommencé et, cette nuit encore, il aurait du mal à s'endormir.

Deux mois et demi plus tard, Anne était aux anges : elle venait de mettre au monde son premier garçon, Jean-Yves, et en contemplant le visage rayonnant de son mari, elle ressentait la fierté du devoir accompli. Elle n'avait pas souffert, cette fois-ci ; l'accouchement n'avait duré que quatre petites heures et ne laisserait que du bonheur dans sa mémoire. Elle n'aurait plus d'appréhension, dorénavant. Yves, lui, nageait dans la béatitude : un fils à vingt-huit ans ! « Si Dieu le veut, se dit-il, j'aurai le temps de le voir grandir, devenir adulte et me succéder. » Il fit, ce jour-là, deux choses qu'il aurait trouvées parfaitement ridicules deux ans plus tôt : offrir un bijou à sa femme et fêter cette naissance au champagne...

Au printemps, ils s'étaient installés dans une maison bourgeoise rachetée à la veuve d'un officier de marine, et lui avaient conservé son nom de « Roz-Avel », la « Rose des vents ». Anne y avait aussitôt fait installer une salle de bains ; rien de comparable, bien sûr, avec le luxe de celles de Bellevue, mais d'un confort très suffisant pour elle et sa famille. Quelle différence entre la vie aux îles et au Conquet, se disait-elle souvent. Mais elle savait que c'était la première qui permettait la seconde.

Lorsqu'elle vint féliciter Anne, Estelle fit en sorte de rester suffisamment longtemps à Roz-Avel pour y rencontrer Yves qu'elle n'avait pas revu seul depuis près d'un an. Les trois mois de folle passion qu'ils avaient vécus étaient déjà loin, et elle était restée paralysée quand ils s'étaient trouvés face à face.

— Toutes mes félicitations, Yves. Tu es heureux, je le suppose. Un fils, après une fille...

— Oui, je suis comblé. Deux enfants...

— Deux, tu crois ? As-tu vu Gwen-Aël ?

— Oui, c'est un magnifique garçonnet. Il te ressemble...

— Je ne pense pas que tu l'aies bien regardé. Ce n'est pas seulement à moi qu'il ressemble. Mon Dieu, Yves ! As-tu déjà oublié notre passé ?

— Oui, parce que c'est ce qu'il faut faire quand il ne peut déboucher sur rien. Il faut m'oublier, Estelle, et rester amis.

— Tu es cruel, Yves, inutilement cruel. Puisses-tu ne pas le regretter un jour ! Père me dit souvent que tu calcules comme une machine ; je crois qu'il te surestime, car pour les dates, au moins, tu n'es pas très brillant... Au revoir, et encore toutes mes félicitations, heureux père...

Après son départ, il était resté un moment songeur. Que voulait-elle lui faire comprendre ? Elle voulait renouer, bien sûr. Était-ce une menace voilée ? Il haussa les épaules. Il avait un fils. Rien d'autre n'avait d'importance, ce jour-là.

Yves organisa le travail sur Quéménès comme il l'avait fait sur Béniguet, deux ans plus tôt. La nouvelle ferme était beaucoup plus grande et aussi plus coquette et confortable que celle de Béniguet, et la vie pourrait y être agréable. Il y installa même un tub dont il fallait, bien sûr, chauffer l'eau, mais c'était déjà ça, d'autant qu'à la différence de Béniguet, l'eau abondait sur l'île. Il y avait deux puits et ils pourraient même arroser si cela s'avérait nécessaire. Il décida d'appliquer à Quéménès la politique qui lui avait si bien réussi à Béniguet : du froment et les légumes nécessaires à leur propre consommation. Il laisserait Litiri en friche et ne s'en servirait que comme base pour le tali.

Il avait prévu d'axer ses efforts sur le ramassage du tali, avant même de s'intéresser à la récolte de betteraves, qui approchait pourtant. Mais il devait bien en convenir : le travail de la ferme l'intéressait de moins en moins. Il n'était pas un paysan dans l'âme, ou il ne l'était plus.

*
* *

Son nouvel accord avec Eugène Lemarchand changeait la donne. Le supplément de 10 francs la tonne que lui avait accordé l'industriel pour les 285 tonnes de la saison en cours, à Béniguet, représentait déjà près de 3 000 francs cette année, mais surtout un minimum de 10 000 francs de gains supplémentaires dès la récolte suivante, s'il s'équipait en bateaux à Quéménès. Et encore, de gros canots suffiraient. Cela supposait néanmoins un nouvel investissement, mais aussi que tous ses goémoniers deviennent inscrits maritimes. C'était un bouleversement total, pour lui, mais surtout pour ses hommes, qui n'avaient pas tous le pied marin. Mais le jeu en valait la chandelle : alors qu'un goémonier classique ne produisait annuellement que de six à huit tonnes de pains de soude sur la côte, un bon pigouiller, travaillant du bord, pouvait multiplier ce chiffre par quatre dans les îles, où il n'y avait aucune perte de temps, car ils travaillaient sur leur lieu de vie. D'ailleurs, Yves n'avait pas le choix : il venait de perdre son troisième cheval en six mois...

C'est que les accidents étaient beaucoup plus fréquents à Quéménès qu'à Béniguet, qu'il s'agisse des hommes ou des chevaux. Yves ramenait justement, ce jour-là, sur le continent, un charretier à la jambe droite fracturée. L'homme n'avait pu éviter une ruade de son cheval qui s'était débattu, alors qu'il venait de se casser le boulet. Ils avaient dû abattre l'animal et l'équarrir sur place. Une bête de quatre ans, achetée trois mois plus tôt. Cela tournait à l'hécatombe. Yves se rappelait que, lorsqu'il avait visité l'île, Pol l'avait mis en garde : elle était piégeuse et il y aurait de la casse. Quand ils avaient commencé l'exploitation, Pol disposait de huit chevaux, six charrettes et vingt hommes, qu'il avait organisés en équipes de trois, regroupés par affinités. Depuis, il avait modifié ces équipes en fonction des compétences des uns et des autres, mais sans parvenir à diminuer la fréquence des accidents.

Plus Yves réfléchissait et plus la solution lui paraissait évidente : la récolte en mer s'imposait d'elle-même. Il allait devoir acheter des bateaux et faire enregistrer auprès de l'inscription maritime tous ses goémoniers, de Quéménès comme de Béniguet. Il allait passer chez Jean Menguy et lui demander de lui trouver sur-le-champ deux ou trois barques. Youenn pourrait lui en trouver le même nombre sur Audierne ou Concarneau. En dispersant ses achats, il éviterait de faire monter les prix.

Avec une double fracture tibia-péroné, Guy Landuré en avait pour six mois, au moins, avant de marcher à nouveau. Grâce à Dieu, Yves avait écouté Jacques Andrieux et assuré tout son personnel contre les accidents, la noyade, et même la maladie. Cela lui coûtait cher, mais cette mesure était très appréciée par les goémoniers qui s'en trouvaient valorisés. Il rappela donc à Landuré qu'il serait payé exactement comme s'il travaillait et percevrait une indemnité complémentaire de 40 francs par mois pour se nourrir et se loger.

En prenant congé, Yves glissa quelques napoléons dans la main du blessé.

11

Pendant trois semaines, les coups de vent s'étaient succédé sans interruption, seulement entrecoupés de brefs intermèdes pendant lesquels s'installait une brume épaisse. Et lorsque celle-ci se dissipait, c'était pour découvrir une mer blanche d'écume, bouillonnante, une mer hostile, dure aux marins, dure aux îliens, une mer qu'Yves n'aimait guère lorsqu'elle était ainsi en colère et montrait, hargneuse et menaçante, les dents acérées de ses récifs. Oui, cet hiver 1897-1898 était rude, très rude, l'un des pires qu'il ait connus.

Ils étaient restés coupés du continent, isolés du monde, pendant toute cette période, et ce n'est que le 8 janvier que la première accalmie véritable avait permis à Jean Menguy d'approvisionner l'île en vivres frais. Noël était passé sans qu'Yves ait pu rejoindre sa famille au Conquet, contrairement à la plupart de ses employés, qui étaient partis le 18 décembre, la veille de la première tempête, profitant de la « semaine des îliens », une semaine supplémentaire de congés qu'il leur accordait et qui s'ajoutait à la « vieille semaine », entre Noël et la Saint-Sylvestre. N'étaient restés avec lui que deux goémoniers de Porspoder ainsi que son beau-frère, Yann, arrivé le 17 décembre, et qui, depuis, rongeait son frein sur l'île.

Jean avait ramené avec lui une demi-douzaine d'employés, dont les deux sœurs Pouliquen — Mariannick et Maryvonne — qu'Yves voyait revenir avec plaisir. Les tâches ménagères n'étaient pas son fort, pas plus qu'il n'aimait s'occuper de la basse-cour, de la traite des vaches ou des soins aux animaux. Quand il sut que tous ses hommes seraient de retour le lendemain, il poussa un soupir de soulagement. Ces trois semaines de repos forcé lui pesaient et il avait hâte de reprendre le collier. En fin d'après-midi, il eut la surprise de voir arriver Pol.

Pol lui avait donné des nouvelles fraîches de Pierre et de Maria. Cela faisait plus de deux ans qu'ils étaient mariés et leur aîné aurait déjà un petit frère dans moins de six mois ! Depuis qu'Yves lui avait confié la ferme de Béniguet, Pierre était un homme comblé. Pol avait également rencontré Goulven, qui voulait se remarier. À quarante et un ans, il n'était certes pas trop tard, mais il ne fallait pas traîner.

— Et toi, Pol ? Tu parles toujours des autres, et jamais de toi. Toujours célibataire ?

Yves ne put réprimer un sourire. Peu habitué à se trouver ainsi sur le gril, Pol, devenu brusquement aussi rouge qu'un homard ébouillanté, se dandina quelques minutes d'un pied sur l'autre, avant de répondre :

— Moi, vous savez, je suis bien ici, patron. Je gagne bien ma vie et le travail est intéressant.

— Ce n'est pas tout à fait ce que je te demandais, mais peu importe. Je ne veux pas être indiscret et tu n'es pas obligé de répondre.

— Oh ! vous n'êtes pas indiscret. J'ai bien une promise au pays, mais elle est encore très jeune : elle n'a que seize ans. Peut-être vous souvenez-vous d'elle, d'ailleurs ? poursuivit Pol, cramoisi. C'est Léone, la fille de Goulven.

— Comment ? La petite Léone a déjà seize ans ?

— La petite Léone a grandi, patron. C'est une très jolie fille, maintenant. Nous nous aimons et nous marierons dans deux ou trois ans. Goulven m'a donné son accord. Je lui conviens comme gendre.

— Je n'en doute pas, et je serai très heureux de votre mariage, moi aussi. Léone et toi ! si l'on m'avait dit...

En quittant Pol, Yves s'arrêta devant le vieux puits désaffecté et s'appuya à la margelle pour embrasser sa ferme d'un coup d'œil. C'était une belle ferme, incontestablement, bien plus importante que celle de Béniguet, à commencer par le corps lui-même, un vaste bâtiment en fer à cheval. De chaque côté de la maison d'habitation, qui occupait la partie centrale, s'étiraient, à gauche, les écuries, étables et soues, sur la droite, les granges et les logements des employés, et plus loin, alimentée par le nouveau puits, la haute citerne d'où partaient les canalisations qui desservaient l'ensemble des bâtiments. Il rentra chez lui. Il se sentait las et s'assit pesamment à côté de Yann, près de l'âtre. Son beau-frère était plongé dans la lecture des journaux dont Eugène leur avait fait parvenir une grosse quantité. Il y avait *La Croix* et *Le Figaro*, comme d'habitude, mais aussi *L'Aurore*, le tout nouveau quotidien de tendance socialiste que venait de créer Vaughan, et même *L'Éclair*, ce torchon.

— Quoi de neuf, sur le continent ? demanda Yves.

— Tiens, tu es là ? fit Yann en se relevant la tête. Peux-tu monter la mèche de la lampe à pétrole, s'il te plaît ? Quoi de neuf ? Eh bien ; ça chauffe à Paris ! Tu te rappelles cette affaire Dreyfus, il y a trois ou quatre ans ? Tu sais, cet espion vendu à l'Allemagne...

— Oui, je m'en souviens très bien. Un officier.

— C'est ça. Figure-toi que la famille prétend que ce n'est pas lui le coupable. Ils ont même trouvé un témoin, un banquier du nom de Castro, qui accuse un autre militaire, le commandant Esterhazy, d'être l'auteur du fameux bordereau, tu sais, le papier qui est à l'origine de l'affaire. Il va être jugé par le Conseil de guerre, le 10 janvier, après-demain. Tiens, lis.

Pendant près d'une heure, Yves parcourut la presse sans mot dire. Ce n'était pas possible ; ils étaient devenus fous à Paris. Journalistes, hommes politiques, lecteurs, tous égaux dans l'abjection ! Les insultes servaient d'arguments, les injures tenaient lieu de raisonnement : juiverie internationale... youpins... Le courrier des lecteurs était nauséabond et les articles qu'il venait de lire dans *La Croix* ou *Le Figaro* immondes. Ce n'étaient qu'insanités que Drumont, lui-même, aurait pu signer. Yann, songeur, tendit *L'Aurore* à Yves qui y trouva, enfin, quelques motifs de réconfort. Ici, on raisonnait ou, du moins, on essayait, même si le ton employé pour défendre les thèses dreyfusardes était, lui aussi, trop polémique.

— Clemenceau a quand même des arguments de poids et Esterhazy est sûrement un drôle d'oiseau, observa Yann. Mais je ne comprends pas comment un laïc comme Clemenceau peut défendre Dreyfus.

— Peut-être, tout simplement, comme il le dit, par souci de la vérité et de la justice ?

— Explique-moi. Clemenceau est vendéen et anticlérical. Il n'est pas antimilitariste, au contraire, et pourtant il attaque l'armée. On le dit pourri, depuis l'affaire de Panama, et il prend des risques pour défendre un homme que tous condamnent. Moi, cela me dépasse...

— Moi aussi, Yann, mais ce qui est sûr c'est qu'il y a mensonge. Si Clemenceau défend un officier que tous condamnent, c'est qu'il est sûr de ce qu'il affirme. Il ne peut pas se permettre une nouvelle erreur, après Panama. Dreyfus doit être innocent, et l'armée couvre un scandale. Mais allons nous coucher. Ce n'est pas ce soir que nous aurons le fin mot de cette affaire.

*
* *

Il dut patienter encore huit jours avant de pouvoir quitter l'île, le temps de remettre l'exploitation en route. Le vent de nord-est qui avait chassé les nuages et purgé le ciel avait installé sur la côte un froid polaire inhabituel, qui glaçait les os. Yves était complètement frigorifié quand il avait accosté quai du Drellac'h. À Roz-Avel, le petit Jean-Yves était endormi, Anne, Julia et Yvonne lui firent fête. À peine eut-il le temps de donner aux deux filles les poupées qu'il leur avait promises qu'Anne l'entraîna dans leur chambre dont elle ferma la porte à clef. Elle avait besoin de lui, de son corps, de son sexe, à un point qui le surprenait et elle le lui prouvait sans retenue, lui enserrant les hanches de ses cuisses, l'aspirant en elle avec des râles de jouissance qu'elle ne cherchait pas à réfréner malgré la proximité des enfants. Elle avait des semaines de plaisir à rattraper.

Yves s'accorda une demi-journée de détente, mais cela en valait la peine, même s'il aurait préféré un peu plus de retenue de la part d'Anne qui, dans leur chambre, allait et venait, nue, devant les enfants et lui-même, le corps intact, le ventre plat, les seins toujours aussi fermes et ronds, malgré les grossesses.

— Si tu as les mêmes besoins tous les jours, finit-il par lui dire, je crains que tu ne puisses les garder longtemps inassouvis pendant mes absences.

— Que vas-tu chercher là ? Tu me suffis, mon amour, mais tu m'as tellement manqué ! avait-elle répondu, sans parvenir, cependant, à cacher la rougeur qui lui avait soudain empourpré le visage.

Il préféra ne pas relever, mais remarqua peu après qu'elle s'était acheté une nouvelle robe, au décolleté audacieux.

— C'est pour mieux te plaire, mon chéri, avait-elle dit.

— Encore l'influence d'Estelle...

— Estelle ? Certainement pas. Nous ne nous parlons plus depuis l'affaire Zola.

— L'affaire Zola ? Qu'est-ce que c'est que ça ?

— Comment ? Tu n'es pas au courant ? Cet affreux Zola accuse l'armée d'avoir trafiqué les pièces du dossier pour charger Dreyfus. Il prétend que le coupable serait Esterhazy, que le Conseil de guerre vient pourtant de blanchir.

— Anne ! Tu ne vas pas me dire que tu es devenue antisémite !

Ils s'étaient violemment accrochés, et Anne avait fini par admettre qu'elle avait adopté les opinions de François et de son propre père. Ce n'était pas surprenant, pensa Yves, en se rappelant les réflexions de son ami, quatre ans plus tôt, ainsi que le conservatisme borné de son beau-père. Mais Anne lui reprocha aussi de l'avoir abandonnée, puis, quand le ton monta, de l'étouffer, de l'empêcher de s'exprimer, avant d'en revenir à Zola.

— Je vais te chercher l'article de *L'Aurore*, lui dit-elle.

Il la suivit du regard. Toujours nue, elle marchait avec une grâce incomparable et il ne savait ce qu'il devait admirer le plus, des jambes longues, des fesses pleines, des fossettes au creux des reins, de la ligne parfaite des épaules, ou de ses cheveux blonds dénoués dans le dos. Mais aussi quelles inepties dans cette jolie tête, parfois ! Et soudain, une pensée folle lui traversa l'esprit : François et elle ? Non, ce n'était pas possible. Elle revenait vers lui et lui tendait le journal...

— Rhabille-toi, Anne, lui dit-il, sans la regarder et tout en commençant à lire.

Quel article ! Et quel homme, ce Zola ! Et ce titre : *J'accuse* ! Mais Clemenceau, aussi, l'étonnait : ce traficoteur avait des tripes, c'était incontestable. Il était maintenant en première ligne, et, avec les énergumènes qu'il avait face à lui, il prenait des risques. Ainsi, c'était cela l'Affaire Dreyfus : une erreur initiale, sans doute involontaire, qu'on enfouissait, ensuite, sous des tas de mensonges. Mon Dieu, quel pays serait la France si la vérité n'éclatait pas !

— Cet article, tu l'as lu, ma chérie, dit-il. Qu'en penses-tu ?

— Que c'est un tissu de mensonges, évidemment. Comme si tous ces militaires pouvaient se tromper ! Un, peut-être, mais tout un Conseil de guerre, non.

— Tu oublies la Passion, le Christ, condamné par le Sanhédrin dont tous les membres le savaient pourtant innocent. Cela me rappelle une discussion que j'ai eue avec François et Lemarchand. Tiens ! Qu'en dit Eugène, au fait ?

— Il est triste de ce qui se passe. Il croit Dreyfus coupable, mais il estime, comme toi, que tous ces débordements anti-juifs sont déplacés. Il regrette surtout qu'Estelle et François ne se parlent plus.

— Comment ! À cause de cela ? Ce n'est pas possible !

*
* *

C'était pourtant la réalité, et il en eut la confirmation par Estelle qui le reçut en l'absence de son père.

— Yves ! Quelle bonne surprise ! Comment vous portez-vous ?

— Bien, pour ce qui est de la santé, du moins. Car pour le reste...

— Triste époque, n'est-ce pas, que celle qui voit se déchirer des familles, des couples. Je suppose qu'Anne vous aura dit que François et moi ne nous parlons plus. Il est à Ker-Héol, moi chez mon père, et nous envisageons de nous séparer. C'est dire !

— Je suis navré pour vous deux, mais vous n'en arriverez pas là. Toutefois, je déplore que François ait mis de si tristes idées dans la tête de ma femme.

— Que voulez-vous dire ?... Serions-nous, pour une fois, du même bord ?

— Estelle ! Vous n'avez quand même pas pensé que je pouvais hurler avec ces loups !

— Bien sûr que si, je l'ai pensé. Quand j'entendais Anne... Savez-vous que Le Conquet ne compte que trois dreyfusardes ? Trois femmes. Et aucun homme avant vous.

— Je croyais que votre père...

— Père est persuadé de la culpabilité de Dreyfus, encore qu'il le soit de moins en moins. Ce qu'il n'admet pas, c'est la culpabilité collective des juifs ; cette chasse aux sorcières, comme il le dit. Savez-vous qu'il veut aller voir l'évêque, à Quimper ? Il lui a demandé une entrevue...

— C'est courageux de sa part, mais je crains qu'il ne perde son temps. Peut-être est-il, aussi, un peu trop pessimiste sur l'issue du procès, et un peu trop optimiste sur l'ouverture d'esprit de notre Église.

Estelle le prit par le bras.

— Laissons cela, dit-elle, et venez voir mon petit garçon, puisque Gwen-Aël est avec moi.

Yves fut frappé par le physique de l'enfant. Aussi mat

de peau qu'il était brun de cheveux, Gwen-Aël avait de grands yeux bleus.

— C'est tout à fait vous, remarqua-t-il. Excepté les yeux. Les vôtres sont verts.

— Vous trouvez qu'il tient de moi ? Pour ma part, j'estime que Gwen-Aël ressemble beaucoup plus à son père.

— Non, il n'a rien de François.

— Je ne parle pas de François. Son père, c'est vous, Yves. C'est toi.

— Moi ? Mais c'est impossible, voyons ! Il est né...

— Exactement neuf mois moins un jour après notre première nuit. Rappelle-toi : je t'avais dit : « Qui sait ? Je serai peut-être enceinte de toi, moi aussi... » Je l'espérais et c'est arrivé, vois-tu.

— Mais les dates ne correspondent pas ! Tu divagues !

— Quand je me suis aperçue que j'étais enceinte, François et moi avons décidé de nous marier à Paris, dans l'intimité que justifiait le décès de ma mère. Je me suis installée chez ma tante Juliette, le temps de ma grossesse, et j'y ai accouché. C'est uniquement pour ne pas faire jaser que François et moi avons annoncé la naissance de Gwen-Aël avec six semaines de retard. Bien entendu, je puis te le prouver.

— Non, ce n'est pas la peine, je te crois. Mon Dieu, que faire ?

— Rien, rassure-toi. Pourtant... Suppose que je divorce d'avec François et que tu en fasses autant d'avec Anne... En tout cas, il y a peut-être une chose que nous pourrions faire, d'ores et déjà, c'est nous venger. Qu'en penses-tu ? Entre dreyfusards...

— Ne plaisante pas, tout cela est trop grave.

— Je ne plaisante pas du tout ; ce serait même une très bonne idée. Quoi qu'il en soit, Gwen-Aël est ce qui m'est arrivé de mieux de ma vie entière, et, s'il y a quelque chose que je ne regrette pas, ce sont bien les quelques heures que je t'ai volées, cette nuit-là. Allez, embrasse ton fils et descendons.

*
* *

Ils étaient au pied de l'escalier quand Eugène poussa la porte d'entrée. Yves fut surpris de voir les traits tirés, le visage creusé et les yeux cernés de son ami : il était méconnaissable et paraissait épuisé, mais le sourire qui illumina son visage lorsqu'il les aperçut, Estelle et lui, le rajeunit de dix ans.

— Un revenant ! s'exclama-t-il. Bonsoir, Yves ! Quelle bonne surprise ! Vous avez vu mon petit-fils ? Il est magnifique, n'est-ce pas ? Mon ami, quel plaisir de vous revoir, enfin ! Dans toute cette folie, cela me fera du bien de rencontrer quelqu'un de sensé. Je n'ai jamais connu cela de ma vie entière : les gens sont devenus fous. Les couples se déchirent, les amis se fâchent, les frères ne se parlent plus...

— Oui, je l'ai constaté chez moi aussi... mais comment François peut-il se laisser aller à tant de haine ?

— C'est toute la question. Pourquoi tant de haine contre ce peuple ? Ce peuple que Dieu avait choisi, le peuple élu...

— Estelle me disait que vous croyez Dreyfus coupable.

— Je le croyais, oui, mais aujourd'hui, je ne sais plus. Je sors de chez mon confrère, Adrien Devernois, un homme que je respecte, même si nous sommes concurrents. Eh bien, tout comme moi, il se pose des questions, parce qu'il a, lui aussi, des informations de droite et de gauche. Je lui ai montré une lettre d'amis parisiens, des gens honnêtes et sensés, qui me disent pis que pendre d'Esterhazy, un personnage fort peu recommandable. Les militaires, eux, se tiennent les coudes. Tous contre Dreyfus, Picquard excepté. D'un autre côté, je me demande pourquoi les généraux protégeraient une crapule comme Esterhazy, s'il était coupable. Voilà où j'en suis, mon ami : je doute.

— Je reconnais bien là votre honnêteté, Eugène. Mais

ne vous en faites pas, la vérité est en marche, même si elle mettra du temps à éclater... Zola...

— Zola est à blâmer, Yves, car il attaque l'armée, et cela, la France ne peut le tolérer, pas plus aujourd'hui qu'hier.

— Que pouvait-il faire d'autre ? Il lui fallait se faire inculper pour passer aux assises et faire éclater la vérité.

Yves s'était tu et suivait des yeux l'industriel qui marchait de long en large dans son salon, les mains derrière le dos. Il s'arrêta, enfin, et dit :

— Je manque à tous mes devoirs, mon ami. Je ne vous ai même pas proposé de porto. Estelle, sonne Alfred, veux-tu ? Que vous disais-je ? Oui. Dans toute cette affaire, ce qui me heurte le plus, c'est que nous sommes aussi bornés, aujourd'hui, qu'au Moyen Âge. Encore heureux qu'ici, nous ne connaissions pas l'hystérie parisienne !

— Ne trouvez-vous pas qu'Estelle et François, Anne et moi, ce soit assez ?

— Si, bien sûr, mais vos couples ne se briseront pas pour cela.

— Qu'en savez-vous ? intervint Estelle. Je vous trouve d'un optimisme à tout crin, Père. Mon mari ne me parle plus, fait chambre à part depuis des semaines, me trompe probablement... Mais tout va bien. Pourtant, si cela continue, c'est moi qui en tirerai les conclusions qui s'imposent ! C'est d'ailleurs pour cela que, dès demain, je rentre chez moi, à Ker-Héol. Je ne puis me mettre dans mon tort, et c'est ce que je fais en vivant ici, chez vous, avec mon fils.

— Voyons, Estelle, tu exagères, répondit l'industriel.

— Je ne le crois pas, Père malheureusement, non, je ne crois pas me tromper.

*
* *

Quand il ouvrit, ce soir-là, la porte à son gendre, passablement éméché, Eugène commença à craindre qu'Estelle n'ait raison, et il répondit sèchement à François qui venait lui annoncer qu'il s'absenterait de l'usine, le lendemain, pour participer à une manifestation anti-dreyfusarde, à Brest. Il lui intima même de se comporter en responsable d'entreprise et non en militant politique, avant de le rappeler à ses obligations de mari et de père de famille. François, très pâle, était complètement dégrisé quand il lui répondit :

— Monsieur, je sais ce que je dois à mon pays. Alors que ma femme me déshonore en attaquant notre armée et détruit notre foyer en désertant le toit conjugal, vous me demandez de lui sacrifier la France ? Auriez-vous perdu l'esprit ? Je vous adresserai, demain matin, ma lettre de démission et consulterai mon avocat.

Estelle trouva son père effondré à son bureau, livide, les larmes aux yeux.

— J'ai détruit ton foyer et notre famille, Estelle, lui dit-il. Pardonne-moi. Je me suis mêlé de vos affaires et François démissionne de la société. Il veut même divorcer.

— Rassurez-vous, répondit-elle. François ne divorcera pas, je le connais mieux que vous. Il est impulsif mais se demande déjà comment il pourrait revenir sur ce qu'il vous a dit, rattraper des mots qui ont, sans nul doute, dépassé sa pensée. Non, soyez tranquille : si quelqu'un décide, un jour, de la fin de notre couple, ce ne sera pas lui, mais moi. François m'aime et il y a Gwen-Aël.

— Yves pense que nous devrions laisser faire le temps...

— Yves pense, Yves dit... Malheureusement, tout le monde n'est pas Yves Kerléo dont on cherche en vain les faiblesses ! A-t-il seulement un cœur ? Yves m'agace...

— C'est lui que tu aurais dû épouser, n'est-ce pas, Estelle ?

— Ne dites pas cela, Père. Pas vous. François est mon mari, et j'ai pour lui une très grande affection.

— Mais c'est Yves que tu aimes.

Estelle hésita. Ce qu'elle dirait maintenant serait dit pour toujours.

— Oui, c'est vrai, j'aime Yves, avoua-t-elle enfin. Et depuis des années. Comment l'avez-vous appris ?

— Je ne voulais pas le savoir, en réalité. Depuis longtemps, il y avait des choses qui m'intriguaient, des remarques que tu faisais ; je crois que c'est de t'entendre parler de la chance d'Anne qui m'a fait comprendre.

— Quand je l'ai connu, reprit Estelle après un silence, il était sur le point d'épouser Anne. C'est le jour de leur mariage que j'ai su que je l'aimais ; auparavant, je ne voulais pas me l'avouer. C'est très dur d'être à ce point aveugle sur ses propres sentiments, de tout faire à l'envers... Mais maintenant, cela va mieux, beaucoup mieux qu'il y a trois ou quatre ans. Et j'ai mon fils.

— Anne et toi êtes fâchées ?

— En ce moment, oui. Mais rien de sérieux, nous resterons amies. Toujours l'Affaire. Mais elle ne pourra résister longtemps à Yves. Il va la raisonner, c'est certain.

— Et lui ? Il t'aime ?

— Je n'en sais rien. Vous le connaissez, c'est un homme d'ordre et de devoir. Pour lui, on doit maîtriser ses passions ; pour moi, on doit les vivre. Il aime Anne, et je crois qu'il m'aime aussi, différemment. Mais ce qui restera rédhibitoire pour lui dans notre amour, c'est qu'il aura toujours le goût du péché.

*
* *

Estelle avait vu juste. Yves ne supportait pas de voir Anne verser dans l'hystérie collective. Il tenta de la raisonner et quelque chose se brisa entre eux ce soir-là. En s'opposant à lui, Anne cherchait à s'affirmer, mais elle n'était pas de taille à contrer son argumentation et le savait. Aussi leur discussion dégénéra-t-elle vite en dispute et glissa sur leur vie de couple dont elle n'était plus satisfaite depuis qu'ils se partageaient entre Quéménès et Le Conquet. Très vite, elle se coupa et finit par avouer à Yves qu'elle l'avait trompé avec François, ajoutant, d'un air de défi : « Mais rassure-toi, cela n'a pas porté à conséquence et n'a été qu'un accident sans suite. » C'en était trop pour lui. Comment pouvait-elle considérer un adultère comme un accident sans suite ? Pourtant, il ne pouvait lui en vouloir : elle ne faisait que lui rendre la monnaie de sa pièce. Dieu les punissait, Estelle et lui, par l'intermédiaire de ceux qu'ils avaient eux-mêmes bafoués.

Il sortit prendre l'air et marcha deux heures dans le froid, en se demandant ce qu'il devait faire. Avouer sa propre faute à Anne ? Sans doute l'aurait-il fait, la veille encore, mais, maintenant qu'il se savait le père de Gwen-Aël, c'était trop tard ; cela n'amènerait que des complications, et il ne se sentait ni le droit, ni le courage de punir Anne ou de se venger. Que faire ? Anne était sa femme et il l'aimait toujours autant. Il pensa soudain à François, à ses mains sur Anne, à son sexe en elle, et serra les poings. Il allait lui casser la figure. Puis, peu à peu, il se calma, s'efforçant de mettre de l'ordre dans ses pensées comme dans ses sentiments. Il savait qu'il lui faudrait du temps pour rétablir leur entente.

Quand il rentra, Anne était prête à tout entendre. Elle avait envisagé le pire, pendant ces deux heures, et s'attendait à être renvoyée chez son père ou recluse à Quéménès. Elle savait que tout venait d'elle, de ses besoins sexuels de plus en plus impérieux, mais qu'y pouvait-elle ? Elle était ainsi faite et en souffrait, souvent. Sans compter que, sur ce plan, François l'avait déçue. Yves la comblait quand il était là, mais, à Noël, il l'avait laissée si seule. L'affaire Dreyfus l'avait rapprochée de François, et c'était arrivé. Elle ne s'attendait pas à sa décision : il quitterait Roz-Avel le lendemain matin, et resterait absent quarante-huit heures. Cette nuit, il dormirait dans la chambre d'amis. « Tu me comprends, je l'espère », lui dit-il. Non, elle ne comprenait pas ; elle s'attendait à des cris, à des coups, peut-être, pas à ce calme, bien plus terrible, plus inquiétant. Elle ne connaissait toujours pas ses intentions et n'osa pas le questionner avant son départ.

Le lendemain matin, il passa voir son ami Jacques Andrieux. Jacques, qui avait pris quelques kilos et perdu beaucoup de cheveux, nageait dans un bonheur égoïste : marié, père de famille, il avait eu un garçon et une fille en vingt mois. Il ne voulait surtout pas entendre parler de l'Affaire, qui n'intéressait que les Parisiens, selon lui. À Saint-Renan, il n'était venu à l'idée de personne d'insulter les deux commerçants juifs qu'il connaissait.

Tout autre était l'ambiance, à Brest, quand Yves y arriva, au début de l'après-midi, et qu'il se trouva, sans l'avoir cherché, au beau milieu d'un rassemblement de dreyfusards. Il laissa son cabriolet et les suivit quelques minutes. Bientôt, le cortège, assez maigre, s'organisa et se mit en mouvement aux cris de « Justice pour Dreyfus », « Libérez Dreyfus ». Ces cris parvenaient à grand-peine à dominer les huées et sifflets de contre-manifestants qui, du trottoir, insultaient ceux qui défilaient sur la chaussée.

Une heure plus tard, il se heurtait à une autre manifestation, anti-dreyfusarde, celle-là, et dont l'ambiance était beaucoup plus tendue. Les manifestants défilaient aux cris de « À mort Dreyfus », « Zola à Cayenne », « Mort aux juifs ». Ils étaient à la fois plus nombreux et plus déterminés que leurs adversaires. Ces cris lui firent froid dans le dos.

Il eut soudain un choc lorsqu'il reconnut François. François, son ami, l'homme qui venait de le trahir, François était au nombre de ces excités, en compagnie d'une femme qui le serrait de près. Il les suivit pendant une vingtaine de minutes, dans la foule, avant de les voir quitter soudain la manifestation. Il réagit rapidement et fit en sorte de se trouver face à eux au moment où ils s'engageaient sous une porte cochère.

Il les aborda de front et, après des présentations aussi glaciales que le temps, il eut un vif échange avec François d'abord, puis avec la jeune femme qui le dévisageait de la tête aux pieds avec une impudeur inouïe. Il finit par s'emporter et se montrer aussi grossier qu'elle était indécente. Elle s'éclipsa enfin, après leur avoir lancé à tous deux un regard noir de colère.

— Yves, commença François, je n'aime pas du tout la façon dont tu...

— Assez ! François, tu es en train de tout briser

autour de toi : ton couple, ton métier, ta vie, notre amitié… J'avais pensé te casser la figure, mais ça me ferait du bien sans t'en faire à toi. La seule excuse que je puisse vous trouver à Anne et toi, c'est que votre moment d'égarement, si je puis dire, n'est que le résultat de l'atmosphère générale. Je me demande comment un homme qui se pique d'humanisme, comme toi, peut manifester avec ceux qui hurlaient « Mort aux juifs », il y a un instant.

— Tu as tes opinions, j'ai les miennes, répondit sèchement François. Et tu n'as pas à intervenir dans ma vie privée.

— Ni toi dans la mienne, et c'est pourtant ce que tu t'es permis, répliqua Yves, soudain plié en deux par une violente quinte de toux.

Il dut s'interrompre un moment et avait les yeux injectés de sang et le visage rouge quand il se redressa.

— Ce n'est rien, dit-il. Un coup de froid. Ton choix est simple, François : ou tu rentres chez toi, ce soir, et je ferai tout pour qu'Estelle et Gwen-Aël y soient, ou tu restes à Brest, et, dans ce cas, tu peux dire adieu à ta vie dorée. Jusqu'à ce jour, j'ai été fier et heureux d'être ton ami, et un ami, on doit l'aider, même s'il fait de grosses bêtises. Ressaisis-toi. Est-ce que tu ne vois pas que tu prends le prétexte de l'affaire Dreyfus pour justifier tes dérapages ? Anne, hier ; cette Christine aujourd'hui ?

— Tu me prends vraiment pour un salaud…

— Non, parce que je te connais : tu n'es certainement pas un salaud, même si tu fais tout pour qu'on le croie. Peut-être, d'ailleurs, est-ce simplement cette affaire qui te met si mal à l'aise, mais ce n'est pas la question. Je t'ai laissé un choix. À toi de jouer. Sache, cependant, que si tu rentres au Conquet ce soir, il ne sera jamais question de notre rencontre. Cette discussion restera entre nous.

*
* *

Yves était assez peu fier de la pression, tenant du chantage, qu'il avait exercée sur son ami. Il était étonné de constater qu'il lui en voulait si peu, et qu'il se sentait lui-même bien plus coupable que ne pouvait l'être François, qui avait finalement accepté de réintégrer Ker-Héol[1]. Il ne lui restait plus qu'à convaincre Estelle d'en faire autant.

Lorsqu'il arriva à Bellevue, Eugène était absent et il apprit qu'Estelle avait regagné son domicile avec son fils. Yves hésita un moment avant de décider d'attendre l'industriel ; il sentait la fièvre monter et ses quintes de toux se faire de plus en plus fréquentes. Eugène trébucha en franchissant le seuil et Yves fut surpris de s'apercevoir qu'il était complètement ivre.

— Heureux de vous voir chez moi ! s'exclama Lemarchand. Vous allez me tenir compagnie. Que prenez-vous ? Moi, je suis au porto depuis un moment déjà, et vais continuer. Je suis fin saoul et un peu fatigué, aussi. D'ailleurs, je vais m'asseoir.

L'industriel se laissa tomber sur un canapé qu'il repoussa d'une bonne vingtaine de centimètres. Le canapé heurta une petite table-lyre qui se trouvait placée juste derrière lui, et sur laquelle reposait un beau vase Ming. Le vase vacilla quelques secondes avant de basculer sur le parquet où il se brisa.

— Dommage ! fit Eugène. J'aimais beaucoup ce Ming, une belle pièce. Ce sont quatre siècles d'histoire qui partent en morceaux. Comme ma famille, comme moi. Comme la France, aussi. Alors, quelle nouvelle catastrophe êtes-vous venu m'annoncer ? Ma fille vous aime et elle est malheureuse... Et vous, l'aimez-vous ?

— Eugène ! Ressaisissez-vous, mon ami !

— Me ressaisir ? Que voulez-vous, mon cher, tout le monde n'est pas comme vous, un bloc de glace ou de granite, toujours imperturbable. Trop vertueux pour être humain. Que cela doit être pesant à la longue, tant de vertu !

Yves était navré de ce monologue. Il décida de s'en aller.

---

1. *Ker-Héol* : la maison du soleil.

— Vous m'excuserez, dit-il, mais il me faut rentrer chez moi. Anne, les enfants... Et puis, je ne me sens pas bien. Cette fièvre...

— C'est cela, partez. Allez, rentrez chez vous, abandonnez votre vieil ami. Laissez le seul boire tout son saoul. Mon gendre quitte son foyer, son travail, abandonne sa femme ; ma fille est amoureuse d'un autre homme, déjà marié... Rien que de très ordinaire, en somme.

— Allons, reprenez-vous, répondit Yves. Tout rentre dans l'ordre. François sera chez lui ce soir ; demain matin, il sera à l'usine. La crise se termine. Estelle est forte : elle l'accueillera et lui pardonnera. Bonsoir, maintenant.

Anne feignait de dormir quand il se glissa dans le lit conjugal. Pourquoi faisait-il ce choix ? Il aurait pu se coucher dans celui d'Estelle qui ne demandait que ça. Nul ne l'aurait blâmé. Estelle était terriblement attirante et il la désirait. Il aimait sa joie de vivre, son optimisme, son courage, et elle l'aimait. Mais lui, l'aimait-il ? N'était-il pas, tout simplement flatté d'avoir pour maîtresse une femme aussi belle ? Non, ce n'était pas que cela. Il l'aimait vraiment, et il y avait Gwen-Aël.

Anne venait de se retourner, sans le toucher. Il eut une quinte de toux, s'écarta d'elle, et tendit l'oreille. Elle ne dormait pas et pleurait sans bruit. Il fut tenté de la prendre dans ses bras et de la consoler. Il l'aimait tant et elle aussi l'aimait, il en était certain. Alors, pourquoi ce gâchis ? Que leur arrivait-il ? En un éclair, il revécut leurs premières années de mariage, la naissance de Julia... Il ne voulait pas lui faire de mal, il ne voulait pas qu'elle souffre. Il sentit monter en lui une bouffée de tendresse. Il allait la prendre dans ses bras, mais il était encore trop marqué. Yves était un homme blessé, un mari bafoué, encore loin du pardon.

12

Yves resta encore la journée suivante au Conquet, mais sans réussir à renouer les fils rompus entre Anne et lui. Il décida de s'éloigner, sous le prétexte de convoyer un cheval à Quéménès. Il quitta le port au moment où se levait un fort vent d'ouest qui radoucissait considérablement l'atmosphère et durcissait la mer. Anne avait bien tenté de lui faire retarder son départ quand elle avait constaté que sa toux s'aggravait, mais il n'avait rien voulu savoir.

Le début du voyage s'était passé sans problème. Le cheval avait montré quelques signes d'agitation lorsqu'ils avaient passé Kermorvan, mais ensuite il s'était calmé. Ce n'est qu'à la bascule, quand le courant s'accéléra et alors que le *Marie-Jeanne* se trouvait à la hauteur des Pourceaux, que l'animal devint plus nerveux, au point d'inquiéter Yves, qui hésita sur la conduite à tenir. Devait-il essayer d'atteindre Quéménès, de rejoindre Béniguet ? ou bien faire demi-tour ? Il venait d'opter pour Béniguet quand le cheval se cabra pour la première fois.

Yves tenait d'une main le gouvernail, et, de l'autre, la longe qu'il dut lâcher un instant, sous la violence d'une rafale de vent, pour garder la maîtrise du bateau. Ce n'est qu'au dernier moment qu'il vit l'animal se dresser en hennissant, presque à la verticale, et le menacer de ses antérieurs, avant de retomber violemment au fond de la barque. Il tenta aussitôt de rattraper la longe au vol, mais la bête faillit le faire passer par-dessus bord. Il lâcha la barre, et le *Marie-Jeanne* se mit aussitôt en travers de la vague.

À cet instant, Yves sut qu'il lui faudrait beaucoup de chance pour atteindre Béniguet, car le bateau embarquait, maintenant, à chaque lame. La houle forcissait, en effet, provoquant une peur panique chez l'animal, dont les mouvements désordonnés déséquilibraient sans cesse la barque. Il était si effrayé qu'il ruait comme pour repousser les vagues qu'il voyait se précipiter sur eux. Yves tenta de l'approcher, mais le cheval se cabra une nouvelle fois et s'avança vers lui, en jouant de ses antérieurs, comme un boxeur de ses poings. Quand il retomba, Yves entendit un craquement net. Le fond de la barque avait cédé et l'eau commençait à sourdre lentement. Cette fois, le temps lui était vraiment compté, et il était encore à plus de cinq cents mètres du rivage.

C'est alors que le cheval se cabra pour la troisième fois et qu'Yves dut se jeter sur le côté pour l'éviter. Emporté par son élan, l'animal passa par-dessus bord et resta un court instant en équilibre, la tête et le poitrail dans l'eau, l'arrière-train encore dans le bateau. Dans une ruade désespérée, il réussit à se dégager de la lisse qu'il avait accrochée des postérieurs, provoquant une nouvelle voie d'eau dans la coque du *Marie-Jeanne*. Yves ne saurait jamais combien de temps le cheval avait nagé près de la barque, mais il garderait toujours en mémoire les yeux exorbités de l'animal, terrorisé par la mort liquide qu'il voyait se ruer sur lui en vagues incessantes.

Dans l'écart qu'il avait fait pour éviter le cheval, Yves avait violemment heurté le plat-bord mais, malgré la douleur, arc-bouté à ses rames, il avait réussi à garder le contrôle de son bateau. Il avait maintenant de l'eau jusqu'aux chevilles, et voyait la côte se rapprocher à grande vitesse. Il lui fallait, à tout prix, éviter les brisants du nord, qui hacheraient le *Marie-Jeanne* sur leurs dents acérées et ne lui laisseraient pratiquement aucune chance de s'en sortir lui-même. Il devait contourner l'éperon rocheux et échouer le bateau sur la grève de galets. Longtemps, il crut qu'il n'y arriverait pas, mais, dans un dernier sursaut, le *Marie-Jeanne* s'arracha au piège, passa le récif en se faufilant entre deux cailloux, avant de se retrouver, dans les secondes suivantes, dans des eaux presque calmes...

Il écopait aussi vite qu'il le pouvait, mais il était trop tard. Lestée d'eau, sa barque s'enfonçait irrémédiablement ; il allait couler à moins de cent mètres du bord. C'est alors qu'il les vit arriver dans le canot : Lucien, qui godillait, et Yann qui se tenait debout à l'avant, un bout à la main. Il s'en saisit au vol.

— Soulage ton bateau si tu peux, lui cria Yann. Avec ta rame ! Et pousse sur le fond. Mais pousse, bon sang ! Ne fais pas semblant !

Le géant, qui s'y était mis, lui aussi, avait les veines du cou saillantes et le visage congestionné par l'effort. Quand le *Marie-Jeanne* coula, Yves sauta à l'eau, qui ne lui arrivait qu'à la poitrine, et rejoignit aussitôt la grève. Il était sain et sauf et sauvait, aussi, son bateau qu'ils n'auraient aucun mal à récupérer à marée basse.

— Merci, dit-il à Lucien et Yann, en leur serrant la main.

— Pierre et moi te suivions à la jumelle depuis un quart d'heure, expliqua Yann, mais nous ne pouvions rien faire, de l'autre côté du récif. Tu es passé d'extrême justesse ! Au ras des cailloux. On a vu le cheval sauter pardessus bord.

Il était gelé. Tomber à l'eau, dans les îles, au cœur de l'hiver, était synonyme de mort si l'on ne pouvait se sécher et se changer immédiatement. Et comme il toussait déjà avant son bain forcé...

— Que s'est-il passé ? demanda Pierre, venu à sa rencontre. C'est la peur qui a rendu le cheval fou ?

— Tout juste. Dès que le vent a forci et que la mer est devenue un peu plus dure, il a paru terrorisé par les vagues, et il m'a chargé à plusieurs reprises. J'ai eu très peur. Il a dû se noyer.

Un employé arrivait en courant avec une veste sèche et une couverture. Yves grelottait.

— Rentrons à la ferme, fit Pierre, il y a un bon feu

dans l'âtre. Un bon grog, un lit bien douillet avec bouillottes et briques chaudes, une bonne suée et cela ira mieux. Je regrette de ne pouvoir y ajouter un tendron pour vous réchauffer le sang, mais je n'ai que ma femme sous la main et vous comprendrez que je la garde pour moi.

— Crois-moi, répondit Yves entre deux quintes de toux, je serais bien incapable d'honorer qui que ce soit aujourd'hui. Je suis bien trop mal en point pour cela...

— Le cheval... Je crois que les gars vont le récupérer. Il y a dix minutes, ils y étaient presque parvenus. Mais pourquoi avoir pris la mer avec ce vent ?

— Je n'aurais eu aucun problème sans le cheval, répondit sèchement Yves.

Ce qu'il faisait sur la mer ce jour-là ne regardait que lui.

*
* *

Le lendemain matin, il tremblait de fièvre. Il était resté trempé des heures, la veille, rincé par les paquets de mer, et ni les grogs ni les tisanes de Maria n'avaient réussi à enrayer le mal. Il avait des difficultés à respirer et la toux lui déchirait les poumons. À l'aube, Yann et Lucien étaient partis chercher du secours. Dès leur arrivée au Conquet, Jean Menguy avait pris le médecin en charge, et Anne, confiant les enfants à Rozenn, avait insisté pour les accompagner. C'était la première fois qu'elle montait dans un bateau sans son mari, et elle fut étonnée de voir Jean Menguy faire ainsi corps avec son *Marie-Josèphe*. Il effectuait ses manœuvres naturellement, hissait, affalait la voile, virait de bord, en les avertissant d'un « bôme » dit sur un ton étrangement calme. Anne n'avait aucune crainte, et pourtant, elle ne voyait rien, sinon le sommet de la vague qui se dressait devant eux, et qui, chaque fois, paraissait devoir les engloutir. Mais, chaque fois aussi, la barque franchissait la lame avant de replonger aussitôt dans un abîme d'où elle sortait en se redressant et en craquant de toutes parts.

Dans quel état allait-elle trouver Yves ? Yann paraissait inquiet et ne lui avait pas caché que son mari était mal en point, même s'il avait rajouté : « Ne t'en fais pas, il est costaud, ton homme. » S'il était parti avec ce vent et ce temps, c'était pour la fuir, parce qu'il ne voulait pas rester avec elle au Conquet. Tout était de sa faute à elle...

— Nous arrivons, Anne, préparez-vous à débarquer, lui dit Jean, l'arrachant à ses pensées moroses.

Sur la cale, un homme avait saisi le bout que lui avait lancé Jean et halait le bateau. Ils mirent pied à terre, et, dix minutes plus tard, ils étaient au chevet d'Yves. Il transpirait abondamment et sa respiration était sifflante et difficile. Il sourit à Anne quand elle se pencha sur lui pour l'embrasser.

— Madame, fit le médecin, pouvez-vous me laisser quelques instants seul avec lui ? J'ai bien peur qu'il n'ait davantage besoin de moi que de vous à cette heure.

— Non, docteur, qu'elle reste, répondit Yves, en haletant.

Anne sentit son cœur bondir dans sa poitrine : il la voulait à nouveau près de lui, ce qui signifiait qu'il lui pardonnait. Elle s'écarta, cependant, pour laisser le médecin l'ausculter. Ce n'était pas une pneumonie, comme il l'avait craint d'abord, mais une bonne congestion pulmonaire. Quoi qu'il en soit, Yves ne pouvait rester à l'île ; il fallait le ramener le plus vite possible au Conquet, avant que son état ne s'aggrave.

— Couvrez-le, ordonna le médecin à Jean Menguy. Nous embarquons immédiatement.

— Non, docteur, répliqua Jean. Pas tout de suite. Cela ne servirait à rien. Ce serait passer deux heures de plus en mer et mettre la vie d'Yves un peu plus en péril. Il vaut mieux le garder ici au chaud. En partant un peu plus tard, je ne mettrai que quatre-vingt-dix minutes pour rejoindre le quai du Drellac'h.

— Dans ce cas, fit le médecin, je prendrais bien un café...

Enveloppé dans des couvertures tiédies par des briques chaudes, Yves avait somnolé durant tout le trajet. Une voiture les attendait sur le quai : décidément, Eugène Lemarchand ne les oubliait jamais, se dit Anne en reconnaissant Victor sur le siège du cocher. Eugène lui-même les attendait à Roz-Avel.

— Comment va-t-il, Anne ?

— Mieux vaut demander cela au médecin, monsieur. Mais ce n'est pas trop grave, je crois. Une congestion pulmonaire.

— Pas trop grave ! C'est vite dit, jeune dame ! Si tout se passe bien, s'il ne commet pas d'imprudence, il peut s'en sortir, effectivement. Mais cela peut aussi mal tourner. Il en a au minimum pour une semaine de forte fièvre, peut-être plus, et certainement un mois de repos. Un jour de plus et c'était trop tard.

*
* *

Estelle relisait la lettre qu'elle venait de recevoir de Christine Lenormand. Bien sûr, Anne n'avait pas été la seule, elle aurait dû s'y attendre. À peine avait-elle pardonné à François sa première incartade qu'elle en apprenait une seconde... Cocufiée ! Et par qui ? Qu'il l'ait trompée avec Anne, passe encore. Après tout, il n'avait fait que lui rendre la monnaie de sa pièce, même s'il ne le savait pas. Mais Christine ! Savait-il, seulement, ce nigaud, qui elle était ? Une lesbienne dont elle-même avait repoussé les avances ! Non, il n'avait dû voir en elle qu'une femme d'officier de marine. Elle prit sa décision immédiatement. Ce n'était pas maintenant, alors qu'elle venait, difficilement, de recoller les morceaux de son couple, qu'elle allait se laisser démonter par une traînée... Dès le retour de François, elle lui mit sous les yeux la lettre de Christine...

— Que pouvez-vous invoquer comme excuse, mon ami ?

— Aucune, Estelle, et vous le savez bien...

— Eh bien, si, François, vous en avez une, cette fois,

même si vous l'ignorez : cette femme n'a couché avec vous que pour se venger de moi. Vous auriez pu être le plus laid des hommes, elle l'aurait fait quand même. Vous n'avez été que l'instrument de sa vengeance. Pas très flatteur, n'est-ce pas ? Cette Christine, dont la réputation de nymphomane aurait dû réfréner vos ardeurs, est, aussi, une lesbienne notoire que j'ai dû éconduire, il y a quatre ans, un jour où je vous attendais au Petit Jardin. Elle était avec une de mes amies de pension, Élodie.

— Ce n'est pas possible !

— Mais si ! Elle a même été jusqu'à me relancer ici, à Bellevue. Que voulez-vous, je lui plaisais ! Mais quand je l'ai mise à la porte, elle m'a promis de se venger. Et elle l'a fait...

— Comment a-t-elle pu croire que vous pourriez faire l'amour à une femme ! C'est d'un ridicule !

— Vraiment ? Et pourquoi donc ? J'y étais experte, plus jeune, à l'internat, et Christine le savait par Élodie. Qui sait, d'ailleurs, si je n'y reviendrai pas ?

François était livide. Quel imbécile il avait été ! Bien sûr, Christine avait toujours su qui il était... Décidément, il gâchait tout. Et pourtant, il aimait sa femme, il l'adorait même, mais, après quatre ans de mariage, il avait fallu qu'il se prouve qu'il pouvait toujours plaire...

— Écoutez-moi, Estelle... Anne, Christine, c'est du passé. C'était il y a trois semaines, quand les choses allaient si mal entre nous. Mais, avant-hier, quand j'ai rencontré Yves, je n'allais pas coucher avec elle, je vous le jure. Nous participions à la même manifestation, rien d'autre. Vous savez que je regrette très sincèrement le mal que je vous ai fait pendant toute cette période, mais je n'étais plus moi-même. Je ne veux pas vous perdre, Estelle ; je veux, au contraire, vous reconquérir...

— Le pire, soupira-t-elle, c'est que je vous sais sincère et que je vous crois. Je veux bien faire table rase de ce passé, mais ne vous étonnez pas si vous apprenez un jour que je me suis vengée. Vous comprendrez peut-être, alors, ce que c'est que d'être bafoué dans son affection comme dans son orgueil. En attendant, et même si cela me prive, moi aussi, je vais dormir seule un certain temps. Le jour où je serai prête à vous accueillir à nouveau, je vous le dirai.

*
* *

Le médecin avait annoncé une semaine de forte fièvre, et on n'en était encore qu'au quatrième jour. Anne veillait Yves jour et nuit, aidée par Rozenn qui arrivait, tous les matins, vers neuf heures, après s'être occupée du petit Gwen-Aël, et qui surveillait les enfants. Jamais, de toute sa vie, Anne n'avait prié avec autant de ferveur : elle était persuadée que les affres par lesquelles elle passait étaient la punition divine pour son inconduite, et elle ne pouvait admettre qu'Yves paie pour son péché. Comment avait-elle pu être assez stupide pour coucher avec François ? Elle ne se le pardonnerait jamais. Car, elle ne se le cachait pas, c'est elle qui avait voulu et décidé ce qui était arrivé entre eux ; François n'avait été que son instrument, sa victime.

Elle essuyait régulièrement la transpiration qui perlait sur le front de son mari. Assommé par la fièvre, Yves dormait vingt heures par jour, et somnolait le reste du temps. Elle le badigeonnait régulièrement, lui posait des ventouses. Elle observait attentivement le médecin quand il l'auscultait avec son stéthoscope. Lorsqu'elle avait appris que l'inventeur de cet appareil s'appelait Laënnec, elle avait couru à l'église allumer un cierge pour le salut de ce savant quimpérois, sans l'invention duquel Yves serait sans doute mort, à cette heure.

Le huitième jour, Rozenn la réveilla en sursaut, alors qu'elle s'était endormie dans la bergère, près du lit où reposait Yves.

— Il va mieux, madame, beaucoup mieux. La fièvre est tombée, et il respire presque normalement. Sans doute est-il sauvé.

Il était sauvé, en effet, et, après avoir embrassé Rozenn et essuyé les larmes, trop longtemps contenues, qui venaient de jaillir de ses yeux fatigués, Anne se rendit, une fois de plus à l'église. Avec une foi et une conviction qu'elle n'avait pas éprouvées depuis longtemps, elle dit son chapelet pour remercier la Vierge et sainte Anne d'avoir sauvé Yves. Lorsqu'elle poussa la porte de la chambre, elle le trouva en discussion avec Eugène Lemarchand. Il la remercia devant l'industriel pour le dévouement dont elle avait fait preuve envers lui et lui conseilla de se reposer. Mais ce n'était pas des remerciements qu'elle attendait, c'était un mot d'amour ou de tendresse. Plus tard, elle aurait tout le temps de se reposer, tandis que ces mots lui manquaient tellement en cet instant... Quand le comprendrait-il ?

Elle avait reconduit l'industriel et, dans l'entrée, s'était presque heurtée à Estelle qui venait voir le malade, à son tour. Cela devait bien arriver un jour. Les deux femmes s'étaient dévisagées un court instant, puis, devant la détresse qu'elle lisait dans les yeux de son amie, Estelle avait ouvert les bras et Anne s'y était précipitée. Elles étaient restées enlacées un long moment, sans rien dire, et c'est Estelle qui avait enfin rompu le silence.

— Il est vraiment sauvé ?

— Oui, c'est fini ; il guérira. Pardonnez-moi, Estelle. S'il vous plaît, pardonnez-moi. Je regrette tant le mal que je vous ai fait à tous les deux. C'est si...

— Si dérisoire, n'est-ce pas ?

— Oui. Comme j'ai été stupide !

— Tais-toi, c'est oublié. Complètement. Je suis ici justement pour remercier Yves de ce qu'il a fait pour moi, pour nous. Puis-je le voir ?

Anne souhaitait laisser Yves et Estelle en tête à tête, mais son amie insista pour qu'elle assiste à leur entretien.

— Je voulais vous remercier pour tout, Yves, commença-t-elle. Je ne saurai jamais ce que vous avez dit ou fait à François, mais vous me l'avez ramené, et c'est l'essentiel. Il vous sait gré de l'avoir aidé, malgré lui, alors qu'il était en train de perdre la tête. Sachez aussi que Christine Lenormand m'a écrit ; je sais donc tout, mais j'ai décidé de tirer un trait sur tout cela, de faire comme s'il ne s'était rien passé. Vous comprenez ce que je veux dire, Anne ?

Anne et Estelle souriaient toutes les deux à l'homme qu'elles aimaient et il voyait, dans leurs yeux, briller des larmes.

— Nous ne sommes pas dans une chambre mortuaire, que diable ! fit-il. Anne, peux-tu tirer ces rideaux que je voie la lumière du jour ? Dites-moi plutôt comment vont les enfants.

Il s'était endormi pendant qu'Anne lui parlait de Jean-Yves, et elles s'étaient retirées en silence.

— Je n'imaginais pas qu'il était épuisé à ce point, remarqua Estelle. Il a terriblement maigri, n'est-ce pas ?

— Oui, mais il reprendra vite des forces maintenant. Estelle, je voulais vous dire... C'est moi qui ai séduit François, pas l'inverse.

— Tais-toi, Anne, lui fit Estelle, en lui mettant un doigt sur la bouche. Cette histoire, c'est du passé. Nous sommes tous plus ou moins fautifs.

Rozenn regardait les deux jeunes femmes qui s'étreignaient, larmes et sourires mêlés. Deviendraient-elles, enfin, de vraies amies ? Elle avait appris, ces derniers jours, à connaître et à apprécier Anne dont le dévouement l'avait étonné. Les larges cernes qui ombraient ses yeux témoignaient des veilles répétées passées au chevet de ce mari qu'elle venait, pourtant, de tromper.

— Vous devriez dormir quelques heures, madame Anne, lui dit-elle. Monsieur va guérir, c'est certain, et je suis là toute la journée encore. Dites-moi simplement à quelle heure je dois vous réveiller.

— Elle a raison, Anne, intervint Estelle, vous devriez vous reposer. Vous êtes éreintée, cela se voit. Je vous laisse Rozenn le temps qu'il faudra. Depuis une semaine que je m'occupe seule de mon fils, j'ai découvert des joies que je n'imaginais même pas. En réalité, je suis heureuse de l'avoir pour moi seule...

*
* *

Anne avait obtempéré, et, quelques minutes plus tard, elle dormait du sommeil du juste. En début de l'après-midi, Rozenn reprit son poste près du malade, à nouveau assoupi. Il paraissait toujours aussi fatigué, mais ne transpirait plus. Une barbe de cinq jours lui mangeait le visage, et sa fine moustache avait bien besoin d'être retaillée. « Il a perdu des kilos, pensa Rozenn. Quel bel homme, quand même ! En ont-elles de la chance, toutes les deux ! Le petit est son portrait craché. Je suis à peu près sûre que Gwen-Aël est son fils ! Si j'osais, je regarderais s'il a, comme Gwen, cette petite tache de vin sur la hanche gauche... »

Elle avait osé. Elle avait rabattu le drap, remonté prestement la chemise de nuit, découvrant le corps jusqu'au nombril. Oui, la tache était là — la même. Il n'y avait plus de doute : le père de Gwen-Aël, c'était lui, Yves Kerléo, son sauveur.

Il venait de bouger. Elle rabattit la chemise de nuit, remonta les draps, se rassit. Il s'en était fallu de peu qu'il ne la surprenne.

— Rozenn, lui dit-il, j'aimerais que tu m'apportes mon rasoir, mon blaireau, mon savon à barbe. Que je retrouve figure humaine. Allez, ma fille, au trot.

Anne avait dormi quatorze heures d'affilée. Quand elle s'éveilla, il était une heure du matin et elle avait faim. La maison était silencieuse. Elle se leva, passa une robe de chambre et descendit à la cuisine où Rozenn préparait le lait de Jean-Yves. Elle vint à elle et la prit dans ses bras.

— Merci pour tout, Rozenn. Je n'oublierai jamais ce que tu as fait pour moi, pour mes enfants. Pour mon mari, aussi.

— Ce n'est rien, madame, et cela m'a fait plaisir de pouvoir rendre à monsieur Yves une petite partie du bien qu'il m'a fait.

— Comment va-t-il ?

— Très bien, ce soir. Il s'est rasé, il a lu un peu et a reçu plusieurs visites : sa sœur Jeannie, votre frère, deux gardiens de phare, et bien sûr M. Lemarchand.

Anne poussa la porte de leur chambre. Yves était

endormi. Le voir ainsi, rasé de frais, la moustache taillée, la remua jusqu'au tréfonds d'elle-même. Dieu qu'elle l'aimait ! Et dire qu'il avait fallu qu'elle manque le perdre pour s'apercevoir à quel point elle avait besoin de lui ! Il fallait qu'elle pleure pour que disparaisse cette angoisse qui lui nouait la gorge ; mais il fallait qu'il lui pardonne aussi, et qu'il lui assure qu'il n'avait pas cherché la mort, comme elle l'avait craint.

Il bougea enfin, et ouvrit les yeux. Il distingua une ombre devant lui et l'appela : « Anne ? C'est toi ? » Elle ne répondit pas, mais s'abattit sur lui, en le serrant de toutes ses forces.

— Pardonne-moi, pardonne-moi, mon chéri... murmura-t-elle.

— C'est fini, calme-toi, c'est fini. Je suis guéri, et grâce à toi. Je sais combien tu t'es dévouée pour moi, et cela efface tout le reste. Je t'aime, Anne, je t'aime tant, ma chérie.

— Moi aussi, je t'aime si fort, et j'ai eu si peur qu'il t'arrive malheur ! J'ai tellement craint que Dieu ne me punisse en t'enlevant à moi, à nous.

— C'est de ma faute, aussi. Je n'aurais jamais dû prendre ce cheval avec moi. Je le revois toujours dans mes cauchemars ! Il est là, cabré devant moi, prêt à me frapper de ses sabots. Pourquoi ne me rejoins-tu pas au lit ? J'aimerais que nous dormions ensemble. Cela fait si longtemps.

Elle ne se le fit pas dire deux fois, et, blottie dans ses bras, lui dit doucement :

— J'aimerais tant que tout redevienne comme avant...

— Mais c'est comme avant, Anne. Seulement, je suis encore faible. Mais attends quelques jours, j'aurai une faim de loup.

*
* *

Yves récupérait très vite. Il profita de cette période de repos pour faire le point. Il avait frôlé la mort, et cela l'avait convaincu qu'il lui fallait prendre des dispositions pour mettre ses affaires en ordre et sa famille à l'abri du besoin. Anne aurait été incapable de résoudre les problèmes auxquels elle se serait trouvée confrontée s'il lui était arrivé malheur. Lorsqu'il en parla à Eugène, son ami lui conseilla de consulter son notaire, Jacques Andrieux, lequel estima préférable qu'Yves prenne le conseil d'un de ses confrères, Me Henri Renaud. Celui-ci commença par lui conseiller de dissocier activités commerciales et patrimoine.

— Vous avez une première activité de propriétaire terrien, expliqua-t-il : deux fermes réunies en une seule, à Béniguet, que vous louez à ce Pierre Le Bars, une autre à Quéménès que vous exploitez vous-même. Vous envisagez d'en acheter deux autres, l'une sur Lochrist, cette année, la seconde à Ploumoguer, l'an prochain. Vous en prendrez une cinquième sur Plouguerneau pour votre protégé Pol Le Rû, s'il se marie. C'est bien cela ?

— Oui, tout à fait.

— Vous possédez en outre deux maisons au Conquet et prévoyez d'en acheter d'autres pour votre famille. Tout cela va faire de vous, à trente ans à peine, un propriétaire foncier conséquent. Ce patrimoine va vous rapporter, puisque vous envisagez, aussi, des placements mobiliers dont s'occupera mon confrère. Des emprunts russes, je crois. Rien de cela ne posera de problème à vos héritiers, mais il en va tout autrement de votre activité professionnelle.

— C'est exact, et c'est ce qui me préoccupe.

— Si j'ai bien compris, votre activité goémonière vaut, surtout, par votre savoir-faire et votre organisation. Votre seul investissement résidait, jusqu'à présent, dans les attelages, charrettes et chevaux dont vous disposez à Béniguet, Quéménès et Plouguerneau, soit vingt-trois charrettes et vingt chevaux. Vous allez ajouter les bateaux pour la récolte en mer, ainsi que le droit d'exploitation dont dispose le propriétaire des îles.

— Oui, mais comme c'est moi...

— C'est vous aujourd'hui. Mais, si vous disparaissez,

il faut que vos héritiers puissent continuer à bénéficier de ce droit et à se le faire payer. Vous auriez donc tout intérêt à créer une société d'exploitation des algues, dont vous serez, en un premier temps, les seuls actionnaires, vous, votre épouse, et éventuellement, votre beau-frère, si vous souhaitez toujours l'associer à vos affaires. Cette société paiera au propriétaire des îles le droit d'exploitation, la location des écuries et des fours, les salaires, l'entretien des chevaux, la nourriture et l'hébergement des goémoniers, bref, toutes les charges liées à l'exploitation du goémon. Par la suite, vous pourrez y faire entrer qui vous voudrez, et, le cas échéant, vendre vos actions ou vos parts sociales. Cela vous semble cohérent ?

Ça l'était, et Yves s'empressa de suivre le conseil du notaire.

Comme il le faisait pratiquement tous les deux jours depuis la convalescence d'Yves, Eugène était passé voir son ami, un peu avant midi, et les deux hommes dégustaient un verre de xérès.

— Cela vous changera du porto, Eugène.

— Pas mauvais en effet, apprécia Eugène, et j'en reprendrai bien un peu, si, aujourd'hui encore, vous m'invitez à déjeuner chez vous.

— Ce sera avec plaisir. Excusez-moi si je vous parais indiscret, mais à voir la constance avec laquelle vous évitez de déjeuner à Bellevue, je crains que les choses ne s'arrangent pas vraiment avec François. Je me trompe ?

— C'est vrai qu'il est difficile de passer un repas sans parler d'actualité, et comme tout ramène à l'Affaire... Fort heureusement, François a été souvent absent, ces derniers temps. J'ai l'impression qu'entre lui et Estelle, les choses s'améliorent peu à peu, mais reconstruire un couple n'est pas chose facile. Ils le découvrent aujourd'hui.

— Estelle y parviendra ; c'est une femme forte.

— Une femme forte, ma fille ? Elle est si fragile, au contraire...

— Vous vous trompez, Eugène, Estelle est très solide et elle l'a déjà prouvé bien des fois.

— C'est juste, mais je l'aime tellement que je ne peux m'empêcher de m'inquiéter. Heureusement pour elle, il y a Gwen-Aël...

Yves préféra changer de sujet.

— Et Félix ? demanda-t-il. Que devient-il ? Vous ne m'en avez plus parlé, depuis son mariage.

— Sa femme et lui ont eu des jumeaux, Karl et Érika, que je n'ai pas encore vus, mais qui n'ont que deux mois de moins que Gwen-Aël. Ursula, ma bru, est la fille de l'associé de mon ami Bachmann, Horst Maïer, un gros industriel de la chimie, un homme extrêmement riche. Elle était folle amoureuse de Félix et a tout fait pour l'épouser. C'est bizarre. Depuis une dizaine d'années, on n'entend plus parler que de cela : des mariages d'amour. De mon temps, on se mariait sans inclination, de famille à famille. J'ai fait le contraire et, vous voyez, j'ai eu tort. Tout comme ma femme, d'ailleurs. Nous n'étions pas faits l'un pour l'autre.

— Vous vieillissez, Eugène. « De mon temps... » Ce n'est pas vous, cela ! Mais vous vous trompez ; la règle reste le mariage de raison. Que ce soit à la campagne ou dans la bourgeoisie, dans la grande majorité des cas, on se marie, encore, entre égaux, après un accord entre parents. C'est nous qui sommes des exceptions.

Eugène hésita un instant avant de reprendre :

— Il m'arrive parfois de regretter de ne pas vous avoir eu pour gendre, Yves. Mais, dans ce cas, je ne vous aurais pas eu comme ami, ce dont je me félicite chaque jour. En dépit de notre différence d'âge nous avons toujours eu des affinités de pensée qui tenaient, entre autres, à la maturité étonnante dont vous avez toujours fait preuve.

Cette fois encore, Yves ne dit rien. Cela faisait, décidément, beaucoup de sujets à éviter.

13

1900

De toute la journée, pas un nuage n'était venu altérer le bleu du ciel, et la nuit qui tombait s'annonçait également somptueuse. L'obscurité n'avait pas eu le temps de s'installer quand les derniers rougeoiements du soleil couchant cédèrent devant la lune à son premier quartier. Yves s'efforçait de retrouver ses connaissances de gardien de phare en astronomie pour les transmettre à la néophyte qu'était Anne, par cette douce soirée de juillet.

Il énumérait, en les lui montrant du doigt, Altaïr et la constellation de l'Aigle, Véga au zénith et, plus à l'est, Arcturus, si brillante dans le Bouvier, et tant d'autres encore...

— La grande étoile, là-bas, c'est Vénus, l'étoile du Berger, n'est-ce pas ?

— Oui, mais, en réalité, ce n'est pas une étoile ; c'est une planète du système solaire, comme la Terre. Elle a la particularité, pour nous, de toujours se lever dans le voisinage du Soleil, soit juste avant son lever, soit juste après son coucher, comme ce soir.

Leurs regards descendaient maintenant sur la mer dans laquelle semblaient plonger les étoiles, au-delà de la ligne sombre de l'horizon, illuminée à intervalles réguliers par le faisceau d'un phare. Dans leurs tours, les gardiens avaient, l'un après l'autre, allumé les lanternes dont les pinceaux lumineux balaieraient toute la nuit le ciel et la mer, guidant les navires, leur traçant la route au milieu des récifs.

— Quelle paix, ce soir ! dit Yves. Si nous nous baignions ?

— Voyons, Yves, il fait nuit, et nous n'avons pas de tenue de bain...

— Nous sommes seuls, chez nous, dans notre île... Nous n'en avons pas besoin.

Ils l'avaient fait. Ils s'étaient baignés, nageant et jouant, se poursuivant, s'aspergeant d'eau comme des enfants. Ils s'essuyèrent tour à tour dans la chemise d'Yves, et rentrèrent à la ferme, silencieux, étroitement enlacés, le visage nimbé par le clair de lune. Sans un mot, ils se glissèrent dans leur lit clos.

*
* *

Cette nuit, il le savait, resterait à jamais gravée dans sa mémoire : le clair de lune, la limpidité de l'air, le calme exceptionnel de la mer et de la nature, leur entente physique. Oui, peut-être cette nuit était-elle *leur* nuit. Il avait l'impression de toucher du doigt un bonheur construit pierre par pierre, patiemment, depuis six ans. C'était un moment de bonheur intense qu'il ressentait avec d'autant plus d'acuité qu'il le savait fugitif.

Ils avaient tant vécu d'événements heureux et malheureux depuis trois ans, depuis cette crise qui avait failli détruire leur couple, depuis cette congestion qui aurait pu l'emporter. Jean-François, leur deuxième fils, qui aurait un an dans une semaine, et qui était encore en nourrice, était né, après deux fausses couches, le jour du premier anniversaire du décès de Cheun. Sa disparition, plutôt, puisqu'on n'avait jamais retrouvé le corps du géant, disparu dans la Seine, lorsqu'une péniche sur laquelle il travaillait avait heurté la pile d'un pont. Des cinq hommes qui étaient à bord, deux avaient été repêchés vivants, deux autres noyés. Personne n'avait jamais revu Cheun.

Yann avait d'autant plus mal supporté cette disparition que, si la mort était plus que probable, elle n'était pas prouvée, et qu'il n'avait pu faire son deuil. À cette époque, il était déjà à l'île, où il avait remplacé Pol, et Anne et Yves avaient pu l'entourer de leur affection. Ils avaient même définitivement « adopté » Yvonne, leur nièce, qui passait souvent pour leur fille aînée, tant elle dominait Julia physiquement. Elle avait de superbes yeux verts qu'elle tenait de sa mère. Yvonne était une vraie Irlandaise, disait Yann, se fiant aux quelques filles d'Érin rencontrées à l'occasion des jeux celtiques auxquels il avait participé.

Pol, dont il avait pris la place à l'île, avait épousé, quinze mois plus tôt, Léone, la fille de Goulven, âgée de dix-huit ans à peine. Ils s'étaient installés dans une ferme à Lilia. Pol avait la haute main sur les chevaux de leur organisation ; mais il avait refusé de s'occuper du tali, n'acceptant qu'un rôle de conseiller en brûlage. En aucun cas il ne voulait se trouver en opposition avec son beau-père, avait-il expliqué à Yves. Pourtant, s'il l'avait aidé... Peu après le mariage de sa fille, Goulven avait, à son tour, épousé une jeune femme de quinze ans sa cadette, qui lui avait donné un nouvel héritier.

Le sort, en revanche, n'avait pas épargné Estelle, qui, après une fausse couche, avait eu un enfant mort-né, l'année précédente. Yves croisa les mains derrière la tête. Anne et Estelle, les deux amies, ses deux amours... Il les aimait toutes les deux. Il aimait Anne endormie, près de lui, Anne, sa femme, son autre lui-même. Mais il aimait aussi Estelle — différemment, mais tout autant. Il avait besoin d'elle comme elle de lui, et ils se retrouvaient quand ils le pouvaient, où ils le pouvaient, lorsque passion et désir prenaient chez lui le pas sur la raison. Et puis Estelle était, aussi, pour lui, la mère de Gwen-Aël, la mère de son fils. L'enfant lui ressemblait d'une façon si extraordinaire, au même âge, que sa sœur Jeannie en était restée pétrifiée. Depuis, elle était devenue beaucoup plus dure avec lui.

Anne se blottit contre lui dans son sommeil, et il se sentit fondre de tendresse pour elle. Pourquoi ne pas mettre à profit ces trois semaines de tranquillité qu'il avait devant lui pour s'octroyer enfin une distraction ? Les Jeux Olympiques ? Non, cela c'était pour Yann, mais l'Exposition Universelle, pourquoi pas ? Tout cet argent durement gagné, ils pouvaient bien en profiter un peu ! Il se décida dans l'instant : ils partiraient le surlendemain. Ils laisseraient les enfants au Conquet, à Jeanne-Yvonne que Rozenn pourrait aider. Ils ne retrouveraient pas pareille opportunité avant longtemps.

*
* *

Du haut de la cale, les deux goémoniers regardaient l'enfant qui, tombé au fond de l'eau, venait de se mettre à quatre pattes sur les galets. Jean-Yves qui, un instant plus tôt, jouait sur la cale à tirer et pousser le canot avait fini par manquer un appui et n'avait pu se rattraper.

— Je parie que le gamin va s'en sortir seul. Il est dégourdi, ce petit ! dit Jos Guermeur.

— Et s'il descend, au lieu de monter, que dira le patron ? demanda son ami Salou. Il y a bien deux mètres de fond !

— Laisse, Pierrick, nous serons toujours à temps pour le repêcher. C'est Dieu qui décide et lui seul.

— Dieu ou le diable. S'il part dans le mauvais sens...

— Tu vois, j'avais raison, il a pris la bonne direction. J'aurais dû parier !

L'enfant venait de sortir de l'eau, après avoir remonté la pente sur sept ou huit mètres. Il se mit debout et courut vers le banc de galets qu'il escalada. Parvenu au sommet, il s'arrêta, et se mit à hurler à pleins poumons.

— Va ! Tu peux brailler, maintenant, fit le goémonier en riant aux éclats. Tu peux crier tout ton saoul. Il a eu de la chance, le gamin, pas vrai, Jos ? Je ne sais pas nager, moi !

— Ni moi ! Je n'y avais pas pensé. Mais alors...

— Alors, il a eu de la chance, et nous aussi ! Imagine ce que nous aurait passé le patron si le petit s'était noyé !

L'enfant s'était tu. Personne n'avait prêté attention à ses cris et il avait déjà oublié sa frayeur. Il se dirigea vers la ferme.

— Pourquoi es-tu trempé, Jean-Yves ? lui demanda Anne

— Je suis tombé de la cale, mère. J'ai désobéi et je ne recommencerai plus, répondit l'enfant qui, s'il ne montrait pas le moindre regret, récitait très bien sa leçon.

— Tu es tombé à la mer ! Mais qui t'en a sorti, mon fils ?

— Personne, maman, je suis sorti de l'eau tout seul.

Anne leva les yeux et vit arriver, la pigouille sur l'épaule, Jos Guermeur dont le sourire découvrait, les quelques rares dents noircies par les chiques de tabac qui avaient, par miracle, échappé aux soins radicaux du dentiste du Conquet.

— B'jour, patronne ! Il est dégourdi, le petit, hein ! Si vous l'aviez vu tout à l'heure, vous auriez été fière de lui. Il est sorti de l'eau seul, comme un grand. Pas vrai, Jean-Yves ?

— Tu vois, Maman, que c'est vrai ! Je suis sorti seul de l'eau.

— Oui. Il a su choisir la bonne direction, et remonter sur la grève.

— Et s'il avait pris la mauvaise ?

— Jean-Yves est intelligent, patronne. Mais s'il s'était trompé, pour sûr, il se serait noyé !

— Mon Dieu, Jos ! Vous regardiez l'enfant sans venir à son secours ?

— Mais, madame, je ne sais pas nager, moi !

— Jos, vous êtes encore plus stupide que je ne l'imaginais. Vous mériteriez que mon mari vous chasse !

— Mais, patronne, je n'ai rien fait de mal, je vous l'assure. Je n'ai même rien fait du tout !

— C'est bien ce que je vous reproche ! Est-il permis d'être si stupide ?

Lorsqu'elle raconta la chose à Yves, un peu plus tard, il ne put s'empêcher de sourire. Mais il y avait tout de même un enseignement à tirer de cette histoire : il fallait apprendre à nager aux enfants sans plus tarder.

— Je m'en occuperai dans quinze jours, ajoute-t-il malicieusement.

— Dans quinze jours ! s'indigna Anne. Pourquoi pas tout de suite ?

— Parce que, tout de suite, tu vas rentrer faire les bagages. Nous partons deux semaines. Ce soir, Le Conquet ; ensuite, Paris, en amoureux, tous les deux...

— Paris ? Ce n'est pas possible !

— Tu ne veux pas visiter l'Exposition universelle ?

— Bien sûr que si ! Oh ! Yves, Paris ! L'Exposition ! Jamais je n'aurais pensé pouvoir y aller ! C'est merveilleux ! Mais tu crois que nous le pouvons ? N'est-ce pas déraisonnable ?

— Non, Anne. Nous ne sommes pas ce qu'on appelle riches, mais nous pouvons nous offrir cette fantaisie sans nous ruiner.

*
* *

— Cent soixante-dix mille francs, François, c'est ce que nous coûte cette faillite. Au minimum. Nous aurions dû nous méfier. Ces affaires d'exportation sont toujours risquées !

— Je vous rappelle quand même que c'est Félix qui vous a garanti le sérieux de ce client alsacien. Selon lui, vous pouviez accorder 300 000 francs de crédit !

— Oui. Il a payé les deux premières opérations rubis sur l'ongle, pour gagner notre confiance. Le piège était tendu : j'ai foncé dedans, tête baissée. Vous n'y êtes pour rien, François.

— Pardonnez-moi mais, sans vouloir vous heurter, je trouve l'attitude de Félix assez bizarre. D'autant qu'il ne nous a pas donné signe de vie depuis ce télégramme, il y a quinze jours...

— Vous êtes sans doute dans le vrai et, voyez-vous, c'est ce qui m'empêche de dormir depuis une semaine. Encore une fois, mon aveuglement paternel m'a joué un mauvais tour. Mais pourquoi, pourquoi cherche-t-il à me nuire ainsi ?

Un silence gêné plana quelques instants dans la pièce.

— Voici Yves, annonça soudain François. Il vient discuter des prix de la prochaine campagne et de l'ajustement de ceux de la campagne en cours. Qu'allons-nous lui proposer ?

— Pensez-vous qu'il accepterait de faire une croix sur ce solde ? Après tout, nous avons de si bonnes relations commerciales...

— Qu'il serait effectivement stupide de les mettre en péril, et c'est ce que nous ferions si nous le lui demandions. Peut-être une aide à titre personnel ?

— Vous n'y pensez pas ! Je n'en suis pas là, grâce à Dieu ! Je puis vendre pour 100 ou 200 000 francs de titres si nécessaire. En réalité, cette perte me gêne surtout parce qu'elle tombe au mauvais moment, quand l'achat de ces nouvelles machines a plombé notre trésorerie.

— Alors, laissons Yves et Anne en dehors de tout cela, reprit François. Ils partent pour Paris, voir l'Exposition. J'aimerais bien que nous puissions les accompagner, Estelle et moi, s'ils n'y voient pas d'inconvénient. Cela nous changera les idées à tous les deux.

— Et cela me permettra d'avoir mon petit-fils pour moi seul. Faites donc, François. Sans leur forcer la main, quand même !

*
* *

Estelle avait annoncé un dîner en petit comité. Il y avait là, outre son père et eux quatre, deux couples d'amis, Jacques et Noëlla Andrieux, ainsi que Maurice et Éliane Letellier qu'ils recevaient depuis une semaine. L'assemblée s'était divisée en deux groupes : hommes au fumoir, femmes au salon. François avait proposé une dégustation de bourgognes blancs qu'il envisageait de rentrer en cave. Yves s'amusait à observer le sérieux avec lequel Jacques et Eugène débattaient des mérites de l'un ou l'autre cru. Summum d'une civilisation ou début de sa décadence ? Lui-même resterait sans doute toute sa vie un béotien en la matière.

Les femmes, elles, avaient d'abord parlé chiffons, et plus précisément sous-vêtements. Depuis quelques mois, il était beaucoup question de nouveaux corselets de gorge en coton qui avaient fini par arriver jusqu'à Brest. Estelle, qui en avait vu à Paris mais n'en utilisait pas, avait essayé de renseigner Anne, mais Noëlla était bien plus documentée qu'elle sur le sujet.

— Ces corselets sont de « fausses gorges » améliorées auxquelles l'on a rajouté des bretelles qui soutiennent vraiment les seins, expliqua-t-elle. J'en porte un, que j'ai acheté à L'Élégante. J'ai eu de la chance, parce que le magasin a été dévalisé en une matinée. Je trouve ça très bien : trois naissances en trois ans, cela n'arrange pas la silhouette !

— Ma chère Noëlla, informez-vous ! Il y a des méthodes, aujourd'hui, pour éviter cela. Je veux parler des grossesses, et non des seins qui tombent, bien sûr !

Toutes trois se retournèrent, brusquement, vers Éliane. La limitation des naissances était le sujet tabou entre tous.

— Vous savez que l'Église, commença Noëlla...

— L'Église peut dire ce qu'elle veut. Ce ne sont ni les prêtres, ni même les religieuses qui enfantent et accouchent, mais nous, les femmes mariées. Et croyez-moi, Noëlla, nous autres, épouses d'officiers de marine, aurions un enfant tous les ans si nous laissions faire la nature. Quand votre mari rentre de huit mois de mer, croyez-vous qu'il soit porté à la retenue ? À moins d'avoir des mœurs grecques, comme certains...

— Que voulez-vous dire ? fit Noëlla, curieuse...

— Voyons, Noëlla, tout le monde sait qu'il y a, dans la Royale, un milieu homosexuel, aussi bien féminin que masculin.

— Vous connaissez certaines de ces femmes, Éliane ? demanda Estelle.

— Oui, mais les plus réputées sont certainement Élodie et Christine. Qui sont mariées à deux pédérastes, d'ailleurs.

— Je les connais aussi. Surtout Élodie, une ancienne amie de pension.

Anne et Noëlla découvraient là un monde dont elles ignoraient l'existence, et quand Éliane leur raconta, tout bas — ces messieurs pouvant arriver à l'improviste — quelques histoires sulfureuses sur les orgies brestoises, elles se promirent de n'en rien dire à leurs époux respectifs. C'était si osé ! Des gens faisaient l'amour en groupe ? Était-ce possible ?

— Non seulement c'est possible, Noëlla, sourit Estelle, mais ces pratiques sont aussi vieilles que le monde. Je regrette de devoir vous interrompre mais nous reprendrons cette intéressante conversation au café. Ces messieurs nous attendent pour passer à table.

Quand Anne annonça qu'Yves et elle-même se rendaient à Paris pour l'Exposition universelle, la conversation s'anima soudain.

— Pourquoi n'accompagnerions-nous pas Anne et Yves à Paris, François ? demanda Estelle. Si cela ne les dérange pas, bien entendu.

— Ce serait merveilleux, Estelle ! s'exclama Anne, ravie d'avoir de la compagnie féminine.

— Je comptais justement aller à Paris pour m'acheter ma première automobile, reprit Estelle. Une Panhard à moteur Daimler. Je la préfère à la nouvelle Peugeot ou à ces voitures à carrosserie profilée.

— Messieurs, intervint Anne, le premier pilote automobile de notre assemblée sera donc une femme. Qu'en dites-vous ? Bravo, Estelle ! Vous m'apprendrez, n'est-ce pas ?

Yves regardait son épouse, étonné et admiratif. Depuis quelques mois, sous ses yeux, la petite paysanne timorée se métamorphosait en une jeune femme moderne, plus sûre d'elle de jour en jour. Il lui sourit.

— Plus qu'à l'automobile, je crois, moi, à l'avenir du plus lourd que l'air déclara François. Aéroplane ou dirigeable. La voiture automobile coûtera bien trop cher : toutes ces routes à entretenir, ces stocks de pétrole à installer partout... Il paraît que Zeppelin expose, dans le pavillon de l'Allemagne, un gigantesque dirigeable. Cela va sûrement intéresser les militaires français...

— Pour moi, dit Maurice, c'est le Métropolitain qui constitue la nouveauté la plus intéressante et utile. Je ne vois pas d'avenir à ces dirigeables ou aéroplanes, qui ne volent toujours pas, d'ailleurs.

— Avant l'aéroplane, Maurice, il y a eu le bateau métallique ou le sous-marin, dont on a dit pis que pendre. Aujourd'hui, cela marche. Alors, pourquoi pas l'aréoplane ?

— Pour ce qui est des bateaux métalliques, c'était évident, observa Eugène. Nos saints évangélisateurs ne sont-ils pas venus d'Irlande et de Cornouailles dans des barques en pierre ? Mais, goûtez-moi ces poulardes, jeunes gens...

*
* *

Après le dîner, Yves et François s'étaient isolés pour parler boutique. Avant de partir pour Paris, Yves souhaitait connaître l'état de ses comptes et les perspectives pour la campagne suivante. François, gêné, dut lui avouer le pas de clerc d'Eugène sur l'Allemagne et la perte probable de 170 000 francs, qui mettait leur trésorerie à mal. Il ne se fit pas trop prier pour raconter à Yves le détail de l'affaire et admettre qu'ils s'étaient fait gruger comme des débutants.

— Bref, conclut Yves, vous souhaitez attendre pour me régler le solde de la campagne que votre trésorerie s'améliore. C'est assez amusant, tu ne trouves pas ? Crois-tu que je puisse expliquer cela à mes goémoniers de Lilia ou Landéda ? Que je puisse leur dire que les établissements Lemarchand ayant commis, en Allemagne, un péché de gourmandise qui a tourné à l'indigestion, ils devront attendre six mois le solde de leur pain de mer ? Vous n'auriez pas partagé, si vous aviez fait une affaire en or. Elle est mauvaise, assumez-en seuls les conséquences. Je veux le solde dès mon retour de Paris, et aussi qu'on convienne des prix pour la prochaine campagne. Maintenant, donne-moi les chiffres par provenance.

— Tu vas récupérer 4 francs la tonne à Béniguet, 7,5 la tonne à Quéménès et 9,20 à Lilia — où nous nous demandons ce qui s'est passé.

— Ce qui s'est passé ? Pol, tout simplement. Pol qui s'est contenté de « conseiller » les soudiers, et leur a fait gagner 12 pour cent. François, tu devrais regarder si Félix n'a pas agi en sous-main dans cette affaire d'Allemagne. Je n'en serais pas autrement étonné.

— Tu as mis dans le mille. Mais je ne t'ai rien dit. Mon beau-père en est malade...

*
* *

Juste après la moisson, Yann s'était rendu à Béniguet pour revoir ses anciens goémoniers. Pierre Le Bars l'avait invité à dîner et à passer la nuit à l'île, et Maria lui avait présenté son amie Lise, venue l'aider pour la moisson et le battage, et qui avait prolongé son séjour de deux semaines. Il n'avait échappé à personne que le géant était immédiatement tombé sous le charme de la jeune fille. Du coup, Pierre avait convié Yann à rester quelques jours sous le prétexte de l'aider à réparer deux roues de charrette, ce que le géant avait fait, torse nu, dans la cour de la ferme. Très impressionnée par le colosse, Lise venait de glisser à Maria :

— Quel bel homme, quand même, ce Yann ! Un peu trop sûr de lui, peut-être.

— Sûr de lui, Yann ? Il est timide comme une jouvencelle ! La femme qu'il aimera en fera ce qu'elle voudra.

— Tu en es certaine ? Parce que je crois que je ne lui suis pas indifférente.

— Je peux même te dire que tu lui plais beaucoup, ça crève les yeux. Mais lui, il te plaît ?

— Moi ? Mais un homme comme ça, c'est mon rêve ! Comment s'appelle-t-il, au fait ?

— Penru. C'est un des jumeaux que l'on appelait les « géants roux ». Un garçon très gentil qui ne mérite pas la réputation de terreur qu'il a longtemps traînée derrière lui. Il a perdu son frère dans un accident sur la Seine, et ne s'en est toujours pas remis.

— Eh bien, je crois que je vais l'y aider, Maria !

Lise mena son affaire tambour battant, mais ne se jeta à l'eau que la veille de son départ. Yann était si timoré, en effet, qu'il fallait bien qu'elle fasse le premier pas. Pierre et Maria étaient partis se promener sur la plage de sable, la laissant seule avec Yann, qui avait aussitôt cherché à s'évader.

— Je crois que je vais aller voir les chevaux, commença-t-il.

— Oui, c'est sûrement le moment, répondit-elle en riant. Ils doivent avoir si peur, seuls dans l'écurie.

— Pourquoi vous moquez-vous de moi ? demanda le géant.

— Je ne me moque pas de vous, Yann, mais j'ai l'impression de vous faire peur. N'avez-vous rien à me dire ?

— Si, mais... C'est-à-dire que...

Il aurait voulu fuir, se cacher n'importe où.

— Yann, si vous me disiez : « Lise, voulez-vous que nous allions nous promener sur la plage ? » je vous répondrais : « Oui, Yann, j'aimerais beaucoup. » Et quand nous serions sur la plage, vous pourriez ajouter : « Lise, puis-je vous embrasser ? » et je vous répondrais : « Yann, je n'attends que cela. » Qu'en pensez-vous ?

— Ce serait merveilleux, Lise, répondit-il d'une toute petite voix.

— Eh bien, qu'attendez-vous, alors ? Embrassez-moi, Yann.

Jamais une femme ne s'était ainsi jetée à son cou.

En l'embrassant, il la tenait comme s'il craignait de la briser.

— Ne craignez rien, Yann, je ne suis pas fragile. Serrez-moi fort contre vous, au contraire.

Il devait y avoir une quarantaine de centimètres et davantage encore de kilos entre eux, se dit-elle en le jaugeant.

— Un mètre quatre-vingt-quinze et cent huit kilos, précisa-t-il.

— Un mètre cinquante-sept et cinquante et un kilos, répondit la jeune femme. Je me demande ce qui résultera de pareille conjonction.

Il était devenu rouge comme une pivoine, tandis qu'elle poursuivait, en le regardant dans les yeux.

— Yann, vous me plaisez. Beaucoup. Mais il est normal que je me pose la question, n'est-ce pas, si nous devons vivre ensemble.

— Je vous aime, Lise, je vous aime depuis la première minute où je vous ai vue.

— Moi aussi, Yann, je vous aime et je veux être votre femme.

Il avait attendu cette heure depuis des années, depuis la mort de Cheun. Il avait suffi d'un sourire, d'un baiser de Lise, pour que lui revienne aussitôt cet appétit de vivre qu'il croyait à jamais perdu. Il renaissait au monde, il se réconciliait avec la vie. Et il n'en voulait plus à son beau-frère qui, par son départ intempestif, l'avait empêché de réaliser son rêve : assister aux Jeux Olympiques qui venaient de débuter à Paris, le 14 juillet. Si Yves et Anne n'avaient pas visité l'Exposition, jamais il n'aurait connu Lise !

Le dimanche suivant, Yann s'était enfin décidé à prendre la route de Lilia. Il s'était fait assister de Goulven pour faire sa demande à Joseph Causeur, le père de Lise. Mais il aurait pu se passer d'intermédiaire : il était le beau-frère d'Yves Kerléo, c'était une référence suffisante.

Le mariage serait célébré le 10 octobre, à la chapelle de Lilia. Yann avait trente et un ans, Lise, vingt-cinq. Ils n'avaient plus de temps à perdre ni l'un ni l'autre.

14

Ils prirent le train tous les quatre, le lundi en fin d'après-midi. Si pour François et Estelle ce voyage tenait de la routine, pour Yves, il était déjà plus exceptionnel, et pour Anne, c'était tout simplement l'aventure. En guise de voyage, la jeune femme ne s'était jamais risquée plus loin qu'Audierne. Elle découvrait tout en même temps : le wagon-restaurant, le wagon-lit, mais aussi les villes traversées et même la campagne.

François et Estelle avaient tenu à leur offrir le champagne dans leur sleeping avant le dîner.

Plus tard, allongés dans leur compartiment, Anne et Yves bavardèrent un long moment, la jeune femme, trop énervée, n'arrivant pas à dormir. Comme une enfant, elle aurait aimé voir toutes les gares. Elle était toujours éveillée à Rennes et peut-être même Vitré, mais succomba au sommeil avant Laval. Yves, lui, se remémorait l'époque pas si lointaine, où, jeune appelé cantonné à Mayenne, il n'hésitait pas, pour pouvoir embrasser les siens, à passer onze heures debout, en troisième classe, serré entre d'autres conscrits. Aujourd'hui, il voyageait couché dans un lit... Pourtant, il dormit mal, assimilant, dans son sommeil, les coups de sifflet des chefs de gare au ululement angoissant de la corne de brume. Et la peur de s'assoupir pendant la veille, hantise de tout gardien, restait si fortement ancrée dans son subconscient qu'il se réveilla plusieurs fois en sursaut.

Le lendemain matin, ils étaient déjà installés depuis

un bon moment devant leur petit déjeuner quand Estelle et François firent leur apparition. Estelle, n'ayant pas obtenu l'eau chaude qu'elle avait réclamée pestait contre le service, mais sa mauvaise humeur se dissipa vite. Bientôt elle écouta, amusée, Anne comparer les immensités des plaines de blé de cette Beauce qu'ils traversaient aux mouchoirs de poche qu'étaient leurs champs de froment de Béniguet et Quéménès.

— Sais-tu ce qui me plairait, Yves ? C'est de faire cette route de Paris à Brest, en automobile. L'on découvrirait tout l'Ouest de la France...

— Moi, c'est à bicyclette que j'aimerais faire le trajet, intervint François. En participant au Paris-Brest-Paris de l'an prochain, par exemple.

— Qu'attends-tu pour t'inscrire ? demanda Yves.

— En tant que président du Vélo-Club brestois, je me dois d'être à Brest, sur le terrain, pendant toute la durée de la course. Sinon...

Yves tenait à ce qu'ils profitent pleinement de ce premier séjour parisien et avait loué au Grand Hôtel d'Angleterre une suite qui avait arraché à Anne des cris d'admiration. Ici, l'eau courante n'était pas un vain mot. Elle sortait des robinets sans qu'il soit besoin de recourir à la pompe à main, comme aux îles ou à Roz-Avel. Après son bain, Anne s'était maquillée et avait revêtu un ensemble d'été et un chapeau à larges bords.

— Tu es étonnante, ma chérie ! s'était exclamé Yves. Une autre femme. Je vais avoir l'impression de te tromper avec une autre, tellement cela te change !

— Si je n'étais pas habillée, je te dirais : « Qu'attends tu ? » Mais François doit déjà nous attendre à la réception.

François était, effectivement, dans le hall, et interdit en voyant Anne sortir de l'ascenseur.

Une demi-heure plus tard, ils pénétraient dans l'hôtel particulier de Juliette, la tante d'Estelle, avenue de Breteuil.

— Mettez-vous à l'aise, nous sommes seuls. Juliette est à Vichy où elle prend les eaux. Pour nous, Breteuil est moins onéreux et beaucoup plus pratique que Passy. Il nous suffit d'arriver, tout est prêt... Estelle ne sait toujours pas si elle gardera sa maison de Passy qui est toujours fermée. Si tu veux la voir, Anne, elle est au premier, dans sa chambre, quatrième porte à droite. Yves et moi vous attendrons dans la bibliothèque.

Anne frappa doucement à la porte puis entra. Estelle, qui lui tournait le dos, s'affairait autour d'un monceau de vêtements et de valises béantes, et ne portait qu'un petit pantalon de soie et dentelle assez court et parfaitement transparent.

— Anne, enfin ! s'écria-t-elle. Tu vas m'aider à m'habiller. Je suis complètement perdue sans Rozenn ! Je ne sais jamais que me mettre.

— Cela ne me surprend pas. À ta place, j'hésiterais autant que toi : tu n'as que l'embarras du choix, et, ...

Anne s'était brutalement interrompue, incapable de cacher tout à fait le trouble qui l'avait saisie devant le corps superbe de son amie qui venait de se redresser et de se tourner vers elle.

— Dieu que tu es belle, Estelle ! reprit-elle. Comment fais-tu pour avoir cette poitrine ? Je croyais que tu exagérais, avant hier, quand tu affirmais à Noëlla que tu n'avais que faire des brassières... C'est incroyable ! Moi qui suis déjà assez fière de mes seins !

— Merci du compliment. C'est vrai ; ils sont lourds, mais ils se tiennent encore bien, répondit Estelle, en soupesant les deux globes de ses mains placées en coupe.

Anne fixait son amie, sidérée par son impudeur. Elle tendit le bras et caressa un mamelon avant de retirer brusquement la main. Devant le sourire amusé d'Estelle, elle bredouilla :

— Excuse-moi ; je ne sais ce qui m'a pris...

— Ne t'excuse pas, ma chérie, c'est de ma faute. Je suis provocante, je le sais, et je ne puis même pas dire que c'est involontaire, car je sais ce que je fais, en réalité. Mais, par moments, il m'arrive d'avoir envie de toi — comme toi de moi, à l'instant.

— C'est la première fois que je ressens pareille attirance pour une femme, dit Anne, mais c'est vrai, en effet. C'est sans doute ces histoires que nous a racontées Éliane, avant hier...

— Peut-être, en effet. Allons, les hommes nous attendent... Quelle robe me conseilles-tu ?

— Celle-ci, la verte. Elle me semble très légère et il fait très chaud, aujourd'hui.

— Je vais suivre ton conseil. Dis-moi, tu as déjà eu des expériences féminines ?

— Non, jamais, répondit Anne, même si, avant mon mariage, j'ai pris quelques leçons avec deux femmes qui en ont certainement abusé. Et toi ?

— Oui, quelquefois. En pension, d'abord. Et puis, il y a eu Rozenn.

— Rozenn ? fit Anne, surprise.

— Oui. Yves a dû te dire qu'enfant, Rozenn a été violée à de nombreuses reprises. Depuis, bien sûr, elle a peur des hommes, mais pas du tout des femmes, bien au contraire. Lorsque je l'ai prise comme chambrière, elle avait besoin d'affection et me l'a tellement fait sentir qu'il est vite arrivé ce qui devait arriver. C'est plus rare, maintenant. Tu sais qu'elle t'admire beaucoup ? Et bien sûr, elle adore Yves.

— Pourquoi parle-t-on toujours d'Yves à propos de Rozenn ?

— Tu sais, quand même, que c'est lui qui l'a sauvée ?

— Non, pas du tout, je l'ignorais. De quoi l'a-t-il sauvée ?

— Décidément, ton mari est aussi discret qu'il est modeste ! C'est Yves et son oncle Jean Hall qui ont arraché Rozenn à la ferme où tous la violaient, oncle, cousins, employés.

— La pauvre petite... Non, Yves ne m'en a jamais rien dit.

— Eh bien, maintenant, tu le sais. Je finis de me préparer et nous descendons, déclara Estelle.

— Tu ne m'en veux pas pour mon geste de tout à l'heure ? demanda timidement Anne.

— Si, je t'en veux de ne pas avoir continué, répondit

la jeune femme en riant. Mais c'est de ma faute. Si je ne me promenais pas toute nue... En tout cas, je suis très flattée qu'une jolie femme comme toi puisse me désirer. Anne, nous sommes amies. Contentons-nous de notre amitié. Toute autre chose risquerait de la détruire.

Anne se sentit soulagée, mais aussi curieusement frustrée par l'étrange conclusion d'Estelle.

*
* *

Ils avaient établi leur programme du jour pendant le déjeuner : ils avaient monté les Champs-Élysées en calèche, avant de les redescendre sous terre, dans cette merveille qu'était le tout nouveau Métropolitain de Fulgence Bienvenüe, un Breton d'Uzel. François en convenait, ce « métro », comme on l'appelait déjà, allait bouleverser la vie parisienne et faciliter une circulation devenue insupportable. Paris était littéralement envahi par des engins de toute sorte : vélocipèdes, automobiles, tramways qui s'ajoutaient aux voitures hippomobiles et charrettes de livraison. Chaque déplacement était un problème, même si Haussmann et ses successeurs avaient percé de grandes artères, beaucoup plus adaptées à la vie moderne que les ruelles étroites du vieux Paris.

En fin d'après-midi, Estelle et Anne s'étaient rendues aux Galeries Lafayette qui reléguaient au rang d'antiquités le Bon Marché d'Aristide Boucicaut et la Samaritaine d'Ernest Cognacq. Pendant ce temps, Yves et François avaient organisé leur première visite de l'Exposition, mais ils avaient dû se plier au souhait d'Anne qui voulait absolument voir Paris du haut de la tour Eiffel, autour de laquelle se répartissaient de nombreux pavillons nationaux. À la fin de cette première journée parisienne, ils étaient tous épuisés. À la fatigue du voyage s'étaient ajoutés le tohu-bohu et la cacophonie parisiens, les bousculades des grands magasins et les heures d'attente passées dans les queues.

Après avoir déposé leurs paquets et fait un brin de toilette, elles venaient de rejoindre Yves et François qui s'étaient fait servir des rafraîchissements.

— Pourquoi ne sommes-nous pas restés ici toute la journée ? Seul un provincial débarquant de sa campagne ou un étranger avide de tout voir peuvent s'agiter comme nous l'avons fait, par une canicule pareille !

— C'est vrai, Yves, nous en avons trop fait, pour un premier jour. Qu'en pensez-vous, mesdames, demanda François ?

— Que les faibles femmes que nous sommes ne sont pas si faibles que cela, répondit Estelle. J'ai l'impression, que vous êtes beaucoup plus abattus que nous.

— C'est vrai, renchérit Anne. Pour qui nous prennent-ils ? Nous portons leurs enfants neuf mois, mais de nos grossesses, ces messieurs ne se soucient que pendant les quelques secondes durant lesquelles ils nous transmettent leur semence. Cela leur va bien, ensuite, de s'inquiéter de notre fatigue !

Yves et François échangèrent un regard interloqué ; ils ne comprenaient rien à cette sortie.

— Quelle mouche te pique, Anne ? demanda Yves. Tu n'es pas enceinte, que je sache !

— Non, Anne n'est pas enceinte, intervint Estelle. C'est moi qui le suis et je viens de le lui apprendre...

Anne observait François et, par chance, n'observait que lui. La réaction d'Yves l'aurait, en effet, surprise et blessée, tant il avait eu du mal à masquer son émotion. François, lui, était radieux : il allait être père une deuxième fois. Il se leva, se pencha vers Estelle, assise dans son fauteuil et lui murmura : « Merci ma chérie », avant de commander une bouteille de Mumm, et d'annoncer qu'ils se retireraient aussitôt après.

— Cela ne risque-t-il pas de changer vos plans ? demanda Yves.

— Pourquoi, donc ? répondit Estelle. La grossesse est un état naturel, comme vient de le dire Anne. Mais nous allons rentrer, en effet. Va chercher mes paquets, François. Je suis particulièrement contente de mes chapeaux, surtout de celui qui a la voilette bleu-nuit...

— C'est incroyable, Yves ! dit Anne. Tu ne peux pas imaginer Estelle dans un magasin : elle avait déjà acheté trois chapeaux que j'en étais toujours à essayer le mien.

— C'est vrai, sourit son amie, j'achète au coup de cœur, à l'impulsion. Et je me trompe très rarement.

— Et toi, Anne que t'es-tu acheté ? demanda Yves.

— Une robe, une jupe, des chemisiers, des tas de dessous...

Chaque jour apportait son lot d'émotions et de découvertes : monuments et musées, le matin, Exposition ou courses, l'après-midi. Le soir, spectacles. L'Exposition avait donné lieu à de grands travaux qui embellissaient la ville ; comme le pont Alexandre-III, le Grand et le Petit Palais. Chaque pavillon reflétait la puissance du pays qu'il représentait, mais c'étaient les grandes attractions scientifiques qui dominaient l'Exposition et, par-dessus tout, la Fée Électricité dont le palais permettait de deviner à quel point cette invention allait bouleverser le monde. Ils s'étaient extasiés devant le téléphone et le cinématographe, devant le dirigeable de Zeppelin qui écrasait le pavillon, pourtant énorme, de l'Allemagne, mais c'était les automobiles qui avaient surtout retenu les deux femmes. Estelle, qui n'avait pas hésité à piloter plus d'une quinzaine de modèles différents, remporta un succès considérable, car il n'y avait encore que très peu de femmes à se risquer sur ces engins dont la plupart annonçaient des vitesses de pointe de 50, voire 75 kilomètres à l'heure...

— Vous verrez, chère madame, avait assuré à Estelle le jeune inventeur Louis Renault, qu'avant cinq ans, les 100 kilomètres à l'heure de la « Jamais Contente » seront pulvérisés...

Bref, l'Exposition était si passionnante, si prenante, si vaste aussi, qu'ils ne virent pas le temps passer. Lorsqu'elles reprirent le train pour Brest, les deux amies étaient aussi ravies de leurs achats que des spectacles de l'Opéra et de la Comédie-Française, des danseuses de french-cancan et de chahut du Moulin-Rouge, et même, de la grand-messe à laquelle ils avaient assisté à Notre-Dame.

— Lors de notre prochain séjour, conclut Estelle, il n'y aura pas d'Exposition à visiter, Anne, et j'aurai tout le temps de te montrer le Paris que j'aime, celui des galeries de peinture, des ateliers de mes amis artistes, des bouquinistes... Un Paris que l'on ne peut voir quand l'on court toute la journée comme nous l'avons fait, au lieu de prendre le temps de flâner... Mais nous reviendrons.

*
* *

À peine rentrés de Paris, Yves et François avaient abordé, avec Eugène, les problèmes financiers : le solde de la précédente saison, d'une part, les cours de la prochaine campagne, de l'autre. Yves, qui était resté estomaqué devant les dépenses folles d'Estelle dans les magasins parisiens, avait glissé à François qu'il ne se faisait plus aucun souci pour la Société Lemarchand quand il voyait que son épouse, porteur du quart des parts sociales, se souciait de son budget comme d'une guigne. Finalement, les choses s'étaient passées bien mieux qu'il ne l'imaginait. Eugène, très détendu, n'avait même pas évoqué cette affaire de faillite et ils traitèrent sur les bases annoncées par François, avant leur départ. Yves empochait 8 200 francs, dont près de 5 000 francs, pour Lilia, et allait, enfin, récupérer la totalité de ses investissements en chevaux et charrettes.

— Et pour la prochaine campagne, Eugène, que me proposez-vous ? demanda-t-il.

— Nous avions pensé majorer de 8 pour cent le prix de base de cette année, pour arriver à 112 francs la tonne. Cela me semble correct, compte tenu du niveau déjà très élevé des cours.

— Je crois, moi, que la hausse est loin d'être terminée, ne serait-ce qu'à cause des guerres coloniales. Je veux 120 francs la tonne, minimum.

— Mais c'est plus de 15 pour cent d'augmentation ! s'exclama Eugène. C'est déraisonnable.

— Vous oubliez qu'au cours de la dernière saison, vous avez dû me régler un supplément de 12 francs la tonne de façon anticipée, tant il y avait d'écart entre notre prix de base et celui du marché. Nous n'allons pas renouveler cette erreur, d'autant que votre confrère, M. Devernois, me propose 130 francs, rendu usine. Que feriez-vous à ma place ? Je ne peux aller ni contre mes intérêts, ni contre ceux de mes goémoniers de Lilia. Je suis un peu inquiet, Eugène : pour la première fois depuis six ans, j'ai l'impression que nous ne jouons plus la même partition.

— Il ne faut pas que vous puissiez penser cela ! protesta Eugène. Croyez-vous sincèrement que le prix de l'iode va encore monter cette année ?

— Sincèrement, oui. La demande est très forte et le restera.

— Adrien aurait donc raison de se couvrir à un prix aussi élevé ?

— Je le crois. Je ne pense pas que la conjoncture se retourne cette année. En achetant ferme à 130 francs rendu, M. Devernois a, selon moi, de bonnes chances de faire une meilleure affaire que vous qui me paierez 120 francs de base et peut-être 15 francs de réajustement en fin de campagne.

— Vous comptez vraiment vendre à Adrien ? Vous me faites marcher, n'est-ce pas ?

— Non, pas du tout. Je vais lui vendre trois cents tonnes. J'ai l'intention de monter sur le pays bigouden la même structure qu'à Lilia ; il me faut donc prévoir de nouveaux débouchés, et comme vous-mêmes devez avoir plusieurs fournisseurs...

— Tu veux aller sur Audierne ? interrogea François.

— Oui, sur toute la côte sud. Cela tient aux résultats de Lilia. Les goémoniers sont contents, le maire aussi et on m'a donc demandé de faire la même chose en pays bigouden... Il n'est évidemment pas question pour moi de vous laisser tomber, mais ne me serrez pas trop le cou, Eugène.

— Cela n'a jamais été mon intention, mais j'ai une autre perception du marché que vous ou que certains de mes collègues. Puissiez-vous ne pas vous tromper ! Pour ma part, je garde l'œil rivé sur l'Amérique du Sud qui me fait très peur.

En quittant l'usine, Yves ignorait toujours de quelle façon s'était réglée cette faillite allemande. Lorsqu'il posa la question à François qui le raccompagnait, son ami lui répondit, en utilisant le jargon cycliste qu'il affectionnait :

— Rien de nouveau. Peut-être mon beau-père a-t-il eu des nouvelles, mais il ne m'en a encore rien dit. Je commence à craindre qu'il perde les pédales et que je ne sois obligé de lui resserrer les cale-pieds.

Si c'était le cas, n'était-ce pas une raison supplémentaire pour traiter avec Adrien Devernois ?

*
* *

Le lendemain de cet entretien, Yves était dans le bureau d'Adrien Devernois, auquel il venait d'accepter de livrer quatre cents tonnes de soude au prix de 135 francs la tonne. En guise d'accord, son interlocuteur lui serra vigoureusement la main et lui indiqua qu'il lui présenterait un contrat le soir même, chez lui. Ce serait le premier contrat écrit d'Yves, mais il fallait un début à tout. À soixante ans passés, le père Devernois, comme on l'appelait, menait son monde à la baguette, qu'il s'agisse de sa famille, de son personnel ou de ses fournisseurs, et le lui prouva aussitôt.

— Vous dînez chez moi ce soir avec votre charmante épouse. Nous aurons une heure avant le repas pour traiter notre affaire ; c'est plus qu'il n'en faut.

— Mais, monsieur Devernois...

— Il n'y a pas de « mais », jeune homme, et vous me vexeriez en refusant ce dîner qui nous permettra de faire plus ample connaissance. Croyez-vous que ma table ne vaille pas celle d'Eugène Lemarchand ?

— Il ne s'agit pas de cela, monsieur, mais mon épouse...

— Mme Kerléo fera garder vos enfants. Ma fille Justine a sensiblement le même âge que votre femme ; elles s'entendront très bien. Je vous laisse un contrat-type, comme ceux que je signe habituellement avec mes fournisseurs. Vous saurez ainsi à quelle sauce je vais vous manger. À ce soir.

Adrien Devernois habitait une très grande maison flanquée d'une petite tourelle plus décorative qu'utile. La construction était à l'image de son propriétaire, robuste et massive. Les Kerléo furent accueillis par un jeune homme d'une vingtaine d'années, Jean, qui leur présenta également sa sœur, Justine, une jeune femme extraordinairement franche et sympathique qui fit d'emblée la conquête d'Anne. Elle rappela à Yves qu'ils s'étaient déjà rencontrés une fois, des années plus tôt.

— Vous étiez très jeune à l'époque, madame, lui dit Yves.

— Mademoiselle, monsieur Kerléo ! Je tiens au mademoiselle ! Je ne désire pas du tout être affublée d'un mari.

— Justine ! la reprit son frère. M. et Mme Kerléo sont mariés !

— Ne vous formalisez pas, madame, dit Justine en se tournant vers Anne, je suis aussi étourdie que gaffeuse, mais sans méchanceté. En réalité, je travaille en ce moment sur les droits de la femme dans l'histoire de l'humanité, et j'ai quelques raisons d'être remontée contre la gent masculine. Ce qui ne m'empêche pas d'apprécier certains hommes.

— Ma sœur étudie le droit à Paris, intervint le jeune homme. C'est une féministe passionnée.

Le maître de maison parut à cet instant. C'était un homme fortement charpenté, au crâne dégarni et aux tempes argentées. La bouche gourmande, les lèvres épaisses et rouges, qui indiquaient un bel appétit de la vie, étaient surmontées d'une moustache Napoléon III totalement démodée. Mais Adrien Devernois n'était certainement pas homme à se soucier de la mode. Il s'approcha d'Anne, dont il baisa la main, puis, s'emparant d'autorité du bras d'Yves, il l'entraîna dans son bureau.

Justine revint, fort à propos, évitant ainsi à Anne un tête-à-tête avec son jeune frère.

— Ainsi, ma chère, vous êtes une amie d'Estelle ? Comment va-t-elle ? Nous nous sommes un peu perdues de vue ces dernières années, mais nous nous entendions très bien, plus jeunes. La grande différence entre nous, c'est que je refuse le monde fait par et pour les hommes dans lequel on tente de nous enfermer, tandis qu'Estelle s'en accommode parfaitement. C'est, certes, une question de caractère, mais aussi de beauté, je l'admets volontiers, et Estelle est si belle qu'elle a toujours eu tous les hommes à ses pieds.

— Quelles études menez-vous exactement à Paris, mademoiselle ? demanda poliment Anne.

— Justine, appelez-moi Justine, voulez-vous ? Je vous appellerai Anne. C'est moins cérémonieux, et... je ne suis qu'étudiante, ne l'oubliez pas. Eh bien, depuis la loi Camille Sée de 1880, les filles, vous le savez, ont accès à l'enseignement secondaire, même si nous n'avons toujours pas le droit de passer le baccalauréat, ce qui est un véritable scandale. Je me suis battue avec Père pour qu'il accepte que je sois interne au lycée de jeunes filles de Quimper.

— Vous avez de la chance d'avoir un père aussi libéral et moderne !

— Père, moderne et libéral ! Tu entends ça, Jean ? Mais c'est le pire des conservateurs !

— Madame n'a pas tort, Justine, répondit son frère. Tu as été sept années interne dans un lycée public. Tu connais une autre jeune fille qui puisse en dire autant dans le canton ?

— C'est vrai, j'admets que je lui dois beaucoup. Bref, une fois sortie du lycée, j'ai voulu faire des études supérieures. Je me suis d'abord inscrite en lettres, à la Sorbonne, puis, un jour, j'ai rencontré Marie Popelin, la première femme à avoir prêté serment au barreau de Paris — c'était en 1893. Une femme avocat ! Ce fut une révélation et le tournant de ma vie. Marie et moi sommes devenues amies et je me suis inscrite à la faculté de droit ; j'y ai obtenu ma licence en juin dernier. Père ne dit rien, mais je sais qu'il en est fier et qu'il le sera encore plus le jour où je prêterai serment. Pour le moment, je travaille avec un juriste réputé, spécialisé dans les droits de la femme.

— Y a-t-il des différences entre nos droits et ceux des hommes ? demanda Anne.

— Mais, Anne, nous n'avons pratiquement aucun droit ! Tout est fait par l'homme et pour l'homme. Les religions elles-mêmes sont masculines, comme le dit saint Paul dans son épître aux Corinthiens : « Le mari est le chef de la femme, comme le Christ est le chef de l'Église », et nous, femmes, vivons dans l'obéissance absolue à l'homme-maître. La Révolution n'y a rien changé, malgré les apparences...

La voix profonde d'Adrien Devernois retentit à l'autre bout de la pièce, empêchant sa fille de poursuivre sa démonstration.

— Allons, Justine ! Je vois que tu t'apprêtes à semer la zizanie dans un nouveau foyer. Tes propos n'intéressent sans doute pas Mme Kerléo.

— Détrompez-vous, monsieur, répondit Anne, ils me passionnent au contraire. Mais laissez-moi vous féliciter d'avoir permis à Justine de faire des études. J'aimerais qu'Yves suive votre exemple et en fasse autant pour nos filles.

— Merci, madame. Beaucoup considèrent que je ne suis qu'un conservateur rétrograde...

— Père, vous exagérez ! protesta Justine. Je n'ai jamais pensé cela. Je vous concède que beaucoup d'hommes — dont vous êtes — ont l'esprit suffisamment large pour discerner, dans la loi, entre l'esprit et la lettre, et se comportent correctement avec leurs épouses et leurs filles. Malheureusement, il en est d'autres qui abusent de la situation et qui pensent, comme Proud'hon, que « la femme est une inférieure congénitale dont on ne peut espérer aucune évolution ».

— Proud'hon aurait mieux fait de se couper la main le jour où il a écrit cela, je l'admets volontiers. Mais il est bientôt l'heure de dîner. En attendant, mon cher Kerléo, que diriez-vous d'un verre de chablis, agrémenté d'un sirop de cassis ? Votre épouse en prendra certainement, aussi. Au fait, j'espère que vous aimez les huîtres et le poisson...

Adrien Devernois avait l'appétit qu'annonçait sa corpulence. Après les huîtres agrémentées de palourdes et d'oursins, il fit servir de la langouste « bellevue » — un clin d'œil à Eugène Lemarchand, souligna-t-il —, avant de passer aux ormeaux à l'armoricaine, turbot à la parisienne et, enfin, rôti de baudroie. Yves n'avait jamais été à pareille fête.

Calée dans un fauteuil, Justine, qui avait quelque peu desserré la ceinture de sa robe, confiait à Anne ses espoirs de future avocate. Elle entendait se consacrer à la défense des femmes victimes d'abus de toutes sortes — battues, volées, violées, vendues par des hommes.

— Justine ! Je crois que vous exagérez, avait fait Anne, imprudemment.

— Pas du tout ! De tous temps, dans toutes les civilisations, la femme a été brimée, opprimée, exploitée. Dans notre pays, l'homme bafoué qui tue son épouse et son amant bénéficie d'une « excuse absolutoire », car il lave son honneur, même si c'est dans le sang. Ce mépris de la justice et du droit le plus élémentaire de l'homme, le droit à la vie, est une honte. Mais la différence de traitement entre homme et femme est encore pire dans le droit du travail : non seulement les salaires sont très inégaux, mais le mari a le droit de percevoir le salaire de sa femme. Et puis, nous ne votons pas. Il nous faut nous battre ! En réalité, il n'y a eu que très peu de changements depuis l'Antiquité et la loi de Romulus qui édictait : « Le mari est juge de sa femme ; son pouvoir n'a pas de limites. Si elle a commis quelque faute, il la punit. Si elle a bu du vin, il la condamne. Si elle a commercé avec un autre homme, il la tue. »

Anne était assommée. Jamais elle n'aurait imaginé que la femme pesât si peu. Comment ? Estelle et elle-même étaient à la merci de leurs maris ? Elle dépendait entièrement du bon vouloir d'Yves, son époux, qui, en compagnie de leur hôte, venait vers elle, un verre de fine champagne à la main !

— Alors, ma chère Anne, Justine vous a-t-elle convertie à son combat ? demanda Devernois.

— Monsieur, je ne remercierai jamais assez Justine de ce qu'elle m'a appris ce soir et que toute femme devrait savoir ; je suis convaincue qu'elle fera beaucoup de bien dans l'exercice de son métier.

— Moi aussi, Anne, moi aussi... Et je serai très fier d'elle le jour de sa première plaidoirie.

Ils rentraient à Roz-Avel en silence, chacun repensant à sa soirée. Yves était aussi satisfait du contact établi avec Adrien Devernois que du contrat qu'ils avaient signé. Anne s'était fait une nouvelle amie, dont elle se trouvait, par tempérament, plus proche que d'Estelle. Ce qu'elle avait appris l'avait inquiétée : ainsi, s'il l'avait voulu, trois ans plus tôt, Yves aurait pu la faire condamner à deux ans de maison de correction ! Dire qu'elle ne s'en doutait pas du tout ! C'eût été terrible et totalement disproportionné à la faute commise !

— Tu parais soucieuse. Qu'est-ce qui se passe, lui demanda-t-il ?

— Rien, je me sens simplement un peu fatiguée.

— Moi aussi ; j'ai beaucoup trop mangé. Mais c'était vraiment délicieux. Faire des affaires dans de pareilles conditions, c'est vraiment un plaisir.

15

Ils avaient retrouvé leur île. Pour la première fois, Anne n'avait ressenti aucun déchirement en quittant Roz-Avel. À son grand étonnement, elle avait même été heureuse de pousser la porte de sa ferme. Elle savait que l'hiver à venir serait le dernier qu'elle passerait aux îles, et elle voulait profiter pleinement des derniers feux de l'été avant les tempêtes de septembre et le mariage de Yann, qui marquerait un tournant dans leur vie à tous. L'hiver 1901, elle le passerait au chaud, sur le continent, au Conquet où ses deux aînées rentreraient à l'école primaire.

La récolte de froment avait été franchement mauvaise. Le blé était victime d'un parasite, et il fallait trouver ou un traitement adéquat ou un nouveau type de semence, car ils ne pouvaient se permettre d'avoir deux mauvaises récoltes de suite.

Puis ce furent deux chevaux qui tombèrent malades, victimes de coliques que Yann ne parvenait pas à soigner. Il s'était bien trouvé confronté au même problème, quelques années plus tôt à Béniguet, mais ne se souvenait plus du remède miracle qui lui avait permis de sauver les bêtes. Ils avaient perdu ces deux chevaux, puis un troisième, deux jours plus tard, et enfin, le sixième jour, deux de leurs vaches. Ils ne comprenaient pas ce qui se passait et avaient retourné l'étable et l'écurie de fond en comble. C'est, finalement, Jean-Yves qui leur avait apporté la solution en découvrant, sous la falaise où les vents et la grande marée les avaient poussés, des fûts crevés de produits toxiques, qu'il avait décrits à son père, qui n'y prêtait pas attention, comme de « grosses boîtes avec une tête et des os ». Les animaux avaient évidemment été empoisonnés par de l'herbe contaminée. Yves commença par établir un périmètre de sécurité autour de la zone polluée, avant de faire ratisser l'île par ses employés. Ils récupérèrent vingt-deux fûts identiques à ceux découverts par l'enfant. Pareille négligence des goémoniers était inadmissible, et il était si remonté contre eux qu'il les menaça de retenir sur leurs gages une partie de la perte des animaux. Sa colère n'était toujours pas retombée quand il avait embarqué femme et enfants sur le *Marie-Jeanne*, ainsi qu'un fût intact.

Il avait d'abord vu Eugène qui lui avait traduit les inscriptions allemandes figurant sur l'étiquette, puis le pharmacien, et enfin le médecin qui l'avait rassuré : si les enfants avaient dû être malades, ce serait déjà fait. Yves en fut quitte pour racheter chevaux et vaches. Mais l'été se passait mal. Il ne lui restait plus qu'à se mettre au travail et à réussir les récoltes du tali et du *bara mor*.

C'est sur le bateau, en ramenant sa sœur et ses neveux à l'île, que Yves imagina de commencer le brûlage immédiatement : l'été avait été sec, le goémon devait l'être aussi. Yves vérifia tous les fours avec Lucien Jézéquel puis, constatant le désœuvrement relatif des goémoniers, il se décida. Avant de quitter Le Conquet, il put, à l'aide de ses jumelles, apercevoir les premières corolles de fumée blanche s'élever à l'horizon : les soudiers étaient au travail. Il prit le train à Brest, et, après un changement à Quimper, arriva à Audierne le soir même. Il s'apprêtait à prendre une chambre à l'Hôtel du Port quand il fit sa première rencontre.

— Mathieu ! Comment vas-tu ? Ça fait plaisir de te revoir. Tu n'as pas changé.

Que si, il avait changé ! Et s'il l'avait rencontré à Quimper, Yves n'aurait sans doute pas reconnu son vieil ami du phare d'Armen, qui semblait avoir pris au moins quinze ans...

— Yves ! Yves Kerléo, le Léonard ! Ce n'est pas possible ! Comment vas-tu ? Cela fait...

— Six ans et demi, Mathieu. Tu te souviens ? Ton accident, cette tempête... Alors, la retraite, c'est comment ?

— On s'y fait, on s'y fait... Un peu de pêche avec les amis, des parties de cartes, des dominos ; je vais quelquefois à Quimper, chez mes enfants, et c'est tout... Tiens, Hervé Le Goff sera là demain.

— J'aimerais vous inviter tous les deux. Et les autres aussi : Joseph, Baptiste, Jean-René, toute la bande, quoi... Ce serait bien.

— Jean-René est mort, mon pauvre, il y a deux ans déjà. Tu n'as pas su ?

— Comment veux-tu ? Je travaille aux îles, tu le sais. Jean-René, mort...

— Oui. Joseph est de repos. Il faudrait que je puisse le joindre à Plogoff ; il viendra sûrement te voir. Il a perdu sa femme... Tu fais du goémon, non ? Ici, le goémon, c'est la misère. Ce n'est pas comme par chez vous.

— Je suis venu pour essayer de changer les choses. Ce qui a marché sur la côte nord marchera peut-être ici. Qui sait ?

— Oui, on a lu dans le journal ce que tu as fait sur Lilia. Mais on a également parlé de toi pour ce naufrage, le *Drummond Castle*. Ce que tu as dit sur les Molénais et les Ouessantins, c'était très bien. Si tu avais vu Youenn ! Il était fier de toi ! Il ne va pas tarder, lui, c'est son heure, quand il est à Audierne.

— Youenn ! Je serais heureux de le voir. Au fait, je cherche un jeune homme travailleur, ambitieux, honnête, qui soit à la fois paysan et goémonier...

— Le type parfait, quoi. Comme moi, en plus jeune, ou toi, à la rigueur... Il y a bien mon fils, mais il faudrait que tu le voies... Justement, il cherche du travail actuellement, mais il est exigeant et veut être bien payé. Ces jeunes...

— C'est d'accord, si tu te portes garant pour lui. Dis-lui d'être là demain matin à huit heures.

— Je vais le prévenir. Et merci, même si vous ne faites pas affaire...

— Et trouve les autres, Mathieu. Je voudrais faire une fête, entre nous, les gardiens, comme avant. Ici, demain midi. Tu arranges cela, n'est-ce pas ? C'est moi qui régale...

— Ne t'en fais pas. Pour un gueuleton, tous ceux qui ne sont pas de service seront là.

*
* *

Yves était monté dans sa chambre, avait défait son sac de voyage. Il se préparait à dîner quand une grande claque sur l'épaule faillit le renverser. Il se retourna. Youenn lui faisait face, un sourire aux lèvres. Ils restèrent cinq secondes à se fixer, incrédules, avant de tomber dans les bras l'un de l'autre, Youenn ! Youenn Guilcher, qui incarnait, à lui seul, la moitié de ses souvenirs de célibataire...

— Assieds-toi, Sénan, ou tu vas me donner le tournis, fit Yves en se laissant tomber sur une chaise. Comment se fait-il que tu sois là ? Tu as failli me démolir l'épaule, abruti !

— Alors, Léonais ! On ne prévient plus les amis ?

— J'avais bien l'intention de te voir, mais j'ignorais où tu étais. Comment vas-tu et que fais-tu ?

— Ça va. J'arrive de Sein ; je suis venu acheter une nouvelle voile.

— Tu as dîné ? Non, bien sûr. Tu me permets de t'inviter ?

— Je t'y autorise, paysan. Tu es riche, maintenant...

Ils avaient passé deux heures à se remémorer les meilleurs et les pires moments passés ensemble entre leurs dix-neuf et vingt-quatre ans, leurs fredaines de coureurs de jupons, leurs virées de célibataires qui les menaient parfois jusqu'à Quimper et même au-delà, et qui se terminaient souvent par des marches forcées de trente ou quarante kilomètres, la nuit, sous la pluie. Youenn se fit tout expliquer par Yves de sa vie aux îles, de Béniguet, Quéménès, Molène et Ouessant qu'il ne connaissait pas. Puis Yves lui exposa le but de son voyage et lui parla de son entretien avec Mathieu. Youenn fit la moue.

— Mathieu, tu le connais, c'est un brave homme. Mais son fils ! Si je te dis qu'il n'est pas recommandable, je suis encore en dessous de la vérité. Ne le prends pas, ou tu vas au-devant d'ennuis. C'est un voyou, ce garçon.

— Merci du renseignement. Et toi, ça t'intéresserait ?

— Moi, non, je ne suis pas goémonier. Et puis, j'aime trop ma liberté.

— Mais tu pourrais me livrer des pains de soude, d'Audierne au Conquet ?

— Ça, oui. Je te rendrais ce service avec plaisir.

— Je ne te demande pas de service ! Tu seras payé, et bien payé ! La première année, il devrait y avoir entre 200 et 400 tonnes de pains de soude à transporter. À 7 francs la tonne.

— Sapristi ! Pourquoi avoir attendu si longtemps pour me proposer pareille affaire ? Tu es sérieux, Léonais ?

— J'ai l'air de plaisanter ?

— Ça alors, pour une bonne nouvelle ! Mais si je comprends bien, ce travail n'existera que si je te trouve un bon goémonier pour te représenter ici. C'est cela ?

— Exactement.

— Eh bien, je crois que j'ai ton homme. Julien Tromeur, le fils de ton ami Joseph. Un garçon honnête, courageux, travailleur. Il voulait devenir gardien de phare, comme son père. Malheureusement pour lui, à vingt ans, il est tombé amoureux d'une fille de Plogoff, une belle fille qui venait d'hériter d'une petite ferme, mais une belle garce aussi. Et si je te le dis, c'est que... Enfin, Julien ne m'aurait pas cru si je l'avais mis en garde, alors je me suis tu. La donzelle le voulait dans son lit tous les soirs, et elle l'a eu. Julien s'est fait fermier par plaisir, le reste par obligation, et, aujourd'hui, pour joindre les deux bouts, il fait aussi le goémonier. Si tu lui donnes une chance, il la saisira et ne te décevra pas. Il a de l'instruction, ce qui ne gâte rien, et même son certificat.

Le lendemain matin, Yves n'eut même pas à écarter le fils de Mathieu, puisqu'il ne vint pas au rendez-vous. Mathieu y était, lui, gêné de devoir excuser un fils fantasque. Il avait eu plus de chance avec les invitations ; ils seraient une dizaine au déjeuner, ce jour-là. Yves le regardait s'éloigner d'un pas pesant quand il vit débarquer les Tromeur, père et fils. Joseph et lui s'étreignirent longuement avant que son ami ne lui présente son fils. Yves entra immédiatement dans le vif du sujet. Après l'avoir longuement écouté lui exposer ce qu'il avait fait dans le Léon et qu'il comptait répéter dans le pays bigouden, Julien se fit expliquer la manière de travailler de Goulven, ainsi que la façon dont il avait démarré et développé son activité. Il posa, aussi, quelques questions sur les îles, le brûlage, l'iode. En vingt minutes, il avait fait le tour de la question. Yves eut le sentiment de se trouver devant un garçon ouvert et intelligent, et plus apte à progresser que ne l'était Goulven.

Yves avait mentionné qu'il risquait de manquer de marchandise, en octobre. Julien n'avait rien dit, mais y revint à la fin de leur entretien et lui proposa immédiatement d'approcher quelques gros goémoniers de ses connaissances. Pour Yves, le doute n'était plus permis : il tenait là une recrue de choix.

— Julien, lui dit-il, je suis prêt à t'embaucher. Mais toi, qu'en dis-tu ?

— J'ai une femme et deux enfants, monsieur Kerléo, et je dois penser à eux tout autant qu'à moi. Combien m'offrez-vous pour ce travail ?

— Deux mille francs la première année. Dans un an, tu seras intéressé aux profits. En outre, tu auras une voiture et un cheval, tes frais remboursés, une assurance sur la vie et quelques autres avantages. Si tu es d'accord, tu démarres tout de suite. Je te donne 1 000 francs, immédiatement : 500 de salaire, et autant de provision pour tes frais. Cela te va-t-il ?

— Je suis votre homme.

— Topons là, alors. Et appelle-moi Yves, dorénavant. D'accord ? Hé, Joseph, tu dors ? Tu ne dis rien...

— Comment peux-tu croire que je dors quand tu engages mon fils, Léonais ? Tu es un véritable ami, Yves, et je te remercie du fond du cœur. Julien ne te décevra pas et je sais qu'il sera en de bonnes mains. Qu'est-ce que je te disais hier, Julien ? Il ne faut jamais désespérer du ciel. Tes fils iront au collège...

*
* *

La journée fut mémorable. Ils s'étaient retrouvés, un peu avant midi, dans la salle qui leur avait été réservée ; les derniers d'entre eux n'en ressortirent que douze heures plus tard, après avoir mangé, bu et chanté autant et plus qu'ils ne l'auraient fait à un repas de noces. La différence, c'est qu'ils étaient là entre amis, sans femmes, ce qui permettait une liberté de parole et de tenue qu'ils avaient tous oubliée depuis des années.

Comme toujours, c'est Joseph qui avait été le boute-en-train de la fête. Après quelques histoires aussi salées que la mer toute proche, les rires avaient commencé à fuser ; puis, une fois les gorges décrassées, Baptiste Le Corre avait entonné *Les Filles de Camaret*, chacun y allant de son couplet et de sa rincette de muscadet. Yves, le seul nordiste de l'assemblée, avait chanté *Le Pont de Morlaix*, avant que Mathieu n'entame son sempiternel *Passant par Paris* et Youenn *Brave marin*. À quatre heures de l'après-midi, Yves savait qu'ils en auraient jusqu'à la nuit, sinon jusqu'au lendemain matin. Les yeux brillaient de plaisir, les éclats de rire se faisaient de plus en plus tonitruants, mais les esprits étaient encore clairs, et le nombre de bouteilles vidées restait raisonnable.

Soudain Youenn, le seul célibataire de la bande, proposa une virée chez les filles, mais son appel ne rencontra pas le succès qu'il espérait.

— Tu comptes aller à Douarnenez ce soir, Sénan ? interrogea Mathieu.

— Pourquoi à Douarnenez ? Il y a tout ce qu'il faut près d'ici, tu le sais bien.

— Crois-tu que ce soit vraiment le jour, demanda Yves ?

— Yves a raison, Youenn, reprit Mathieu. Pour une fois qu'on se retrouve entre nous, on ne va quand même pas aller chez les filles ! Et à mon âge...

— Je suis de l'avis de Mathieu, Youenn, fit Joseph. Toi, tu es jeune et peut-être que le vin te descend tout droit à l'outil. Mais moi, même veuf, je n'irai pas dépenser mes sous avec une gueuse, pas plus aujourd'hui qu'hier ou que demain. Je n'ai jamais payé pour cela. Buvons plutôt un coup à tous les gardiens de phare et aux meilleurs d'entre eux, ceux d'Armen. À nous, camarades !

Joignant le geste à la parole, Joseph, servi par Fanch Le Berre, vida, cul sec, son verre de lambig, aussitôt imité par ses amis. Youenn allait se résigner à faire un sort aux bouteilles et carafes qui circulaient de main en main quand, en suivant des yeux la jeune servante qui débarrassait la table, il se dit qu'il avait peut-être sur place ce qu'il se proposait d'aller chercher ailleurs. Cinq minutes plus tard, après un bref aparté avec la jeune femme, il quitta discrètement la salle, en faisant un clin d'œil à Yves.

La nuit était déjà bien avancée lorsqu'ils se séparèrent en chantant *Adieu, chers camarades*, en s'appuyant les uns sur les autres, autant pour se sentir ensemble que pour éviter de tomber.

*
* *

Yves avait finalement loué une voiture et un cheval pour un mois, car Julien et lui en auraient vraisemblablement un besoin constant. Il était, en effet, persuadé que les choses iraient beaucoup plus vite ici que dans le Léon, s'il réussissait, du moins, à convaincre l'épouse de Julien de le laisser partir. Ce dernier était déjà parti à la conquête de son nouveau marché quand Yves arriva chez lui, en fin de matinée. Il ne lui fallut pas cinq minutes pour comprendre que la seule chose que voulait la jeune femme était un valet qui fasse marcher sa ferme, et Yves lui en promit un. Que ce valet fût ou non son mari lui importait, visiblement, fort peu. Il ne tarderait d'ailleurs sans doute pas à être aussi dans son lit, mais cela ne le regardait pas.

Dès le retour de Julien, Yves lui fit part de l'engagement qu'il avait pris envers son épouse et ils quittèrent la ferme. Ils déjeunèrent d'une soupe, d'un morceau de lard, d'un oignon et d'un quignon de pain, avant de rencontrer les deux goémoniers dont Julien lui avait parlé la veille, et de traiter avec eux la fourniture de 160 tonnes de pains de soude, livrables un mois plus tard. Il y avait, dans le pays, une bonne quinzaine de ces gros fermiers qui, disposant d'une main-d'œuvre abondante, ajoutaient le goémon à leurs activités agricoles et en tiraient de gros profits.

Julien reconduisit son nouveau patron à Quimper et l'y mit au train. En chemin, ils eurent le temps de faire plus ample connaissance, et Yves rappela à son nouvel adjoint que l'objectif de la démarche initiée par Eugène Lemarchand était d'aider les petits goémoniers avant de faire travailler les gros.

Il n'arriva à Brest qu'à vingt heures passées. Estelle devait l'attendre au train précédent, celui de dix-sept heures trente-huit, aussi fut-il surpris de reconnaître la nouvelle Panhard et Levassor de la jeune femme, garée près de la sortie principale de la gare. Elle l'avait attendu près de trois heures !

— Je suis désolée, lui dit-elle aussitôt, mais il y a un contre-temps. J'ai reçu un télégramme de François, en début d'après-midi, me demandant de venir le prendre au train du soir. Il doit arriver dans... dix-huit minutes, maintenant. Je suis venue, comme convenu, à dix-sept heures trente-huit, mais tu n'étais pas là. Nous aurions eu deux heures devant nous, à l'appartement. Tant pis !

Une fois encore, leur plan avait fait long feu, songeait Yves en rentrant sur Roz-Avel, où il allait se retrouver seul. Les nuits d'amour qu'Estelle et lui réussissaient à voler à leurs familles étaient de plus en plus rares, trois ou quatre par an tout au plus, mais c'était cette rareté, justement, qui en faisait le prix. Aussi quand, comme ce soir, un contretemps de dernière minute venait contrarier des plans échafaudés des semaines plus tôt, étaient-ils, tous les deux, particulièrement frustrés. Avant de la quitter, il l'informa cependant qu'il passerait à nouveau trois jours dans le Sud-Finistère la semaine suivante, et lui demanda de se libérer vingt-quatre heures. Avec sa voiture automobile, il lui était beaucoup plus facile qu'auparavant de se déplacer.

*
* *

Le samedi, il profita du bateau de Jean Menguy pour passer voir sa famille en coup de vent. Il repartit de Quéménès le lendemain matin, et alla régler ses dettes à Saint-Mathieu, chez Tanguy et Jeannie. Il fut frappé de trouver sa sœur fatiguée, amaigrie et comme vieillie avant l'âge. Intrigué, il resta dîner chez eux, et la quinte de toux qui la plia en deux, pendant le benedicite, acheva de l'alarmer. Jeannie avait, discrètement, craché un peu de sang dans un mouchoir tiré de son tablier. La phtisie ! Mon Dieu !

Il ne dit rien jusqu'à la fin du repas, mais, une fois les enfants couchés, ils en parlèrent longtemps, tous les trois. Il était effaré de constater que Tanguy n'avait absolument pas conscience de la gravité du mal de Jeannie, qui, de son côté, se pensait déjà condamnée. Yves tenta de lui insuffler un peu d'espoir pour qu'elle se batte, et elle accepta de l'accompagner chez un spécialiste.

Avant de rentrer chez lui, il passa voir Eugène qui s'apprêtait à se coucher. L'industriel demanda immédiatement par télégramme un rendez-vous au professeur Lebret, un grand spécialiste parisien, ami de sa sœur Juliette. Le lendemain, Yves apprit que le rendez-vous était fixé au mercredi matin, neuf heures — soit deux jours plus tard. Il décida sur-le-champ d'accompagner sa sœur ; c'était bien le moins qu'il pouvait faire pour elle. Mais il fallait faire vite : pour être à Paris le mercredi matin, ils devaient partir immédiatement. Il prépara son sac de voyage et réquisitionna Estelle et son automobile pour passer prendre sa sœur à Saint-Mathieu. Avant de monter dans le compartiment, il demanda à Estelle de télégraphier à Julien qu'il annulait ses rendez-vous de la semaine.

— Julien comprendra, Yves. Comme moi..., lui dit-elle avec un pauvre sourire.

Il prit deux singles et ils s'installèrent, peu après, au wagon-restaurant. Jeannie, qui avait gardé ses vêtements bretons et sa coiffe, ne paraissait pas du tout dépaysée ; bien au contraire, elle semblait retrouver un peu de son entrain et de sa verve. Ils mangèrent de bon appétit, parlant de tout et de rien, puis s'installèrent dans le compartiment de Jeannie qui accepta enfin de lui décrire l'évolution de sa maladie. Il lui fut plus difficile d'expliquer pourquoi elle était restée huit mois sans consulter un spécialiste, alors qu'elle savait parfaitement ce qu'elle avait.

— J'ai eu peur, c'est tout, avoua-t-elle. Je préférais rester dans le doute. Quand j'ai consulté, il y a deux mois, j'ai perdu tout espoir. C'est le pharmacien du Conquet qui me soigne ; il me donne quelques sirops contre la toux. Il n'y a rien d'autre à faire quand le mal est à un stade avancé. Les médecins ne savent toujours pas guérir cette maladie.

— C'est vrai, reconnut Yves, mais il y a des phtisies à évolution lente, et d'autres foudroyantes. Qui sait ? peut-être que, pour toi, cela prendra des années ? Et puis, Lebret, c'est un as, m'a dit Eugène. Gardons espoir. En tout cas, tu n'as certainement pas une phtisie galopante, sinon tu serais déjà morte.

— Cela, je me le suis déjà dit. Je ne veux pas mourir, Yves, je n'en ai pas du tout envie. La vie est si belle...

Elle avait fondu en larmes, tandis qu'il la berçait dans ses bras comme un enfant.

Le professeur s'était tout fait expliquer de sa vie à la ferme, de ses animaux domestiques, de sa famille, avant de questionner Jeannie sur son enfance, ses parents, leurs maladies.

— Madame, dit-il quand Jeannie fut rhabillée, vous

avez la tuberculose, vous le savez, et dans l'état actuel de nos connaissances, il est peu probable que nous vous guérissions. Je ne puis vous dire de combien de temps vous disposez. Cinq ans ? Dix ans peut-être ? Dieu seul le sait. C'est vraisemblablement dans votre ferme que vous avez contracté la maladie, à un moment où vous deviez être fatiguée. Vos enfants et votre mari ont pu attraper eux aussi la maladie à votre contact, car vous êtes contagieuse. Pourriez-vous les faire examiner par le docteur Pouliquen, de Brest ? C'est l'un de mes anciens et de mes meilleurs élèves. Y a-t-il l'un des vôtres qui tousse, aujourd'hui ?

— Oui, Tanguy, le plus jeune de mes enfants, traîne un rhume depuis deux semaines.

— Faites-le examiner, dès votre retour.

Lebret avait retenu Yves un instant pour lui dire la vérité : Jeannie en avait tout au plus pour deux ans, mais elle résisterait mieux à la maladie si elle pensait disposer d'un sursis plus long.

Yves avait raccompagné sa sœur à Saint-Mathieu puis était passé chez Jean Menguy, qui avait accepté de sacrifier son dimanche pour le conduire à Quéménès. Voyager avec Jean, c'était la garantie d'avoir à la fois le silence et le temps de la réflexion, ce qui lui avait manqué les jours précédents. Un seul bateau à l'île, c'était insuffisant, il leur en faudrait deux dès cette année, d'autant que Yann allait se marier. Yves était si habitué à avoir un beau-frère célibataire qu'il n'avait pas songé que ce mariage signifiait qu'il y aurait bientôt deux femmes à l'île. Or, il n'y avait qu'une ferme à Quéménès, et une ferme pour deux femmes, cela risquait d'être trop peu. Pourquoi ne rapatrierait-il pas sa famille sur Roz-Avel dès cette année ? Ce serait mieux pour Lise et Yann, et sûrement pour eux aussi. Et puis, Jeannie, elle aussi, serait rassurée de les savoir près d'elle. Il devait parler sérieusement à Yann.

*
* *

Il s'était couché tôt, mais il était trop énervé pour dormir. Sa journée avait pourtant eu des côtés positifs : le lait frais à nouveau disponible pour ses enfants, les fûts toxiques enlevés par la gendarmerie maritime, c'étaient là deux épines ôtées du pied. Mais Anne l'inquiétait. Furieuse de se sentir délaissée, elle avait été jusqu'à le soupçonner d'avoir une maîtresse. Il avait trouvé quelques instants pour lui prouver qu'il n'en était rien mais, pour se justifier, il avait dû lui parler de Jeannie, ce qu'il aurait aimé éviter. Sa sœur et son mari vivaient de la vente de leurs produits, et ils perdraient leurs clients si ceux-ci apprenaient la maladie de Jeannie. Anne avait été peinée, pour Jeannie, bien sûr, mais surtout pour Yves lui-même. Il avait beau savoir que la phtisie n'était pas une maladie rare, puisqu'elle tuait, chaque année, en Bretagne, trois personnes sur mille, il trouvait que sa famille était rudement éprouvée : Françoise et Louise mortes en couches, Jeannie maintenant... Claudine étant nonne depuis deux ans, il ne resterait bientôt plus que lui. Seul. Comme son père, comme son grand-père... Il s'endormit.

Le lendemain, il passa voir son oncle Jean Hall. Yves venait annoncer au vieillard que Jeannie était condamnée. Il espérait du réconfort mais ne trouva en son oncle qu'un censeur sévère. Il lui martela qu'il devait cesser de se disperser, pour se consacrer à ce qui était vraiment important : sa famille, toute sa famille. Il lui rappela aussi que ce n'était pas le hasard, mais Dieu, qui donnait à certains des responsabilités parfois difficiles à assumer. Cela avait été son cas, ce serait le lot d'Yves qui n'avait pas le droit de s'y dérober ; il devait songer à son devoir de chef de famille, avant de chercher à assouvir ses désirs, quels qu'ils fussent. Yves pensa qu'il aurait pu se dispenser de cette visite, mais il savait aussi qu'il ne l'oublierait pas.

Il accompagna Tanguy et ses enfants à Brest, et fut soulagé d'apprendre qu'ils étaient tous indemnes, sauf le jeune Tanguy qui, légèrement atteint, devrait aller se soigner dans le Midi. Il lui fallait un climat plus sec et plus chaud. Mais le docteur Pouliquen lui apprit aussi qu'il avait examiné Jeannie la veille et qu'elle n'avait pas cru une minute à la comédie que lui avait jouée Lebret. Au moins, se dit Yves, maintenant, les choses seraient claires entre eux deux.

16

Yves mesurait l'ampleur du travail qu'avait abattu Julien, depuis son précédent passage, et les trois jours pleins qu'ils avaient passés ensemble l'avaient rajeuni de six ans, le ramenant à l'époque où, avec Goulven, il mettait en place sa première structure goémonière sur le Léon. Au terme d'une sévère explication avec sa femme, Julien avait engagé un valet qui l'avait remplacé à la ferme, puis, pendant dix jours, il avait parcouru la côte dans tous les sens, de Plogoff à Plozévet, visitant tous les hameaux de goémoniers. Yves, qui s'attendait à devoir ferrailler avec eux, ne cachait pas sa satisfaction : Julien lui avait si bien mâché le travail qu'il lui sembla que presque tous ses interlocuteurs n'attendaient que sa venue pour traiter. Durant ces trois jours, ils conclurent l'achat de 320 tonnes supplémentaires de pains de soude ; c'était plus du double que ce qu'espérait Yves. Il est vrai qu'il offrait des prix nettement supérieurs à ceux que proposait la petite usine locale.

En revanche, Julien n'avait pas réussi à convaincre les gros fermiers, parfaitement organisés, de baisser leurs tarifs de location d'attelages. Yves sut les persuader en leur parlant de la structure qu'il avait mise en place sur Lilia. Là non plus, il n'avait pas réussi à trouver un accord avec les fermiers. Pourtant, aujourd'hui, les petits goémoniers pouvaient louer, à des tarifs très bas, plus de quinze charrettes et chevaux qui lui appartenaient en propre.

Il présenta partout Julien comme son agent local,

habilité à traiter en son nom et au nom des usines qu'il représentait. Il voulait aussi lui faire rencontrer Goulven et Pol. Julien avait hésité un instant avant d'accepter ; sa femme — il l'avoua à Yves dans le train — serait certainement furieuse d'apprendre, par télégramme, qu'il s'absentait quarante-huit heures.

Ils avaient loué une voiture en gare de Brest et, deux heures plus tard, dînaient dans une auberge, près de Plouguerneau, en compagnie de Goulven Simon et Pol Le Rû. Yves insista sur les mérites de sa nouvelle recrue et souligna les résultats étonnants obtenus en moins de quinze jours. Goulven souligna qu'il était souvent plus difficile de maintenir des positions que de les conquérir. Pol ne put réprimer un léger sourire : il connaissait la susceptibilité et, même, la jalousie de son beau-père, qui tenait à rester le « premier » des assistants du patron.

— Nous parlerons chiffres demain, Goulven, dit Yves. Pour le moment, je voudrais simplement que tu me donnes une idée de l'ambiance, ici.

— Nos goémoniers trouvent tous que tu te fais rare, répondit Goulven. J'entends souvent dire que tu es devenu un « Monsieur », et que tu n'as plus de temps à consacrer aux petits goémoniers ou pigouillers de Lilia ou Landéda.

— Est-ce que tu leur as dit que le patron, c'était toi, désormais ? De toute façon, je viendrai le 10 octobre, pour le mariage de Yann, et je tâcherai de voir le plus de monde possible. Mais, l'an prochain, je ne ferai pas plus d'une tournée avec toi ; tu es assez grand pour marcher seul, maintenant, non ? D'ailleurs, Yann, va venir t'aider et prendre en charge la zone de Landéda. En contrepartie, tu devras couvrir le secteur Aber-Benoît-Plouescat.

— Plouescat ? Tu vois trop grand, Yves. Tu sais ce que l'on dit : « Qui trop embrasse... »

— Non, je ne pense pas voir trop grand. Tant qu'il n'y aura pas de produit miracle pour remplacer la teinture d'iode, nous avons de beaux jours devant nous. Et je te signale que nous comptons, dorénavant, l'usine Devernois parmi nos clients. Quatre cents tonnes pour commencer ;

le double, si nous pouvons fournir. Et toi, Pol, quelles nouvelles ?

— Tout va bien, répondit Pol, amusé par l'air ahuri de son beau-père, mais je prie le ciel de ne pas rencontrer les problèmes que vous avez connus à Quéménès avec vos chevaux et votre froment.

— C'est la vie. Un jour bien, un jour mal. Combien de chevaux as-tu ?

— Dix seulement. Je viens d'en vendre trois à de petits goémoniers : ça marche, pour eux. C'était votre but, n'est-ce pas ?

En s'endormant, ce soir-là, dans un lit de bourgeois qui le changeait de son lit clos et de ses balles d'avoine, Julien se demandait s'il ne rêvait pas. Se pouvait-il qu'une vie change ainsi, du jour au lendemain, d'un coup de baguette magique ? Guère plus âgé que lui, Pol lui avait confié que c'était Yves qui lui avait prêté, sans intérêt, l'essentiel de l'argent dont il avait eu besoin pour acheter sa ferme. Une ferme de vingt-huit hectares, l'une des trois plus grandes de la paroisse. Il le remboursait selon ses possibilités et les bénéfices qu'il en tirait. Quant à Goulven, il respirait l'aisance, aujourd'hui ; pourtant, il ne le lui avait pas caché que, six ans plus tôt, avant cette rencontre providentielle avec Yves, il mourait de faim. À quoi tenait donc le cours d'une vie ? De vies, même, parce que la sienne n'était pas seule en jeu ; celles de ses enfants, aussi, allaient être modifiées par cette rencontre...

*
* *

En accostant à l'île en fin de matinée, Yves surprit tout son monde ; on ne l'attendait qu'une semaine plus tard. La joie d'Anne se trouva décuplée par l'annonce de leur retour définitif au Conquet. Yves profita de son euphorie pour lui demander d'accompagner dans le Midi le jeune Tanguy qui devait passer un an dans un sanatorium. Anne accepta d'emblée, sachant très bien que, si elle ne le faisait pas, c'est à lui que reviendrait cette tâche.

Jean-Yves avait traversé l'île pour annoncer l'arrivée de son père à son oncle Yann, qui avait calmement terminé sa fournée avant de rentrer déjeuner. Yves tombait bien, car le géant souhaitait clarifier avec lui un certain nombre de choses avant son mariage. Yves faisait de son beau-frère son partenaire, puisqu'à titre de cadeau de mariage, il lui offrait 20 pour cent des parts de sa société goémonière. Il lui laissait aussi la jouissance de la ferme de Quéménès, où Lise serait donc chez elle. Restait à trouver une solution pour loger Anne et les enfants pendant les vacances d'été. Ce pourrait être l'aménagement de la vieille bergerie. Enfin, il annonça à Yann qu'il devrait s'occuper directement, en plus des îles, du secteur de Landéda, et lui conseilla d'embaucher quelqu'un de la famille pour l'épauler — si possible Joseph.

En dépit de ces arrangements avantageux pour lui, Yann ne semblait pas entièrement satisfait et Yves voyait bien que quelque chose le chiffonnait. Le problème, c'était Yvonne dont il était le parrain et dont il s'attendait, maintenant qu'il allait se marier, à ce qu'elle vienne vivre avec Lise et lui. Abasourdi, Yves eut du mal à garder son sang-froid. Le géant ne se rendait pas compte de ce qu'il disait. Si Anne l'avait entendu, elle lui aurait sauté au visage, toutes griffes dehors, et c'en aurait été fini de leur belle entente. Yves laissa passer un long moment avant de lui répondre :

— Yvonne vit avec nous depuis cinq ans. La changer de famille adoptive serait une erreur d'autant plus grave que, l'an prochain, elle ira, de toute façon, à l'école primaire au Conquet.

— Je le sais, mais je suis son parrain, et, en tant que tel, j'ai des devoirs et des droits vis-à-vis d'elle.

— Bien sûr, mais crois-tu que pour Lise, à peine mariée, il sera facile d'adopter une nièce de cinq ans ? Anne et moi nous occupons d'Yvonne depuis sa naissance et la considérons comme notre fille, tu le sais bien. Ne crois-tu pas qu'il faut d'abord voir l'intérêt de l'enfant ?

Sans compter qu'Yvonne a, aujourd'hui, des frères et sœurs auxquels il faudrait l'arracher.

— Tout cela est vrai, s'entêta Yann, mais j'ai des devoirs envers ma filleule, moi aussi. Mets-toi à ma place !

— Tes devoirs, rien ne t'empêche de les remplir. Contente-toi d'être pour elle l'oncle affectueux et attentionné que tu as toujours été, et ce sera parfait.

Le géant se tut à son tour. Il pesait le pour et le contre. Au fond, n'avait-il pas dit, surtout, ce qu'il croyait devoir dire ? Après tout, il serait bien mieux seul avec Lise. Il grommela quelque chose d'indistinct et changea de sujet.

— Joseph, tu le sais, ne se plaît pas du tout à Ploumoguer. Mon père le traite en employé. Mais s'il part, il le prendra très mal.

— Fais pour le mieux. Joseph aura du temps libre dans son travail, et il pourra toujours donner un coup de main à ton père pour les gros travaux. Ton père m'a dit un jour, et il avait raison : « Charbonnier est maître chez soi » ; je ne tiens pas à ce qu'il me le resserve. Où en sommes-nous avec le brûlage ?

— Tu as vu toi même. Dans moins d'une semaine, ce sera fini. Je pense avoir entre 520 et 540 tonnes à Quéménès, près de 200 sur Béniguet. Plus, bien sûr, le tonnage que j'achète aux pigouillers de Guissény et de Plouguerneau qui utilisent nos fours, à l'île, soit environ 180 tonnes complémentaires. Ce qui veut dire que, l'an prochain, en travaillant depuis les barques, on devrait passer à 800 tonnes, rien qu'à Quéménès.

— Cela te donne une idée de tes futurs gains de porteur de parts, Yann. Quand même, le goémon, c'est autre chose que le froment, hein ?

*
* *

Anne avait quitté Roz-Avel par un temps brumeux et une humidité pénétrante et glaciale qui annonçaient, déjà, les mois noirs de l'hiver. Elle fut aussi étonnée que le jeune Tanguy de trouver soleil et chaleur au fur et à mesure qu'elle se rapprochait du Midi. Ce que racontaient les journaux n'était donc pas une légende : ce Midi était bel et bien le pays du soleil. Quand elle arriva à Nice, c'était encore le plein été. L'enfant semblait heureux et ne manifesta aucune tristesse quand elle le laissa seul, dans ce sanatorium, sur les hauteurs de la ville. Elle viendrait l'y rechercher dans quinze ou dix-huit mois. Il aurait sûrement beaucoup changé d'ici là : à son âge, on grandissait vite et on oubliait, tout aussi vite, les moments difficiles.

Yves reprit contact avec Adrien Devernois qui lui commanda 200 tonnes supplémentaires au même prix de 135 francs la tonne, et lui annonça qu'il pourrait monter jusqu'à 1 000 tonnes l'année suivante, si le pourcentage d'iode était celui qu'il espérait.

Le lendemain, à Poul-Conq, il rencontra fortuitement, Estelle qui sortait de l'usine en compagnie de son père.

— Yves ! s'exclama-t-elle. Comment vas-tu et comment va ta sœur Jeannie ? Père m'a tenue informée... C'est terrible ! Si jeune...

— C'est terrible, en effet. Cela fait bien longtemps que nous ne nous sommes vus. Depuis ce jour où j'étais venu te chercher pour me conduire à Brest. Avec Jeannie, justement. Je ne sais même plus si j'ai pensé à te remercier, à la gare.

— Peut-être y as-tu pensé, répondit-elle en souriant, mais, si c'est le cas, tu en es resté au stade de l'intention. Peu importe. Ce que tu avais à faire ce jour-là était bien plus important. Pourtant, un jour viendra, peut-être, où l'on te pardonnera moins facilement. Qu'en pensez-vous, Père ?

— Rien, ma fille. Je t'écoute, mais ne comprends pas.

— Estelle plaisante, Eugène. Puis-je vous inviter tous les deux au restaurant ?

— Je regrette, encore une fois, de vous faire faux bond, répondit l'industriel, mais je devrais être déjà à Pors-Milin ou au Lannou, pour être à l'heure à mon rendez-vous.

— Dans ce cas, Yves, j'accepte toute seule ton invitation, dit Estelle.

Après une ou deux minutes de silence qui leur permirent d'apaiser un peu le trouble qui s'emparait d'eux chaque fois qu'ils se retrouvaient seuls, Yves se jeta à l'eau :

— Tu m'en veux. Je l'ai bien senti, il y a un instant.

— Bien sûr, je t'en veux. Tu ne penses à moi que pour profiter de ma voiture...

— Tu sais bien que ce n'est pas vrai !

— Alors, pourquoi ne pas m'avoir donné signe de vie depuis le départ d'Anne ? Que veux-tu que je pense, sinon que je ne compte pas pour toi ? Et Gwen-Aël encore moins. Quand je pense que, de tous tes enfants, il est celui qui te ressemble le plus ! Sais-tu que je suis allée te chercher à Quimper ? Et même à Audierne ? J'y ai rencontré ton ami Youenn, qui te croyait à Quéménès. Un instant, il m'a pris pour ta femme... Méfie-toi, il pourrait en parler à Anne, le jour du mariage...

— Tu es allée me chercher à Audierne ? Mon amour...

— Ton amour ! Si tu avais, pour moi, ne serait-ce que le quart de l'amour que je te porte, je serais la plus heureuse des femmes...

*
* *

Ce soir-là, à son bureau, il avait fait ses comptes. Le mois de septembre allait lui permettre d'effacer très largement ses pertes de juillet et août. Cette saison de soude serait, de très loin, la plus belle qu'il ait jamais réalisée et laisserait plus de 40 000 francs nets. Il repensait à son entretien avec Eugène, qui avait fini par accepter ses conditions : il lui payait 120 francs la tonne, avec réajustement en fin de campagne, et cela pour 1 000 tonnes. Mais l'industriel était cependant satisfait : Adrien Devernois payait 10 francs de plus pour une quantité deux fois moins importante.

Yves avait très vite remarqué qu'Eugène n'était pas

dans son assiette ; il l'avait suivi des yeux tandis qu'il marchait de long en large dans son bureau. Il n'avait pas fallu qu'il insiste beaucoup pour que son ami lui révèle la cause de ses tourments : c'était Félix, toujours Félix. Après lui avoir tendu un traquenard sur l'Allemagne, Félix souhaitait maintenant devenir majoritaire des Établissements Lemarchand. Il avait reçu gratuitement 25 pour cent des parts de la société, tout comme Estelle, et proposait aujourd'hui à son père de lui racheter 30 pour cent des 50 pour cent dont il restait propriétaire, et n'hésitait pas à le menacer de susciter grèves et mouvements sociaux dans son entreprise s'il rejetait sa proposition.

Yves était abasourdi. Comment Eugène pouvait-il supporter pareille impudence ? Car Eugène avait peur, c'était évident. Il était désarmé devant son fils, et Félix serait toujours son fils avant d'être un adversaire. Yves lui-même était hors jeu. Félix le détestait et ne l'accepterait jamais comme intermédiaire. Alors qui ? Estelle ? Oui, sans doute. Elle connaissait tous les vices et les travers de son frère, et certainement beaucoup de ses turpitudes passées. Pourrait-elle s'en servir contre lui ? En menaçant de faire des révélations à sa femme, par exemple ? Pourquoi pas ? Pour combattre Félix, il fallait utiliser ses propres armes : le chantage était la seule solution.

Le lendemain matin, c'est un Eugène un peu ragaillardi qui invita Yves à prendre une tasse de café. Ragaillardi, il pouvait l'être, se dit Yves, en contemplant les reliefs du petit déjeuner pantagruélique qu'il venait de s'offrir : trois côtelettes d'agneau agrémentées de légumes, du saucisson et de l'andouille, deux œufs à la coque et du fromage, des croissants et de la brioche, le tout arrosé de force tasses de thé.

— Si je vous imitais, Eugène, je ferais certainement trente kilos de plus que mon poids actuel. Quand je pense que vous allez encore prendre un en-cas à dix heures !

— J'adore manger, que voulez-vous, répondit l'industriel en souriant. Je suis fait ainsi et ne changerai plus, à mon âge. Dites-moi plutôt quel bon vent vous amène.

— J'ai réfléchi à notre entretien d'hier et je ne vois pas d'autre solution, pour contrer Félix, que de répondre au chantage par des menaces. Et je ne connais qu'une personne capable de le faire : Estelle.

— Estelle ? Je ne sais pas... La pauvre petite n'est pour rien dans ces histoires. Pourquoi la perturber avec cela ?

— Estelle n'est pas une pauvre petite, Eugène. C'est une femme forte, une femme de caractère, qui sait ce qu'elle veut et qui vous adore. Elle vous en voudrait de ne rien lui dire.

— Peut-être vaudrait-il mieux attendre le retour de François ? Il revient demain.

Estelle devenait de plus en plus nerveuse au fur et à mesure que son père exposait les conclusions auxquelles il était parvenu. Elle se leva et l'interrompit brutalement.

— C'est assez, Père, je sais ce qui me reste à faire. Félix se comporte avec vous comme le véritable salaud qu'il est, finalement. Tant pis pour lui. Je suis la seule à pouvoir le faire plier. Ma décision est prise.

— Estelle, risqua Eugène...

— Papa, je sais exactement ce que j'ai à lui dire. Croyez-moi : il filera doux...

François regardait son épouse, à la fois étonné et perplexe.

— Pensez-vous, dit-il, que, dans votre état, il soit raisonnable...

— François, je sais que je ne suis pour vous que votre épouse et la mère de votre fils — guère plus qu'une potiche plus ou moins décorative. Apprenez que je puis aussi être un fauve, si l'on s'attaque à mon père, et, à travers lui, à mes enfants.

— Justement, Estelle. Vous êtes grosse de quatre mois, et...

— Il s'agit d'une affaire Lemarchand, François, pas Kernéis. Vous n'avez pas à vous en mêler.

— François et moi te faisons entièrement confiance, se hâta d'intervenir Eugène, nous craignons seulement, pour toi et le bébé, la fatigue du voyage. Tu as eu des précédents, et...

— Ne vous inquiétez pas. Ma grossesse se passe beaucoup mieux que les précédentes et je vous promets de faire attention. Je voyagerai en wagon-lit et prendrai le temps de me reposer à Paris, si nécessaire.

Elle fit l'aller-retour en une semaine. La notification du virement bancaire soldant l'impayé des Allemands arriva tout de suite après le télégramme leur annonçant que l'affaire était réglée. Estelle rapportait une cession de parts en blanc, signée par son frère, ainsi qu'une lettre adressée à son père et dans laquelle Félix implorait son pardon. Nul ne sut jamais ce que s'étaient dit le frère et la sœur : François essaya bien d'obtenir les confidences de sa femme à des moments où il s'imaginait qu'elle ne lui refuserait rien, mais il se heurta à un mur. Eugène, quant à lui, n'en reparla jamais à Yves.

*
* *

Blottie dans les bras d'Yves, Anne lui racontait son retour du Midi.

— La circulation à Paris était épouvantable et, en arrivant à la gare Montparnasse, je n'ai eu que le temps de sauter dans le train, à l'instant où il démarrait. J'ai payé mon porteur par la fenêtre de mon compartiment... Enfin, je suis là, mais deux jours et deux nuits de voyage, c'est long.

— Laisse-moi t'admirer, dit Yves. Tu es magnifique ! Encore plus belle que d'habitude. Cette robe te va à ravir. Comment ça s'est passé pour Tanguy ?

— Très bien. Je suis persuadée qu'il va se plaire dans le Midi. Il est dans la montagne, au-dessus de Nice. La côte et l'arrière-pays sont vraiment superbes. Ce soleil, cet air pur, tu n'imagines pas ! Et la luminosité ! C'est peut-être pour cela qu'il y a tant de peintres dans cette région.

Les enfants avaient fait fête à leur mère, mais ils furent déçus de devoir se coucher à sept heures : c'était à peine s'ils avaient eu le temps de déballer leurs cadeaux. Que leur mère fût fatiguée au point de devoir s'aliter après un aussi long voyage, ils pouvaient le concevoir, mais leur père n'était pas obligé d'en faire autant. Que lui arrivait-il ? Était-il à nouveau malade ?

Il était près de minuit. Allongé sur le dos, Yves serrait Anne contre lui. Elle lui couvrait le torse et le cou de petits baisers rapides.

— J'ai quelque chose à te dire, fit-elle soudain. Devine !

— Je ne suis plus un enfant, je ne vais pas chercher à deviner le cadeau que tu m'as rapporté de voyage, quand même !

— C'est pourtant bien d'un cadeau qu'il s'agit, sourit-elle, je suis enceinte...

17

Tous les muscles tendus, le cheval, un solide postier breton, tirait tant qu'il pouvait. Les naseaux fumants, il hennissait sous les coups de fouet qui accompagnaient les encouragements du goémonier, et tentait d'arracher à la grève une charrette lourdement chargée de laminaires, dont l'une des roues s'était enfoncée dans le sable meuble, presque jusqu'au moyeu.

Le colosse arc-bouté au côté droit de la charrette mettait tout son cœur à aider l'animal, et le rictus qui lui déformait le visage traduisait assez l'énergie qu'il déployait. On ne pouvait pas en dire autant des deux hommes qui poussaient à l'arrière de la charrette, et qui considéraient visiblement que ces efforts démesurés étaient voués à l'échec. Au cri de « Ho, Hector ! » qui retentit soudain, hommes et animal réagirent avec un bel ensemble, relâchant tous, brutalement, leurs muscles tétanisés.

— Repos... Respirons un instant, fit le colosse. Paul, regarde si tu peux trouver une planche ou une pièce de bois, mais ne t'éloigne pas trop ! On remet ça dans deux minutes ; la mer monte. Quel idiot j'ai été de vouloir profiter de ce début de marée ! Et avec ce temps, en plus !

Yann avait fait quelques moulinets pour se détendre les muscles des bras, des épaules et du cou. Il fixait maintenant avec hargne le chargement de laminaires.

— Allez, les gars, on y va à nouveau ! fit-il en voyant Paul Roué qui revenait, en écartant les bras d'un geste d'impuissance. À trois, tous à fond ! Tu commandes le cheval, Pierrick. Vas-y...

— Un, deux, trois, hue Hector ! Hue, cria le domestique.

Cinq secondes d'un effort surhumain permirent au géant de décoller la charrette de sa gangue de sable, et de soulever la charge d'une quinzaine de centimètres. Cela suffit au cheval : la charrette bougea enfin et avança d'un centimètre, puis de deux, puis de cinq. Elle resta un moment en équilibre, parut même reculer un instant, quand, dans une nouvelle et dernière poussée de tous, hommes et animal confondus, ils progressèrent d'un bon mètre. C'était gagné !

— J'ai bien cru que nous serions obligés de décharger, cette fois, fit Yann, qui, comme ses hommes, soufflait bruyamment.

Il avait été à la limite de ses forces, peut-être même au-delà. L'incroyable effort qu'il venait de faire lui avait donné un violent mal de tête. Il le savait, il ne pourrait impunément tenter de pareils exploits trop souvent, sans quoi il y laisserait la peau. Un jour, un de ses vaisseaux sanguins finirait par éclater. Ce n'était pas raisonnable.

Mais il savait aussi que ce coup d'éclat ferait beaucoup non seulement pour sa propre réputation, mais surtout pour la tranquillité de sa ferme. Il n'était que de voir le regard admiratif que lui lançaient les pigouillers, sidérés. Le géant n'avait plus vingt ans, mais il restait l'homme le plus fort du canton, voire du département.

— Paul, tu remontes la charrette, tu décharges le tali, tu l'étales et tu rentres à la ferme avec Hector. Il a bien travaillé et mérite une double ration d'avoine. Pierrick et Fanch, vous venez avec moi. Nous allons voir comment s'en sortent les autres. Je parie qu'ils n'ont pas encore fini, et la mer monte.

Ils avançaient lentement, tantôt sur les rochers humides et glissants découverts par la marée basse, tantôt sur un mélange de sable et de galets. Le crachin, qui se faisait de plus en plus dense avec la marée montante, les contraignait à plisser les yeux. Ils approchaient de la pointe rocheuse qui leur cachait la grève où travaillait la seconde équipe quand retentit un hurlement de douleur qui les figea sur place. Yann fut le premier à réagir et accéléra le pas ; mais il n'était pas question de courir sur ces roches où la chute les guettait à tout moment. Arrivé près de l'attelage, Yann aperçut à l'arrière de la charrette un homme sans connaissance, allongé dans dix centimètres d'eau. Jean-Louis Pennec respirait encore, heureusement, car il gisait sur le dos, mais il paraissait gravement blessé et avait la poitrine à demi écrasée sous la roue gauche de la charrette.

— Que s'est-il passé, Corentin ? fit Yann en s'arc-boutant sur le côté de la charrette. Pierrick ! Viens ici : tu vas tirer Jean-Louis pendant que je soulève le chargement. Voilà. Mais tire-le, bon sang ! Doucement... Heureusement qu'il est évanoui, sans quoi il souffrirait le martyre. Oh ! mon Dieu ! Tu as vu sa jambe gauche ? Elle est écrabouillée ! Pauvre gars ! Et le cheval, Corentin ? Que fait-il dans l'eau ?

— Il a la jambe cassée, patron. Le boulet, je crois.

— Corentin, file sur la dune, trouve Paul, dis-lui de dételer Hector, de laisser son chargement sur place et de rappliquer ici dare-dare. Et puis tu cours à la ferme et tu ramènes le brancard et deux hommes avec toi. Il faut sauver Jean-Louis à tout prix. Pour le cheval, il n'y a plus rien à faire. Demande à la patronne de m'apporter mon fusil, chargé. Deux cartouches. Quel crétin je fais ! Pourquoi ai-je voulu faire quelques meules de tali, après ce coup de vent ? Dis-moi ce qui s'est passé...

— C'est toujours la même chose, patron. Bellone a glissé, sur une algue. Sa jambe a cédé ; il a dérapé et reculé sous le poids de la charrette et Jean-Louis, qui était juste derrière, aura été surpris. Vous savez ce que c'est, patron...

— Je sais, c'est une île pourrie ; trop pierreuse. Je vous l'ai dit cent fois : ici, il faut faire dix fois plus attention qu'à Béniguet. C'est le septième accident en deux ans.

Yann était penché sur le blessé, toujours inconscient, mais dont le teint lui semblait devenir de plus en plus cireux. « Mon pauvre vieux, se disait-il, j'espère pour toi que tu ne te réveilleras pas avant d'arriver à l'hôpital. Ta jambe est morte, tes os écrasés. Heureusement que tu ne peux pas les voir... » Il avait soudain l'impression que la poitrine ne bougeait plus...

— Pierrick, demanda-t-il, est-ce qu'il respire encore ? J'ai peur que non...

— Vous avez raison, patron, il a passé.

— Ferme-lui les yeux, et prions... Un *Pater* et quelques *Ave* lui feront du bien, et à nous aussi. Pauvre Jean-Louis ! Avait-il de la famille ? Montons-le sur le sec.

— Il était de l'intérieur, du canton de Landivisiau, je crois. Ah ! Voici Paul et Hector, et la patronne aussi arrive avec Corentin.

La patronne, c'était Lise, arrivée le matin même à l'île, pour y passer quarante-huit heures et y préparer son installation, après leur mariage. Livide, elle tenait le fusil à la main, tandis que Yann terminait sa dizaine d'*Ave* que tous, agenouillés sur le sable humide, reprenaient avec ferveur. Lorsqu'il en eut fini, le géant se releva, imperturbable, et donna ses instructions :

— Placez le corps sur le brancard et ramenez-le à la maison. Lise, tu vas les accompagner. Mettez un drap blanc sur la table et placez le corps dessus. Lise, tu prendras le crucifix, près de mon lit clos, un bol dans le buffet, et tu le rempliras d'eau bénite que tu trouveras dans la jarre marron, à main droite, dans la première grange. Donne-moi le fusil, maintenant. Allez, vous autres, prenez le corps et rentrez. Paul, avec moi. Jobic, toi aussi. Nous allons dégager Bellone de la charrette et y atteler Hector.

— Yann, demanda Lise, avant de partir, tu ne vas quand même pas achever ce cheval blessé ! Ce serait trop cruel !

— Que puis-je faire d'autre ? Il a l'antérieur droit fracturé, c'est-à-dire qu'il est condamné. Autant lui éviter des souffrances supplémentaires et inutiles. Tu préférerais que je le laisse agoniser sur place et mourir noyé ? Va, et occupe-toi de Jean-Louis. Je suis navré, ma chérie, que ton premier jour à l'île soit aussi horrible.

Les hommes avaient attelé Hector à la charrette que Bellone tirait encore si vaillamment une heure plus tôt et étaient rentrés à la ferme, laissant Yann seul. Il s'était accroupi auprès de l'animal blessé qui, couché sur le flanc, n'essayait même plus de se relever ; de temps à autre, il levait vers son maître un regard qui reflétait tout à la fois douleur et espoir. Le géant, qui souffrait de voir souffrir son cheval préféré, lui caressait la tête.

— Au revoir, mon beau. Tu étais le plus courageux, le plus fort. Adieu, Bellone. Va au paradis des chevaux et pardonne-moi ce que je vais faire maintenant.

Il ferma les yeux pour ne pas voir mourir l'animal et appuya sur la gâchette. Puis il s'éloigna à grands pas. Il n'avait ni le temps, ni les moyens de faire enlever le cheval, car la mer montait rapidement et lui arrivait déjà aux genoux. Ce n'est qu'une fois au haut de la dune qu'il se retourna et jeta un dernier coup d'œil sur la grande bête morte à travers les larmes et la pluie qui ruisselaient sur ses joues. Depuis quand n'avait-il pas pleuré ? Sans doute depuis la mort de Cheun. Et il pleurait pour un cheval, alors qu'il n'avait pas versé une larme pour Jean-Louis ! Mais Bellone était arrivé à l'île le même jour que lui, et ce cheval qu'il aimait, il avait dû le tuer...

Soudain, Lise fut près de lui ; il ne l'avait pas entendue arriver, sans quoi il aurait essuyé ses larmes. La jeune femme fut bouleversée de voir pleurer ce géant qu'elle aimait, alors qu'un quart d'heure plus tôt elle l'avait cru insensible.

— Yann, mon amour, murmura-t-elle, ne pleure pas. Je suis là.

— Ce n'est rien, Lise, excuse-moi... C'est trop de malheurs... Jean-Louis, d'abord, Bellone, ensuite. C'est trop le même jour. Et c'est de ma faute.

— Bien sûr que non ! Que vas-tu chercher là ? Tu sais, j'ai entendu tes hommes parler de toi. Ils t'admirent tous et savent que tu as fait tout ce qui était humainement possible pour Jean-Louis. Yves n'aurait pas pu le dégager aussi vite que tu l'as fait et n'aurait pas sauvé le premier chargement, non plus. Voilà ce que disent tes goémoniers, et c'est la vérité. Mais c'est une journée noire, en effet : un des domestiques de la ferme est tombé d'une échelle et s'est cassé une jambe. Je lui ai posé une attelle.

— Tu lui as posé une attelle... Tu sais faire cela ?

— Oui, et, à en juger par ce que j'ai vu aujourd'hui, je risque de devoir faire souvent appel à mes connaissances de rebouteuse. Qu'allons-nous faire de Jean-Louis et du blessé, Jean-Marie Bléas ?

— Ah ? C'est Bléas ? Un gars de chez moi, de Ploumoguer. Au fait, as-tu appris d'où était Jean-Louis Pennec ?

— Du Drennec. Célibataire. Ses parents sont décédés, mais il a des frères et sœurs.

— Tout ce qu'on a à faire, c'est d'attendre le jusant pour ramener Jean-Louis et Bléas au Conquet. Nous partirons dans quatre heures, environ. Tu viens avec moi ?

— Cette question ! Bien sûr ! En attendant, je vais préparer Jean-Louis et coudre un linceul. Dire des prières aussi.

Tous les domestiques, paysans comme goémoniers, étaient venus dire un dernier adieu à leur camarade. Ils priaient tous avec conviction, car, s'ils acceptaient sans révolte la mort toujours présente et familière, ils la craignaient aussi. C'est l'Ankou, seul, qui choisissait les siens et venait les chercher quand l'heure était venue. Aujourd'hui, Jean-Marie n'avait qu'une jambe cassée alors qu'il aurait dû se rompre le cou, tandis que Jean-Louis était mort, alors qu'une chute comme la sienne prêtait rarement à conséquence. Quand ils surent que le défunt partait avec le patron, quelques heures plus tard, ils poussèrent tous un soupir de soulagement. Il n'était jamais bon de côtoyer trop longtemps la mort ; elle risquait de s'habituer à vous.

*
* *

Yves était retourné dans le Sud-Finistère pour voir si Julien avait réussi à convaincre ses goémoniers de modifier leur méthode de brûlage du tali, d'où découlait la teneur en iode de ses pains de soude et donc le prix payé par ses acheteurs. Julien avait certainement choisi la formule la plus efficace : mettant la main à la pâte, il passait dans tous les hameaux faire le soudier, montrer ce qu'était le brûlage lent et régulier qu'il attendait d'eux. Yves n'avait aucune raison de rester assister un second qui se débrouillait mieux que lui ; sa présence serait bien plus utile à Lilia, auprès de Goulven.

La mine renfrognée de Goulven parlait d'elle-même. Les résultats ne seraient pas brillants, cette année, lui avoua-t-il, en admettant qu'il n'atteindrait pas les 600 tonnes. S'il se maintenait sur la région de Lilia, où il dépasserait de peu les 500 tonnes, sur Landéda, par contre, il tombait sous les 100 tonnes et ne gardait aucun client sur Guissény. Yves était déçu et ne le lui cacha pas. Certes, la concurrence était beaucoup plus sévère dans le Léon qu'en Cornouaille, mais il n'était pas normal qu'avec une structure comme la leur, ils ne fassent pas mieux que des concurrents qui n'offraient, eux, ni chevaux, ni charrettes aux goémoniers.

— Tu dois te ressaisir, Goulven. Cette chute est anormale. Dès l'an prochain, Julien va te dépasser ; ce n'est qu'un débutant, mais il en veut. Sais-tu ce qu'il fait, ces jours-ci ? Il va chez tous ses goémoniers montrer comment nous voulons que soit brûlé le tali. C'est-à-dire qu'il joue lui-même du pifon tous les jours. Si tu n'améliores pas ton tonnage de 20 pour cent, au minimum, l'an prochain, je crains d'être contraint à des mesures désagréables.

— Julien est certainement une très bonne recrue, mais son secteur est plus facile que le mien, protesta Goulven. Et puis, j'ai perdu un temps fou, à préparer le mariage de Yann.

— D'accord. N'empêche que tu te laisses aller, bonhomme. Tu as encore deux semaines pour essayer de te rattraper ! Il doit bien y avoir 50 ou 100 tonnes qui traînent ici ou là ; à toi de les récupérer. Remue-toi ! L'an prochain, il faut que tu fasses au moins 700 tonnes, ou alors, nous devrons envisager de tout arrêter.

Yves avait tenu à finir sa tournée par les îles. Il en connaissait les chiffres depuis longtemps : cette année, Béniguet donnerait à peine 180 tonnes de pains de soude, alors qu'il en sortirait plus de 550 de Quéménès. Toutefois, s'il était là, en ces jours de grande marée, ce n'était pas pour le travail, mais pour le plaisir, pour la pêche à pied ; il ne cherchait à tromper personne, d'ailleurs, et surtout pas ses goémoniers qui l'imiteraient s'ils terminaient le « brûlage » à temps. Il avait réussi à décider Anne à l'accompagner, car le temps promettait d'être beau, quand ils avaient quitté Le Conquet.

Étrilles, crevettes, palourdes, huîtres sauvages, clams abondaient. Puis ce furent les homards et les congres, bloqués dans les trous d'eau. Yves adorait la pêche au congre, où tout l'art consistait à faire sortir de son trou la bête devant laquelle il agitait une étrille ou un crabe vert accrochés à un hameçon très fort. La voracité proverbiale du congre se vérifiait à tous les coups : il se jetait sur l'appât. Yves le harponnait alors de son croc, sous la gueule, et le tirait à lui, avant de l'achever d'un coup de faucille à l'arrière de la tête. Anne, pendant ce temps ramassait des ormeaux. En moins d'une heure, ils prirent dix douzaines de ces oreilles de mer nacrées qui se cachaient sous les rochers. Les ormeaux, c'était vraiment le fin du fin ; à lui seul, ce coquillage aurait suffi à justifier leur présence sur l'île.

Anne avait chargé l'essentiel de leur pêche dans le canot quand il la rejoignit enfin. Il était temps, car la mer montait depuis longtemps déjà. Yves godillait d'autant plus ferme qu'il savait qu'il s'était attardé imprudemment : le courant forcissait et la visibilité se réduisait de minute en minute. La brume qui bouchait l'horizon s'infiltrait partout, insidieuse, entre les récifs qu'elle dissimulait l'un après l'autre. Il lui fallait faire très vite pour rejoindre Quéménès. Une fois de plus, il s'était laissé piéger.

— Nous aurions dû partir plus tôt.

— Oui, ma chérie, je le sais, j'ai trop traîné. Mais ne crains rien, nous ne sommes pas loin de l'île et j'ai une ancre pour le cas où...

Il savait qu'il devait atteindre les abords de l'île avant dix minutes ; ensuite, le courant deviendrait trop violent. Bientôt, il n'eut plus aucun repère : Quéménès et Litiri avaient disparu, totalement avalés, engloutis dans la brume. Il s'y était préparé, cependant, s'était appliqué à sentir le courant et à prendre ses marques sur l'île.

— N'aie pas peur, nous ne sommes qu'à deux ou trois cents mètres de l'île, maintenant...

Mais sa propre inquiétude grandissait au fur et à mesure qu'il sentait s'accroître la résistance de l'eau. Cinq minutes encore, et le courant le ferait reculer. Il obliqua légèrement à bâbord et demanda soudain :

— Anne, tu ne sens rien ?

— Si, le goémon brûlé.

— Appelle ! Nous sommes tout près de l'île. Essaie de savoir d'où vient cette fumée.

— De la gauche. Ça y est, j'aperçois l'île. Merci, mon Dieu ! En avant et à gauche.

— On dit bâbord avant, moussaillon, jeta-t-il, soudain ragaillardi en devinant, sur la dune, la lueur d'un four.

— J'ai eu très peur, Yves. Je ne comprends pas : tu ne semblais même pas inquiet. Pourtant, si nous avions raté l'île...

— Mais nous ne l'avons pas ratée !

*
* *

L'hiver fut là aux premiers jours d'octobre. La bise du nord qui glaçait les os, comme aux heures les plus froides de février, avait purgé le ciel et chassé les brumes et les pluies de septembre et la morosité qu'elles engendraient.

À tout prendre, Yann préférait ce temps froid et sec pour son mariage à la pluie et la boue.

Ce 10 octobre 1900 était doublement un grand jour : Yves avait voulu, en effet, que ces noces soient aussi la fête des goémoniers, car si le géant n'était pas encore une légende vivante, il voyait sa notoriété croître d'année en année, et faisait un porte-drapeau très convenable pour l'ensemble de la profession.

Le mariage lui-même fut très réussi, mais ce jour resta bien dans les mémoires comme la grande fête des goémoniers qu'avait voulue Yves Kerléo. Ils constituaient la majorité de l'assemblée et le marié était l'un des leurs. Ils étaient plus de deux cents, venus de tout le Finistère, le plus souvent sans épouse, se régaler trois jours durant, aux frais du géant et de ses amis, Yves Kerléo, bien sûr, le grand patron, mais aussi Goulven Simon, Pierre le Bars et Julien Tromeur. Trois jours de fête, sans bourse délier, et entre gens de bonne compagnie, ne se refusaient pas. Les pigouillers de Lilia n'étaient pas les derniers à se réjouir car, même s'il était étranger à leur commune, le marié faisait partie de cette poignée d'hommes décidés qui avaient assuré son renouveau, et il avait, de plus, choisi pour épouse la seconde fille de Joseph Causeur, qui avait, lui aussi, manié la pigouille et le pifon dans sa jeunesse.

Rozenn était l'invitée de la dernière heure : elle remplaçait, au pied levé, Jeanne-Yvonne, soudain tombée malade, et qui aurait dû s'occuper des enfants, Julia, Yvonne, et Gwen-Aël, dont c'était la première grande fête. Rozenn ne s'était pas formalisée de servir de remplaçante : depuis bien longtemps, elle avait appris à prendre la vie comme elle venait, et à accepter, avec un fatalisme que François Kernéis aurait qualifié de typiquement celte tout ce qui lui arrivait de bon ou de moins bon.

Pour le moment, elle donnait le bras à un cavalier de vingt ans à peine, qui s'était déjà montré si entreprenant qu'elle allait devoir le remettre à sa place sans tarder. En réalité, toute son attention était attirée par le témoin et frère du marié, Joseph Penru, un homme superbe, jeune, grand, bien découplé, à la moustache soyeuse et blonde comme ses cheveux bouclés ; il avait les yeux d'un bleu très clair, et elle n'avait jamais vu pareil sourire chez un homme — non, jamais.

« Allons, ne rêve pas ma fille, se disait-elle, il n'est pas pour toi, ce Joseph Penru. » Mais, après tout, pourquoi pas ? C'était le frère d'Anne et... Les petites, bien sûr ! Il était leur oncle ; c'est par elles qu'elle pourrait faire sa connaissance...

Dans le courant de l'après-midi, alors qu'elle avait, depuis longtemps, abandonné son cavalier, Rozenn entraîna Gwen-Aël et les deux petites filles dans une gavotte endiablée. Anne et Yves dansaient, eux aussi, de même que Joseph et sa cavalière, la sœur aînée de Lise, qui ne pouvait être une rivale pour elle, vu son âge et son manque de grâce. Insensiblement, elle réussit à se rapprocher du couple, et les enfants, peu soucieux de tenir leur place dans la danse, l'y aidèrent sans même s'en apercevoir. Lorsque enfin elle eut sa cible à sa portée, la jeune fille réussit à faire trébucher Yvonne qui alla bousculer son oncle : le contact était établi.

— Tu apprends à danser, Yvonne ? demanda Joseph. Toi aussi, Julia ?

— Oui, mon oncle, répondit Yvonne. Rozenn veut bien nous apprendre.

— Et vos élèves sont-elles douées, mademoiselle ? interrogea Joseph qui s'était arrêté de danser, et observait la jeune fille avec intérêt.

— Très, répondit-elle. Il ne tient qu'à vous de le vérifier et d'inviter Yvonne pour la prochaine danse ; elle en sera ravie...

— Je n'y manquerai pas. Où êtes-vous installées ?

— Là-bas, à la table d'angle, près des autres enfants...

Quelques minutes plus tard, Joseph vint s'asseoir un instant près de Rozenn, avant de lui enlever l'enfant.

— Vous semblez très bien connaître Anne et Yves, observa-t-il. Vous devez donc savoir qui je suis...

— Je le sais d'autant mieux qu'Yvonne ne cesse de me parler de vous.

— Quand j'en aurai fini avec ma nièce, vous voudrez bien m'accorder une gavotte, à moins que vous ne valsiez ?

— Très volontiers, si je trouve quelqu'un pour garder les enfants. Mais ne craignez-vous pas que votre cavalière...

— Non, je ne crains pas, fit Joseph. Et vous ? Votre cavalier ?

— Les enfants l'ont fait fuir il y a déjà un moment.

— Alors, c'est d'accord. À tout de suite. Tu viens Yvonne ?

Rozenn regarda l'homme et l'enfant s'éloigner, main dans la main. Son cœur battait la chamade : un tel bonheur n'était pas pour elle. « Mon Dieu ! faites que je lui plaise », priait-elle. Qui pouvait lui garder les enfants ? Il revenait déjà et elle n'avait trouvé personne. Tant pis ; les enfants danseraient ensemble, près d'eux.

— Tu conduiras Julia et Gwen-Aël, Yvonne. Gwen ! reste entre les deux filles. Tenez-vous par la main, en rond, et restez près de moi.

— Vous savez très bien vous y prendre avec les enfants, mademoiselle, sourit Joseph.

Il la tenait par le petit doigt, et l'accompagnait au rythme de la musique, tout en lui souriant. Ce sourire était à la fois une promesse et une invitation à aller plus loin, et Rozenn fondait devant lui. Comme beaucoup d'autres, sans doute, se disait-elle, mais cela lui était égal. Pour la première fois de sa vie, elle désirait vraiment plaire à un homme et le montrait, sans même s'en rendre compte.

— Vous dansez merveilleusement bien, la complimenta-t-il.

— J'aime danser, c'est vrai, mais pas autant qu'Anne, pourtant. Il me semble d'ailleurs, que, dans votre famille, la danse soit une passion.

— Oui, cela nous vient de notre mère que vous voyez, là-bas, avec Yann. C'est elle qui nous a transmis sa folie de la danse.

— Ainsi que vos cheveux blonds et vos yeux bleus...

— Oui, aussi. Excusez-moi, Rozenn... Vous me permettez de vous appeler Rozenn, n'est-ce pas ? Êtes-vous fiancée ? C'est très indiscret de ma part, mais...

— Non, je ne suis ni mariée, ni fiancée, et je vous permets de m'appeler par mon prénom. Vous êtes très direct, monsieur, répondit-elle, rougissant de son audace.

— Appelez-moi Joseph ou Jos, si vous préférez. C'est vrai, je vais vous paraître direct et sans doute impoli, mais vous m'intéressez. J'aimerais que nous finissions ce mariage ensemble, et fassions plus ample connaissance. Je voudrais tout savoir de vous...

Rozenn était aux anges. Mais elle devait faire attention, rester naturelle, ne pas faire d'impair. La danse se terminait, ils revenaient s'asseoir. Que pouvait-elle répondre ?

— Yves vous dira qui je suis, répondit-elle. Il me connaît depuis longtemps et je lui dois beaucoup. Il vous dira tout sur moi. Si après l'avoir entendu vous voulez toujours que nous terminions la noce ensemble, sachez que je le souhaite aussi.

Anne et Yves venaient de s'asseoir près d'eux. Ils avaient beaucoup dansé.

— Alors Joseph, vous avez fait connaissance, Rozenn et toi, constata Yves.

— Oui, et j'en suis très heureux. Voilà ce que c'est, de m'oublier à Ploumoguer... Vous connaissez tout le monde, et moi personne.

— Ah ? Vous êtes fermier ? demanda Rozenn.

— Je l'étais. Mais depuis hier, me voici goémonier. Par la grâce d'Yves et de mon frère.

— Excusez-moi, dit la jeune femme, je vais faire danser les enfants. Madame Anne, vous nous accompagnez ?

Les deux femmes s'étaient levées d'un même mouvement, en tenant les enfants par la main. Yves vit Joseph suivre Rozenn des yeux.

— Je dois te mettre en garde Joseph,lui dit-il. Rozenn est notre protégée, à Anne et moi, et elle est très fragile. Je ne veux pas que tu lui fasses le moindre mal.

— Yves, Rozenn m'intéresse vraiment. Elle t'autorise à me parler d'elle.

— Alors, c'est différent. Mais je ne le ferai que si tu me promets d'être discret, et uniquement si tes intentions ne se limitent pas à quelques rendez-vous dans une meule de foin. Je sais bien que « pour ranger le loup, il faut le marier », mais je connais aussi ta réputation, et je me méfie.

— Pour elle comme pour moi, cela pourrait être sérieux, répondit Joseph après un silence. Et puis, comme tu le dis, il faut bien que le loup se range un jour.

Tout en faisant danser les enfants, Anne écoutait les confidences de la jeune fille. Estelle se trompait : Rozenn ne s'intéressait pas qu'aux femmes, ou alors, son frère était l'exception. Mais ces confidences l'inquiétaient également, car, comme tous les séducteurs, son frère prenait beaucoup et donnait peu : il pourrait la faire souffrir sans même s'en apercevoir.

Anne revenait avec les deux petites qui, encore rouges de plaisir et haletantes, lui lâchèrent les mains pour se précipiter, en courant, sur les genoux de leur père car la question qu'elles voulaient lui poser ne pouvait attendre :

— Papa, quand allez-vous épouser maman ? demanda Julia.

— C'est déjà fait, ma chérie. Mais ni Yvonne ni toi n'étiez nées quand votre mère et moi nous sommes mariés.

— Eh bien, il vous faudra recommencer puisque nous n'avons pas été invitées, la première fois. C'est une si belle fête, un mariage !

— Ce n'est pas possible, Julia ! on ne se marie qu'une fois. C'est un commandement de Dieu. Mais vous serez sûrement invitées à d'autres mariages. Votre oncle et Rozenn, par exemple, ne sont pas encore mariés...

Il fut interrompu par l'arrivée des Lemarchand, père et fille. Eugène avait l'air furieux.

— Ne me parlez plus jamais d'automobile ! fulmina-t-il en s'asseyant.

— Ne dites pas cela, Père, dit Estelle. C'est seulement cette mauvaise voiture de remplacement que m'a prêtée mon garagiste, le temps de réparer la mienne. Il est vrai que c'est une catastrophe. Nous avons six heures de retard. Pour trente-cinq kilomètres...

— Parlez-moi de voitures hippomobiles qui marchent à l'avoine et au crottin, et non de ces voitures à moteur qui ne sont mobiles que quand on pousse dessus. Avec un bon cheval ou une bonne jument nous aurions mis trois heures, et encore ! Et voilà... nous arrivons quand la fête est finie, à seize heures passées ! Et avec ce froid, en plus ! Ah ! mes amis ! Je suis gelé...

— Voyons, Père, ne croyez-vous pas que vous exagérez quelque peu ? Pensez plutôt à François qui s'est dévoué pour tenter de ramener la voiture jusqu'ici.

Gwen-Aël venait d'apercevoir son grand-père qui se frottait les mains pour les réchauffer. Il se jeta sur lui et l'aurait fait tomber si Joseph ne l'avait retenu. Yves, lui, s'inquiétait pour François, laissé seul sur la route.

— Estelle, peux-tu me dire où tu as abandonné ton mari ?

— Je n'en sais trop rien, quelque part à quatre kilomètres d'ici, avec un paysan qui a accepté de tirer ma voiture jusqu'au village.

*
* *

Ce premier soir de fête tirait à sa fin. Enfin réchauffé, Eugène, un verre d'armagnac dans chaque main, s'approcha d'Yves et François, qui venait d'arriver.

— Yves, vous avez voulu que ce mariage soit la fête des goémoniers ; c'était une riche idée. Cette fête marque la réussite de votre système... Vous voilà le roi incontesté du pain de mer. En six ans, vous vous êtes taillé une jolie place au soleil, tout en aidant ces braves gens. J'espère que cela va durer.

— Cela durera si Dieu le veut, Eugène, comme cela cessera aussi, s'il le décide. Mais si l'on admet que notre but était d'assurer aux goémoniers logement et subsistance, il est atteint et même dépassé, puisqu'ils nous rachètent aujourd'hui nos attelages. C'est cela notre réussite.

— Si je vous avouais, Yves, que je n'ai jamais cru qu'il y avait plus d'une chance sur quatre pour que cette entreprise soit un succès, vous m'en voudriez certainement, dit Eugène. Quand je pense que c'est dans les années 1880 que m'est venue cette idée. Mais alors, j'étais au plus bas et ne pouvais tenter l'aventure. Je me disais, pourtant, que votre réussite professionnelle vous ferait perdre rapidement de vue notre projet « social », si je puis dire. Grâce à Dieu, il n'en a rien été.

— Cela ne risquait pas d'arriver, avec les partenaires que j'ai... Mais suivez-moi, j'ai une petite surprise pour vous...

— Une surprise ?

Ils sortirent de la grande salle pour se diriger vers l'auberge. Dans l'entrée, Eugène se trouva face à une tête connue, celle du peintre Maxime Maufra.

— Maufra ! Si je m'attendais à vous voir ici ! Que faites-vous là, par ce froid ?

— Ce que je fais ici ? monsieur Lemarchand, mais je travaille, comme toujours ; je viens tout juste de terminer une huile.

— Vous voilà bien loin de votre cher Camaret et de la presqu'île de Crozon !

— C'est vrai, mais j'avais une commande à livrer. Voulez-vous y jeter un coup d'œil ?

— Volontiers. Nous avons tout notre temps.

Le peintre les fit monter dans sa chambre et, d'un geste ample, découvrit la toile : c'était une grande huile représentant des goémoniers chargeant des laminaires dans une charrette tirée par deux chevaux. Au second plan, sur la gauche de la peinture, deux pigouillers coupaient le tali, tandis que, sur la droite, des soudiers s'activaient devant des fours d'où s'échappaient des volutes de fumée. À l'arrière-plan, on distinguait les toits couverts de tuiles d'une usine et ses deux grandes cheminées de brique rouge. Yves guettait les réactions de l'industriel, qui resta quelques secondes bouche bée devant le tableau.

— Superbe... Vraiment superbe... Écoutez, Maufra, vous me connaissez depuis longtemps et je ne vous ai jamais demandé de faveur, mais cette toile, il me la faut. Inventez n'importe quel prétexte, mais débrouillez-vous avec votre acheteur. Elle représente ma vie, mon métier, et c'est mon usine qui est là, derrière ! Vous l'avez peinte au Conquet, n'est-ce pas ?

— C'est exact, mais je suis désolé, monsieur Lemarchand, je ne peux pas faire de passe-droit. Cette huile ira à son propriétaire légitime.

La porte de la chambre s'ouvrit à cet instant. Yann entra, François, Goulven, Pol et Julien sur ses talons.

— Venez voir, Yann ! s'exclama Eugène. Venez voir ce tableau qui montre si parfaitement notre vie à tous. Tout y est : le tali, le pain de soude, l'usine d'iode... Et je ne parle pas du talent de l'artiste. C'est une toile magnifique.

— Et nous en sommes heureux, monsieur, fit Yann, car cette peinture est à vous.

— À moi ? Comment cela ?

— Oui, Eugène, répondit Yves. C'est cela, la surprise.

— Cette toile est à moi ? bredouilla Eugène, visiblement ému. Merci à tous, merci Maxime. C'est sans doute le plus beau cadeau que l'on m'ait fait de toute ma vie. Je suis très touché, vraiment. Je ne sais que dire...

— Alors, ne dites rien, répondit Yves. Votre joie est notre plus belle récompense. Sachez seulement que nombre de goémoniers se sont associés à notre geste.

— Vous les remercierez pour moi. Il faut que je trouve une idée pour vous rendre la pareille à tous. Et d'abord, Yann, champagne pour toute la noce ! Ou, du moins, ceux de vos invités qui ne sont pas déjà couchés.... Ensuite, comme c'est également votre fête, Yves, je vais vous faire un cadeau, moi aussi, mais ce sera une surprise. Et puis, il me faut trouver quelque chose d'autre... Quelqu'un a-t-il une idée ?

— J'en ai bien une, monsieur, intervint Pol, et qui me tient à cœur, mais elle est peut-être trop onéreuse...

— Dites toujours, Pol. Nous verrons si c'est possible...

— Vous savez que ce qui manque le plus à tous les

pauvres, ce n'est pas l'intelligence, mais la possibilité d'aller à l'école. L'accès à l'école primaire est gratuit, mais pas celui au collège et au lycée. Ainsi, de nous tous, seuls Yves et Julien ont pu rentrer en sixième. Grâce à Yves et à vous, ce n'est plus un problème pour mes enfants, pas plus que pour ceux de Goulven ou de Julien, et ce n'est pas pour eux que je prêche, mais pour tous les enfants de goémoniers. Si vous pouviez subvenir aux frais de scolarité et d'internat des plus doués de ces enfants, ce serait le plus beau cadeau que vous pourriez leur faire, nous faire à tous. Comme on dit chez nous : « Mieux vaut instruire son enfant que de lui amasser du bien. »

— C'est une bonne et généreuse idée, Pol. Je ne connais pas le maire de votre commune, mais vous allez me le présenter tout de suite, de façon à ce que nous prenions rendez-vous. Bien que l'année scolaire soit déjà entamée, je voudrais que cette possibilité soit effective dès cette année. Il faudrait que cette allocation couvre les frais de scolarité, pension, vêtements, livres, et soit accessible à tous les enfants, que leur école primaire soit publique ou privée... Il faut faire une estimation rapide de ces frais pour déterminer le montant d'une subvention annuelle qui serait attribuée et gérée par le maire. C'est une excellente idée, Pol.

*
* *

Yves s'était éclipsé de la pièce au moment où Pol faisait sa suggestion, mais, au lieu de rejoindre la noce, il s'était dirigé vers la côte, distante de trois cents mètres à peine. Que lui arrivait-il ? Pourquoi ses amis l'agaçaient-ils soudain ? D'habitude, il ne se posait pas de questions ; alors, pourquoi aujourd'hui, quand tout semblait se dérouler à merveille pour lui ? Cette fête ne constituait-elle pas un aboutissement pour eux tous ? Il avait atteint tous les objectifs qu'il s'était fixés, six ans plus tôt, et les avait même dépassés. Alors quoi ?

Il était là, sur le site du port de Tolente — la cité légendaire jadis fréquentée par les marchands phéniciens, l'ancienne capitale de l'Armorique, rasée par les Normands au IXe siècle — et du futur phare de l'île Vierge, dont les travaux avançaient rapidement. Pourquoi ce soudain vague à l'âme ? Sans doute vieillissait-il, comme tout le monde. Mais à trente-deux ans, il était jeune encore et n'avait pas un seul cheveu blanc, au contraire de Yann, par exemple. Non, il n'avait ni la crainte de vieillir, ni la peur de la mort. Il était profondément croyant et avait fait sien ce précepte breton que lui rappelait si souvent Eugène : « C'est peine inutile et temps perdu qu'apprendre le bien sans le faire. »

Que lui avait dit Anne, récemment ? « Tu ne prends plus le temps de vivre et ne sais même plus quel âge ont tes enfants... » Bien sûr, c'était cela : sa famille, ses enfants, les siens... Il s'était promis de changer sa vie, de modifier ses priorités depuis cet avertissement du ciel qu'était la maladie de Jeannie, et il n'en avait rien fait. Cette promesse, qu'il avait faite aussi à l'oncle Jean Hall, il fallait qu'il la tienne. Et d'abord, ses enfants... Il fit demi-tour et retourna à la fête :

— Anne, dit-il, dès qu'il aperçut sa femme, je vais prendre l'air et j'emmène les enfants, les filles, ainsi que Gwen-Aël. Préviens Estelle, veux-tu ? Elle pourrait s'inquiéter. Ils sont comme moi, ils ont besoin de se dégourdir les jambes. Veux-tu m'accompagner ?

— Non merci ! Par ce froid ! Couvre-les bien !

Il emmitoufla ses filles dans leurs capes, mit son manteau au petit garçon et leur enfonça, à tous trois, leur bonnet de fourrure jusqu'aux oreilles. Il les prit par la main, et, cinq minutes plus tard, s'arrêta sur la falaise, devant l'océan. Le froid était toujours aussi vif et sec, le ciel étoilé et sans un nuage.

— Regardez la mer, mes enfants. Vous voyez, là-bas, au bord de l'eau, la masse noire des goémons ? Ces laminaires...

— Oui, Père, le tali, c'est cela, n'est-ce pas ?

— Oui, Julia, c'est le tali, en effet. C'est lui qui nous fait tous vivre, aujourd'hui, et qui, je l'espère, vous fera encore vivre demain. Vous pouvez remercier Dieu de nous l'avoir donné en abondance, dans le Fromveur, comme dans la Helle et même le Four.

— Pourtant, papa, fit Yvonne, Oncle Yann dit qu'il faut l'arracher à la mer et que c'est un travail trop dur pour que nous le fassions plus tard...

— Plus tard, ma chérie, il y aura des machines qui rendront ce travail moins pénible, mais il faudra toujours de l'iode, et des pains de soude pour fabriquer cette iode et faire marcher l'usine que Gwen-Aël dirigera sans doute un jour, si Dieu le veut.

— Oui, fit le garçon, grand-père me dit souvent qu'il faudra que je travaille à l'école pour prendre sa place quand il ne sera plus là.

— Grand-père a raison, Gwen-Aël : il faut que vous travailliez bien à l'école, tous les trois, pour qu'un jour, à notre tour, nous puissions nous reposer. Mais regardez, les enfants, regardez, au loin, les phares dont on voit les feux, et les îles qu'on devine dans le lointain, quand les pinceaux de lumière les éclairent. Regardez la mer, surtout. Qu'elle soit calme ou en colère, douce ou cruelle, généreuse ou dure à l'homme, la mer restera toujours la source de vie pour nous tous, hommes et femmes de Pen-Ar-Bed... Ne l'oubliez jamais.

DEUXIÈME PARTIE

18

Printemps 1903

Jean-Yves leva les yeux vers le nid. Trois mètres, tout au plus, l'en séparaient. Trois mètres... Les derniers, les plus difficiles aussi. Surtout, ne pas faire de bruit : la femelle couvait ; il apercevait sa queue, lorsqu'elle se déplaçait dans le nid. L'enfant prenait son temps, étudiait longuement les branches, évaluait leur résistance, repérait ses prises, choisissait ses appuis. Il était aussi souple et silencieux qu'un chat.

Il s'élança, mais à peine s'était-il élevé d'un mètre qu'un rameau dont il avait surestimé la résistance céda brutalement sous son pied droit. Un craquement sec brisa le silence. L'enfant s'immobilisa instantanément, bloquant sa respiration par réflexe. Deux mètres plus haut, pétrifiée elle aussi, la corneille attendait un nouveau signe qui lui confirmerait l'imminence du danger. Mais plus rien ne troublait le bruissement léger des feuilles sous la brise. Trois minutes passèrent... Une éternité...

Peu à peu, Jean-Yves reprenait confiance. L'oiseau aussi, qui se mit à nouveau à bouger dans le nid : pour lui, l'alerte était passée. Toujours immobile, l'enfant attendait la risée qui lui permettrait de reprendre sa progression. La chance était avec lui, il le sentait, et il n'allait pas la laisser passer. Soudain les feuilles frémirent à nouveau : il bondit, escalada les derniers mètres qui le séparaient de sa proie avec la sûreté d'un funambule, hissa la tête au niveau du nid et y plongea la main. Il réussit à toucher la corneille, à en sentir la chaleur sous sa paume, mais sa main était bien trop petite pour lui permettre d'empoigner l'oiseau qui lui échappa en croassant. Raté ! Il l'avait raté.

L'enfant avait les larmes aux yeux. Jamais plus il ne retrouverait pareille chance : prendre une corneille au nid ! Aucun garçon du village n'y avait jamais réussi, et lui avait été à deux doigts de le faire. Si seulement, il avait été plus grand... Grand comme Gwen-Aël, par exemple ! Mais il est vrai qu'alors, il aurait été trop lourd pour des branches aussi fragiles, et qu'il n'aurait jamais pu se hisser jusqu'au nid. Et jamais, non plus, il n'aurait pu s'emparer des œufs qu'il allait rapporter et qu'il exhiberait fièrement à ses sœurs et son ami qui l'attendaient dans la cabane. Précautionneusement, il s'empara de son trésor. Trois œufs ; trois œufs tout chauds... Il n'était pas monté pour rien. Mais comment les descendre ? Son tablier était bien pourvu de deux poches latérales, mais le troisième œuf ? La seule solution était de le mettre dans sa bouche et de faire attention...

Il descendit très vite ; ses pieds trouvaient tout naturellement leurs appuis sur les branches. Il n'avait pas besoin de réfléchir : grimper aux arbres était inné en lui. Pourtant, il dut s'arrêter à trois mètres du sol, là où le tronc, énorme, n'offrait plus de prises franches. Comment descendre jusqu'à terre, en se collant à l'arbre, sans casser les œufs ? Il ôta précautionneusement celui qu'il avait dans la bouche et appela ses amis à la rescousse.

Mais aucun d'eux ne répondit et il fut tout heureux, bien qu'il ne l'aimât pas particulièrement, de voir arriver Karl Lemarchand, le Suisse, le cousin de Gwen-Aël, qui passait l'année scolaire chez son grand-père.

— Je peux faire quelque chose pour toi ? demanda Karl, avec son accent bizarre.

— Tu sais où sont les autres ? lui répondit l'enfant. Gwen-Aël et mes sœurs ?

— Sans doute à la cabane. Pourquoi ?

— J'ai trois gros œufs, un dans chaque poche de mon tablier, et le troisième dans la main. Si je les garde sur moi pour descendre, je vais les casser. Tu peux me passer une longue branche ? Tiens, celle-là, celle qui est à ta droite...

— Une branche ? Pour quoi faire ? questionna Karl, avant d'obtempérer.

— Je vais mettre les œufs dans mon sarrau et l'attacher à la branche par les manches. Ensuite, je n'aurai plus qu'à te tendre le tablier et tu récupéreras les œufs.

— Je veux bien t'aider, mais à une condition, fit Karl après avoir réfléchi un instant. Tu me donneras un de tes œufs.

— Un de mes œufs, pour si peu ? Alors que je n'en ai que trois ?

— Si tu refuses, fit Karl, je ne te donne pas la branche et tu casses tes trois œufs. À toi de choisir : ou tu perds trois œufs, ou tu m'en donnes un.

L'enfant accepta le marché. Une minute plus tard, il sautait à terre et se précipitait sur son sarrau : les trois œufs étaient intacts.

— Qu'est-ce que tu comptes faire de cet œuf ? demanda-t-il à Karl.

— Je ne sais pas encore, répondit le garçon. Je voulais savoir si tu accepterais de m'en donner un. Père me reproche souvent de rendre service gratuitement. Il me dit qu'il n'y a que les sots qui le font. Cette fois, j'ai gagné un œuf sans effort, tandis que toi, tu as été obligé de grimper au sommet de l'arbre pour n'en avoir que deux finalement. Et tu aurais pu tomber et te rompre les os !

— Peut-être, fit Jean-Yves, mais les œufs, c'est quand même moi qui les ai pris, et l'oiseau, je l'ai quand même touché !

— Tu as touché l'oiseau ? Le grand oiseau noir ?

— Oui. J'ai touché la corneille.

— Dans ce cas, je te rends ton œuf. Tu le mérites vraiment.

— Vrai ? Tu me le rends ? Merci, alors. Viens ! Allons rejoindre les autres... Tu sais ce que je vais en faire ? Je vais les vider et les ajouter aux colliers que je prépare pour mes sœurs. Mais ne leur dis rien, n'est-ce pas ? C'est un secret, une surprise que je veux leur faire.

— Promis. Mais tu me montreras comment on vide les œufs.

— Oh ! rien de plus simple : tu les perces aux deux extrémités et tu souffles dedans. Le blanc et le jaune s'en vont, et quand ton œuf est vide, tu l'enfiles pour faire ton collier.

— Tu ferais un collier pour Érika ? C'est ma sœur jumelle.

— Une sœur jumelle ? Tu te moques de moi. Il n'y a que les jumeaux qui naissent le même jour : deux frères, comme mes oncles. Ou alors, peut-être, deux sœurs. Mais un frère et une sœur, non. Je le saurais. Dans ma famille, il y a des jumeaux, quand même !

— Je te jure que c'est vrai. D'ailleurs, tu n'as qu'à demander à Gwen-Aël.

*
* *

— Que faites-vous là ? demanda Karl aux autres, quand ils arrivèrent à la cabane.

— Nous remplaçons notre vieux banc en fer par des sièges plus confortables répondit Gwen-Aël. Aide-nous à déplacer ce banc, gros malin, au lieu de rester là à nous regarder !

Yvonne regardait Gwen-Aël, les yeux brillants d'admiration. Autant son ami était brun, autant la fillette était rousse. Grande et solidement charpentée, elle avait de superbes yeux verts, un teint laiteux et un sourire éclatant de blancheur.

— Qu'est-ce que tu as là Jean-Yves ? demanda le garçon.

— J'ai pris trois œufs dans un nid de corneilles.

— Un nid de corneilles ! Tu as déniché des corneilles ? Tu ne veux quand même pas parler du nid du grand cèdre ! Tu as réussi à grimper là-haut ? tout seul ? Eh bien, quand Papa va savoir ça ! fit Julia.

— Pourquoi faudrait-il qu'il le sache ? Promets-moi que tu ne diras rien. Je n'ai pas déniché les corneilles. J'ai juste pris les œufs. Les corneilles en pondront d'autres. Tu me le promets, n'est-ce pas ?

— Promis, juré, fit la fillette en crachant sur le sol. Mais qu'est-ce que tu veux en faire ?

— Tu le sauras bientôt.

— Tu es drôlement imprudent, fit Gwen-Aël, et grand-père ne serait pas du tout content s'il savait que tu déniches ses corneilles. C'est pour les revendre, que tu piques les œufs ?

— Pas du tout, intervint Karl, indigné. Jean-Yves ne fait pas ça pour de l'argent. C'est pour des cadeaux. Il veut offrir un collier d'œufs à chacune de ses sœurs, et même à Érika.

— Tu m'avais promis le secret ! s'écria Jean-Yves qui, fou de rage, saisit l'un des œufs qu'il avait eu tant de mal à rapporter et le lança sur Karl qui le reçut en pleine figure...

Les trois grands avaient éclaté de rire tandis que jaune et blanc mêlés dégoulinaient sur le visage du bavard, qui se mit à pleurer. Jean-Yves, pour sa part, regrettait déjà son geste. Qu'avait-il encore fait ? Non seulement il avait sali les vêtements de Karl et il devrait en répondre, mais il avait aussi perdu un œuf. Deux minutes plus tard, l'incident était oublié et la paix revenue : Julia avait essuyé le visage de son ami et les cinq enfants rentraient goûter.

Antoinette, la cuisinière, les attendait à l'office.

— Jésus, Marie, Joseph ! Que vous est-il arrivé à tous ? Vous êtes sales comme des petits cochons ! Venez vous laver les mains avant de vous asseoir ! Et vous, Karl ? Qu'est-ce que ce jaune sur votre figure ? Vous avez essayé de gober un œuf de poule ?

— Bien sûr que non !... fit le garçon, immédiatement coupé par Gwen-Aël.

— Ce n'est rien, Antoinette, rien du tout. À propos, je voulais vous demander un service : nous faisons une cuisine, dans notre cabane, et nous aurions besoin de quelques plats et casseroles pour Julia et Yvonne. Des couverts, aussi. Nous comptons inviter grand-père à dîner. Et vous aussi, si vous le souhaitez.

— Inviter monsieur à dîner ? Dans votre cabane ? Tu n'y penses pas, Gwen. Il vous faudra faire du feu, et cela peut être dangereux. Non, ton grand-père n'aimera pas cela du tout.

— Nous avons construit un four de pierres qui marche très bien : nous avons déjà fait du thé, cuit des œufs durs et des pommes de terre sous la cendre. Jean-Yves va poser des collets et nous pourrons préparer un garenne à grand-père. Julia connaît la recette.

— Mon Dieu ! s'écria la cuisinière. Il n'y a plus d'enfants ! Les voilà qui veulent se nourrir seuls, maintenant ! Quelle époque ! En tout cas, Jean-Yves, M. Kerléo ne sera certainement pas très content d'apprendre que tu poses des collets !

— Oh ! seulement le jeudi, quand il n'y a pas école, fit le garçonnet, qui se voyait, à nouveau, embarqué dans un mauvais cas. Ne le dites pas à Père, s'il vous plaît. Il ne comprendrait pas que c'est pour la cabane. Ne le dites pas, non plus, à grand-père Lemarchand. Il pourrait le répéter.

— Alors, taisez-vous et mangez, mauvais garnements ! Je n'ai rien entendu et vous ne m'avez rien dit. Pour les casseroles et la vaisselle, Gwen-Aël, il vaut mieux que tu t'adresses à ta mère, quand elle sera là. Allez vite jouer, maintenant. Et n'oubliez pas de rentrer tôt chez vous, car vous venez souper ici avec vos parents, ce soir.

*
* *

Les deux hommes rentraient des îles. Toute la matinée, ils avaient examiné le *Vesper*, un cargo qui s'était échoué sur des récifs, près de Balanec, dix jours plus tôt. Depuis plusieurs jours, ils étudiaient, sous tous les angles, le rachat éventuel de l'épave.

— Nous sommes bientôt fin mai et le gros des tempêtes est passé, observa Yves, mais rien ne dit que nous n'aurons pas encore un ou deux coups de tabac avant les beaux jours. Est-ce que ce n'est pas défier le sort que de vouloir arracher ce bateau à la mer qui l'a déjà réclamé ? Même s'il est rempli de fûts de vin ?... Je ne suis pas superstitieux, mais quand même ! Tu ne trouves pas que cela fait un peu pilleur d'épaves ?

François sourit.

Ainsi, c'était cela qui arrêtait son ami !

— La vente a lieu jeudi prochain, à neuf heures, au tribunal de commerce, rappela-t-il. Il est temps de te décider. Mon beau-père et moi ne ferons rien sans toi, tu le sais. Nous avons besoin de toi et de tes amis pêcheurs. Et ne me parle pas de pilleurs d'épaves ! Il s'agit d'une affaire commerciale et de rien d'autre. Une vente aux enchères, un peu particulière je l'admets, mais nous ne volons personne. Au contraire, nous prenons des risques en achetant ce navire à des assureurs qui ne songent qu'à s'en débarrasser.

— Pour ce qui est des Molénais, il n'y a aucun problème, dit Yves. J'ai vu les frères Cuillandre, les Masson, les cousins Le Moal et Le Guen. Nous aurons assez de bateaux : huit de Molène, quatre ou cinq du Conquet. Tanguy Quéméneur et Jean Menguy sont sûrs. Louis Lucas, probable, et d'ici au début de l'opération, j'en trouverai sûrement quelques autres, si nécessaire. Je leur ai promis un pourcentage de la valeur récupérée, ou 50 francs par jour, au choix. C'est peut-être cher payé, mais le travail sera délicat. Quant à moi, je n'y participerai qu'à deux conditions. Que cela ne me ruine pas, d'abord, mais aussi que l'on ne prenne pas de risques humains déraisonnables. Tu sais à quel point les pêcheurs peuvent être téméraires ; alors, pour du vin, que ne feraient-ils pas ?

— Au fait, tes amis ne se seraient-ils pas déjà approchés de l'épave ?

— Rassure-toi, l'armateur est prudent. Tu as pu voir qu'il avait maintenu une équipe à bord sous les ordres du second. Ils y resteront jusqu'à ce que l'acheteur prenne possession du bateau. L'arrimage a tenu, et la cargaison n'a absolument pas souffert de l'échouage — pour le moment, du moins. Toutefois, il ne faudra pas traîner. À la première grosse mer, au premier coup de vent d'ouest, nous pourrions perdre notre mise.

François consulta sa montre.

— Dans cinq minutes, mon beau-père sera en retard, constata-t-il, et ce n'est pas son habitude. Il devrait nous apporter une première estimation de la cargaison, ainsi que le plan d'arrimage. Cela nous donnera une idée assez précise de nos possibilités réelles de conclure cette affaire. Ensuite ce sera à toi de jouer.

Yves réfléchissait tout haut.

— Il faudra construire un plan incliné partant de la roche sur laquelle repose le *Vesper*, dit-il. Je vais me procurer à Brest des poulains qu'il nous suffira de mettre bout à bout. Nous ferons glisser les fûts jusqu'à la mer où les pêcheurs les récupéreront. En théorie, c'est facile. En pratique, nous aurons sûrement des surprises...

— Et les fûts une fois à l'eau ?

— Normalement, ils ne sont pas tout à fait pleins. Ils contiennent du vin, plus léger que l'eau, et un peu d'air. Ils devraient donc flotter, même si c'est entre deux eaux. Et comme ils ne devraient pas peser trop lourd, il sera facile de les tracter. C'est également l'avis des Molénais. Tiens, voilà ton beau-père.

Eugène Lemarchand arrivait, en effet, en s'épongeant le front.

— À boire ! À boire ! supplia-t-il. François ayez pitié. Sonnez ! Que l'on m'apporte quelque chose de frais !

*
* *

Deux pichets de cidre plus tard, Eugène se disposait à faire un compte rendu de sa journée.

— Je vous rapporte à la fois des certitudes et des interrogations, commença-t-il. Les certitudes, d'abord. Le navire remontait d'Oran et se dirigeait sur Londres après avoir fait escale au Portugal et à Bordeaux. Après Londres, il devait faire route sur Rouen, son port d'attache. Ceci veut dire qu'outre les vins d'Algérie, dont la majeure partie était destinée à Rouen, il avait chargé au Portugal et à Bordeaux quantité de portos, de grands bordeaux et du cognac, mais aussi quelques dizaines de fûts de xérès, le sherry des Anglais. Bref, il y a de tout : des vins d'Algérie, mais aussi des vintages de porto et des grands crus de Bordeaux, des Pétrus, des Haut-Brion, des Mouton-Rothschild et j'en passe. Il y en a pour une petite fortune. Et je ne parle pas des produits divers : dattes, figues sèches, de l'artisanat algérien, deux grosses machines textiles chargées à Bordeaux...

— Vous avez vu le représentant de l'armement ? demanda Yves.

— Oui, et aussi celui de la compagnie d'assurances.

— Et que disent-ils ?

— Le navire lui-même est considéré comme perdu. L'assureur est persuadé qu'il va se casser très rapidement. Pour ce qui est de la cargaison, il en attend, dit-il, plus de 400 000 francs. Je pense que c'est pour en obtenir la moitié.

— Deux cents ou 400 000 francs ! Pour moi, c'est du pareil au même, fit Yves. C'est une mise de fonds qui dépasse de très loin mes moyens financiers — du moins si nous sommes à parts égales. Le grand maximum que je pourrais risquer, ce serait 50 000 francs. Et encore, ce serait une folie ! J'avais sous-estimé la valeur de la cargaison. Je regrette, mais je suis obligé d'abandonner ce projet.

— Allons, pas de défaitisme, intervint François. Père et moi n'avons jamais considéré notre partenariat dans cette histoire comme tu sembles le faire. Nous avançons l'argent pour emporter l'affaire ; toi, tu t'occupes de l'organisation humaine et matérielle de l'opération et nous partageons le bénéfice sur une base de parité. C'est bien cela, n'est-ce pas, Père ?

— Tout à fait, répondit Eugène. Voyez-vous, Yves, lorsque François a lancé cette idée, je l'ai d'abord considérée comme farfelue. En l'étudiant de plus près, je l'ai trouvée beaucoup plus sensée. Aujourd'hui, je suis convaincu que, si nous nous montrons prudents et méthodiques, cela peut être un très beau coup. Le gros point d'interrogation, bien sûr, c'est le temps : mais, puisque nous sommes dans une période de beau temps, nous devons être prêts à démarrer le jour même de l'adjudication. Et c'est là que nous avons besoin de vous, Yves. Les pêcheurs sont vos amis ; à vous de les convaincre. Pour recouvrer notre mise, nous commencerons par décharger les grands crus de bordeaux, les cognacs, les portos et les xérès. Cela fait, nous aurons sauvé l'essentiel ; les risques à courir deviendront de l'ordre du raisonnable, disons, de l'ordre de ceux d'une affaire commerciale classique.

— Si vous pensez cela possible, fit Yves...

— Il y a autre chose, Yves, reprit l'industriel après un silence. Le marché de l'iode est aujourd'hui pourri. Cela dure depuis trois ans et rien ne permet de prévoir un renversement de tendance, bien au contraire. Il nous faut donc trouver d'autres sources de profit, voire de nouvelles activités. Pourquoi la récupération d'épaves n'en serait-elle pas une ? En tout cas, puisque l'occasion se présente, cela vaut la peine d'essayer. Je suis donc d'avis de prendre le risque. À moins, bien entendu, que d'ici à quarante-huit heures, le vent ne se lève...

— À moins que le vent ne se lève, fit François, soudain songeur... Bien sûr ! C'est cela ! Juste avant que vous n'arriviez, Yves me disait que le beau temps semblait établi pour dix jours, au moins. Laissons croire le contraire. Répandons le bruit qu'une tempête est annoncée... Il court déjà pas mal de rumeurs ; ça n'en fera qu'une de plus.

— Il court des rumeurs ? s'étonna Yves.

— Oui, par exemple que ce n'est pas une mais trois déchirures qu'il y a dans la coque du *Vesper*, que ses cales sont remplies d'eau de mer et que les fûts, désarrimés, flottent à l'intérieur et menacent de crever les parois...

Yves hocha la tête.

— J'ai deux informations à vous communiquer, dit-il, et il ne s'agit pas de rumeurs. Le temps, d'abord... Mathieu Masson et les Molénais sont du même avis que les pêcheurs du Conquet et que les paysans : le temps restera au beau pendant toute la marée, et même plus, selon mon oncle Jean Hall que je n'ai jamais vu se tromper. Nous avons donc un minimum de quinze jours de « grand beau » devant nous. En second lieu, j'ai fait vérifier la coque du *Vesper* par un ingénieur de l'arsenal de Brest. Le bateau tiendra sûrement sans casser jusqu'à la première tempête, qu'il passera sans mal. Le danger pourrait provenir du désarrimage de la cargaison lors du déchargement. Nous pourrions le déséquilibrer. Il nous faudra y veiller. C'est tout.

— Donc, on y va ? demanda François.

— On y va ! répondirent en chœur Eugène et Yves.

Et tous trois se regardèrent dans les yeux avant d'éclater de rire.

*
* *

Jean-Yves venait de placer les œufs de corneille au centre de ses deux colliers, sans les casser. L'effet était saisissant et ses sœurs n'en reviendraient pas. Quel cadeau il allait leur faire ! Et dans une heure, il dînait chez le grand-père de Gwen, M. Lemarchand. Désormais, il faisait partie des « grands ». Finalement, Karl était très gentil et n'avait sûrement pas parlé ; sans quoi, il aurait déjà été puni et privé de cette sortie. Or, pendant qu'elle le lavait, Jeanne-Yvonne n'avait rien dit.

Anne avait couché ses deux derniers : Jean-François, qui venait d'avoir quatre ans, et Jacqueline, son bébé de six mois, qu'elle avait eu trois mois à peine après le décès de son petit Prigent. Elle était déjà pratiquement prête et observait son mari qui passait une chemise à col dur dont la blancheur faisait ressortir encore plus le hâle de son visage. « Je parie, se dit-elle, qu'il ne réussira pas à mettre seul ses boutons de manchette. » Yves ne changeait pas ou si peu. À trente-cinq ans passés, il avait toujours les cheveux et la moustache noir de jais. Pas un seul cheveu blanc ! Quelques rides d'expression lui marquaient bien le visage, mais les yeux étaient toujours aussi étrangement beaux. La jeune femme sentit soudain le désir monter en elle et souhaita, un instant, qu'il cesse de se préparer pour la prendre là, sur-le-champ. Elle soupira...

— Des soucis ? fit Yves.

— Pas du tout. Un regret, seulement : j'ai soudain eu envie de toi et me suis dit qu'il y a quelques années tu t'en serais aperçu et que nous aurions pris le temps qu'il fallait. Tandis qu'aujourd'hui... Nous sommes déjà de vieux époux... Ta journée s'est bien passée ?

— Très bien. Nous avons décidé d'acheter ce bateau.

— C'est prendre d'énormes risques. Nous pouvons tout perdre !

— C'est Eugène seul qui investit dans le rachat de l'épave. Mon rôle se limitera à l'exécution, et je ne pense pas devoir mettre plus de 20 000 francs. Sais-tu que François et moi avons dormi à Balanec ? Chez Le Menn, le fermier. Enfin, quand je dis le fermier... Sa ferme tient plutôt de l'étable : nous avons dormi sur de la paille sale, pour ne pas dire plus, près de sa seule vache. Pour François, cela a été un dur retour à la vie de paysan. Il avait des courbatures partout, ce matin. Te souviens-tu de Béniguet, la première fois que nous y sommes venus ? Et bien c'était un palais, comparé à la ferme de Le Menn !

— Tout de même, Yves, 20 000 francs !

— Nous allons réduire les risques au maximum, rassure-toi, pour faire ce que François appelle « un coup fumant ». Ah ! ce bouton de col ! Tu crois vraiment qu'un nœud s'impose ? Je ne pense pas qu'Eugène se formaliserait si j'arrivais ce soir avec un col de chemise ouvert. Enfin, je retirerai ce col si j'ai trop chaud. Tu es prête, ma chérie ?

Un quart d'heure plus tard, alors que le cabriolet remontait l'allée de Bellevue, Yves lança, assez fort pour être entendu de ses enfants :

— Je n'avais jamais remarqué à quel point ce cèdre était haut. Et toi, Anne ?

— C'est l'arbre le plus haut du Conquet, m'a dit Estelle.

— Tu te rends compte, Jean-Yves ? L'arbre le plus

haut du Conquet ! Il fait bien trente mètres, sinon plus... Est-ce que ce n'est pas un nid de corneilles, à son sommet ?

— Oui, Père, c'est un nid de corneilles, répondit l'enfant, soudain aussi rouge qu'une écrevisse...

— Mon Dieu, fit Anne, affolée, le petit est en train d'étouffer !

— Ne t'inquiète pas, répondit son mari, c'est un simple coup de chaleur. Cela va passer... D'ailleurs, ça va déjà nettement mieux, n'est-ce pas, Jean-Yves ?

— Oui, Père, fit l'enfant, au bord des larmes.

Pourquoi son père le torturait-il ainsi au lieu de le gronder ? Sans doute avait-il eu vent de quelque chose, mais de quoi ? Que savait-il exactement ? Il devinait toujours tout et apprenait chacune de ses bêtises. Mais comment avait-il su, cette fois ? Ce ne pouvait pas être Karl. Alors, une des filles ? Julia, sans doute... Il ne pouvait se douter que c'était Eugène Lemarchand, lui-même informé par un des enfants, qui avait rapporté la chose à Yves. Heureusement, ils atteignaient déjà le perron et, dans une minute, son père aurait oublié ce cèdre. Yves avait arrêté le cheval. Avant d'aider Anne à descendre de la voiture, il passa affectueusement la main sur la tête de son fils, et, tout en lui ébouriffant les cheveux, il lui glissa à l'oreille :

— La prochaine fois, préviens-moi. J'irai peut-être avec toi.

L'enfant sentit son cœur bondir dans sa poitrine tandis que son regard s'illuminait de gratitude et d'amour. Il jeta les bras au cou de son père et se serra une seconde contre lui, l'étreignant violemment. Dieu, qu'elle était piquante, cette joue ! Il venait pourtant de se raser !

Un sourire aux lèvres, et pour une fois parfaitement coiffé, l'industriel s'avançait vers eux.

— Victor, occupez-vous de la voiture de M. Kerléo, voulez-vous ? Anne, ma chère, toujours aussi élégante...

— Et vous, toujours aussi flatteur, monsieur. Sommes-nous les premiers ?

— Comme toujours ! Avez-vous déjà vu votre amie Estelle à l'heure à un dîner à Bellevue ? Et comme ses enfants sont déjà là, ma fille devra trouver une nouvelle excuse, ce soir. Mais... j'entends un bruit de moteur... Vous voyez, Estelle me fait mentir, pour une fois. C'est une journée à marquer d'une pierre blanche.

*
* *

Ils venaient de s'installer dans le grand salon dont les fenêtres étaient ouvertes sur le parc. Il faisait si beau...

— Il y a bien longtemps que je ne vous avais eus tous ensemble, fit Eugène. Près d'un an déjà, je crois...

— Oui, un an demain, répondit Yves, qui savait que, le lendemain, il assisterait à la messe anniversaire de la mort de sa sœur Jeannie. Nous ne parlons pas boutique, aujourd'hui, n'est ce-pas ?

— Non, plutôt de cette chasse au trésor, suggéra Estelle. Cela me passionne et nous change, Anne et moi, du *bara mor* et de l'iode. Pour ma part, je pousse beaucoup François à acheter ce bateau...

— Au lieu de te contenter de pousser ton mari, coupa Eugène, pourquoi ne risquerais-tu pas toi-même quelques milliers de francs dans l'aventure ? Si tu trouves cela si excitant, nous t'acceptons bien volontiers dans le tour de table. Combien veux-tu mettre au pot ?

— Je n'en sais rien. Expliquez-moi tout, et je vous le dirai. Peut-être 10 ou 20 pour cent. Mais je ne veux pas y risquer plus de 50 000 francs, de toute façon.

— Le problème, vois-tu, c'est que nous ne savons pas exactement combien nous allons devoir sortir. Pour être adjudicataires, d'abord, pour réaliser l'opération, ensuite. Mais, à mon avis, cela devrait être de l'ordre de 300 000 francs. La valeur marchande de la cargaison dépassait le million de francs, sans compter le bateau, bien sûr, considéré comme perdu par les assureurs. Ils n'ont sans doute pas tort, d'ailleurs, car comment envisager de le sortir de là ?

— Où est-il exactement ce bateau ?

— Le *Vesper* a éperonné un récif, aux abords de Balanec : il s'est encastré dessus. La déchirure dans la coque est nette, mais pas énorme, et ne met pas le bateau en péril, pour le moment du moins. Ce qui est à craindre, c'est qu'avec les marées, la déchirure ne s'agrandisse très vite, ou, pire, qu'une tempête ne casse le bateau en deux. Nous commencerons par transborder les marchandises les plus accessibles, puis les grands vins, en fûts ou en caisses. Au fait, j'ai oublié de vous dire que les assureurs renonçaient à récupérer les vins en caisses. Et, si j'ai bien compris, il y en aurait pour près de 50 000 francs.

— C'est une bonne nouvelle, fit François,

— Peut-être pas, rétorqua Eugène, car le prix d'adjudication s'en ressentira forcément. Après ces caisses, nous nous occuperons des fûts de xérès, des tonneaux de bordeaux et des produits divers. Ensuite seulement, des grandes barriques de vins d'Algérie. Nous avons la chance que le *Vesper* ait touché Oran avant Porto et Bordeaux. Les grands vins seront plus facilement accessibles. Si tout se passe normalement, nous devrions pouvoir récupérer, sans difficultés, plus de la moitié de la valeur totale de la cargaison, soit 500 000 francs. C'est cette hypothèse qu'il nous faut retenir pour notre offre.

— Combien de jours avez-vous prévus pour le déchargement ? demanda Estelle.

— Quinze jours, à condition d'être prêts dès jeudi prochain, jour de la vente. Il nous faudra donc mettre très vite en place les poulains.

— Des poulains ? interrogea Estelle.

François vint au secours de son beau-père.

— Ce sont des appareils mécaniques très simples, expliqua-t-il, formés de deux montants de bois ou de fer, maintenus parallèles par des traverses métalliques courbes, épousant la forme des fûts. Des sortes d'échelles si tu veux, particulièrement adaptées à la manutention des barriques.

— Alors, ma fille, que décides-tu ?

— J'en suis ! Que ça marche ou pas, on va bien s'amuser et je ne vois pas pourquoi je me tiendrais à l'écart. Et toi, Anne, que penses-tu de cette histoire ?

— Ce que je pense de cette folie, tu veux dire ! Rien de bon. Je considère qu'il s'agit d'un pari trop risqué. Je l'ai dit à Yves, mais, je sais qu'il n'en fera qu'à sa tête. Je suis une terrienne, moi, une fille de la campagne ; je n'ai pas le tempérament risque-tout de ceux qui vivent de la mer. Mais j'ai passé des années dans les îles, et je sais que le temps peut y changer d'une heure à l'autre. Aussi je suis un peu sceptique quand j'entends mon mari m'affirmer qu'il va faire beau pendant quinze jours.

Yves avait écouté sa femme avec satisfaction, car il fallait un élément modérateur, quelqu'un pour tempérer l'enthousiasme général, même si c'était en vain.

— Ma chère Anne, dit Eugène, c'est moi qui prends le risque financier, et si je suis prêt à le faire, c'est que je considère qu'il vaut la peine d'être couru.

— Ce sera donc à vous de jouer, jeudi, Eugène, conclut Yves. Mais c'est vrai : à moi, aussi, il me tarde de faire quelque chose d'autre. J'ai l'impression de m'encroûter depuis un an.

*
* *

Les trois hommes, installés sur la terrasse, dégustaient un vieil armagnac, tout en goûtant la douceur du soir.

— Vous souvenez-vous de notre périple sur la côte nord, il y a huit ans ? fit François en ouvrant le col de sa chemise.

— Comment pourrais-je l'oublier ? répondit Yves. Ces deux ou trois jours ont été parmi les plus importants de ma vie.

— Pour moi aussi, intervint Eugène ; car ma vie a changé du tout au tout, à ce moment. Auparavant, je m'ennuyais quelque peu, tandis que maintenant, je respire un parfum d'aventure, je m'amuse vraiment.

— Quoi qu'il advienne de cette affaire, Eugène, c'est à François que nous le devrons, car c'est lui qui en aura été l'initiateur. Il a su s'y prendre... en douceur...

— C'est vrai, fit François, mais attends, avant de me remercier. Il n'empêche qu'il était temps, pour toi, d'avoir un autre objectif que celui de collectionner maisons et fermes ! Combien en as-tu aujourd'hui, au fait ?

— Cinq fermes et six maisons. Mais c'est surtout pour ma famille que j'achète tout cela. Anne...

— Anne a bon dos, et ne serait sûrement pas sur la paille s'il t'arrivait malheur.

— Je le sais, mais je n'ai pas d'usine, moi, pas de commerce. Du jour au lendemain, les cours de l'iode peuvent s'effondrer et les îles ne vaudront plus rien, ce jour-là.

— Peut-être pourrons-nous un jour extraire des algues autre chose que de l'iode ou du brome, dit François, mais peut-être aussi devrons-nous changer de métier, en effet. Vu le nombre de naufrages en mer d'Iroise, pourquoi pas devenir récupérateurs d'épaves ? Ou négociants en vins ? Nous allons avoir des stocks de vins d'Algérie, de bordeaux, de portos. L'idée n'est pas si farfelue...

— Elle ne l'est même pas du tout, fit Eugène. Savez-vous que l'un des deux négociants de la ville, mon voisin, en l'occurrence, cède ses murs et son fonds ? Vous voyez que vous tombez pile !

Yves observait ses deux amis, devenus subitement muets. Il laissa s'écouler un moment avant de se décider à les faire revenir sur terre.

— Pour ma part, je suis bien incapable de vous suivre et ne puis bien faire qu'une chose à la fois, dit-il. Mon problème, aujourd'hui, et pour trois semaines, c'est le *Vesper*, et rien d'autre.

19

La journée avait débuté de façon inattendue. Un peu avant six heures, alors qu'Yves s'apprêtait à quitter Roz-Avel, François était venu le prévenir que, sa femme se rendant à Brest, elle pouvait l'y conduire. Incapable d'inventer sur-le-champ un prétexte valable, il n'avait osé refuser. De temps à autre, il jetait un coup d'œil à Estelle qui conduisait d'une main sûre et paraissait prudente, contrairement à ce qu'affirmaient son mari et son père. Yves bénissait les pétarades du moteur qui les empêchaient de tenir une conversation suivie, tout autant que les travaux du tramway qui requéraient toute l'attention de la jeune femme. Dès qu'ils se trouvaient seuls, Estelle n'avait, en effet, qu'une idée en tête : reprendre leur liaison là où ils l'avaient laissée, un an plus tôt. Yves avait beau lui expliquer que c'était fini, qu'il ne voulait pas trahir la promesse faite à Jeannie sur son lit de mort, elle n'en avait cure et revenait sans cesse à la charge, estimant qu'il n'était pas tenu par une promesse faite à une mourante. Il se sentait si mal à l'aise lorsqu'il se trouvait seul en sa présence qu'il n'osait même pas se signer comme il le faisait habituellement au passage des nombreux calvaires qui jalonnaient la route.

Contrairement à lui, Estelle était parfaitement équipée et avait revêtu une veste de toile qui la protégeait de la poussière de la route, ainsi qu'une paire de grosses lunettes de conduite. Lui-même avait ôté son chapeau et passé l'ample vêtement que François utilisait habituellement en voiture. La route n'était pas encore entièrement pavée, mais quand les travaux seraient terminés, elle représenterait, tout comme le tramway électrique, un progrès considérable et un atout de premier ordre pour la commune. Eugène pouvait être fier d'en être l'initiateur.

Ils atteignaient déjà Saint-Pierre-Quilbignon et n'étaient pourtant partis que depuis cinquante-cinq minutes. L'automobile avait incontestablement du bon, et il faudrait qu'il songe à en acheter une. Il savait qu'Estelle apprenait à conduire à Anne, qui saurait bientôt piloter une voiture à moteur, alors que lui-même en serait incapable. Quelle évolution ! Jamais il n'aurait pu imaginer, quand il avait rencontré Anne, que la jeune paysanne qu'elle était alors deviendrait une de ces femmes nouvelles, ouvertes au progrès, conscientes de leurs droits et qui réclamaient haut et fort leur autonomie — un peu trop haut et trop fort, d'ailleurs, depuis quelque temps. L'influence d'Estelle... Il allait devoir y mettre gentiment le holà !

Elle tourna la tête vers lui et lui sourit. Il ne comprit pas ce qu'elle lui disait mais devina sur ses lèvres le « Je t'aime » qu'elle venait effectivement de prononcer. Il lui répondit lui aussi par un sourire, puis riva à nouveau les yeux sur la route. Ils quittaient Saint-Pierre et allaient successivement passer les Quatre-Moulins, Kerbonne et Recouvrance avant de franchir le Pont Tournant et de descendre enfin au port de commerce.

Quelques minutes plus tard, elle le déposait devant le consulat de Grande-Bretagne. Il n'avait pas de rendez-vous avec Arthur Robinson, mais savait très bien que, s'il était là, Arthur distrairait cinq minutes de son temps pour lui.

Avec l'âge, le visage du consul avait tendance à virer au rouge brique, tandis que moustache et cheveux, toujours aussi drus et fournis, passaient du blond-roux au poivre et sel. Mais l'homme était plus chaleureux peut-être encore aujourd'hui qu'il ne l'était huit ans plus tôt, quand Yves avait fait sa connaissance.

— Je suis venu vous dire bonjour, Arthur, avant de vaquer à mes occupations. Comme j'envisage, avec des amis, d'acheter l'épave du *Vesper*, j'ai du matériel à louer, des renseignements à prendre, et quelques conseils aussi, peut-être, à recevoir d'un ami...

— Le *Vesper* ! J'espère que vous ne m'oublierez pas si vous l'emportez et que vous me réserverez un bon « vintage » de Porto. Savez-vous qu'une bonne partie de la cargaison était destinée à des négociants londoniens ? J'en ai eu la liste hier. La voulez-vous ?

— Bien volontiers, Arthur ! Cela me sera utile. Peut-être, d'ailleurs, vos compatriotes souhaiteront-ils récupérer leur marchandise plus tard, avec une légère décote ?

— Possible, mais assez improbable, quand on connaît les négociants londoniens... Ils ont déjà dû passer une nouvelle commande à leurs fournisseurs. Ils ne peuvent se permettre d'être en rupture de stock de ces produits de luxe ! Leur réputation en pâtirait. Jc ne peux malheureusement pas vous donner de copie de connaissement, mais j'ai, ici, le plan d'arrimage et les listes de colisage que m'a communiqués l'armateur. Si cela vous intéresse...

Le consul baissa la voix, avant de poursuivre :

— Je tiens d'une personne bien informée qu'il y aurait, dans la coque, non pas une, mais trois déchirures. C'est ce qui explique que l'armateur presse la vente : il craint que le *Vesper* ne se casse en deux à la première grosse mer. Et justement, on annonce un coup de vent, peut-être même une tempête, dans quatre ou cinq jours. Il y a actuellement de très forts vents de sud-ouest dans le golfe de Gascogne. C'est-à-dire que nous n'y échapperons pas.

— En êtes-vous certain ?

— Tout à fait. C'est un consignataire de mes amis qui, pour m'éviter de prendre des risques inutiles, a jugé bon de me prévenir dès qu'il l'a su lui-même... Bien entendu, il m'a demandé de ne pas divulguer l'information. Mais entre amis...

— Votre attention me touche, mais cet ami est-il sûr lui-même de ses informations ?

— Après tout, je ne vais pas trahir un secret : il s'agit

de Bertrand Duparc, de Duparc Frères. Vous le connaissez, je pense.

— De nom, seulement. Évidemment, Bertrand Duparc, c'est sérieux. Est-ce qu'il envisage de soumissionner ?

— Il devait le faire, mais, compte tenu de ce que je viens de vous dire, il hésite beaucoup. Selon lui, il n'y aura, finalement, que peu de candidats au rachat de l'épave : trois ou quatre, tout au plus. Mais vous n'étiez pas du nombre, mon cher...

— C'est peu, en effet. Et pour l'assureur, ce n'est pas une très bonne nouvelle, cette tempête. Cela va réduire considérablement le montant des soumissions.

— Très certainement ! D'après ce que j'en sais, la fourchette se situerait entre 15 et 17 pour cent du montant de la cargaison, ce qui est peu. Cela tient au fait que le bateau aurait perdu une partie de son chargement lorsqu'il s'est échoué. Bien entendu, ce ne sont que des bruits dont il convient de se méfier. Mais, comme vous dites, il n'y a pas de fumée sans feu.

— Encore convient-il de savoir, mon cher Arthur, qui, allume le feu et pour enfumer qui, répondit Yves.

— C'est vrai, fit le consul, soudain pensif. Mais alors... serait-ce à dire que cela pourrait être une rumeur propagée par l'un des soumissionnaires ?

— C'est dans l'ordre du possible. Et puisque vous aimez les proverbes bretons, je vais vous en citer un que vous pourrez ajouter à votre répertoire : « Ce n'est pas avec un tambour que l'on prend le lièvre. »

*
* *

Son entretien avec le consul avait été très instructif. Le détour qu'il fit par la direction des Phares et Sémaphores le fut tout autant, puisqu'il lui apprit que deux ou trois caboteurs pouvant répondre à ses besoins étaient disponibles. Yves en nota les noms, ainsi que l'adresse des capitaines.

Il acheta également quantité de cordages, d'équipements divers et d'outils qui lui manquaient, puis se décida à se rendre chez son ancien condisciple, Julien Lévêque, qui avait succédé à son père comme négociant en vins. Julien connaissait les îles et Yves passa un long moment à lui décrire la vie à Quéménès avant d'en venir à l'objet de sa visite. Outre les vieux poulains de quatre et six mètres qu'il consentit à remettre en état avant de les lui livrer, Julien lui vendit également une trentaine de manchons de caoutchouc destinés à relier ces poulains entre eux. Comme son ami insistait, il dut lui exposer, dans le détail, la façon dont il comptait les utiliser pour vider le navire. Julien eut une moue sceptique.

— Moi, à ta place, Yves, j'aurais plutôt recours à un caboteur. Justement, mon beau-frère, Pierre Marrec, en commande un, *La Rieuse*. Tu devrais le voir. C'est un marin très compétent, qui te dira tout de suite s'il peut ou non te décharger ton bateau.

Yves avait immédiatement rendu visite au commandant de *La Rieuse*. Leur entretien avait été franc et précis : aussi carrés l'un que l'autre, les deux hommes étaient faits pour s'entendre. Ils convinrent que le commandant viendrait le lendemain au Conquet, d'où Yves le ferait conduire sur le site, à Balanec, s'il ne pouvait l'accompagner lui-même. Ils discuteraient du prix plus tard.

Après quoi, Yves passa à la banque, où il donna quelques ordres de vente d'emprunts russes pour approvisionner son compte : il devrait faire face, très vite, à des sorties importantes.

Il avait un quart d'heure de retard quand il arriva au Pont Tournant. Il devait y retrouver Estelle, mais c'était la voiture d'Eugène qui stationnait devant le café.

— Estelle reste à Brest avec son mari, expliqua l'industriel. Comme nous avons à parler et que le temps nous est compté, nous allons pouvoir le faire dans mon landau. Nous devons remettre après-demain matin, à dix heures dernier délai, le pli scellé contenant notre offre chiffrée pour la cargaison et le navire. Les enveloppes seront ouvertes en présence de l'huissier de la compagnie d'assurances à onze heures précises, et tous les soumissionnaires peuvent assister à l'ouverture des plis.

L'industriel prit le temps d'assimiler les informations qu'Yves avait à lui communiquer avant de lui demander :

— Quel devrait être selon vous le montant de notre offre ?

— Il est encore trop tôt pour le savoir. J'espère pouvoir vous répondre avec beaucoup plus de précision demain soir, quand Marrec aura vu le bateau. En attendant, le seul chiffre à prendre en considération est celui que sont susceptibles de proposer nos concurrents. Vous avez entendu parler de 20 pour cent, moi de 15 pour cent. Mais 15 et 20 pour cent de quoi ? Du montant de la cargaison seule, ou faut-il y ajouter la valeur du bateau ? La première fourchette est de l'ordre de 160 000 à 215 000 francs, la seconde de 210 000 à 280 000. Ce qui est sûr, c'est que Bertrand Duparc ne veut certainement pas mettre une fortune dans l'épave, vu la façon dont il tente de décourager d'éventuels concurrents.

— Bertrand... Savez-vous que nous étions très proches naguère ? Enfin, cela date quand même d'une quinzaine d'années... Il est très dur en affaires, et peut-être pas très correct, non plus. Encore que, s'il ne l'était pas du tout, Adrien ne travaillerait pas avec lui.

— Comment ? Devernois est son fournisseur ?

— Oui. Depuis que Bertrand et moi avons eu un différent.

— En tout cas, ce monsieur n'a certainement pas l'intention de prendre en compte la valeur du *Vesper*. Et il n'a sans doute pas tort, car comment sortir ce bateau du récif ?

— Pour nous résumer, 250 000 francs seraient donc suffisants, selon vous ? demanda Eugène.

— C'est certainement trop. Mais nous en saurons plus demain soir. Je dois voir tout à l'heure mes beaux-frères et Pol à Roz-Avel. Je leur ai demandé de se libérer pour deux à trois semaines. J'aurai besoin de Pol à Balanec. C'est un excellent organisateur, et il connaît bien les Molénais. Je vais tâcher d'accompagner Marrec à Balanec, demain matin. Il sera à sept heures au port. Si le vent est bon, nous pourrons être de retour en fin d'après-midi. Si nous pouvons transborder les fûts directement du *Vesper* sur *La Rieuse*, l'affaire deviendrait vraiment rentable. On pourrait jouer quasiment à coup sûr.

*
* *

Levé à quatre heures, Yves avait fini de préparer pour Joseph, Pol et Yann le pense-bête des tâches qu'ils auraient à effectuer.

— Je sais qu'il vous est difficile d'imaginer ce qu'est un chargement dans un vapeur, dit-il. Il faudra cependant, bien t'en imprégner, Joseph, car tu seras responsable de la manutention à l'intérieur du *Vesper*. Et ce n'est pas une mince affaire, car dans un bateau échoué il y a de la gîte, et déplacer des barriques sur un plan incliné ne sera pas une sinécure. Il faudra les placer dans les filets des mâts de charge avec la plus grande prudence. Imagine une barrique dévalant la cale... C'est le type d'accident auquel nous serons en permanence exposés.

— Et si cela arrive ? risqua Joseph.

— Cela ne doit pas arriver. Du moins, tu prendras toutes les mesures pour que cela n'arrive pas. Je compte sur toi. Nous allons commencer par les caisses et les demi-muids. Cela te permettra de te rôder et de prendre sans gros risque la mesure du travail à accomplir. Nous allons demander deux grutiers à l'armateur. Le gros du travail leur reviendra, et eux, c'est leur métier.

— Tu n'es quand même pas très rassurant, fit Joseph. Et si je ne suis pas à la hauteur ? Je n'ai jamais fait ça, moi.

— Moi non plus, ni Pol, ni Yann. Toi, Yann, tu devras récupérer les fûts sur le récif et les faire glisser à l'eau. À l'aide des poulains, on construira une sorte de rail, appuyé sur la roche. Là aussi, il s'agit d'un travail très délicat, dangereux même.

— Bien sûr, puisque tu me le confies, répondit le géant.

*
* *

Le commandant Marrec avait sondé les fonds aux abords du *Vesper* et examiné les récifs environnants et les courants. Après quoi, ils étaient montés à bord du cargo échoué, pour apprendre que le second était absent pour la journée. Les deux marins qui assuraient la garde du bateau n'avaient pas voulu les laisser visiter les cales, mais Marrec avait pu examiner à loisir les installations du bord.

Le *Marie-Jeanne II* filait à plus de six nœuds, en direction du Conquet, tirant profit, à la fois, du jusant et d'une bonne brise qui soufflait de trois quarts.

— Vous pouvez me faire confiance, monsieur Kerléo, dit Marrec. Votre bateau, je pourrai vous le décharger sans problème. Avec les mâts de charge du bord, ce sera même un jeu d'enfant pour ce qui est de la cale arrière. Pour les marchandises stockées dans les cales avant, j'ai aussi ma petite idée, mais je préfère voir l'intérieur du *Vesper* avant de me prononcer.

— Reste à nous mettre d'accord sur le prix, commandant.

— Mille deux cents francs la journée, cela vous paraît-il correct ? Avec un minimum de 18 000 francs garanti, soit quinze jours d'affrètement.

— Tout compris ? Assurance, carburant, eau, vivres... ?

— Tout compris.

— Topez là. Et puis, pas de « monsieur » entre nous ! Appelez-moi Yves ou Kerléo, comme cela vous convient.

— Moi, c'est Pierre. Et merci de me faire confiance. Je ferai en sorte que vous ne le regrettiez pas.

— J'en suis convaincu, sinon, je ne me serais pas décidé si vite. Combien de jours vous faudra-t-il pour décharger le *Vesper* ?

— La totalité de l'épave, je l'ignore, mais la partie arrière, à portée directe de mes mâts de charge, trois à quatre jours, pas plus. Pour autant, bien sûr, que cela suive, en cale.

— Pouvez-vous être prêts demain midi ?

— Comme vous y allez ! Demain midi, non. Mais après-demain matin, oui.

— C'est parfait. Que faites-vous, ce soir, Pierre ? J'aurais aimé vous présenter mes partenaires, encore que... non, c'est sans doute un peu tôt.

— Excusez-moi, mais si vous voulez que je sois prêt vendredi matin, il me faut rentrer à Brest immédiatement. Je vais avoir des tas de choses à faire.

— Vous savez, le *Vesper* n'est pas encore à nous. Il ne le sera que demain matin, à onze heures. Si nous réussissons, du moins.

— Vous réussirez, je n'en doute pas une seconde. Mais confirmez-le-moi par coursier dès que vous aurez eu les résultats de l'adjudication.

— Une question, encore. Êtes-vous sûr que votre armateur acceptera les conditions que nous venons d'arrêter tous les deux ?

— Tout à fait sûr, Yves. Il ne s'est jamais opposé à mes avis. Et savez-vous pourquoi ? Parce que l'armateur, c'est moi. *La Rieuse* m'appartient.

— Tout est bien, alors. Mais si j'avais su, j'aurais discuté du prix !

20

Eugène Lemarchand attendait l'ouverture des plis avec une fébrilité qu'il ne parvenait pas à cacher. Il supputait ses chances et regrettait de n'avoir pas tenu compte, dans son prix, de l'accord qu'Yves avait passé, la veille au soir, avec le commandant Marrec, dont l'intervention ramenait la part de risques à un niveau tout à fait acceptable. Oui, il aurait dû faire une offre plus élevée que les 185 000 francs qu'il avait finalement proposés.

— Je ne vous ai jamais vu aussi tendu, lui dit François en s'asseyant près de lui.

— C'est vrai. Je n'aurais pas imaginé qu'une simple affaire commerciale puisse me mettre dans un pareil état de nervosité. J'ai l'impression de revenir quarante ans en arrière, quand je passais le baccalauréat... Mais où avez-vous donc laissé Estelle ?

— Elle préfère attendre dehors. Elle est presque aussi nerveuse que vous. Je suis surpris qu'elle prenne tant d'intérêt à cette affaire. Voici l'huissier...

Lorsqu'il sut qu'il l'emportait, Eugène se leva brusquement, puis se rassit tout aussi vite. Il eut un bref étourdissement, dû à un afflux brutal de sang qui lui donna l'impression soudaine d'un voile devant les yeux. « Bon sang, mon cœur va me lâcher ! » se dit-il au moment même où, dominant le brouhaha, lui parvenait la voix de François, qui lui criait : « Bravo, Père, nous avons gagné. » Il respira à pleins poumons et sentit son cœur reprendre peu à peu son rythme normal.

Il avait gagné, en effet. Il l'emportait même très largement. La seconde offre, celle de Bertrand Duparc, ne s'élevait qu'à 161 000 francs.

*
* *

Il ne fallut pas dix minutes à Eugène pour parvenir à un accord avec l'armateur du *Vesper*, qui mettait à sa disposition, pour un mois, le second du bateau, ainsi que deux grutiers pour les mâts de charge et trois marins, préposés à la manutention des fûts en cale. En contrepartie, Eugène prenait en charge les salaires et tous les frais annexes de ces marins, et conviendrait directement d'une prime avec eux. Il quitta les bureaux de l'armement avec en poche un ordre de mission destiné au second.

Estelle et François virent venir à eux, le sourire aux lèvres, un homme visiblement satisfait du devoir accompli, qui leur déclara :

— Mes enfants, je puis vous le dire, aujourd'hui, je suis pleinement heureux.

— Cela se voit, Père, et c'est très bien ainsi, répondit Estelle.

— À votre tour de travailler, maintenant, François. Où en êtes-vous ?

— Je dois finir les achats dont Yves m'a chargé et acheminer les marchandises sur *La Rieuse*. Cela me permettra de faire la connaissance de ce Pierre Marrec dont Yves me rebat les oreilles. Tout est pratiquement prêt.

— Que vous manque-t-il ?

— Des vivres, essentiellement, tant pour les hommes que pour les chevaux qu'Yves amènera de Béniguet et de Quéménès. Marrec confirme le départ de *La Rieuse* à cinq heures, demain matin.

*
* *

Lucien avait mal dormi cette nuit-là. Bien sûr, il avait décidé de parler à la patronne, mais entre décider et faire, il y avait de la marge. Rentré de Quéménès avec Yann, la veille, il avait un peu traîné en ville, avant de dîner à l'office avec la nouvelle bonne et la cuisinière. À qui faire part de ses soucis ? Le géant ne le comprendrait pas, et le grand patron n'avait jamais le temps, ou plutôt, il faisait les choses tellement vite que lui, Lucien, n'arrivait pas à trouver la première phrase qu'il était déjà parti. Il n'y avait que la patronne pour le conseiller. Mais comment l'aborder ?

Depuis des mois et des mois, il retournait le problème dans sa tête. Il savait qu'il avait toutes ses économies chez le notaire Andrieux, à Saint-Renan. Yves Kerléo le lui avait dit, et, chaque année, on lui donnait un papier qu'il mettait de côté, ne sachant pas lire. Mais la patronne savait, elle ; elle lui expliquerait, lui dirait que faire.

Anne fut surprise de le voir s'adresser à elle. Un homme lui demandait conseil ! C'était le monde à l'envers ! Mais Lucien avait du mal à s'exprimer, et il fallut à la jeune femme beaucoup de patience et de diplomatie pour comprendre ce que voulait exactement le goémonier. Il avait, en fait, deux souhaits différents : apprendre à lire, écrire et compter, tout d'abord, et s'installer, ensuite, dans son village natal de Lanildut, grâce à l'argent qu'il avait gagné depuis huit ans — cet argent qui était placé chez le notaire Andrieux.

Quand tout fut dit, Lucien poussa un soupir de soulagement avant de s'appuyer au dossier de la chaise et de s'éponger le front. Son épreuve était terminée. Ce n'était plus à lui de résoudre le problème, maintenant, mais à ses patrons. Il n'avait plus qu'à attendre leur réponse, dont il était certain qu'elle lui conviendrait. Le patron était juste et n'avait rien à lui reprocher. Mais il eut soudain une inspiration : le papier ; il avait oublié de montrer à la patronne le papier qu'il avait apporté spécialement de l'île, le dernier papier qu'on lui avait remis... Il fouilla dans sa poche et le tendit à Anne.

— Combien d'argent cela me fait-il, madame Anne ?

Anne examina les chiffres, vit le récapitulatif des sommes placées annuellement, des intérêts acquis, et fut étonnée du montant total.

— Eh bien, Lucien ! Tu es riche, sais-tu ! Au 31 décembre 1902, tu avais un peu plus de 9 000 francs sur ton compte.

— Neuf mille francs ! s'écria l'homme. C'est beaucoup d'argent, n'est-ce pas ? Le notaire s'est peut-être trompé. Combien cela me fait-il d'années de gages à 500 francs.

— Dix-huit ans. Mais rassure-toi, les notaires ne se trompent jamais.

— Dix-huit ans ? Mais je ne travaille que depuis huit ans pour vous, aux îles. Le reste, c'est l'argent que le patron me donne quand il est content de moi ?

— Oui, mais aussi les intérêts des sommes placées.

— Est-ce que... Est-ce que c'est assez pour m'acheter un bateau ? Et une maison ?

— Un bateau, sûrement. Une maison, sans doute aussi. Les deux, je ne sais pas. De toute façon, mon mari t'aidera si ce n'est pas assez. Et puis, si avant de mettre ton projet à exécution, tu veux apprendre à lire, écrire et compter, tu as encore le temps. En tout cas, sois sans crainte ; tu pourras réaliser tes projets. Tous tes projets. Car je suppose que tu ne veux pas acheter une maison pour y vivre seul ?

— Non. J'ai une promise au village, depuis deux ans. Et je veux avoir une maison et un bateau avant de me marier. C'est pour cela que je travaille aux îles. On n'y dépense rien. Je ne vais chez moi que pour la « vieille semaine », en fin d'année.

— Ne t'inquiète pas, tu pourras te marier. Et quant à apprendre à lire et écrire, je trouve que c'est une très bonne idée. Ta promise a de la chance. Toi aussi, d'ailleurs, puisqu'elle t'attend... À quelle heure repars-tu à Quéménès ?

— Tout de suite. Pouvez-vous me garder mon papier ici ? Ce n'est pas la peine que quelqu'un d'autre le voie, à l'île. Je vous remercie beaucoup, madame, et je prierai pour vous. Que Dieu vous garde !

*
* *

Jean-Yves aussi avait eu bien du mal à trouver le sommeil. Ce problème d'œufs était si énervant ! Lucien lui avait promis deux œufs de goéland, et peut-être aussi deux œufs de mouette. Bien sûr, il ne les aurait pas tout de suite ; il lui faudrait attendre qu'il revienne sur le continent, ou alors qu'il les confie à son oncle Yann. À moins que son père... Non. Mieux valait laisser son père hors de cette affaire. Des œufs de goéland ! Depuis le temps qu'il en rêvait ! Il y avait bien songé quand il avait trouvé ce nid, dans une anfractuosité de rocher, à la pointe du Renard, mais c'était vraiment trop dangereux, même pour un bon grimpeur comme lui. S'il chutait, soit il se fracassait sur les rochers, à marée basse, soit il tombait dans le ressac, à marée haute. De toute façon, il aurait les os brisés. Il lui fallait donc attendre. Dieu ! Que cela allait être long ! Lucien lui avait dit qu'il lui donnerait deux œufs sur les quatre qu'il avait vidés pour ses neveux. Des neveux... Ne serait-ce pas plutôt qu'il les vendait ?

En réalité, ces œufs de goéland lui posaient un problème. Il n'avait, en effet, que deux œufs de corneille, et il lui en aurait fallu quatre : deux pour chaque collier, un de chaque côté de l'œuf de goéland. Il connaissait ses sœurs : il leur faudrait exactement le même collier. Comment trouver deux autres œufs de corneille ? Il serait certainement plus facile de trouver quatre œufs de mouette ! Il allait le demander à Lucien. À moins que... Ce nid, sur la route de Kerlohic ? Il était très difficile d'accès, et il avait déjà échoué à deux reprises ; mais cela valait quand même la peine d'essayer à nouveau.

L'enfant soupira. C'était la solution, ce nid. Et si Lucien avait ses quatre œufs de mouette, cela ne ferait qu'embellir ses colliers. Dire que son père prétendait que les enfants n'ont pas de soucis… À son époque, peut-être… Mais lui, ces œufs, ça l'empêchait de dormir.

Les vacances de Pentecôte allaient bientôt se terminer. Il lui fallait profiter de ces derniers jours. D'abord, aller voir le nid. Observer les corneilles, pour voir si elles couvaient. Peut-être les petits étaient-ils déjà nés ? Et ensuite ? S'il n'y avait pas eu Karl, Gwen-Aël serait certainement venu faire des roulades avec lui, dans le champ du pharmacien, au-dessus de l'arrière-port. Karl était gentil, mais il parlait vraiment à tort et à travers ; ils ne pouvaient pas l'emmener n'importe où. Ce champ était parfait et la pente idéale, et il était bordé par un talus qui empêchait toute chute sur le sentier, trois mètres plus bas. Évidemment, il y avait ce blé en herbe qu'ils abîmeraient un peu, mais le blé se redresserait ; ils n'étaient pas si lourds. À moins que… bien sûr ! Le parc de Ker-An-Aôd, c'était encore mieux. L'enfant frémit par avance de plaisir en songeant à celui qu'il éprouverait, le lendemain, lorsqu'il se laisserait rouler tout au long de la pente dans l'herbe fraîche. L'ennui, c'était les chiens ; mais, jusqu'à présent, ils avaient toujours réussi à s'enfuir avant que le jardinier ne les lâche.

La fatigue eut enfin raison du garçonnet, qui s'endormit.

*
* *

Eugène Lemarchand ne songeait plus au *Vesper*. Durant toute la journée, le temps lui avait été tellement compté qu'il avait dû attendre le soir pour ouvrir son courrier. La lettre que lui adressait son fils Félix lui causa un choc. Félix arrivait. Il accompagnait sa femme Ursula, qui se décidait enfin à venir en Bretagne. Et Ursula ne venait pas seule : outre sa fille Érika, elle amenait une femme de chambre et la gouvernante des enfants. Cela promettait !

Ils seraient là vers le 20 juin. Eugène fit un rapide calcul. La cargaison du *Vesper* serait, sans doute, entièrement déchargée et vendue, à ce moment-là. Du moins, il l'espérait. Il connaissait son fils et savait qu'il ne venait pas passer quatre semaines à Bellevue sans raison impérieuse. Quatre semaines ! Cela faisait de longues vacances, pour un directeur d'entreprise chimique... Oui, Félix devait être confronté à un problème sérieux pour consentir ainsi à « s'enterrer à la campagne », comme il l'écrivait. Eugène poussa un soupir. De ses deux enfants, pourquoi fallait-il que ce soit toujours le même qui lui apporte les soucis et l'autre les satisfactions ? Pourtant, Félix était plus intelligent qu'Estelle, c'était indiscutable. Mais il était, aussi, beaucoup moins exigeant avec lui-même et beaucoup moins honnête. Il ne croyait ni en Dieu ni au diable et ne faisait qu'obéir à ses penchants. Qu'avait-il raté dans l'éducation de son fils ? Trop d'argent, c'est ça. Il lui avait donné trop d'argent, trop jeune. Là était sa faute de père. Quoi qu'il en soit, il aurait le plaisir de connaître, enfin, sa petite-fille, Érika, la jumelle de Karl qu'il n'avait fait qu'apercevoir quand elle était bébé.

Allez ! Un jour comme aujourd'hui, où il avait remporté l'adjudication du *Vesper*, il n'allait pas se laisser abattre ! Si problème il y avait, il le découvrirait toujours assez tôt. Il quitta son bureau en sifflotant. Estelle et François n'allaient pas tarder à rentrer de Brest. La discussion qu'il avait eue avec Yves, en fin d'après-midi, lui laissait espérer un franc succès dans cette affaire du *Vesper*. Yves semblait avoir une très grande confiance dans ce Marrec.

Du côté de l'iode et du pain de soude, en revanche, l'avenir paraissait sombre. Le chiffre d'affaires de l'usine régressait depuis deux ans, en même temps que baissait le cours de l'iode, et contrairement à ce qu'avait prédit Yves deux ans plus tôt. Ce n'était pas encore inquiétant pour les usiniers, mais les goémoniers en souffraient déjà. Car si les industriels arrivaient à présenter un front uni face aux sociétés pharmaceutiques, les goémoniers se battaient entre eux, n'hésitant pas à casser les prix pour vendre leurs pains de soude. Depuis deux ans, Goulven et les siens menaient eux-mêmes leurs affaires sur Lilia, et ce n'était pas un succès. Goulven avait tendance à profiter de sa position, et les goémoniers l'abandonnaient les uns après les autres. Julien, au contraire, avait parfaitement développé son réseau en Cornouaille. Il y obtenait une assez bonne teneur en iode et dépasserait les 1 200 tonnes, cette année. Quant à Yves et son beau-frère Yann, ils avaient complètement modifié le ramassage du tali dans les îles, et leurs pigouillers étaient maintenant tous inscrits maritimes. Le produit récolté était parfaitement propre et la teneur en iode élevée. Yves et Julien s'adaptaient au marché ; Goulven, lui, perdait pied.

Eugène se leva péniblement de son fauteuil. Il vieillissait, grossissait, et le ressentait de plus en plus douloureusement dans tout son corps. Il n'avait plus de muscles, mangeait et buvait trop. Des bourrelets de graisse lui épaississaient la taille. Des poignées d'amour, disait sa fille. Mais pour qui donc, grand Dieu ? Cela faisait si long temps... Allons ! Que lui arrivait-il ? Cette affaire du *Vesper* allait lui donner le coup de fouet dont il avait besoin. Il le fallait, car tout et tous le fatiguaient : ce mandat de maire qu'il terminait serait le dernier, il se le promettait. Il avait fini par obtenir le renforcement de la digue, mais à quel prix ! Quelles mesquineries, quels égoïsmes ces travaux avaient révélés chez les uns et les autres ! Dans deux mois serait inaugurée la liaison Brest-Le Conquet par tramway électrique. C'était son œuvre, et il en était fier, de même que du pavage de la route sur toute sa longueur. Mais les pressions qu'il avait subies de tous côtés pendant toute la durée des travaux lui avaient, depuis longtemps, gâché son plaisir...

Il entendit le pas d'Estelle dans le hall d'entrée. Allons, il ne serait pas seul, ce soir.

*
* *

Pol et Yves n'avaient mis que deux heures pour rejoindre Béniguet, en dépit du vent et des multiples bords qu'ils avaient dû tirer. Ils y embarquèrent cinq des onze hommes sélectionnés par Pierre Le Bars. Jean Menguy prendrait les six derniers un peu plus tard. Yves prit à peine le temps d'avaler une tasse de café avec Pierre et Maria. Ils avaient quatre enfants, maintenant, quatre garçons, car il semblait que Maria ne savait faire que cela.

La mer était belle, l'air transparent, et ils virent de loin, apparaître *La Rieuse*. À l'aide de sa longue-vue, Yves distingua nettement François dans la cabine de pilotage, en discussion animée avec un Marrec hilare. Il ne doutait pas de la valeur de ce marin trapu, à la barbe rousse et broussailleuse et au crâne plus lisse encore que celui d'Adrien Devernois.

Les routes du *Marie-Jeanne* et de *La Rieuse* divergèrent bientôt, le vapeur continuant sur Balanec, alors qu'Yves faisait cap sur Molène. Il venait de décharger sur la petite cale cinquante kilos de pommes de terre, des carottes, des navets, deux caisses de vin et un petit fût de cidre quand apparut Mathieu Masson.

— Eh bien, Yves ! Tu fais une croisière ? Je commençais à prendre racine, depuis le temps que je te vois en approche ! Tu m'as amené du cidre ? Quel brave moussaillon tu fais ! Et du vin ? On arrivera à faire de toi un vrai Molénais, si tu continues. Tu dînes à la maison ce soir, bien sûr. Angèle va te préparer tout ce que tu aimes. Mon fils a été te chercher des ormeaux...

Mais Mathieu se tut quand Yves, qui était penché dans sa barque, se redressa en tenant un coq dans chaque main. Un instant interdit, le pêcheur se reprit vite :

— Deux coqs, Yves ? Mon Dieu ! Cela va être un festin ! pas à dire, tu es un vrai frère ! On va porter tout ça à la maison.

— Tu me laisses parler, Mathieu ? Je ne peux pas rester maintenant. Vous ne commencerez à Balanec que lundi. Préviens les autres, n'est-ce pas ? J'essaierai d'être chez toi à six heures ce soir. Mais ne m'en veux pas si je suis en retard.

— Tu restes dormir. C'est promis ?

— Promis, Molénais. Au fait, combien de bateaux ?

— Une bonne dizaine, peut-être plus. Tu les connais, cela dépendra de la pêche...

*
* *

Le soleil était presque au zénith quand Yves descendit sur la roche. Accoudé au bastingage, le second l'attendait. Il avait installé une échelle de fortune à la proue du bateau, ce qui permettait à ses visiteurs d'accéder au bord directement du récif.

— Nous nous sommes déjà vus, dit-il à Yves. Vous êtes venu à mon bord avec deux autres personnes, dont un ingénieur de l'arsenal, la semaine passée. Je me présente : Charles Le Bayon, Vannetais. Je suis le second du *Vesper*.

— Yves Kerléo, fit Yves, en lui tendant la main. Je fais partie du groupe qui vient de racheter le *Vesper* et sa cargaison. J'ai un message de votre armateur pour vous.

Yves laissa le second lire la lettre qu'il venait de lui remettre :

— Monsieur Kerléo, dit l'officier en repliant posément la feuille, j'ai ordre de me mettre à votre disposition. J'attends vos instructions.

— Pouvons-nous aller dans votre cabine ?

— Suivez-moi, fit le second en s'engageant dans une coursive.

Quelques minutes plus tard, les deux hommes avaient fait connaissance.

— En résumé, concluait Yves, j'ai besoin du savoir-faire et des conseils des hommes de métier que vous êtes, vous et vos hommes. Si mes goémoniers connaissent la mer, aucun d'eux n'a jamais fait de manutention sur un cargo et ils ignorent tous ce qu'est une grue ou un mât de charge. Il faudra donc que vos hommes soient vigilants. En plus de votre salaire et du leur, je vous garantis un intéressement de 1 pour cent sur la cargaison, au-delà des 250 000 francs correspondant à notre mise de fonds.

— Merci pour votre généreuse proposition, que j'accepte, bien entendu, répondit le second. Si j'étais vous, je chercherais à évacuer d'abord les colis qui ont le plus de valeur. Par chance, en l'occurrence, ce sont les plus légers : les caisses de bordeaux, les grands portos... Nous pourrons décharger tout cela par les moyens du bord.

— Les moyens du bord ?

— Nos propres mâts de charge, si vous préférez. Au fait, de quels bateaux disposez-vous ? J'ai vu un petit vapeur, *La Rieuse*. Il est bien à vous ?

— Tout à fait. C'est un caboteur de 1 200 tonneaux.

— Le capitaine sonde les abords du récif depuis qu'il est arrivé, il y a environ une heure et demie. Un homme prudent, qui connaît bien son affaire et les services hydrographiques de la Marine. Il sait qu'il faut vérifier toutes les mesures quand on doit effectuer un travail aussi délicat que le transbordement direct que vous allez sûrement lui demander.

— Oui, si c'est possible.

— Ça l'est, sinon nous ne serions pas arrivés jusqu'ici. Il y a du fond. La seule précaution à prendre, c'est de bien délimiter le récif, de ne pas oublier un seul caillou. D'ailleurs, les cartes officielles sont bonnes. Mais avant de commencer, il me faudra me mettre d'accord avec le patron de ce bateau. Vous avez envisagé autre chose ?

— Oui, un déchargement par le récif. L'utilisation de poulains pour construire une sorte de slipway, du rocher à la mer. Nous ferons glisser, sur ces poulains, les fûts que les pêcheurs récupéreront ensuite.

— Astucieux, mais délicat. Si vous y parvenez, c'est une bonne solution pour tous les fûts d'Oranie de la cale avant, que nous ne pourrons pas décharger par l'arrière. Je suis curieux de voir cela. Et une fois récupérés par les pêcheurs, que deviennent ces fûts ?

— Ils seront tirés sur Balanec et stockés sur l'île.

— Trop loin, trop de perte de temps, trop de manutention. Le plus simple serait de les amener le long de votre caboteur et de les hisser à bord par l'un de ses mâts de charge. De cette façon, vous pourrez vider le bateau plus rapidement.

Le second se tut un instant, et reprit, d'un air faussement dégagé :

— Et le *Vesper* lui-même, que comptez-vous en faire ?

— Démonter tout ce qui a quelque valeur, répondit Yves. Le navire étant considéré comme perdu...

— Perdu, le *Vesper* ? s'indigna l'officier. Vous ne tenterez pas de l'arracher au récif ? Vous n'allez pas le laisser se casser en deux sans essayer de le sauver, quand même ! Ce serait un crime.

— Nous le croyions perdu. D'après les armateurs... Bien entendu, si vous pensez le contraire... Que préconisez-vous ?

— Pour le moment, rien. Mais laissez-moi quarante-huit heures. Foi de Le Bayon, je trouverai une solution. Crénom de crénom ! pourquoi veulent-ils abandonner le bateau ? Surassurance, sans doute. Les brigands ! Monsieur Kerléo, dites-vous que le *Vesper* lui-même peut être, pour vous, une meilleure affaire que sa cargaison !

Il fut interrompu par l'arrivée de *La Rieuse*, qui venait vers eux au ralenti.

Après avoir amené son caboteur à toucher le *Vesper*, Marrec le fit pivoter doucement avant de se décider à mouiller. Moins d'une demi-heure plus tard, alors que les grutiers et manutentionnaires avaient déjà regagné leurs postes sur le cargo échoué, Yves, Marrec et François, flanqués de Pol et Joseph, écoutaient attentivement Le Bayon leur détailler son plan de déchargement. Yann avait commencé à transborder sur le récif les poulains et accessoires qui allaient lui permettre de construire le toboggan d'évacuation des fûts. Yves s'en aperçut, mais résolut d'ignorer provisoirement son beau-frère, car il ne voulait rien manquer des explications de Le Bayon. Joseph, lui, posait des questions sur la sécurité.

Le Bayon se tourna vers Marrec :

— Dites-moi, commandant, si nous faisions un essai pour rassurer nos amis et leur montrer qu'après tout, ce qu'ils nous demandent n'est pas si sorcier ?

— Tout à fait d'accord. Je retourne à mon bord. On utilise vos mâts de charge. Ils ont plus de portée que les miens. Mais ne m'envoyez que des petits colis, au début. Le temps pour mes gars de se faire la main, et surtout de trouver à chacun sa place en cale. Les petites caisses de bordeaux et les tonnelets de porto. Nous passerons aux demi-muids et aux muids quand les hommes seront rodés.

— Moi aussi, j'ai hâte de commencer, intervint Yves, mais il est midi passé et je connais mes hommes : ils ne feront rien de bon l'estomac vide.

— Vous avez parfaitement raison, répondit Marrec. Allez, je vous invite tous sur *La Rieuse*. Mon carré n'est pas grand, mais la tambouille y est acceptable.

*
* *

Yann fulminait. Il avait vu tout le groupe monter sur le caboteur et s'engouffrer dans le carré. Yves l'abandonnait sur son rocher. Seul. Il décida, lui aussi, de s'arrêter et ordonna la pause à ses hommes. Que devait-il faire ? Rester sur le rocher, par ce soleil, serait faire preuve d'un orgueil d'autant plus ridicule qu'il n'y aurait personne pour l'admirer. Sans demander l'autorisation aux marins du bord, il s'installa, de son propre chef, sur le *Vesper*. Après tout, il était chez lui sur ce bateau. Il avait été bien inspiré d'accepter les provisions que Lise leur avait préparées à lui et ses cinq hommes : pain et lard fumé, andouille, lait ribot... Au moins, ils ne mourraient pas de faim.

À cinquante mètres de lui, Pol surgit, soudain, du ventre de *La Rieuse*. Il distribua ses ordres à ses goémoniers qui s'activèrent aussitôt, descendant sur le *Marie-Jeanne II* nourriture, tentes et matériel. « Ils préparent notre installation à l'île, se dit Yann. J'espère que le cuistot sera à la hauteur de sa réputation, sinon, mes gars vont trouver le temps long... » Le géant n'était que moyennement satisfait du travail accompli pendant les deux heures précédentes : il devait bien admettre que ses goémoniers n'étaient pas très appliqués. Il avait eu l'impression de commander une troupe d'écoliers en vacances plutôt qu'un groupe de pigouillers travaillant sur un récif. Ils avaient cependant réussi à constituer des segments cohérents de toboggan. Restait, maintenant, à placer ceux-ci sur la roche, ce qui ne serait pas le plus facile. L'idée d'Yves n'était pas mauvaise, mais son application était délicate. Il leur faudrait, vraisemblablement, faire un palier intermédiaire, et donc une plate-forme supplémentaire, car l'orientation et la pente de la roche étaient loin d'être uniformes.

Il était temps de reprendre le collier. Yann se leva et fut le premier à redescendre sur le récif. Il avait eu le temps de réfléchir et de se calmer. Rien ne pressait. Il lui fallait procéder par ordre, et d'abord terminer la plateforme de stockage des barriques sur le rocher. Cela leur demanda près de deux heures, mais, lorsque Yves vint voir où ils en étaient, il fut surpris de constater qu'il pouvait se mouvoir sur une surface plane de quarante mètres carrés environ. Il nota, aussi, que si, dans sa première partie, le toboggan paraissait pratiquement terminé, il présentait en trois endroits au moins des dévers inacceptables pour les charges envisagées. Lorsqu'il en fit la remarque à Yann, ce dernier se contenta de hausser les épaules, avant de renforcer son installation par des cales de bois. Consolidation de fortune qui ne tarderait certainement pas à montrer ses limites, pensa Yves, qui préféra ne rien dire. Il connaissait son beau-frère et savait qu'il était inutile de le heurter dans un de ses mauvais jours, un de ces jours où il était persuadé d'être mal-aimé et incompris de tous. Yves le regarda s'éloigner, en se demandant ce qu'il mijotait.

Sur *La Rieuse* et le *Vesper*, manutentionnaires et grutiers s'activaient. Le transbordement allait bon train, et François, qui faisait office de chef pointeur, voyait, avec un plaisir non dissimulé, les pomerol s'ajouter aux margaux, les saint-julien aux saint-estèphe, les saint-émilion succéder aux plus réputés des haut-médoc. Il n'en connaissait pas vraiment les cours, mais savait déjà qu'ils avaient fait une bonne affaire. Bientôt arrivèrent les premiers portos, dont certains avaient plus de trente ans d'âge.

Dans la cale de *La Rieuse*, Pierre Marrec dirigeait lui-même les opérations. Le commandant connaissait ses hommes. Il savait qu'il ne pouvait les laisser manipuler pareille cargaison sans une surveillance étroite.

C'est pourquoi aussi il demanda à Yves de faire décharger deux barriques de vin d'Oranie : l'une pour son bord, l'autre pour Pol et ceux qui camperaient à l'île. Il était inutile de tenter ces marins et goémoniers qui, pour la plupart, n'avaient droit, en guise de vin, qu'à un quart d'une innommable piquette, une fois par semaine, le dimanche. Mieux valait se montrer bon prince et les abreuver généreusement de vin d'Algérie, plutôt que de les inciter à chaparder de grands crus qu'ils seraient incapables d'apprécier.

Ils s'apprêtaient à arrêter le travail. Yves et François étaient satisfaits de leur journée, Pol avait, depuis longtemps, rejoint Balanec où il avait fait installer des tentes et monter une cuisine. Il fallait nourrir et loger tout ce monde — et les pêcheurs conquétois et molénais n'étaient pas encore arrivés ! Dans la cale du *Vesper*, Joseph procédait aux derniers rangements quand il sursauta, les tympans déchirés par un hurlement, suivi d'un fracas retentissant. Puis quelques secondes de silence total, enfin brisé par la voix d'Yves :

— Ça y est ! Te voilà satisfait, Yann ! Tu l'as fait, ton essai ! J'espère que tu es convaincu maintenant ! Ton toboggan était bancal, je te l'avais dit.

— Pourtant, j'avais mis des cales, protesta Yann. Je ne comprends pas ce qui s'est passé. J'avais décidé d'attendre que la mer soit haute, qu'elle recouvre le bas du toboggan...

À la demande du géant, le grutier du *Vesper* avait déposé sur la plate-forme un muid d'Oranie. Yann et Augustin Pichon, un goémonier presque aussi fort que lui, avaient fait basculer le fût, puis l'avaient placé avec précaution sur le haut du toboggan, le retenant par un filet de cordes. Placés chacun d'un côté du rail, ils avaient laissé la barrique glisser lentement vers la mer. Tout semblait se passer pour le mieux quand l'un des tronçons du toboggan s'était soudain dressé presque à la verticale. À peine Yann avait-il lâché le filet qu'il vit, dix mètres plus bas, la barrique se briser sur les rochers et le vin se répandre dans l'océan. Dans le même temps, il rattrapait, par le bras, son acolyte qui, complètement déséquilibré, allait à son tour s'écraser sur les rochers. Par chance pour Yann, personne ne s'était aperçu du danger auquel venait d'échapper Augustin, qui n'avait même pas eu le temps d'avoir peur.

Il était important de détendre immédiatement l'atmosphère, et Yves s'apprêtait à le faire quand l'un des goémoniers de Quéménès interpella Yann :

— Ils ont plus de chance que nous, les poissons, patron ! Un coup de *gwin-rû* gratis, ça ne se voit pas tous les jours. Quel gâchis ! Ce vin aurait été bien mieux dans nos gosiers que dans la Helle !

— Ne t'en fais pas, Méar, enchaîna immédiatement Yves. Tout à l'heure, à Balanec, tu pourras en boire, de ce vin, et à volonté ! Il y en aura pour tout le monde.

*
* *

Ils étaient réunis dans le carré du *Vesper*. Yves n'était pas d'humeur à plaisanter, même si sa colère était retombée.

— Tu as enfin compris, Yann ? Il faut que, sur toute la longueur, tes poulains reposent sur la roche ou sur quelque chose de ferme. Ils sont trop longs, mis bout à bout, pour que l'on puisse les utiliser sans appui, comme tu l'as fait. Ce n'est pas difficile à comprendre, quand même ! Mieux vaut perdre un jour de plus et trouver une vraie solution plutôt que de risquer l'accident. François, as-tu des masses parmi les outils que tu as amenés de Brest ?

— Des masses ? Je ne crois pas. Pour quoi faire ?

— Pour casser la roche, de façon à l'aplanir.

— À votre place, intervint Le Bayon, je fixerais les poulains sur le rocher, et je les appuierais sur un socle de ciment.

— Encore faut-il en avoir, du ciment, le coupa Yves. J'en ai réclamé aux Phares et Sémaphores. Ils en ont commandé et...

— Pourquoi chercher ailleurs ce que vous avez à bord, et qui vous appartient déjà ? fit Le Bayon. Lors de notre dernier voyage, nous en avions un lot de 600 tonnes pour le port d'Oran. Il en resté. Une centaine de sacs, remisés dans un coin.

— Voilà un oubli qui tombe fort à propos, sourit Yves. Yann, tu sais ce qui te reste à faire, demain matin.

Quelques instants plus tard, François et Yves avaient rejoint *La Rieuse*, qui avait mis le cap sur Molène. En compagnie de Marrec, ils dégustaient, une bouteille de vieux porto, extraite d'une caisse de six.

— Eh bien ! fit Marrec, c'est une bonne première journée, n'est-ce pas ? Je dois dire que nous avons de la chance de tomber sur un marin comme Le Bayon. Efficace, rapide et, en plus, sympathique.

— Il ne semble pas apprécier beaucoup son armateur, remarqua Yves.

— Oui, mais je crains qu'il ne soit un peu trop optimiste. Je ne vois pas très bien comment vous pourrez sortir le Vesper de sa fâcheuse position sans casse.

— De toute façon, ce n'est pas notre priorité, aujourd'hui, répondit François. Notre priorité, la voici, ajouta-t-il, en levant son verre. Mon beau-père va être ravi ! Il va pouvoir se constituer à peu de frais une réserve de son breuvage favori !

*
* *

Tandis qu'Angèle s'affairait autour de la cheminée où elle jetait, de temps à autre, des fagots de goémon sec qui crépitaient en s'enflammant, Yves avait rejoint Mathieu Masson, attablé devant une bolée de cidre en compagnie de Robert et Célestin Le Moal. Angèle lui apporta un grand plat d'étrilles, d'araignées et de crevettes qu'elle posa à sa droite, à côté d'une assiette de palourdes. Yves s'empara d'une étrille.

— Je me suis toujours demandé ce que tu peux trouver de bon à ces bestioles, fit Mathieu. C'est tellement compliqué à décortiquer !

— Oui, mais tellement fin aussi. Vous, les pêcheurs, ne les appréciez pas parce que vous en avez de trop. C'est comme les seiches. Pourtant, c'est délicieux !

— Les seiches, délicieux ? fit Célestin. Ces saletés ! Parlons d'autre chose, tiens ! De demain, par exemple...

— Demain ? Prenez votre temps. Ce n'est pas la peine d'être à Balanec avant le début d'après-midi. Ce sera un simple essai avant lundi. Yann n'a pas encore fini le toboggan qui permettra de décharger les barriques de la cale avant, mais cela sera fait demain midi. Demain, il s'agit pour tout le monde de se roder avant d'attaquer vraiment lundi.

— Et pour la paie, alors ? Pas de paie avant lundi ?

— Robert, ce qui est dit est dit : 50 francs par jour et par bateau, pendant deux semaines, minimum, soit douze jours de travail. Et si tout se passe bien, un bonus au final.

— Et il y a du travail pour combien de jours ? demanda Mathieu.

— Pour un bon bout de temps, tu peux me croire. On ne décharge pas quatre mille barriques comme cela. Quinze jours au moins. Plutôt trois semaines.

— Quatre mille barriques ! Mais c'est fou ! Nous ne pourrons jamais décharger cela en quinze jours, intervint Célestin.

— Seuls, non. Mais nous en déchargeons une grande partie directement du *Vesper* sur *La Rieuse*. Au moyen des mâts de charge du *Vesper*.

— Tu parlais de bonus, fit Mathieu. C'est quoi, ce bonus ? Du vin ?

— Tout juste. Si tout se passe bien, un muid de vin d'Algérie par bateau.

— Un muid ? Cela fait plus de trois cent cinquante litres, n'est-ce pas ?

— Exact. Tu n'as plus envie de te moquer de ton

mousse, maintenant, hein ? Une barrique de vin, ça devient sérieux.

— Et comment, garçon ! Un muid de vin ! Plus 600 francs ! Tout cela pour se promener à Balanec. Mais on en redemande, mon gars ! Tous les Molénais sont avec toi ! Tu peux renvoyer tes Conquétois chez eux !

— Non. Ce qui est convenu est convenu. Seuls ceux qui m'ont donné leur accord depuis une semaine sont concernés ; les autres, je pourrai les prendre en complément, si besoin est, mais sans bonus.

— Et tu as raison. Ton *Vesper*, c'est un vrai trésor, conclut Célestin. Quatre mille barriques de vin ! Tu n'en es plus à une ou deux près, hein ? Alors, on peut bien te le dire... Tu connais Jos, bien sûr, Jos le Guen... Eh bien, le Jos, il a récupéré deux de tes barriques ! Intactes. Ne me demande pas comment. Il a dû trafiquer avec les gars du bord. Parce que tout est faux de ce que l'on a pu dire, qu'il y avait des quantités de barriques tombées à la mer, par exemple. Nous, on n'a jamais pu approcher ce bateau. Les marins sont armés ; on les a vus. Nous ne sommes quand même pas assez fous pour nous faire tirer dessus ! Seul le Jos a réussi son coup. Mais comme il ne nous a rien dit...

21

Yann et Augustin se préparaient. Comme la veille, mais avec un peu moins d'appréhension, ils avaient renversé le fût sur la plate-forme et le faisaient glisser sur le premier tronçon du plan incliné. Toute la matinée, ils avaient aplani la roche, comblé les creux au moyen de ciment, constitué peu à peu un toboggan presque aussi rectiligne que celui de la cale du canot de sauvetage du Conquet. Au signal « Prêt ? », les deux hommes tendirent leurs muscles, s'arc-boutant à la roche où ils avaient déjà pris leurs appuis. Une légère secousse suffit à faire glisser le fût.

— Laisse filer, Augustin. Doucement. Tout doucement. Comme cela. C'est parfait, fit Yann, surpris de constater le peu d'efforts qu'ils devaient fournir.

Mètre par mètre, la barrique descendait, passant, sans secousse, d'un poulain à l'autre. Lorsque enfin elle atteignit la mer, Yann se contenta de lâcher son bout, et dit :

— Remonte le filin. Tranquillement. C'est cela. Tu vois, tout s'est bien passé. Du billard. On recommence tout de suite.

Sur l'eau, Mathieu s'était immédiatement emparé du tonneau qu'il tirait dans un filet, derrière lui. En quelques minutes, il amena sa prise le long de *La Rieuse*. Il y eut un long moment de cafouillage à bord du caboteur quand il apparut que personne ne savait manœuvrer le treuil que Le Bayon leur avait prêté. Finalement, Marrec dut faire appel à l'un des grutiers du *Vesper*.

Yves qui avait observé les premières opérations venait de chronométrer Yann : huit minutes pour décharger les trois premières barriques ; treize barriques dans la demi-heure suivante. Pour un début, ce n'était pas si mal. Les pêcheurs, eux aussi, avaient immédiatement trouvé la cadence idéale. Chacun d'eux réglait sa vitesse sur le bateau qui le précédait. Ils se croisaient et se recroisaient en un ballet parfaitement synchronisé. D'un bord à l'autre, plaisanteries et rires fusaient. Il suivit des yeux Célestin qui amenait sa barrique le long de *La Rieuse*. C'était de là que viendraient les difficultés : de la récupération des fûts le long du caboteur et de leur mise à bord. Il résolut d'en parler à Pierre Marrec.

Ce dernier, en pleine discussion avec Le Bayon, n'était satisfait ni de la façon dont s'opérait la remontée des barriques à bord, ni du travail de ses hommes. Il craignait que, pour accélérer le rythme, ils n'en viennent à négliger les consignes de sécurité.

— Nous avons toute la journée de dimanche pour trouver une solution.

— Non. Il faut que nous la trouvions maintenant, Pierre, le coupa Yves. Il faut que, lundi, nous puissions commencer sur de bonnes bases.

— Permettez, monsieur Kerléo, intervint Le Bayon. Le ralentissement actuel tient à ce que, chaque fois que nous embarquons une barrique, le pêcheur récupère le filet avec lequel il l'a tractée, ce qui n'a aucun sens. Il faudrait que les élingues soient interchangeables et que les pêcheurs acceptent d'utiliser indifféremment les unes ou les autres. Ainsi, après avoir accroché les anneaux de son élingue, chacun d'eux en récupérerait une autre immédiatement, et libérerait la place pour le suivant. Ce serait plus simple et sûr.

*
* *

Quand Yves ordonna l'arrêt du travail, en fin d'après-midi, *La Rieuse* quitta immédiatement le récif en direction de Brest, où le déchargement s'effectua, le soir même, sous le contrôle de François...

Yves était fourbu ; aussi n'en appréciait-il que davantage le xérès qu'il dégustait dans le carré du *Vesper*, en compagnie de Yann et Le Bayon, quand ce dernier aborda de nouveau la question du renflouement du *Vesper*, préconisant de recourir à une société dirigée par un ancien officier de la marine marchande, Allanic, dont il répondait personnellement. Yves acquiesça et lui adressa immédiatement un télégramme.

Le soleil se couchait quand ils accostèrent à Balanec où ils retrouvèrent Pol et ses hommes en compagnie de quelques pêcheurs conquétois.

Lucien ne leur laissa pas le temps de souffler. Dès qu'il les vit, il vint à eux et leur remit le courrier. Après en avoir pris connaissance, Yves lui dit :

— Eh bien, Lucien, en voilà des nouvelles ! Je te félicite de vouloir apprendre à lire, écrire et compter. C'est très bien, et nous t'aiderons. Mais je regrette beaucoup que tu nous quittes pour t'installer à Lanildut. J'ai bien compris, n'est-ce pas ?

— Oui, c'est ça. Je veux rentrer au village, mais pas sans instruction. Je veux savoir lire, compter, écrire. Quand mon grand-père est mort, j'étais orphelin depuis longtemps et me suis trouvé seul. Je n'ai jamais été à l'école, car nous étions trop pauvres. J'ai, d'abord, travaillé chez mon oncle, mais il était trop dur. Je suis donc devenu mousse, puis pêcheur avant de venir travailler à Béniguet. Maintenant, j'ai des sous et je veux revenir au village, mais la tête haute.

— Pourquoi ne m'as-tu jamais demandé de t'aider ? demanda Yann. Ma femme t'aurait appris à lire ; ou même moi. Tandis que maintenant, si tu pars...

— Oh ! je ne partirai que quand Mme Lise m'aura appris, patron. J'ai attendu longtemps, je peux bien attendre un an ou deux de plus.

— Quant à t'installer à Lanildut, reprit Yves, nous t'aiderons à le faire, si tu n'as pas assez d'argent. Tu vois que tu as bien fait d'économiser. Neuf mille francs, ce n'est pas rien. Tu auras 10 000, peut-être 11 000 pour acheter une maison, un bateau et te marier. Compte sur nous.

*
* *

Pol, qui trônait au centre d'un groupe de goémoniers, avait invité Yann et Yves à venir le rejoindre.

— Asseyez-vous et dépêchez-vous de vous servir si vous ne voulez pas rester sur votre faim.

Jean Menguy vint s'asseoir aux côtés d'Yves, déjà occupé à déchirer à belles dents un carré de porc :

— Salut, Yves. Bonsoir Yann. Comment va ?

— Très bien, Jean. La journée n'a pas été mauvaise, et ici, la nourriture est bonne.

— Excellente, tu veux dire. Le seul reproche que nous puissions te faire, c'est que tu nous tailles le vin. Avec ce que tu vas récolter, tu pourrais te montrer un peu plus généreux. Une bouteille pour quatre ! Enfin, c'est un détail. Je dois convenir aussi que tes goémoniers sont de braves types. Quand je pense qu'il y a quelques années, les bijinnerien et nous passions notre temps à nous taper dessus !

— Qui sera là, jeudi prochain ? demanda Yann,

— Jeudi prochain ? Mais personne, voyons ! Tu rêves, ou alors tu ne sais plus quelle semaine nous sommes ! Tu sais bien que jeudi prochain, c'est le jour de la bénédiction de mon nouveau bateau, le jour de la Fête-Dieu. Juste après la procession. Il ne manquerait plus qu'un seul pêcheur me fasse faux bond ! Quant à vous deux... Yves est à l'honneur en tant que parrain, et toi, si tu ne viens pas, je ne te parle plus de ma vie entière...

— Je serai à l'honneur, c'est vrai, et je t'en remercie, fit Yves. Et après le tour en mer, je vous invite tous au Restaurant du Port.

— Je l'espère bien ! Manquerait plus que tu ne le fasses pas ! Pourquoi serais-tu parrain, sinon ? répondit Jean, en riant. D'autant qu'avec la pêche miraculeuse que tu vas faire, tu pourras nous rincer le gosier...

*
* *

Le transbordement direct se poursuivait sans anicroche, alors que le déchargement par le récif s'améliorait de jour en jour, non sans amener, cependant, sa surprise ou son émotion quotidienne : barrique mal posée sur la plate-forme et qui basculait, tombait à la mer ou se fracassait sur les rochers, homme mal réveillé ou fatigué qui chutait et se blessait. Yann avait tous les jours un motif de donner de la voix et maintenait ses troupes sous pression. Il craignait le moindre relâchement des goémoniers, la seconde d'inattention qui se traduirait par un accident mortel.

Ils avaient tous passé une journée dominicale extraordinairement calme et ensoleillée. Yann avait rejoint pour quelques heures Quéménès dont ils n'étaient guère éloignés. Pol, Joseph et Yves avaient été faire une partie de pêche à pied à Litiri, et en avaient rapporté quelques homards et des congres.

Le mercredi suivant, Yann et Yves ne quittèrent l'île qu'après le départ des pêcheurs. Ils savaient qu'ils n'étaient pas de grands marins, ni l'un ni l'autre, et ne souhaitaient pas s'exposer aux sarcasmes.

Laissant Yann barrer le bateau, Yves compulsait ses notes. En trois jours et demi de travail, ils avaient vidé plus du quart du navire : la totalité des caisses de bordeaux, tous les tonnelets de xérès et porto, les fûts de cognac, l'ensemble des colis de dattes et figues, qui figuraient désormais à leur menu de chaque jour. Il était peu probable qu'ils retirent quelque chose de ces fruits, se disait Yves, qui les avait goûtés pour la première fois de sa vie quelques jours plus tôt. Les dattes, surtout, étaient toutes collées les unes aux autres. Dommage, car ces fruits étaient vraiment délicieux. Ils avaient, également, récupéré près des deux tiers des tonneaux de bordeaux ainsi que près de neuf cents barriques de vin d'Oranie, et il en restait encore plus de trois mille...

Peu à peu, le *Vesper* s'allégeait. Cela faciliterait le sauvetage éventuel du navire, lui avait dit Le Bayon, mais cela contraignait aussi les équipes du bord à davantage de prudence encore. Il fallait tout faire pour éviter déséquilibre et désarrimage en cale. La veille, Pierre Marrec avait fait remarquer que le vent de nord-est avait tendance à remonter au nord ; il craignait un changement de temps à quatre ou cinq jours. Cette éventualité préoccupait Yves, car un vent de nord exposerait un peu plus *La Rieuse* qui, pour le moment, opérait à l'abri du *Vesper*. Le travail serait, aussi, plus délicat pour les pêcheurs, mais il leur en faudrait davantage pour les gêner vraiment. Se mettant debout, il s'étira et demanda :

— Au fait, Yann, Lise sera-t-elle là demain ?

— Oui. Les enfants restent à l'île avec leur nourrice et les bonnes. J'ai demandé à Lucien de prendre Lise, dans l'après-midi. Elle doit être au Conquet, à l'heure qu'il est. Chez toi.

— J'ai l'impression qu'on n'avance pas.

— Détrompe-toi. Regarde Molène, derrière nous. Quand on saute comme on le fait maintenant, avec vent contre courant, on ne voit la côte que par à-coups. Mais fais-moi confiance, nous avançons bien. Nous serons au Conquet dans deux heures, tout au plus.

Eugène savait qu'Yves rentrait ce soir-là, et il n'avait pu résister au désir de s'inviter à Roz-Avel. Assis dans son fauteuil habituel, il regardait, d'un œil distrait, les enfants s'ébattre autour de lui, en sirotant son premier verre de la bouteille de porto qu'il venait d'offrir à Anne. Il avait salué Lise et en avait déduit que le géant serait là, lui aussi, ce soir. Yves et lui devraient sans doute se replier sur Bellevue pour pouvoir discuter tranquillement.

À peine arrivé, Yves avait été assailli par ses enfants qui ne lui avaient même pas laissé le temps d'embrasser sa femme. Il leur échappa pour entraîner dans son bureau Eugène auquel il fit un point rapide de la situation. L'industriel écouta le détail des marchandises déchargées.

— De mon côté, aussi, les nouvelles sont bonnes, dit Eugène. Je reçois, de tous côtés, des propositions pour la cargaison. De Rouen, de Bordeaux, de Paris et même de Marseille. De Bretagne aussi, bien sûr, et nous sommes assurés de récupérer notre mise de fonds. Et puis, vous savez qu'il y a, à bord, deux grosses machines textiles. Comme l'acheteur ne peut attendre qu'on lui en fabrique de nouvelles, il m'en offre 70 000 francs. Je négocierai les fruits autour de 16 000 francs ; j'ai deux acquéreurs.

— Pour les machines, il n'y aura pas de problèmes, dit Yves. Avec Le Bayon et Marrec, je suis sûr de notre affaire. Au fait, prévoyez cinq caisses de bordeaux et un tonnelet de porto pour chacun d'eux ; ils le méritent bien. Maintenant, je vais vous demander une faveur, Eugène, celle de passer à table. J'ai très faim et...

— Pardonnez-moi, Yves, je suis d'un égoïsme ! Je vais vous laisser en famille. Retrouvons-nous demain matin, si vous le voulez bien.

*
* *

Il prenait son premier repas de la journée quand son fils faillit le renverser en lui sautant au cou pour lui souhaiter le bonjour. Tout comme lui, Jean-Yves était matinal et, aux beaux jours, se levait souvent avec le soleil, ce qui lui permettait de partager, seul, quelques moments d'intimité avec ce père qu'il admirait tant.

— Dis-moi, lui demanda Yves, où en es-tu avec tes colliers d'œufs ? Ils sont terminés ?

— Pas encore, Père. Il me manque deux œufs de corneille ou de pie. Hier, Lucien m'a rapporté quatre œufs de goéland. Ils sont très gros et très beaux. Pourquoi me demandez-vous cela ?

— Parce que, quand tu en auras fini avec ces colliers, j'aimerais que tu cesses de dénicher les oiseaux. Tu vas bientôt avoir l'âge de raison et tu dois être capable de distinguer le bien du mal, n'est-ce pas ? Tu peux donc comprendre que quand tu prends un œuf dans un nid, la femelle ne le couvera pas. Ce sera un oisillon qui ne verra pas le jour et un oiseau qui ne chantera pas, qui ne fera pas vivre les jardins et les bois.

— Mais, Père, les chats tuent les oiseaux et on ne leur dit rien...

— Les chats font cela pour survivre et n'ont pas de conscience. Toi, tu le fais par plaisir et tu as une âme...

— Alors, je dois arrêter ?

— Oui, mon garçon. Et tu nous feras plaisir en laissant éclore les oisillons.

— Je ferai ce que vous souhaitez.

— Jésus sera content de toi. Et tu feras un bon saint Jean-Baptiste, tout à l'heure, à la procession.

Anne s'activait depuis un moment à la décoration de la façade, aidée par toute la gent féminine de la maisonnée. Jeanne-Yvonne piquait de roses les draps de lin blanc tendus sur les murs du rez-de-chaussée, Julia s'appliquait sur un parterre de pétales de fleurs, devant le portail, ce qui ne laissait pas d'intriguer son frère. Jean-Yves se demandait, en effet, pourquoi elle se donnait tant de mal pour représenter le visage de la Vierge quand le moindre coup de vent pouvait, en une seconde, réduire son travail à néant. Et Yvonne qui, un peu plus loin, disposait les roseaux tête-bêche n'avait, selon lui, pas plus de sens commun.

Jean-Yves adorait la Fête-Dieu, tout autant que Pâques et presque autant que Noël. Toute la ville était décorée, les façades recouvertes de draps blancs et les rues de roseaux et de fleurs. Et aujourd'hui, il serait saint Jean-Baptiste ! Quel honneur pour lui et sa famille ! Sans compter que sa mère lui avait acheté, pour l'occasion, une culotte et une chemise neuves, ainsi que des sandales...

Dès dix heures, toute la famille avait pris, à pied, la direction de l'église où se pressaient déjà de nombreux fidèles qui voulaient avoir une bonne place dans la nef et éviter de se trouver placés derrière un pilier. Anne inspecta une dernière fois sa progéniture avant que les filles ne se dirigent vers les bancs de gauche qui leur étaient réservés, tandis que Jean-Yves rejoignait ses camarades au premier rang de la travée droite. Les filles étaient vraiment adorables, en anges : elles avaient le front ceint d'une jolie couronne de fleurs blanches et portaient, dans le dos, une paire d'ailes, parfaitement réussies. Jean-Yves serrait sous le bras droit, bien calé contre la hanche, l'agneau blanc de saint Jean-Baptiste, symbole de pureté.

Agenouillé dans l'aile droite, à côté de Yann, Yves surveillait son rejeton dont le caractère turbulent l'inquiétait et le rassurait à la fois. Il lui avait multiplié les recommandations sur le chemin de l'église, mais craignait que l'enfant ne les ait déjà oubliées. Il vit soudain, derrière Jean-Yves, un gamin de son âge pousser, à plusieurs reprises, l'agneau blanc pour le faire tomber. Jean-Yves se retournait ; il allait réagir. Par chance, la maîtresse avait vu ce qui se passait, elle avait saisi le fautif par l'oreille et l'avait tiré dans l'allée. Yves eut un soupir de soulagement.

Jean-Yves s'ennuyait ferme. Cette messe était interminable ! Il y avait eu des tas de chants dans cette drôle de langue qu'on appelait le latin. Ensuite, le recteur avait fait un discours. Comme d'habitude, il n'y en avait eu que pour ses chouchous, les pauvres pêcheurs. Comme s'ils étaient tous pauvres, les pêcheurs ! Il n'avait jamais un mot pour les paysans, les goémoniers ou les patrons de bistrots, ce qui était d'autant plus étonnant, d'ailleurs, que les pêcheurs étaient tous des rouges laïcs alors que c'étaient les paysans, les blancs calotins, qui défendaient les curés. Ensuite, il y avait eu le *Credo*, un très beau chant, où hommes et femmes se répondaient ; ils avaient tous mangé l'hostie à laquelle il n'avait pas encore le droit, et puis... il laissa son esprit vagabonder et s'assoupit plus ou moins jusqu'à ce que la maîtresse le réveille brutalement :

— Jean-Yves ! Qu'attends-tu ? C'est à toi !

Il sursauta, vit, dans un brouillard, son père et son oncle passer devant lui, portant, l'un la croix d'argent, l'autre une bannière gigantesque qu'il tenait comme s'il se fût agi d'une plume. L'enfant trouva sa place dans le cortège, et, quelques secondes plus tard, clignait des yeux, en plein soleil, totalement réveillé. Devant lui, quatre garçons de son âge portaient un brancard sur lequel reposait un bateau. Il était bien content, lui, de n'avoir que son agneau à porter, car ce brancard paraissait bien lourd et la procession serait longue. Ils marchaient depuis une éternité quand ils parvinrent devant la maison familiale. Il ne put s'empêcher de faire un signe de la main à sa tante Lise et à Jeanne-Yvonne, en robes de fête. Son agneau tomba au sol, mais il le reprit si vite que la maîtresse ne le remarqua même pas. Enfin, ils rejoignirent l'église. Cette fois, c'était bien fini.

Entourée de ses trois enfants, Anne regagnait ses pénates.

— Votre père nous rejoindra plus tard. Il va au port, pour le baptême du bateau de Jean Menguy.

— Père est parrain d'un bateau ? demanda Jean-Yves, étonné.

— Quand on parle de baptême de bateau, lui répondit-elle, cela signifie que le prêtre le bénit pour que Dieu le protège, ainsi que l'équipage. Malheureusement, cela ne suffit pas toujours à éviter les naufrages. Allez, pressez-vous. Votre repas est prêt.

*
* *

Yves et Yann avaient rejoint le port en compagnie du recteur et des enfants de chœur. La mer était haute et, sur la cale, le nouveau bateau attendait sa mise à l'eau. Le prêtre était pressé : il recevait à déjeuner ses collègues de Trébabu et Plougonvelin et avait hâte de regagner son presbytère où l'attendait un repas qui le faisait saliver par avance. Aussi expédia-t-il les prières d'usage et abrégea-t-il autant qu'il le put son discours. Il savait qu'il devrait respecter les coutumes et, pour le moins, monter à bord de la barque et faire un tour en mer. Il s'en tirait bien, cette fois-ci : un petit tour dans l'arrière-port leur avait suffi et, comme la mer était plate, il n'avait pas eu la moindre nausée.

Quelques minutes après son départ, le Restaurant du Port retentissait déjà des rires d'hommes et de femmes pour qui le baptême d'un bateau représentait bien plus qu'une simple coutume à respecter. Sans être très pratiquants — ils n'étaient pas « rouges » pour rien —, les pêcheurs avaient la foi chevillée au corps et n'auraient jamais pu concevoir d'utiliser une barque sans s'être assurés de la protection de la Vierge et de sainte Anne. Ils savaient que c'était de Dieu, seul maître des éléments, que dépendait leur sort. Un mauvais banc de brume ? L'on s'échouait sur un récif, et c'était la ruine assurée. Un brusque changement de temps, un fort coup de vent et, deux à trois semaines plus tard, on retrouvait un corps gonflé comme une outre, mangé par les crabes. Le bateau perdu, la femme veuve, sans ressources, les enfants orphelins. Oui, la mer était dure, et c'était à longueur d'année qu'ils avaient besoin de l'aide du Ciel.

Mais ce jeudi de la Fête-Dieu était jour de fête pour tous. Pour Jean, surtout, qui venait de baptiser son bateau, le *Marguerite-Marie*, du nom de son épouse. Jean était heureux de constater que ce baptême allait être le plus réussi de tous ceux auxquels il avait participé. Yves et Yann avaient bien fait les choses. Ils ne s'étaient pas contentés de fournir champagne et mousseux ; Lise avait décoré les tables de fleurs et Eugène Lemarchand, en tant que maire, avait fait livrer trois flacons de porto et une douzaine de bouteilles de bon vin.

*
* *

— Cette salle est une vraie volière, fit Anne à Jeanne-Yvonne.

— Un poulailler, plutôt, madame. Il faudrait se mettre du coton dans les oreilles !

C'était insupportable, en effet. Le bruit était assourdissant dans cette pièce qu'ils appelaient tous « la petite salle ». Entre les tout-petits qui n'arrêtaient pas de pleurer, et les aînés qui, pour se faire entendre, haussaient la voix de façon inconsidérée, on n'aurait pas entendu les pétarades de l'un de ces moteurs d'automobiles. Infernal, il n'y avait pas d'autre mot.

Un peu plus loin, Eugène discourait dans le salon, racontant pour la énième fois à l'une ou à l'autre un détail de l'adjudication du *Vesper*. Rozenn et Lise l'écoutaient poliment, tandis qu'Estelle venait de demander à Anne de l'accompagner dans un rallye Nantes-Paris qu'elle devait accomplir d'ici trois mois. Elle devait servir de pilote à François, toujours président du Vélo-Club brestois, à l'occasion d'une course cycliste, une sorte de tour de la France, lui avait-il dit, dont il serait l'un des commissaires. Elle connaissait elle-même le directeur, un journaliste du nom de Desgranges. Elles se turent en voyant Rozenn se diriger vers elles en compagnie d'Yves.

Ce dernier venait de comprendre que la jeune femme, à bout de nerfs, ne supporterait plus longtemps les méchancetés de ses belles-sœurs qui lui faisaient mener une vie d'enfer. Quand il la vit à ce point désespérée, il sut qu'il devait décider pour son beau-frère.

— Écoute Rozenn, lui dit-il, tu vas rester au Conquet jusqu'à ce que tu trouves une maison. Anne ira chercher tes affaires avec toi à la ferme. Encore un peu de patience et ce sera fini. Nous allons lui parler.

— Qu'êtes-vous en train de manigancer, tous les deux ? demanda Anne ? En voilà des têtes de conspirateurs ! Ne t'en fais pas, Rozenn, tu vas le retrouver ton mari ! Pour l'instant, à table, tous !

*
* *

Ils n'atteignirent l'île qu'à la nuit tombée. Joseph leur apprit qu'en ce jour de la Fête-Dieu, les hommes avaient transbordé cinq cent trente-deux barriques. La cale arrière était vide et, à partir du lendemain, la manutention serait plus délicate.

22

Le vendredi à seize heures, la chance les abandonna. La journée avait pourtant bien commencé. La ronde des bateaux de pêche avait repris : barques molénaises et conquétoises se succédaient au pied du récif, où, l'une après l'autre, elles prenaient en charge une barrique de vin d'Oranie qu'elles tractaient jusqu'à *La Rieuse*. Pour remonter les fûts à son bord, Marrec utilisait, depuis la veille, le second mât de charge de son propre bateau. L'accrochage des anneaux des élingues aux crochets du mât de charge ne présentait ni difficulté ni danger, et la surprise fut totale quand survint l'accident. On ne sut jamais ce qui s'était passé vraiment. Le fût de quatre cents kilos était déjà au-dessus du bastingage quand il retomba brusquement à la mer, à l'instant précis où la barque des frères Cuillandre se présentait le long du caboteur.

En entendant le cri du grutier, Michel plongea sur son frère. Il suivait machinalement des yeux le fût qui passait au-dessus de la barque quand, incrédule, il le vit basculer sur eux, lentement d'abord, puis très vite. Jules se demandait ce qui lui arrivait. Dans la même seconde, il se sentit propulsé hors du bateau, heurta méchamment la lisse et vit une masse sombre lui passer devant les yeux.

François venait de remonter de la cale arrière de *La Rieuse* et de s'accouder au bastingage. L'accident s'était déroulé sous ses yeux. Il avait vu le réflexe incroyable du Molénais sauvant son frère ; mais il avait vu aussi sa jambe gauche percutée par la barrique. Il avait ôté sa veste, enjambé le bastingage et sauté à l'eau. En quelques brasses, il rejoignit le blessé et le tira, en nageant sur le dos, vers le plus proche des bateaux molénais, tout en gardant les yeux fixés sur l'endroit où se débattait Jules, qui n'allait pas tarder à couler si on ne l'aidait pas. Tandis qu'au-dessus de lui Pierre Marrec hurlait des ordres, il vit les barques se rapprocher rapidement.

— Par ici, François, cria Mathieu Masson. Nom de nom ! C'est Michel ! Il est dans les pommes. Je le tiens, tu peux lâcher.

— Monte-le à bord, tout doucement, fit François, essoufflé. Je vais chercher l'autre... Fais attention, il doit avoir la jambe écrasée. La jambe gauche.

Il repartit immédiatement vers Jules Cuillandre qui éprouvait d'énormes difficultés à se maintenir à la surface, et lui tendit l'une des deux bouées que venait de lui lancer le bord. Quelques minutes plus tard, François était à nouveau sur *La Rieuse*, trempé et glacé jusqu'aux os. Sur la mer, seuls quelques débris de bois témoignaient de l'accident. Le blessé semblait gravement atteint et sa jambe perdue. Par chance, l'un des hommes de Marrec avait des notions de ce qu'il convenait de faire en pareil cas et confectionna une attelle de fortune. À bord de *La Rieuse*, Yves venait de donner l'ordre d'arrêter le travail. Marrec s'apprêtait à regagner Brest pour y faire hospitaliser le blessé quand, du *Vesper*, leur parvint un grand fracas, aussitôt suivi de cris et de hurlements.

Il y eut bien dix secondes d'un silence atterré.

Par bonheur, tout se résumait cette fois à un bras cassé. Ce second accident découlait directement du premier. À l'intérieur du *Vesper*, la nouvelle des mésaventures des frères Cuillandre s'était répandue comme une traînée de poudre, et l'attention s'était relâchée. Une seconde d'inattention d'un employé, un fût qui saute le madrier de sécurité et dévale la cale avant de s'écraser sur les défenses, projetant au passage un goémonier qui se casse le bras en tentant de se protéger...

La Rieuse avait immédiatement embarqué les deux blessés qu'une ambulance prit en charge, dès leur arrivée à Brest. Yves décida de se rendre sans attendre à Molène pour rassurer les pêcheurs et la famille Cuillandre, qu'il réunit au Café du Port. Les visages étaient graves et ne se détendirent un peu que lorsqu'il eut rappelé que tous les hommes qui travaillaient pour lui étaient assurés, et promis que le bateau des deux frères serait remplacé par un autre de leur choix. Jules et Michel, en outre, seraient payés et recevraient leur fût de vin comme les autres.

*
* *

Dès le samedi matin, ils avaient eu de bonnes nouvelles des blessés : il s'agissait, pour l'un comme pour l'autre, de fractures simples. Ce souci en moins, Yves avait réuni Marrec et Le Bayon pour mettre au point le déchargement des deux grosses machines textiles. Marrec commença par mouiller deux ancres flottantes pour asseoir le bateau qu'il plaça face au vent du nord, qui soufflait maintenant à quinze nœuds. Les deux caisses dépassaient de quatre cent cinquante kilos les cinq tonnes, poids limite théorique que pouvait soulever le mât de charge du *Vesper*, mais Marrec assurait que les marges de sécurité de ces moyens de levage étaient de 30 pour cent. Un quart d'heure après le début de l'opération, les deux caisses étaient arrimées sur *La Rieuse*. Il était huit heures du matin, et ils avaient déjà bien gagné leur journée.

Sur le *Vesper*, les barriques devaient maintenant passer de la cale avant à la cale arrière avant d'être transbordées sur *La Rieuse*. Ils travaillèrent toute la journée. Tous savaient que le temps jouait dorénavant contre eux. De temps à autre, un pêcheur scrutait le ciel d'un air interrogatif, avant de reprendre sa place dans le ballet des barques qui se suivaient sans interruption. Quand Yves ordonna l'arrêt du travail, ils avaient déchargé quatre cent soixante-six fûts.

Yves avait enfin pu discuter avec Allanic, le réparateur naval recommandé par Le Bayon, arrivé la veille avec ses hommes. Le Lorientais était, en effet, si sûr de son affaire qu'il était venu avec ses ouvriers, avant même d'avoir traité avec Yves. Ils convinrent qu'Allanic toucherait 30 pour cent du prix de vente du bateau, s'il arrivait à le remettre à flot et à le ramener à Brest, à charge pour lui d'en rétrocéder 10 pour cent à Le Bayon. Dans le cas contraire, il devrait se contenter du remboursement de ses frais estimés à 1 200 francs, ce qui avait paru beaucoup à Yves.

— Vous plaisantez, Kerléo avait protesté l'autre. Ce bateau vaut bien ses 500 000 francs.

— Ce qui vous en fera 100 000. Pas mal, pour une mise de fonds du centième. Il me semble que la bonne affaire, c'est vous qui la ferez, Allanic.

*
* *

Il était exactement quatorze heures trente, le vendredi suivant, quand Le Bayon fit retentir la corne de brume du *Vesper*. Il ne restait plus une seule barrique à bord. Le bateau était entièrement vidé.

— Sans compter, Yves, lui glissa François, qu'Allanic aura sans doute fini de colmater les brèches dans la coque du vapeur dès demain matin. Tu peux être fier de toi.

Yves le regardait sans le voir, un léger sourire aux lèvres. Il était anesthésié, vidé de toute son énergie. Ainsi, c'était fini. Ils avaient tenu la gageure et terminé le travail en moins de quinze jours. Il s'agenouilla pour une brève action de grâce, à l'endroit même où il venait d'apprendre la bonne nouvelle, et remercia Dieu, saint Yves et saint Christophe. Pigouillers et marins l'imitèrent.

« C'est cela ! C'est cette foi qu'il a chevillée au corps qui fait sa force », se dit François, frappé par sa piété, et plus encore par la réaction des employés. Ni Le Bayon ni Marrec, ni moi, ne sommes du même bois. Sans doute nous avons la foi, mais si tiède... Alors que lui, ces pêcheurs, ces goémoniers... S'ils lui font autant confiance, c'est qu'il est l'un des leurs, qu'ils se reconnaissent en lui, et qu'il les respecte. C'est cela ; il les respecte et ils le savent.

— Jamais je n'aurais cru que nous aurions réussi, dit Yves en se relevant.

— Moi non plus, fit Le Bayon en écho. Ce qui m'a épaté le plus, c'est ce toboggan. Je n'y croyais pas, je le reconnais, et j'ai été vraiment bluffé. Maintenant, il nous reste à arracher le *Vesper* au rocher. Je compte sur vous pour m'aider jusqu'au bout. Je veux sauver ce bateau, *mon* bateau. Il représente beaucoup pour moi et je ne veux pas qu'il finisse dans la Helle. Mercredi, c'est grande marée. Nous le sortirons ce jour-là, si vous le voulez bien.

— C'est d'accord pour moi, dit Marrec. *La Rieuse* sera là mercredi matin. Soyez tranquille, il n'y a pas de raison qu'un sauvetage si bien commencé se termine mal. Allanic a pratiquement fini de colmater les brèches, n'est-ce pas ?

— Oui, mais ce qui m'inquiète, ce sont les cailloux.

— Venez chez moi, demain ou après-demain... Nous examinerons ensemble mes relevés et ceux des services hydrographiques...

Yves avait interrompu cet aparté et invité goémoniers, matelots et pêcheurs à bord du caboteur pour y fêter le succès. Tous savaient qu'ils bénéficieraient, chacun à son niveau, d'un supplément de revenus très appréciable. Il n'y avait donc pas de jaloux, et Jules Cuillandre était le premier à participer à la liesse générale. Après tout, il allait avoir un nouveau bateau, et son frère remarcherait bientôt.

Le lundi matin, Yves reçut Le Bayon, au Conquet. Le second du *Vesper* voulait mettre tous les atouts de son côté. Il comptait, certes, sur l'assistance de Marrec et espérait qu'elle suffirait, mais comme il avait déjà été échaudé, il insista pour que Yves prévoie la mise en alerte d'un remorqueur pour le cas où... Yves lui promit de faire le nécessaire et, comme François se rendait à Brest dans l'après-midi, il le chargea de la démarche. Le soir même, son ami lui fit part de la proposition du directeur d'une petite compagnie de remorqueurs qu'ils jugèrent inacceptable. François renégocia le lendemain matin après avoir rendu visite à deux autres patrons de remorqueurs. Mais les conditions restaient exorbitantes : 300 francs de l'heure pour la mise sous pression des machines, 1 000 francs de l'heure en cas d'appareillage sans intervention, et, surtout 125 000 francs si le remorqueur ramenait le *Vesper* au port.

Le Bayon était pâle et tendu quand Yves vint le saluer à son bord, ce mercredi matin. Il eut pitié de lui et risqua une plaisanterie. Sans succès. Il les informa, lui et Allanic, des accords passés avec le patron du remorqueur et tous trois convinrent de calculer leurs commissions sur la valeur résiduelle du navire, une fois déduits ces frais de remorquage. Mais Le Bayon l'écoutait à peine ; il était ailleurs.

— Je ne prendrai aucun risque, monsieur Kerléo, mais on ne sait jamais. Allanic et moi restons à bord du *Vesper*. C'est normal, nous en sommes responsables. Vous, vous n'êtes que l'armateur, votre place est sur *La Rieuse*, pas avec nous. Nous communiquerons en morse dès que nous aurons dégagé le bateau du récif. S'il y a le moindre pépin, je vous aviserai.

— Ayez confiance, Le Bayon, vous allez le sauver, votre bateau, fit Marrec.

— J'ai confiance, Marrec, mais je suis prudent. Vide, le bateau flottera et se dégagera tout naturellement du récif, par ses propres moyens. Nous avons cassé, à marée basse, les aspérités de roche qui pouvaient nous gêner. Normalement, tout doit bien se passer. D'après les cartes et vos mesures, si je fais machine arrière à vitesse réduite, je dois pouvoir passer, comme vous l'avez fait toute cette quinzaine. Il n'y a pas de raison pour que j'aie besoin de vos services. Les moteurs ont été vérifiés. Mais on ne sait jamais. Ne me souhaitez pas bonne chance, cela porte malheur.

Lorsqu'il sentit le navire se redresser, Le Bayon aurait voulu hurler sa joie. Il allait réussir ! Peu à peu, le bateau se dégageait du récif. Pourtant, très vite, il sentit une résistance à la poupe et perçut comme un léger raclement sur la coque, à bâbord arrière. Il dépêcha Allanic et l'un de ses matelots, qui revinrent bientôt. Ils avaient peut-être touché une roche, mais sans dégât : il n'y avait pas de fuite apparente. Il augmenta la pression : dans une sorte de sursaut, le bateau se dégagea enfin. Mais l'effort fourni ressemblait trop à celui que fait un animal pris au piège qui n'hésite pas à se blesser mortellement pour retrouver sa liberté. Le raclement sur le rocher avait été beaucoup plus net, cette fois, et la secousse plus violente. Pourvu qu'il n'y ait pas de voie d'eau...

Allanic était reparti, mais cette fois, son rapport était pessimiste : déchirure importante, heureusement en partie au-dessus de la ligne de flottaison. Il allait tenter de colmater, et avait mis les pompes en route. Mais la voie d'eau était sérieuse, au moins cinquante litres à la seconde. Il repartit, suivi de tous ses hommes. Dès qu'il s'arracha au récif, Le Bayon mit toute la pression. Il lui fallait regagner Brest le plus vite possible. Cinquante litres à la seconde, cela faisait 180 tonnes à l'heure. Ce n'était rien, si cela ne s'aggravait pas trop vite. Que faisait Allanic ?

C'est un de ses matelots qui revint le premier.

— Cela monte trop vite, monsieur. Nous ne nous en sortirons pas sans assistance.

Allanic remonta pour confirmer. Le Bayon demanda aussitôt l'assistance du remorqueur et de ses pompes puissantes. Il devait tenir jusqu'à ce que celui-ci le prenne en charge. Il aurait dû être là dès le début de la manœuvre, et lui, Le Bayon, aurait dû se montrer plus ferme avec Kerléo. Ces paysans ! Il n'y avait que l'argent qui les motivait ! Ils ne savaient pas ce qu'était la mer, un bateau... sa vie. Il suait de peur. Il était lancé dans une course contre la montre, et il aurait donné cinq années de sa vie pour sortir son bateau indemne, et voilà que maintenant... Il fallait qu'il aille voir.

Il confia la barre à Allanic et descendit constater les dégâts. Quand il vit la déchirure dans la coque, il sut immédiatement que le *Vesper* était perdu. Ce n'était pas cinquante, mais deux cents ou trois cents litres qu'ils embarquaient à la seconde. Vingt tonnes à la minute ! Dans un quart d'heure, ce serait le double, ou plus. Ils n'avaient pas une chance de s'en sortir, le vapeur allait s'enfoncer par l'arrière. Plus ils embarquaient, et plus la voie d'eau s'agrandissait, la déchirure coupant la ligne de flottaison. Il s'arracha enfin à sa contemplation morbide et remonta sur le pont, comme un automate. Aveuglé par les larmes, il ne voyait plus rien. Il appela un matelot à qui il transmit un message à destination de *La Rieuse* : « Très forte voie d'eau. Demandons assistance immédiate ».

Le *Vesper* était encore loin de Kervouroc quand il ordonna l'abandon du navire. Marrec en avisa aussitôt le remorqueur, qui continua cependant son chemin, son commandant estimant qu'il devait jouer à fond la petite chance qui lui restait d'atteindre le vapeur avant qu'il ne coule. S'il réussissait, en effet, la prise serait à lui. À lui tout seul. Sur le pont de *La Rieuse*, les visages étaient graves. Personne ne pipait mot, tant la détresse de Le Bayon faisait peine à voir. Yves n'osait pas le regarder en face : il se reprochait de n'avoir pas compris à quel point cet homme tenait à son bateau. Là où il avait cru voir de l'intérêt, il y avait un lien quasi charnel. Il ne se pardonnait pas son erreur. S'il avait su, il aurait affrété ce remorqueur ! Il aurait discuté lui-même les conditions et se serait mis d'accord avec l'armateur. Au lieu de quoi, il avait laissé François sans instructions. Ce naufrage lui était imputable.

La Rieuse, à présent, s'éloignait lentement du *Vesper* qui dérivait légèrement en s'enfonçant peu à peu dans la mer. Le remorqueur, qu'ils devinaient dans le sud-est, arriverait quand tout serait fini. Quand la poupe commença à être submergée, Le Bayon se retourna : il ne voulait pas assister à l'agonie de son bateau. Puis il se ressaisit, et quand Marrec le prit par l'épaule et voulut le faire descendre au carré, le second lui repoussa le bras et se retourna.

— Non, dit-il, il faut que je le voie mourir...

*
* *

Deux jours plus tard, Le Bayon était passé à Bellevue. Il avait accepté la gratification supplémentaire qu'Eugène, François et Yves avaient décidé de lui accorder et qu'ils avaient portée à 10 000 francs.

— Je sais que ceci ne remplacera pas votre bateau, lui avait dit François, mais cela atténuera peut-être un peu vos regrets.

— Je vous réitère mes excuses, monsieur Le Bayon, commença Yves, mais...

— Vous n'avez aucun reproche à vous faire, Kerléo. Vous n'y êtes pour rien. La présence du remorqueur n'aurait rien changé. C'est moi qui n'ai pas bien observé la roche, qui n'ai pas vu ce caillou, à l'arrière, sous l'eau. J'aurais dû...

La voix du marin se brisa, et tous trois se regardèrent, incrédules.

— Le Bayon, vous avez fait tout ce qui était humainement possible pour votre bateau, et même au-delà... Pierre Marrec, qui a la plus vive admiration pour le marin que vous êtes, nous le disait encore hier.

Mais ils eurent beau tenter de lui remonter le moral, rien n'y fit. Le second déclina poliment leur invitation à déjeuner et s'en alla.

Pour les trois hommes, ce naufrage était une leçon.

— Nous aurions dû prendre tout notre temps avant de sortir le *Vesper* de sa fâcheuse position, dit Eugène après un long silence. Le Bayon a raison, en un sens, quand il se reproche de ne pas avoir suffisamment examiné le récif... Peut-être aurions nous dû faire appel à un scaphandrier...

— Voyons Eugène... Croyez-vous que cela aurait supprimé le risque ? Ce bateau était en très mauvaise posture, nous le savions. Tout le monde le considérait comme perdu, et, de fait, nous l'avons perdu. Ce n'est pas parce que nous avons failli le sauver qu'il nous faut regretter notre tentative. Ce n'est pas parce que le miracle n'a pas eu lieu que nous avons échoué ! Et croyez-moi, sans Le Bayon, nous ne serions pas là à nous féliciter de notre réussite, car si le toboggan a fonctionné, c'est grâce à lui ! Nous aurions dû le lui rappeler. Je vais demander à Pierre Marrec d'essayer de le réconforter, avant qu'il ne rentre chez lui, dans le Morbihan. Cet homme-là va mal, très mal. Ce n'est plus celui que nous avons connu ces trois dernières semaines...

— En tout cas, l'argent n'est pas sa motivation première, conclut François. Vous avez vu avec quelle indifférence il a pris votre chèque...

— Il aurait pu nous le laisser, si cela ne le motive pas plus que cela fit Eugène. Après tout, la perte principale, c'est bien nous qui la faisons ! Ce naufrage nous prive d'un bonus de plus de 400 000 francs, sans compter les 2 600 francs que nous avons dû payer pour rien au capitaine de ce remorqueur ! Sans doute n'aurez-vous jamais plus pareille fortune à portée de main, mes jeunes amis. Pour ma part, cela ne m'était encore jamais arrivé ; et quand elle vous glisse entre les doigts, c'est rageant.

*
* *

La liquidation des comptes se fit par étapes, dont la première les conduisit à Molène, dès le lundi suivant. Pierre Marrec insista pour convoyer lui-même jusqu'à l'île les fûts de vin d'Oranie promis. Mais le caboteur apportait également dans ses cales quantité de vivres divers pour le festin prévu. Yves avait profité de l'occasion pour y ajouter les matériaux de construction dont les îliens avaient un besoin constant. Également invités, les pêcheurs du Conquet avaient pris au passage les goémoniers de Béniguet et Quéménès. Le repas fut pantagruélique et la fête si mémorable que, vingt ans plus tard, les participants en parlaient encore. Seul Le Bayon manquait à l'appel.

Le lendemain matin, sur la route du retour, Pierre Marrec leur apprit la nouvelle qu'il avait réussi à garder pour lui jusque-là : l'avant-veille, on avait retrouvé Le

Bayon pendu. Le second n'avait pas survécu une semaine à son bateau.

Ce ne fut que deux mois plus tard qu'ils purent dresser le bilan définitif de leur opération. La vente totale de la marchandise leur laissait 898 000 francs. Tous décomptes faits, c'était un profit net de 578 000 francs, soit 289 000 francs pour chaque partie. Une incroyable réussite.

Si pour Eugène et François la répartition, purement familiale, ne posait aucun problème, pour Yves, il en allait tout autrement : il s'agissait pour lui de faire retomber la manne du *Vesper* sur l'ensemble de ses troupes. Et puis, il devait se renseigner sur la famille de Le Bayon. Le second n'était pas marié et n'avait pas d'enfant, mais il constituait le seul soutien de sa mère, pour laquelle il devait prévoir une indemnité.

Quand tout fut fait, il lui restait encore 139 000 francs, qu'il décida de placer. Cette fois l'avenir était assuré, le sien et celui des enfants. Il ne dépendrait plus du tali.

23

Estelle rentrait d'une promenade au Thevenn et venait de mettre sa jument au pas lorsqu'elle vit deux voitures s'engager dans l'allée menant à Bellevue. Félix, bien sûr ! Fidèle à lui-même, son frère arrivait sans s'être annoncé ! Il ne changerait jamais. Elle se souvenait de leur dernière entrevue, trois ans plus tôt, quand elle l'avait menacé de révéler à sa femme, Ursula, l'homme qu'il était vraiment. Dieu sait pourtant comme elle l'avait aimé, ce frère ! Mais c'était avant. Avant que, jaloux des liens d'amitié qui s'étaient peu à peu tissés entre Yves et Eugène, il ne s'en prenne à leur père, l'être qu'elle chérissait le plus au monde avec Gwen-Aël. Cela, elle ne le lui pardonnerait jamais. Elle remit sa jument au trot, remonta l'allée et, quand elle en déboucha, aperçut les deux voitures arrêtées devant le perron.

— Estelle, ma chère sœur ! Toujours aussi ravissante ! C'est gentil de venir nous accueillir, lui dit Félix en se dirigeant vers elle. Viens donc que je t'embrasse...

Elle arrêta sa monture, sauta à terre, et, ôtant sa bombe, tendit les rênes au palefrenier. Sans mot dire, elle embrassa Félix, puis s'approcha de sa belle-sœur.

— Ma chère Ursula, j'espère que vous avez fait bon voyage. Soyez la bienvenue en Bretagne. Pas trop fatiguée ?

— Ne m'en parlez pas ! Nous sommes épuisés. Vous habitez vraiment le bout du monde, savez-vous ? Plus de mille kilomètres ! Ce n'est plus un voyage mais une expédition ! Heureusement, nous avons pu nous reposer quelques jours à Paris, sans quoi nous serions arrivés ici brisés. Mais où est mon fils ? Où est Karl ? Je ne le vois pas. Érika ? Dites bonjour à votre tante, voulez-vous ?

Érika, une vraie petite poupée blonde, paraissait fragile et délicate. « Elle pèse sûrement dix kilos de moins qu'Yvonne, qui doit pourtant avoir le même âge », se dit Estelle, en serrant l'enfant dans ses bras. Félix observait d'un air indifférent et presque absent Émile qui s'occupait des bagages.

— Tu as l'air déçu, Félix ? fit Estelle. Père est à Brest, et Karl à l'école. Pourquoi ne pas nous avoir prévenus ? Nous vous aurions mieux accueillis.

— Mais, Estelle, nous vous avons adressé un télégramme de Paris, il y a deux jours ! intervint Ursula.

Elle s'interrompit, soudain prise d'un doute.

— Félix ? ce télégramme vous l'avez bien expédié, n'est-ce pas ?

— Je vous en prie, Ursula, il n'y a pas de quoi en faire tout un plat, répondit Félix. Non, je ne l'ai pas expédié moi-même. Comme il y avait la queue à la poste, j'ai demandé à un chasseur de l'hôtel de s'en charger.

— Il ne l'aura pas fait et aura gardé l'argent pour lui. Décidément, mon cher, vous n'en ratez pas une !

Estelle avait assisté, en silence, à cette brève passe d'armes. Il fallait que les relations du couple soient des plus tendues pour qu'ils fassent état de leurs différends devant des tiers, et même des domestiques. Visiblement, Ursula se souciait comme d'une guigne de ce que pouvaient penser les uns et les autres.

— Ce n'est rien, Ursula, dit Estelle. Karl sera là dans une heure, et Père sans doute avant. Accompagnez-moi, plutôt ; je vais vous montrer votre chambre. Ensuite, vous pourrez vous rafraîchir et vous reposer un moment.

Eugène n'était toujours pas de retour quand les enfants rentrèrent de l'école. Comme il le faisait souvent, Gwen-Aël avait raccompagné son cousin, et les deux garçons arrivaient en riant et courant tout à la fois. Quand il aperçut sa mère, Karl se figea sur place quelques secondes puis, se débarrassant de son cartable, il se précipita vers elle. Mais au lieu de se jeter dans ses bras comme s'y attendait Estelle, il s'arrêta à un mètre d'elle et lui dit :

— Bonjour, Mère. J'espère que vous avez fait bon voyage.

— Très bon voyage, merci mon fils. Vous ne m'embrassez pas ?

S'approchant d'Ursula, Karl déposa un baiser sur la joue de la jeune femme qui le prit, enfin, dans ses bras et le serra violemment contre elle, avant de l'écarter à nouveau. La scène paraissait aberrante à Estelle, qui imaginait sans peine à quel point Karl, si sensible, devait souffrir de cette retenue imposée. Ursula poursuivit la conversation en allemand :

— Eh bien, Karl, que me racontez-vous ? J'ai bien reçu quelques lettres ces derniers mois, mais je dois dire qu'elles ne m'ont pas appris grand-chose sur ce que vous faites...

— Mère, j'ai passé dix mois merveilleux. Vous m'avez beaucoup manqué, ainsi que Père et Érika. Mais grand-père est si gentil ! J'ai appris à nager, aussi...

— Mais vous saviez déjà nager !

— Dans nos rivières ! mais nager en pleine mer est tout à fait différent et bien plus amusant.

— Nous verrons cela... Ainsi, vous vous plaisez en Bretagne ? Grossvater Maïer va être déçu, lui qui espérait que vous auriez trouvé la région trop rude...

— Oh ! je ne l'oublie pas, dit l'enfant, mais ici, c'est différent. J'ai plein d'amis de mon âge, et je préfère l'école au précepteur. Mais voici Gwen-Aël, mon cousin. Tante Estelle est sa maman...

Estelle avait eu du mal à suivre la conversation, bien qu'elle en eût saisi l'essentiel. En tout cas, il paraissait évident que le père d'Ursula tentait d'écarter les enfants de leur famille paternelle. Il était heureux, aussi, que Gwen-Aël ne parlât pas l'allemand, sans quoi il eût sans doute réagi. Au lieu de quoi il s'approcha d'Ursula :

— Bonjour, ma tante. Soyez la bienvenue en Bretagne. Nous sommes heureux de vous voir parmi nous, ainsi que mon oncle et ma cousine Érika...

— Mon Dieu, Estelle, Gwen-Aël est un vrai petit homme ! dit Ursula. Et quel beau garçon ! Je crois que sa cousine va être folle de lui. Allons la retrouver, et vous, Karl, venez saluer votre père.

Entre le père et le fils, les retrouvailles furent beaucoup plus démonstratives. Félix prit son fils dans les bras et le serra contre lui avant de le projeter en l'air, de le rattraper, et de l'étreindre à nouveau. Ils riaient tous deux aux éclats, Karl s'accrochant au cou de son père comme à une bouée. Estelle en fut émue. Ils s'adoraient visiblement. Son frère ne pouvait pas être entièrement mauvais, se dit-elle, puisqu'il avait au moins pour lui l'amour paternel. Et si son père s'en apercevait, il serait peut-être plus conciliant avec le fils prodigue...

La Renault avait remonté l'allée et décrit un arc de cercle parfait avant de s'arrêter devant le perron. Eugène venait d'en descendre et s'apprêtait à monter l'escalier quand, débouchant sur le perron, Félix s'inscrivit dans l'encadrement de la porte. Eugène s'arrêta, pétrifié. Alors qu'il venait de poser le pied gauche sur la première marche, il le ramena en arrière, comme s'il se refusait à monter l'escalier. François enregistra, inconsciemment, le geste, et ce n'est que plus tard qu'il y repensa. Eugène savait, certes, que les « Suisses » n'allaient pas tarder, mais il attendait un télégramme annonçant leur arrivée. Une fois de plus, François réagit avec promptitude : prenant son beau-père par le bras, il s'avança et rompit le silence :

— Heureux de vous voir, Félix, mais nous ne vous attendions pas aujourd'hui.

Cela permit à Eugène de se ressaisir. Il monta l'escalier avant d'étreindre son fils et de lui dire :

— Félix, tu ne devrais pas me donner de pareilles émotions ! Je me fais vieux et ne suis plus en mesure d'encaisser de tels chocs. Il y a si longtemps, mon fils !

— Pardonnez-moi, Père, répondit Félix. Si j'avais pensé vous secouer ainsi, je vous aurais prévenu. Mais c'est une telle joie d'être à nouveau ici, à Bellevue, de vous retrouver, de revoir Karl... mon fils est magnifique. Il a grandi et a une mine splendide. Merci de vous être si bien occupé de lui...

— Karl est mon petit-fils, quand même ! Mais c'est vrai, nous nous entendons parfaitement tous les deux. Ton fils est pétri de qualités et il a un cœur d'or. Gwen-Aël et lui font une sacrée paire d'amis ; ils sont inséparables.

— Oui, Karl me l'a dit. J'en suis très heureux.

— Voilà tout de même qui nous pose un petit problème d'intendance, reprit Eugène. Nous avions un dîner, tous les trois, ce soir, et je dois annuler. Pouvez-vous vous en charger pour moi, François ?

— Qui est-ce ? si je ne suis pas indiscret, bien sûr, questionna Félix.

— Il s'agit d'un dîner que donne notre partenaire et ami Yves Kerléo à toute l'équipe du *Vesper*, répondit Eugène. Nous avons fait une affaire ensemble, une belle affaire, qu'Yves veut fêter. J'en ferai d'ailleurs autant un de ces jours. J'espère que tu n'as plus d'animosité contre lui et que tu as passé le cap des inimitiés de collège...

— Bien entendu, grimaça Félix, c'est de l'histoire ancienne, et j'ai, sans doute, eu quelques torts envers ce garçon, dans le passé. Faites-vous beaucoup d'affaires ensemble ?

— Oui, autant que possible. Tout d'abord parce qu'Yves est notre ami, à François et moi-même, et que c'est un plaisir de travailler entre amis. Ensuite parce que ces affaires sont généralement de très bonnes affaires, n'est-ce pas François ?

— C'est exact, répliqua François qui avait suivi avec attention la première passe d'armes entre les Lemarchand, père et fils.

Le terrain était dorénavant balisé, et Félix déjà sur la défensive. Il avait compris qu'il devrait composer, cette fois. Aujourd'hui, il était un invité chez son père, rien de plus, mais il ne pouvait s'en prendre qu'à lui-même s'il n'était plus chez lui. Il n'avait pas fini de payer les erreurs commises trois ans plus tôt.

*
* *

Yves avait retenu la plus grande des deux salles du Lion d'Or, où s'entassaient déjà Marrec et ses hommes, les pêcheurs conquétois — Jean Menguy en tête — une dizaine de goémoniers, et puis Goulven, Pol, Yann et Joseph...

Plutôt que de participer à des agapes qu'elles prévoyaient trop arrosées et auxquelles elles sentaient bien qu'elles n'étaient invitées que du bout des lèvres, Lise, Rozenn et Anne avaient décidé de dîner entre femmes. Elles avaient, patiemment, attendu que les goémoniers se décident à quitter Roz-Avel, qu'ils avaient envahi quelque trois heures plus tôt.

— Regarde-moi cela, Rozenn, fit Anne, c'est incroyable ! Tu laisses cinq de ces hommes dans une pièce pendant un quart d'heure et ils te rendent une porcherie. Ils pourraient faire attention, quand même ! Ce tabac dans mes fleurs ! Cette chique sur la table ! Ils ne doivent même pas savoir à quoi servent les cendriers et les crachoirs ! Et cette boue... Ces îliens ! Comment peuvent-ils salir ainsi, alors qu'il n'a pas plu depuis des jours ?

— Ça aurait pu être pire, Anne, répondit Lise. Ils ont fait attention chez toi. Tu as vécu dans les îles et tu sais que c'est bien pire, là-bas, que c'est peine perdue que de tenter de leur inculquer la moindre notion de respect pour un meuble quelconque. Ils te disent toujours : « Oui, patronne », mais ils s'en fichent. Ils ne vont pas changer leurs habitudes quand ils ne viennent qu'une fois par an sur le continent.

— Nous dînons sans Estelle, reprit Anne. Elle est retenue chez son père : Félix Lemarchand est arrivé.

Rozenn était soudain devenue très pâle.

— Comment ? s'exclama-t-elle. Félix Lemarchand est là ! S'il y a un homme que je déteste entre tous, c'est bien celui-là ! C'est un être malfaisant, le diable en personne...

— Mon Dieu, Rozenn, fit Lise. Ne crois-tu pas que tu exagères un peu ? Laisse-lui le bénéfice du doute, à ce diable ! Peut-être s'est-il amendé ? Dis-nous plutôt : cette maison, c'est fait ?

— Oui, c'est fait. Quel bonheur ! Joseph a signé l'acte chez le notaire, hier.

Les jeunes mariés venaient en effet d'acheter une grande maison au fond d'un jardin, sur la route de Lochrist, à Kerlohic. Rozenn échapperait ainsi à la tyrannie de ses belles-sœurs.

*
* *

De fil en aiguille, Rozenn en était venue aux confidences. Elle avait commencé par évoquer les débuts difficiles de son mariage, ses relations pénibles avec sa belle-famille et les problèmes qu'elle avait rencontrés dans sa vie de couple, les premiers temps — difficultés qui découlaient toutes de son passé. Lorsque son beau-père avait appris qu'enfant elle avait été victime de viols, il s'était conduit avec elle de façon infâme, la traitant en coupable et non en victime, et son attitude avait, un moment, déteint sur Joseph.

— Sans Yves et toi, je ne m'en serais sans doute jamais sortie, dit-elle à Anne. Quand j'ai compris que Joseph n'avait pas honte de moi, mais qu'il voulait seulement ne pas heurter votre père malade, j'ai repris confiance. C'est aussi à ce moment que, physiquement, cela s'est amélioré entre nous. Et voilà que Félix Lemarchand revient...

— Tu as peur que Joseph n'apprenne que tu as couché avec lui ?

— Couché ? Tu appelles cela coucher, alors qu'il forçait toutes les jeunes femmes de Bellevue ? Cuisinières, chambrières, femmes de ménage... nous y sommes toutes passées. M. Lemarchand ne voyait rien, et quant à Estelle, elle admirait son frère et lui passait tout. Jusqu'à ce qu'elle s'aperçoive à quel point j'étais malheureuse et s'occupe de moi. Elle m'a prise comme chambrière et m'a libérée de Félix. Elle m'a aimée, aussi. Je crois que je te l'ai dit : sans elle, j'aurais sûrement fini par me suicider un jour ou l'autre. Je haïssais le monde entier et détestais tous les hommes, même M. Lemarchand. Seuls Yves et son oncle, qui m'avaient sauvée, trouvaient grâce à mes yeux. Et puis je t'ai rencontrée, Anne, j'ai eu l'impression de trouver une grande sœur.

— Oui, je me souviens...

— Un jour, je te massais. Tu étais grosse. Je regardais ton ventre et j'enviais ton bébé. J'aurais aimé être à sa place, dans ton sein, bien au chaud, protégée. Et puis il y a eu Joseph. Et maintenant, quand tout semble s'arranger enfin, voilà que Félix Lemarchand revient...

C'était comme une rengaine. Elle tenta d'esquisser un pauvre sourire, mais n'y réussit pas et fondit en larmes.

— Allons, allons, calme-toi, Rozenn...

Anne se leva. Contournant la table elle prit par les épaules sa jeune belle-sœur qui pleurait maintenant sans retenue, à gros sanglots. Soudain Rozenn lui noua les deux bras autour de la taille, s'accrochant à elle comme à une bouée de sauvetage.

— Cesse de pleurer, Rozenn. Estelle et moi allons te sortir de là. Le plus dur est passé : tu as quitté Ploumoguer. Maintenant, les choses vont changer. Un peu de patience. Et n'aie pas peur de Félix Lemarchand... Sa femme est là, et il risque certainement plus que toi, en cas d'esclandre.

Mais Anne se sentait coupable. Comment avaient-ils pu être aveugles et égoïstes au point de côtoyer pareille détresse sans la voir ? Ils prétendaient tous l'aimer, et ils n'avaient rien vu, rien deviné... Quelle horrible chose que l'indifférence ! Elle comprenait mieux, tout d'un coup, les reproches que se faisait Yves depuis la mort de Le Bayon. Lui aussi avait l'impression de ne pas avoir entendu l'appel au secours de cet homme.

Desserrant son étreinte, Rozenn leva les yeux vers Anne, cherchant force et réconfort dans son regard. Consciente de l'engagement qu'elle prenait, Anne lui chuchota, tout en lui caressant les cheveux :

— Ma chérie, dorénavant, tu ne seras plus jamais

seule ; je serai toujours avec toi. Et je prends aussi cet engagement pour Estelle. Tu peux compter sur nous, pour quoi que ce soit, n'importe quand. Maintenant, tu vas aller te coucher. Je vais te mettre moi-même au lit, comme tu le faisais pour Estelle, dans le temps. Et je vais le faire pour que tu comprennes que les choses ont changé, et qu'aujourd'hui tu n'es plus la domestique de personne, mais notre égale, ma petite belle-sœur. Crois-tu que je puisse oublier ce que tu as fait pour moi quand Yves était malade ? La seule fois où j'ai eu vraiment besoin de toi, tu étais là. Alors, aujourd'hui, laisse-moi t'aider. C'est mon tour.

*

* *

Au Lion d'Or, la fête battait son plein et le repas était bien avancé quand François se tourna soudain vers Yves, et lui dit :

— Yves, je vais te demander une faveur que tu risques, j'en ai peur, de ne pas apprécier beaucoup.

— Tu m'inquiètes François. Qu'est-ce que c'est ?

— Tu sais que je dois participer, en tant que commissaire, au Tour de France à vélo qu'organise Henri Desgranges. Le directeur de la course, Géo Lefèvre, m'a demandé de prévoir deux chauffeurs pour ma voiture. Pour le moment, je n'ai que ma femme. Je voudrais donc savoir si tu acceptes qu'Anne me serve de second pilote. Tu comprends, je serai beaucoup trop occupé pour conduire moi-même.

— Tu me poses un problème en effet, répondit Yves. Contrairement à la tienne, ma femme n'est pas une conductrice hors pair, c'est le moins qu'on puisse dire. Je me débrouillerais plutôt mieux qu'elle, alors que je commence tout juste à m'y mettre.

— Eh bien, qu'attends-tu ? intervint Tanguy Quéméneur. Pilote cette automobile toi-même ! C'est une fichue chance, de pouvoir suivre cette course !

Comme la plupart des convives n'en avaient jamais

entendu parler, François dut expliquer dans le détail ce que serait cette course appelée à devenir la plus grande du monde, selon son promoteur, Henri Desgranges, directeur du journal *L'Auto*. L'appellation « Tour de France » ne correspondait d'ailleurs pas tout à fait au tracé réel de l'itinéraire qui, cette première année, du moins, ne longerait pas les frontières françaises. Il n'avait pas fallu cinq minutes à François pour captiver son auditoire.

Yves excepté, personne ne savait, jusqu'à ce jour, que le François Kernéis qui pointait les fûts sur *La Rieuse*, à Balanec, était aussi le Kernéis qui présidait aux destinées du Vélo-Club brestois, dont les journaux locaux parlaient de temps à autre, à l'occasion d'une course sur route ou sur piste. Il y avait pourtant cinq ans qu'il avait pris les rênes de ce club, fondé en 1890 ; son prédécesseur avait, en effet, dû démissionner, à la suite du scandale provoqué par une course de femmes organisée en 1897. On avait vu ces dames s'exhiber sur piste dans des tenues si moulantes qu'elles laissaient deviner tout ou presque de leur anatomie. Les prêtres s'étaient indignés, demandant aux fidèles de manifester dans la rue, et d'exiger la démission de l'initiateur de cette pornographie.

Lorsque François annonça qu'il envisageait de demander qu'une étape du Tour de France s'arrête à Brest, l'année suivante, les questions fusèrent de partout. La ville étape la plus proche, cette année, était Nantes. Oui, le Tour de France partait de Paris, plus précisément de Montgeron, où le départ serait donné le 1er juillet, devant le café Le Réveille-matin. Les coureurs descendraient par Lyon vers Marseille, avant de prendre la direction de Toulouse. Et puis, Bordeaux, Nantes et Paris. Chaque étape donnerait lieu à un classement et le vainqueur serait celui qui aurait parcouru la totalité de la distance dans le temps le plus court.

— Pourquoi appeler « Tour de France » une course qui ignore le nord et l'est de la France, et frôle à peine la Bretagne et la Normandie ?... s'indigna Yann. Ce Desgranges aurait dû aussi lui faire longer la frontière allemande, ne serait-ce que pour montrer aux Prussiens que nous n'oublions ni l'Alsace ni la Lorraine...

— Des étapes de six cents kilomètres, vous trouvez cela raisonnable ? s'inquiéta Pierre Marrec.

— Henri Desgranges est un homme parfaitement responsable, répondit François. Il connaît fort bien les courses cyclistes et la résistance des coureurs, pour l'avoir été lui-même. Ne vous inquiétez pas. Sur les dix-neuf jours de course, il y en aura douze de repos.

— Comment suivrez-vous la course ? demanda Pol. En automobile, si j'ai bien compris.

— Oui, et aussi en train. Comment faire autrement ? Seuls la voiture et le train peuvent rivaliser avec des coureurs qui font vingt-cinq kilomètres et plus de moyenne.

— Et les chutes ? fit Goulven ? Vous avez pensé aux chutes ? Aux accidents ?

— Des chutes et des accidents, il y en aura sûrement. Nous espérons, cependant, qu'il n'y aura pas trop de morts... Mais cela n'empêchera pas le Tour de France de devenir une grande course.

— Mon cher Yves, cela s'annonce passionnant, en effet, dit Pierre Marrec, et, à votre place, comme vous pilotez, je prendrais deux semaines de vacances pour la suivre. Vous ne reverrez jamais une pareille hécatombe !

— Au fait, c'est vrai ! s'écria Yann. Tu n'as pas répondu à la question que t'a posée François ? Laisseras-tu ma sœur conduire sur ce Tour de France ?

— Ce sont mes affaires, et je verrai ça avec ma femme, répondit sèchement Yves.

Le brouhaha reprit peu à peu ; le Tour de France oublié, il ne fut plus question que de pêches miraculeuses, de tempêtes d'épouvante, de naufrages dramatiques, de somptueux couchers de soleil, de ciels étincelants d'étoiles, et toujours incroyables d'histoires de mer. Peu avant minuit, ce fut Pierre Marrec qui porta le dernier toast :

— Mes amis, avant de m'écrouler de fatigue ou d'alcool, je vous remercie tous pour ces trois semaines passées ensemble. Autour de cette table, je vois des pêcheurs, conquétois et molénais, des goémoniers et les organisateurs de cette récupération d'épave, Yann et Joseph, Yves et François. Manquent à l'appel nos deux blessés et surtout notre ami Le Bayon, paix à son âme. À tous, donc, et à l'amitié, je lève mon verre ! *Kenavo*, et que vive notre Bretagne !

*
* *

À Bellevue, le dîner était terminé depuis longtemps ; les enfants, qui y avaient exceptionnellement été admis, l'avaient animé jusqu'à ce qu'ils montent se coucher. Estelle avait craint qu'une certaine gêne ne s'installe alors, mais Ursula était venue à son secours, en se lançant dans un long récit de son séjour parisien.

La prolixité de sa femme semblait soulager Félix. Il avait certainement l'intention de temporiser, de retarder l'heure des explications sur les motifs réels de son séjour. Eugène et Estelle n'étaient pas non plus particulièrement pressés de savoir ce qu'il leur réservait. D'ailleurs, la présence d'Ursula changeait la donne, cette fois, et Félix serait bien moins libre que d'habitude.

Lorsque Estelle avait raccompagné Ursula à l'étage, Eugène, sans insister outre mesure, avait tenté de sonder son fils. Devant ses dérobades répétées, il s'était décidé à se montrer plus direct :

— Tu m'inquiètes. Tu ne me parles pas du tout de ton travail à l'usine Bachmann.

— Croyez-vous que ce soit le jour, Père ? Nous arrivons à peine... Nous parlerons plus tard des petits problèmes que je peux avoir actuellement à l'usine.

Mais, finalement, Eugène n'avait pas eu à attendre. Il venait de servir les alcools dans le salon quand il était revenu à la charge.

— Tu me parlais de problèmes chez Bachmann. J'espère que ce n'est rien de grave. Dis-moi ce qu'il en est. Je suis prêt à tout entendre...

— Vraiment ? avait répondu Félix, ironique. Eh bien,

je ne travaille plus chez Bachmann. Nous nous sommes séparés, il y a trois semaines de cela...

— Tu veux dire qu'ils t'ont mis à la porte ?

— C'est une autre façon de dire les choses.

— Je suppose qu'ils avaient de bonnes raisons pour le faire ?

— Nous nous entendions de moins en moins bien depuis deux ans, dit Félix. Nos relations étaient devenues franchement mauvaises...

— J'apprendrai la vérité un jour ou l'autre, tu le sais. Mais, puisque tu as l'air de le souhaiter, laissons cela pour ce soir. J'espère simplement que je ne vais pas apprendre d'autres mauvaises nouvelles. Ursula et toi me paraissez avoir des rapports tendus, pour ne pas dire plus.

En guise de réponse, Félix avait haussé les épaules. Puis il s'était déclaré fatigué et avait demandé l'autorisation de monter se coucher.

Pensif, Eugène regardait son fils monter les escaliers. Qu'avait pu faire Félix pour que Bachmann soit contraint de le mettre dehors ? Il connaissait bien ces Suisses : ils vivaient constamment dans la peur du scandale. S'ils s'étaient résolus à se débarrasser de Félix, ils devaient avoir une raison sérieuse. Il soupira. L'argent du *Vesper*, c'était à craindre, allait repartir aussi vite qu'il était venu.

Il fallut une semaine à Eugène pour apprendre, bribe par bribe, la vérité. Toujours avide de gains faciles et rapides, Félix s'était laissé circonvenir et avait engagé dans des spéculations hasardeuses la totalité de ses fonds personnels d'abord, puis des fonds « empruntés » à la société qu'il dirigeait et dont le père d'Ursula et son ami Bachmann étaient les actionnaires principaux. Très vite, il s'était trouvé le dos au mur, incapable de rembourser à temps « l'emprunt » fait à sa société, et le pot aux roses avait été découvert. Ravi de tenir enfin ce gendre qu'il détestait, son beau-père n'avait pas hésité à l'accuser de détournement de fonds.

Le plus dur, pour Félix, avait sans doute été de devoir avouer à Ursula que c'était une femme qui l'avait berné.

Ursula était immédiatement intervenue auprès de son père pour éviter que les choses n'aillent trop loin, mais sans en informer son mari, si bien que Félix ignorait que le danger était beaucoup moins pressant qu'il ne le croyait. Elle s'était montrée très dure envers lui, lui laissant entendre qu'elle ne chercherait à lui éviter ni la prison, ni le déshonneur. Bien qu'acculé, Félix avait cependant retrouvé un certain ressort, discutant pied à pied avec son beau-père, obtenant même un délai de trois mois pour le rembourser, tout en réussissant, par ailleurs, à réduire quelque peu ses pertes. Ursula admirait, sans le dire, cette capacité qu'avait son mari de ne jamais se laisser abattre. Il était simplement dommage que cette pugnacité et cette énergie dont il faisait preuve dans l'adversité lui fissent étrangement défaut quand tout allait bien.

Lorsqu'il sut que Félix ne devait que 142 000 francs à la société Bachmann, Eugène poussa un soupir de soulagement. Son détournement était moins important qu'il ne l'avait craint. Mais tout ce qu'il avait gagné dans l'affaire du *Vesper* allait y passer. Tout ce travail pour rien... Non, le ciel ne lui faisait pas de cadeau. Mais n'était-ce pas dans l'ordre des choses ? Après tout, contrairement à Yves, François ou les autres, il n'avait fait que risquer son argent, comme Félix l'avait fait en Suisse. Un mauvais placement en annulait un bon... Quel était, déjà, ce proverbe breton ? « L'argent qui vient du diable vite lui retourne pour le ferrer. » Il avait joué au banquier et voulu en tirer des profits d'usurier. Le ciel lui adressait un rappel à l'ordre, sans se montrer trop sévère avec lui, finalement, puisque cette affaire lui donnait la possibilité de sauver son fils.

Ce dicton donnait à réfléchir. Il avait gagné en tout 289 000 francs, sur lesquels les parts d'Estelle et de Gwen-Aël étaient respectivement de 78 000 et 31 000 francs. Il avait prévu 36 000 francs pour François. S'il payait les 142 000 francs de Félix, il lui en resterait... 2 000. Allons, le Seigneur ne se montrait pas trop dur avec lui, qui lui permettait encore de faire un petit bénéfice de 2 000 francs.

Il lui fallait d'ailleurs parler à François de cette répartition. Peu attaché à l'argent, son gendre lui aurait facilement laissé sa part. Eugène n'avait jamais rencontré un homme aussi peu intéressé. À ce point, c'en était, d'ailleurs, presque anormal. Et pourtant, autant François se souciait peu de son compte en banque personnel, autant il suivait de près la gestion de l'entreprise. Eugène se félicitait souvent d'avoir encouragé Estelle à épouser ce garçon qui ne l'avait jamais déçu. Oui, ces 36 000 francs, c'est bien le moins qu'il lui devait.

Il n'était cependant pas question pour Eugène de léser Estelle, aussi se décida-t-il à lui faire part de ses intentions concernant Félix. Grand fut son étonnement de constater que sa fille s'opposait fermement à ce projet : elle n'admettait pas que son père — et, indirectement, elle-même et ses enfants — soient, une fois encore, condamnés à payer pour les errements de Félix.

— Avez-vous déjà oublié ce que mon frère a tenté contre vous, il y a trois ans ? s'indigna-t-elle. Ne voyez-vous pas que si vous remboursez ses dettes aujourd'hui, vous aurez encore à le faire demain et après-demain ? Félix s'adresse à vous parce qu'il vous sait bon. Bon et faible. Ne m'obligez pas à prononcer un autre mot, plus cru. Vous n'avez pas le droit de léser vos petits enfants pour Félix. Et je ne parle seulement de Gwen-Aël et Aurélie, mais aussi de Karl et Érika.

Estelle avait raison : s'il lui cédait cette fois-ci, Félix le mettrait à nouveau à contribution dans l'avenir. Il questionna à nouveau son fils et apprit, ainsi, que c'était une somme totale de 350 000 francs — une fortune — qu'il avait perdue dans cette spéculation. Ce qui paraissait ne lui faire ni chaud ni froid, au demeurant.

— Félix, j'ai vraiment du mal à te comprendre. Tu me parles d'une perte de 350 000 francs comme moi de 3 500 francs. C'est ahurissant ! Tu as mangé tout ton héritage maternel qui se montait quand même à près de 500 000 francs, si je ne m'abuse ! Je suis désolé, mais il me faut parler à Ursula. Je ne peux pas prendre en charge la totalité de ce remboursement.

— Mais je ne vous l'ai jamais demandé. Je veux simplement reprendre ma place dans l'entreprise familiale.

— C'est hors de question ! Je n'ai pas de travail pour toi dans « l'entreprise familiale », comme tu dis. Et en aurais-je que ce serait impossible.

— Impossible ? Puis-je savoir pourquoi ?

— Par manque de confiance en toi, tout d'abord. Et puis je n'ai pas à me justifier, il me suffit de le dire... Tu n'as plus d'actions dans l'entreprise, ne l'oublie pas.

— Je suppose que François Kernéis et Yves Kerléo sont les autres raisons qui rendent mon retour impossible... Ils m'ont remplacé dans votre affection...

— Et quand cela serait, Félix ! François est le mari de ta sœur. C'est un gendre comme peu de pères en ont, un homme remarquable.

— Oui, je le sais. Mais l'autre...

— L'autre, c'est Yves Kerléo. Cherche-le, et tu risques de le trouver, cette fois ! Ce garçon ne t'a jamais rien fait ; il n'avait rien, et tu le jalousais. Mais ce rien était quelque chose que tu n'avais pas et que tu n'auras jamais. La droiture.

— Décidément, vous ne m'aimez pas plus qu'il y a trois ans...

— Il y a trois ans, tu essayais de me ruiner, et aujourd'hui, il te faut 142 000 francs et un travail...

— Vous ne m'avez jamais pardonné, malgré vos bonnes paroles. J'avais pourtant fait amende honorable...

— Restons-en là, Félix. Continuer cette discussion ne servirait à rien. Je parlerai à ta femme. J'ai besoin d'avoir son avis avant de te répondre, non pour cet emploi, mais pour les 142 000 francs. Autre chose, je donne une fête, dans une semaine. Y participeront des tas de gens que tu n'aimes pas. Tu me feras plaisir en allant passer la journée à Brest ou ailleurs.

— Soyez sans crainte, je ne tiens pas à fréquenter des bouseux comme ces paysans et pigouillers. Je ne comprends pas que vous en soyez arrivé là !

Cette fois, c'en était trop.

— J'ai sûrement manqué quelque chose d'essentiel dans ton éducation, Félix ! Tu ne devrais jamais oublier que ton grand-père a d'abord été ouvrier avant de devenir artisan, puis industriel. Je ne te l'ai pas rappelé assez souvent. Pourquoi es-tu aussi imbu de ta personne ? Crois-moi, tu n'as rien d'un Chateaubriand ! Si c'était le cas, je le saurais. Tu as un niveau intellectuel moyen. François ou Yves Kerléo, tu m'excuseras de te le dire, sont d'une autre pointure que toi, même si leurs parents étaient des bouseux, comme tu le dis. Tu me reproches de ne pas t'aimer ; ce n'est pas cela. Je t'ai mal aimé parce que je t'ai trop aimé ! Je t'ai toujours gâté ; je t'ai donné trop d'argent, sans doute pour compenser l'absence de ta mère. Comme si l'argent... Tu avais tout en mains et tu n'en as rien fait. Relis l'Évangile et fais ton profit de quelques paraboles...

— Vous aussi, Père. Celle du retour du fils prodigue, par exemple.

— Je ne l'oublie pas, Félix, et tu sais que rien ne me ferait plus plaisir que de manger le veau gras avec ta sœur et toi. Mais le fils prodigue de la parabole regrette vraiment d'avoir peiné son père. Je n'ai pas l'impression que ce soit ton cas.

24

Ursula était bien décidée à profiter de ces quelques semaines de vacances en Pen-Ar-Bed, dans cette pointe de Bretagne qui ne cessait de l'étonner. Elle avait été agréablement surprise de retrouver son fils Karl aussi resplendissant de santé et de le voir s'entendre aussi bien avec son grand-père. Ce n'était pas étonnant d'ailleurs : jour après jour, elle apprenait, en effet, à connaître et à apprécier ce beau-père qui lui apparaissait comme quelqu'un d'une grande humanité. Comment Félix pouvait-il tenir si peu de lui ?

Elle observait son mari depuis leur arrivée. Ici, il était différent, il jouait un autre rôle. Elle reconnaissait à peine l'homme dont elle était tombée amoureuse à vingt ans, au premier regard, elle s'en souvenait comme si c'était hier — cet homme dont elle était toujours éprise, dix ans plus tard, alors qu'elle ne nourrissait plus aucune illusion sur lui, et qui l'avait fait souffrir comme elle ne l'aurait jamais imaginé. Quand son amie Ingrid le lui avait présenté, Félix vivait à Bâle depuis six mois. Il était la coqueluche de toutes les femmes et passait d'un lit à l'autre. Ingrid, qui était l'une de ses maîtresses, lui avait tout dit, ou presque, de leurs moments d'intimité, ce qui l'avait terriblement émoustillée. Lors de leur première rencontre, Félix l'avait déshabillée du regard avec une impudence extraordinaire. Elle en avait été troublée à un point inouï, déjà vaincue, prête à tout lui offrir, et avait presque aussitôt décidé de l'épouser. Et elle y était parvenue malgré lui, malgré son père, surtout, qui, en bon calviniste, ne voyait dans ce Français papiste et débauché qu'un aventurier du bout du monde, ainsi que Félix aimait à se présenter à l'époque.

Mais Ursula obtenait toujours ce qu'elle désirait vraiment, et, cette fois encore, elle avait réussi. Elle connaissait ses atouts. Elle n'était peut-être pas une beauté, mais elle avait du charme, beaucoup de charme, et le savait. Elle était intelligente, aussi. Elle était devenue sa maîtresse très vite, avant qu'il ne sache qui elle était. Quand il l'avait su, il avait pris peur, car tout Bâle connaissait la réputation de Horst Maïer. De son côté, elle n'avait pas hésité à se vendre, à lui expliquer qu'elle était un beau parti et qu'il pouvait faire une bonne affaire. Il aurait, tout à la fois, une femme riche et une maîtresse complaisante, Félix avait cédé le premier, Horst Maïer avait suivi.

Elle s'était trouvée presque tout de suite enceinte. Karl et Érika étaient nés et leurs premiers mois, leurs premières années de mariage, même, avaient été pour Ursula comme un rêve éveillé. Félix lui avait révélé son corps. Les premiers mois, elle ne pensait qu'à ça, qu'au moment où il rentrerait pour lui faire l'amour. Bien sûr, cela n'avait eu qu'un temps, car Félix était inconstant. Sans cesse à la recherche de sensations nouvelles, il se lassait de tout, et comme il aimait plaire et avait toujours autant de succès, il l'avait trompée et la trompait toujours, discrètement, compte tenu de leur position sociale et de la crainte que lui inspirait son beau-père. Ursula avait fait beaucoup de concessions. Peu à peu, leur couple s'était délité, d'autant que, pour se venger, elle lui rendait la pareille. Mais elle éprouvait toujours pour lui le même désir physique.

Ce dernier mois avait tout changé. Se faire prendre aussi bêtement la main dans le sac par son beau-père ! Si encore il avait eu l'intention de le voler... Mais non. Il était le troisième benêt de la ville à se faire piéger par une gourgandine italienne, une aventurière de haute volée qui lui avait pris plus de 350 000 francs. D'un homme il se serait méfié, mais d'une femme ? Ursula aurait pu lui éviter la honte et les affres de l'angoisse. Elle disposait d'une fortune considérable depuis la mort de sa mère. Un chèque, un virement, et Félix aurait été tiré d'affaire. Elle aurait accepté de l'aider s'il lui en avait parlé le premier, mais il ne lui avait pas fait confiance et elle en avait été d'autant plus mortifiée que c'était son père qui lui avait appris la nouvelle. Horst Maïer triomphait : il allait enfin pouvoir renvoyer dans sa Bretagne natale ce gendre qui lui avait volé sa fille.

Dandy, superficiel et beau garçon, manifestant pour l'argent, qu'il dépensait sans compter, non une indifférence totale — il n'en avait jamais assez —, mais un manque de respect scandaleux, Félix incarnait tout ce que détestait Horst Maïer. Ce faux-pas, il l'avait attendu longtemps, et maintenant qu'il tenait Félix, il n'allait pas le lâcher. Pourtant, cette fois encore, il avait dû s'incliner devant sa fille. Elle avait joué sur la corde sensible : les enfants qui adoraient leur père et n'accepteraient pas son absence. Le grand-père s'était incliné et avait convoqué Félix qui était ressorti de l'entretien en ayant arraché un délai de trois mois pour rembourser son emprunt. Bien entendu, il se retrouvait sans emploi ; Bachmann ne voulait plus de lui.

Ursula ne fut donc pas étonnée outre mesure de se voir invitée à venir rejoindre son beau-père dans son bureau. C'était le lendemain de leur arrivée, et pourtant Eugène semblait avoir pris plusieurs années depuis la veille. Ils avaient eu une longue discussion, et comme la veille avec Estelle, Eugène fut surpris par sa conclusion.

— Je ne tiens pas à ce que vous aidiez Félix, avait déclaré Ursula. S'il sait pouvoir compter sur vous, il vous ruinera. Mais je peux vous proposer ceci : vous allez lui dire qu'il pourra emprunter ces 142 000 francs. J'ai un prêteur : moi, sa femme. Mais il ne faut surtout pas qu'il le sache. Vous lui ferez prêter la somme par votre notaire, par exemple, et lui ferez signer des billets à ordre, à un an, renouvelables, et portant 4 pour cent d'intérêt. Il devra les honorer et il les honorera. J'y veillerai.

— Combien gagnait-il chez Bachmann ?

— Environ 40 000 francs par an.

— Quarante mille francs !

— Cela peut vous sembler beaucoup, mais pour Félix...

— Comment le supportez-vous, Ursula ? demanda Eugène.

— Mais tout simplement parce que je l'aime, que j'ai besoin de lui, que je l'ai dans la peau, comme on dit chez vous.

— Il a de la chance d'être aimé comme ça.

— Oui, mais il ne le sait pas. Heureusement.

— En tout cas, je vous remercie pour votre franchise, ainsi que pour la solution que vous apportez à ce problème. Encore que... S'il n'est plus chez Bachmann, où va-t-il travailler ? Il lui faudra gagner de l'argent pour rembourser.

— Ma mère, dont j'ai hérité, avait une grosse fortune, bien plus importante encore que celle de mon père. Je n'aurai aucun mal à employer Félix, sans même qu'il s'en doute, et je le placerai sous étroite surveillance. Voyez-vous, mon père n'a jamais accepté Félix. Moi, je l'ai choisi et je le garde.

*
* *

Obsédée par la présence de Félix, Rozenn avait la hantise qu'il ne dévoile à Joseph ce qui s'était passé entre eux, des années plus tôt. Anne, que cela inquiétait, s'était résolue à apprendre elle-même la vérité à son frère, après en avoir débattu avec Estelle. Comme elle s'y attendait, il était resté de marbre quand elle lui avait révélé les abus passés du fils de famille et les craintes de sa femme aujourd'hui. Apparemment très calme, à la fin de cet entretien, Joseph bouillonnait intérieurement, toutes ses pensées concentrées sur la vengeance à venir. Ce salaud et sa femme ! Sa Rozenn !

Sauvé ! Provisoirement, peut-être, mais sauvé. Félix venait d'apprendre que son père lui avait trouvé un prêteur. À 4 pour cent l'an. Évidemment, cela allait lui faire plus de 5 000 francs annuels, mais c'était quand même une bonne solution. Il lui faudrait prendre rendez-vous chez Jacques Andrieux. Encore un ami de Kerléo. Décidément, il n'y couperait pas...

Pomone, la jument d'Estelle qu'il montait ce jour-là, était un superbe demi-sang, à la fois rapide et docile, sur laquelle il aimait galoper dans le Thevenn. Il venait de fermer la grille du parc et s'apprêtait à remonter en selle quand un homme qu'il ne connaissait pas surgit devant lui et l'interpella.

— Vous êtes bien monsieur Lemarchand ? Félix Lemarchand ?

— Pour vous servir, mon brave. À qui ai-je l'honneur ?

— Je ne suis pas ton brave, et j'ai à te parler. Je m'appelle Penru, Joseph Penru, et je sais que tu connais ma femme, Rozenn.

— Oui, il me semble, en effet, avoir entendu ma sœur Estelle dire que la petite Rozenn avait épousé un paysan de Ploumoguer...

Tout en parlant, Félix réfléchissait rapidement. Sans être un colosse comme ses deux frères, ces jumeaux qu'il craignait jadis comme la peste, ce gaillard devait bien faire un mètre quatre-vingt-cinq et peser quatre-vingt-dix kilos. Il allait devoir mesurer ses paroles.

— C'est facile, n'est-ce pas, poursuivait le malotru, quand on est un petit chef, de s'offrir les chambrières de sa sœur. Mais un jour vient où il faut payer l'addition. Combien de fois as-tu forcé Rozenn, mon salaud ?

— Dites-donc ! À qui croyez-vous parler ? Je ne vous permets pas de me tutoyer, et encore moins de me traiter de salaud, réagit Félix en brandissant sa cravache.

Mal lui en prit. Dans la seconde, il se sentit soulevé de terre, tandis que l'homme lui arrachait sa cravache et, la retournant contre lui, lui en cinglait le visage d'un coup sec.

Félix ressentit une brûlure cuisante sur la joue. Il y porta la main et la retira pleine de sang. Il la regardait encore d'un air hébété quand une paire de gifles décochées à la volée faillit lui arracher la tête, avant qu'il ne choisisse de tomber en syncope.

Joseph était frustré. Une chiffe molle ! À peine commençait-il à s'amuser un peu que ce freluquet tournait de l'œil. Il chercha un seau, n'en trouva pas, mais avisa soudain la bombe tombée à terre. S'en servant comme d'un récipient, il la remplit dans une mare proche et jeta l'eau boueuse à la figure de Félix, qui s'ébroua.

— Alors, mon bon, on a des vapeurs ? La chaleur, sans doute... Écoute bien ce que je vais te dire, joli cœur. Si jamais j'apprends que tu as approché ma femme, essayé de l'approcher ou simplement de lui parler, je t'attrape, je te romps les membres, je te fourre dans un sac, les fers aux pieds, et je te jette dans le chenal du Four. C'est compris ? Tu as eu un accident avec ta jument, et rien d'autre. À la moindre incartade de ta part, à la moindre allusion à notre rencontre, ta joue gauche portera les mêmes stigmates que ta joue droite. Maintenant, il paraît que les balafrés ont beaucoup de succès...

Après l'avoir remis sur ses pieds et lui avoir fait faire un demi-tour sur place, Joseph réexpédia Félix à terre, d'un coup de pied au derrière.

Dès qu'il fut rentré, Félix se précipita vers la salle de bains de son père pour y constater les dégâts. La coupure était nette, il garderait à jamais une cicatrice sur la joue droite. Il résolut de taire sa mésaventure, comme le lui avait conseillé ce fou. Une branche faisait le même effet qu'un coup de cravache... Quand elle vit son mari, une bande de taffetas noir au travers de la joue, Ursula éclata de rire :

— Vous voulez ressembler à un pirate, Félix ? C'est d'un romantique !

— Ne plaisantez pas, Ursula, j'aurais pu me blesser sérieusement. Grâce à Dieu, ce n'est qu'une éraflure causée par une branche, en plein galop. Il est cependant probable, ma chère, que vous devrez vous faire à l'idée d'avoir un époux balafré, dorénavant.

— On va parler de vous dans le village ! J'allais justement chez Estelle prendre le thé. M'y accompagnez-vous ?

Vous aurez votre petit succès. Il y aura là une avocate parisienne, une amie d'Anne et Estelle, je crois.

— Non, merci. Je n'y tiens pas particulièrement, mais allez-y et amusez-vous bien.

*
* *

Justine Devernois était ravie de passer quelques jours au pays, de retrouver les landes, les genêts, les fougères et les ajoncs du Thevenn, les dunes et la plage des Blancs-Sablons, les falaises et les ruines de Saint-Mathieu, et, toujours et partout, la mer qui venait lécher le sable ou s'écraser en rouleaux sur les récifs, inlassablement. Dès le lendemain, elle irait se promener à Kermorvan. Elle avait toujours éprouvé pour la presqu'île un attachement profond, sans doute en raison des mégalithes qui s'y dressaient encore, mais dont le nombre diminuait d'année en année...

— Quand je pense que je suis à Paris depuis dix ans, déjà ! Vous ne vous rendez vraiment pas compte de votre chance. Si, toi, Estelle, tu dois le savoir puisque tu as déjà fait de longs séjours à Paris. Mais entre y résider pour son travail et y passer quelques semaines pour le plaisir, il y a un monde !

— Votre métier vous plaît toujours autant ? lui demanda Anne.

— Plus que jamais, même. C'est un métier passionnant et qui me donne l'impression d'être utile. Vous le savez, je m'occupe uniquement de la défense des femmes, et ce n'est pas facile. Sans mon père, je ne pourrais d'ailleurs pas le faire, car mes clientes, presque toutes des femmes maltraitées, n'ont que rarement de quoi me payer.

La cuisinière vint avertir Anne que M. Joseph Penru l'attendait dans le hall. La jeune femme rejoignit immédiatement son frère et l'accompagna dans le jardin. Par la fenêtre, Estelle les voyait aller et venir dans l'allée centrale. Elle comprit tout de suite que cette visite inattendue avait un rapport avec son frère et Rozenn. De son côté, Anne était sidérée de ce qu'elle venait d'apprendre. Elle n'aurait jamais cru Joseph capable d'une telle violence. Elle s'apercevait, non sans crainte, qu'Estelle et elle avaient fait une erreur de jugement qui pouvait porter à conséquences.

— J'espère que tu t'en tiendras là, dit-elle.

— Ne t'alarme pas, petite sœur, lui répondit-il. Il fallait punir cet homme, mais surtout lui faire peur. Dorénavant, il évitera Rozenn comme la peste.

Le soir même, Joseph raconta dans le détail à son épouse son altercation avec Félix Lemarchand. À mesure qu'il avançait dans son récit, il voyait se dessiner sur le visage de Rozenn un sourire qui disait à la fois sa joie et sa gratitude. Quand il eut fini, elle se jeta sur lui pour le dévorer de baisers. Elle pleurait, elle riait. Joseph avait puni Félix. Il l'avait puni physiquement, comme, dans le passé, Félix avait physiquement abusé d'elle. Elle était vengée et elle allait pouvoir croire de nouveau en la vie. Comment pourrait-elle jamais le remercier ? Elle sentit le désir monter en elle, la posséder tout entière, brutalement. Elle n'avait jamais connu cela.

*
* *

Ursula avait refusé d'accompagner Félix à Brest. L'interdiction de séjour qui frappait son mari ce jour-là ne la concernait pas. Son beau-père donnait sa fameuse fête en l'honneur de tous ceux qui avaient participé à la récupération d'une cargaison de vins sur un bateau échoué. Ursula, dont le sens des affaires était toujours en éveil, avait appris d'Estelle l'extraordinaire profit qu'ils en avaient retiré et en avait noté les chiffres sur le carnet de bal qui ne la quittait pas.

Il n'était pas encore midi et tous les invités étaient déjà là. Adossée à une fenêtre, Ursula les observait à loisir. Quelle assemblée étonnante ! Ni Eugène, ni Estelle n'avaient encore eu le temps de la présenter, aussi pouvait-elle s'amuser à deviner qui était qui. Cet homme très brun et de taille moyenne, encadré par deux pêcheurs, devait être Yves Kerléo, le mari d'Anne. Il paraissait quelconque, au premier abord, au contraire de son interlocuteur, extraordinairement haut en couleurs. Elle le savait, ces pêcheurs ne resteraient pas déjeuner. Heureusement, d'ailleurs, car leurs manières brusques, leur épouvantable accent et leurs curieux habits détonnaient un peu trop, même dans une assemblée aussi hétéroclite.

Derrière eux se tenait un géant roux, qui dégageait une impression de puissance physique étonnante. C'était sûrement le fameux Yann Penru, et la jeune femme enceinte et mal fagotée qui l'accompagnait devait être Lise, la belle-sœur d'Anne. Il s'entretenait avec un véritable Apollon, sans aucun doute le plus bel homme qu'elle ait vu depuis longtemps, peut-être de toute sa vie. Très grand, lui aussi, et bâti en athlète, Joseph Penru — c'était sûrement lui, car il tenait Rozenn par le bras — avait le visage fin et régulier, barré d'une moustache blonde et fournie. Ses yeux, d'un bleu très clair, souriaient, autant que la bouche aux lèvres pleines et aux dents éclatantes de carnassier. C'était donc cet homme qui avait châtié Félix ! Car son mari avait fini par lui avouer la vérité. Mais pourquoi cette punition, ou plutôt pour qui ? Cela, elle l'ignorait encore. Pour une femme, sûrement. Rozenn ? Oui, Rozenn, sans doute, Rozenn qui avait été domestique chez les Lemarchand pendant des années. Cet homme, ce Joseph, il le lui fallait ! Ce serait sa revanche sur Félix. Une belle revanche.

Comme s'il avait senti peser sur lui le regard d'Ursula, Joseph s'était retourné et leurs yeux s'étaient accrochés, une seconde à peine, mais cela avait suffi. Ursula avait aussitôt senti son cœur s'emballer et une bouffée de chaleur l'envahir. Elle crut se sentir mal. Cela n'avait rien à voir avec l'amour qu'elle ressentait pour Félix, mais ressemblait plutôt au désir primitif de la femelle pour le plus beau mâle du troupeau. Cet homme, ce Joseph Penru, elle le voulait et elle l'aurait. Elle attendrait le temps qu'il faudrait. Sans même se rendre compte de son impudeur, elle détaillait l'homme de manière éhontée. Puis elle se ressaisit et jeta un coup d'œil circulaire. Estelle l'observait. Ursula réussit à lui sourire et vint à elle.

— Je rêvais, dit-elle. Je me demande bien ce que Félix fait à Brest, à cette heure. J'attendais également que quelqu'un me présente...

— Pardon Ursula, je manque à tous mes devoirs. Suivez-moi. Dans cette cohue, Père et moi vous avions oubliée.

Elle l'avait échappé belle ! Ou du moins, elle le croyait, car Estelle savait très bien reconnaître le désir dans les yeux d'un homme ou d'une femme, et l'expression d'Ursula l'avait alarmée. Sa belle-sœur ne le savait peut-être pas elle-même, mais, un instant plus tôt, à n'en pas douter, elle avait violemment désiré Joseph. Mais que lui trouvaient-elles donc toutes, à ce Joseph ? Yves, François ou même Yann, ce géant, c'était autre chose ! Non, elle ne se battrait jamais pour un homme comme Joseph.

Quelques minutes plus tard, elle les présenta l'un à l'autre, mais ne put déceler, cette fois, le moindre signe d'émotion sur le visage d'Ursula. S'était-elle trompée ? Ou Ursula était-elle extraordinairement maîtresse d'elle-même ? Estelle opta pour la première solution, tout en se promettant d'ouvrir l'œil. Il fallait protéger Rozenn, béate auprès de ce mari qu'elle adorait. Mon Dieu ! Jamais elle n'avait vu autant de confiance dans les yeux d'une femme ! Les quelques secondes d'aparté qu'Estelle eut avec Rozenn suffirent à Ursula : d'un seul regard, elle fit comprendre à Joseph qu'il l'intéressait, et d'un seul battement de paupières, il lui signifia qu'il acquiesçait. Puis les deux belles-sœurs avaient repris leur tour de salon, Estelle se promettant de revoir Rozenn seule avant la fin de la réception.

Le brouhaha était maintenant indescriptible. Un des pêcheurs riait aux éclats avec Anne, une coupe de champagne à la main. En sabots ! Il était en sabots, cet homme ! Eugène faisait de grands gestes en parlant à Jean Menguy ; ils s'entretenaient sûrement du rallongement de la digue que certains jugeaient déjà insuffisant.

Ursula cherchait Joseph du regard, tout en écoutant, d'une oreille distraite, Yves répondre aux propos qu'elle venait de lui tenir par politesse. François, qui était avec eux, s'éloigna. Aussitôt, elle interrompit Yves en plein milieu de sa phrase, et lui dit :

— Veuillez excuser mon incorrection, monsieur Kerléo, mais j'aimerais vous poser une question. Je sais que mon mari ne vous aime pas, et j'ignore pourquoi. Pourriez-vous éclairer ma lanterne ?

— Si Félix n'a pas jugé utile de le faire, madame, il serait incorrect de ma part de vous répondre à sa place. Ceci sans compter que je ne le sais pas très bien moi-même. Tout cela remonte à nos douze ans. Si je vous dis que je n'ai jamais compris l'animosité de Félix à mon égard, vous ne me croirez pas. C'est pourtant la vérité.

— Si, je vous crois, monsieur Kerléo, répondit-elle d'une voix lasse.

*
* *

Cette explication, c'est finalement le notaire Andrieux qui la donna à Ursula ; quelques jours plus tard, à Saint-Renan, quand elle vint lui remettre les fonds destinés à Félix.

Le notaire était curieux de connaître cette femme dont il avait beaucoup entendu parler et par Yves, et par Eugène. Non seulement, Ursula était extrêmement riche mais elle gérait elle-même sa fortune, ce qui, dans la clientèle provinciale et bretonne en particulier, était tout à fait exceptionnel. Il fut étonné de la rapidité avec laquelle les formalités du prêt furent expédiées. Ce problème une fois réglé, Ursula passa à autre chose. Elle souhaitait savoir ce qui s'était passé, des années plus tôt, entre son mari et Yves Kerléo. Jacques se frotta les mains. Enfin, il allait pouvoir crever ce vieil abcès...

— Le plus simple, madame, fit-il, serait que je vous conte toute l'histoire. Nous étions internes en sixième, dans un collège de Brest. En début d'année, Félix possédait un ascendant certain sur ses camarades : il était pensionnaire depuis deux ans et connaissait donc très bien l'établissement. Dès la première semaine, profitant de sa qualité d'ancien, il se comporta en petit chef. Il y a toujours des têtes de turc dans un internat et le nôtre ne dérogeait pas à la règle ; le tort de Félix fut de choisir un petit paysan, Yves Kerléo, qui avait eu l'insolence d'avoir de meilleurs résultats que lui quand ils étaient condisciples au Conquet, avant qu'ils n'intègrent notre collège. Yves choisit de faire le gros dos : Félix excitait sa bande contre lui, et ils n'étaient jamais en peine pour inventer une rosserie quelconque. Depuis la huitième, Félix avait un ami de pension, Denis Le Garrec, qui n'appréciait pas du tout les vexations qu'il faisait subir aux uns et aux autres, et notamment à Yves Kerléo. Le Garrec observait ce petit paysan qui encaissait tout sans broncher, sans jamais se plaindre ni dénoncer quiconque. Un jour, pourtant, Yves se rebella. Bousculé par le plus grand et le plus fort de la classe, un garçon qui était à la botte de Félix, il le défia. Le Garrec voulut s'interposer, persuadé qu'Yves allait se faire méchamment rosser. Mais Yves savait ce qu'il faisait. En moins d'une minute, devant tous les sixièmes médusés, il donna une leçon à son adversaire, à qui il rendait, pour le moins, vingt kilos et autant de centimètres. Il vint ensuite se planter devant Félix et défia tous les autres élèves, alors qu'il ne s'adressait, en réalité, qu'à votre futur mari. Mais Félix détourna la tête et refusa de relever le gant. L'eût-il fait, il aurait préservé l'essentiel, même s'il avait été battu. En refusant le combat, il perdit et la face et son ami Le Garrec qui le traita de lâche. Voilà toute l'histoire, madame, une histoire classique, et qui aurait pu et dû en rester là. Yves devint bientôt le premier de la classe et gagna la sympathie de tous. Mieux, plus tard, il fit une nouvelle tentative vers Félix et vint à lui la main tendue. Félix eut la sottise de la refuser, ce qui lui valut la réprobation générale et détourna de lui le dernier carré de ses fidèles. Je crois que par la suite, il a amèrement regretté l'erreur commise ce jour-là, mais il n'a jamais voulu l'admettre. Il le paie encore aujourd'hui.

Ursula se leva et tendant la main au notaire, elle lui dit :

— Monsieur, je voulais une explication, je l'ai eue. Je ne puis pas dire qu'elle me ravisse, vous vous en doutez. C'est pourquoi je vous saurais gré de la garder pour vous. Peut-être aurons-nous l'occasion de nous revoir avant mon départ. Dans ce cas, n'oubliez pas que, pour mon mari du moins, nous ne nous sommes jamais vus.

25

1906

Ils étaient déjà loin de Sein, qu'ils avaient quittée trois heures plus tôt, quand le temps avait brusquement changé. Youenn ne se pardonnait pas son imprudence, car si Julien n'avait rien noté, il avait, lui, remarqué les nuages qui s'amoncelaient à l'horizon, la mer étrangement calme et l'air devenu soudain presque moite. Au passage des Tas de Pois, il savait qu'ils n'échapperaient pas à l'orage, mais jamais il n'aurait cru que celui-ci fondrait si vite sur eux. Cette fois encore, il avait sous-estimé la bascule du courant devant le goulet de Brest.

Il aurait dû rejoindre immédiatement la côte à la rame, lorsque le vent était soudain tombé et que la mer était devenue d'une platitude inquiétante. Au lieu de quoi il avait tergiversé et, quand il s'y était décidé, une demi-heure plus tard, l'orage était déjà sur eux.

D'abord courtes et espacées, puis franchement brutales et beaucoup plus rapprochées, les rafales de vent s'étaient vite transformées en véritables bourrasques. Les éclairs striaient le ciel, dont le gris foncé se confondait avec le noir de la mer. Avec le courant et le vent contraire, il n'avait pas eu d'autre choix que de mettre à la cape. Maintenir son bateau face à la lame, et attendre en espérant une amélioration, c'était tout ce qu'il pouvait faire et qu'il faisait depuis des heures.

La pluie avait redoublé de violence et leur fouettait le

visage au point de les aveugler. Les vagues se heurtaient les unes aux autres et secouaient le bateau comme un prunier. Les éclairs qui zébraient le ciel tissaient sur le noir d'encre de l'horizon un rideau d'un blanc métallique. Youenn n'avait jamais vu pareil feu du ciel ou d'enfer se déchaîner sur l'océan.

Ce n'est qu'à la nuit tombante que l'orage perdit de sa virulence. Youenn respira un peu : par nuit noire, dans ces récifs, ils n'auraient eu aucune chance de s'en sortir. Un instant d'inattention, et c'était une lame qu'on ne voyait pas venir, qui les prenait de travers et les envoyait cul par-dessus tête. De la crête d'une vague, il apercevait, de temps à autre, la lueur d'un phare, mais ses souvenirs de gardien étaient bien trop lointains pour qu'il puisse reconnaître un feu d'un autre.

Julien l'épatait. Pour un goémonier de Plogoff, il était vraiment crâne, le bougre ! Face au danger, rien à dire : c'était un homme. Pendant des heures, il avait écopé sans mot dire, ne lui avait adressé aucun reproche. Il priait, Youenn le devinait à ses lèvres qui remuaient de temps à autre, et cela ne pouvait leur faire de mal. Dix fois, vingt fois, il avait cru que la vague suivante les submergerait. Pourtant, ils s'en étaient toujours sortis, se retrouvant à quatre pattes, accrochés au banc ou au mât, dans dix centimètres d'eau. Et Julien écopait toujours. Et puis soudain...

— Julien ! Là, juste devant nous... Des cailloux... Nous ne devons pas être loin d'une île...

— Une île ? Oui, derrière ce récif... C'est une île ! Merci mon Dieu !

— Cesse d'écoper, bon sang, et prends la gaffe...

Youenn tirait sur ses avirons. S'il ne faisait pas de bêtise, dans moins d'un quart d'heure, ils seraient sur la terre ferme. Sauvés... Il contourna la roche à distance et se mit à godiller, évitant le ressac, scrutant la surface de la mer, et soudain il se retrouva dans les calmes. Il avait contourné l'éperon rocheux sans même s'en apercevoir. Ils étaient à l'abri des déferlantes qui, à vingt mètres de là, continuaient à s'écraser sur le récif, de l'autre côté. C'était fini, c'était gagné.

— Ça y est, bonhomme, nous sommes sauvés ! fit-il dans un grand sourire. Nous sommes arrivés, même si je ne sais pas encore où.

— Moi, je sais où nous sommes. Sur une île, au paradis... répondit Julien, en éclatant en sanglots.

Youenn ne répondit rien. Ils échouèrent la barque sur la grève et la hissèrent aussi haut que possible, avant de s'abriter dans un creux de rocher.

*
* *

Ils avaient dormi quelques heures, mais il faisait encore nuit quand ils se réveillèrent. Dans le ciel maintenant dégagé, les étoiles scintillaient et sur la mer à nouveau calme, les faisceaux des phares avaient repris leur ballet.

— Je suis toujours incapable de te dire où nous sommes, admit Youenn. Peut-être à Quéménès, chez Yann. Ou alors, à Béniguet, chez Pierre Le Bars ? En tout cas, sûrement pas à Molène. Je parierais pour Béniguet.

— Je vais faire un tour sur la dune et je te le dirai répondit Julien. Mais tu ne crois pas que nous devrions aller voir ton bateau ?

— C'est déjà fait, matelot. Avant que tu ne te réveilles. Je n'allais pas risquer de le laisser partir sans moi !

Julien s'était éloigné. Youenn avait à nouveau essayé de manger un de ses biscuits détrempés d'eau de mer, mais ils étaient vraiment trop mauvais. Il but une gorgée d'eau qu'il fit suivre d'une rasade de tafia, pour se réchauffer. Julien revint très vite.

— Nous sommes bien à Béniguet, dit-il. J'ai aperçu la côte et les feux du Conquet, et aussi une barque échouée sur la grève, de l'autre côté de l'éperon. Je n'ai pas voulu y aller seul. Suppose qu'il y ait des noyés...

— Il n'y a pas de honte à ça, Julien : un noyé, c'est

rarement beau, tu peux me croire. On va aller jeter un coup d'œil.

— Il y a également une maison, à deux cents mètres. Assez grande, on dirait.

— Bon. Mais on ne peut pas réveiller ces gens avant le lever du jour. Allons voir d'abord cette épave.

La barque renversée faisait de six à sept mètres de long, et le mât en était brisé.

— Tu arrives à déchiffrer l'immatriculation ? fit Youenn. On n'y voit presque rien.

— C'est LG, Le Guilvinec. Non, attends, c'est LC. Le Conquet. Sapristi ! Mais c'est le *Marie-Jeanne* ! L'ancien bateau d'Yves ! Ce n'est pas possible ! Si c'était Yann...

— Pas de panique. Le bateau de Yann, c'est le *Lise*, maintenant, et Yves ne se sert plus de celui-ci depuis des années. Il l'a peut-être vendu.

— Peut-être. N'empêche qu'il y avait sur ce bateau quelqu'un de chez nous, l'un des nôtres. Tiens ! Il y a un bout qui traîne dans l'eau...

— Ramène-le... Nous allons tirer le bateau au sec, et le remettre à l'endroit. Il y a quelque chose d'accroché à ton bout. Un paquet de goémon, sans doute.

Mais Julien savait que le poids qui pesait à l'extrémité de ce bout n'était pas du goémon, c'était bien le corps d'un homme, le cadavre d'un noyé.

— Tire-le, Julien, fit Youenn. Attends, je vais t'aider. Dès que nous l'aurons sorti de l'eau, on ira réveiller les fermiers. Ils se remueront, pour un mort. Il faudra dire les prières. Et comme c'est nous qui l'avons trouvé, à nous les emmerdements...

Mais quand ils retournèrent la barque, ils y découvrirent un second noyé, qui était resté bloqué à l'intérieur, coincé sous le banc.

— Celui-ci n'a pas dû voir la mort venir, nota Youenn. Il devait être déjà assommé quand il s'est noyé. Oh ! j'ai bien l'impression que je le connais, celui-là. C'est un homme d'Yves, j'en suis certain, et...

Il pâlit brusquement.

— Merde, c'est Lucien ! Tu sais, Lucien Jézéquel, le

goémonier. Celui qui a voulu apprendre à lire et à écrire à trente-cinq ans... Il s'était installé à Lanildut, l'an dernier ou il y a deux ans, je ne sais plus... Mais qu'est-ce qu'il fichait, dans cette barque ? Et qui est l'autre ? Allons réveiller Pierre Le Bars...

Il se signa avant de se diriger à grandes enjambées vers les bâtiments de la ferme, vers la vie... Julien lui avait emboîté le pas et, bientôt, ils frappaient tous les deux à la porte d'une grange d'où provenaient des ronflements sonores. Un homme en sortit, une fourche à la main. Ils étaient bien à Béniguet, à Ty-Braz, la grande ferme de l'île, chez Pierre Le Bars, mais ils eurent du mal à convaincre le domestique d'aller réveiller son patron, et il leur fallut user du nom d'Yves Kerléo pour qu'il accepte de l'avertir que Youenn Guilcher et Julien Tromeur venaient de s'échouer sur l'île. Après s'être concertés, tous deux avaient estimé qu'il valait mieux n'annoncer les nouvelles à Pierre que progressivement. Le second noyé pouvait être son frère Hervé, ou l'un de ses proches...

Tout en les écoutant, Pierre finissait de s'habiller à la va-vite. Il leur fit servir une solide collation précédée d'un verre d'eau-de-vie : un grand pain rond de cinq livres rejoignit sur l'immense table de chêne une motte de beurre salé, une pièce de lard, une grande jatte de lait ribot, un pichet de cidre et un pot de café.

— Dès qu'elle sera prête, Maria vous préparera une bonne bouillie d'avoine qui vous calera l'estomac. Cela a été dur, certainement. Mais pourquoi es-tu parti, Youenn ? Tu devais sentir l'orage ! Le plus beau que j'ai vu de ma vie entière ! Il va y avoir une casse pas possible.

— Pierre, se décida Julien, le bateau de ces deux noyés..., c'est le *Marie-Jeanne I*.

Interrompant le signe de croix qu'il venait d'esquisser sur le pain avant de l'entamer, Pierre reposa le couteau.

— Le *Marie-Jeanne I* ? Tu es sûr ? fit-il en s'asseyant lourdement sur le banc de bois. Et... qui était à bord ? Vous le savez ?

— Je ne connais que l'un des noyés, reprit Julien. C'est Lucien, Lucien Jézéquel.

— Lucien ? Non, ce n'est pas possible ! Lucien ? Le pauvre gars ! Juste quand il venait de s'installer chez lui, à Lanildut et d'y acheter une petite ferme. Il avait appris à lire et écrire, vous le saviez ?

— Bien sûr ! Qui ne connaît pas son histoire sur la côte !

— Paix à son âme, fit Pierre en se signant... Et le second noyé, vous le connaissez ? D'habitude, c'est mon frère qui se sert du *Marie Jeanne* à Quéménès...

— C'est un homme dans les cinquante ans, m'a-t-il semblé, répondit Julien.

— Oui, bien sonnés, fit Youenn, en écho. Il a les cheveux complètement gris, et une moustache presque blanche...

— Ouf ! Ce n'est pas mon frère ! Mais ce pauvre Lucien... Il était déjà ici, sur l'île, depuis des années quand Yves et moi y avons débuté, il y a plus de dix ans...

Pierre ne connaissait pas le second noyé, sans doute un pêcheur de Lanildut qui avait accompagné Lucien. Ils avaient remonté les corps qui reposaient sur deux brancards dans une grange et placé un crucifix sur chaque dépouille et un chandelier derrière chacune. Tous ensemble, ils s'étaient recueillis un instant devant les corps, avant que Pierre ne fasse signe à Youenn de le suivre.

— Peux-tu te rendre immédiatement au Conquet pour informer Yves de ce qui s'est passé ? demanda-t-il. Tu lui dis simplement ce que nous savons pour le moment. Il avisera ; il a l'habitude de ce genre de choses.

*
* *

Cela devait bien faire deux ans qu'il n'était pas venu au Conquet, se disait Youenn en accostant quai du Drellac'h ; depuis que le chemin de fer avait remplacé le bateau pour le transport des pains de soude d'Audierne à Poul-Conq. Il avait perdu là une source facile de revenus, mais c'était la vie... Il en avait quand même bien profité, de ces pains ! En haut des escaliers, Julien et lui se heurtèrent à deux vieux pêcheurs qui passaient toute leur journée accoudés au parapet, à la même place. L'un de ces vieux, Youenn s'en souvenait maintenant, racontait inlassablement la même histoire : celle de sa rencontre avec une sirène, si belle, disait-il, qu'il l'aurait amenée au septième ciel malgré sa queue de poisson. Il n'avait jamais réussi à la capturer et ne se le pardonnait pas.

— Pour une surprise ! fit Yves. Je ne vous attendais pas si tôt ; j'étais persuadé que l'orage d'hier vous aurait incités à reporter votre voyage. Je n'ai pas le souvenir d'avoir vu quelque chose de pareil de ma vie entière.

— Nous non plus, lui répondit Youenn en souriant, car vois-tu, l'orage, nous l'avons vu et vécu de l'intérieur. On était en plein dedans, figure-toi. Et si nous nous en sommes sortis, cela n'a pas été le cas de tout le monde...

— Que veux-tu dire ? Un naufrage ? Des noyés ? Qui ?

— Dis-le, toi, Julien...

— Eh bien, il y a deux noyés, et l'un d'eux est Lucien Jézéquel. Nous avons retrouvé son corps à l'intérieur du *Marie-Jeanne I*, qui est échoué à Béniguet. Nous ignorons qui est le second noyé, et Pierre Le Bars non plus ne le connaît pas.

Yves s'était assis ; il avait posé les coudes sur son bureau et s'était caché le visage dans les mains.

— Lucien... Et Jeannette, sa femme, qui est enceinte de plus de trois mois, alors qu'elle a déjà un bébé. C'est trop injuste. Un si brave type...

Anne, qui venait de pousser la porte du bureau et entrait sans crier gare, s'arrêta brusquement. À la tête que faisaient les trois hommes, elle comprit tout de suite ce qui s'était passé.

— Alors ? fit-elle. Qui s'est noyé cette fois ? Qui a-t-elle pris, cette gueuse ?

— C'est Lucien, Lucien Jézéquel, répondit Yves. Ton Lucien...

Ils avaient mis quinze bonnes minutes à la calmer.

— Nous n'y pouvons rien, lui dit Yves. C'est la volonté

divine et il faut l'accepter. Si Dieu a rappelé Lucien à lui, c'est qu'il a ses raisons...

— Peut-être, intervint Youenn ; mais il n'empêche que Dieu, par moments, me semble être drôlement comme cul et chemise avec l'Ankou. Pourquoi accepte-t-il que des pères de famille meurent comme ça, quand il y a tant de malheureux ici-bas qui n'aspirent qu'à partir ?

— Je n'en sais rien, Youenn, personne n'en sait rien. « Désir de Dieu et désir de l'homme sont deux », tu connais le dicton...

— Oui, Yves, comme je sais aussi qu'il nous faut nous soumettre à Sa volonté, coupa Youenn. Mais cela, ce sont des paroles de curés. Et tu ne m'empêcheras pas de penser que ce qui est arrivé à Lucien et ce qui arrive à sa femme, c'est injuste, c'est dégueulasse... Pourquoi ne s'est-il pas noyé il y a deux ans ? Au moins, il ne laisserait ni veuve ni orphelin.

*
* *

La petite église était pleine à craquer, et tous ceux qui étaient venus dire un dernier adieu aux deux noyés n'avaient pu y trouver place. En deux ans, Lucien avait su se faire apprécier de tous, au village. Mais c'étaient cependant les goémoniers qui composaient le gros de l'assistance : ils étaient venus de toute la côte, de Plouescat au Conquet, et des îles aussi, où Lucien avait passé la plus grande partie de son existence. Il était un symbole pour tous, comme le rappela le recteur dans son homélie : son histoire, sa vie seraient pour toujours un exemple.

Anne observait Jeannette. Les yeux rougis par les larmes, la jeune femme buvait les paroles du prêtre. Un saint, elle avait épousé un saint, et elle ne l'apprenait que maintenant ! Elle y puisait quelque réconfort aujourd'hui, se disait Anne, mais qu'en serait-il demain, lorsqu'elle se découvrirait veuve, sans ressources, avec ses deux enfants ? Sans parler de toutes ces nuits qu'elle passerait seule, dans son lit clos, sans son homme pour la réchauffer... Oui, il faudrait qu'elle s'occupe de Jeannette.

Yves avait suivi le service funèbre comme un automate. Il se levait, s'agenouillait, s'asseyait en même temps que les autres, reprenait les répons machinalement. Une foule de souvenirs lui revenaient : le décès du grand Calec et la découverte des noyés anglais, les premiers conseils de Lucien en matière de fours, ses confidences à Anne, trois ans plus tôt... Pourquoi avait-il fallu qu'il rencontre Yann, par hasard, à Plouguerneau, quinze jours plus tôt et qu'il se décide à acheter le *Marie-Jeanne* ? Le destin. C'était le destin et rien d'autre. Sa vie avait été tracée pour se conclure ainsi... Le déplacement des fidèles pour l'eucharistie mit fin à sa rêverie. Quelques minutes plus tard, il sortait de l'église, tenant les cordons du poêle. Jeannette menait le deuil. La pauvre fille n'avait eu que deux années de bonheur. Deux ans ! Qu'étaient ces deux ans au regard des vingt-deux années de solitude qui les avaient précédés et au regard des nombreuses autres qui lui restaient encore à vivre ? Anne était là, heureusement.

Anne avait été là ce jour-là et les suivants. Ils avaient tous cru un moment, après l'inhumation, quand Jeannette était tombée en syncope, que la jeune femme allait faire une fausse couche, ce qui eût peut-être été un bien pour un mal. Mais il n'en avait rien été. Après avoir passé une semaine à Lanildut avec la jeune veuve, Anne avait estimé pouvoir la quitter. Une jeune fille du village resterait à son service jusqu'à sa délivrance et au-delà, si nécessaire. Elle avait également demandé au médecin de suivre la grossesse et estimait avoir pris toutes les dispositions nécessaires lorsqu'elle quitta le village.

Estelle était venue la chercher, et son irruption avait suscité plus de réprobation que de curiosité. Car si quelques véhicules à moteur avaient déjà traversé le hameau, c'était bien la première fois que les paysans en voyaient un conduit par une femme. Et quelle femme !

— Il faut bien admettre, dit Anne à son amie, que tu fais tout pour les choquer. Si ce n'étaient tes cheveux, on te prendrait pour un homme avec tes pantalons !

— Peut-être, mais c'est tellement pratique ! Tu veux conduire ?

— Pas dans ces chemins boueux ; je crains de m'y embourber. Tout à l'heure, quand nous aurons rejoint la grand-route, si je ne te fais pas trop peur...

Elle avait pris le volant un peu plus tard. Elle adorait conduire, mais, depuis qu'il pilotait lui aussi, Yves lui laissait rarement leur automobile. Elle devait se rabattre sur ces promenades avec Estelle qui, amusée, observait son amie, dont la langue, pointant entre les lèvres légèrement entrouvertes, dénotait l'application. Les boucles blondes et frisées de ses cheveux flottaient au vent, libérées de la coiffe qu'elle avait ôtée, et l'excitation, plus encore que le vent, colorait ses joues d'un rose vif. Oui, Anne était toujours aussi ravissante, malgré ses multiples grossesses, et l'âge n'avait pas encore eu de prise sur elle.

— Que c'est grisant de conduire, s'exclama Anne ! Je me sens toute-puissante, maîtresse du monde. Ah ! si nous avions pu faire ce Tour de France avec François, il y a trois ans, au lieu de suivre seulement la dernière étape !

— Ou si, tout simplement, ton mari te laissait une seule fois m'accompagner à Paris... Mais Yves est un misogyne de la pire espèce. Il te maintient en dépendance.

— C'est vrai qu'il a du mal à admettre l'émancipation de la femme, la mienne surtout d'ailleurs, car il est beaucoup plus tolérant pour les épouses de ses amis. Toi, par exemple. Je dois pourtant admettre qu'il m'a beaucoup aidée. Je n'étais qu'une petite paysanne quand je l'ai épousé. Il m'a fait sortir de ma coquille, m'a poussée à m'instruire, à lire, à me tenir au courant de ce qui se passe, et je lui en suis reconnaissante, tout comme je te remercie, toi, pour tout ce que tu m'as apporté. Sans toi, sans ton amitié, je n'aurais jamais eu l'assurance que j'ai aujourd'hui.

— Une assurance qui va nous conduire au fossé si tu n'y prends garde... Fais attention ! Freine ! Mais freine donc ! Tu n'avais pas vu cette charrette ?

*
* *

Yves et François descendaient le Straet Hir[1] vers l'usine de Poul-Conq, où les attendait Eugène. Yves venait de passer prendre, dans ses chais, François dont le commerce de vins en gros occupait maintenant le tiers de son temps. Trois ans plus tôt, il avait investi, dans cette affaire, ses gains du *Vesper*, et son beau-père y était son partenaire pour moitié.

Eugène marchait de long en large dans son bureau, tirant de longues bouffées d'un cigare qu'il venait d'allumer. La réunion syndicale des producteurs d'iode qu'il venait de présider, à Brest, avait confirmé ses craintes : la profession s'enfonçait dans le marasme ; le marché était en récession. Ils étaient loin, les profits du début du siècle, et, pour cette nouvelle campagne, il ne pouvait viser que l'équilibre des comptes. Quant aux goémoniers, il redoutait le pire pour eux. Avec son ami et confrère Adrien Devernois, il avait analysé la structure de leurs coûts et ils étaient arrivés à la conclusion que leur seule issue était de jouer la qualité, c'est-à-dire la teneur en iode des pains de soude.

Cette incertitude quant à l'avenir le ramena, tout naturellement, vers Félix, dont il venait de recevoir une lettre annonçant la venue prochaine de ses enfants et de leur mère. Ursula semblait s'être prise de passion pour la Bretagne. Eugène ne se faisait pas trop d'illusions sur leur couple, et s'il n'y avait eu convergence d'intérêts entre eux...

Pour Félix, les choses avaient bien changé depuis le décès de son beau-père, deux ans plus tôt. Il avait rapidement retrouvé un poste important où il s'était montré brillant, doublant les bénéfices de sa société dès la première année. Ursula l'avait alors officiellement nommé administrateur de sa compagnie. Sans en avoir le titre, Félix était devenu le principal dirigeant du groupe chi-

1. Straet Hir : long chemin.

mique et pharmaceutique de son épouse, qui avait longtemps appartenu en partie à son beau-père. C'était une belle revanche. Ce qu'il ignorait, cependant, c'est que l'ancien bras droit de ce dernier, son nouvel adjoint, le tenait sous étroite surveillance et remettait régulièrement à Ursula des rapports détaillés sur son activité. Mari et femme étaient devenus partenaires et, comme la rémunération de Félix était indexée sur les profits réalisés, il n'avait d'autre alternative que de travailler d'arrache-pied. Force était de constater qu'il y réussissait parfaitement.

— Alors, jeunes gens ? lança Eugène quand François et Yves entrèrent dans son bureau, le temps est beau, la mer est belle ? Vous me semblez de très bonne humeur, ce matin.

— C'est vrai, Père. Et pourtant, nous parlions de Lucien...

— Il est toujours agréable de pouvoir parler des défunts avec le sourire. Cela prouve que l'on a passé de bons moments avec eux.

— Remarque pertinente. Mais ce n'est sûrement pas pour évoquer la mémoire de Lucien que vous m'avez demandé de passer, n'est-ce pas ?

— Hélas, non ! Il s'agit de l'iode.

— Je m'y attendais, dit Yves. Alors, à quelle sauce vous proposez-vous de nous manger, cette fois-ci ?

— Croyez-bien que je suis le premier à déplorer la situation actuelle, répondit Eugène, mais qu'y puis-je ? Je suis obligé de suivre mes confrères et d'avoir la même politique d'achat qu'eux. Et croyez-moi, si Adrien ne m'avait pas appuyé, le prix plancher de 100 francs la tonne, à 1,10 pour cent d'iode, aurait été enfoncé. D'ailleurs, il ne faut pas se bercer d'illusions : de nombreux usiniers ne respecterons pas ce prix et achèteront à 90 francs, voire en dessous.

— Ce sera dur pour la majorité des goémoniers, observa Yves. Seuls les Molénais et Quéménès atteignent 1,10 pour cent. Julien n'en est qu'à 0,98 pour cent en Bigoudénie, et Goulven à 0,87 pour cent sur Lilia.

— Je sais. C'est justement cela qu'il faut changer.

— Vous y pouvez sûrement quelque chose, Eugène. Il y a les produits annexes que vous ne mentionnez pas...

— Et pour cause ! Croyez-vous que les goémoniers seraient gagnants, si nous le faisions ? Évidemment non. Les minima seraient basés sur la plus forte teneur en sels, et vous y perdriez tous. Figurez-vous que certains de nos confrères ont voulu prendre en compte cet élément. Si Adrien n'avait pas été si énergique... Yves, vous devez comprendre que, cette année, la plupart des usiniers vont vendre à perte. Le prix du marché est de 25 francs le kilo d'iode, 28 francs dans le meilleur des cas contre 36 il y a six ans. C'est-à-dire qu'à 1,10 pour cent de teneur, la soude représente aujourd'hui 30 pour cent du prix de revient de l'iode contre 15 à 16 pour cent, il y a six ans. La seule solution, c'est de réduire ce pourcentage, et donc d'avoir des pains de soude à plus forte teneur en iode. Nous savons que celle du goémon d'épave courant est de 0,60 pour cent, sauf pour le tali de printemps, où elle peut atteindre 1,5 pour cent. C'est ce dernier taux qu'il vous faut viser. Nous pourrons alors réduire nos coûts de production et vous payer plus. Encore une fois, nos intérêts sont communs, contrairement à ce que s'imaginent beaucoup d'industriels et de goémoniers.

François s'était tu jusqu'alors. Il prit le relais de son beau-père.

— Tu dois nous croire, Yves. Nous n'y pouvons rien : il n'y a plus que neuf usines d'iode en France, dont trois nous appartiennent. Aujourd'hui, ce sont les Sud-Américains qui fixent les prix, et le jour où ils voudront nous rayer de la carte, ils le feront. Pour le moment, ils n'en éprouvent pas encore le besoin, mais ils nous étouffent, malgré la taxe de 5 francs le kilo à l'importation.

— Je sais, dit Yves, mais je ne l'admets pas. Si le gouvernement le tolère, c'est toute l'économie de la côte qu'il met en péril. Les paysans vont retomber dans la misère qui était la leur il y a vingt ans, et les goémoniers connaître à nouveau la famine ! Les mendiants vont encore pulluler dans les villages et sur les routes.

— C'est pourquoi il faut les persuader de changer leurs habitudes de travail. Il faut qu'ils trient plus soigneusement les algues. La qualité se vendra toujours, quand il y aura trop d'offre globale, mais dès l'an prochain, peut-être même cette année, les pains de soude à teneur inférieure à 0,9 pour cent ne trouveront pas preneur.

*
* *

Le télégramme de Goulven Simon n'avait pas autrement surpris Yves. Si son ami l'appelait à la rescousse, c'est que ses goémoniers lui posaient des problèmes, et cela, il s'y attendait. D'année en année, Goulven maîtrisait de plus en plus mal ses troupes. Question de caractère, sans doute, mais aussi de méthode, et la situation présente réduisait encore leur marge de manœuvre. Car Yves ne se faisait pas d'illusions : il allait être difficile de faire admettre à des goémoniers qui n'avaient déjà que le strict nécessaire que le temps des vaches grasses était révolu et qu'ils allaient devoir tous faire preuve de courage et d'imagination.

Deux jours plus tard il était à Lilia, debout sur les tréteaux montés à la hâte dans le préau de l'ancienne école des Frères, désaffectée depuis la loi sur les Congrégations. Dehors, il tombait des hallebardes.

— De vraies giboulées de mars en juin, fit Goulven, la mine sombre. Mauvais signe, cette pluie. Attendons encore un peu, que tout le monde soit là.

Yves avait accueilli les goémoniers l'un après l'autre. Qu'il les ait convoqués tous ensemble était pour eux la preuve de la gravité de la situation. Aussi le silence était-il pour une fois total quand il prit la parole :

— Mes amis, commença-t-il, il y a une dizaine d'années, nous avons, ensemble, uni nos efforts et commencé une aventure qui s'est, jusqu'à présent, révélée bénéfique pour tous. Un bon nombre d'entre vous ont pu racheter des bêtes ou récupérer une terre perdue à l'époque de la grande crise. À nous tous, le tali a, ces dernières années, apporté un mieux certain. Aujourd'hui, les prix se sont stabilisés, et nous avons de plus en plus de mal à vendre nos pains de soude. Pourtant, nous connaissons la terre et la mer et savons que, si nous avons eu des années d'abondance, nous pouvons aussi connaître des années de vaches maigres. C'est ce qu'il nous faut éviter, et nous le pourrons si nous nous battons, encore une fois, tous ensemble. Vous le savez, il y a, actuellement, surproduction d'iode dans le monde. Certains pays, le Pérou par exemple, cassent les prix, et les usiniers français ont du mal à lutter contre eux et à vendre leur iode.

— C'était déjà la même chose il y a vingt ans ! l'interrompit Sébastien Le Bihan, un nouveau venu sur la commune.

— C'est vrai, mais à l'époque, il y avait dix-neuf usines d'iode en France, dont onze dans le Finistère. Aujourd'hui, il n'y en a plus que neuf.

— Neuf seulement ? fit Claude Le Gall, incrédule. Dans toute la France ?

— Oui, neuf seulement, dont six dans le Finistère. C'est cela notre chance, d'ailleurs, d'autant que nous pouvons compter sur les trois usines des Lemarchand et celle d'Adrien Devernois.

— Ces usiniers sont tes amis, Yves, dit Claude Le Gall, pas les miens. Pour moi, tous les usiniers se valent, ils paient tous aussi mal.

— Si tu le penses vraiment, Claude, répliqua Yves, rien ne t'empêche d'aller voir ailleurs si la soupe est meilleure. Je te le conseille même vivement. Cela dit, tu n'as pas tout à fait tort : les usiniers se sont tous entendus, en effet, sur un prix d'achat plancher de 100 francs la tonne pour un produit standard à 1,10 pour cent de teneur en iode.

Comme il s'y attendait, cette déclaration fut mal comprise. Certains n'avaient retenu que le prix, et ma foi, 100 francs ce n'était pas si mal ; d'autres, au contraire, les plus avisés, n'avaient retenu que le taux de 1,10 pour cent de teneur en iode et savaient qu'ils en étaient loin. Bientôt, le ton monta, tourna au tumulte. Lorsqu'il vit des poings se tendre vers lui, Yves mit ostensiblement son chapeau, descendit de l'estrade, et fit mine de s'en aller. Trois minutes plus tard, le silence était revenu comme par enchantement.

— Écoutez-moi tous ! tonnait Goulven. Yves est venu exprès du Conquet, alors laissez-le parler. Vas-y, Yves.

— Je constate qu'en dix ans vous n'avez pas changé d'un iota, mes amis, reprit aussitôt celui-ci, bien décidé à enfoncer le clou. Vous voulez tout savoir sans rien apprendre. Je ne faisais pourtant qu'un constat très simple : vous touchez aujourd'hui en moyenne 79 francs de la tonne, quand, à Audierne, ils en perçoivent 88, que j'en obtiens 94 à Béniguet et 103 à Quéménès. Si les Molénais en sont à 110 francs, c'est parce qu'ils ont la plus forte teneur en iode. Désormais, comme il va y avoir trop de pains de soude, ce sont ceux qui auront les plus faibles teneurs en iode qui en feront les frais. C'est-à-dire vous, si vous ne changez pas votre façon de travailler.

Des cris fusèrent à nouveau. Yves éleva la voix :

— J'ai dit : si vous ne changez pas... Le goémon d'épave, aujourd'hui, ne peut plus servir qu'à faire du sel de potasse. Pour l'iode, les usiniers ne prendront plus que les pains de tali et de goémon d'avril. Répandez le goémon d'épave dans vos champs, ou séchez-le pour le feu. Et pour ceux qui ne vivent que du pain de mer, pensez à vous reconvertir sur l'eau. Le tali récolté en pleine mer est plus abondant et de meilleure qualité que celui qui vient à la côte.

— Et les bateaux, qui va nous les payer ? intervint de nouveau Le Gall. C'est facile à dire pour toi qui as de l'argent, mais des écus, nous, on n'en a pas...

— Vendez vos chevaux et achetez des bateaux. Yann et moi étudions avec Goulven la possibilité de vous aider à le faire, et demandons une participation aux usiniers. Je sais que ce que je vous dis n'est pas agréable à entendre, mais je le répète : ceux qui ne changeront pas leur méthode de travail risquent de ne pas avoir de quoi manger l'hiver prochain, personne ne leur achètera leur soude. Personne. Pas un usinier. Ils ne nous feront pas de cadeau, si la qualité ne leur convient pas, et, croyez-moi, ils auront le choix entre les vendeurs.

Yves avait accepté l'invitation de Pol Le Rû et de Léone, sa femme, la fille de Goulven. Pol ne changeait pas, et Yves ne manqua pas de le lui dire :

— Décidément, Pol, chaque fois que je te vois, j'ai l'impression de t'avoir quitté la veille. Ce n'est pas comme toi, Goulven. Au lieu de passer tes moments perdus au café, tu ferais mieux d'aider Pol à la ferme. Cela te ferait perdre un peu de mauvaise graisse, et tu ferais des économies. Sans parler de la réputation d'ivrogne que tu es en train de te faire...

La violence de la sortie laissa Pol et sa femme sans voix. Depuis le temps qu'ils attendaient que quelqu'un ose dire ses quatre vérités à Goulven, c'était fait, et plutôt rudement.

— Tais-toi, Yves, fit Goulven. Tu ne sais pas ce que tu dis, et si tu n'étais pas mon ami...

— C'est justement parce que je suis ton ami que je te le dis. Et si tu le prends mal, tant pis pour toi. Si tu t'occupais un peu plus du tali... Ça ne t'embête pas que les goémoniers de Lilia, les plus réputés de la côte, aient les pains de soude avec le taux d'iode le plus faible de tout le Finistère ? Lilia devrait être à 1 pour cent, et non à 0,8 pour cent. C'est une hérésie et, si cela continue, tu pourras te considérer comme le principal responsable de la ruine de tous ceux qui t'ont fait confiance. Il va falloir te battre durement, Goulven.

— Tu parles sérieusement ? Cela va si mal que ça ?

— C'est pire que ce que j'ai pu dire tout à l'heure.

— Il nous faut vraiment atteindre 1 pour cent ?

— Plus : 1,10 pour cent, c'est la nouvelle référence. Colle-toi cela dans le crâne. Pas 1 pour cent. Le *bara mor* à 0,8 pour cent ne sera pas vendable. Dès cette année. Et l'an prochain, rien au dessous de 0,9 pour cent.

— Mais alors, mon goémon d'épave... Ils ne me le prendront pas ?

— Pourquoi iraient-ils se ruiner ? Pour tes beaux

yeux ? Aujourd'hui, le tali représente plus de 30 pour cent de leur prix de revient contre 15 pour cent il y a dix ans. C'est-à-dire qu'ils nous le paient deux fois plus cher aujourd'hui qu'ils ne le faisaient naguère. Pour eux, ça ne peut pas continuer, c'est simple. Tu t'imagines, peut-être, qu'ils vont consentir à perdre 10 pour cent parce que tu leur auras fait l'honneur de leur apporter tes pains de soude ? Ne me fais croire que tu es aussi stupide !

Pol voyait le visage de son beau-père se décomposer. Il n'était pas mécontent de la leçon que prenait Goulven, mais il craignait aussi un coup de sang et lança :

— Que diriez-vous de manger un peu plus et de parler un peu moins ? Si vous ne faites pas davantage honneur à la cuisine de Léone, vous allez nous vexer tous les deux...

— Excuse-moi, ma fille, fit Goulven, en se levant et en quittant la table. Mais Yves m'a coupé l'appétit.

Il avait fallu cinq bonnes minutes à Léone pour convaincre son père de revenir à table. Pourtant, une heure plus tard, en prenant congé, Yves était soucieux : Goulven avait, semble-t-il, tout oublié de ce qu'il lui avait dit.

26

Anne n'en croyait pas ses yeux : cette lettre était la plus étonnante qu'elle eût jamais reçue. Elle reprit l'enveloppe, mais le seul cachet qu'elle pouvait déchiffrer était celui de « Poste Militaire ». Son frère Cheun qu'ils avaient pleuré des années, Cheun était vivant ! C'était incroyable. Elle en tremblait. Dès les premiers mots, elle avait cru défaillir.

Ma chère Anne,

Je sais que cette lettre va te causer un choc. Aussi, assieds-toi tout de suite. Ça y est ? Tu es assise ? Oui ! C'est moi, Cheun, ton frère, qui t'écris ! Cheun, disparu dans la Seine depuis dix ans, et toujours vivant, tu le vois. Bien vivant, même si, pour le moment, je suis encore sur un lit d'hôpital, à Alger. Je suis, en effet, militaire depuis des années, et, après cinq ans dans la Légion étrangère, je suis aujourd'hui adjudant-chef dans un régiment de spahis. J'ai récemment été blessé à la tête et à l'épaule dans une embuscade, et comme je m'étais fait la promesse de vous écrire si j'en réchappais, je le fais aujourd'hui.

J'ai toujours eu de vos nouvelles par un de mes sergents, originaire de Brest. Il écrit chez lui deux fois par an et, moyennant quelques compensations, il se renseigne pour mon compte. Je sais donc que, depuis ma disparition, Yves et toi vous occupez d'Yvonne qui est, paraît-il, une fillette superbe. J'aimerais bien que tu puisses m'adresser une photo d'elle, ainsi que de toute ta famille, par la même occasion.

Je sais aussi que Yann s'est marié, de même que Joseph, et qu'ils ont, tous deux, des enfants, et que pour vous tous, cela va très bien. Il paraît même que vous êtes riches, aujourd'hui. Qui aurait cru que l'on pouvait faire fortune avec le tali ? Bien entendu, il y a longtemps que j'ai appris les décès de nos père et mère. Si la mort de Père ne m'a pas touché beaucoup, compte tenu de son fichu caractère, j'ai, par contre, été très peiné d'apprendre celle de Mère, qui est vraiment partie de bonne heure, comme on dit chez nous. J'aurais aimé la revoir.

Sur moi, il y a peu à dire. Je fais le soldat en terre d'Afrique. C'est tout. Je voudrais quand même m'excuser auprès de vous tous pour cette mauvaise farce de disparaître pendant dix ans. J'espère que vous me le pardonnerez un jour, mais je n'allais pas bien à l'époque. Tu sais pourquoi.

Voilà, petite sœur. Peut-être irai-je, un jour, vous revoir en Bretagne. Il est possible que je bénéficie d'un congé de convalescence. Alors qui sait ? Tu jugeras, toi-même, s'il est bon ou pas de faire savoir Yvonne que son « vrai » père est toujours vivant. Je n'écris pas à Yann, même si ma colère contre lui est tombée depuis longtemps. C'est à lui de faire le premier pas s'il le souhaite. Je ne suis pas rancunier, mais quand même...

Je t'embrasse, ainsi que tous les tiens, mes frères et leurs familles, et, bien sûr, ma fille.

Ton frère, Cheun.

En rentrant chez lui, Yves avait trouvé Anne assise dans la pénombre, songeuse. Elle n'avait pas répondu quand il lui avait demandé ce qui se passait, et lui avait simplement tendu la lettre, qu'il avait lue, en poussant de temps à autre une exclamation. Puis il s'était assis, avait pris sa pipe qu'il avait bourrée consciencieusement avant de l'allumer :

— Eh bien ! pour une nouvelle ! s'était-il exclamé. Quels gaillards, quand même, que les jumeaux ! C'est vraiment incroyable ! Cheun se fait passer pour mort pendant dix ans, et puis, soudain, il réapparaît : coucou, c'est moi, ôtez-vous de là que je reprenne ma place...

— En tout cas, frère ou pas, il ne m'enlèvera pas ma fille, déclara Anne. Il ne m'enlèvera pas Yvonne ! Tu l'as dit, il fait comme le coucou. Il a laissé son œuf dans notre nid, il a abandonné son enfant. Mais le coucou ne reprend jamais son petit... Ce n'est pas parce que Louise et lui ont forniqué avant le mariage que cela lui donne aujourd'hui des droits sur un enfant qu'il a abandonné, et qui est devenu le nôtre.

— Il faudra bien pourtant apprendre la vérité à notre fille, répondit Yves. Il faudra bien lui dire que nous ne sommes que ses parents adoptifs et que son père est toujours vivant.

— Son père ! Il n'existe plus comme père. C'est un titre auquel il a renoncé quand il s'est fait passer pour mort. Il peut la revoir comme oncle, je veux bien, mais comme père, certainement pas. Quand je pense qu'il veut nous la reprendre...

— Nous la reprendre ? Mais il n'écrit pas du tout cela ! Tu dramatises. Non, il ne nous la reprendra pas. En revanche, qu'il veuille la revoir me semble assez naturel. Quel père ne souhaiterait pas revoir son enfant ? Mais il y a autre chose, que tu n'as pas noté, dans cette lettre : c'est la peur.

— La peur ?

— Oui Cheun sait qu'il a commis une faute très grave vis-à-vis d'Yvonne, en l'abandonnant, il y a dix ans. Aujourd'hui, il se demande sûrement comment va réagir la petite quand elle apprendra qu'il est vivant. Que pensera-t-elle de ce père qui n'a pas rempli son rôle ? Je crois, moi, qu'il a peur qu'elle ne le rejette.

— C'est vrai, tu as raison. Je n'avais pas pensé qu'Yvonne pouvait le rejeter. Eh bien, ce n'est pas compliqué : nous n'avons qu'à lui dire qu'Yvonne ne veut pas le voir...

— Ce n'est pas si simple, Anne. Nous devons agir en fonction de l'intérêt de notre fille et non de nos propres sentiments.

— C'est bien ce que je fais. Et l'intérêt d'Yvonne est de rester avec nous. Aujourd'hui, elle a une famille, des parents, des frères et sœurs...

— Yvonne saura un jour que nous ne sommes pas ses parents naturels, mais ses oncle et tante. N'oublie pas qu'elle ne porte pas mon nom. Jusqu'à maintenant, cela n'a jamais posé de problème, mais le jour où il nous faudra des fiches d'état civil pour elle...

— Elle sera adulte, alors...

— Crois-tu ? Si elle fait des études secondaires, comme c'est probable...

— Nous verrons à ce moment. De toute façon, je vais informer Yann que son frère est vivant, et je lui poserai la question pour Yvonne.

*
* *

Ursula vérifia une dernière fois les tenues de Karl et d'Érika quand le train entra en gare.

— Ulrike, ordonna-t-elle à la gouvernante, veuillez redresser le chapeau d'Érika, s'il vous plaît. Et vous, Karl, ne vous précipitez pas, nous avons tout notre temps.

Ursula et ses enfants avaient déjà pris place dans la Panhard-Levassor d'Estelle que les porteurs s'échinaient encore à empiler la multitude de malles, valises et sacs de voyage dans le landau. Il y en avait tant qu'Ulrike se vit contrainte de prendre place près de Victor.

— Vous avez encore changé de voiture, tante Estelle ?

— Non, Karl, c'est la voiture de grand-père. Mais tu me vouvoies maintenant ?

— Estelle, fit Ursula, c'est moi qui ai demandé à Karl de vous vouvoyer. Mes enfants vous adorent, vous le savez, et ce n'est pas parce qu'ils vous vouvoieront qu'ils auront moins d'affection pour vous. Mais il n'est pas facile à leur âge de passer du tutoiement que vous pratiquez dans vos campagnes au vouvoiement obligatoire dans leur école à Bâle, lorsqu'ils parlent français.

— Comme vous voulez, Ursula. J'espère cependant que vous ne les obligerez pas à vouvoyer leurs cousin, et leurs amis...

*
* *

La bouche grande ouverte, Yann appelait désespérément l'air qui visiblement lui manquait. Il s'était brutalement redressé en portant la main au côté, tandis que son visage devenait livide.

— Yann, Yann ! cria Anne, terrorisée. Mon Dieu ! Qu'ai-je fait ?

Mais l'alerte passa aussi rapidement qu'elle était survenue : le sang afflua à nouveau, colorant le visage du géant, qui s'assit pesamment et prit une longue inspiration avant de souffler bruyamment.

— J'ai bien cru que j'allais y passer, cette fois ! Anne, tu es folle de me donner des émotions pareilles. Tu aurais dû me prévenir doucement...

— Comment veux-tu annoncer doucement une nouvelle pareille ?

— Mais pourquoi donne-t-il signe de vie aujourd'hui, après dix ans de silence total ? C'est incroyable ! Et il me fait des reproches, en plus ! Tu imagines ? Monsieur disparaît pendant dix ans et se permet de faire la leçon aux autres... D'accord, j'ai eu des torts, mais pas autant que lui, quand même ! Enfin, je suis heureux qu'il soit vivant. Mais c'est quand même bizarre, vois-tu. Pendant des années, je n'ai pu vivre sans Cheun, ce qui expliquait ma jalousie vis-à-vis de Louise. Et aujourd'hui, je découvre que je n'ai plus de lien avec lui, plus rien,... Tu comprends ? Il n'est plus moi, il ne m'habite plus...

— Qu'est-ce que tu as ressenti, tout à l'heure ?

— C'est un peu comme si on m'écrasait la poitrine. Ça me serre terriblement, et puis ça brûle aussi. Mais ce n'est sûrement pas grave, parce que ça ne dure pas. Le plus embêtant, c'est que j'ai du mal à respirer.

— Cela t'est déjà arrivé ?

— Pas souvent, et pas comme aujourd'hui. Je crois que je suis trop émotif, c'est tout. Que vas-tu faire ? Pour Yvonne, je veux dire.

— Yves et moi en avons parlé et nous sommes tous deux du même avis : il faut attendre. Il ne sert à rien de dire à Yvonne que son père vit tant que Cheun n'aura pas décidé de venir la voir. Suppose qu'il ne revienne jamais...

— Vous avez sans doute raison. Cela ne lui apporterait rien, pour le moment. Mais lui, qu'est-ce que tu crois qu'il lui est arrivé ? Une perte de mémoire due à un choc ?

— Une perte de mémoire ?

— Oui, il paraît que cela arrive parfois. Moi, ce qui m'épate, c'est qu'il soit militaire. Adjudant-chef, s'il vous plaît, et dans le désert ! Il se serait engagé dans la marine, j'aurais compris, mais aller se battre en Afrique, quelle idée ! Il n'empêche ! J'ai hâte de le revoir.

— Moi aussi, j'aimerais le revoir, et en même temps, cela me fait peur.

Lorsqu'il était rentré, Yves avait trouvé le géant particulièrement énervé. Son malaise l'alarma beaucoup plus qu'il n'avait inquiété Anne. Il savait que beaucoup d'hommes de leur âge connaissaient ce type d'alerte et ne s'en souciaient guère, une fois la crise passée. Pourtant, ils étaient nombreux, ceux qui disparaissaient subitement d'un coup de sang ou d'une attaque. Il fallait que quelqu'un en parle à Yann. Pas lui ; son beau-frère refuserait de l'écouter : ils avaient le même âge et Yann considérait qu'Yves n'avait aucun conseil à lui donner. Peut-être accepterait-il ceux de Joseph, du moins si celui-ci savait s'y prendre. Il allait lui en parler.

— Joseph et Rozenn dînent bien ici ce soir ? demanda-t-il à Anne.

— Oui, ils seront ici dans une heure. Au fait, M. Lemarchand aimerait te voir. Tout de suite, si possible.

*
* *

C'est Ursula qui lui avait ouvert la porte et l'avait introduit auprès d'Eugène, qui l'accueillit aussi chaleureusement que d'habitude. Yves savait pourtant que, dans quelques minutes, tous deux risquaient de s'opposer vivement, même si leur entretien ne portait en principe que sur la commercialisation du goémon. Eugène commença par évoquer la dernière réunion patronale qu'il venait de présider, et durant laquelle quelques-uns de ses confrères avaient affirmé que l'unique possibilité d'inverser la tendance à la baisse des cours leur semblait être un nouveau conflit.

— La guerre ? s'écria Yves. Je préfère n'importe quoi à ça ! Plutôt abandonner le tali ! La guerre ? Quelle idée...

— Je suis de votre avis, Yves, mais je vous préviens : ce n'est pas l'opinion générale. D'autres parlent simplement d'abandonner le métier, et de placer leurs capitaux ailleurs. L'iode n'est plus rentable, c'est vrai.

— Qu'en pense François ? demanda Yves.

— Il était en Belgique, mais doit être sur le chemin du retour à l'heure qu'il est. Il craignait que ce ne soit son dernier voyage à Anvers. Je suis un peu moins pessimiste, même si les marchés étrangers sont de plus en plus difficiles.

— Avez-vous réfléchi à ce que je vous ai écrit ?

— Oui, j'ai examiné vos notes. Vos idées sont généreuses, mais vous occultez une partie du problème. De combien de bateaux disposez-vous pour le tali, aujourd'hui ?

— Quatre à Béniguet et huit à Quéménès. Pour vingt-huit inscrits maritimes.

— Et avec ces douze bateaux, vous avez une production nettement supérieure à ce qu'elle était il y a quatre ans, n'est-ce pas ? Autrement dit, si tous les goémoniers de Lilia suivent vos conseils, nous allons avoir une production de pains de soude de meilleure qualité, certes, mais beaucoup plus importante, aussi. Et si nous, les producteurs, avons apparemment tout à y gagner dans l'immédiat, le déséquilibre entre l'offre et la demande entraînera une nouvelle chute des cours de la soude et de nombreux goémoniers qui se seront endettés pour rien se verront ruinés, ce qui va à l'encontre du but recherché.

— Donc ?

— Donc, il faut inciter ceux d'entre eux qui ne souhaitent pas devenir matelots à se reconvertir, soit en redevenant journaliers, soit en vendant le goémon comme amendement dans les villages de l'intérieur. C'est un excellent engrais à l'état naturel, et si l'on peut convaincre les fermiers de l'utiliser, on tient peut-être là un début de solution.

— Cela, c'est l'idée de Pol Le Rû.

— Exactement, et il faudrait la vérifier sur le terrain. Pol peut-il le faire ?

— Je vais le lui demander, ainsi qu'à Julien. Encore faut-il que les prix pratiqués soient acceptables par tous et permettent aux goémoniers de s'y retrouver. J'en doute.

— Je ne vois pas d'autre chance. Vous n'avez pas vécu la grande crise des années 1875-1885 ; moi si.

— Vous êtes bien pessimiste, Eugène. Adrien Devernois l'est-il autant que vous ?

— Il continue uniquement pour donner du travail à ses salariés. Sans quoi il aurait déjà arrêté. Encore que je me demande ce qu'il ferait sans son usine, même s'il me succède à la mairie...

— Alors, selon vous, c'est la fin du goémon ?

— Du goémon, sans doute pas. La fin de la soude et de l'iode, probablement. Mais un jour viendra où l'on utilisera différemment les algues. Savez-vous que l'on prétend que les Japonais en mangent ? Il y a eu le brome, l'iode, les engrais... Peut-être les chimistes trouveront-ils bientôt un autre élément à exploiter dans nos algues ? J'en suis convaincu, mais cela viendra sûrement trop tard pour nous.

— Il faudra que vous m'accompagniez un jour prochain à Lilia et Audierne, Eugène. Cela vous changera les idées et montrera aux goémoniers de la côte que vous ne les oubliez pas.

*
* *

Ces quinze jours avaient passé à une vitesse incroyable, constatait Anne au moment d'embarquer avec son frère Yann sur le *Marie-Jeanne II*. Elle partait pour cinq ou six semaines et allait retrouver à Quéménès ses enfants qui y étaient déjà. Oui, quelle quinzaine elle avait passée !

Cela avait commencé lors du repas de famille qui avait suivi la messe anniversaire de leur mère. Une fois de plus, c'est Jacquette qui avait mis le feu aux poudres, après qu'Eugénie lui eut ouvert la voie par quelques piques décochées à Rozenn. Cette dernière, qui commençait à savoir se défendre, s'était contentée de répliquer :

— Merci, Jacquette. Merci Eugénie.

— Merci de quoi ?

— J'avais parié avec Joseph que vous ne pourriez pas vous empêcher de m'agresser. J'ai gagné mon pari, merci.

— C'est malin ! s'était exclamé Joseph. Par votre faute, je dois une bague à ma femme. Vous êtes bien toujours les mêmes langues de vipères. Si tu rentrais au couvent aujourd'hui, Jacquette, tu n'aurais pas assez de tous les jours qu'il te reste à vivre pour expier les calomnies que tu colportes sur les uns et les autres. Quant à toi, Eugénie, ce n'est pas parce que tu assistes à la messe tous les jours que Dieu fait qu'Il t'accordera son pardon. Et si c'est parce que ton mari ne te satisfait pas que tu es si acariâtre, tu as un grand valet qui joue très bien les suppléants, me suis-je laissé dire...

Anne avait pouffé de rire et Yann applaudi des deux mains.

Outrées, les deux sœurs avaient quitté la table. À peine étaient-elles sorties que Jacques, le mari d'Eugénie, avait commenté leur départ avec un réalisme et un cynisme qui les avaient tous laissés pantois...

— Bon débarras ! Qu'est-ce que tu lui as envoyé à Eugénie, Joseph ! Mais tu as bien fait, d'autant que pour le grand valet, tu as mis dans le mille. Elle s'y intéresse de près, et ça me va. Parce qu'entre nous, je préfère Annick, notre servante. Eugénie est une planche à pain qui se prend pour une beauté et Annick a ce qu'il faut où il faut, et en plus elle en veut, la garce.

Un peu plus tard, Eugénie était venue s'épancher à son tour dans le giron d'Anne : elle était trop malheureuse avec son mari qu'elle voulait quitter. Le grand valet la comprenait mieux... Anne avait tenté de la raisonner, tout en lui disant ses quatre vérités. Elle avait fini par comprendre que mari et femme s'accommodaient fort bien de leurs tromperies réciproques.

Cela, c'était le dimanche. Le jeudi, Jean Menguy était mort. Selon Yves, il s'agissait vraisemblablement d'un décès naturel, et non pas d'une noyade. Il faisait en effet très beau le jour où le *Marguerite-Marie* s'était brisé sur les roches de Kervouroc, près desquelles Jean pêchait. Que s'était-il passé ? Avait-il eu un malaise ? S'était-il endormi ? C'est Hervé Pouliquen qui avait retrouvé le bateau vide et très abîmé. Le corps de Jean n'avait été repêché que deux jours plus tard.

Yves était très affecté par cette mort. Son amitié avec Jean remontait à l'école primaire, où le fils de pêcheur et le petit paysan, tous deux orphelins, s'étaient pris de sympathie et avaient partagé leur passion de la mer. Ils ne s'étaient jamais disputés, même s'ils ne se comprenaient pas toujours. Chacun d'eux avait une confiance absolue dans l'autre, et Jean avait, depuis les débuts d'Yves à Béniguet, chargé son ami de gérer au mieux les gains qu'il retirait de leur coopération et auxquels il n'avait jamais touchés. Les obsèques avaient été émouvantes, peut-être plus encore que celles de Lucien Jézéquel. Et la douleur silencieuse des pêcheurs avait contrasté avec celle, très démonstrative, des femmes de la famille, la veuve la première.

Depuis lors, Yves traînait sa misère et Anne se disait

qu'elle avait peut-être tort de le laisser seul en ce moment, même s'il avait prévu une tournée avec Eugène Lemarchand, pour se changer les idées, justement.

*
* *

Yves conduisait sa de Dion-Bouton en silence. À ses côtés, Eugène, il est vrai, parlait pour deux et tentait, en vain, de le dérider. S'il était un conducteur bien plus prudent qu'Estelle ou François, Yves était, aussi, bien moins à l'aise qu'eux au volant. Cela laissait à Eugène le temps d'admirer le paysage. Yves était perdu dans ses pensées. Sans doute songeait-il encore à son ami Jean Menguy.

— Comptez-vous aller directement sur Audierne ou Plogoff ? risqua Eugène,

— Il est déjà près de onze heures et nous en sommes encore loin. Nous n'y serons pas avant deux ou trois heures, si tout se passe bien, et je ne pense pas que vous acceptiez de sauter le déjeuner.

— Non, telle n'est pas mon intention, en effet. Nous devrions être à Châteaulin dans environ une heure, et, justement...

— Vous connaissez un bon petit restaurant qui...

— Exactement. Mais pas à Châteaulin. Il y a un bon restaurant au bord de l'Aulne, à Port-Launay. Nous pourrons y déguster un très bon saumon que j'aimerais bien faire précéder d'une matelote d'anguilles et d'un bouquet d'écrevisses. Qu'en dites-vous ? C'est ce que j'y ai mangé il y a... il y a une quinzaine d'années déjà...

— Cela me convient parfaitement et ça nous changera les idées, fit Yves.

— Ce dont vous avez le plus grand besoin. Cessez de broyer du noir, Yves, vous ne ferez pas revenir votre ami... C'est la vie et la volonté de Dieu.

— Je sais, fit Yves sombrement, mais c'est aussi le cinquième noyé de l'année... après Lucien Jézéquel et son matelot, et après les enfants Floch. Quatorze et onze ans. Partis seuls pêcher parce que leur père était malade et qu'il fallait rentrer de l'argent. Jo Larsonneur les a pratiquement vus disparaître sous ses yeux, sans pouvoir faire quoi que ce soit... Souvent, je me demande comment réagirait Anne si, par malheur...

Yves se signa et Eugène en fit autant, car tous deux savaient qu'envisager le pire c'était souvent provoquer le sort inutilement.

*
* *

Il était dix-huit heures passées quand, après avoir laissé Eugène à Quimper, Yves gara son automobile devant l'Hôtel du Port où Julien et son père l'attendaient patiemment.

— Père voulait te voir, Yves. En réalité, je crois qu'il voulait surtout voir ta voiture, et t'accompagner à Quimper dans deux jours.

— Eh bien, Joseph ! je croyais que tu détestais les automobiles ! Tu n'as toujours juré que par le train...

— Moque-toi, Léonais ! répondit Joseph. Vois-tu, je n'ai jamais fait de voyage en automobile, et je ne sais pas si j'aurai, un jour, une occasion semblable. J'ai soixante-quatre ans déjà, et, comme je ne veux pas mourir sans avoir connu ça, je me suis dit que j'allais t'accompagner à Quimper.

— Je m'en voudrais de priver un honorable vieillard d'un pareil plaisir...

— Mais tu me promets de me déposer à Quimper, Yves ! Pas de blague, hein ? Je ne tiens pas à me retrouver à Brest !

— Rassure-toi. Je dois aller à Quimper après-demain prendre M. Lemarchand. Tu m'accompagneras.

Le lendemain matin, ils étaient sur la côte dès six heures et rencontraient les premiers goémoniers, qu'Yves n'eut même pas besoin de convaincre tant Julien avait bien fait son travail.

— J'ai bien l'impression que tu vas dépasser encore les 1 500 tonnes, cette année, lui dit-il.

— Je ne sais pas, mais cela m'étonnerait : j'ai environ le cinquième de mes gars qui me lâchent. Oh ! je les retrouverai, mais pas avant l'année prochaine. Ils veulent vendre leurs pains eux-mêmes, cette année, et ont même approché M. Devernois. Sans succès, bien sûr. Ils cherchent ailleurs.

— Ils trouveront peut-être, mais à combien ? Seuls Adrien et Eugène paieront le prix, cette année. Au fait, tu as réfléchi, pour cette idée de Pol Le Rû ?

— La distribution de goémon aux paysans ? Bien sûr, mais sans vouloir te décevoir, cela fait longtemps que les paysans se servent du goémon comme amendement, dans toute la Bigoudénie. En réalité, il suffit de développer ce qui se fait déjà. J'ai pris contact avec deux goémoniers de Pont-Croix et Comfort. Nous les verrons probablement demain.

Ils avaient été invités à un casse-croûte par un fermier-goémonier, cousin de Julien, installé entre Plouhinec et Plozévet. C'était un homme plein de bon sens, et qui avait commencé par leur rappeler une évidence. Quand quelque chose marche à la campagne, tout le monde s'y met ; cela entraîne une trop forte production, une baisse des cours, puis une crise, et, ensuite, une lente remontée vers des temps meilleurs. C'est ce qui s'était passé pour le tali : après la crise des années 1880 et tout le cortège de malheurs qui en était résulté, il y avait eu une lente amélioration. Puis Julien était arrivé ; il avait organisé la production, et cela avait marché. Tout le monde gagnait bien sa vie, même s'il leur avait annoncé des difficultés à partir de cette année. Comme ils étaient prévenus et qu'ils s'y étaient préparés, les goémoniers espéraient passer le cap sans trop de casse. Mais il faudrait aussi que quelques-uns d'entre eux épaulent Julien pour promouvoir l'épandage du goémon dans les fermes de l'intérieur. Le plus dur serait de convaincre les deux ou trois fermiers qui, dans chaque village, servaient d'exemples aux autres. Yves se décida à être plus précis :

— Je sais très bien qu'il n'est pas facile de convaincre un paysan de changer ses habitudes, mais Julien et moi sommes prêts à financer l'opération. Vous livrez le goémon à deux ou trois fermes par village. Vous assurez le transport. Nous vous payons et le goémon et le transport. Quand les paysans auront vendu leur récolte, ils nous rembourseront notre avance.

— Je ne comprends pas pourquoi vous faites cela, dit le goémonier.

— Pour maintenir les cours de la soude, répondit Yves. Nous sommes prêts à de gros sacrifices ; et les industriels, aussi. Aujourd'hui, les intérêts des goémoniers et ceux des usiniers sont les mêmes : si les usines ferment, les goémoniers disparaîtront, si les goémoniers ne peuvent pas vivre, les usiniers mettront, eux aussi, la clef sous la porte. Savez-vous qu'aujourd'hui Julien touche 20 pour cent de moins par tonne de soude qu'il y a trois ans ?

— C'est vrai, ça, Julien ? demanda l'homme. Ça me paraît difficile à croire.

— C'est exact, pourtant, fit Julien. Réfléchis : quand deux hommes sont assis sur une même branche et qu'ils entendent un craquement, que font-ils ? Ils cherchent à alléger la charge pour éviter qu'elle ne casse et qu'ils ne tombent. C'est ce que nous cherchons à faire : trouver de nouveaux débouchés pour le goémon d'épave qui ne peut plus servir à faire de l'iode. Si nous réussissons, tout le monde y trouvera son compte. Je ne veux pas envisager l'autre hypothèse.

*
* *

Yves et Eugène étaient rentrés de leur tournée un peu plus confiants dans l'avenir qu'ils ne l'étaient en partant. Eugène avait invité Adrien, pour lui faire part de ce qu'il avait appris sur la campagne en cours. Les usiniers du sud étaient résolus à se battre, mais ils ne le feraient pas tous de la même façon. L'un d'eux, en particulier, n'avait visiblement rien compris et visait à casser les prix de la soude, persuadé que la surproduction le lui permettrait.

— Il y aura toujours des crétins partout, Eugène, vous le savez bien. Et s'il paie 75 francs la tonne le pain de soude à 0,80 pour cent d'iode, il le paiera trop cher. Je lui souhaite bien du plaisir. Nous n'avons pas d'autre choix que celui d'une matière première de meilleure qualité, à teneur en iode aussi élevée que possible.

— Mais je ne pense pas que nous puissions l'améliorer partout, intervint Yves. Les 1,10 pour cent qui constituent mon objectif dans les îles, je les atteindrai. Julien aussi, sans doute. Mais, sur la côte, les goémoniers ont du retard et il est probable que la teneur moyenne de leur soude ne sera que de 0,85 à 0,90 pour cent, pas plus.

— Les avez-vous prévenus que nous ne prendrions pas les pains à 0,80 pour cent d'iode ? demanda Adrien.

— Bien sûr, mais, comme toujours, ils pensent que ce ne sont que des menaces, et qu'au moment de la vente, vous serez plus souples.

— Cette fois, ils se trompent, dit Eugène. Nous sommes au pied du mur.

— Moi, je suis convaincu, reprit Yves, mais il y a des éléments de prix que nous n'avons pas encore envisagés et sur lesquels il faudra revenir. Si l'on prend comme prix de référence celui de 100 francs la tonne de soude pour 1,10 pour cent de pourcentage d'iode, pouvez-vous me dire quels seront les prix pratiqués pour des teneurs de 1 pour cent et 0,90 pour cent ?

— Dix pour cent de moins, Yves, pour 0,1 pour cent de teneur en moins, répondit François.

— À quoi pensez-vous, Yves ? demanda Eugène.

— Il est trop tôt pour vous en parler, il me faut encore y réfléchir.

Pendant le repas, ils avaient évoqué la catastrophe de Courrières et ses mille deux cents morts, l'annulation de la condamnation de Dreyfus, mais la grande affaire du moment était l'arrivée au pouvoir du Bloc des gauches, sur laquelle Eugène et Adrien étaient intarissables et ne cessaient de s'accrocher, bien qu'étant du même avis. Pour en finir, Eugène avait demandé à Adrien des nouvelles de ses enfants.

— Merci de m'y faire penser ! Justine m'a, en effet,

demandé de prévenir Estelle et Anne qu'elle arrivait la semaine prochaine.

— Seule ou avec son époux ? questionna François. Nous ne le connaissons pas encore.

— Ma foi, je l'ignore. Je dois dire que je n'arrive pas à me faire à l'idée que ma fille est mariée, et pourtant, cela fait déjà plus de deux ans que je l'ai conduite à l'autel...

— Et... toujours rien ? interrogea Eugène.

— Non, mon cher, toujours rien. Pas de bébé en vue. Je fais comme sœur Anne : j'attends, mais ne vois rien venir. Heureusement que, du côté de mon fils Jean, il n'en va pas de même. Quatre ans de mariage, quatre garçons. Ils sont prolifiques, ces militaires !

*
* *

Yves avait participé à la discussion sans vraiment la suivre, l'esprit préoccupé par ce problème de prix. Il y avait là quelque chose qui lui était apparu fugacement, pour lui échapper aussitôt. Il fallait qu'il se souvienne de l'instant où cela s'était passé. Il avait l'impression qu'Eugène lui cachait quelque chose. Mais quoi ?

Il s'enferma dans son bureau et tenta de faire le vide dans sa tête. Quand cela s'était-il passé ? C'était après l'intervention d'Adrien. Qui avait parlé ? François. Il avait dit... oui. C'était cela : qu'un élève du primaire comprendrait que le traitement d'une tonne de soude coûte le même prix quelle que soit sa teneur en iode. Bon... Il lui avait ensuite demandé combien il paierait la soude à plus faible teneur en iode. Oui, c'était cela. Adrien avait parlé de ce confrère qui ne savait pas calculer un prix de revient et perdrait de l'argent en payant 75 francs des pains à 0,80 pour cent d'iode. Bien sûr. L'écart était là !

Il prit une feuille de papier et commença à aligner les chiffres. À mesure qu'il avançait, il restait sidéré de ce qu'il découvrait et en rougissait de honte. Il pénétrait dans la structure prix/bénéfice de ses partenaires. Ainsi, alors que jusqu'à cette année, la teneur moyenne obtenue par les usiniers était de 0,93 pour cent, Eugène avait fixé la référence à 1,10 pour cent en augmentant le prix de 8 francs la tonne. Cela n'allait pas : il lui faisait, en réalité, accepter une diminution de 8 francs la tonne, et il n'y avait vu que du feu. Il lui fallait revoir ces chiffres avec eux. Il fallait qu'ils reviennent à 100 francs la tonne pour une teneur de 1 pour cent. Au-delà, les usiniers devraient leur payer un bonus qu'il allait maintenant calculer. Eugène l'avait roulé dans la farine. Non, le seul coupable, c'était lui. La meilleure preuve en était que François avait raisonné à haute voix devant lui et qu'il n'avait pas compris. Yves rougit. Ils avaient dû le prendre pour un débutant, à moins que... À moins qu'ils en soient, encore, à attendre sa contre-offre. Oui, bien sûr, c'était cela. Heureusement qu'il avait soulevé le lièvre à temps !... Mais il y avait passé toute l'après-midi...

Il se leva de son bureau et pénétra dans la salle à manger où Anne achevait de dresser la table.

— Sais-tu, Anne, que tu as épousé un imbécile ? Je suis vraiment un âne bâté.

— Je n'en ai jamais douté, mon chéri. Comment se fait-il que tu aies mis si longtemps à t'en apercevoir ? Que se passe-t-il ?

— Je suis complètement passé à côté du sujet, lorsque Eugène m'a parlé des prix du tali cette année. Je ne sais pas à quoi je pensais.

— Moi je le sais, Yves. À Jean, à ton ami. Tu as été complètement absent quinze jours.

— Oui, tu as raison. Mais il faut que je répare cette erreur au plus vite. Tiens ! Sers-nous quelque chose, veux-tu ? Cela nous fera du bien. Au fait, tu es toujours décidée à repartir demain ?

— Oui, tout à fait. J'ai simplement profité de ce que Yann avait des outils à prendre pour l'accompagner et... passer la nuit avec toi.

— Ah, quand même ! Je me demandais si tu ne voulais pas partir dès ce soir, fit-il en la prenant sur ses genoux.

— Yves ! Si Yann rentrait...

Yann rentra. Ils avaient eu le temps de se rajuster quand il poussa la porte.

— Ça va ? fit Yves d'une voix rauque.

— Que veux-tu qui n'aille pas ? Tout va toujours très bien dans les îles quand il n'y a pas de naufrage ou d'accident. Et comme je n'ai rien eu de tout cela cette semaine, tout va bien.

— Comment vont Lise et les enfants ?

— Lise va bien. Les petits aussi. Quant aux vôtres, de vrais chenapans. Ton Jean-Yves, surtout. Il grimpe partout, monte les chevaux, prend les canots, nage comme un poisson... Gwen-Aël m'a demandé de récolter le tali sur un bateau pour voir comment on fait. Quant aux filles... Je pense que tu t'es déjà aperçu qu'Yvonne est amoureuse de Gwen-Aël...

— Yann ! Ce ne sont que deux enfants...

— C'est vrai, mais crois-moi, c'est un amour de femme qu'a Yvonne pour ce garçon. Je prends le pari qu'elle l'épousera. Quant à Julia...

— Eh bien quoi, Julia ? demanda Yves.

— Je crains que Julia ne veuille se faire bonne sœur, mon vieux.

— Julia religieuse ? Mais qu'est-ce qui te permet de sortir pareilles sottises ? le coupa Anne. Tu veux le malheur de ma fille et le nôtre ?

— Je ne veux le malheur de personne, Anne. Seulement, il me semble avoir remarqué... Enfin, Lise a remarqué que Julia prie beaucoup, qu'elle est très pieuse... Tu sais, moi ce que j'en dis...

— Tais-toi, Yann Penru ! Ma fille, bonne sœur ! Enterrée vivante dans un couvent !

— Voyons, Anne ! fit Yves, calme-toi, s'il te plaît ! Julia n'est pas encore religieuse, que je sache, et quand bien même, ce ne serait pas une telle catastrophe...

27

Après avoir déposé Anne et son frère au quai du Drellac'h, Yves était passé à Ker-Héol. Avant de voir Eugène, il entendait poser quelques questions à François, avec qui il serait sans doute plus facile de parler ; mais son ami était déjà parti pour Brest, où il devait participer à une réunion de négociants en vins. Estelle l'avait fait attendre quelques minutes avant de le recevoir dans son boudoir.

— François prend son nouveau métier très au sérieux, comme il fait toute chose, dit-elle. Il prétend que c'est pour assurer nos arrières. Pourtant, au vu des dividendes que je continue à toucher, il ne me semble pas que le métier de l'iode soit aussi mauvais que mon père et lui veulent bien le dire. Et toi, tes pains de soude ?

— Ce n'est plus le pactole, mais, comme tu dis, cela permet de vivre. Mais tu m'excuseras ; je vais devoir te laisser. Pourras-tu prévenir François que je souhaite le voir ?

— Je t'ai connu moins goujat, mon amour ! Ne peux-tu pas me consacrer quelques minutes ? Cela va faire quatre ans...

— Oui, dans quinze jours...

— Quatre ans sans toi...

Elle s'était levée et avait fermé à clef la porte du boudoir avant de s'approcher de lui. Elle avait ouvert la ceinture de son déshabillé blanc, et la chemise de nuit arachnéenne révélait son corps beaucoup plus qu'elle ne le cachait.

— Me trouves-tu si laide, que tu ne veuilles plus de moi ?

— Bien sûr que non, répondit-il d'une voix qui tremblait un peu. Tu le sais bien. Mais tu sais aussi pourquoi je ne le peux pas. Il y a François et Anne, que nous trahirions à nouveau, et puis cette promesse faite à ma sœur...

— Moi, je te veux. Encore une fois, une seule fois...

Elle s'était approchée, avait lentement ôté son déshabillé puis sa chemise de nuit et s'était collée à lui.

— Nous sommes seuls. Fais-moi l'amour, je t'en prie. Comment faut-il que je te le demande ? À genoux ?

Il allait succomber et le savait, quand des coups de heurtoir à la porte d'entrée les firent sursauter tous les deux.

— Tu attendais quelqu'un ? chuchota-t-il.

— Non, pas du tout, répondit la jeune femme, qui se rhabilla précipitamment, avant de se diriger vers la fenêtre et d'écarter le rideau. Je me demande qui cela peut être. Où est ta voiture ?

— Je suis venu à pied.

— Dans ce cas, nous ne risquons rien...

Estelle ouvrit la fenêtre.

— Qui est là ? demanda-t-elle.

— C'est Ursula. Je passais vous dire bonjour...

— Je me réveille à peine, et je suis loin d'être prête. Voulez-vous repasser dans une heure ?

— Je vais faire une promenade à cheval, et je reviendrai plutôt en fin de matinée. Excusez-moi de vous avoir dérangée.

Ursula avait vu bouger les rideaux bien avant qu'Estelle ne se décide à ouvrir la fenêtre. Pourquoi ne l'avait-elle fait immédiatement ? Sa belle-sœur était certainement seule chez elle, sans quoi une domestique serait venue lui ouvrir. François était à Brest pour la journée. Y avait-il quelqu'un avec elle ? Un homme, peut-être... Si sa belle-sœur avait un amant, cela les mettrait à égalité. Depuis le jour où Estelle l'avait surprise, à demi nue, dans les bras de Joseph, elle dépendait de sa discrétion, qui semblait, d'ailleurs, assurée. Il y avait plus d'un an déjà, et pourtant elle s'en souvenait comme si c'était hier. Depuis lors, Joseph et elles s'étaient montrés beaucoup plus prudents, mais il en aurait fallu davantage pour qu'elle mette fin à cette liaison qui prenait, au contraire, chaque jour plus d'importance dans sa vie. Cet homme, elle l'avait dans la peau. Et si c'était lui ? Joseph et Estelle ? Non, c'était impossible. Mais Joseph était si beau... Quelle femme pourrait lui résister ? Mais non, il était à elle, à elle seule. Elle ne laisserait jamais Estelle ou une autre le lui prendre.

Elle se souvenait de la première fois, de la manière dont elle l'avait entrepris durant cette réception de pêcheurs, il y avait trois ans déjà. Il avait attendu une semaine avant de la surprendre au détour d'un chemin. Elle était à cheval ; il avait arrêté la bête et il l'avait aidée à descendre, et puis, sans un mot, il l'avait prise aussitôt, brutalement, déchirant ses dessous, avant de lui jeter, en guise d'au revoir :

— Nous voilà vengés tous les deux. C'est bien ce que vous vouliez, n'est-ce pas ?

Et cela avait été tout, jusqu'à la fois suivante, l'année précédente. Elle l'avait attendu deux ans, patiemment, car elle savait que cela recommencerait. Il l'avait à nouveau surprise, comme la première fois. Il avait débouché d'un chemin et surgi devant son cheval qui s'était cabré. Elle avait manqué tomber, mais, d'une main, il s'était saisi des rênes et avait calmé l'animal.

— Je vous attends depuis près d'une heure, avait-il dit seulement, et je n'aime pas attendre.

— Ici ? Tout de suite ?

— Non, pas ici. Continuez tout droit et entrez dans le petit bois. Il y a une clairière. À droite. J'y serai dans cinq minutes. Soyez prête, je n'ai pas beaucoup de temps.

Elle n'avait pas rougi sous le regard qui la déshabillait. Elle avait presque couru vers le petit bois, tant elle avait hâte qu'il la prenne. Une femelle, elle n'était qu'une femelle entre ses mains. Elle avait étalé ses vêtements sur le tapis d'aiguilles de pin et était presque nue quand il était apparu, gigantesque. Elle avait hésité à se dévêtir complètement.

— J'ai dit nue, avait-il ordonné.

— Oui, avait-elle répondu, retirant bas, culotte, jarretelles...

Puis elle l'avait fixé hardiment dans les yeux, en lui disant :

— Voilà.

Il mâchonnait un brin d'herbe. Elle avait soutenu son regard avant de laisser ses yeux glisser sur son corps à lui, jusqu'au pantalon, jusqu'au renflement du sexe.

— Qu'attends-tu ? avait-il dit. Viens, si tu le veux...

Elle avait obéi. N'était-il pas son maître, déjà ?

Ursula soupira. Dans quelques minutes, elle allait le retrouver. Gazelle, sa jument, semblait connaître le chemin qu'elle prenait, en effet, chaque jour, depuis qu'elle était arrivée. Soudain, elle le vit. Il l'attendait, lui aussi à cheval. D'un signe de tête, ils s'étaient compris, et, quelques minutes plus tard, se retrouvaient tous deux dans leur petit bois. Après l'amour, après qu'elle se fut rassasiée, Ursula décida de sonder son amant :

— Sais-tu si Estelle trompe François ? Si elle a un amant ? Toi, peut-être ?

— Moi et Estelle ! répondit-il dans un éclat de rire. Que vas-tu chercher là, ma pouliche ! Tu serais jalouse ? Non, je ne sais pas si Estelle a un amant, et cela m'est bien égal, même si j'aime beaucoup François. Mais, après tout...

— Tu ne me ferais pas cela ! répliqua Ursula en lui frappant la poitrine de ses poings.

— Oh là ! ma belle, tout doux, ou je me fâche et te fesse...

— Oui, tout ce que tu veux, mais ne reste pas là à songer à une autre. Prends-moi encore.

Mais il s'était levé et s'était rajusté rapidement. Il allait la quitter, comme d'habitude, sans un mot de tendresse.

— Joseph, dit-elle, pour Estelle, tu te renseigneras ?

— Dans une petite ville comme la nôtre, Anne ou Yves

l'auraient appris depuis longtemps. Ou Rozenn. Tu sais bien que si ton mari n'avait pas forcé Rozenn...

— Alors, nous deux, c'est toujours une vengeance pour toi ?

— Non, bien sûr. S'il s'agissait simplement de cela, ce serait fini depuis longtemps. J'aime bien te faire l'amour...

— Moi, Joseph, j'ai besoin de toi. Je voudrais... Si seulement tu acceptais de me suivre en Suisse... Je suis riche, tu sais...

— Il n'en est pas question, Ursula, tu le sais bien. Mais, puisque tu es riche, trouve-nous déjà une petite maison. Ce sera quand même plus agréable que de se retrouver ici...

Plus tard, allongée sur son lit, la jeune femme repensa à cette histoire de maison. L'idéal serait de trouver quelque chose à louer à Trébabu ou Plougonvelin, où ils n'étaient connus ni l'un ni l'autre. Un nid d'amour où ils pourraient apprendre à mieux se connaître. Aujourd'hui, elle n'avait aucune prise sur lui : ils faisaient l'amour et c'était tout. Il fallait qu'elle réussisse à briser cette cuirasse, ce masque derrière lesquels il s'abritait. Il ne pouvait pas être aussi dur qu'il voulait le paraître. En pourtant, c'est vrai, il pouvait être dangereux. Félix en portait la preuve sur son visage.

*
* *

Quelle partie de pêche ! Après avoir joué l'apprenti-goémonier pendant huit jours, Gwen-Aël se sentait parfaitement maître du canot. Il avait appris à godiller, à ramer, à hisser et à amener la voile, à couper les laminaires avec la pigouille. Aussi avait-il considéré qu'il pouvait passer outre aux interdits de Yann Penru, et il avait décidé Karl et Jean-Yves à l'accompagner.

Ils avaient pêché tout l'après-midi, sans trop s'éloigner du rivage, et rapportaient plein de maquereaux, de petits lieux et de tacots. Pourtant, depuis quelques minutes,

Gwen-Aël demeurait silencieux : la brume était tombée brusquement, les recouvrant d'une chape de plomb. Deux minutes plus tôt seulement, il était encore certain de pouvoir retrouver le rivage, mais plus il godillait, plus le doute s'insinuait en lui. Il persista encore quelques instants avant de se redresser : il n'était plus sûr de rien du tout. Et si au lieu de se rapprocher de la côte, il s'en éloignait ?

— Est-ce que l'un de vous deux aperçoit l'île ? demanda-t-il, en essayant de cacher son inquiétude.

— Comment veux-tu ? répondit Karl. On n'y voit goutte dans cette brume. Mais pourquoi t'arrêtes-tu de godiller ?

— Parce que je ne sais plus quelle direction je dois prendre.

— Mouille l'ancre, Gwen, fit Jean-Yves. Père dit toujours que, quand on est perdu dans la brume, la meilleure solution est de rester sur place.

— Tu as raison, répondit Gwen-Aël qui obtempéra aussitôt. En tout cas, nous ne sommes certainement pas loin de la côte, car il n'y a pas beaucoup de fond. Quatre ou cinq mètres tout au plus.

— Cela ne veut rien dire, reprit Jean-Yves. Entre Quéménès et Trielen, il y a très peu de fond. On peut même aller à pied sec d'une île à l'autre, par grande marée.

— Bon, réfléchissons à ce qu'on peut faire. Ce qui est sûr, c'est que nous ne sommes qu'au début de la marée montante, et en période de mortes-eaux. Dans quelle direction nous pousse le courant ?

— On ne peut pas se fier au courant, Gwen. Dans les îles, il y a toujours des courants et contre-courants. Il faut trouver autre chose, ou attendre...

— Attendre ? Mais attendre quoi ? Que veux-tu que nous attendions ? fit Karl, soudain inquiet.

— Attendre que la brume se lève ou que quelqu'un sur l'île s'aperçoive de notre absence, répondit Gwen-Aël. Pour le moment, la seule chose que nous puissions faire, c'est d'appeler à l'aide.

Et pendant plus d'une heure, ils appelèrent et appelèrent encore, sans succès. Personne ne les avait entendus.

— Je pense qu'Yvonne ne va pas tarder à donner l'alarme, maintenant, fit Gwen-Aël, rompant le silence pesant qui s'était abattu sur le canot. Jean-Yves, tu n'as pas l'impression que nous chassons ? L'ancre n'est pas assez lourde, avec ce courant. Il faudrait que nous puissions accrocher un rocher.

— Crois-tu que nous allons mourir noyés ? demanda Karl à son cousin, d'une voix chevrotante.

Le garçon avait exprimé à voix haute l'angoisse qui les étreignait tous les trois depuis de longues minutes. Gwen-Aël savait qu'il aurait dû lui répondre tout de suite, mais il en était incapable. Il ne se décida à le faire que quand il entendit Karl et Jean-Yves renifler puis se mettre à pleurer.

— Ne pleurez pas comme des filles, tous les deux ! Cela ne sert à rien de pleurer. Continuez, plutôt, à appeler au secours de temps en temps.

Il leur semblait qu'une nouvelle heure était passée, plus longue encore que la première, et la brume était toujours aussi épaisse.

— Une chose est sûre : nous allons nous faire drôlement sermonner par ton oncle Yann, fit Gwen-Aël à Jean-Yves.

— Mon oncle n'est pas là aujourd'hui : il est au Conquet, avec maman.

— De toute façon, fit Karl, personne ne pourra nous gronder : nous serons tous morts.

— Tais-toi ! cria Jean-Yves. Je préfère qu'on nous retrouve et être puni plutôt que de mourir noyé.

— Taisez-vous et ne soyez pas stupides, fit Gwen-Aël. Croyez-vous qu'ils penseront à nous punir ? S'ils nous retrouvent vivants, ils seront encore plus contents que nous.

Yvonne était inquiète. Pendant plus d'une heure, elle avait couru sur le rivage, appelant les trois garçons, sans recevoir de réponse. Il est vrai que cette brume absorbait tous les sons. Julia, qui l'avait suivie un moment, s'était assise, fatiguée, sur une caisse échouée. La fillette avait la gorge serrée : c'était sûr, les garçons étaient en danger. Que devait-elle faire ? Prévenir sa tante Lise, c'était les trahir. Ne pas le faire, c'était les laisser, tous les trois, dans la main de Dieu.

Soudain, il lui sembla entendre un appel, au loin. Elle tendit l'oreille. Une minute passa. Un nouvel appel, plus net cette fois. Elle avait entendu « Au secours, à l'aide ! » et c'était la voix de Karl. Elle gonfla ses poumons tant qu'elle le put et cria à son tour : « C'est Yvonne. Par ici ! » Un nouvel appel lui parvint, mais plus faible que le premier. Elle recommença : « Ici ! Ici ! C'est Yvonne ! Restez où vous êtes, je vais chercher de l'aide. »

Sur la barque, l'espoir était brutalement revenu. Cette fois, les trois garçons avaient entendu. Karl étreignit Jean-Yves, manquant d'un cheveu de le précipiter à l'eau.

— Tu vois, Gwen-Aël, fit-il, j'avais raison ; c'était bien la voix d'Yvonne. Que comptes-tu faire, maintenant ?

— Attendre, tout simplement. Yvonne est sûrement partie chercher de l'aide, ils enverront un bateau à notre recherche... Nous devons juste continuer à appeler de temps en temps.

À peine avait-elle appris par sa nièce la disparition des garçons que Lise avait aussitôt pris les choses en main. En l'absence d'Anne et de Yann, elle était la seule responsable des enfants sur l'île. Elle réquisitionna Jean-Louis L'Hostis et quatre de ses goémoniers qui l'accompagnèrent au quai. Le tout ne prit pas plus de cinq minutes.

— Nous avons six hommes qui ne sont pas encore rentrés, madame Lise, lui disait Jean-Louis. Ils étaient tous sur Trielen, et il est probable qu'ils y attendent que la brume se lève. Les enfants auraient dû...

— Ce ne sont que des gamins, Jean-Louis. Yvonne, où les as-tu entendus ?

— Par là, ma tante. Suivez-moi, répondit la fillette, qui partit aussitôt en courant.

La fillette volait littéralement sur les galets : il lui fallait absolument être de retour avant que Jean-Louis ne se soit trop éloigné.

— Je les ai entendus, tante Lise ! Jean-Louis ! longez la côte. Ils nous appellerons sûrement.

Ils n'eurent aucun mal à localiser les garçons. Jean-Louis connaissait son affaire : il se laissa dériver lentement, tout en collant à la côte, et se rapprocha peu à peu des enfants en s'orientant d'après leurs appels. Dans leur canot, les trois garçons avaient repris courage : Gwen-Aël godillait de nouveau, après avoir remonté l'ancre. C'est Karl qui, le premier, aperçut la barque des goémoniers.

— Là ! Ils sont là, juste devant nous, sur la droite !

Cinq minutes plus tard, ils étaient à terre. Les filles leur sautèrent au cou, Yvonne profitant même de l'occasion pour chuchoter à l'oreille de Gwen-Aël quelques mots qu'il ne put saisir. Lise aurait dû les gronder et les punir, mais elle n'en avait ni le courage ni l'envie. Elle ne souhaitait en réalité qu'une chose : oublier cette affaire au plus vite, l'oublier avant que Yann ne rentre. C'est à peu près ce qu'elle dit à Gwen-Aël quand il vint s'excuser auprès d'elle.

Il pouvait pousser un soupir de soulagement. Il n'y aurait pas de sanction. Lise ne pouvait rien dire, car elle aurait dû mieux les surveiller. Ni le géant, ni la mère d'Yvonne n'en sauraient jamais rien. C'était gagné.

*
* *

Écrivain par vocation et journaliste par nécessité, Charles Le Goffic avait déjà rencontré, deux ou trois fois, Eugène Lemarchand, un ami de collège de son père. Il se félicitait de cette amitié passée sans laquelle il n'est pas sûr qu'il eût été reçu par le maire du Conquet. La rebuffade qu'il venait d'essuyer du directeur de l'usine de l'Aber-Wrach témoignait assez de la difficulté d'approcher ces producteurs d'iode. Il avait, en effet, été proprement mis à la porte dès qu'il avait abordé les conditions de vie des goémoniers. Pourtant, il lui fallait impérativement terminer cet article que la *Revue des Deux Mondes* lui avait commandé quatre mois plus tôt.

Ce qu'il avait vu sur la côte du Léon ne ressemblait pas du tout à ce qu'il imaginait. Il ne s'attendait certes pas à rencontrer les « sauvages à moitié nus, pillant et massacrant les naufragés » complaisamment décrits par Édouard Corbière, un siècle plus tôt. Les paysans-goémoniers qu'il avait observés, s'ils étaient très pauvres et ne parlaient pour la plupart que breton, n'avaient rien de brutes sanguinaires. Certains se disaient contents de leur sort : ils avaient mis en place une sorte de coopérative que dirigeait l'un d'entre eux, Goulven Simon, un vrai sac à vin, pourtant. Mais presque tous se plaignaient de ces nouveaux négriers qu'étaient les industriels de l'iode, qui leur tordaient le cou et les affamaient.

Il aborda prudemment Eugène Lemarchand et lui fit part de ses surprises.

— Mon cher garçon, lui fit Eugène, vous êtes bien brestois de naissance, n'est-ce pas ?

— Non, lannionnais, monsieur Lemarchand.

— Je comprends mieux, car, brestois, vous auriez été impardonnable de vous référer à des écrits aussi ineptes que ceux-là. Tous ces auteurs, romantiques ou non, bretons ou non, nous ont fait un tort considérable, au siècle dernier. En voulant donner dans le terrifiant et le misérabilisme qui assuraient les grands tirages, ils ont donné une image totalement erronée de notre Pen-Ar-Bed et de ses habitants. Un homme comme Daudet a été plus honnête, même si le goémonier qu'il décrit est appelé à disparaître.

— À disparaître ? s'étonna Le Goffic.

— Par nécessité, tout simplement. Le marché mondial de l'iode est, aujourd'hui, dominé par les Chiliens et les Péruviens. Les Allemands ont mis les pouces depuis des années. Nous nous défendons bec et ongles, mais notre seule chance de salut réside dans un pain de soude de meilleure qualité, et il n'est pas facile d'en convaincre les goémoniers.

— Ils m'ont assuré que les usiniers ne respectaient que rarement les prix de base annoncés, dit Le Goffic. Certains m'ont même affirmé qu'ils ne touchaient que de 60 à 70 francs la tonne.

— Cela arrive, effectivement, pour des pains de mauvaise qualité, mais comme ils sont payés en fonction de la teneur en iode de leur pains, ils ne peuvent donc s'en prendre qu'à eux-mêmes. Le goémonier de demain sera un inscrit maritime qui récoltera le tali en mer, et uniquement le tali. Mais nous allons visiter l'usine, si vous le voulez bien.

François s'était joint à eux pour le déjeuner. Le journaliste, qui estimait en avoir assez appris au plan technique, était maintenant en quête d'anecdotes.

— J'ai entendu parler du travail dans les îles. Est-il vrai que Quéménès soit tenue par un géant roux d'une force colossale ?

— C'est exact. Il s'agit de Yann Penru, le beau-frère d'Yves Kerléo. Yann est d'autant plus impressionnant que c'est un vrai roux. C'est une figure et une légende, aussi, et je suppose que si l'on en parle encore dans cinquante ans on le fera passer pour un barbe-bleue ou quelque chose d'approchant, alors qu'il est d'une très grande gentillesse. Mais que vous a-t-on dit du travail dans les îles ?

— Que les hommes qui y travaillent sont de vrais esclaves...

— Cher monsieur, coupa François en éclatant de rire, je crains fort que l'on ne se soit moqué de vous. N'auriez-vous pas pêché vos informations dans un bistrot du port où l'on vous aura réclamé une tournée générale en échange de révélations ?

— Non. Enfin, pas tout à fait, mais il y a de cela, répondit le journaliste en rougissant.

— Dans ce cas, mieux vaut oublier ce que l'on a pu vous raconter. Mettez-vous à la place de ces gens. Un « étranger », avide de couleur locale, débarque chez eux, eh bien, ils lui servent ce qu'il attend ! Pourquoi le décevoir lorsqu'il offre à boire ? Auriez-vous pris pension que cela aurait pu durer plusieurs jours. C'est de l'argent frais qui rentre au village ; il faut les comprendre.

Le journaliste était assez beau joueur pour accepter la leçon comme il accepta, sans se faire prier, l'invitation à dîner que lui fit Eugène pour le soir même. Il avait devant lui tout l'après-midi, et en profita pour aller flâner sur la dune. Peut-être y apprendrait-il quelque chose ?

Il avait traversé l'arrière-port, au lieu-dit Le Croë, par une petite passerelle de pierres qui découvrait à marée basse. Des brûleurs d'algues y étaient à l'œuvre. Le temps extraordinairement clément des mois de mai et juin leur avait permis de sécher le goémon d'avril, qu'ils brûlaient, par nécessité, bien avant la période normale. Avec l'aide d'un enfant en culottes courtes, qui lui servit d'interprète, alors qu'il aurait dû être à l'école, le journaliste apprit encore deux ou trois choses sur la fabrication des pains de soude.

Plus la combustion des algues était rapide, lui expliqua-t-on, et plus l'évaporation de l'iode, extrêmement volatil, était importante. C'est d'ailleurs en raison de cette évaporation que l'on considérait comme bénéfique pour les poumons et les bronches la fumée âcre qui s'en dégageait. Pour obtenir des pains de soude à teneur optimale en iode, il convenait donc de ralentir la combustion des algues et, pour cela, de protéger le four du vent de façon à éviter qu'un apport trop important d'oxygène n'attise le feu. Il était donc bien vrai que le tour de main du brûleur avait son importance.

28

Pour Yann, à qui Lise avait fini par l'avouer, l'escapade des garçons faisait partie de l'ordre des choses, et il considérait même que la leçon leur serait salutaire. Aussi n'avait-il fait aucun reproche à sa femme.

— Comment veux-tu que des garçons bien portants résistent longtemps à l'appel de la mer qui les entoure ? C'est le contraire qui serait inquiétant ! Crois-tu qu'Yves, tes frères ou moi-même ayons toujours été des anges ?

— Toi, certainement pas, avait répondu Lise, mais Yves...

— Yves était comme nous tous. Il a fait, lui aussi, ses expériences, heureuses et malheureuses, malgré sa sœur qui le surveillait de près. N'oublie pas qu'il était avec Cheun et moi quand Jeannie est venue nous sortir de la prison du Conquet où nous avions passé la nuit, après ce conseil de révision.

— À propos de Cheun, tu comptes lui écrire ?

— Je n'ai encore rien décidé ; j'attendrai de connaître la réponse à la lettre que lui a écrite Anne. Ma sœur a été prudente, mais, comme dit Joseph, il faut quand même faire comprendre à Cheun qu'il n'est pas facile de le faire ressusciter en un clin d'œil.

Lise observait son mari : Yann blanchissait nettement depuis quelques mois et, bientôt, ce ne serait plus le géant roux mais le géant blanc qu'il faudrait l'appeler. Il n'avait pourtant que trente-huit ans et était toujours aussi vigoureux.

Yann était à la fois ravi et fier de ce qu'Yves venait de lui apprendre : le taux d'iode moyen de ses échantillons de pains de soude testés à l'usine était de 1,13 pour cent pour un tonnage inférieur de 3,5 pour cent seulement à ce qu'il était l'année précédente. Il battait Julien, qui ne faisait que frôler les 1,09 pour cent — pour plus de 1 500 tonnes, il est vrai. Yann ne croyait pas Yves quand celui-ci lui certifiait qu'aucun industriel ne prendrait, cette année-là, de pains de soude à teneur en iode inférieure à 0,8 pour cent, mais il se félicitait néanmoins d'avoir vérifié lui-même la totalité des fours avant le brûlage, et d'avoir tempêté contre ceux de ses hommes qui ne protégeaient pas assez le leur.

Yves craignait que les problèmes ne proviennent de Lilia, et plus précisément de Goulven. Il avait même avoué à Yann sa crainte de se diriger tout droit vers une rupture avec leur vieil ami, qui passait son temps au bistrot, ne visitait plus un seul de ses goémoniers, et ne vérifiait plus un seul four !

Le coup vint plus vite que prévu, dès l'arrivée de la première charretée de pains de soude de Lilia à l'usine Devernois. Après une analyse négative de trois échantillons, Adrien refusa l'ensemble du lot. À l'usine Lemarchand, où le taux moyen relevé s'établit à 0,84 pour cent, le lot fut mis de côté et le goémonier, prié d'attendre. Eugène fit aussitôt appeler Yves, qui ne pouvait cacher son anxiété. À midi, sur les dix premiers lots analysés, deux seulement dépassaient les 0,90 pour cent de teneur en iode, trois oscillaient entre 0,85 et 0,90 pour cent, trois entre 0,8 et 0,85 et deux étaient inférieurs à 0,8 pour cent. Les contestations avaient succédé aux palabres et tout le monde attendait Goulven qui n'arrivait pas. Yves s'était porté à la rencontre de son ami et avait dépassé Trébabu quand il le vit enfin. Mais il dut agiter les bras dans tous les sens pour que Goulven l'aperçoive et arrête ses chevaux : il était complètement ivre.

Pour Yves, il était hors de question qu'Adrien ou Eugène voient son ami dans cet état, et leur explication fut orageuse. Pour éviter Poul-Conq, il dut faire un détour par Lochrist et laissa Goulven à Roz-Avel, où Anne le bourra de café noir. Ce n'est qu'en milieu d'après-midi qu'elle le jugea suffisamment dégrisé pour rejoindre Poul-Conq où l'attendaient les industriels. Après s'être excusé pour son retard qu'il justifia en prétextant une roue brisée, Goulven fut très surpris d'entendre Adrien lui confirmer qu'il ne prenait pas de lot de teneur inférieure à 0,9 pour cent d'iode, et qu'il ne lui achèterait donc rien cette année. Eugène fut à peine moins dur. Goulven était anéanti, et cette fois Yves allait devoir trancher dans le vif :

— Rappelle-toi ce que je vous ai annoncé à tous à Lilia..., commença-t-il.

— Personne n'a compris que tu parlais de cette année ! protesta Goulven.

— Ne me prends pas pour un imbécile, tu veux ? Nous nous sommes revus quinze jours après, et je t'ai fait part des nouvelles conditions d'Adrien et d'Eugène. J'en ai également informé Julien et Yann, et ils en ont tenu compte, eux.

Goulven ne se souvenait pas du tout de ce dont ils avaient parlé ce jour-là. Il se rappelait seulement que son unique préoccupation avait été de cacher à Yves l'état d'ébriété dans lequel il se trouvait.

— Je ne te dirai pas les moyennes obtenues à Béniguet, Quéménès ou Audierne, poursuivit Yves, cela te ferait trop honte. Si tu avais fait ton travail, ne serait-ce que normalement, tu dépasserais 0,95 pour cent ou 1 pour cent. C'est loin d'être le cas. Bref, si tu as un minimum de respect pour tes goémoniers, tu leur annonceras toi-même ta démission. Et cela dans les quinze jours. Nous sommes amis, et je ne l'oublie pas, mais tu mets en péril l'existence matérielle de gens qui aujourd'hui encore te font confiance, et que, pas plus que toi, je n'ai le droit d'abandonner. Je vais demander à Eugène de prendre tous les lots, et convenir avec lui d'un prix « spécial » qu'il paiera aux goémoniers. Nous supporterons, toi et moi, cette compensation. Te souviens-tu des 7 500 francs correspondant à ta part sur le *Vesper* ? J'avais bien fait de les placer, vois-tu, car ils vont me servir aujourd'hui à financer partiellement cette compensation. Pas la peine de protester : tu répares les dégâts que tu as causés, voilà tout. Et si ça ne suffit pas, nous diminuerons ta commission.

Une heure plus tard, tout était réglé : Eugène achèterait exceptionnellement, cette année encore, tous les lots de Lilia. Mais il avait lui-même averti tous les goémoniers que c'était la dernière fois, et que l'année suivante aucun usinier ne leur prendrait des pains d'une teneur en iode inférieure à 0,9 pour cent. Et s'il le faisait cette année, c'était uniquement parce qu'Yves Kerléo et Goulven Simon acceptaient de prendre à leur charge le surcoût de traitement de ces pains à faible teneur. Goulven se rengorgeait au fur et à mesure que les uns après les autres les goémoniers venaient le remercier d'être intervenu pour eux, mais lorsqu'il apprit par Yves que sa générosité forcée lui coûterait plus de 10 000 francs, il en eut la nausée. C'était près de deux années de revenus qui s'envolaient à cause de... Non, pas à cause d'Yves... Il ne pouvait s'en prendre qu'à lui-même et à son ivrognerie. Il lui fallait se ressaisir.

Yves venait de le quitter et rentrait à Roz-Avel, la mine défaite. Il n'était pas très fier de lui. Au lieu d'épauler son ami en difficulté, d'essayer de le comprendre, il l'avait enfoncé, traité d'ivrogne, insulté, blessé, rejeté. Si Goulven en était là, aujourd'hui, n'était-ce pas parce qu'il l'avait laissé se débrouiller seul trop tôt ? Ne l'avait-il pas négligé depuis plusieurs années ? S'il avait été un véritable ami, l'aurait-il laissé ainsi se détruire dans l'alcool ?

Pol aurait dû, lui aussi, le prévenir. Pourquoi ne l'avait-il pas fait ? Bien sûr, le poids des coutumes ; on ne critique pas le père de son épouse. Yves soupira. Il se devait de sortir son vieil ami de cette ornière, et pour commencer... Il ne pouvait pas le laisser rentrer ainsi à Lilia, en ruminant des idées noires. Il allait prendre son automobile, le rattraper et le ramener au Conquet.

*
* *

Joseph sortait de la poste principale de Brest où il venait de retirer la dernière lettre que lui avait adressée Ursula, la troisième depuis son départ. Il était pressé et avait hâte de lire les trois ou quatre pages enflammées qu'elle lui adressait chaque semaine. Ils étaient fous, tous les deux, car leur liaison ne pouvait les mener nulle part.

Il était loin le temps où il couchait avec Ursula pour se venger de Félix. Au début, il avait été très dur avec elle, comme il l'était, avant son mariage, avec toutes ses maîtresses. Mais ce dernier été, les choses avaient changé ; il était tombé amoureux d'elle. Peut-être était-il flatté, aussi, qu'une femme aussi riche soit folle de lui. Elle voulait divorcer — du moins le lui disait-elle — et parlait d'acheter, à Paris, un appartement où ils pourraient se retrouver de temps à autre.

Joseph n'était pas homme à analyser ses sentiments. Il agissait d'instinct et, depuis des semaines, cet instinct lui conseillait de rompre avec Ursula. Mais son orgueil l'incitait à poursuivre l'aventure. Dans ses lettres, Ursula était d'une impudeur et d'une crudité inouïes, et plus d'une fois il s'était demandé ce que dirait Félix s'il tombait sur l'une d'elles. Il sursauta : elle lui demandait de venir à Paris où elle voulait lui annoncer elle-même une grande nouvelle. Il allait donc lui falloir trouver un prétexte justifiant un voyage et une absence de quelques jours. Il resta un moment à fixer le mur, devant lui. Les choses se compliquaient.

Il aimait Rozenn, mais sa femme était un ruisseau breton trop calme, quand sa maîtresse était un torrent alpin. Ursula et lui avaient l'un de l'autre un tel besoin physique qu'il réduisait tout le reste à néant. Elle lui avait laissé la maison de Plougonvelin ainsi que de l'argent : 10 000 francs, une bagatelle pour elle. Elle voulait qu'il s'achète une garde-robe complète en prévision de leurs sorties à Paris. Joseph avait cru à des paroles en l'air, mais Ursula ne parlait jamais en l'air.

Elle le surprenait un peu plus chaque fois. Qu'avait-elle à lui annoncer aujourd'hui ? L'hiver précédent, elle n'avait pu s'empêcher de révéler à son mari qu'elle avait un amant. Félix en avait été profondément blessé ; jamais il n'aurait imaginé qu'Ursula se vengerait ainsi et, surtout, le lui ferait savoir. Avait-elle, cette fois, abordé le sujet de leur divorce avec lui ? Félix savait que sa femme le tenait, qu'elle disposait contre lui d'un dossier chargé et qu'elle n'hésiterait pas à s'en servir. Joseph avait presque pitié de son rival : se trouver, comme il l'était, pieds et poings liés, livré au bon vouloir d'une épouse qui disposait, contre lui, de multiples preuves d'adultère n'était certainement pas une situation très agréable.

Depuis combien de temps était-il planté là, perdu dans ses pensées ? Il s'arracha à sa rêverie et se dirigea vers la première taverne. Il lui fallait réfléchir à tête reposée, se dit-il en s'asseyant et en commandant une bolée de cidre.

*
* *

Depuis près d'un quart d'heure, le jeune goémonier essayait vainement de dégager sa pigouille sans l'abîmer. Sa faux s'était sans doute coincée dans une anfractuosité de rocher, au fond de l'eau ; et, malgré ses précautions, il avait déjà dû en émousser le tranchant. Il ne savait plus que faire. Les autres étaient à plus de cent mètres. Il se décida cependant à les appeler. Trois fois, il appela ; ils ne l'entendaient pas. Il tenta sa chance une nouvelle fois et, lâchant sa faux, il mit les mains en porte-voix. Il glissa, se prit les pieds dans un cordage, tomba à l'eau. Il n'en faut pas davantage pour mourir.

Flotter, nager, rattraper le bateau, s'y accrocher, se débarrasser de ses vêtements... il tâchait de se remémorer les conseils que leur prodiguait régulièrement Yann Penru, leur patron. Se laissant couler, il ôta ses sabots et, d'un coup de pied au fond, tenta de se propulser à la surface. Mais la mer était basse et les laminaires tissaient entre le fond et l'air libre un tapis continu et presque infranchissable qui l'empêchait de regagner la surface.

La peur ne l'avait pas encore gagné, mais il devenait

nerveux. Respirer. Remonter à la surface et respirer. Remplir à nouveau d'air ses poumons... Au prix d'un effort incroyable, il réussit à soulever le lourd matelas d'algues qui le séparait de l'air libre, sortit la tête de l'eau et inspira profondément. Mais l'appel au secours qu'il voulut lancer ne fut qu'un gargouillis : les laminaires avaient repris leur proie et le repoussaient à nouveau vers le fond.

Le sang lui battait aux tempes, son crâne allait éclater, ses poumons le faisaient atrocement souffrir depuis que des bulles d'eau salée y explosaient les unes après les autres... Il agita frénétiquement les jambes, tira sur les bras, se rapprocha de la surface. Il y était presque... Il ouvrit la bouche et, désespérément, appela l'air si proche, mais, lorsqu'il inspira, seule l'eau de mer pénétra dans ses poumons. Il fallait qu'il réussisse la prochaine fois.

La prochaine fois... Il lui dirait, à son oncle, ce qu'il pensait de son île. La prochaine fois... la prochaine fois, il faudrait qu'il s'attache au bateau. Yann Penru le répétait sans cesse : le bateau, le bateau était leur seul salut, s'ils tombaient à l'eau. La prochaine fois...

À ses pieds, la dépouille d'Yves-Marie, enveloppée dans un linceul recouvert d'une voile rapiécée, Yann faisait route sur Le Conquet. Le géant ne cessait d'alterner prières et imprécations. Il s'en prenait à l'océan et aux éléments qui l'avaient si durement éprouvé cette année. Malgré le léger vent d'est qui l'avait contraint à tirer des bords, il toucha au port à la nuit tombante. Yves, qu'il avait fait prévenir, arriva immédiatement.

Les deux beaux-frères se donnèrent l'accolade.

— Encore un, Yves. Ça commence à faire beaucoup cette année, ne trouves-tu pas ?

— C'est ainsi, c'est notre vie, Yann. Mais cette fois, avec un temps pareil, ça ne peut-être qu'une connerie. Comment est-ce arrivé ? Yves-Marie Rivoallon, dis-tu ? Qui est ce ?

— Un gars de Lanrivoaré. Personne ne sait comment il s'est noyé. Quand on l'a retrouvé, il flottait à vingt centimètres de la surface, accroché à des laminaires. On ne saura jamais ce qui s'est passé, ni pourquoi il est tombé à l'eau.

Il fut interrompu par l'arrivée d'Hamon, le charpentier. Il tombait bien, celui-là !

Hamon se pencha sur le cadavre et lui découvrit le visage.

— C'est drôle, fit-il, il ressemble à quelqu'un que je connais. Un jeune gars de Saint-Mathieu.

— Un jeune de Saint-Mathieu ? fit Yves, soudain gagné par l'inquiétude.

— Oui, regarde.

Yves se pencha à son tour. Quand il releva la tête, il était plus pâle que le mort.

— Ce garçon, Yann, ton noyé... balbutia-t-il. C'est mon filleul ! Le fils aîné de Jeannie ! De Jeannie et de Tanguy ! Il s'appelle bien Yves-Marie, mais Yves-Marie Mazé ! Il a quitté la ferme il y a quatre mois, brusquement, sans explication. Personne ne savait où il était.

— Bon Dieu, Yves ! Ne me regarde pas comme ça ! Tu ne vas pas me le reprocher, quand même ! Comment l'aurais-je reconnu, ton filleul ? Je ne l'ai pas vu depuis qu'il était enfant. Il m'a dit s'appeler Yves-Marie Rivoallon, et...

— Tu ne lui a pas demandé de papiers ?

— Ce n'est pas tout ça, intervint le charpentier, mais qu'est-ce que je fais du corps ?

— Peux-tu le garder chez toi jusqu'à demain matin ? questionna Yves. Fais-lui un beau cercueil. Yann, accompagne-moi à la gendarmerie. Ensuite, j'irai à Saint-Mathieu annoncer la nouvelle à Tanguy.

*
* *

Une fois de plus. Anne s'était montrée à la hauteur des événements. Sans elle, comment aurait-il fait ?

Tanguy était resté sans réaction quand il avait appris la mort de son aîné. Il avait même eu un sourire désabusé, avant de confier à son beau-frère :

— Je ne comprends pas pourquoi ce n'est pas moi qui suis parti avec l'Ankou, dans sa charrette. Le Bon Dieu me garde en pénitence ici-bas. Pourquoi a-t-il pris mon fils à ma place ? C'est moi qui devais aller retrouver Jeannie. Pas Yves-Marie.

— Pourquoi avait-il quitté la maison ? demanda Yves.

— Je ne sais pas. Je ne comprends rien aux jeunes d'aujourd'hui, ni à mes enfants. Il voulait épouser une fille de Brest. Une fille-mère. Tu te rends compte ? J'ai refusé mon consentement, bien entendu ; Jeannie en aurait fait autant. Une fille de rien, une fille des rues,...

— Et... c'est tout ?

— Il m'a dit qu'il se passerait de mon consentement. Pourtant, j'ai su par Jean-François qu'il avait rompu avec cette fille, après qu'elle lui eut pris toutes ses économies. Il a dit à son frère : « Père avait raison, mais je ne le lui dirai pas. Je vais travailler là où l'on ne me retrouvera pas. » Et voilà... Qu'ai-je fait de mal, Yves ?

— Rien. Tu es un bon père, et tu n'as rien à te reprocher.

Mais lorsqu'il avait visité la ferme, Yves était resté sans voix : la belle ferme de sa sœur n'était plus qu'une porcherie. Sa maison natale ! Mon Dieu ! Qu'en avaient fait Tanguy et ses enfants ?

Aidée par Jeanne-Yvonne et deux femmes de ménage. Anne passa une journée entière à nettoyer la maison de fond en comble, à lessiver sols et murs. Yves avait mobilisé Yann et Joseph, qui l'aidèrent à curer l'étable, le poulailler, l'écurie, à charrier des tas de fumier pour rendre la cour à peu près présentable.

Yves dut également élever la voix, se gendarmer pour que Tanguy et ses enfants acceptent de se laver et de se vêtir correctement. Pauvre Jeannie ! Si elle voyait les siens ! Il dut même recourir à son vieil oncle Jean Hall, presque impotent et aveugle, pour les obliger à le faire.

— Tu vois comme il est dur d'être chef de famille, lui confia le vieillard ! Je sais que tu t'occupes bien de celle de ta femme, des Penru, mais tu as oublié celle de Jeannie, la nôtre, la tienne...

— Vous êtes dur envers moi, mon oncle ! Vous le savez fort bien : j'ai voulu les aider. Mais Tanguy est trop fier ; il a refusé mon aide, tout comme Yves-Marie, mon filleul. Croyez-vous sincèrement que l'on puisse aider les gens malgré eux ?

— Il le faut parfois, surtout quand, comme ton beau-frère, les gens se laissent aller...

— C'est vrai qu'il fait pitié.

— Il faut que tu t'occupes de lui, Yves, mais aussi de ses enfants, de sa fille, du jeune Tanguy qui voudrait quitter la ferme pour faire de la mécanique, travailler dans les moteurs de voitures automobiles ou d'aéroplanes, je ne sais quoi. Un autre de tes neveux ou petits-cousins, enfin le plus jeune des fils de François Mazé, voudrait faire des études. Il faut que tu lui fasses obtenir une bourse ou que tu paies ses études...

Il y avait près de quatre kilomètres entre la ferme et l'église de Plougonvelin. Il ne pleuvait pas encore, mais le vent de sud-ouest qui balayait la route charriait de lourds nuages gris annonciateurs des fortes pluies que les paysans attendaient depuis longtemps. Il était rare, en effet, que surviennent, dans le Léon, des périodes de sécheresse pareilles à celle qu'ils venaient de connaître. Près d'un mois sans pluie, ou presque.

Yves-Marie était le premier membre de leur famille à périr noyé, se disait Yves qui suivait sa nièce Marie-Françoise, celle qui lui paraissait le plus hostile, sans qu'il sût pourquoi. Il fixait la nuque de la jeune fille devant lui. Si la coiffe était nette et bien repassée, les quelques mèches qui s'en échappaient étaient, elles, d'une propreté douteuse. Il résolut d'en parler à la jeune fille. Puis ses pensées se portèrent sur sa sœur ; il imagina ce qu'elle lui dirait si elle revenait sur terre, ne fût-ce qu'une journée. Elle lui ferait de nombreux reproches, sans aucun doute.

Il eut soudain l'impression d'un regard pesant sur sa nuque et tourna la tête vers la droite. Il ne s'était pas trompé. Une jeune fille de vingt ans à peine, qu'il ne connaissait pas, le fixait. Il la salua et elle lui adressa, en retour, un sourire éclatant. Quelque peu troublé, il replongea dans ses pensées, débitant de façon automatique les répons aux litanies de l'officiant, tout en se demandant qui pouvait être cette jeune fille. Fraîche et pimpante malgré ses vêtements de deuil, elle avait la joliesse de la jeunesse. Son visage lui disait quelque chose. Oui, ce devait être la dernière des filles de Brigitte et François Mazé. La cinquième. Dans ce cas, c'était une de ses jeunes cousines...

Le recteur avait expédié de façon éhontée les prières précédant l'inhumation, car la pluie, qui les avait épargnés pendant tout le trajet vers l'église, tombait sans discontinuer depuis le début de la cérémonie funèbre. De lourdes gouttes tièdes et drues plaquaient coiffes et cheveux sur les têtes. À l'exception de quelques vieilles femmes, presque personne n'avait prévu de parapluie, et la débandade fut bientôt générale, la famille, seule, restant sur place, devant le caveau béant, sous le déluge et dans le vent. Le pauvre Yves-Marie avait eu un enterrement aussi tronqué que l'avait été sa vie.

29

Le lendemain matin, dès huit heures, Yves était à Ker-Marzin, la ferme de Tanguy, bien décidé à crever l'abcès et à s'entretenir en particulier avec chacun de ses neveux et nièces. Il commença par Marie-Françoise, à qui il demanda d'emblée pourquoi elle lui en voulait.

— Depuis dix ans, lui dit-elle, vous ne vous occupez que de la famille de tante Anne, et vous nous oubliez, nous, les Mazé. Depuis que maman est morte, vous ne venez pratiquement jamais nous voir. Jamais Père n'a pu compter sur vous. C'est vrai que nous sommes pauvres, et que les pauvres pour vous ne comptent pas.

— Ce que tu dis là est profondément injuste, s'exclama-t-il. À plusieurs reprises, j'ai proposé mon aide à ton père et ton frère ; ils ne l'ont jamais acceptée. Admets que j'aie pu me lasser. Mais dire que je ne m'intéresse pas à vous est faux. Demande plutôt à ton père. Je lui commande toujours tous mes chevaux, et pourtant, Dieu sait qu'il me fait souvent attendre des mois avant de me les livrer. Quant à mon filleul — paix à son âme ! — je lui avais demandé de venir me voir n'importe quand, s'il avait besoin d'aide ou de conseils. Il n'est jamais venu à Roz-Avel où je l'ai souvent invité, comme vous tous.

— Vous auriez vraiment aidé Yves-Marie ?

— Mais bien entendu ! Et j'aurais été heureux de le faire.

— Vous m'aideriez si je me mariais demain ?

— Certainement, je t'aiderais. Du moins, si ton père

te donne son consentement. Et je te ferai même une dot si tu n'en as pas.

— Vraiment, mon oncle ?

— Dis-moi : tu as quelqu'un en tête ?

— Oui, mais je crains que Père n'y consente jamais, car ce n'est qu'un grand valet qui n'a pas d'espérances.

— Le problème n'est pas là. Ce qui importe, c'est de savoir si vous vous accordez tous les deux et si ce garçon est sérieux, honnête, et travailleur.

— Je puis vous assurer que Pierre a toutes ces qualités ; et en plus, il est fort et beau.

— Eh bien ! Tu es certainement amoureuse... Mais qu'en dit ton père ?

— Oh ! si Pierre avait une ferme, Père donnerait immédiatement son accord...

— Si ce n'est que cela, je puis faire le nécessaire. Vous avancer, par exemple, l'argent qui vous permettrait de reprendre une ferme à bail. Cela te conviendrait-il ?

— Ce serait formidable ! Vous le feriez ? Vraiment ?

— Oui, mais uniquement avec l'accord de ton père.

— La seule chose qui nous manque, c'est l'argent nécessaire au paiement du bail.

— Cela, je m'en occupe. Cet argent constituera ta dot, qui ne te sera définitivement acquise qu'au bout de trois ans de mariage. Jusque-là, elle n'aura que la forme d'un prêt. Simple prudence, car on ne sait jamais ce que réserve la vie de couple. Dès que ton père vous aura donné son accord, viens me voir à Roz-Avel.

L'entretien avec Jean-François, le deuxième fils de Tanguy, lui réservait une surprise. Le garçon tenait, en effet, Yves pour le responsable indirect de la mort de son frère. Il ne tarda pas à comprendre pourquoi...

— Vous êtes un capitaliste, un sale capitaliste, et en aucun cas je ne veux avoir affaire à vous ! lui jeta-t-il. Vous exploitez les pauvres et les illettrés dans les îles, tout le monde le sait. Sans compter que vous ne devez votre fortune qu'à l'argent que vous avez volé à ma mère. Vous nous avez tous dépouillés.

— Nom de nom ! Qu'est-ce que ce petit morveux ? Qui a été te raconter de pareilles sornettes ? Sais-tu que cette ferme que tu habites, j'en étais copropriétaire, comme mes quatre sœurs ? D'où tiens-tu ces inepties ?

— J'ai retrouvé les papiers de maman. Il est clair que vous lui avez escroqué des sommes considérables.

— Moi ? Voler ta mère ? Pauvre imbécile ! Ta mère ne méritait certainement pas un fils aussi stupide que toi. Plus qu'une sœur, elle a été pour moi une vraie mère, c'est elle qui m'a élevé. Elle m'a aidé quand je me suis installé, m'a prêté de l'argent et de cela, oui, je lui sais gré, ainsi qu'à ton père, d'ailleurs. Mais cet argent, je le leur ai rendu dès l'année suivante, et, par la suite, quand elle a été malade — je ne devrais pas le dire mais tu m'y obliges — c'est plutôt moi qui ai aidé tes parents. Peu importe au demeurant. Mais enfonce-toi cela dans la tête, bougre d'idiot, jamais je n'aurais pris un centime à ma sœur. Quant à exploiter mes pigouillers, renseigne-toi un peu avant de dire n'importe quoi. Tu n'auras pas de mal à obtenir des informations plus fiables que celles que peuvent te donner tes amis anarchistes. Et si tu penses que la propriété c'est le vol, renonce tout de suite à ta part d'héritage et laisse-la à tes frères et sœurs ; ils en feront certainement un meilleur usage que toi. Et si tu veux savoir la vérité sur l'argent que je devrais à tes parents, questionne ton père. La vérité, il la connaît, lui. En ce qui me concerne, je t'ai assez vu, mon garçon. Dégage !

Le jeune Jean-François expédié, Yves se retrouva devant les deux Tanguy, père et fils. Le jeune Tanguy, qui avait tout à fait oublié ses problèmes pulmonaires depuis son séjour dans le Midi, s'était effectivement mis dans la tête de travailler dans la mécanique, persuadé que c'était un métier d'avenir.

— Il a raison, approuva Yves, en se tournant vers le père. Et si ton fils avait eu son baccalauréat, ou même son brevet, cela aurait sans doute été beaucoup plus simple, pour lui, de se faire un métier dans ce domaine. Tu le sais, je t'avais proposé de régler les études de tes enfants. Enfin, ce qui est fait est fait. Toutefois, je crois que j'ai une idée : Estelle Lemarchand pourrait introduire Tanguy chez Louis Renault, qu'elle connaît bien. Cela suppose, bien sûr, qu'il quitte la maison familiale.

— Qu'il quitte la ferme ? fit Tanguy père.

— Et le plus tôt sera le mieux. Comment veux-tu qu'il apprenne la mécanique ici ? Même chose pour ta fille. Si elle ne reprend pas la ferme, son avenir est ailleurs. Quant à Jean-François, ton fils file du mauvais coton. Il a été avec moi d'une insolence inadmissible. Pourtant, si tu veux mon avis, Tanguy c'est à lui que tu devrais laisser ta ferme, pour lui mettre un peu de plomb dans la cervelle, s'il n'est pas trop tard. Mais j'aimerais d'abord que nous ayons une explication tous les trois sur les vols que j'aurais commis envers Jeannie et toi.

— Qu'est-ce que cette histoire ? Jean-François t'a traité de voleur ?

— Exactement, et j'aimerais bien que tu éclaircisses les choses.

— J'aimerais d'abord lui parler seul à seul, répondit Tanguy après un silence. Je te l'amènerai dimanche, à Roz-Avel, puisque tu nous as tous invités. Il te fera des excuses ; en public.

— Ce n'est pas ce que je demande. Les insultes ont été proférées en tête à tête, les excuses peuvent être faites de la même façon.

*
* *

Il cligna des yeux en sortant dans la cour. Contrastant violemment avec l'obscurité qui régnait à l'intérieur de la ferme, la lumière du soleil se réfléchissait sur les dalles schisteuses de l'allée qui bordait l'aire et les rendait aussi aveuglantes qu'elles l'étaient vingt ans plus tôt, quand la ferme était encore sous la férule de Jeannie, la plus belle de la pointe Saint-Mathieu.

— Eh bien, cousin, cela fait bien longtemps, lui jeta la jeune Louise, avec un aplomb qui désarçonna Yves.

C'était bien la fille de Brigitte. Il avait appris son prénom : elle s'appelait Louise.

— Oui, répondit-il, cela fait bien longtemps, en effet. La dernière fois que nous nous sommes vus, vous n'étiez guère éloignée du berceau.

— Non pas ! Nous nous sommes vus au mariage de Marie-Josèphe, il y a quatre mois. Ce n'est pas très flatteur pour moi que vous ne m'ayez pas remarquée. Moi, je vous ai vu ; je vous ai même observé. N'êtes vous pas la gloire de la famille ? Voulez-vous que nous marchions un peu ?

— Pourquoi pas ? fit Yves amusé.

Décidément, cette gamine n'avait pas froid aux yeux et elle savait ce qu'elle voulait. Il resta un moment silencieux, se donnant le temps d'observer à son tour la jeune fille. Mais la lumière était si vive qu'il ne put empêcher des larmes de venir perler à ses cils. Il lui sourit. Les yeux dans les siens, Louise le fixait sans ciller. C'était incontestablement un beau brin de fille. Les cheveux bouclés, chatain foncé, dépassaient d'une petite coiffe plate, toute simple, à peine ornée d'un liseré de dentelle. Les lèvres rouges et charnues, légèrement entrouvertes, semblaient s'offrir, comme un fruit mûr, au gourmet qui voudrait les goûter. Mais ce qui frappait surtout, c'était la candeur du regard. Oui, Louise était vraiment une jolie fille et le savait.

— Alors ? L'examen est concluant ? Je vous plais ? demande-t-elle.

— Vous êtes très jolie, Louise, vous le savez bien...

— Ne croyez-vous pas que nous pourrions nous tutoyer ? Entre cousins...

— Ce serait prématuré, répondit Yves. Nous ne sommes pas du même âge et nous connaissons encore très peu. Au fait, quel âge avez-vous exactement ?

— J'aurai vingt ans dans deux semaines.

— Vingt ans ! Le bel âge...

— Le bel âge ? Cela dépend pour qui, comme cela dépend de la personne avec qui on les passe. Avec un homme comme vous, cela doit être agréable de brûler ses vingt ans, mais avec un garçon de ferme, très peu pour moi !

— J'ai peur de mal comprendre, fit Yves, qui se demandait si la jeune fille n'était pas en train de s'offrir...

— Me suis-je mal exprimée ? Ce que je veux dire, c'est tout simplement que je ne veux pas vivre à la campagne. Je ne veux pas m'enterrer vivante à Saint-Mathieu. Je veux vivre en ville, au Conquet ou à Brest, et j'espère que vous pourrez m'y aider.

Yves était soulagé. Grâce à Dieu, il s'était mépris. Mais l'attitude de la jeune fille était si équivoque, par moments... Il se détendit et, en ouvrant à Louise la porte de son automobile pour la raccompagner chez ses parents, il lui dit :

— Ainsi c'est cela ? Tu veux quitter la campagne pour la ville ? Mais pour quoi faire ?

— Pour quoi faire ? Mais n'importe quoi ! Vous m'avez tutoyée, au fait. L'avez-vous remarqué ?

— Oui, je l'ai fait volontairement. Mais « n'importe quoi », ce n'est pas une réponse. Dans la vie, il faut savoir ce qu'on veut et encore plus ce qu'on ne veut pas faire. Les rues de Recouvrance et de Montparnasse sont peuplées de jeunes filles qui ont quitté la campagne pour faire n'importe quoi.

— Je sais, mais je suis raisonnable.

— Si tu l'es, je veux bien t'aider, mais que sais-tu faire ?

— Beaucoup de choses, mais pas encore piloter une automobile ! Je ne devrais pas vous le dire, mais c'est la première fois que je monte en voiture. Bon... Je sais lire, écrire, compter. Coudre, aussi. Je fais des robes que je vends à Plougonvelin. Et puis, je ne suis pas trop laide, n'est-ce pas ?

— Non, on ne peut pas dire ça, sourit Yves. Mais qu'attends-tu de moi au juste ?

— Que vous m'aidiez à ouvrir un commerce. Un magasin de couture, de modiste ou de bonnetterie. C'est ce que je voudrais faire, mais je n'ai pas d'argent. Mes parents non plus. Vous, vous en avez. Alors je me suis dit que, peut-être, si vous vouliez...

— Tu veux que je t'aide à t'installer ? C'est d'accord. Mais sous certaines conditions...

— Je m'y attendais, et j'y suis prête. D'autant que vous êtes plutôt bel homme.

— Que veux-tu dire ? Tu es prête à quoi ?

— Vous le savez bien... Enfin... à coucher avec vous...

— Louise ! s'exclama Yves, qui faillit faire une embardée. Tu es complètement folle ! Pour qui me prends-tu ?

— Je croyais... On dit que ce sont là choses habituelles, dans votre milieu. Et puis, je connais le monde et les hommes.

— Mal, Louise, tu les connais très mal. Et dis-moi : est-ce que cela t'est déjà arrivé de t'offrir ainsi à un homme ?

— Non, heureusement ! Il faut avoir une bonne raison pour le faire et... une bonne occasion, aussi. Et aujourd'hui, j'ai l'occasion et le motif, n'est-ce pas ?

Yves soupira, et ralentit : il arrivait dans un virage en épingle à cheveux.

— Tu ne sais pas ce que tu dis, reprit-il. Je veux bien t'aider, mais sans contrepartie.

— C'eût été de bon cœur, pourtant ! Savez-vous que maman dit que, quand vous étiez jeune, vous étiez le plus bel homme de Saint-Mathieu ?

Yves ne put s'empêcher de sourire.

— Tout ce que je sais, dit-il, c'est que j'ai bientôt quarante ans et que je pourrais être ton père ! Tu as failli me le faire oublier... Allons, cessons ce badinage. D'ailleurs, nous arrivons... Je suis d'accord pour t'aider, mais sans autre condition que celle d'accepter mes conseils. Cela te va ?

— Très bien, répondit la jeune fille en rougissant un peu. Et merci beaucoup pour votre aide. Merci aussi pour la leçon. Et pardon si je vous ai choqué. Mais dites-moi : si j'avais été plus jolie, auriez-vous... ?

— Louise, tu es incorrigible ! Au fait, pourquoi disais-tu, tout à l'heure, que tu pensais qu'abuser des jeunes filles était pratique courante dans mon milieu ?

La jeune fille hésita un instant avant de répondre.

— On dit que les gens que vous fréquentez, les Lemarchand, les Penru, Joseph surtout, ont des mœurs très libres, et que vous avez tous des maîtresses ou des amants. Joseph, tout le monde le sait, mais maman pense aussi que vous et la belle Estelle...

Il sursauta et faillit caler. Décidément, cet entretien était aussi instructif qu'il devenait inquiétant.

— Ta mère n'a vraiment pas changé, Louise. Elle est toujours aussi romanesque...

— Romanesque ? Certainement. Mais Mère a toujours ses raisons quand elle affirme quelque chose.

*
* *

Il rentrait à Roz-Avel et fixait attentivement la route, une fois de plus coupée par le ruisseau du Goazel que les pluies diluviennes de la veille avaient fait déborder. Quelle matinée il venait de vivre ! Un plongeon dans le passé ! Il avait fini par convaincre François et Brigitte Mazé, les parents de Louise, de laisser leur fille tenter sa chance à Brest. Elle commencerait par un apprentissage chez une modiste, puis travaillerait comme vendeuse avant de se mettre à son compte. C'était lui qui avait imposé cette formation à la jeune fille, qui aurait souhaité s'installer tout de suite. Il avait accepté de financer son installation à Brest ainsi que la location ou l'achat d'un magasin. Il allait, également, prendre en charge les études de son plus jeune cousin, François-Marie, le petit frère de Louise, et le benjamin de la famille, qui rentrait au collège à l'automne.

Quel choc lui avait causé Brigitte, quand elle lui avait affirmé qu'elle savait qu'Estelle et lui avaient été amants et que Gwen-Aël était son fils ! Il avait nié avec la dernière énergie. Pourtant, quand elle lui avait dit : « Jeannie le savait, Yves », il était resté sans voix, avant de poser cette question en forme d'aveu :

— C'est elle qui te l'a dit ?

— N'oublie pas que moi aussi je t'ai élevé, Yves, avait

répondu Brigitte. Et j'ai rencontré plusieurs fois ton fils avec Rozenn. Gwen-Aël était ton portrait craché au même âge. C'est même moi qui l'ai fait remarquer à Jeannie.

— As-tu dit cela à quelqu'un d'autre ?

— Non ! Bien sûr que non, même si je t'ai souvent présenté, sans doute même parfois imprudemment, comme un grand séducteur.

— Moi ? Un grand séducteur ? Ma pauvre Brigitte, tu as l'imagination bien trop fertile...

— Je suis ta tante, Yves. Une jeune tante peut-être, mais ta tante. Si cela n'avait pas été le cas, je te serais facilement tombée dans les bras, moi aussi. Allons, ne rougis pas... Mon pauvre garçon ! Si tu savais ce que Jeannie et moi pouvions nous raconter comme bêtises ! Cela nous évitait d'en faire... C'est cela, les femmes ! La curiosité les dévore mais, quand elles y cèdent, ce sont elles qui se font dévorer. Et tu as un sacré carnassier dans ta famille : le Joseph... Depuis son mariage, tout le monde le croyait casé, rangé. Et puis, patatras. Il a changé de gibier, le Joseph ! Il chasse dans la haute, maintenant. Sa maîtresse, c'est la jeune Mme Lemarchand, la Suissesse.

— Ursula ? Pas possible !

— Ce n'est pas possible, c'est certain. Elle a loué une maison l'été dernier, au-dessus de la plage du Trez-Hir, tu sais, juste près de la chapelle Sainte-Anne qu'on atteint par le chemin des douaniers. Ils s'y retrouvent tous les jours quand elle est là. Il paraît qu'elle a autant de tempérament que lui.

— Comment peux-tu savoir cela ?

— Il a bien fallu qu'elle prenne une femme de ménage, la Suissesse. Et comme Joseph est connu de toutes les femmes du canton ou presque... Dès qu'il s'éloigne de son domicile, on sait que c'est pour la bagatelle. Alors on l'espionne. Et comme leur nid d'amour est proche du lavoir, tu te doutes bien de ce qui s'est passé... Une traînée de poudre, quand ça s'est su.

— Joseph et Ursula ! Des ragots de lavoir... Il faut protéger Rozenn, essayer de sauver leur ménage. Si elle l'apprenait... Pour ce qui est d'Estelle et moi, c'est vrai, nous avons eu une liaison, mais c'est fini depuis longtemps, très longtemps. Je n'étais pas encore marié. Alors, pourquoi en faire état aujourd'hui ? Oublie cela, s'il te plaît !

— Je suis un tombeau, Yves, tu le sais bien ! T'ai-je jamais parlé de quoi que ce soit avant aujourd'hui ? Ne t'inquiète donc pas. Louise aurait dû tenir un peu plus sa langue, mais elle n'est pas méchante ; elle avait seulement envie de t'épater. Tu sais : pour nos enfants, tu es un peu comme un magicien ou un roi mage. Je ne serais pas étonnée, même, que Louise s'imagine être amoureuse de toi. Cela arrive souvent à cet âge. Ce dont je suis certaine, en tout cas, c'est que mon fils sera un très bon élève, comme toi.

Il les avait quittés, soucieux. On n'échappait pas à son passé, surtout pas à ses fautes. Mais Joseph et Ursula ! Il résolut de voir son beau-frère au plus tôt. Ursula était maintenant à plus de mille kilomètres. Ce serait plus facile.

*
* *

Joseph, un sourire aux lèvres, l'avait poliment écouté lui répéter ce qu'il avait appris la veille, sans l'interrompre et sans essayer de nier quoi que ce soit, non plus.

— Vois-tu, dit-il quand Yves eut terminé, lorsque j'ai su que Rozenn et ce salaud de Félix avaient couché ensemble pendant plus de trois ans, j'ai eu du mal à l'encaisser. Mets-toi à ma place. Et quand Ursula m'a fait des avances, eh bien, je n'ai pas hésité une seconde. Je ne le regrette pas, d'ailleurs, et j'ai bien l'intention de poursuivre cette liaison. Et je refuse à quiconque, même à toi, le droit de se mêler de mes affaires, qu'elles soient de cœur ou, passe-moi le terme, de cul.

— Mais Rozenn, tes enfants... Tu y penses, quand même !

— Bien sûr que j'y pense, sans quoi il y a beau temps

que j'aurais quitté Le Conquet. Aujourd'hui, Ursula et moi ne pouvons plus nous passer l'un de l'autre. Elle est prête à divorcer, et moi aussi.

— Divorcer ! Tu te rends compte de ce que tu dis ?

— Je pars pour Paris, ce soir, retrouver Ursula. Nous allons, sans doute, prendre une décision définitive. J'y resterai vraisemblablement quatre jours. Arrange-toi pour justifier mon absence, si nécessaire, mais j'ai déjà prévenu Rozenn que je serais en voyage toute la semaine.

Quelques coups de heurtoir vinrent interrompre leur entretien. Joseph se leva pour prendre congé et salua, dans l'entrée, Eugène Lemarchand qu'Yves fut surpris de voir ainsi débarquer chez lui à l'improviste. Cela ne lui ressemblait pas du tout. Il ne tarda pas à comprendre que c'était en quelque sorte la même conversation qui allait se poursuivre : Félix venait en effet de demander à son père si, par hasard, Ursula ne serait pas en Bretagne. Elle avait quitté Bâle deux jours plut tôt, en prétextant un voyage à Paris sur lequel Félix avait des doutes.

— Tout ne me semble pas aller pour le mieux, Yves, dit Eugène. En réalité, je ne blâmerai sûrement pas Ursula. Après tout, Félix lui en a fait tellement voir ! Peut-être veut-elle prendre un peu de bon temps à Paris ? Peut-être aussi se sont-ils disputés ? Mais en Bretagne ! Que viendrait-elle faire ici, en plein mois de septembre ?

Yves faisait les cent pas dans la pièce. Il était visiblement nerveux.

— Vous semblez contrarié vous-même, observa Eugène. Des soucis ?

— Oui, et qui concernent également Estelle. Figurez-vous que j'ai appris ce matin qu'une personne, au moins, sait que je suis le père de Gwen-Aël. Une personne de ma famille qui a aidé Jeannie quand j'étais enfant

— Il n'y a aura jamais de preuve, Yves. Et si cette personne n'a rien dit jusqu'à maintenant, elle continuera sûrement à l'avenir. Ne vous tracassez pas trop pour cela.

*
* *

Louise poussa le portail, remonta l'allée et, après quelques secondes d'hésitation, saisit le heurtoir et frappa résolument deux coups. La jeune fille qui lui ouvrit la dévisagea effrontément et la fit patienter : Yves était en rendez-vous. Elle s'assit sans y être invitée, prête à attendre le temps nécessaire. Au bout de quelques minutes, il sortit de son bureau et raccompagna un vieux monsieur jusqu'à la porte.

— Eugène, dit-il en l'apercevant, je vous présente ma jeune cousine Louise Mazé, de Saint-Mathieu. Louise est la fille de ma tante Brigitte, qui a aidé Jeannie à nous élever, mes sœurs et moi. Louise, tu as certainement entendu parler de M. Lemarchand.

La jeune fille se leva et s'inclina devant le vieux monsieur, qui lui dit :

— N'hésitez pas à mettre votre cousin à contribution, mademoiselle. C'est le meilleur des amis et des hommes. Au revoir, Yves, je compte sur vous demain soir, n'est-ce pas ?

Yves fit entrer Louise dans le salon.

— Assieds-toi, dit-il. Alors ? tu passais par Le Conquet ?

La jeune fille ouvrait de grands yeux. Jamais elle n'aurait imaginé qu'il pût exister de si grandes pièces, ailleurs que dans les châteaux. Il y avait des sièges partout, des peintures aux murs, de petits meubles dont elle se demandait à quoi ils pouvaient bien servir, des objets de toutes sortes, des bibelots...

— Eh bien, Louise ? Serais-tu devenue muette ?

— Je... je n'ai jamais vu une si belle pièce, une si belle maison.

— Oh ! Tu en verras d'autres et de bien plus belles... Que veux-tu que je te serve ? Du café, du thé ?

— Qu'y a-t-il dans votre verre ? demanda-t-elle.

— Du porto.

— Puis-je en avoir aussi ? Un tout petit peu, juste pour goûter. C'est pour papa et maman que je suis venue vous voir. Je savais que vous étiez seul aujourd'hui, vous l'aviez dit à Mère, hier.

— Je t'écoute.

— Mère aurait voulu vous demander quelque chose, mais elle n'a pas osé. Ce n'était pas le moment, m'a-t-elle dit. Voilà. Père et elle manquent cruellement d'argent. Les deux dernières années à la ferme ont été très mauvaises et ils n'y arrivent plus. Ils ont emprunté à un voisin et ne peuvent pas le rembourser. Et...

— Pourquoi Brigitte a-t-elle emprunté à un étranger ? la coupa Yves. D'abord c'est une sottise, et ensuite c'est offensant pour moi. Pour qui me prenez-vous donc, à Saint-Mathieu ? Pour Barbe-Bleue ? Tu diras à ta mère que... Et puis non, tu ne lui diras rien du tout, fit-il en se décidant soudain. Je vais t'accompagner chez toi. Combien lui faut-il ?

— Je ne sais pas exactement. À vrai dire, je ne le sais même pas du tout. Peut-être 500 francs ? Mille ? Je n'en sais rien...

— En tout cas, je te remercie de m'en avoir parlé. Considère ce problème comme réglé. Mais il y a autre chose, je pense.

— Oui, l'autre chose, c'est moi. Ou plutôt, mon frère et moi. Voilà : mes parents voudraient que François-Marie et moi logions ensemble. Moi, je n'y tiens pas ; je voudrais vivre seule, sans avoir à surveiller mon jeune frère.

— Ou sans avoir un jeune frère qui te surveille, n'est-ce pas ? Mais tu as raison quand même. François-Marie ne peut rester dans tes jupons, il ne ferait rien. Il faut qu'il soit interne. Mais toi, est-ce que tu seras sérieuse, livrée à toi-même ?

La jeune fille avait rougi jusqu'aux oreilles.

— Vous, Yves, pensez-vous que je le serai ?

— À franchement parler, j'ai peur que non. Je crains que le premier godelureau venu ne te fasse chavirer le cœur... Bon, si on allait voir tes parents ? Je suis libre ce soir, et je m'invite chez vous. Attends-moi un instant.

Il descendit à la cave, y prit un casier à bouteilles où il plaça trois flacons de bordeaux, du porto et du champagne. Dans un panier, il mit l'une des deux poules prévues pour le repas du lendemain, un paté de lièvre, un jambonneau fumé ainsi qu'une andouille de Guéméné. Puis il passa à son bureau, où il préleva 5 000 francs dans son coffre.

Brigitte et François n'avaient d'abord accepté que 2 000 francs, leurs besoins immédiats se limitant à cette somme. Mais une fois déballées les provisions et après quelques verres de bordeaux, François s'était ouvert à Yves et lui avait fait part de leurs difficultés, tant et si bien qu'à la fin du repas, Brigitte et lui admirent que les 3 000 francs supplémentaires seraient les bienvenus.

Avant de partir, Yves prit Brigitte à part et lui reprocha de ne pas avoir fait appel à lui quand besoin était. Ils convinrent de se revoir, et il les invita tous à Roz-Avel, trois semaines plus tard. Il lui demanda, enfin, de faire savoir aux autres membres de sa famille que sa porte leur était grande ouverte. Brigitte promit de le faire et lui dit en le quittant :

— Ne t'en fais pas, Yves, tu ne tarderas pas à les voir venir à toi, et tu regretteras peut-être un jour une invitation si généreuse et générale. La famille est grande, tu le sais.

— Pas tant que cela. Au fait, comme cet argent, je n'en aurai pas besoin avant longtemps, garde-le. Et si, un jour, François te questionne à ce sujet, tu n'auras qu'à lui dire que tu me l'as rendu. Il en sera content, et moi aussi.

— Yves, mon petit, tu n'as pas changé. Et compte sur moi. Je vais le faire savoir à tous. Tant pis pour toi : tu vas hériter de tous les soucis de la famille, mais tu soulageras bien des misères aussi.

Il conduisait en sifflotant, le cœur léger. Cette soirée le réconciliait avec la vie. Il prit la route de Plougonvelin, puis obliqua sur Le Lannou avant de repiquer sur Le Conquet. Il retrouvait sa famille et sa famille le retrouvait ; l'oncle Jean pouvait mourir en paix, il prenait en main les besoins des siens... Il sourit en repensant à la jeune Louise qui n'avait pu, en le quittant, s'empêcher de l'embrasser à pleine bouche. Oui, elle avait un sacré tempérament ! Il faudrait lui trouver un mari solide, sinon elle risquait de faire des bêtises.

Anne et les enfants seraient là demain. Demain, la vie allait reprendre son cours. Demain, il faudrait qu'il s'occupe de Rozenn, qu'ils l'entourent, Anne et lui, de leur affection. Demain serait un autre jour ; il devait faire confiance à la vie. Jeannie, là-haut, intercéderait pour lui près de la Vierge et sainte Anne, en cas de besoin. Demain, le soleil brillerait encore pour eux tous.

30

Joseph était moulu. C'était la première fois qu'il entreprenait pareil voyage. Ce qui lui déplaisait, ce n'était pas tant les dix-sept heures de train — il s'y attendait — que le bruit lancinant des roues sur les rails, la fumée qui envahissait le compartiment et cette poussière de charbon, qui salissait et imprégnait les vêtements. Il aurait dû demander à Ursula de venir jusqu'à Brest. Voyager, elle y était habituée, elle !

Il se leva, déplia ses longues jambes et fit quelques pas dans le couloir pour se dégourdir les membres. Il rajusta lavallière et casquette avant de se lisser la moustache. Vêtu comme il l'était, il avait l'air d'un vrai gandin. Pourtant, cette tenue ne devait pas lui aller trop mal, à en juger par la façon dont l'avait abordé cette jeune femme brune, la veille au soir, au wagon-restaurant. En d'autres temps, il n'aurait sûrement pas écarté pareille bonne fortune.

Il scruta le quai à la recherche d'Ursula, mais ne la vit pas. Il héla un porteur qui lui emboîta le pas après s'être saisi de ses deux valises, ainsi que du sac de voyage en cuir fauve dont il avait fait l'acquisition la veille. Il remit son billet. Elle était là, debout, à cinq mètres de lui. Elle le dévorait du regard, les yeux brillants de larmes. Il eut une bouffée d'orgueil : Ursula l'aimait vraiment. Il la connaissait sur le bout des doigts, et savait très bien qu'en cet instant précis elle mourait d'envie de courir vers lui et de se jeter dans ses bras, mais qu'elle ne le ferait pour rien au monde. Effectivement, elle vint vers lui lentement, à pas comptés et lui murmura :

— Joseph, mon amour ! As-tu fait bon voyage ? *Mein Gott !* Tu es encore plus beau que dans les plus fous de mes rêves. Viens, mon chéri. Nous allons tout de suite à l'hôtel. J'ai trop faim de toi. L'attente est encore plus pénible que le voyage, sais-tu ?

— Je ne suis pas fatigué, Ursula. Tu m'as manqué, toi aussi. Terriblement manqué.

— Vite, presse ton porteur. Prenons un fiacre. À Paris, ils sont plus rapides que les automobiles. Nous logeons au Grand Hôtel du Louvre. J'y ai pris un appartement pour moi et une chambre pour toi. Comme tu n'y seras guère, cela importe peu.

Les trois semaines de séparation avaient tellement exacerbé le désir qu'Ursula avait de son amant qu'elle eut bien du mal à se contenir quand elle le vit prendre tout son temps pour remplir ses fiches d'hôtel et de police.

Ils se retrouvèrent enfin, et, tels des morts de faim, assouvirent enfin ce désir fou qu'ils avaient l'un de l'autre. Bien plus tard, alors qu'il sentait le sommeil le gagner, Joseph tressaillit : Ursula lui parlait :

— J'ai quelque chose à te dire, mon chéri. Quelque chose de très important. Tu n'as rien remarqué en moi ? Rien du tout ?

— Ma foi... Tu as, peut-être, pris un peu de poitrine...

— Bravo, mon chéri, c'est exactement cela. Je suis enceinte, Joseph, enceinte de toi. Et tu ne peux imaginer comme cela me comble de joie. Cela a dû se passer dans notre petit bois. N'est-ce pas merveilleux ?

Joseph, cette fois, était tout à fait réveillé.

— Merveilleux pour toi sûrement, fit-il, mais pour moi ? Comment peux-tu dire cela, quand cet enfant, je ne le connaîtrai pas ?

— Justement. Il ne dépend que de toi que, cet enfant, nous l'élevions tous les deux. Je suis décidée à divorcer. Si tu en fais autant, nous pourrons vivre ensemble, nous remarier...

Joseph resta un long moment silencieux. Trop de choses se bousculaient en lui.

— Vivre ensemble ? Pourquoi pas, en effet ? s'entendit-il enfin répondre.

Sa belle assurance l'avait quitté d'un seul coup. Bien sûr, ils avaient déjà plusieurs fois parlé de divorce, tous les deux, mais cet enfant à venir changeait la donne. Jusque-là le divorce n'était qu'une vague hypothèse, une chose qu'on évoquait sans y croire. Et maintenant...

Une phrase de la jeune femme l'arracha à ses pensées.

— Et tu viendras habiter la Suisse. Bâle est une ville très agréable, et si tu ne t'y plais pas, nous pourrons vivre ailleurs. À Lausanne, par exemple, ou à Paris...

Elle se redressa et croisa les bras sur la poitrine de son amant dont elle surprit le regard : Joseph avait peur.

— Je sais ce que tu ressens, fit-elle. Tu as l'impression de te trouver devant un gouffre : une autre vie, une autre femme, un autre pays. Un autre enfant, aussi. C'est un choix difficile, je le sais.

— Ursula, tu aimes la Bretagne et tu la connais. Pourquoi n'envisagerais-tu pas d'y vivre ?

— La Bretagne ? Impossible, Joseph. Mes affaires... Non, c'est impossible, tu le sais... Paris, oui, Lyon, peut-être, mais c'est tout.

— Et moi, que deviendrai-je ? Y as-tu pensé ? Voyager, sortir, t'attendre, ce n'est pas une vie, ça. Je te ferai l'amour quand tu le souhaiteras ; le reste du temps, tu vaqueras à tes affaires. Je serai l'étalon payé à la saillie, à tes ordres...

— Joseph ! Tu deviens méchant... et grossier. Tu sais bien que je t'aime, même si « cela » compte beaucoup entre nous, fit-elle en s'emparant de son sexe.

Joseph se retourna brusquement et lui échappa.

— J'aimerais manger quelque chose. Je n'ai pas déjeuné ce midi, et j'ai faim.

Sans mot dire, elle s'était levée et avait passé sa commande par téléphone. Elle le savait : ce premier accroc annonçait des difficultés. Elle s'était imaginé qu'au moins il aurait été sensible à l'argent, à son argent. Mais non, il était de ceux pour qui seuls comptent leur liberté, leur pays, leur famille...

*
* *

Yves était encore à l'église quand Tanguy était arrivé à Roz-Avel accompagné de ses trois enfants. Il avait préféré attendre son beau-frère dans le jardin, et commençait à trouver le temps long quand Yves fit, enfin, grincer le portail de l'entrée.

Il donna l'accolade à son beau-frère Tanguy, salua les enfants, et jeta :

— Tiens, Jean-François ! Je ne t'attendais pas. Tu ne crains pas de te compromettre chez un capitaliste, oppresseur de pauvres pigouillers ?

— Mon oncle, répondit le jeune homme en rougissant, je comprends votre colère et je n'ai pas l'intention de vous imposer ma présence. Je suis venu vous demander pardon, rien d'autre. Je sais que je vous ai gravement offensé. Après notre entretien, j'ai questionné Père et ce qu'il m'a appris sur vous, mais aussi sur tante Anne, m'a rempli de honte. Mon ignorance m'avait fait mal interpréter les papiers qui m'étaient tombés dans les mains. Je ne savais pas que vous aviez aidé nos parents quand maman a été malade. Je ne me rappelais pas que tante Anne avait traversé toute la France pour emmener Tanguy dans le Midi. Père aurait dû nous le dire...

— C'est oublié, Jean-François, oublié. Tout le monde peut se tromper...

— Je n'ai pas fini, mon oncle. J'ai suivi votre conseil et rencontré plusieurs marins-pêcheurs, ainsi que des goémoniers du Conquet. Tous m'ont parlé de vous en bien. Nous sommes pauvres, vous êtes riche ; pardonnez-moi ma sottise et aussi ma jalousie.

— Je te dis que c'est oublié, fit Yves. Mais je suis quand même content que tu ne me prennes plus pour un négrier. Quant à votre pauvreté... Allez, entrez tous.

Les excuses de Jean-François avaient rasséréné Yves,

qui se demandait si l'animosité des enfants de Marie-Jeanne ne leur avait pas été soufflée par leur père. Il savait maintenant qu'il n'en était rien, mais que leur rancœur, leur révolte, découlait de la seule avarice de leur père, qu'ils croyaient pauvre alors qu'il était sans doute le fermier le plus riche de la Pointe Saint-Mathieu.

Lorsqu'elle pénétra dans le grand salon, Marie-Françoise fut tout aussi étonnée que sa cousine Louise, la veille, mais sa réaction fut diamétralement opposée.

— Cela doit coûter une fortune, mon oncle, tout ce que vous avez ici ! s'écria-t-elle.

— Bien moins que tu ne te l'imagines, certainement. Roz-Avel est une maison bourgeoise ordinaire ; il n'y a ici aucun des trésors que tu pourrais admirer chez mes amis Devernois et Lemarchand. Et leurs demeures restent modestes, comparées à certains hôtels particuliers de Brest. Tout est relatif, tu sais. L'essentiel, c'est de se sentir bien chez soi, d'avoir plaisir à s'asseoir dans son fauteuil, au coin du feu. Et cette satisfaction, on peut la connaître tout aussi bien dans une ferme que dans un château.

— Je comprends ce que vous voulez dire, mon oncle. Mais ici, tout est si propre, si net !

— Comme était propre et nette la ferme de tes parents quand votre mère vivait. Maintenant que Marie-Josèphe est mariée, la seule femme de la maison, c'est toi, et c'est à toi de maintenir la ferme propre.

Vexée, la jeune fille s'apprêtait à répondre, mais elle réussit à se dominer et dit seulement :

— Décidément, mon oncle, vos leçons sont rudes, vous ne prenez pas de gants. Mais vous avez raison. Notre maison est sale, j'en ai conscience. Mais je vous le promets : elle ne le sera plus, à l'avenir. Du moins, tant que j'y vivrai, car je vais me marier. Si Père y consent...

Tanguy se racla la gorge avant de répondre :

— Elle m'a dit que tu lui avais promis ton aide... Pour la doter... Pierre, c'est un bon garçon ; je n'ai rien à en redire, sinon qu'il n'a pas un sou vaillant. Et ce n'est pas avec des gages de grand valet qu'il pourra faire vivre une famille.

— Nous allons doter Marie-Françoise tous les deux, dit Yves. J'apporte ce qu'il faut pour le bail, et toi, les meubles, le linge, la vaisselle. Tu as parfaitement les moyens de doter ta fille. Ne me dis pas le contraire, je ne te croirais pas.

— Tu ne te rends pas compte, protesta Tanguy. La vie est vraiment devenue difficile à la campagne...

— Tanguy ! N'oublie pas que j'ai des fermes, moi aussi. Et d'autre part, je sais tout de tes placements en emprunts russes.

Les enfants jettèrent un regard étonné à leur père. Eux, visiblement, en ignoraient tout.

— C'est vrai, convint Tanguy de mauvaise grâce. J'avais oublié ces emprunts russes. C'est parce qu'ils ne sont pas chez moi, tu comprends ? Je vais m'occuper de Marie-Françoise.

— Et de Marie-Josèphe aussi.

— Oui, aussi.

Tanguy s'était mis à transpirer abondamment. De quoi se mêlait son beau-frère ? Qu'est-ce qui lui prenait soudain ? Voulait-il qu'il se dépouille pour ses enfants, alors que personne ne s'occuperait de lui, dans sa vieillesse ? Yves sentit son désarroi et dit, plus doucement :

— Il te restera Jean-François. Il reprendra la ferme, lui.

— C'est-à-dire, mon oncle, balbutia le garçon, ce n'est pas que je veuille faire de la peine à Père, mais moi non plus je ne souhaite pas rester à Saint-Mathieu. Je ne sais pas encore très bien ce que je ferai, mais je sais que ce ne sera pas à la ferme.

— Comment ? s'exclama Tanguy. Tu me laisserais toi aussi, Jean-François ? Tous ? Vous partiriez donc tous ? Vous m'abandonneriez ?

— Ils ne t'abandonnent pas, Tanguy, dit Yves, mais tes garçons veulent faire autre chose. Remarque, cela simplifie les choses. Comme le mari de Marie-Josèphe a déjà une ferme, il n'y a plus que Marie-Françoise et son Pierre qui puissent s'installer avec toi à Saint-Mathieu. Vous vous arrangez, entre vous, pendant quelques années, jusqu'à ce que tu prennes ta retraite. Tu pourrais le faire tout de suite, d'ailleurs, quitte à aider Pierre de temps à autre. Tu pourrais prendre une petite maison près de la ferme. Mais passons à table, voulez-vous ?

Au début du repas, Tanguy était sombre. Il n'aimait pas être brusqué. Peu à peu, cependant, il fut amené à reconnaître sa démission progressive. Depuis le décès de Jeannie, rien ne l'intéressait plus, pas même son travail. Il avait cessé de s'occuper de ses enfants, avait laissé la maison partir à vau-l'eau, était devenu regardant, puis avare. L'argent, son argent, était devenu son seul pôle d'intérêt. Il avait laissé son fils aîné s'engager aux îles, parce qu'il ne le payait pas à la ferme. Il ne payait pas, non plus, Jean-François. À peine lui lâchait-il quelques francs chaque dimanche, pour lui permettre d'aller boire une chopine avec les jeunes de son âge. Et pourtant, de l'argent, Tanguy en avait.

Il ne céda qu'au cognac et, comme le pensait Yves, c'est l'évocation de Jeannie qui l'incita à parler à ses enfants.

— J'ai quelque chose à vous dire à tous les trois, déclara-t-il soudain. Vous savez quel malheur la mort de votre mère a été pour nous tous. Depuis qu'elle n'est plus là, j'ai essayé de continuer ce que nous faisions ensemble, mais je n'ai pas su m'y prendre. Par exemple, je n'ai jamais su acheter de nouveaux champs, tout simplement parce que c'est votre mère qui le faisait. Et maintenant, voilà : Yves-Marie a quitté la ferme et en est mort...

— Ce n'est pas de votre faute, Père, si Yves-Marie est mort, le coupa Jean-François. C'est de la mienne. C'est moi qui lui ai suggéré les îles. Mais jamais je n'aurais cru qu'il irait faire le goémonier chez notre oncle !

— Ce n'est pas plus ta faute que celle de ton père, Jean-François, intervint Yves. C'est le destin. Yves-Marie n'est ni le premier ni le dernier à mourir stupidement.

Tous restèrent un moment silencieux ; le fantôme d'un jeune noyé flottait dans l'air lourd. Quand Tanguy releva la tête, il se tourna vers sa fille.

Marie-Françoise et son mari vont prendre la ferme

dès qu'ils seront mariés. Mais la noce ne pourra se faire avant un an, malheureusement, compte tenu du décès de votre frère. J'en suis désolé, Marie-Françoise. Par contre, tu peux dire à ton Pierre qu'il t'épousera quand il voudra.

*
* *

Yann venait de déposer tout son monde au Conquet. Anne ne se rendait pas compte que ce nouveau séjour de trois jours à l'île était de trop pour Lise. Il n'avait pas eu l'occasion de sermonner sa sœur, mais elle n'y couperait pas. Le géant avait d'ailleurs été à peine poli en les quittant, elle et Estelle, et était reparti aussitôt, sans attendre la voiture qui devait venir les prendre.

La barre calée entre le coude et la hanche, il mastiquait consciencieusement un morceau de lard fumé qu'il accompagnait d'un oignon et d'un quignon de pain sec. Il s'essuya la bouche d'un revers de manche et s'empara du cruchon de cidre placé à ses pieds.

Il se redressa, s'étira et avança le bras pour se saisir de la barre, mais ne put achever son geste : un coup de poignard lui fouailla brutalement la poitrine, et la douleur, fulgurante, le plia en deux. Il s'agenouilla, se cramponnant à la barre de la main droite. Bouche ouverte, il cherchait l'air désespérément, tel un poisson hors de l'eau. Il lui semblait que son cœur allait éclater dans sa poitrine, qu'un étau le lui comprimait, qu'une presse impitoyable lui broyait les poumons. Son bras pesait une tonne. Il eut un éblouissement, tout se bousculait dans sa tête... Il n'allait pas crever comme ça, quand même, seul, en pleine mer... Ce n'était pas possible, c'était trop bête, trop injuste. Il prit une inspiration, courte, très courte, expira aussi lentement qu'il le put, puis recommença. Une fois, deux fois, vingt fois... Doucement, la douleur diminuait d'intensité, devenait presque supportable. Ne pas s'affoler, laisser passer la crise. Ce n'était pas la première... Déjà, chez Anne et Yves, à Roz-Avel, quand il avait lu la lettre de Cheun... Peu à peu, son cœur retrouvait un rythme normal, sa respiration se faisait moins heurtée.

Enfin, il put se rasseoir. Il avait gardé le cap, sans même s'en rendre compte. Que devait-il faire ? Rentrer sur Le Conquet ? C'était le médecin, l'hôpital, des examens, des jours et des jours sans les siens. Poursuivre sur Quéménès, c'était retrouver son île, sa femme et ses enfants. Il n'hésita pas. D'abord, revoir les siens. Il aviserait avec Lise. Mais il savait que cet avertissement serait peut-être le dernier. Mon Dieu ! Comment était-il possible qu'un colosse comme lui soit à la merci d'une défaillance qui ne frappait habituellement que des êtres faibles et maladifs ?

Il ne pouvait continuer ainsi ; il ne voulait pas mourir dans son île. Il allait le dire à Yves. Dès le lendemain. Lise l'accompagnerait. Il exigerait d'être remplacé. Sur-le-champ. Tant pis pour la campagne de brûlage. Yves n'aurait qu'à s'en charger.

Le géant ne montra rien en arrivant à l'île, mais, contrairement à son habitude, laissa Yffick s'occuper du *Lise*, son bateau. Le goémonier se signa en le regardant s'éloigner : le patron avait mauvaise mine ; il était d'une pâleur de cire, il avait la couleur de la mort. Encore un que guettait l'Ankou.

— Mon Dieu, Yann, que t'arrive-t-il ? Tu es si pâle... fit Lise quand il poussa la porte.

— Pâle, moi ? Oui, c'est vrai, j'ai vomi, tout à l'heure. Quelque chose que j'aurai mal digéré. Mais ce n'est rien. Je dois retourner au Conquet, demain. Yves n'était pas là, aujourd'hui, et je n'ai pas voulu te laisser seule à l'île. Tu n'es pas trop fatiguée ? Ces vacanciers ne se doutent pas à quel point ils te donnent du travail...

— Moi, Yann, c'est l'île, c'est Quéménès qui me fatigue, tu le sais, et non les gens qui viennent me voir, bien au contraire ! Ce qui me tue, c'est la solitude, c'est d'être coincée sur ces quelques dizaines d'hectares.

— Tu viendras avec moi, demain ?

— Comment le pourrais-je ? Qui s'occuperait des enfants ? Mais je te le dis : je ne passerai pas l'hiver ici. Fin septembre, quelle que soit ta décision, je m'en vais. Si tu restes, tant pis pour toi, tu seras seul. Sans compter que tu m'inquiètes, mon grand. Tu as mauvaise mine depuis quelque temps, mais aujourd'hui, c'est pire. Il faudrait que tu consultes le docteur Le Bihan, au Conquet. Promets-le-moi.

*
* *

— Tu es comme tous les grands costauds, Yann Penru, lui déclara le médecin. Parce que tu es fort, tu te crois indestructible. Mais tu es fait comme les autres, mon garçon : tu as, dans la poitrine, un moteur, une pompe, ton cœur et, depuis quelque temps, ton moteur a des ratés, ta pompe est mal alimentée. Tu as trop tiré dessus, tu lui en as trop demandé, et aujourd'hui ton cœur te dit : « Assez, je suis fatigué. » Et si tu ne l'écoutes pas, tu vas le casser, et alors, pfuitt... Plus de Yann Penru. Ne fais donc pas l'idiot, mon gars. Tu risques de nouvelles crises, et une seule peut suffire à t'emporter. Pour commencer, évite ces efforts violents dont tu es friand. Mène une vie aussi tranquille que possible et tu t'en sortiras.

— Je suis foutu, hein ? C'est ce que vous voulez me faire comprendre ? grommela Yann.

— Non, Yann, tu n'es pas encore mort, loin de là, et, si tu fais attention, tu peux même vivre vieux. Mais tu vas aller consulter, de ma part, un de mes confrères brestois, un jeune très calé, le docteur Pouliquen, qui sera plus précis que moi. Mais sois prudent. Cesse de vouloir prouver, à chaque instant, que tu es le plus fort du canton : tout le monde le sait. Tu as connu Jean Menguy, n'est-ce pas ? Eh bien, je ne serais pas étonné que Jean soit mort du cœur avant de se noyer. Il avait eu plusieurs alertes, mais n'en tenait aucun compte.

— J'avais l'intention de lâcher Quéménès, de rentrer au Conquet...

— Ce serait une bonne chose... Veux-tu que j'en parle à ton beau-frère ? Combien d'années as-tu passées dans les îles ?

— Dix ans. Un sacré bail !

— Oui. Mais tu t'en sors bien ; les îles, ça vous use votre homme comme un rien. Reviens me voir quand Pouliquen t'aura ausculté.

Yann informa immédiatement Yves de ce que venait de lui dire le médecin.

— Le Bihan est un ivrogne, mais c'est un brave homme et un bon médecin, répondit Yves. S'il t'a demandé de ne plus faire d'efforts, c'est qu'il a ses raisons.

Le docteur Pouliquen confirma le diagnostic de son confrère. Yann avait eu plusieurs alertes cardiaques dont l'une, la dernière, très sérieuse. Il lui était impossible de prévoir quand surviendrait la suivante, s'il devait y en avoir une.

*
* *

Deux heures plus tard, Yann était de retour à Roz-Avel. Ce tramway était vraiment pratique ! À peine plus d'une heure pour les quelque trente kilomètres du trajet ; ce n'était plus la peine de prendre l'automobile. Le départ du géant et de sa famille de Quéménès était déjà acquis. Ils avaient commencé à envisager différentes solutions de remplacement, mais sans en trouver jusqu'à présent.

— Finalement, fit Yann, je ne suis pas si facile à remplacer, n'est-ce pas ? Joseph aurait été la meilleure solution, mais je suis certain qu'il refusera.

— Joseph ? N'y songe pas ! Oh ! et puis, autant te le dire : ton frère a une maîtresse dont il est amoureux. Et devine qui ?

— Estelle ! Estelle Kernéis ! Je l'aurais parié !

— Estelle ? Et pourquoi donc ? fit Yves, en blêmissant. Estelle ? Quelle idée saugrenue ! Non, c'est Ursula, la femme de Félix.

— La Suissesse ? Eh bien, tu m'en bouches un coin ! Ursula ! Mais c'est une millionnaire, cette femme !

— Il est à Paris avec elle, cette semaine. Ursula a loué

une maison à Plougonvelin, au-dessus de la plage de Sainte-Anne. Ils s'y retrouvent tous les jours, l'été, et là-bas, cette liaison est un secret de polichinelle.

— Et Rozenn ? Il a pensé à Rozenn, ce cochon ?

— Il dit qu'il l'aime toujours ; mais qu'il a Ursula dans la peau ! Ils envisagent même de divorcer tous les deux, pour se remarier.

— Divorcer ? Comme un mécréant ? Il est fou à lier ! Mais comment as-tu appris ça ?

— Des ragots de lavoir que l'on m'a rapportés, d'abord. Par lui-même, ensuite.

— Il a donc avoué ?

— Oui.

— Ursula..., fit Yann rêveur. Ah ! Si j'avais été blond comme lui, peut-être aurais-je eu, moi aussi, ma part de conquêtes ?

— Je me demande bien à quoi cela t'aurait avancé, bougonna Yves. En tout cas, je ne laisserai pas Joseph abandonner sa famille, et, s'il le faut, j'irai trouver Ursula. Comment pourraient-ils vivre ensemble ? Ils n'ont rien de commun, en dehors du lit. Ursula est une grande bourgeoise ; il sera complètement déclassé...

Yann hocha la tête.

— Cela ne résoud pas notre problème, dit-il. Qui va me remplacer ? Et qu'est-ce que je vais faire une fois au Conquet ?

— Ne t'inquiète pas pour ça, on te trouvera sûrement de l'occupation.

*
* *

Seul dans son compartiment, Joseph était indécis. Ursula n'avait pu lui arracher la promesse qu'elle avait espérée durant tout leur séjour parisien, et chaque tour de roue qui le rapprochait de la Bretagne et l'éloignait de sa maîtresse ne faisait que le conforter dans sa volonté de ne rien décider. Le plus sage eût été de rompre leur liaison, mais pourquoi le faire alors qu'Ursula et lui étaient si bien ensemble ? Le temps. Le temps déciderait pour eux.

Ce monde qu'elle fréquentait ne serait jamais le sien, et il était assez intelligent pour s'en être aperçu immédiatement. Plus encore que la différence d'éducation et de manières, c'est la différence de mentalités qui lui paraissait le fossé le plus infranchissable. Il s'était souvent senti déplacé dans les théâtres, les restaurants où elle l'avait amené, mais c'était surtout l'avant-veille qu'il s'était senti le plus mal, quand Ursula l'avait présenté à quelques-uns de ses compatriotes, hommes et femmes. Alors que, durant la soirée, certaines de ses amies lui avaient fait des avances éhontées, il avait surpris quelques mots en français de la part d'hommes qui parlaient allemand le reste du temps. Il ne pouvait être absolument certain que c'était lui le « gigolo » dont ils s'entretenaient, mais une jeune Suissesse, épouse d'un banquier deux fois plus âgé qu'elle, le lui avait confirmé.

— Mon cher, ces hommes vous détestent parce que vous leur volez Ursula. Si elle divorce, c'est l'un d'entre eux qu'elle doit épouser, pas vous. Comment accepteraient-ils qu'elle leur préfère un bellâtre, français de surcroît, un « étalon » mal dégrossi, comme je l'ai entendu dire il y a un instant ? Rassurez-vous : je n'étais qu'une petite secrétaire avant mon mariage, et nous sommes, vous et moi, logés à la même enseigne, sauf que moi, ce sont les femmes qui m'en veulent, quand ces hommes qui vous jalousent me voudraient tous dans leur lit. Mais, en définitive, c'est surtout notre jeunesse qu'ils nous envient tous.

Ils avaient longuement parlé de cette soirée. Ursula avait été très contrariée de ce qu'il avait vu et entendu. Même si elle savait que cela risquait d'arriver, elle n'imaginait pas que ses compatriotes auraient poussé le vice jusqu'à faire leurs commentaires en français et non dans leur langue maternelle. Elle avait, elle aussi, entendu le mot « gigolo » ; elle en avait été très choquée et s'était, finalement, rangée à son point de vue. Mieux valait laisser faire le temps. Elle ne voulait pas insister, tant elle craignait de le perdre.

31

Tandis que Béniguet s'estompait peu à peu derrière eux, Quéménès et Litiri émergeaient lentement du voile ouaté qui les recouvrait et leurs contours se dessinaient par touches légères, dans la lumière diffuse et bleutée de cet après-midi brumeux. Perdus dans leurs pensées, les deux hommes semblaient imperméables à l'atmosphère étrange qui s'ouvrait devant eux, et n'avaient pas échangé dix phrases depuis leur départ de l'île, une heure plus tôt.

Pour Yann, ce voyage était un adieu à sa jeunesse, aux dix années qu'il venait de passer dans ces îles, et il avait un cafard noir. Il avait si souvent maudit ce chenal du Four et les îles qu'il n'aurait jamais imaginé ressentir le déchirement qui était le sien en ce moment. Il avait beau s'efforcer de se rappeler les pires moments — tempêtes, noyades, accidents, ses propres malaises — rien n'y faisait. Dans ces îles, il était chez lui. Il en avait été le maître des années durant et nul ne savait, nul ne saurait les exploiter comme il l'avait fait. Elles étaient faites pour lui comme il était fait pour elles. Sa gorge se nouait. Bon Dieu ! Il n'allait pas pleurer comme une femme, quand même !

Yves, lui, songeait à l'avenir. Son détour par Béniguet avait été très profitable. Pierre Le Bars avait trouvé la solution au problème posé par le départ de Yann. Pour la forme, Yves avait demandé à Joseph s'il accepterait. Son beau-frère avait refusé poliment, tandis que Rozenn fondait en larmes. Ni l'un ni l'autre n'étaient disposés à donner deux ou trois années de leur vie à l'intérêt commun.

Il fallait, aux îles, quelqu'un qui sache se faire respecter des goémoniers, et dix ans durant Yann avait été celui-là. Mais lorsque Pierre avait proposé que son frère Hervé se charge du tali en plus de son travail actuel, Yann et Yves avaient aussitôt acquiescé. Hervé s'occupait parfaitement déjà de la ferme et connaissait bien le métier de goémonier. Il suffirait qu'en période de pointe, Yves ou Joseph passent deux ou trois semaines dans l'île, au moment du brûlage ou du goémon d'avril, par exemple. Le reste du temps, Hervé pourrait s'appuyer sur Jean-Louis L'Hostis, un bon second, même s'il manquait de l'autorité nécessaire et du sens du profit. Pour lui, un pain de soude était bon quand il était bien formé ; peu importait sa teneur en iode.

Yves manœuvrait son bateau de façon mécanique ; il repensait à l'entretien qu'il avait eu avec Joseph, quarante-huit heures plus tôt. Sans l'approuver, il le comprenait, tant il pouvait voir de similitudes entre eux. Comme lui, il avait fait un enfant à sa maîtresse, et pourtant, comme lui aussi, il aimait toujours sa femme. La différence entre eux, c'était qu'il était, lui, rongé de remords, alors que Joseph n'éprouvait aucun regret.

*
* *

Yves resta trois semaines pleines à l'île. Se replonger dans le travail manuel lui fit du bien ; il n'hésita pas à se remettre au pifon et éprouva un plaisir réel et inattendu à manœuvrer le lourd ringard d'acier. Le deuxième jour, il avait les muscles durs comme du bois et crut qu'il n'y arriverait jamais. Dès le troisième jour, il était rodé ; il avait réappris les gestes du soudier.

Avant de commencer le brûlage, il avait procédé à l'inspection des fours en compagnie de Corentin Calvez, et chaque équipe avait dû présenter un four impeccable, parfaitement remis en état. Il avait exigé que les fours soient tous protégés des vents dominants par des murets de goémon, ce dont bien peu de brûleurs semblaient se préoccuper.

Ce jour-là, il prit la parole au cours du repas de midi.

— Il y a beaucoup d'entre vous que je ne connais pas, commença-t-il. Seuls Corentin, Paul et Célestin étaient là quand j'ai repris l'île. Vous savez tous que Yann doit s'arrêter pour raison de santé. Nous allons donc nous réorganiser. Je viendrai ici deux fois par an, faire le *bijinn ebrel* et le brûlage. Mais, aujourd'hui, c'est du pain de mer que je veux vous parler. Des pains de soude bien formés, parfaitement moulés, c'est bien, mais ce n'est pas le plus important. Ce qui compte, c'est la teneur en iode de ces pains. Il faut que la combustion du goémon soit lente, pour que l'iode ne s'évapore pas. Je ne veux donc plus voir de grandes flammes, mais des fours parfaitement protégés du vent par des murets d'algues. À partir de demain, nous allons faire un concours auquel je mettrai des prix. L'équipe qui l'emportera touchera 200 francs, la deuxième 150, la troisième 100 et la quatrième 50. Les usiniers feront des sondages sur chaque expédition et détermineront la teneur en iode de chacun des échantillons prélevés. L'équipe qui aura le meilleur taux moyen remportera le premier prix. C'est simple. Et puis, tenez, j'ajouterai une prime de 50 francs à toutes les équipes qui dépasseront 1,20 pour cent de teneur moyenne en iode.

En fin de journée, il avait le sourire : tous les goémoniers travaillaient avec application, ils avaient reformé les murets de protection, remuaient la pâte lentement, régulièrement, sans à-coups, veillant soigneusement à ne pas donner trop d'oxygène au feu. Il suffisait donc de les intéresser aux profits ! Il y avait là une idée à creuser et il aurait dû y penser depuis longtemps déjà. L'année suivante, il lui faudrait mettre au point un système plus satisfaisant que ce concours improvisé.

Ce soir-là, ils étaient une trentaine d'hommes autour de la table commune. Yves avait Corentin Calvez à sa droite. Le goémonier, il le sentait, voulait lui parler mais hésitait à le faire. Enfin, il se décida.

— Vous n'avez pas perdu la main, patron, dit-il. On voit bien que c'est le Lucien qui vous a appris le métier.

— C'est vrai, oui, c'est Lucien.

— C'est bête, hein, ce qui lui est arrivé. Tout ce qu'il avait appris — pour rien !

— Non, pas pour rien. Lucien a réussi ce qu'il voulait faire, et il reste un exemple pour nous tous. Quand tout le monde riait de lui, il a persévéré et nous a donné à tous une belle leçon de courage. Toi-même, Corentin, tu aurais pu faire comme lui.

— Moi, patron ? Je ne suis pas moitié aussi courageux que Lucien. J'ai su un peu lire et écrire quand j'étais jeune, mais j'ai tout oublié, aujourd'hui. Et puis, je n'ai pas été aussi économe que lui, non plus. Pendant des années, j'ai dépensé mes gages avec des femmes de rien du tout, stupidement... Et maintenant, je suis vieux : quarante-cinq ans, déjà ! Si je veux m'acheter un bateau, il faut que je le fasse avant trois ou quatre ans. Quarante-huit ans, c'est tard pour se marier, n'est-ce pas ?

— Cela dépend de ce que tu attends du mariage. Pour avoir des enfants et les éduquer, c'est sans doute trop tard, en effet...

— Oh ! non. Ce que je veux, c'est avoir une femme pour ne plus être seul, pour vieillir ensemble, pour me soigner si je tombe malade. Une veuve de pêcheur. Croyez-vous que ce soit possible ?

— Bien sûr. Ce ne sont pas les veuves qui manquent sur la côte !

— En réalité, patron, je sais déjà laquelle je veux ! Et elle est d'accord. Il me faut juste un peu plus de sous. Pour le moment, je n'ai que 3 320 francs à la Caisse d'Épargne de Brest. Et il me faut 5 000 francs, au moins. Six mille, ce serait mieux. Alors, ce concours, il faut que je le gagne.

— Combien as-tu chez le notaire de Saint-Renan ?

— Rien du tout, patron. J'ai tout enlevé en 1902, quand mon frère avait besoin d'argent pour se soigner.

— Tu étais sur le *Vesper*, Corentin ?

— Ah ! ça oui ! Pour sûr que j'y étais ! Ça a été une sacrée quinzaine. Aujourd'hui, quand on raconte aux jeunes les repas qu'on faisait, à Balanec, ils en font une jaunisse, ou ils ne nous croient pas. Vous vous souvenez de cette fête à Molène ?

— Bien sûr, Corentin. Mais qu'as-tu fait de l'argent que tu as gagné cette année-là ?

— Les 200 francs que nous a donnés Yann ? Je les ai mis à la Caisse d'Épargne.

— Deux cents francs ? Et le reste ? Ce que je vous ai mis sur votre compte, chez le notaire...

— Vous vous trompez, patron. Non, c'était 200 francs, j'en suis sûr.

Quel gaillard, ce Yann ! se disait Yves. Ainsi, en dépit de ses instructions, il avait continué à les faire épargner, malgré eux... Corentin possédait probablement 3 ou 4 000 francs de plus qu'il ne le croyait. Il préféra vérifier les livres de compte avant de s'avancer, mais il ne put s'empêcher de dire au goémonier :

— Viens me voir ce soir avant la soupe. J'aurai peut-être une bonne nouvelle...

Il retrouva, parfaitement classés, les relevés annuels que Jacques Andrieux avait consciencieusement adressés à Yann, chaque année, à charge pour ce dernier de les transmettre aux goémoniers, ce qu'il avait fait pour certains, mais pas pour tous. Pas très régulier, tout cela, songeait Yves, mais enfin, cela n'avait pas porté à conséquence, jusqu'ici.

Lorsqu'il en arriva au compte de Corentin, Yves ne put s'empêcher de sourire : plus roublard encore que Yann, Jacques Andrieux n'avait pas remis tout son dû à Corentin, en 1902, quand le goémonier était venu retirer son argent. Il avait certainement eu peur qu'il ne se fasse gruger par sa famille. Jacques avait gardé 1 400 francs, auxquels étaient venus s'ajouter les primes du *Vesper* et les intérêts, tant et si bien que la cagnotte de Corentin à l'étude dépassait les 4 500 francs. Poursuivant sa lecture, Yves resta sidéré en constatant que Célestin Quéinnec avait, lui, plus de 15 000 francs d'économies. Célestin, il est vrai, ne buvait pas, ne fumait pas, ne courait pas les bouges de Recouvrance quand il allait sur le continent. Chaque année, il passait toute la « vieille semaine » dans sa famille, à Ploudalmézeau. Fallait-il lui dire ce dont il disposait ? Yves en doutait. Célestin prendrait peut-être peur ; et comme il ne changerait rien à ce qu'avait été sa vie jusque-là... Les seuls qui pourraient se frotter les mains seraient ses héritiers.

Corentin était devant lui, attendant patiemment ce qu'Yves avait à lui dire.

— Alors, patron, c'est donc une bonne nouvelle ?

— Très bonne, Corentin ! Tu as 4 656 francs de plus que tu ne le croyais. Tu vois, tu peux te marier tout de suite. Enfin, quand la campagne de brûlage sera terminée. Bien entendu, nous te paierons ton année entière. Mais réfléchis bien avant de sauter le pas. Combien d'années as-tu passé aux îles ?

— Avec vous, onze ans, et j'en avais déjà fait quatre avant. Plus de 4 600 francs ! Ce n'est pas croyable ! Combien aurai-je avec les 3 320 francs déposés à la Caisse d'Épargne ?

— Presque 8 000, Célestin. Je vais compléter jusqu'à 9 000. Ce sera mon cadeau de mariage, en plus de la noce, que je t'offre. Tu veux acheter un bateau, m'as-tu dit. Pour la pêche ?

— Oui, patron. Je ferai de la pêche et continuerai le tali, en mer, comme ici. Je sais où je vais m'installer sur la côte, dans un hameau, entre Ploumoguer et Trézien.

— Ta future femme est d'accord ?

— Eh bien, je ne le lui ai pas encore demandé. Mais c'est l'homme qui commande, n'est-ce pas ?

— Pas toujours, Corentin, pas toujours... Ne lui dis surtout pas combien tu as d'écus. Dis-lui simplement que tu pourras peut-être acheter un petit bateau pour faire le goémon. Rien de plus. Je ne voudrais pas que tu sois déçu... ou volé. Tu lui as parlé des 3 000 francs que tu as à la Caisse d'Épargne ?

— Bien sûr, patron. C'est même pour cela qu'elle accepte qu'on se marie, tous les deux. Elle a une petite maison à Porspoder ; il faut bien que j'apporte quelque chose...

— En tout cas, je te souhaite bonne chance.

*
* *

Depuis un mois, Yves se sentait revivre. Il découvrait que, pendant des années, il s'était éloigné de ses hommes et de la réalité de leur travail. Il s'était limité à un rôle de marchand qui ne répondait que très partiellement à son besoin d'action. Le travail physique de ces dernières semaines lui avait fait du bien ; il se sentait en meilleure forme, et il avait retrouvé l'estime de ses hommes. Les problèmes de santé de Yann avaient eu ceci de bon qu'ils avaient débouché sur une organisation nouvelle, et Hervé Le Bars répondait parfaitement à ses attentes.

C'est ce qu'il venait d'expliquer à François et Eugène qui, installés devant la grande cheminée de Bellevue, attendaient le nouveau maire de la ville, leur ami Adrien Devernois. Ils l'entendirent enfin pester contre la pluie avant de pénétrer dans le salon en s'ébrouant.

Quelques minutes plus tard, séché et réchauffé, Adrien écoutait Yves lui exposer les changements intervenus dans son organisation à Quéménès. Yves bouillait d'impatience ; il lui tardait de connaître les taux d'iode obtenus sur ses différents échantillons.

— Eh bien, annonça Eugène, le taux moyen des trois semaines de brûlage, en septembre, à Quéménès est de 1,38 pour cent de teneur en iode.

Les trois autres se regardèrent, incrédules. C'était énorme, incroyable.

— J'ai bien dit 1,38 pour cent répéta l'industriel, ravi. Il y a même des échantillons qui dépassent 1,50 pour cent. Yves, vous avez certainement une explication...

— Oui, bien sûr, j'en ai une. Mais, quand même, 1,38 pour cent, c'est ahurissant ! Je ne m'y attendais pas. Avez-vous relevé les marques des différents échantillons comme je vous l'avais demandé ?

— Oui, mais c'est un sacré travail que nous ne pourrons pas recommencer à chaque récolte. Vous avez changé de technique de brûlage ?

— En quelque sorte, oui, mais vous me permettrez de garder le silence, pour le moment. Je puis vous dire simplement que c'est autant un problème d'hommes que de technique.

— J'ai sur cette feuille les taux des échantillons les plus performants, reprit Eugène. Vous noterez que sur les vingt meilleurs, neuf proviennent de la même équipe, cinq d'une seconde et quatre d'une troisième. Sur ces vingt échantillons, cinq dépassent 1,60 pour cent, et les quinze autres 1,50 pour cent. Mais ce qu'il y a de plus remarquable, selon moi, c'est que des deux cent cinquante-six échantillons analysés, pas un n'est inférieur à 1,08 pour cent.

— Avez-vous réfléchi à la question que je vous ai posée sur une répartition plus équitable entre nous des profits résultant des taux d'iode supérieurs à 1,10 pour cent ? demanda Yves.

Eugène Lemarchand se tourna vers son confrère.

— Je ne vous en ai pas encore parlé, Adrien, dit-il, mais Yves estime, non sans raison, que, comme c'est grâce à lui que nous faisons des économies considérables sur notre prix de revient, il devrait bénéficier des économies réalisées.

— Je vois que, comme d'habitude, vous ne perdez pas le nord, mon jeune ami, fit Adrien. Et, à parler franc, vous n'avez pas tort. Je me demandais même quand vous y viendriez...

*
* *

Un calcul simple lui permit de chiffrer à 4 000 francs le gain supplémentaire qu'il allait retirer des nouveaux prix négociés avec les industriels, uniquement sur les quantités qu'il avait lui-même traitées durant les trois semaines passées à Quéménès. Il n'avait pas perdu son temps. L'année suivante, il pourrait obtenir le même pourcentage sur l'ensemble de la campagne. Ah ! si Goulven faisait correctement son travail ! Il eut soudain une inspiration : Corentin ! Il allait demander à Corentin d'être ses yeux à Lilia. De travailler pour lui, non plus aux îles, mais sur la côte, avec Goulven.

Il entendit crisser le gravier de l'allée. C'était Yann. Yves lui ouvrit la porte.

— Salut, Yann, fit-il. Tu as l'air de te porter comme un charme !

— Comme un charme ? Plutôt comme le chêne de la fable. Je parais solide, c'est vrai, mais il y a cette pompe, là, et ses ratés, fit le géant en se frappant la poitrine. Quand je pense qu'elle peut me lâcher sans crier gare, la garce ! Je me demande ce que je vais bien faire de ma vie, maintenant que me voilà impotent...

— Impotent, n'exagère pas ! Quant à ce que tu vas faire, j'ai mon idée. Sais-tu quel pourcentage d'iode j'ai obtenu à Quéménès, en septembre ?

— Je ne sais pas, moi ; 1,10 pour cent ? 1,15 pour cent ?

— Non. 1,38 pour cent. Tu m'entends bien 1,38 pour cent !

— Saperlipopette ! Comment as-tu fait ?

— En réalité, je n'ai fait que rappeler aux soudiers comment ils devaient brûler le tali. Et nous avons quelques champions. Les jeunes Lastennet, les deux frères, ont battu des records. Ils ont fait plus de 1,50 pour cent de moyenne. Par contre, Jeannot Brélivet et Jean-Louis L'Hostis n'ont pas dépassé 1,15 pour cent. La leçon est simple : il faut intéresser nos brûleurs aux résultats. On peut augmenter le rendement de 20 pour cent en les payant mieux.

— Les payer mieux, les payer mieux, tu dis bien, toi... Mais il ne va rien nous rester à la fin !

— Écoute : sur les 220 tonnes que j'ai faites en septembre, nous récupérons près de 4 000 francs supplémentaires. Je vais leur en ristourner un cinquième. Ils le méritent ; ce sont eux qui nous ont apporté la solution pour l'année prochaine et les suivantes. Plus nous améliorons la qualité, plus Eugène et Adrien nous en achèteront, car ils diminuent leur prix de revient, en travaillant avec nous.

— Et moi, là-dedans, où me colles-tu ?

— J'y viens. Tu n'es peut-être pas un grand brûleur, et d'ailleurs tu n'aimes pas ça, mais tu peux contrôler le travail. Viens avec moi à Quéménès : on va voir comment s'y prennent les frères Lastennet. Autre chose : Corentin va peut-être nous lâcher. Il veut se marier.

— Se marier ! À son âge ?

— Une veuve de pêcheur. Je vais quand même lui demander de travailler pour nous. Lui aussi, c'est un grand soudier. Il faudrait qu'il nous aide, disons deux mois par an.

— Si j'ai bien compris, on peut se faire 15 000 francs de plus par an ?

— Au minimum, oui. Julien peut faire encore plus. Quant à Goulven, cela devrait permettre de le garder dans le coup.

Yann avait l'air soulagé.

— En tout cas, moi, ce travail, ça me va, dit-il. Je pourrai m'occuper de Lilia, si tu le veux.

— J'y compte bien. Ma seule crainte, c'est que Goulven ne le prenne mal. D'autant qu'il faudra qu'il te laisse expliquer aux goémoniers de quoi il en retourne.

— Et Joseph ? Que devient-il, dans tout cela ?

— Nous verrons plus tard, quand il aura mis de l'ordre dans sa tête. Ce qui est sûr, c'est que nous n'allons pas continuer à le payer à ne rien faire. Il pourrait peut-être vendre le goémon aux paysans ?

*
* *

Rien. Il ne retrouvait rien, ne se reconnaissait plus dans ce pays, ce climat. Il avait quitté Marseille quatre jours plus tôt, était passé à Paris où il n'avait pratiquement fait que changer de gare, ne séjournant qu'une nuit dans un petit hôtel de Montparnasse. Après un voyage qui lui avait paru interminable, il était arrivé à Brest où il avait retrouvé le crachin breton.

Bientôt dix ans qu'il était parti, s'était-il dit en sautant sur le quai de la gare. Il avait poussé la porte de l'Hôtel de Cornouaille et pris une chambre avec bains. D'abord se décrasser, se débarrasser de cette sueur, de cette poussière. Il se baigna longuement, se rasa, et sortit. Il portait des vêtements légers et frissonna dès qu'il mit le pied dehors. Il allait devoir se réhabituer à la fraîcheur de l'air breton, lui qui ne connaissait plus que le soleil de l'Afrique du Nord. Il se dirigea tout naturellement vers la rue de Siam et le port militaire, mais il avait vraiment trop froid et fit un arrêt dans une boutique où il s'équipa d'un caban et d'une casquette, avant de descendre vers le Pont Tournant. Il hésitait sur la conduite à tenir : adresser un télégramme à Anne ou débarquer sans s'annoncer ? Ce serait un trop grand choc pour tout le monde. Mieux valait les prévenir.

Il crut soudain reconnaître une silhouette familière dans le vieux monsieur qui descendait la rue devant lui. Il allongea le pas et le rattrapa. Il ne le remettait pas encore, mais, lorsque leurs regards se croisèrent, son nom lui revint subitement en mémoire.

— Monsieur Lemarchand ! Comment allez-vous ? fit Cheun, en ôtant sa casquette.

— Yann ! s'exclama l'industriel. Quelle surprise ! Yves m'a appris que vous quittiez définitivement Quéménès, en raison de petits problèmes cardiaques. Pourtant, vous avez l'air en pleine forme !

En une seconde, Cheun en avait appris sur son frère, plus qu'en dix ans. Pas question d'arriver à l'improviste ; il ne voulait pas le tuer. Yann avait beaucoup vieilli apparemment.

— Excusez-moi, monsieur, mais ce n'est pas à Yann que vous parlez, mais à Cheun, son jumeau. Je suis de retour d'Algérie et viens d'arriver à Brest, il y a une heure à peine.

— Cheun ! Mon Dieu ! Pardonnez-moi ma méprise !

Yves m'avait bien dit que vous étiez vivant, mais je vous croyais en Algérie ou au Maroc, et vous voilà au pays ! Avez-vous prévenu votre famille ?

— Non, je n'ai prévenu personne, pour le moment, et je ne sais pas comment le faire. Ni même si je vais le faire, d'ailleurs.

— Rentrons dans ce café et asseyons-nous un instant, fit Eugène. Vous allez me raconter tout ça, et, si je puis vous aider, je le ferai avec plaisir.

Les deux hommes s'attablèrent devant une bolée de cidre. Eugène observait le géant qui lui paraissait mal à l'aise.

— Je n'ai de remarques à vous faire ni sur votre disparition, ni sur votre réapparition, Cheun, mais j'attire cependant votre attention sur les perturbations que peut causer votre retour au Conquet. C'est surtout à Yvonne que je pense, bien entendu. L'enfant considère aujourd'hui Anne et Yves comme ses vrais parents. Pour elle, ce sera un rude choc de vous voir, et il convient de l'y préparer. Vous le comprenez, n'est-ce pas ?

Le géant triturait nerveusement sa casquette neuve. Fasciné, Eugène regardait ses mains, de vrais battoirs, maltraiter l'étoffe. « Il va en faire de la charpie », se disait-il.

— Je sais que j'agis peut-être mal en voulant revoir ma fille, répondit Cheun au bout d'un moment, mais vous devez me comprendre. Vous êtes père vous-même. J'y pense depuis tant d'années ! Là-bas, au djebel, je me suis cent fois dit que si j'étais tué, je ne manquerais à personne, tout le monde me croyant déjà mort. Je savais qu'Yvonne avait une famille où elle était heureuse, des frères et des sœurs... Et puis, quand j'ai été blessé, j'ai su que la seule chose qui me tenait vraiment à cœur, qui me rattachait à la vie, c'était elle, c'était ma fille ; la voir et la connaître. Yvonne est mon enfant, mon sang, quand même !

— Je vous comprends, Cheun, comme vous comprendrait n'importe quel père, répondit Eugène. Et je pense que votre retour peut être une très bonne chose et pour Yvonne et pour vous. Moins pour Anne et Yves. Surtout pour Anne, qui craint que vous ne lui voliez « sa fille », comme elle dit. Mais Yves et Anne sont solides ; ils surmonteront cette épreuve. Voulez-vous me laisser un ou deux jours pour les préparer ?

— Bien entendu, monsieur. J'attendrai le temps qu'il faudra. J'ai un mois devant moi...

— Retrouvons-nous dans quarante-huit heures, si vous le voulez bien. Où êtes-vous descendu ?

— Au Cornouaille.

— Eh bien, retrouvons-nous à votre hôtel, après demain à dix heures. Vous savez, Cheun, votre famille est un peu la mienne. Yves et moi sommes amis, comme le sont Estelle et Anne, François et Yves, les enfants d'Yves et mon petit-fils... Qui sait même si un jour Gwen-Aël n'épousera pas Yvonne ? Car, même s'il ne s'agit encore que d'enfants, votre fille est amoureuse de mon petit-fils, et je crois que c'est réciproque.

Les deux hommes s'étaient quittés peu après. Eugène était rentré au Conquet par le tramway qui desservait la côte — *son* tramway, sa plus belle réussite, sans doute. Les touristes affluaient l'été, maintenant, et les commerçants se frottaient les mains. Avec la mode des bains de mer, des maisons de plage poussaient partout. Il se rendit immédiatement à Roz-Avel.

Anne était seule, ce qui le contrariait un peu, mais il n'avait pas le choix. Elle se laissa tomber sur une chaise quand il l'informa de l'arrivée de Cheun à Brest.

— Je m'y attendais, dit-elle au bout d'un long moment, même si je ne savais pas quand. J'ai toujours su qu'il viendrait un jour nous réclamer l'enfant. Et Yves qui n'est pas là ! Il n'est jamais là pour les mauvaises nouvelles...

— Je ne dois revoir votre frère qu'après-demain matin. D'ici là, vous pourrez aviser. Mais il y a une chose que je souhaite vous dire, Anne. Cheun ne revient pas pour prendre sa fille. Il vient la voir, c'est tout. Il est militaire et a l'air d'aimer son métier. En tout cas, il ne m'a pas du tout parlé de la reprendre...

— Si c'est cela, s'il me laisse Yvonne... alors ce sera

peut-être le plus beau jour de ma vie ! dit Anne, dont le visage reprit quelques couleurs. Je retrouve mon frère et je garde ma fille... Nous allons, de toute façon, fêter son retour comme il se doit. Nous avons préparé Yvonne depuis des semaines. Elle sait aujourd'hui que Cheun est son père et ne sera pas trop surprise. Je crois même qu'elle l'attend. Mais lui, comment est-il ?

— Superbe. Vraiment superbe ! Un colosse bronzé, au visage tanné par le soleil, mince pour son âge, très impressionnant. Il n'a pas un cheveu blanc. Entre nous, il fait bien dix ans de moins Yann.

— Et ses blessures ?

— Ses blessures ? Bon sang ! Je ne lui en ai même pas parlé, j'avais oublié... En tout cas, c'est sûrement de l'histoire ancienne ! Il n'y a qu'à le regarder...

Quand Eugène fit prévenir Cheun qu'il l'attendait dans le hall de l'hôtel, le géant était prêt depuis plus d'une heure. Il descendit aussitôt. Soudain, il se figea. Derrière l'industriel, il venait d'apercevoir un homme tenant par la main une fillette aux fabuleux cheveux roux. Il avait reconnu Yves, mais ne voyait qu'Yvonne qui le fixait de ses yeux verts et lui adressait un sourire éclatant. Dieu, qu'elle était belle ! Yvonne lâcha la main d'Yves et vint droit vers Cheun :

— Bonjour, Père, lui dit-elle. Je suis très heureuse que vous soyez de retour parmi nous.

C'en était trop pour le géant. Il s'accroupit et ouvrit les bras ; la fillette s'y précipita et l'étreignit avec une force étonnante. Quelques instants plus tard, père et fille, étroitement enlacés, pleuraient à chaudes larmes. Après avoir attendu un long moment, Yves s'approcha et dit :

— Bienvenue au pays, Cheun. Bienvenue à la maison.

Se redressant enfin, le géant sortit un mouchoir de sa poche, tout en maintenant d'une main sa fille contre lui. Il s'essuya les yeux, se moucha bruyamment et répondit :

— Bonjour, Yves, et merci pour tout. Merci mille fois. Et pardonne-moi tout ce que...

— Arrête ça... Dis-moi plutôt : elle est belle notre fille, n'est-ce pas ?

— Plus que belle ! Anne n'est pas venue ?

— Non, elle a préféré t'attendre à la maison. Peux-tu régler ta note, et prendre tes affaires ? Nous rentrons immédiatement au Conquet. Tout le monde t'y attend.

— Ne le bousculez pas trop, Yves, intervint Eugène. Laissez-le respirer. Eh bien, Yvonne ? Es-tu contente d'avoir retrouvé ton père ?

— Oh ! oui, monsieur Lemarchand. Bien sûr ! Papa m'avait tout expliqué pour Père : son manque de chance quand il a eu cet accident, il y a dix ans, et qu'il a perdu la mémoire. Dire qu'il a fallu un autre accident, cette blessure à la tête, pour qu'il la retrouve ! Je sais aussi comment ma vraie mère est morte...

Le géant avait adressé à son beau-frère un regard de gratitude. Pour sa fille, Cheun était maintenant blanc comme neige. L'enfant ne poserait plus de questions.

*
* *

Dans la pénombre de sa chambre, Cheun gardait les yeux ouverts. Il savait qu'il ne trouverait pas le sommeil avant longtemps et revivait dans le détail cette incroyable journée. Sa fille ? Une vraie merveille ! D'une beauté de rousse à couper le souffle et d'une gentillesse incroyable. De quelle façon elle l'avait accueilli ! De quelle délicatesse elle avait fait preuve !

Il s'était attendu à des réticences de la part de sa sœur, mais si Anne avait beaucoup pleuré, elle n'avait manifesté aucun signe d'animosité, montré aucun ressentiment. Cheun était surpris ; surpris et heureux qu'aucun des siens ne lui ait fait de reproches, Yann excepté, bien sûr, qui n'avait pu s'empêcher de revenir sur leur dernière dispute, dix ans plus tôt. Mais Cheun avait désarmé son jumeau en répondant :

— Ça fait plaisir de te retrouver tel que je t'ai quitté, Yann. M. Lemarchand m'avait fait nourrir quelques craintes à ton sujet ; des problèmes cardiaques... Je vois que j'avais tort de m'inquiéter. Tu es toujours le même et tu as aussi mauvais caractère que quand je suis parti. Ça m'étonnerait beaucoup que tu sois malade !

Un instant interdit, Yann avait failli monter sur ses grands chevaux, mais s'était repris à temps et avait choisi d'éclater de rire : les deux frères étaient tombés dans les bras l'un de l'autre. Par la suite, ils avaient tous deux parlé pendant une bonne heure, ou plutôt, Cheun avait écouté, Yann lui raconter sa vie dans les îles, avec Lise et ses enfants, son entente avec Yves, la prospérité qui était la leur aujourd'hui.

— Tu as eu de la chance de tomber sur Anne et Yves, avait poursuivi Yann : Yvonne peut comprendre ce que vous vivez tous les trois aujourd'hui. Yves a su trouver les mots qu'il fallait et une explication plausible pour te blanchir. Il a su se mettre en retrait, aussi, depuis quelques semaines. Mais ne t'y trompe pas : si pour Yvonne, tu es son père naturel, Anne et Yves restent ses vrais parents. Son papa, c'est Yves, et ses frères et sœurs ce sont Julia, Jean-Yves, Jean-François et les petits...

— Rassure-toi, Yann, j'ai très bien saisi, et il n'est pas question pour moi de venir troubler cet équilibre. Yvonne m'accepte comme père, et pour moi c'est merveilleux, mais je ne vais pas la reprendre à Yves et Anne. D'ailleurs, je ne suis là que pour peu de temps. Je vais repartir en Algérie ou au Maroc, à moins que ma demande pour suivre des cours d'officier ne soit acceptée, mais cela m'étonnerait.

Yann marqua sa surprise. Il s'était imaginé que si Cheun revenait au pays, c'est qu'il avait quitté l'armée. Le soldat avait tenté d'expliquer à son frère ce qu'était la pacification en Algérie et au Maroc, où la France était en butte aux prétentions allemandes, à l'action sournoise de Guillaume II qui, en se déclarant pour l'indépendance du pays, ne visait qu'à empêcher les Français de s'y implanter. Yann avait entonné aussitôt le couplet de la revanche, l'inéluctabilité d'une guerre pour recouvrer l'Alsace et la Lorraine. Son jumeau avait évité de lui répondre et préféré l'interroger sur la famille, sur leurs sœurs de Ploumoguer, et sur Joseph.

Il soupira et ses pensées se reportèrent sur sa fille. Dieu ! Qu'elle était gaie ! C'était cette gaieté qui frappait le plus en elle, et il avait peine à imaginer qu'un homme taciturne comme lui ait pu engendrer une fillette aussi heureuse de vivre. Sans doute tenait-elle de sa mère ? Cheun se surprit à évoquer, pour une fois sans tristesse, la mémoire du seul amour de sa vie. C'est vrai, Louise aussi était vive et insouciante...

Il s'endormit.

TROISIÈME PARTIE

32

Printemps 1913

Elle adorait ces galops en bord de mer : faire jaillir des gerbes d'écume sous les sabots de sa monture, respirer à pleins poumons cet air si vif qu'il lui rosissait les joues et lui fouettait le sang. Cela la grisait ; elle éprouvait une véritable jouissance physique, que la jument semblait partager avec elle. Elle tira sur les rênes en atteignant les premiers rochers.

— Oh ! là ! doux, tout doux, Roxane, fit-elle en se penchant sur l'encolure du demi-sang qu'elle flatta de la main droite et mit au pas, en le menant hors de l'eau.

Un demi-tour sur place, et la plage, immense et déserte en cette matinée d'avril, s'ouvrit tout entière devant elle. Estelle sentit monter en elle une bouffée d'orgueil autant que d'amour maternel en admirant le cavalier qui se dirigeait vers elle au grand galop. Gwen-Aël ! Son fils ! Un homme déjà, alors qu'il lui semblait que c'était hier qu'elle le conduisait pour la première fois à l'internat. Dieu, qu'il était beau ! Il ne lui ressemblait guère, cependant. Seuls le nez droit, les lèvres pleines et la peau, aussi mate que la sienne, venaient des Lemarchand. Tout le reste, des cheveux noir de jais aux yeux bleus enfoncés dans leurs orbites et au menton volontaire, il le tenait de son père.

L'instant d'après, marchant côte à côte, les deux chevaux reprenaient leur souffle et se dirigeaient lentement vers les dunes de sable qui ceignaient la plage.

— Quel plaisir de monter Ouragan ! fit le jeune homme. Grand-père m'a vraiment gâté quand il me l'a offert. C'est une bête splendide.

— C'est vrai, répondit Estelle, mais tu peux tout autant remercier ton père. Il a déployé des trésors de patience pour faire du poulain rétif qu'il était le bel étalon qu'il est devenu. Pressons-nous, veux-tu ? Je ne voudrais pas faire attendre ton père, justement.

— Avant de rentrer à Ker-Héol, j'aimerais passer saluer grand-père à Poul-Conq, dit le jeune homme. Cela lui fera plaisir et ne nous prendra pas plus de cinq minutes. Comme la mer est basse, nous pourrons couper par le Croë. Nous serons à l'usine dans moins de dix minutes.

— Comment ? Ton grand-père travaille aujourd'hui ? Il n'est vraiment pas raisonnable !

— Il m'a dit hier qu'il se sentait beaucoup mieux. Il avait rendez-vous, ce matin, avec M. Kerléo et le mystérieux père d'Yvonne.

Estelle avait perçu dans le terme « mystérieux » utilisé par son fils une sorte de reproche muet. Il voulait savoir... Rien de plus naturel à son âge. Elle se décida :

— Gwen, Yvonne t'a-t-elle déjà parlé de ses parents ?

— Non, Mère, et ce n'est pas à moi de lui poser des questions.

— Il n'y a pourtant pas de cadavre dans l'armoire ! Cheun Penru, le frère d'Anne et le jumeau de Yann, avait épousé Louise, la sœur d'Yves. C'est-à-dire qu'Anne et Yves sont les oncle et tante directs d'Yvonne. Ils sont aussi ses parents adoptifs. Lorsqu'il a perdu sa femme, Cheun est devenu fou de douleur ; il a voulu rompre avec les siens, et surtout avec Yvonne qu'il rendait responsable de la mort de sa mère. C'est pourquoi il a disparu si longtemps, après un accident où tout le monde l'a cru noyé. Comme il ne voulait pas se suicider, il est allé chercher la mort là où il pensait la trouver, sur les champs de bataille. Il n'y a trouvé que des décorations. Un jour, il a été grièvement blessé, et, sur son lit d'hôpital, il n'a plus eu qu'un seul souhait, revoir sa fille.

— Je ne connaissais pas cette histoire, Mère. Je craignais, je l'avoue, quelque chose de pire. Je ne sais pas pourquoi, j'avais même pensé à un meurtre. Quoi qu'il en soit, voilà Yvonne nantie de deux pères, maintenant, encore qu'elle considère que M. et Mme Kerléo sont ses vrais parents, elle me l'a dit.

Pour franchir les trente mètres de dénivelé qui les séparaient des ajoncs et des genêts en fleurs qui égayaient la lande, les cavaliers venaient d'éperonner leurs chevaux, qui peinaient à présent en gravissant la pente, dont le sable sec et fin fuyait sous leurs sabots. Estelle et Gwen-Aël durent les laisser souffler un peu quand ils furent parvenus sur la dune. Estelle en profita pour sonder son fils.

— Tu as revu tes amis depuis ton arrivée ? demanda-t-elle.

— Non, Mère, ou à peine. J'ai aperçu Julia, hier soir, et nous sommes convenus de nous revoir cet après-midi.

— Et Yvonne ?

— Yvonne vous intrigue toujours autant, je le vois, fit Gwen-Aël en souriant... Non, je n'ai pas encore revu Yvonne. Elle ne rentre de son pensionnat que ce matin. Mais je ne vous cache pas que j'ai hâte de la retrouver. Vous le savez d'ailleurs fort bien, sinon, vous ne me poseriez pas la question.

— Vous vous entendez toujours aussi bien, tous les deux ?

— Je m'entends tout aussi bien avec Julia et Jean-Yves, mais Yvonne et moi, c'est différent. Nous nous aimons. Il me semble que nous nous aimons depuis toujours, répondit Gwen-Aël qui sentait, chez sa mère, une réticence incompréhensible dès qu'il était question de la jeune fille...

— Vous vous aimez, vous vous aimez... Que sait-on de l'amour à votre âge ? Vous êtes de grands amis, c'est certain, et, entre fille et garçon, à l'adolescence, comme plus tard, d'ailleurs, on peut prendre une chose pour une autre...

— Non, Mère, coupa le jeune homme. J'aime Yvonne, elle m'aime, et je compte bien l'épouser un jour.

— L'épouser, Gwen-Aël ? L'épouser ! À ton âge ! Il est un peu tôt pour en parler, ne crois-tu pas ?

Estelle fit un gros effort sur elle-même pour ne pas laisser paraître sa contrariété, mais elle n'y réussit guère et exerça involontairement une pression du genou sur les flancs de sa jument qui fit un écart intempestif. Gwen-Aël lança un regard étonné à sa mère, et dit, en souriant :

— Maman, ne vous faites donc pas de soucis inutiles ! La vie est si belle et nous sommes raisonnables, Yvonne et moi. Allons, il est temps de rentrer, ou nous serons en retard.

Estelle suivait des yeux son fils qui la précédait de quelques mètres et lui traçait la route dans les garennes, évitant les fourrés de ronces, lui signalant les terriers de lapin.

Raisonnables, ces enfants ? Bien sûr, qu'ils l'étaient, mais comme on peut l'être à dix-huit ans, quand on ignore encore à quel point la chair peut être faible, et à quel point, aussi, il est agréable de céder à la tentation. Oui, ces trois semaines de vacances de Pâques risquaient d'être périlleuses pour la vertu d'Yvonne. Il y avait tant de belles journées en avril... Sans compter que si ces enfants avaient hérité des tempéraments de feu de leurs mères respectives, la virginité de la jeune fille ne serait, bientôt, plus qu'un souvenir. Il fallait à tout prix qu'elle en parle à Yves. Il savait, mieux que quiconque, qu'Yvonne et Gwen avaient entre eux des liens de sang qui rendaient tout mariage impossible. Comment ces enfants auraient-ils pu se douter qu'ils étaient cousins germains ?

*
* *

Debout à la fenêtre de son bureau, Eugène Lemarchand regardait, sans les voir, s'échapper des deux hautes cheminées de brique rouge des volutes de fumée qui s'envolaient droit dans le ciel. Dans une heure, avec le flot, se lèverait sans doute une légère brise qui pousserait cette écharpe d'un blanc bleuté vers l'intérieur des terres.

L'industriel fit quelques pas dans son bureau en toussant légèrement et en faisant craquer les articulations de ses doigts. Il poussa un long soupir ; le métier de producteur d'iode devenait de plus en plus difficile, beaucoup plus qu'il ne l'était dix ans auparavant, quand il pensait déjà atteindre le fond. Dix ans ! Il y avait près de dix ans qu'ils avaient acheté et vidé le *Vesper...*

Yves n'allait pas tarder. Il l'aperçut qui rentrait dans la cour de l'usine en compagnie de Cheun Penru, le père d'Yvonne.

Un instant plus tard, tous trois dégustaient un verre de ce porto dont Eugène, malgré ses crises de goutte, n'arrivait pas à se passer. Il écoutait distraitement Cheun le remercier, une fois de plus, pour l'aide qu'il lui avait apportée, des années plus tôt, quand il avait repris contact avec sa famille. Le géant croyait avoir réussi à dissimuler la surprise qu'il avait ressentie en retrouvant l'industriel vieilli et terriblement amaigri. Le visage rubicond, la panse rebondie et les bajoues de bon vivant qui caractérisaient encore Eugène Lemarchand, trois ans plus tôt n'étaient plus qu'un lointain souvenir. L'ancien maire du Conquet était aujourd'hui un vieillard au teint plombé et au visage creusé de rides profondes. Il flottait dans des vêtements devenus trop amples pour lui. Mais ce qui avait le plus frappé Cheun, c'est que l'industriel n'avait plus dans le regard cette flamme vive qui y brillait jadis.

— Eh oui, Cheun, dit Eugène qui avait surpris le regard de Cheun. Que voulez-vous, on ne peut être et avoir été...

— Allons, Eugène, le coupa Yves, vous n'en êtes pas encore à la dernière extrémité !

— Bien sûr que non, Yves, j'ai même toute la vie devant moi, sourit amèrement l'industriel. Enfin, ce qui m'en reste... Et j'ai la chance d'avoir un médecin, un bon médecin, qui ne prend pas ses patients pour des imbéciles. Il ne m'a donc rien caché de ma maladie, et si je ne suis pas à l'article de la mort, je suis cependant condamné par un mal incurable : la vieillesse. Voyez-vous, Cheun, ce qui me chagrinerait le plus, ce serait de quitter ce monde en pleine tempête. Ces guerres répétées dans les Balkans sont beaucoup plus inquiétantes, à mon sens, que ne veulent bien nous le laisser croire nos hommes politiques. Nous avons eu la guerre italo-turque, puis la coalition anti-turque et maintenant, Serbie et Bulgarie se disputent les dépouilles de l'Empire ottoman. Oui, il y a bien trop de gens qui veulent en découdre en Europe, et je crains que, cette fois, l'on aille droit dans le mur. Qu'en pensez-vous, Cheun, vous qui vous battez depuis des années en Afrique du Nord ?

— Que voulez-vous que je vous dise ? répondit Cheun. Si encore nous savions vraiment pour qui ou pour quoi nous nous battons... Un bout de terre abandonné le lendemain ? Une position indéfendable qu'on tient par principe ? En vérité, nous avons trop souvent l'impression de défendre, en Algérie, des intérêts particuliers. Nous protégeons bien, quelquefois, des petits colons dont la vie est difficile, mais beaucoup plus souvent des privilégiés qui font des fortunes considérables. C'est cela aussi la pacification.

— Je croyais que tout le monde était d'accord sur ces opérations, risqua Eugène.

— Je ne suis pas sûr que ce soit l'avis de tous les indigènes, monsieur Lemarchand, ni même des petits colons. Mais, pardonnez-moi, je préférerais parler d'autre chose.

— Ne vous inquiétez pas, Cheun, je connais vos états de service et je verrais mal un civil, quel qu'il soit, venir vous faire la leçon et vous dire ce que vous devez penser sur ce sujet. D'autant que si par malheur il le fallait demain, je sais que vous seriez parmi les premiers à défendre la patrie en danger, contrairement à de nombreux bellicistes qui ne se bousculeront pas en première ligne.

*
* *

Yves et Cheun avaient pris congé. Ils devaient tous se retrouver à Roz-Avel dans la soirée.

Yves repensait à ce que venait de dire son beau-frère. Cheun avait changé, muri ; il avait acquis une ouverture d'esprit qui l'étonnait, mais il y avait également beaucoup de désenchantement dans ses propos.

— Crois-tu vraiment que nous aurons la guerre ? demanda-t-il.

— Cela ne fait pas l'ombre d'un doute, et cela ne tardera pas. Que veux-tu : quarante-deux ans sans guerre, cela ne s'est jamais vu. Le bras de fer avec l'Allemagne a commencé depuis des années. Il y a eu cette escarmouche à Agadir, il y a deux ans. Le Kaiser est un homme dangereux. Il est persuadé que son armée est la plus forte du monde et n'aspire qu'à le démontrer. Quant à nous, nous avons toujours la perte de l'Alsace et la Lorraine sur le cœur, et notre effort de guerre vaut celui des Allemands.

— Nous devons nous préparer à nous défendre, Cheun, tu en conviendras, fit Yves en donnant un violent coup de pied dans un caillou. Nous ne pouvons laisser le Kaiser nous dicter sa loi. Et ce n'est pas l'action des pacifistes comme Jaurès, aussi méritante soit-elle, qui nous garantira la paix. En tout cas, ne tiens pas de tels propos devant François ; il te traiterait de défaitiste... Mais ces opérations en Afrique ?...

— En Afrique, comme en Asie, les pays européens cherchent à se constituer un empire. Sous des prétextes divers, toutes ces opérations ne sont que des guerres de conquête. Les grandes compagnies recherchent de l'or, des minerais, de nouveaux marchés, et, pour ce faire, utilisent sans vergogne la protection de la troupe, et donc l'argent des gouvernements. Les Anglais l'ont fait en Afrique du Sud ; c'est ce que nous faisons en Algérie, au Maroc, en Indochine. Nous exploitons et brutalisons des populations entières sous le prétexte de leur apporter la vraie religion et la vraie civilisation. Nous réussirons, demain, à dominer toute l'Afrique, mais après-demain... Des millions de personnes, réduites en quasi-esclavage, nous haïront.

— Et alors ?

— Et alors, je ne sais pas ce qui se passera. Tu sais, il n'y a pas que les Européens au monde. N'oublie pas que la Japon a écrasé la Russie, il y a huit ans. La Chine sera un jour assez forte pour se libérer des étrangers. Les Américains sont en passe de devenir la première nation du monde. Avec qui seront-ils en cas de guerre ? Suppose qu'un jour les Japonais nous envahissent ? Qu'ils viennent nous imposer leur religion, leur façon de vivre...

— Tu ne crois pas que tu y vas un peu fort ?

— Ce n'est pas moi qui y vais fort, ce sont les choses qui vont vite. Tiens, regarde la traversée de la Manche en avion par Blériot. Personne n'y croyait, aux avions. Et pourtant, crois-moi, on les utilisera massivement durant la prochaine guerre.

— Sans doute, oui, fit Yves. Au fait, tu sais que le dernier des fils de Jeannie, Tanguy, est aujourd'hui pilote dans l'armée ? À vingt et un ans ! Il avait ce rêve : voler, et il a réussi. Ma sœur doit être fière de lui, là-haut.

— En tout cas, j'espère que ces jeunes gens feront du bon boulot le moment venu. Nous aurons besoin d'eux, et sans doute bien plus et bien plus tôt qu'ils ne se l'imaginent.

— Il y a une question que j'aimerais te poser, Cheun. J'espère que tu ne le prendras pas mal. Tu sembles avoir acquis une culture assez étendue sur pas mal de sujets. Comment as-tu fait ?

— Je vieillis, Yves, et je réfléchis peut-être plus qu'avant. Je lis beaucoup, aussi — on a le temps, là-bas — et, enfin, je travaille. Sans compter que la souffrance mûrit son homme. Je te l'ai dit, j'ai perdu beaucoup de mes camarades, et, il y a trois mois seulement, mon meilleur ami. Un Rochelais. Une embuscade. J'ai parfois l'impression de porter la poisse à ceux que j'aime...

— Ne va pas me resservir ces balivernes sur les rouquins et le mauvais œil !

— Bien sûr que non. D'autant que les Berbères considèrent, au contraire, que j'ai la « baraka », la chance. Mes cheveux rouges m'ont valu notoriété et respect ; c'est rare, là-bas, surtout sur la tête d'un géant ! Au fait, Yvonne n'est-elle pas trop grande ? Les photos ne permettent pas de s'en rendre compte.

— Tu vas la trouver changée, ta fille. Trois ans, à cet âge, ça compte. C'est une femme, maintenant. Elle est grande, oui, et charpentée. Rien de plus normal, elle a de qui tenir. Mais cela ne l'empêche pas de rester élancée. Et surtout, elle a ce visage de rêve : ses yeux, tu sais, et cette crinière rousse. La beauté du diable. Elle est aussi follement amoureuse du petit-fils Lemarchand.

— Cela, c'est plutôt contrariant, non ? fit Cheun.

— Contrariant ? Pourquoi ?

— Eh bien, il me semble qu'ils ne sont pas du même monde...

— Tu retardes d'un siècle, Cheun ! Le père d'Eugène était un ouvrier ; pourquoi son petit-fils n'épouserait-il pas une fille de militaire ou de commerçant ? Après tout, Estelle a bien épousé François, un fils de paysan.

— Sans compter que le père militaire sera bientôt officier ! Eh oui, mon vieux ! J'ai réussi. Malgré mon âge, j'ai exceptionnellement été admis à suivre les cours d'officier.

— Officier ? C'est vrai ? Toutes mes félicitations, Cheun. C'est formidable !

— Oui, si l'on veut. Mais sans mon colonel, je n'y serais jamais parvenu. Disons qu'ils m'ont fait une faveur...

— En tout cas cette nomination va faire des heureux, tu peux me croire ! Yann va devenir imbuvable !

*
* *

Cheun et Yvonne s'étaient longuement étreints. Les lettres qu'ils avaient échangées pendant ces trois années leur avaient permis de faire plus ample connaissance, et ce n'étaient plus des étrangers qui se retrouvaient. Cheun se recula et tint sa fille à bout de bras, pour l'admirer tout son saoul. En un instant, l'image de la fillette disparut derrière le visage radieux et le corps épanoui de la jeune fille qu'il contemplait. Il était subjugué. Yves n'avait pas exagéré : Yvonne était superbe.

Dès que les embrassades furent terminées, Yann

réclama du champagne. La venue de Cheun et sa promotion future devaient être dignement fêtées.

— Un Penru officier ! s'exclamait-il. Si nos parents vivaient, ils ne le croiraient pas ! Je me demande si je ne rêve pas moi-même...

Cheun souriait. Son frère était toujours aussi incroyable, toujours aussi enthousiaste.

— Tenez, dit Yves, une coupe dans chaque main, goûtez-moi ce Roederer que m'a recommandé François.

— Son métier de marchand de vins, il s'y fait ? demanda Yann.

— Je crois qu'en réalité il n'est pas fait pour ça, répondit Yves. Il y consacre deux jours par semaine, au maximum, et le reste du temps, il s'occupe de l'usine. Il a eu la chance de recruter un maître de chais hors pair, un certain Job Courtès. C'est lui qui fait marcher le commerce, qui choisit les vins et les achète. Depuis qu'Eugène est fatigué, François prend peu à peu toutes ses fonctions dans l'entreprise. Ça l'occupe beaucoup.

— Et ton ami, le maire ? demanda Cheun.

— Adrien Devernois ? Lui aussi est à moitié à la retraite. Il a embauché un jeune directeur avec lequel je m'entends assez mal, François aussi, d'ailleurs. Je suis tombé à 700 tonnes chez lui, dont seulement 120 de Quéménès. Adrien ne s'occupe plus que de l'usine et des ventes d'iode ; c'est ce jeune crétin qui traite les achats.

*
* *

Après le déjeuner, ils étaient tous passés voir Rozenn, qui était pour eux un souci constant. Cinq ans plus tôt, lorsqu'elle avait appris son infortune conjugale par une voisine bien intentionnée, elle avait tenté de mettre fin à ses jours en se jetant dans un puits. C'était Yann qui l'en avait sortie. Elle s'en était tirée avec une jambe cassée et une fausse couche.

Mais son désespoir était tel qu'Anne était convaincue que Joseph avait autre chose que ses adultères à se reprocher. Depuis qu'il avait quitté Le Conquet et qu'il était devenu directeur d'une société parisienne, Joseph était impossible. Comme le disait Yann, que pouvait-il bien diriger, lui qui était incapable de se diriger lui-même ? Rozenn, cependant, l'aimait toujours autant. Elle avait choisi de faire comme si de rien n'était, et elle ignorait toujours qui était sa rivale.

Deux ans plus tôt, Joseph et Ursula avaient officiellement rompu leur relation, à grand fracas, au terme d'une scène publique. Depuis, Ursula n'était jamais revenue chez son beau-père, au contraire de Karl, qui passait à Bellevue la totalité des vacances de Pâques ainsi que six semaines l'été. Yves avait failli se laisser prendre, comme Estelle et Yann, autres témoins de cette spectaculaire scène de rupture. Pour en avoir le cœur net, il avait fait surveiller l'appartement d'Ursula à Paris. Joseph y venait toujours. Yves avait alors pris le train et rencontré Ursula pour tenter de la fléchir. En vain. Ursula ne craignait pas le scandale. Rien ni personne ne semblait lui faire peur : ni Félix, son mari, ni Joseph, son amant. Ne les entretenait-elle pas tous les deux ?

C'est à quoi songeait Yves en écoutant Rozenn dire sa joie aux jumeaux : Joseph allait venir passer dix jours au Conquet, en famille. Elle ne l'avait pas vu depuis seize mois.

*
* *

Au même moment, profitant du temps sec et ensoleillé de ce premier dimanche des vacances de Pâques, Yvonne et Gwen-Aël avaient pris le cabriolet pour une promenade qui les avait conduits au fond de la ria du Conquet, au bois de pins, près du premier moulin à eau. Julia, qui leur servait de chaperon, était accompagnée de Marie-Anne, la fille de Lise et Yann. Gwen-Aël avait attaché la jument au tronc d'un pin et aidé les jeunes filles et l'enfant à descendre de voiture. La douceur de l'air incitait au farniente.

— Marie-Anne, fit Julia, veux-tu venir avec moi

jusqu'à l'aber ? Nous pourrons y voir les limandes et les mulets, et peut-être réussirons-nous à en prendre. Pendant ce temps, Gwen-Aël et Yvonne surveilleront la jument ; ils n'auront pas notre chance.

La fillette avait applaudi ce programme, et toutes deux avaient laissé les amoureux en tête à tête. Il était enfin arrivé, ce moment que Gwen-Aël attendait depuis l'été précédent, et voilà qu'il le laissait paralysé.

— Nous avons de la chance, dit-il sottement. Un si beau temps pour une première journée de vacances...

— Oui, nous avons de la chance, reprit Yvonne en écho. Comment se passe ton année, Gwen ? Es-tu confiant pour ton baccalauréat ?

— Oui, assez confiant. Si j'en crois mon professeur de philosophie, je devrais l'obtenir sans trop de difficultés. Et toi, Yvonne ?

— Oh ! moi, je ne vivrai jamais les affres du baccalauréat, puisque nous en sommes exclues, nous, les filles. Encore heureux que papa accepte de nous payer des cours particuliers de latin-grec et de mathématiques ! Sinon...

Yvonne leva les yeux vers son ami. Elle sentait son cœur battre la chamade, et voilà qu'il lui parlait à nouveau... Il se jetait à l'eau.

— Écoute, Yvonne, je suis peut-être un élève modèle, mais je suis surtout un collégien stupide, et timide. J'attends cet instant depuis l'été dernier ; Julia a été assez gentille pour nous laisser seuls, et je suis incapable de te dire à quel point je t'aime.

Gwen-Aël s'était arrêté et tous deux se faisaient face. Leurs mains s'étaient prises sans qu'ils s'en aperçoivent. Il pouvait lire dans les yeux la jeune fille à la fois l'attente, la confiance, et autre chose encore, quelque chose de nouveau et d'indéfinissable...

— Oui, Yvonne, je t'aime, reprit Gwen-Aël. Je t'aime depuis toujours, et pour toujours aussi.

— Oh ! Gwen. Moi aussi je t'aime ! Si tu savais à quel point je t'aime ! Depuis que je te connais, depuis que je respire, il me semble. Je veux être tienne, vivre avec toi, t'aimer jour et nuit, toute la vie...

La jeune fille avait fondu en larmes. Gwen-Aël l'avait prise dans ses bras et buvait ses larmes à baisers de plus en plus appuyés.

— Gwen ! Embrasse-moi, embrasse-moi... chuchota Yvonne. Serre-moi fort contre toi, prends-moi dans tes bras... Je t'en prie...

La jeune fille avait l'impression que ce n'était plus elle qui parlait, mais une inconnue qui s'éveillait en elle, une inconnue exigeante qu'elle découvrait avec crainte et ravissement. Elle attendait elle ne savait quoi de l'ami et bientôt de l'amant à qui elle était prête à se donner, puisque, elle le sentait contre elle, il la voulait tout autant qu'elle le désirait. Gwen-Aël faisait la même découverte : il était fou du bonheur d'aimer et d'être aimé, mais aussi rempli d'orgueil à l'idée qu'elle se donnait déjà à lui. Il découvrait son pouvoir de mâle et prenait conscience du désir qu'il pouvait susciter chez une femme.

Ils s'étaient laissés glisser sur le sol. Ce tapis d'aiguilles de pin serait leur première couche. Leurs bouches s'étaient trouvées, et Gwen-Aël s'étonnait de voir Yvonne répondre avec autant de fougue à ses baisers. Ses mains s'égaraient dans des caresses de plus en plus précises, et elle, loin de se refuser, allait au-devant de ses désirs. Il s'enhardissait, partait à la conquête de ce corps qui, déjà, lui appartenait. Sous ses lèvres, les seins de la jeune fille s'animaient, palpitaient, durcissaient. Ses mains, encore malhabiles, s'aventuraient, exploraient toutes les courbes offertes, glissaient le long du corps, relevaient robe et jupons, écartaient le petit pantalon... Elle attendait, consentante...

— Prends-moi, oui, Gwen, prends-moi, lui avait-elle murmuré...

Ce fut comme s'il avait reçu un seau d'eau glacée sur la tête, comme s'il sortait brutalement d'un rêve éveillé. Il eut un sourire fugace en pensant à sa mère qui l'avait mis en garde contre la faiblesse de la chair.

— Il ne faut pas, ma chérie, fit-il d'une voix qui tremblait. Pas encore. Nous devons être raisonnables.

Ce qui ne l'empêchait nullement de poursuivre ses

investigations et de continuer à caresser la jeune fille, tant il lui était difficile de la quitter.

— Mais je ne veux pas être déraisonnable, Gwen ; je veux simplement être tienne. Je t'aime, tu m'aimes, que ferions-nous de mal ?

Cette fois, Gwen-Aël se releva et s'écarta d'Yvonne. S'il ne le faisait pas tout de suite, il serait trop tard. Il était gêné de son sexe érigé que son pantalon révélait plus qu'il ne le dissimulait aux regards de la jeune fille.

— Je ne veux pas abuser de toi, ma chérie. Ce serait mal de ma part et...

Ils entendirent des pas, des voix claires.

— Voici Julia et Marie-Anne... Rajuste-toi, Yvonne. Vite ! Et sèche-toi les yeux, ajouta-t-il en souriant. Je t'aime et t'aimerai toujours. Seul cela compte...

— Julia va voir que j'ai pleuré. Que vais-je lui dire ?

— Rien, elle comprendra...

À peine eurent-ils le temps d'enlever les aiguilles de pin qui parsemaient leurs vêtements que la petite fille surgit, Julia sur les talons...

— Pourquoi pleurez-vous, cousine ? demanda l'enfant. Avez-vous du chagrin ?

— Non, Marie-Anne, ce n'est rien. J'ai simplement pris un moucheron dans l'œil. C'est ce qui me fait pleurer, vois-tu...

— J'ai vu plein de poissons, des gros comme ça, fit la petite fille en écartant les mains de façon exagérée.

— Si gros, vraiment, Marie-Anne ? demanda Gwen-Aël. Aimerais-tu boire une limonade ? Maintenant que le cheval s'est un peu reposé... Dis-moi, Julia, Marie-Anne a-t-elle été sage ?

— Oui, très sage.

— Elle mérite donc une récompense ?

— Tout à fait, Gwen.

— Que dirais-tu, Marie-Anne, si je t'emmenais, dimanche prochain, visiter le Jardin Botanique, à Brest ? Il est magnifique et plein d'animaux que tu ne verras nulle part ailleurs. Bien entendu, Yvonne et Julia nous accompagneront. Qu'en dis-tu ?

— Oh ! oui, je veux bien, s'écria la petite fille, en battant des mains.

— C'est une très bonne idée, Gwen-Aël, à condition que Père l'accepte, intervint Julia, qui n'était pas dupe et savait que son ami voulait avoir sa sœur pour lui seul une journée entière.

— Pourquoi n'accepterait-il pas ? Nous partirons le matin, de bonne heure et déjeunerons à Brest.

Les trois jeunes gens se souriaient, complices, et, sur le visage radieux de sa sœur, Julia pouvait lire une joie qui ne serait jamais la sienne. Et cette joie lui faisait chaud au cœur : elle en avait toujours été persuadée, Yvonne et Gwen-Aël étaient promis l'un à l'autre depuis la nuit des temps, tout comme elle-même était promise à Dieu. Mais pour elle, le plus dur restait à faire : convaincre ses parents — sa mère, surtout — que c'était là sa vie, celle qu'elle voulait. Et il fallait qu'elle le fasse pendant ces vacances ; elle avait assez reculé l'échéance. Yvonne l'aiderait, elle savait qu'elle pouvait compter sur elle...

33

Le *Marie-Jeanne III* quittait le port. À la barre, Yves était sur ses gardes ; aussi eut-il tout le temps de se préparer à la rafale qui fit claquer la grand-voile dès qu'il eut quitté l'abri de la presqu'île. Se cabrant brutalement, la barque fit un bond en avant qui projeta les jumeaux sur le plat-bord.

— Holà ! moussaillon, fit Yann en se tenant les côtes. Où as-tu appris à barrer ?

— Désolé, jeunes gens, mais je ne pouvais éviter cette rafale. On a quitté l'abri de la pointe de Kermorvan. Tu ne me feras quand même pas croire, Yann, que tu as déjà tout oublié de tes années aux îles !

— Non, bien sûr, mais aujourd'hui je ne suis plus qu'un invité à ton bord, un paysan embarqué sur un élément qui n'est pas le sien...

— Moi non plus, Yves, la mer n'a jamais été mon domaine, dit Cheun. Je ne m'y suis jamais senti à mon aise.

— Dans ce cas, tu risques de ne pas t'amuser beaucoup, aujourd'hui. Vent contre courant, la mer va être hachée, et ça va taper dur en début de marée.

Pendant plus d'une heure, ils n'avaient plus échangé une parole. De temps à autre, Yves annonçait simplement ses manœuvres à ses beaux-frères, de façon à leur éviter toute surprise. Puis, aussi soudainement qu'elle s'était creusée, la mer redevint calme : ils étaient sortis du courant.

— Voilà, Cheun, dit Yves, tu peux profiter de la vue, maintenant. Tiens, regarde, là-bas. C'est Louis Marhic qui rentre au port. Dire qu'il a perdu son aîné le mois dernier, alors que le second s'était noyé un an plus tôt !

— Oui, fit Cheun, M. Devernois m'en parlait, hier soir.

— Comment avez-vous trouvé Adrien, tous les deux ?

— Bien plus alerte qu'Eugène Lemarchand.

— C'est vrai. Adrien vieillit très bien et serait capable de reprendre, seul, la direction de son entreprise demain, si cela se révélait nécessaire.

— Je ne sais pas ce que vous avez tous, dit Yann, après un bref instant de silence, mais je trouve que cela commence à bien faire. Déjà, la soirée d'hier m'aurait fichu le cafard si les alcools n'avaient été aussi bons. Comme si la guerre était inéluctable ! Il y a quand même des hommes sensés dans toute l'Europe, et de bons politiques. Caillaux ne s'est pas laissé marcher sur les pieds, lors de cette affaire d'Agadir, il y a deux ans.

— Il a quand même sacrifié une partie du Congo, le coupa Yves.

— Sans doute, mais il a fait plier le Guillaume, ce Kaiser de pacotille !

— C'est vrai qu'il s'en est mieux tiré que de son histoire d'impôt sur le revenu...

— Je trouve qu'Adrien et Eugène réagissent trop violemment sur ce sujet, intervint Cheun. L'impôt sur le revenu me paraît pourtant une bonne solution pour remplir les caisses de l'État. Il faut bien financer cet effort de guerre que tout le monde réclame.

— Oui, mais plus les gens sont riches, moins ils acceptent de contribuer à cet effort, reprit Yves. Pourtant, ce n'est pas dans les poches vides que l'on trouvera l'argent nécessaire pour payer canons, avions, cuirassés, ni même le service militaire de trois ans ! Tout cela coûte cher. Il n'y a pas trente-six solutions : il faut prendre l'argent là où il est. Eugène et Adrien vieillissent et, avec l'âge, deviennent égoïstes. François a beau expliquer à son beau-père que le monde change et qu'il faut s'y adapter, Eugène s'obstine. Jacques Andrieux l'a mis en garde sur les dangers de certains de ses placements. Il doute qu'en cas de guerre les Russes soient capables de payer les intérêts de leurs emprunts.

— Moi, c'est sur la valeur de leur armée que je me pose des questions, répondit Cheun. En 1905, ils ont été complètement écrasés par le Japon. Et puis Odessa, ces révoltes, ces anarchistes...

— Est-ce pour cela que Jacques nous conseille de vendre les trois quarts de nos emprunts russes, demanda Yann ? Si oui, tu aurais pu m'en informer avant aujourd'hui.

— Jacques vient de vendre la totalité des emprunts russes de nos employés pour les convertir moitié en napoléons, moitié en bons du trésor. Cet argent ne nous appartenant pas, nous devons être prudents. Pour ce qui nous concerne, nous avons encore le temps d'y réfléchir. Mais tu étais là quand Jacques nous a expliqué tout cela à Roz-Avel, il y a trois semaines...

— Oui, mais moi, ces affaires d'argent...

— C'est vrai, tu serais plutôt un homme d'or, et tu n'as pas tort. En période de crise, rien ne vaut l'or et la terre...

— Oh ! la terre... Les paysans crèvent de faim aujourd'hui. Regarde ta famille, à Saint-Mathieu, ou la nôtre, à Ploumoguer : si ce n'est pas la misère, ça y ressemble. Sans le tali...

Le silence qui suivit cette dernière remarque se prolongea jusqu'à ce qu'ils accostent à Béniguet, dix minutes plus tard. Perdus dans leurs pensées, ils n'avaient prêté que peu d'intérêt à l'animation qui régnait sur l'île, où les goémoniers étaient en plein travail. C'était l'époque du goémon d'avril, le *bijinn ebrel*, que les hommes appréciaient particulièrement : c'était lui qui assurait les pains de soude de qualité, à forte teneur en iode.

*
* *

Il y avait plus de quinze ans que Cheun n'avait pas mis les pieds à Béniguet, où Yann lui-même n'était pas retourné depuis 1908. Pourtant, Yves n'aurait jamais imaginé que son ami Pierre Le Bars, qui dirigeait la ferme depuis plus de quinze ans, aurait été secoué comme il le fut.

À travers la vitre, Pierre avait aperçu Cheun, alors que le géant se dirigeait vers la ferme en compagnie d'Yves, mais il n'avait pas vu Yann qui, cent mètres derrière eux, était en conversation animée avec Paul Roué, l'un de ses anciens goémoniers.

— Maria, fit Pierre, viens donc voir qui arrive ! Yves nous rend visite avec le géant. Yann se teint sûrement les cheveux, car il a la tignasse aussi rousse qu'il y a dix ans, alors que la dernière fois que je l'ai vu, au Conquet, il était presque blanc. Sors à leur rencontre, veux-tu ? Le temps que je finisse de me préparer...

Depuis une dizaine de jours, Pierre ne se sentait pas très bien, et se levait tard : il dormait mal et ses insomnies l'épuisaient. Il ne voulait surtout pas le montrer à Yves ; il se prépara donc tranquillement et sortit sur le pas de la porte au moment précis où arrivaient Yann et Paul Roué. Pierre n'en croyait pas ses yeux : les cheveux du géant étaient redevenus blancs comme neige.

— Salut, Yann ! fit-il. Comment vas-tu ?

— Très bien, Pierre, comme tu le vois. Et toi ?

— Aussi bien que possible, même si je ne rajeunis pas. Dis-moi, Yann, tes cheveux... tu te les teins ?

— Je me les teins ? fit le géant étonné. Et pourquoi voudrais-tu que je me teigne les cheveux ? Pour faire plus vieux ? Je préférais mes cheveux roux, et de loin !

— Bien sûr, excuse-moi, bafouilla Pierre, complètement perdu. Où est Yves ?

— Avec Maria, dans l'étable. Je vais le chercher, répondit Yann, qui ne comprenait rien aux propos de son ami.

Décidément, se disait-il en s'engouffrant dans l'étable, il avait bien fait de quitter les îles : la solitude avait de drôles d'effets sur les gens, au bout d'un certain temps.

Complètement désarçonné, Pierre venait de voir le géant entrer dans l'étable en compagnie de Paul Roué. Il se frotta à nouveau les yeux, quelques secondes plus tard : la haute stature du géant s'encadrait à nouveau dans la porte. Et cette fois, il était roux.

— Fanch, Fanch ! fit-il à l'employé qui se trouvait près de lui. Dis-moi, tu vois le géant devant l'étable...

— Oui, patron.

— Il est bien roux, n'est-ce pas ?

— Oui, patron, pour ça, oui ! Il est roux.

— Quand il est entré, il y a un instant, il avait bien les cheveux blancs, n'est-ce pas ?

— Oui patron, mais ce n'est pas...

— Appelle ma femme, veux-tu, fit Pierre en s'asseyant. Je ne me sens pas bien.

Ce ne fut que quand il vit les jumeaux côte à côte que Pierre comprit enfin qu'il n'avait pas été victime d'hallucinations. Il n'eut pas trop de deux verres de lambig pour se remettre la tête à l'endroit et les idées en place.

Pour Cheun, cette journée dans l'île était un pèlerinage. C'était toute sa jeunesse disparue qu'il y retrouvait, les quelques mois de bonheur qu'il y avait partagés avec Louise. Il s'approcha, seul, de la vieille ferme, aujourd'hui à l'abandon, où il avait passé les plus belles semaines de sa vie, avant que Louise et lui ne décident qu'elle rentrerait au Conquet mener sa grossesse à terme. C'était... il y avait dix-huit ans déjà ! Une vie, oui. Toute la vie d'Yvonne, leur fille.

Il poussa la porte d'entrée qui résista un moment avant de céder en grinçant. Avec une netteté incroyable, il revit en un éclair Louise sur la paillasse de balle d'avoine qui leur servait de couche, son corps nu ployé sous le sien, son visage dans le plaisir. Il lui sembla même sentir son souffle sur sa peau et il porta la main à la joue, là où sa femme avait coutume de le caresser quand, comblée et mutine, elle lui souriait après l'amour. Des larmes, lui montèrent aux yeux, qu'il laissa couler lentement, sans chercher à les contenir. Et pour la première fois depuis le drame, la paix se fit en lui : il était enfin capable d'évoquer le souvenir de Louise avec tendresse, sans avoir envie de hurler sa rage et sa colère...

Il se savait convalescent depuis sept ans déjà, depuis qu'il avait renoué avec sa famille, avec sa fille surtout, qu'il avait, sans la connaître, si longtemps haïe parce que sa naissance avait tué la femme qu'il aimait. Aujourd'hui, il était guéri. Il lui avait suffi de revenir à l'île, sur les lieux mêmes de son bonheur. Comment avait-il pu croire qu'il trouverait la paix en Afrique, dans le désert, alors que c'était ici que s'était jouée, perdue et gagnée sa vie ?

— Merci, mon Dieu ! fit le géant à voix haute.

Il s'arrêta, troublé. Que lui arrivait-il ? Depuis la mort de Louise, depuis sa révolte contre le sort et le ciel, jamais il n'avait invoqué le nom de Dieu sans le maudire, et voilà qu'il le remerciait...

Pourquoi avait-il tant tenu à accompagner Yann et Yves aujourd'hui ? Qu'est-ce qui l'avait incité à revenir dans cette île qu'il croyait abhorrer, à pousser cette porte ? Il lui semblait qu'une digue avait cédé en lui : les souvenirs si longtemps refoulés affluaient maintenant et il ne les rejetait plus. Il avait décidé d'accepter son passé, tout son passé, et les moments qu'il revivait étaient tous des moments heureux : Louise, souriante, sortant de ce poulailler en tablier et sabots fantaisie, Louise en coiffe et robe de fête, debout pieds nus sur ce rocher. Pourquoi était-elle pieds nus, ce dimanche-là ? Ah ! oui, le trou d'eau... Louise soulignant des deux mains son ventre rond et lui tirant la langue en éclatant de rire... Louise, grosse encore, allongée devant la cheminée, le regard trouble de désir, l'invitant à la prendre... Comment avait-il réussi à enfouir ces souvenirs aussi profondément en lui, pendant si longtemps ?

Le géant sortit de la bâtisse, arracha une fougère qu'il débarrassa de ses feuilles vert tendre, et, de la tige nue, il se mit à fouetter l'air. Il retrouvait là des gestes oubliés depuis l'enfance, lorsqu'il chassait les couleuvres qui, encore engourdies, se chauffaient au premier soleil du printemps. Soudain, son frère surgit devant lui...

— Nous nous demandions où tu étais passé, lui dit-il. Alors ? Tu retrouves l'île de ta jeunesse ?

— Tu ne crois pas si bien dire, Yann. Je crois que, maintenant, je vais pouvoir vivre en paix avec moi-même.

Yann ne répondit pas tant cette réflexion lui paraissait saugrenue. Pourquoi diable son frère n'était-il pas en paix ? Qu'est-ce qui pouvait le perturber ? Quel homme compliqué ! Il le prit par le coude et l'entraîna avec lui.

— Viens donc jusqu'à la plage, lui dit-il. Je veux te montrer comment on récolte le tali, aujourd'hui.

— J'ai déjà observé les goémoniers tout à l'heure.

— Non. Ceux que tu as vus étaient deux pigouillers qui, exceptionnellement, ramassaient du goémon d'avril sur le rivage. Mais regarde : d'ici l'on aperçoit deux de nos bateaux...

— Que font-ils ? demanda Cheun.

— Depuis sept ans, maintenant, presque toute la récolte de tali se fait depuis les bateaux. Tous nos goémoniers sont des inscrits maritimes, car la récolte en mer est de qualité nettement supérieure à ce qu'elle est sur le rivage. Pas d'impuretés, pas de sable, pas de mélange de goémons, rien que des laminaires, et donc une très bonne teneur en iode. Sans compter qu'on est toujours en règle, pour ce qui est des périodes de récolte...

— Qui dirige les équipes de goémoniers, maintenant que ce n'est plus toi ?

— C'est toujours Yves le grand patron. Il supervise la récolte dans les îles en avril-mai et le brûlage en septembre-octobre. Il prétend que faire le brûlage tous les ans le maintient en forme physique. Comme si c'était nécessaire de se crever devant des fours de pierre des journées entières ! Très peu pour moi, j'ai déjà donné ! Les épaules et les reins en compote tous les soirs, cela passe à vingt ans, mais à quarante ans passés, on aspire à autre chose...

— Tu as changé, Yann... Un vieux avant l'âge, voilà ce que tu es devenu. Un père tranquille qui profite de façon éhontée de son statut d'homme malade. En réalité, je suis sûr que tu n'es pas plus malade que moi...

— Comment oses-tu, dire ça ! s'exclama Yann qui se

reprit bien vite et prit le parti de rire, devant le sourire ironique de son frère.

*
* *

Pour une fois, Pierre dérogeait à la règle qu'il s'était fixée, des années plus tôt, de toujours prendre ses repas avec ses goémoniers et ses valets de ferme. Il n'aurait rien changé à ses habitudes s'il n'y avait eu que Yann et Yves, mais il était convaincu que la présence de Cheun perturberait plusieurs de ses hommes. Aucun d'entre eux n'avait connu le géant avant son départ pour l'armée, mais tous en avaient entendu parler, et, pour beaucoup, Cheun était un revenant et rien d'autre, puisqu'il était mort des années plus tôt. Cela avait été écrit dans les journaux et, s'il n'avait pas été enterré, il avait quand même eu le droit à une messe des morts. D'ailleurs, tout le monde le savait, certains noyés revenaient, des années après, surprendre leurs femmes qui s'étaient remariées et les tiraient du lit par les pieds...

— À quoi songes-tu, Pierre ? demanda Yann qui avait surpris l'air rêveur de leur hôte.

— Je me disais que la vie militaire a du bon. Regarde Cheun. Tu nous vois, à côté de lui ? Vieux avant l'âge, usés par des années de travaux forcés dans ces îles...

— Vraiment, Pierre Le Bars ? l'interrompit Maria. Est-ce vraiment ce que tu penses ? Qu'Yves t'a condamné aux travaux forcés ?

— Bien sûr, Maria, fit Yves, en riant. Tout le monde sait que je ne suis qu'un négrier, que je le tiens aux fers, lui comme les autres. N'est-ce pas, Pierre ?

— Je plaisantais, répondit Pierre, qui savait déjà que sa femme allait mettre les pieds dans le plat.

Ce qu'elle s'empressa de faire.

— Tu plaisantais... Sais-tu, Yves, que Pierre refuse d'aller voir le médecin, alors qu'il est malade depuis quinze jours ? Monsieur fait le fier-à-bras. Monsieur se croit indestructible, alors qu'il n'arrête pas de se plaindre dans mes jupons. Tu seras bien avancé, Pierre Le Bars, d'avoir mis un magot de côté quand tu te retrouveras entre quatre planches.

— Maria, veux-tu ! tenta Pierre...

— Maria a raison, intervint Yann. Elle a raison, tu peux me croire. Rappelle-toi : il y a quelques années, je me suis entêté, moi aussi, et pendant des mois, j'ai refusé de consulter. Quand je m'y suis résolu, il m'a fallu arrêter. C'était trop tard.

— Trop tard, trop tard... C'est vite dit, Yann, fit Pierre en écho, tout en regrettant aussitôt ce qu'il venait de dire, et qui lui avait échappé.

— Attends... Que veux-tu dire par là ? demanda Yann, sur ses gardes.

Pierre hésita une seconde avant de plonger. Mais puisque Yann insistait...

— Avoue que pour un malade, tu ne te portes pas si mal, depuis sept ans. Tes malaises t'ont permis de prendre ta retraite avant l'heure, et, pendant que je me crève dans cette île et que mon frère en fait autant à Quéménès, tu te la coules douce sur le continent. Il n'y a qu'à voir le ventre que tu as pris...

— Pierre ! le coupa Maria...

Mais le mal était fait. Yann s'était levé, blême, et serrait déjà les poings. Yves essaya bien, lui aussi, de se lever, mais, avant qu'il ait pu faire un geste, Cheun avait posé les deux mains sur les épaules de son jumeau, le contraignant à se rasseoir. Il n'avait rien perdu de sa poigne.

— Allons, allons..., fit-il. Vous n'allez quand même pas vous battre comme des garnements, à votre âge, et après vingt ans de franche amitié. C'est ridicule...

— Ridicule ? grogna Yann qui se frottait les épaules. Ce type m'insulte, me traite de fainéant, et je ne devrais pas réagir ?

— Du calme, Yann, intervint Yves. Maria te l'a dit, Pierre est fatigué et ses paroles ont certainement dépassé sa pensée. Personne ici ne peut te traiter de paresseux, et si Pierre l'ignore, je sais, moi, que ton rôle, aujourd'hui, est tout aussi important qu'il l'était naguère, à Quéménès ou ici, même s'il est différent. Quant à ce que tu gagnes, cela ne regarde que toi et moi... D'accord, Pierre ?

— Oui, cela c'est votre affaire. Pardonne-moi, Yann, je ne voulais pas te vexer. Mais c'est vrai : quand je te vois aujourd'hui, alors que je suis fatigué et mal fichu, eh bien je t'envie !

— Dans ce cas, fais comme moi. Arrête et fais-toi remplacer, répondit le géant.

— Tu dis bien, Yann, mais ce n'est pas si facile. Crois-tu que je n'y ai pas réfléchi ? Laisser tout cela, la ferme, les champs... À qui ?

— Le problème, Pierre, intervint Yves, n'est pas de savoir à qui le laisser mais si tu veux t'arrêter ou si tu dois le faire. Nul n'est irremplaçable, tu le sais, sinon Dieu ne nous aurait pas faits mortels. Je suis certain que, dans ta famille ou ailleurs, il existe quelqu'un de compétent qui te reprendra ou te rachètera ta ferme. Le problème, c'est de savoir ce que tu veux faire, toi, Pierre Le Bars.

— À vrai dire, commença Pierre...

— Moi je le sais, le coupa Maria. Je le sais, Yves, et vais te le dire : Pierre est fatigué, c'est vrai, mais d'abord et surtout, il a besoin de consulter un médecin pour savoir s'il ne couve pas quelque chose de grave, comme il le craint. Il ira déjà beaucoup mieux quand il en aura vu un. Je pense aussi qu'il a besoin d'un peu de repos, quelques jours dans sa famille, par exemple... Si encore c'était un problème d'argent ! Mais non. Quand je pense que mon père est mort parce que nous n'avions pas d'argent pour appeler le médecin ! Non, non et non ! Je ne veux pas être veuve à quarante ans, assise sur un tas d'or, avec deux de mes quatre garçons encore à l'école, et c'est ce qui arrivera si ce nigaud s'entête.

Les quelques secondes de silence embarrassé qui suivirent cette diatribe de Maria parurent si pesantes qu'Yves eut du mal à reprendre la parole.

— Voici ce que je te propose, dit-il enfin à Pierre. Tu vas rentrer avec nous au Conquet, ce soir, et consulter un médecin, dès demain matin, pour savoir ce qui ne va pas. Quoi qu'il te dise, tu prendras trois ou quatre semaines de repos, et ensuite tu aviseras. Le seul problème, c'est qu'il nous faut te trouver un remplaçant dès demain.

— Je veux bien remplacer ce paysan ! déclara Yann d'une voix forte. Mais il me faut rentrer au Conquet pour prendre des vêtements.

— Tu ferais cela ? bredouilla Pierre.

Tous se mirent à parler en même temps. Cheun en était tout étourdi. Il avait perdu l'habitude de ces discussions sans fin, de ces coups de gueule qui se terminaient en éclats de rire et qui étaient spécifiques à ces Bretons de la côte. Les Bretons de l'intérieur, dont il avait connu un grand nombre à l'armée, étaient beaucoup plus taciturnes. Pierre et Yann étaient aussi susceptibles l'un que l'autre, et Maria, elle-même, avait une façon bien à elle d'argumenter. Cheun jeta un coup d'œil à Yves : il souriait et son regard amusé allait de l'un à l'autre. Maria était rouge d'excitation : elle avait gagné.

— Tout est réglé, alors, si je comprends bien, reprit Yves. Tout sauf ta tournée sur la côte, Yann.

— Je crains que tu ne sois obligé de t'y coller, répondit le géant. Mais à toi aussi, cela fera du bien, d'autant que les goémoniers de Plouguerneau et de Pospoder se languissent de toi... Tu te fais rare de ce côté depuis un certain temps...

— C'est bon, j'ai compris, fit Yves en soupirant...

*
* *

Anne fixait sa fille, incrédule. Ainsi, Julia s'entêtait ! Elle était vraiment décidée à entrer au couvent ! Et, bien entendu, Yves était absent...

— Mère, vous ne vous sentez pas bien ? demanda la jeune fille.

— Comment veux-tu que je me sente bien, quand tu me dis une chose pareille ? Tu t'apprêtes à quitter ta famille, tes amis, sans le moindre regret, et tu me demandes si je me sens bien ? Mais tu me rends malade,

Julia ! Malade ! Et ton père ? As-tu pensé à ton père ? Tu vas lui briser le cœur !

— Père comprendra, maman. Je vous en prie... Ne vous mettez pas dans cet état... Je ne vais pas au martyre, quand même. Je ne veux que servir Dieu et mon prochain, me rendre utile aux autres. J'ai entendu l'appel de Dieu et je me dois de lui répondre, voilà tout. J'irai où il voudra que je le serve, en France, en Europe, en Afrique...

— En Afrique ? Chez les sauvages ? Mon Dieu, que vous ai-je fait ? Ma fille est folle... Crois-tu qu'il n'y ait pas assez de misère chez nous, en Bretagne ? Regarde tous ces mendiants à la sortie de l'église, après la messe. Regarde ces malheureux qui n'ont pas de quoi se nourrir. Crois-tu qu'il te soit nécessaire d'aller au Soudan pour faire le bien autour de toi ? Tu peux gagner ton paradis tout aussi bien ici, en Bretagne, et même au Conquet...

— Est-ce à dire que vous ne refusez pas que je devienne religieuse ? demanda Julia.

— Oh ! ce n'est pas l'envie qui m'en manque ! Mais j'en ai parlé souvent à notre recteur depuis trois ans, et il m'a promis le feu de l'enfer si je m'opposais à ta décision. On ne va pas contre la volonté de Dieu. Ni contre celle de ton père, d'ailleurs, et comme il sera de ton côté, quoi qu'il puisse lui en coûter... Pourtant, tout comme moi, il aurait préféré te conduire à l'église, te voir fonder une famille, avoir des enfants...

C'en était trop pour Anne dont la voix se brisa à l'évocation de ce rêve de tous les parents ; elle ne le connaîtrait pas avec sa fille. Elle fondit en larmes. Julia se précipita sur sa mère et l'étreignit avec force. Elles étaient encore enlacées quand Yvonne entra dans le salon en chantonnant. Elle venait de quitter Gwen-Aël, et elle sentait encore le goût de ses lèvres sur les siennes, ses mains sur son corps. Depuis une semaine, ils avaient déniché, dans le parc de Bellevue, un bosquet d'amoureux qui abritait leurs étreintes.

— Eh bien ? fit-elle. Que se passe-t-il ? Qu'avez-vous toutes les deux ? Qu'est-il arrivé, Maman, est-ce que...

— Non, ma chérie, rassure-toi. Tout va bien. Il se

passe, simplement, que ta sœur vient de m'annoncer qu'elle voulait entrer au couvent et que cela me brise le cœur. Elle se réjouit à l'idée de nous quitter en septembre prochain.

— Cela ne me réjouit pas du tout, Mère, protesta Julia, bien au contraire...

— Maman, si Julia ressent l'appel de Dieu, ce serait une faute pour elle de ne pas y répondre. Ce serait mal. Nos prêtres le disent assez, et Père lui-même...

— Les prêtres... C'est facile, pour eux, ils n'ont pas d'enfants ! Quant à votre père, je le connais mieux que vous : il ne montrera rien mais il aurait préféré voir Julia pouponner plutôt que de soigner les malades dans les hôpitaux.

— Je ne crois pas, Maman, dit Julia. Père sera bien moins choqué que vous ne l'avez été. Les Kerléo sont beaucoup plus pieux que les Penru. Je suis persuadée que Père m'encouragera.

Anne essuya furtivement une larme et se mordit les lèvres ; mieux valait qu'elle se taise. L'ingratitude des enfants était sans bornes et ils n'imaginaient pas à quel point ils avaient le pouvoir de faire souffrir leurs parents.

34

Le géant avait le visage fermé des mauvais jours. Il venait de faire le tour de l'île, et avait inspecté les meules de goémon et les fours de pierre, et ce qu'il avait vu l'avait laissé sans voix. Du travail de cochon ! Ces pigouillers ne valaient pas tripette et il était plus que temps de les reprendre en main. Une poigne de fer, voilà ce qu'il leur fallait, à ces fainéants, et la poigne, il allait leur montrer qu'il l'avait toujours, malgré ces sept années passées sur le continent. Il convoqua Paul Roué, qui était déjà à Béniguet quand il s'y était installé lui-même, vingt ans plus tôt. Paul l'avait suivi à Quéménès et ils se retrouvaient à nouveau. Vingt ans, cela créait des liens...

— Paul, dis-moi ce que tu penses de ces goémoniers du dimanche. Entre nous, hein ?

— Eh bien, monsieur Yann, pour sûr, on ne peut pas dire qu'ils soient très bons, ni même qu'ils soient bons. Non, on ne peut pas en dire beaucoup de bien et, parmi eux, il y en a peu qui savent travailler, Dieu m'est témoin. Mais c'est normal, puisque personne ne leur a appris. À Béniguet, ce n'est pas comme à Quéménès, monsieur Yann. Ici, l'important, c'est la ferme, pas le tali, qui est de plus en plus rare, ce qui explique que les meilleurs des goémoniers sont à Quéménès. Moi, ici, c'est comme si j'étais en pénitence : je suis censé apprendre aux domestiques de la ferme comment l'on doit utiliser la pigouille, comment on manie le pifon, mais ça ne les intéresse pas. Il est probable que dans un an ou deux, on ne fera même plus de tali ici. Béniguet redeviendra une ferme comme les autres.

Les choses s'annonçaient très différentes de ce à quoi Yann s'attendait en débarquant sur l'île, le matin même. Cela n'allait pas être facile.

— Combien reste-t-il d'anciens, ici ?

— Je ne sais pas, patron. Trois ou quatre, pas plus. C'est que chez les domestiques de la ferme, cela tourne encore plus que chez nous, les goémoniers. Ils viennent ici quelques années pour faire des économies et avoir de quoi reprendre une petite ferme. Vous allez leur apprendre le métier, hein ?

Yann sourit. Paul avait en lui une confiance aveugle et lui vouait une admiration sans bornes depuis ce jour où, quelque dix-huit ans plus tôt, le géant avait soulevé seul, une charrette remplie de goémon pour dégager un blessé coincé sous une des roues. Mais son exploit avait été vain ; le blessé était mort dix minutes plus tard. Qui était-ce, déjà ? Ah ! oui, Jean-Louis Pennec, c'était cela. Et Bellonne, son cheval préféré, était mort ce même jour. Il avait dû l'achever... Il sursauta : Paul le tirait par la manche.

— Qu'est-ce que je leur dis aux goémoniers, patron ?

— Rien, Paul, je leur parlerai ce soir, au souper. Préviens-les...

Il les avait secoués. Ils avaient tous dû lui montrer, l'un après l'autre, ce dont ils étaient capables, et si le résultat n'était pas extraordinaire, il était cependant meilleur que ce à quoi il s'attendait. Certes, ils ne seraient jamais de vrais goémoniers, mais ils connaissaient les gestes du métier : ils savaient monter une meule, se servir d'une pigouille, nettoyer un four. S'ils le faisaient mal, c'est que, depuis des mois, il n'y avait personne pour les contrôler. Ils étaient livrés à eux-mêmes.

Yann résolut de reprendre les méthodes qui lui avaient réussi par le passé. Il constitua quatre groupes de deux hommes, dont l'un resterait toujours à terre, et annonça qu'il passerait plusieurs jours avec chaque équipe pour vérifier leurs aptitudes. Enfin, il décida de remettre en vigueur le système de primes basées sur la teneur en iode des pains de soude, auquel Yves avait renoncé sur l'île en raison de la faiblesse de la production. Il n'y eut pas un murmure, mais Yann savait fort bien que cette réorganisation du travail ferait des mécontents.

L'opposition se manifesta dans la troisième équipe, en la personne d'un nommé François Falc'hun, pas maladroit mais mauvais esprit. Yann attendit cependant la fin de la journée pour l'interpeller :

— Dis donc, Falc'hun, je t'avais fait remarquer, ce matin, que tu coupais les tiges de tes laminaires bien trop haut ; tu en as tenu compte tant que j'ai été avec toi, mais j'avais à peine tourné le dos que tu as recommencé à les couper n'importe comment. J'ai vérifié votre dernière charge, à toi et Lohézic : c'est du travail de cochon. Je te laisse une chance : tu vas me montrer si tu sais monter une meule. Je te conseille de t'appliquer, parce que les fiers-à-bras et les je-m'en-foutistes n'ont rien à faire ici.

— J'ai fini ma journée, répliqua l'autre, et vous ne pouvez pas m'obliger à monter cette meule maintenant. Il y a une équipe pour ça à terre.

— Oh ! je n'ai pas l'intention de t'obliger à quoi que ce soit, mon bonhomme. Cette meule, c'est une chance que je te donne, rien d'autre. Tu la saisis ou tu ne la saisis pas : à toi de voir.

— Je suis ici dans la ferme de mon cousin, et ce n'est pas vous qui allez me commander, jeta Falc'hun.

— Parfaitement, tu as raison, fit Yann, plus personne ne te dictera d'ordre, ici. Et comme le patron, maintenant, c'est moi et que je n'ai pas plus envie de te commander que toi de m'obéir, tout va bien : tu pars demain matin. Tu quittes l'île, tu es viré ! Paul te conduira sur le continent. Je lui remettrai une lettre pour Yves Kerléo qui te donnera ton compte.

— Mais... tenta de répliquer le goémonier...

— Je n'ai pas fini. Apprends ceci : la ferme est à Pierre le Bars, mais le droit d'exploiter le goémon appartient à une société dont je suis l'un des porteurs de parts. Contrairement à ce que tu t'imagines, tu n'es donc pas l'employé de ton cousin, mais le mien. Et comme je t'ai assez vu...

Le géant avait presque crié les derniers mots. Falc'hun n'avait plus du tout envie de répondre. Qu'est-ce qui lui avait pris de faire ainsi le faraud ? Il allait se trouver sans travail alors qu'il était là pour gagner de l'argent en prévision de son mariage ! Et il savait pertinemment que Pierre Le Bars, son cousin qui ne le connaissait que trop bien, ne lèverait pas le petit doigt pour le réintégrer.

Il s'éloignait en marmonnant. Son coéquipier Lohézic le rattrapa.

— Pourquoi t'en es-tu pris au géant ? lui fit-il. Tu le connaissais, quand même !

— Je ne pouvais pas savoir qu'il était un de nos patrons.

— Comment ? Tu ne sais pas qu'il est le beau-frère d'Yves Kerléo ? Pierre Le Bars, Goulven Simon, les jumeaux Penru sont ensemble depuis vingt ans ! Demande à Paul Roué : il était là au démarrage, lui. Et comme eux, il a fait sa pelote.

— Pourquoi ne m'as-tu rien dit ?

— Pourquoi ne m'as-tu rien demandé ? C'est vrai, à t'entendre, on croit que tu as tout vu, que tu sais tout, que tu connais tout le monde, et puis... pan ! En tout cas, moi, à ta place, je lui ferais des excuses tout de suite, au géant. Demain, cela risque d'être trop tard.

— Des excuses ? Non mais, tu m'as regardé, Lohézic ? Moi, faire des excuses à ce grand con qui se prend pour Dieu le père ? Plutôt crever...

Le lendemain matin, pourtant, Falc'hun se présenta, penaud, devant Yann. Mais avant qu'il ait pu ouvrir la bouche, le géant lui avait tourné le dos, après avoir lâché :

— Je ne veux pas t'entendre, Falc'hun. Ce qui est dit est dit. Si tu n'as pas quitté l'île dans dix minutes, tu feras connaissance avec mes poings. Compris ?

Il ne se l'était pas fait dire deux fois. Sur le bateau, il n'avait pas réussi à arracher trois phrases à Paul Roué qui ne le portait pas dans son cœur, et le regard que lui avait lancé Yves Kerléo, lorsqu'il lui avait réglé son dû, se passait lui aussi de commentaire. Un pestiféré. Voilà comment ils le considéraient tous, se disait-il en ruminant des idées de vengeance.

*
* *

Yann était finalement assez satisfait. La reprise en main s'effectuait en douceur et ses hommes faisaient preuve d'un savoir-faire que Pierre avait mal exploité tout simplement parce qu'il ne connaissait pas ce métier. En réalité, depuis trois ans, ces goémoniers en avaient fait le minimum ; aujourd'hui, Yann leur demandait de travailler à leur meilleur niveau. Ils avaient profité de deux jours de brume et de crachin pour remettre les fours en état. Les grandes pierres plates qui en formaient le fond et les bords avaient été isolées de la terre par une couche de galets, ce qui permettait une ventilation correcte. Les pierres traversières étaient, elles, disposées à chant, tous les soixante centimètres environ, bien calées entre deux pierres de flanc.

Yann avait tenu à expliquer aux goémoniers pourquoi il voulait que ces fours soient bien aérés et protégés du vent. Il leur demanda, ensuite, de préparer les emplacements où ils stockeraient les tas de goémon : les grands galets plats ne manquaient pas à l'île. Leur zèle à tous faisait maintenant plaisir à voir. Il leur dit sa satisfaction et leur annonça, outre une gratification de 10 francs chacun, un repas de fête pour le dimanche — ainsi que le prochain contrôle de leur travail en mer. Ce qu'il fit peu après.

Les goémoniers couvraient toute l'île, depuis Pen Ar C'hor — où la récolte était habituellement la meilleure — jusqu'à Pen Biliog et Toul Ar Guiden. Depuis le licenciement de Falc'hun, Lohézic restait seul ; aussi Yann lui demandait-il de conduire les chevaux dans des endroits de la côte inaccessibles en bateau. Le travail était bien fait, mais avançait trop lentement à son goût. Il avait, également, remarqué que les hommes étaient beaucoup plus prudents en bateau que leurs prédécesseurs, dix ou quinze ans plus tôt. Dès que la brume menaçait, ils ne se risquaient plus en mer. Enfin, Yann s'interrogeait sur le potentiel de l'île en algues. Il fallait qu'il en parle à Paul.

Ce dernier lui confirma le déclin de la ressource en tali, aux abords immédiats de l'île, mais il ne sut que répondre quand Yann lui demanda s'il connaissait les fonds aux alentours. Comment expliquer une telle différence entre Béniguet et Quéménès, où la ressource paraissait être toujours aussi abondante ? Mais ce qui le sidéra le plus, ce fut d'apprendre que, si les goémoniers étaient aussi mal à l'aise sur l'eau, c'était probablement dû au fait que deux d'entre eux, seulement, savaient nager, alors que c'était là une condition obligatoire d'embauche. Qui était responsable de ce laisser-aller ? Quelqu'un qui ignorait cette obligation : Pierre, qui ne connaissait rien au goémon.

La ferme, par contre, était parfaitement entretenue. Les domestiques savaient, à chaque heure du jour, ce qu'ils avaient à faire, et ils le faisaient sans attendre d'ordre. Il est vrai que le premier valet, arrivé à l'île douze ans plus tôt, et formé par Pierre, était la copie conforme de son patron. À vingt-huit ans, Roger Le Meur s'était fait, à la force du poignet, une place enviable, et Pierre devait être aveugle pour ne pas avoir vu qu'il tenait en lui son successeur. Yann se promit d'en parler à Yves, dès qu'il le verrait.

*
* *

François apporta à son beau-père et à Yves les verres de porto qu'il venait de leur servir, avant de s'asseoir confortablement. Il était rentré la veille au soir de Paris où il avait été convoqué par les Services de Santé des Armées au ministère de la Guerre, en tant que président du groupement des producteurs d'iode. Il avait été surpris d'y retrouver de nombreux responsables des branches les plus diverses de l'économie. Après un préambule alambiqué, ils avaient compris qu'il leur fallait se placer, dorénavant, dans une situation de conflit, et se mettre en position de répondre, du jour au lendemain, aux besoins d'une armée en guerre. Pour la profession qu'il représentait, François s'était vu notifier la disponibilité permanente d'un quota de 50 tonnes d'iode bisublimé, dont 20 pour cent seraient à livrer dès le premier jour des hostilités, le solde devant l'être dans les deux mois suivants. Cela équivalait à un million de litres de teinture d'iode.

— Cinquante tonnes dans les deux mois ! s'exclama Eugène. C'est absurde ! Si on les écoutait, il nous faudrait déjà stocker.

— Je leur ai posé la question, dit François. On m'a répondu que, si conflit il y avait, il serait très bref, beaucoup plus, en tout cas, que celui de 1870. Nos stratèges estiment que nous mettrons les Allemands à la raison en un ou deux mois maximum — les experts allemands faisant une estimation identique, en leur faveur, bien entendu. La guerre qui s'annonce n'aura, paraît-il, rien à voir avec les précédentes. Il y a donc un certain illogisme à prévoir un conflit bref et des besoins considérables en teinture d'iode. Selon moi, les 10 tonnes initiales devraient suffire pour couvrir tout le conflit.

— Sans doute les 40 tonnes supplémentaires sont-elles destinées à soigner les blessés allemands, ironisa Eugène. Vous devez leur faire une contre-proposition, n'est-ce pas ? Demandez-leur un délai de six mois pour les 40 tonnes restantes ; nous obtiendrons quatre mois. Et renseignez-vous, tout de suite, aussi, pour savoir comment nous serons réglés.

Yves observait ses amis, songeur. Cette fois, on y était, ou presque. Pour que François ait été convoqué par le ministère de la Guerre, c'est que la situation était sérieuse. Cheun avait donc raison... Mais comment Eugène et François pouvaient-ils parler de la guerre comme ils le faisaient, comme d'une chose abstraite, un marché comme un autre alors que, ce marché-là, ni François ni lui-même ne seraient là pour l'honorer ?

— À quoi pensez-vous, Yves ? demanda Eugène.

— Je me demandais ce qui allait se passer le jour de la déclaration de guerre.

— Eh bien, la mobilisation générale, évidemment.

— Oui, et c'est là que le bât blesse. François et moi ne serons plus là ; comment allez-vous faire ? Les trois quarts de vos ouvriers et de mes goémoniers seront, eux aussi, mobilisés. Pour les dix premières tonnes d'iode, je veux bien admettre qu'il n'y aura pas de problème, mais pour les 40 tonnes suivantes, comment comptez-vous vous y prendre ?

— Yves a raison, intervint François. Il nous faut constituer immédiatement ce stock de 50 tonnes d'iode, avec le coût que cela représente...

— Et à supposer que nos stratèges se trompent, François ? fit Yves. Que la guerre dure six mois, ou un an ? Que se passera-t-il ? Nous ne pouvons écarter cette hypothèse. Nous devons prévoir des solutions, vous dans vos usines, moi dans les îles. Sur la côte, les femmes peuvent toujours remplacer les hommes...

— Mais qui te remplacera, toi ? demanda François. Toi aussi, tu seras mobilisé.

— Oui, dans les Phares et Sémaphores. Qui me remplacera ? Anne, bien sûr... Mais peut-être ne mobilisera-t-on pas les gens de notre âge ? Ou du moins, pas tout de suite. À quarante-cinq ans...

Yves espérait une approbation qui ne vint pas.

— Ne rêve pas, dit François. Nous savons tous comment cela se passera si la guerre éclate. Tous les hommes de dix-huit à cinquante et un ans devront la faire.

— Il nous faut donc prévoir des remplaçants à nos ouvriers, c'est bien ce que je disais. Mais pourquoi sont-ils si sûrs qu'il va y avoir la guerre ?

Eugène était resté longtemps silencieux. Il reprit la parole.

— Je crois, tout simplement, dit-il, que les alliances entre les pays européens sont ainsi faites que la guerre devient inévitable. Tant que ces alliances se limitaient aux grands pays des deux blocs — Triple Entente contre l'Alliance austro-allemande — cela allait. Mais l'irruption de petits pays bellicistes, comme la Bulgarie et la Serbie, change tout. Ces pays neufs, qui retrouvent l'indépendance après des siècles d'occupation turque, sont en phase de construction. Ils sont donc ambitieux et en viennent aux mains. Le malheur c'est qu'ils sont les alliés de grands : la Russie pour la Serbie, l'Autriche pour la Bulgarie. Et ce que craignent nos gouvernants, c'est que cette dernière ne réussisse à décider les Autrichiens à voler à son secours.

Eugène s'était levé autant pour se dégourdir les jambes que pour détendre l'atmosphère. Yves, il le sentait, était abattu. François semblait plus détaché, mais qui pouvait savoir ?

— Rien ne sert de se ronger inutilement les sangs, Yves. Nous ne pouvons rien faire. Ni aujourd'hui, ni demain, et j'ai bien peur que plus personne n'y puisse rien. Les gouvernements européens ont tissé une toile d'araignée dont la trame est si serrée que les mouches qui gravitent autour s'y prendront toutes un jour ou l'autre. Pas une n'y échappera. Et qui sait, le monde entier sera peut-être concerné, jusqu'à la Chine et au Japon... Car il y a les colonies, ne l'oublions pas. Mais il est à parier que, comme d'habitude, le principal champ de bataille sera encore l'Alsace-Lorraine, à moins que, cette fois, nous ne prenions l'initiative en Allemagne ?

— Tout ça me donne la nausée, fit Yves. Savoir que tout ce que nous avons mis en œuvre depuis vingt ans va se trouver réduit à néant me rend malade.

Yves s'était levé et, plantant là ses amis perplexes, il les avait quittés en les saluant à peine.

— Quelle mouche l'a piqué ? demanda Eugène à son gendre. Ai-je dit ou fait quelque chose qui ait pu le choquer ?

— Non, Père, mais c'est sans doute la première fois qu'il se rend compte que la guerre est si proche, et cette révélation l'a assommé, alors que nous sommes, vous et moi, depuis longtemps convaincus de son caractère inéluctable. Jusqu'à ce soir, Yves croyait à la paix malgré tout ce qu'il lit ou entend ; et il tombe de haut, voilà tout. En revanche, il est beaucoup plus pragmatique que nous : c'est vrai que nous n'avons pris aucune mesure...

— Détrompez-vous, François. J'y ai déjà réfléchi, tout comme Adrien. Nous avons pensé à nos usines, mais aussi à l'approvisionnement en soude.

*
* *

Estelle et Anne avaient décidé d'aller faire les magasins à Brest. Elles avaient déjà passé la terrible côte qui précédait l'entrée de Saint-Renan, quand Estelle s'arrêta pour laisser refroidir le moteur de sa Delahaye, avant de passer le volant à son amie. Anne cala deux fois avant de réussir à démarrer.

— Allons, Anne, calme-toi, et prends tout ton temps, lui dit son amie. Personne ne nous attend et aucun homme ne te regarde.

— C'est toujours pareil, tu sais, je suis tout excitée à l'idée de prendre le volant. Cela m'arrive si rarement ! Comme Yves me prive de ce plaisir depuis que j'ai versé au fossé l'hiver dernier, c'est un peu comme si je goûtais au fruit défendu en cachette. J'ai presque l'impression de tromper mon mari...

— Puisque tu en parles, Anne... cela t'est-il déjà arrivé ? De tromper Yves...

Anne se tut, gênée. Après quelques secondes, elle dit enfin :

— Voyons, Estelle, tu te moques de moi. Ce n'est pas très gentil...

— Oh ! ma chérie, pardonne-moi ! Je ne pensais pas du tout à cette histoire avec François. C'est si loin tout cela que je l'ai oublié depuis longtemps ! Ce n'est pas ce que je voulais dire...

La jeune femme, appliquée au volant, esquissa un sourire avant de répondre.

— Alors, non, hormis François, personne. D'ailleurs, je n'ai pas beaucoup de mérite. Je n'en ai jamais éprouvé l'envie, et, de plus, je n'ai jamais rencontré d'homme seule à seul, dans une situation qui lui aurait permis de me faire des avances. Et toi ?

— Rarement. Je suis une femme fidèle depuis des années. Même en ce qui concerne les femmes...

Anne rougit légèrement, et c'est d'une voix un peu tremblante qu'elle dit :

— Estelle, te souviens-tu de Paris ? Peut-être que... Tu sais, je le regrette parfois.

Puis elle hocha la tête et éclata de rire.

— Si Yves m'entendait ! S'il savait seulement à quoi il m'arrive de rêver la nuit !... Est-ce que tu as, toi aussi, des rêves... bizarres ?

— Tu veux dire des rêves érotiques ? Bien sûr, comme tout le monde ! répliqua Estelle en riant. Les hommes aussi en ont.

— Tu me rassures. Je n'osais en parler à personne, sauf à mon directeur de conscience, qui trouve que c'est un péché.

— Tu n'en parles pas à Yves ? Tu devrais le faire...

— Tu ne nous trouves pas un peu dévergondées, sourit Anne.

— Oh ! en paroles seulement, répondit Estelle, qui semblait le déplorer. Et puis, il vaut mieux l'être un peu que trop prude, comme cette pauvre Rozenn... Tu l'as vue ces jours derniers ? Est-ce qu'elle reprend le dessus ?

— Je crains que non. Elle n'arrivera pas à s'en sortir, je le crains. C'est une fille trop fragile pour un homme comme Joseph. Il vaudrait peut-être mieux qu'elle divorce, malgré le scandale... Joseph est vraiment un salaud ! Rendre une fille comme Rozenn aussi malheureuse... Et tout ça pour cette liaison avec Ursula !

*
* *

Elles étaient d'abord allées chez Louise. La nièce d'Yves tenait désormais, à l'enseigne des Nouveautés Parisiennes, le magasin de vêtements où il fallait se faire voir quand on était une élégante brestoise. On y trouvait des robes de chez Poiré et des dessous à la fois « coquins et très pratiques », comme disait Estelle, qui ajouta malicieusement :

— Yves peut être fier d'elle. Il a bien placé son argent, ou plus exactement, il a aidé une jeune fille méritante et qui ira loin.

Louise les avait accueillies à bras ouverts. Estelle Lemarchand était une de ses meilleures clientes et l'une des « locomotives » qui lui avaient permis de réussir. C'était en outre une belle femme, qu'elle avait plaisir à habiller. Elle était également réputée pour la générosité de ses pourboires et les vendeuses se battaient pour avoir le privilège de la servir quand Louise ne pouvait le faire elle-même. La jeune modiste salua Estelle, embrassa Anne et les fit entrer toutes deux dans un petit salon particulier où elle leur servit un thé et des brioches. Quelques minutes plus tard, Estelle et Anne, après avoir fait leur choix, étaient remontées dans le petit salon faire leurs essayages, et y avaient passé une bonne heure. Anne n'avait pas la patience de son amie, capable de rester dix minutes devant un miroir à écouter les commentaires et les compliments d'une vendeuse. Pourtant, quand une tenue lui plaisait, elle vérifiait si les tons d'une robe étaient en harmonie avec la couleur de ses yeux, de ses cheveux, alors qu'Estelle la prenait tout de suite, n'achetant qu'au coup de cœur, sachant d'emblée quels seraient l'écharpe, les bijoux, le chapeau qui l'accompagneraient. Les deux amies s'apprêtaient à partir quand Louise entra dans la pièce en apportant ses « nouveautés » en dessous. Comme prise de frénésie, Estelle dévalisa la boutique, laissant à la jeune modiste un chèque qui devait lui suffire pour assurer son mois.

— J'avais l'intention d'aller chez Marguerite m'acheter deux ou trois robes, dit-elle en sortant, mais ce serait franchement déraisonnable, maintenant. J'aimerais cependant commander un costume à François et deux ou trois tenues à Gwen-Aël...

Elles avaient presque fini de déjeuner quand la conversation revint sur Joseph et Ursula, contre laquelle Anne semblait particulièrement remontée. Évidemment, se disait Estelle, il était plus facile à Anne de s'en prendre à Ursula qu'à son frère ; aussi s'entendit-elle répondre à son amie :

— Pour ma part, je crois qu'Ursula avait surtout pour Joseph le charme de l'argent.

— Je ne suis pas du tout de ton avis, Estelle, sans quoi il n'aurait pas rompu avec elle.

— Crois-tu vraiment qu'ils aient rompu ? J'en doute un peu. Pour moi, ils nous ont joué une scène. Réussie, d'ailleurs, puisqu'ils ont trompé tout le monde, mais... Crois-tu que Joseph soit un aigle au point que de grandes sociétés se battraient pour l'avoir comme dirigeant ? Moi, pas. Alors comment expliques-tu ses revenus ?

— Je n'avais jamais pensé à cela, répondit Anne, visiblement contrariée. Mais c'est vrai, je me suis souvent demandé ce qu'il faisait exactement.

— Je pense que ton frère a, pour lui, de plaire à Ursula et, sûrement, de bien se tenir au lit, voilà tout. Au fait, excuse-moi de sauter du coq à l'âne mais tu devrais surveiller un peu Yvonne.

— Surveiller Yvonne ?

— Oui, comme je surveille Gwen-Aël. Ils n'ont que dix-huit ans, mais justement, ils ont dix-huit ans, et cet âge a ses exigences. Si ces enfants tiennent de nous...

— Estelle, tu n'es pas en train de me dire que Gwen-Aël et Yvonne ont... des rapports ? Voyons, tu n'es pas sérieuse ! Ce sont encore des enfants !

— Des enfants ? Ma pauvre Anne... Mon fils mesure un centimètre de plus que son père et se rase depuis des années. Quant à Yvonne, elle est nubile depuis trois ans au moins et il n'y a qu'à voir le regard des hommes sur son passage pour savoir que c'est bien une femme, aujourd'hui. Une belle femme, d'ailleurs.

Anne paraissait anéantie.

— Tu ne dis rien, fit Estelle, je t'ai choquée ? Il faut pourtant que tu te fasses à cette idée : ta fille est presque une adulte ; elle est en âge de se marier et Gwen-Aël l'aime. Il affirme d'ailleurs vouloir l'épouser, ce qui, vu leur âge, me paraît un peu prématuré. Pour parler franc, je suis un peu jalouse d'Yvonne, parce qu'elle me prend mon fils. Sans compter que je lui envie sa beauté... Mais qu'est-ce que tu as, Anne ?

— Je t'en veux, Estelle, répondit Anne. Tu m'as fait prendre dix ans en quelques minutes. Je me considérais toujours comme une jeune femme et je m'aperçois soudain, que, demain, je serai grand-mère !

— C'est la vie, Anne, c'est la vie... Mais ne t'inquiète pas, nous avons encore de belles années devant nous, j'en suis certaine.

— Il n'empêche que je vieillis, fit Anne. Je le sais quand je me regarde dans mon miroir, quand je sens mon corps.

— Tais-toi, Anne, tu es toujours très jolie...

*
* *

Comme toujours, elle était arrivée la première et s'était aussitôt glissée dans le bosquet. L'herbe était encore humide de la rosée de la nuit. Yvonne saisit la couverture sur la branche où ils l'avaient laissée la veille, l'étala sur le sol et s'assit, prête à attendre le temps qu'il faudrait... Il n'allait pas tarder. Il fallait qu'il vienne, qu'elle le voie, qu'elle le sente, qu'il la caresse, qu'il l'embrasse. Elle voulait que ce soit aujourd'hui. Qu'il la prenne enfin. Cette attente devenait insupportable. Tous les jours, elle avait le corps en feu, quand elle le quittait. Il avait peur des conséquences, disait-il, mais elle, elle ne craignait rien. Elle l'aimait tellement ! Elle entendit craquer des branchages. C'était lui.

Gwen-Aël souleva le feuillage et rejoignit la jeune fille qui s'était levée pour l'accueillir. Ils s'étreignirent avec frénésie, leurs dents s'entrechoquant sous la violence et l'impatience de leur baiser. Yvonne s'agrippait d'une main au cou de son ami, et, de l'autre, lui caressait le dos. Gwen-

Aël avait glissé la main gauche sous le chemisier, à même la peau ; elle n'avait pas mis de brassière. Ils s'accroupirent d'un même mouvement avant de s'allonger côte à côte sur la couverture. Depuis quinze jours, ils avaient beaucoup progressé dans la connaissance l'un de l'autre, un peu aussi dans l'art des caresses. Yvonne était confiante, Gwen-Aël était loin d'avoir la même assurance. Il savait que la jeune fille s'impatientait, qu'elle voulait qu'ils fassent l'amour, qu'il la pénètre, qu'elle ne se contenterait plus longtemps des caresses, plus ou moins habiles, qu'ils se prodiguaient mutuellement. Mais il avait peur de la décevoir.

Elle lui avait saisi le membre, toujours aussi étonnée de voir ce sexe gonfler si vite. Elle l'avait fait jouir en regardant jaillir la semence qu'elle recueillait comme un trésor dans ses mains ; à présent, c'était lui qui la caressait, mais cette fois encore, cela ne lui faisait pas beaucoup d'effet et il s'en voulait. Il se décida enfin et lui chuchota à l'oreille :

— Guide-moi, mon amour, je ne connais pas les filles, tu le sais. Je ne voudrais pas que mon inexpérience te prive de plaisir. Dis-moi...

Elle l'avait aidé, lui avait appris ce qu'était un clitoris. Pour la première fois, elle avait joui à son tour et lui en était reconnaissante ; mais elle voulait plus. Elle s'était glissée sous lui, l'avait guidé en elle, avait noué les jambes sur ses hanches. À longues secousses qui leur arrachaient à tous deux des halètements, il s'enfonçait en elle. Après un bref instant de douleur, elle le sentit aller et venir en elle. Très vite, il poussa une sorte de râle et se détendit, pesant de tout son poids sur elle. Il avait sûrement joui et elle n'avait rien ressenti... La prochaine fois, peut-être ? Cela avait été si bref. Elle n'hésita pas à le lui dire :

— Gwen-Aël, murmura-t-elle, prends ton temps, mon chéri, pense un peu à moi. Pour moi aussi, c'est la première fois. Essaie de faire moins vite.

Ils avaient recommencé et, cette fois, cela se passait beaucoup mieux pour tous les deux. Gwen-Aël s'en aperçut immédiatement aux mouvements de bassin de son amie qui s'agrippait à lui, les mains accrochées à ses épaules, comme si elle souhaitait l'engloutir tout entier en elle. Il fallait qu'il patiente. C'était tellement merveilleux, il le lui dit. Elle lui chuchota : « Continue, continue... » Puis elle cria.

Ils se regardaient, radieux. Yvonne l'embrassa à pleine bouche en lui murmurant.

— Je suis ta femme, aujourd'hui. Je suis ta femme pour toujours...

Ils avaient conquis le monde, ils avaient fait l'amour et pris leur plaisir ensemble. Gwen-Aël était heureux et comblé. Elle était sienne, oui, elle s'était donnée à lui. Il sentit à nouveau le désir monter en lui.

35

Printemps 1916

Yvonne ne se souvenait pas de cette photo. Cela n'avait rien d'étonnant, d'ailleurs, se dit-elle quand elle la retourna : le 8 mars 1898, elle avait à peine deux ans. Elle sourit : sur la photo, elle paraissait avoir dix centimètres de plus que sa sœur Julia, qui pleurait à chaudes larmes dans ses bras.

Elles figuraient encore toutes les deux sur la photo suivante, datée, celle-là, d'août 1906. Julia y tenait, sur les genoux, leur petite sœur Jacqueline. Près de dix ans déjà, depuis cette journée dont elle avait, cette fois, un souvenir très précis. C'était ce jour-là que Gwen-Aël l'avait embrassée pour la première fois. Sur la joue, bien sûr, mais quel émoi elle avait ressenti !

Elle saisit, ensuite, une épaisse enveloppe d'un bleu passé : c'était une lettre, ou plutôt un véritable roman que sa tante, la fameuse Jeannie, la sœur de son père, avait adressé à sa mère vingt ans plus tôt. Un instant, elle fut tentée de céder à la curiosité et de la lire, mais elle se retint. Après une brève hésitation, elle replia les feuillets d'où s'échappèrent deux croquis au fusain qui représentaient, tous deux, son père enfant. Ils étaient datés de 1872 et 1873. C'était étrange, cette ressemblance entre l'enfant qu'avait été son père et les photos que Gwen-Aël lui avait montrées de lui au même âge... Pas étonnant qu'elle soit tombée amoureuse de Gwen ! Elle poursuivit sa plongée dans le passé pendant un long moment encore avant de redescendre du grenier. Elle se sentait à la fois rassérénée et perdue ; rassérénée d'avoir retrouvé son enfance et les siens ; perdue de se sentir si seule, aujourd'hui, presque abandonnée. Son père sur son sémaphore, à Molène, sa mère, seule à Quéménès, Gwen-Aël au front, sa sœur Julia à l'hôtel-Dieu de Rennes, et bientôt au front elle aussi, Jean-Yves qui allait être mobilisé à son tour...

Dans le jardin, son angoisse la reprit. Que faire ? À qui pouvait-elle se confier ? À qui parler de sa grossesse ? Comment annoncer à ses parents qu'elle attendait un enfant de Gwen-Aël, alors qu'ils n'étaient même pas mariés ? Sa tante Lise ? Depuis le retour de l'oncle Yann, revenu du front amputé d'une jambe et de deux doigts de la main gauche, sa tante ne s'occupait plus que de son mari et de sa famille. Cheun, son père naturel, était au front, lui aussi... Qui, mon Dieu ? Le grand-père de Gwen était trop vieux... Estelle Kernéis, alors ? Oui, Estelle. Car même si elle se montrait un peu distante depuis que Gwen-Aël et elle se fréquentaient, elle restait bonne et compréhensive. Estelle la consolerait, l'aiderait... Yvonne enfourcha sa bicyclette et se mit à pédaler rageusement en direction de Bellevue, où Estelle s'était installée depuis le début de la guerre... Elle se souciait comme d'une guigne des larmes qui ruisselaient sur son visage et ce n'est qu'en pénétrant dans l'allée qu'elle s'arrêta pour les essuyer. Elle sonna. Estelle était à l'usine. Elle reprit son vélo et descendit sur Poul-Conq. Elle avait oublié que c'était Mme Kernéis qui dirigeait l'usine depuis que son père était tombé malade, tout comme elle avait repris, deux ans plus tôt, la direction du négoce de vins, quand son mari avait été mobilisé dans la Royale.

En pénétrant dans la cour de l'usine, la jeune fille dut freiner brutalement devant un attelage. Effrayé, le cheval se cabra et faillit renverser son chargement, mais la paysanne qui le menait réussit à le maîtriser et à le calmer. Partout, sur la côte comme dans les fermes de l'intérieur, les femmes remplaçaient leurs maris partis au front, que ce soit dans les travaux des champs ou sur les grèves, et même en mer.

Estelle avait assisté à l'arrivée inopinée d'Yvonne du haut du perron de son bureau.

— Yvonne ! Quelle surprise ! Que se passe-t-il pour que tu me fasses le plaisir d'une visite dans mon antre ? Entre donc, et dis-moi ce qui t'amène. Il n'y a rien de grave, je l'espère...

— Il n'y a ni mort ni blessé, madame, parvint à articuler la jeune fille entre deux sanglots. Mais c'est tout aussi grave... Il y a... Il y a... Il y a que Gwen-Aël et moi...

— Je vais t'aider, sourit Estelle. Vous avez fauté, comme on dit ? Vous avez fêté Pâques avant Carême, c'est ça ?

La jeune fille n'avait pas répondu, incapable d'articuler le moindre mot, mais ses hochements de tête répétés ne laissaient aucun doute : c'était bien cela, en effet. Mais pourquoi tant de larmes ?

— Tu attends un bébé, Yvonne ? Tu es enceinte ? demanda Estelle.

— Oui madame, parvint enfin à répondre la jeune fille.

Estelle se leva, prit la jeune fille dans les bras et, un sourire radieux aux lèvres, l'embrassa sur les deux joues.

— Tu ne pouvais pas m'annoncer une meilleure nouvelle, ma petite fille ! s'exclama-t-elle. Une vie, enfin, après tous ces morts, tous ces malheurs... Un bébé, un enfant de Gwen-Aël... C'est le plus beau cadeau que vous puissiez me faire tous les deux ! *Nous* faire, car mon père sera aussi heureux que moi, et tes parents aussi, j'en suis certaine. Tu aimes Gwen-Aël, il t'aime, alors mariez-vous ! Votre bébé sera un enfant de l'amour, comme l'a été Gwen-Aël, comme tu l'as été toi-même. Eh oui, Yvonne, vous êtes tous les deux des « prématurés » ; comme on disait il y a vingt ans et, des prématurés, Dieu sait qu'il y en avait !

— Comment, madame ? Moi ? Gwen-Aël ? Vous n'étiez pas mariée quand...

— Non, je n'étais pas mariée, mais j'adorais le père de Gwen. J'en étais folle et pour moi du moins, ce n'était pas un péché que de commettre l'acte de chair avec lui. D'ailleurs, même si j'avais considéré que c'était un péché, cela n'aurait rien changé : je l'aurais commis avec plaisir, tu peux me croire...

Estelle s'était tue, soudain. Un étrange sourire aux lèvres, les yeux perdus dans le vague, elle semblait ailleurs. Yvonne, abasourdie, la regardait comme si elle la voyait pour la première fois.

— Vous ne me blâmez donc pas, madame ?

— Te blâmer ? Mais de quel droit le ferais-je, mon enfant ? répondit Estelle en redescendant sur terre. Si quelqu'un était à blâmer, ce ne serait pas toi, mais Gwen-Aël ; c'est le garçon le plus fautif dans ces cas-là. Je n'ai jamais vu une fille forcer un garçon. Tu le voulais bien, au moins ? Il ne t'a pas forcée ?

— Non, bien sûr que non, madame ! Gwen-Aël n'aurait jamais...

— Non, évidemment. Tu es amoureuse de lui depuis si longtemps ! Tu as même eu beaucoup plus de patience que je n'en aurais eu à ta place. Et Gwen est au front. Comment pourrions-nous lui reprocher quoi que ce soit quand on sait ce que vivent nos soldats ?

— Madame, pour mes parents, vous m'aiderez, n'est-ce pas ? demanda Yvonne.

— C'est vrai, il y a tes parents..., sourit Estelle. Ils n'auront sans doute pas la même façon de voir les choses que moi, mais j'en fais mon affaire et je saurai les convaincre, ne te tracasse pas. Le plus urgent, c'est Gwen-Aël. Il faut le prévenir, obtenir une permission exceptionnelle pour vous marier au plus vite. Nous allons publier immédiatement les bans. Es-tu majeure ? Non, pas encore, bien sûr. Nous allons avoir beaucoup de travail. Ah ! que je suis heureuse, Yvonne !

*
* *

Anne ne parvenait pas à trouver le sommeil. Ce Kerlivio l'inquiétait. Il mijotait quelque chose, elle en était convaincue. Les jours précédents, il avait commencé par la dévisager effrontément, la déshabillant du regard, avec une impudeur inouïe. Et elle, au lieu de se comporter en patronne et de le faire mettre aux fers, elle avait réagi en femme et avait rougi de la tête aux pieds. La solitude physique dans laquelle elle vivait finissait par provoquer en elle des réactions invraisemblables, inavouables. Cet homme lui faisait peur, mais en même temps, elle n'arrêtait pas d'y penser. Yves lui manquait, ou plus exactement, elle était en manque d'homme. Estelle lui avait d'ailleurs fait le même aveu la dernière fois qu'elle l'avait vue. Et puis, toute cette tension... Lorsque Yves lui avait laissé la direction de l'île, dix-huit mois plus tôt, les « ouvriers » que leur confiait l'administration pénitentiaire étaient, certes, dangereux, mais bien moins que les derniers dont elle avait hérité. L'administration ne tenait pas les promesses faites à Adrien Devernois, lorsqu'elle avait rouvert le bagne de Brest, peu après le début des hostilités, d'autant que les plus braves des forçats s'étaient portés volontaires pour les points les plus chauds du front en échange d'une libération anticipée, mais très hypothétique. Ne restaient donc que les pires d'entre eux dont Anne ressentait l'hostilité, et leurs gardes-chiourme qui ne valaient à peine mieux.

Kerlivio l'avait évitée, ces jours derniers, ou du moins il s'était fait discret, et c'est bien cela qui inquiétait Anne. Elle était persuadée qu'il préparait un mauvais coup. Et elle doutait fort que les quatre gardiens de l'administration pénitentiaire qui étaient de service chaque nuit soient capables de contenir la vingtaine de forçats décidés qu'ils surveillaient, si ceux-ci réussissaient à se libérer. Ah ! si seulement Yves était là !

Mais Yves était à Molène, dans le sémaphore où il avait été affecté au début de la guerre. En dépit des promesses que lui avaient faites les services des ministères de la Santé et de la Guerre, Yves avait été mobilisé comme tout un chacun et, depuis le déclenchement des hostilités, malgré les multiples interventions d'Adrien Devernois et d'Eugène Lemarchand, les deux ministères n'avaient pas réussi à s'entendre. Adrien et Eugène avaient les plus grandes difficultés à fournir leurs quotas de teinture d'iode, sans cesse revus à la hausse, tant le nombre de blessés dépassait les prévisions les plus pessimistes. D'ailleurs, les industriels ne demandaient même plus qu'Yves soit libéré de ses obligations militaires, mais qu'il soit mobilisé dans son exploitation pour deux périodes de deux mois par an, alors qu'il ne l'était aujourd'hui que pour six semaines en septembre-octobre, à l'époque du brûlage.

Anne se redressa soudain dans son lit clos. Elle avait entendu un craquement net dans la salle commune. Elle allongea le bras et s'empara du fusil de chasse qu'elle gardait toujours à portée de main, fit glisser la porte du lit clos et posa, sans bruit, le pied sur le plancher. Elle tendit l'oreille, mais seuls le tic-tac régulier de l'horloge, le léger sifflement du vent dans les persiennes et le bruit familier du ressac sur la côte troublaient le silence de la nuit. Elle descendit l'escalier pas à pas, le fusil dans une main, une lampe à pétrole dans l'autre, et se tint immobile au centre de la salle commune. Une minute passa, puis une autre. Elle allait remonter quand il y eut soudain comme une cavalcade dehors... Ce pouvait être n'importe quoi ; ce pouvait être normal. Anne poussa un soupir de soulagement, se dirigea vers le buffet où elle se servit un verre de lambig. Son cœur retrouvait peu à peu son rythme normal. Deux heures moins le quart. Qu'allait-elle faire ? Le chien... Le chien n'avait pas aboyé ! Alors, non, ce n'était pas normal. Peut-être l'avaient-ils tué... Elle savait que la porte d'entrée était cadenassée mais, par acquit de conscience, elle vérifia à nouveau la serrure. Il lui fallait se raisonner et se recoucher.

Elle remonta dans son lit clos et s'allongea. Elle s'endormit, le fusil serré contre elle.

Il était cinq heures trente et, debout dans la cuisine, Anne réchauffait le café de la veille quand l'un des gardes poussa la porte après qu'elle lui eut crié d'entrer.

— Bonjour, madame Kerléo, fit-il. Je m'excuse de vous déranger de si bonne heure, mais nous avons un problème : il nous manque trois hommes, ce matin. Trois des forçats ont disparu. Volatilisés. Ils se sont fait la belle. Mes gardes n'ont rien vu, rien entendu.

— Comment cela ? Rien vu, rien entendu ? Pourtant, pour s'évader, ils ont dû sortir de la grange, passer devant vous... Vous dormiez tous ? Ou bien, vos hommes jouaient aux cartes, comme d'habitude ?

— Pas du tout, madame. Le fait est que ces gaillards sont sortis par le toit, ce qui veut dire qu'il y a certainement longtemps qu'ils préparaient leur coup. Ce n'est pas en une nuit qu'ils ont pu, sans le moindre bruit, enlever planches et pierres.

— Jésus, Marie ! Pourvu que l'administration pénitentiaire ne nous retire pas nos autres forçats ! Enfin, Calloc, c'est à vous de les surveiller ! C'est votre métier, pas le mien. Sans compter, je le suppose, qu'ils ont pris un de mes bateaux...

— Je ne le sais pas encore, madame, mais c'est très probable, en effet. Coadou, mon second, est parti voir et ne devrait pas tarder à revenir.

— Je parie que Kerlivio est l'un des trois. Est-ce que je me trompe ?

— Comment le savez-vous ?

— Monsieur Calloc, si vous surveilliez ces hommes au lieu de bayer aux corneilles, vous auriez remarqué comme moi que cet homme préparait quelque chose. D'ailleurs, j'ai bien craint d'être attaquée, cette nuit. J'ai entendu des bruits...

— Vous auriez dû me le dire, madame Kerléo...

— Bien sûr, j'aurais dû sortir de chez moi à deux heures du matin et, sans doute aussi, faire votre travail au risque d'avoir la gorge tranchée ? C'est cela, n'est-ce pas ?

Ce Calloc se fichait visiblement du tiers comme du quart des conséquences de cette évasion pour Anne, et ne risquait pas grand-chose lui-même, personne dans son administration n'étant à même de juger des conditions dans lesquelles ses gardes et lui assuraient leur service. Mais Anne n'était pas décidée à laisser faire les choses. Ces trois évadés allaient lui manquer ; aussi résolut-elle sur-le-champ de se débarrasser de cet individu.

— J'espère que cette évasion ne va pas vous causer d'ennuis, Calloc, dit-elle. Vous comprenez bien que je suis obligée de demander à vos chefs de me dédommager pour le vol d'un bateau. Je crains que vous ne risquiez pour le moins un blâme...

— Oh ! je ne me tracasse guère pour cela, répondit l'homme. L'administration vous paiera. Peut-être pas tout de suite, par exemple. En temps de guerre, mes chefs ont d'autres chats à fouetter que de s'occuper de trois évadés... D'ailleurs, vous n'êtes pas obligée de signaler cette évasion...

Anne sentait la moutarde lui monter au nez. Ce garde-chiourme était écœurant. Elle se retourna vers lui en rajustant sa coiffe, et le fusilla du regard.

— Inutile de discuter, Calloc, jeta-t-elle. Vous perdez votre temps, et moi le mien. Je vais écrire un mot à votre directeur, et demander à Paul Roué de filer sur le continent prévenir les gendarmes ; ils se débrouilleront avec vos chefs.

Paul Roué était revenu à Quéménès auprès d'Anne dès le début de la guerre. À cinquante-six ans, il était le plus jeune des cinq goémoniers vétérans qui encadraient la vingtaine de forçats de l'île. Tous les autres, inscrits maritimes, étaient mobilisés dans la marine. Paul vouait à Anne une admiration sans bornes et n'aurait pas hésité à risquer sa vie pour elle. Elle aurait aimé pouvoir compter sur lui ce jour-là, mais il était le seul capable de mener le *Marie-Jeanne III* au Conquet. Elle lui confia plusieurs lettres.

Dans celle qu'elle adressait au directeur des Phares et Sémaphores, Anne choisit de mettre en exergue sa propre incompétence et fit valoir que seul Yves était capable d'apprendre à des forçats le métier de goémonier. Si son mari avait accepté de prendre des forçats comme ouvriers, c'était parce qu'on lui avait promis qu'il les dirigerait lui-même. Il n'aurait jamais accepté ce marché s'il avait su que cette charge allait échoir à sa femme. Sa présence sur l'île était donc indispensable, si l'on voulait que soient respectés les quotas d'iode fixés par l'armée. Aussi important fût-il, le rôle d'un agent de sémaphore ne pouvait se comparer avec celui de principal fournisseur d'un produit stratégique, indispensable aux soins des blessés. Les courriers d'Anne à Adrien et Eugène visaient essentiellement à accroître la pression sur cette administration, mais elle demandait également à Adrien, en tant que maire, d'aviser l'administration pénitentiaire et la gendarmerie de l'évasion des trois prisonniers.

Elle était très fière de sa lettre au directeur des Phares et Sémaphores. Ni Yves, ni Eugène n'avaient eu l'idée de traiter directement avec lui ; ils s'entêtaient à s'adresser aux ministères. Anne était persuadée que la Direction des Sémaphores de Brest serait beaucoup plus sensible à son argumentation sur la fabrication de l'iode, et elle savait que sa lettre sonnait juste.

Elle accompagna Paul jusqu'à la cale et lui recommanda d'attendre, au Conquet, le résultat de ses démarches. Eugène Lemarchand, malade, ne pourrait peut-être pas se déplacer à Brest ; il devrait donc s'appuyer sur Estelle. Ce n'est que quand elle vit disparaître le *Marie-Jeanne III* qu'Anne prit conscience de sa solitude. Le temps allait lui paraître long.

*
* *

À peine Paul avait-il accosté à la cale du Drellac'h qu'il s'entendit appeler par son nom. Cette voix ! Non, c'était impossible : le patron était au front... Pourtant, c'était bien lui. Mais quand il découvrit le géant, appuyé sur des béquilles, le goémonier ne put cacher sa stupéfaction, puis son désarroi. Il sentit même venir les larmes. C'était horrible et triste : sa jambe gauche s'arrêtait au genou. En dessous, il n'y avait plus qu'un pilon.

— Mon Dieu, monsieur Yann, que vous ont-ils fait ?

— Eh oui, Paul, eh oui ! C'est la guerre, vois-tu... Un

éclat d'obus m'a broyé les os sous le genou. Il a fallu m'amputer. Sans compter que j'ai aussi perdu deux phalanges de deux doigts de la main gauche, je ne sais comment. Sans doute une balle perdue. Enfin... Viens boire un coup, ça nous fera du bien à tous les deux...

— Cela fait longtemps que vous êtes rentré, monsieur Yann ?

— Quinze jours, Quinze jours déjà que je m'entraîne à marcher avec ces saloperies de béquilles. Mais toi, que fais-tu ici ?

— Madame Anne m'a confié des lettres à remettre à plein de monde. Je dois aussi aller à la gendarmerie : il y a eu une évasion de bagnards cette nuit, à l'île.

Dès qu'il eut terminé de faire à Yann le compte rendu de ce qui venait de se passer à l'île, Paul se sentit soulagé : le géant allait prendre les choses en main. Ce n'était pas un morceau de jambe en moins qui pouvait arrêter un pareil colosse. Effectivement, dans la demi-heure suivante, Yann avait vu l'adjudant de gendarmerie, qui avait aussitôt téléphoné à la douane, à la gendarmerie maritime, ainsi qu'à l'administration pénitentiaire du bagne de Brest.

— Ça m'étonnerait que ce Kerlivio et ses acolytes échappent aux gardes-côtes, déclara Yann, et ma sœur ne tardera pas à récupérer son bateau. Du moins si ces bonshommes ne sont pas allés se fracasser sur un récif. Allons chez moi manger un morceau, avant de nous occuper de tes lettres.

Yann choisit de commencer par Estelle. Elle ignorait qu'il avait perdu une jambe, et cela causait, généralement, un certain choc aux gens qui le revoyaient la première fois, amputé. La jeune femme lut la lettre d'Anne et lui demanda de passer prendre la réponse le soir même. Sa deuxième visite fut pour le maire, Adrien Devernois, à qui il rapporta les événements de la nuit. Comme il prenait congé, Adrien le retint par le bras :

— Je suis vraiment navré pour vous, Yann, lui dit-il, mais la perte d'une jambe n'est pas si terrible quand l'on voit l'état dans lequel certains malheureux reviennent de là-bas. Bien sûr, pour un athlète tel que vous, ce n'est pas agréable de se sentir diminué mais...

— À qui le dites-vous, monsieur le maire !

— Pourtant, Yann, je vais vous demander un service... Il y a, dans la commune, pas mal de blessés que je n'ai pas le temps de visiter comme je le souhaiterais. Accepteriez-vous d'être mon ambassadeur près d'eux ? Avec mon travail à l'usine, mes devoirs de maire, je ne m'en sors pas... Je n'ai qu'un corps, et à soixante-dix-huit ans...

— Soixante dix-huit ans ? Vous êtes loin de les faire, monsieur Devernois ! Vous paraissez plus jeune que M. Lemarchand...

— Je n'ai pas beaucoup de mérite, soupira Adrien. Eugène est très malade... Je peux compter sur vous ?

Eugène Lemarchand se montra heureux de la visite de Yann. Depuis des mois, l'industriel se trouvait seul, enfermé chez lui. Yves avait à peine fait deux ou trois sauts au Conquet en un an. Quant à François, il n'était pas revenu en Bretagne depuis la mobilisation. Autour d'une première bouteille de porto qui ne leur résista qu'une heure, le géant et l'industriel se répandirent en considérations sur leurs misères respectives, avant que Yann ne remette à Eugène la lettre d'Anne. La seconde bouteille était déjà bien entamée quand Eugène promit de tout faire, une fois de plus, pour tenter de libérer Yves de son sémaphore.

— Dites-moi, Yann, lui dit-il en le raccompagnant, vous ne vous débrouillez pas si mal avec vos béquilles. Pourquoi n'iriez-vous pas donner un coup de main à Anne jusqu'au retour d'Yves ? Ils ont besoin de vous, tous les deux, vous le savez. Et nous aussi.

— Voyons, monsieur Lemarchand, vous imaginez-vous un estropié comme moi dans les îles ? Je serais un boulet pour Anne... En outre, j'ai promis à M. Devernois de m'occuper des blessés de la commune.

— Vous avez mieux à faire que de visiter les blessés ! s'exclama Eugène. Je peux vous remplacer dans ce rôle, et je vais proposer mes services à Adrien. En revanche, je ne connais personne qui puisse, mieux que vous, faire le travail aux îles. Qui sait, même... Peut-être Dieu a-t-il choisi de vous faire perdre une jambe uniquement pour cela. Votre présence à Quéménès est indispensable et servira la cause nationale en garantissant notre approvisionnement en pains de soude.

— Croyez-vous ? Je ne me déplace que difficilement avec mes béquilles...

— Yann, l'interrompit Lemarchand, depuis des mois, votre sœur dort le fusil à portée de la main. Croyez-vous que ce soit là le sort d'une femme, d'une mère de six enfants ? Vous ne pouvez pas la laisser seule avec tous ces forçats...

Le géant avait quitté Bellevue troublé. Il n'avait pensé qu'à lui depuis qu'il était rentré, à sa jambe manquante... Et Anne, seule dans cette île... Pourtant, Eugène ne le surestimait-il pas ? Comment un éclopé pourrait-il diriger ces gibiers de potence ? Il fallait qu'il réfléchisse ; il ne pouvait prendre pareille décision sans en parler à sa femme. Pourtant, il le savait bien, il avait déjà décidé qu'il irait à Quéménès dès le lendemain, ne fût-ce que pour y passer deux ou trois jours. Il se l'avoua quand il demanda à Paul de rentrer à l'île le soir même. Il le suivrait le lendemain, avec le *Lise*. Paul était parti rasséréné. Le patron était de retour.

Lise l'avait écouté en silence, et c'est en silence aussi qu'elle s'était levée et était partie dans la cuisine. Quelques minutes plus tard, comme elle ne revenait pas, Yann se leva et, en s'appuyant sur les meubles, il alla la rejoindre. Accoudée sur la table, elle pleurait ; il la prit dans ses bras...

— Je t'ai fait du mal, Lise, et je le regrette. Mais il est normal que je m'inquiète pour Anne, tu comprends ? C'est ma sœur !

— Oh ! Ce n'est pas ce que tu crois, Yann, pas du tout. Je trouve dur que tu me quittes si vite, après deux ans d'absence ; mais d'un autre côté, je pense, moi aussi, à

Anne depuis des semaines, et je la plains de tout mon cœur. Tout le monde au Conquet sait dans quelles conditions elle vit, et personne ne comprend qu'elle y reste. Sauf, bien entendu, Eugène et Adrien qui attendent leurs pains de soude...

— Oui, mais personne ne sait non plus que les autorités n'ont pas respecté leurs engagements...

— Ce que je veux te dire, Yann, c'est que ton devoir est d'aller remplacer ta sœur, au moins jusqu'au retour d'Yves.

— Tu serais d'accord ? s'étonna le géant.

— Oui, il le faut, mon grand, c'est ton devoir. Vas-y. Pars demain matin. Mais il y a autre chose, qu'Estelle m'a appris aujourd'hui. Ta nièce préférée...

— Yvonne ?

— Yvonne est enceinte. Enceinte de Gwen-Aël. Il va falloir les marier au plus vite. Estelle voulait donner un courrier à Paul, aujourd'hui. Je l'en ai dissuadée. Je lui ai dit que tu le lui porterais toi-même demain.

— Tu savais déjà que je partirais pour Quéménès demain ? Tu l'avais déjà décidé ?

— Oui, je te l'aurais demandé à genoux, Yann.

— Mais je n'oserai pas annoncer cette nouvelle à Anne ! Elle va faire une crise de nerfs, tu la connais...

— Il te suffira d'être là quand elle lira la lettre d'Estelle. Tu n'auras rien à dire.

*
* *

Il était dit que, pour Anne, cette semaine du printemps 1916 serait riche d'émotions. Cela commença par la vedette de la douane qui accosta à l'île, dès sept heures du matin, le lendemain de l'évasion des trois forçats. Sur les clichés que lui présenta l'officier, elle identifia sans difficulté les trois fuyards qui avaient été récupérés la veille au soir, dans le raz de Sein. En réalité, ils avaient été soulagés en voyant surgir la vedette ; aucun d'eux ne savait naviguer et ils commençaient à douter de pouvoir un jour regagner la terre ferme, dont ils n'avaient fait que s'éloigner durant leur périple. Chacun d'eux avait fait croire à ses deux acolytes qu'il savait mener un bateau. Ce n'était qu'une fois à bord qu'ils avaient dû s'avouer leur triple mensonge.

Mais Anne fut encore plus surprise quand, quelques heures plus tard, elle vit accoster le bateau de Yann. Paul Roué lui avait bien dit qu'il avait vu le géant au Conquet et, après quelques hésitations, il lui avait avoué la vérité : Yann était amputé de la jambe gauche. Quand il s'approcha en s'appuyant sur ses béquilles, elle resta un instant pétrifiée avant de courir vers lui et de se jeter dans ses bras. Elle le distinguait à peine à travers les larmes qui lui inondaient le visage. Elle arrivait si vite que, quand il l'étreignit, elle faillit le renverser : Yann n'était plus le roc qu'elle avait connu. Ils restèrent quelques minutes silencieux et enlacés. Anne sanglotait encore ; elle avait besoin d'évacuer les mois d'angoisse qu'elle venait de vivre seule, tout ce temps pendant lequel elle n'avait pu se confier à quiconque. Enfin, elle releva la tête, renifla bruyamment avant de fouiller la poche de son tablier à la recherche d'un mouchoir, et constata que son frère, lui aussi, avait les yeux brillants de larmes.

— Yann, Yann, balbutia-t-elle, c'est si bon de te revoir, même si... Tu es vivant, c'est l'essentiel ! Vivant et libéré de cette guerre maudite. Merci d'être venu tout de suite... J'en avais tellement besoin...

— Tu vois dans quel état ils m'ont mis ?

— Je m'attendais à pire, fit-elle. Tu m'as l'air en pleine forme !

— En pleine forme ? Tu as du culot...

Mais en voyant sa sœur sourire, Yann comprit qu'une fois encore elle le faisait marcher. Il se mit à rire, doucement d'abord, puis le rire enfla jusqu'à éclater, tonitruant...

— Tu vois, Yann, tu n'as pas changé. Tant que tu pourras rire comme ça, tu feras encore trembler les vitres dans les fêtes...

— Je ne l'avais pas fait depuis des mois et des mois, répondit-il. Et sais-tu pourquoi je ris ? Parce que je m'aperçois que tu as raison : je n'ai pas changé. Lise me protège trop, alors que j'ai besoin qu'on me secoue comme tu viens de le faire. C'est bon de te retrouver, petite sœur...

Assis sur le banc, dans la salle commune, Yann mangeait, les coudes bien calés sur la table. Il repoussa son écuelle sur le côté, saisit d'une main le pain rond de cinq livres encore intact et y traça un large signe de croix avant d'y découper consciencieusement une tranche. Avec tout autant de soin, il se servit ensuite un morceau de lard fumé et du lait caillé.

— Tu n'as pas l'air très gêné par les phalanges qui te manquent, remarqua Anne.

— Non, c'est vrai, cela ne me gêne pas trop. C'est la main gauche, par chance.

— Raconte-moi, fit Anne. Le Conquet, les enfants. Tout, quoi...

— Rien de nouveau depuis quinze jours... On est toujours sans nouvelles de Joseph. La seule chose qu'on puisse espérer, c'est qu'il ait été fait prisonnier. Cela fait maintenant trois mois qu'il a disparu. On a retrouvé les corps de tous les soldats de sa section, sauf le sien. Cheun, lui, a du mal à se faire à la boue des tranchées, et ses hommes encore plus. Il était content de voir arriver le printemps quand nous nous sommes vus. C'était juste avant que ne commence la bataille de Verdun et que je sois blessé. Bien sûr, il y a des blessés et des morts chez nos cousins de Ploumoguer. Tu sais aussi que Pierre et Maria ont perdu leur aîné. Heureusement que nos enfants sont encore trop jeunes pour être mobilisés.

— Tu oublies Jean-Yves, Yann. Dans un peu plus de trois mois, ce sera son tour. Quand je pense qu'il attend son départ avec impatience...

— Peut-être la guerre sera-t-elle finie d'ici là ? Ah si ! Ton neveu, le jeune Tanguy Mazé, le pilote. Il vient d'être décoré de la croix de guerre. Il a eu de la chance. Il s'est fait descendre par un boche, mais il a réussi à se poser, en vol plané, sur une portion de route presque intacte, dans nos lignes. Il n'a eu que le nez et un bras cassés.

— Et Estelle ? A-t-elle des nouvelles de son fils ?

Le moment que redoutait Yann était arrivé.

Justement, dit-il, elle m'a donné une lettre pour toi...

Anne déchira l'enveloppe, lut une fois, deux fois la lettre, sous l'œil inquiet de son frère, et se laissa tomber pesamment sur une chaise. Un long moment de silence suivit et le géant se prenait à espérer quand Anne éclata.

— Ce n'est pas possible ! s'écria-t-elle en brandissant la lettre. Moi qui leur faisais confiance à tous les deux. Yvonne m'a trompée. Elle nous a tous trompés. Elle est bien la fille de sa mère, la fille de Louise...

— Comment oses-tu, Anne ! s'exclama son frère. Comment peux-tu parler ainsi de Louise ? Et de ta fille, seule au Conquet, avec les petits depuis près de deux ans...

Anne se leva et alla se placer devant la fenêtre. Elle semblait perdue dans ses pensées, mais Yann observait, sans rien dire, la décrue de la colère sur le visage de sa sœur.

— Tu as raison, Yann, fit-elle enfin. Je n'ai pas le droit d'être sévère envers ma fille. C'est ce que me dit Estelle, d'ailleurs. C'est arrivé lors de la permission qu'a eue Gwen, il y a deux mois. Ils ne s'étaient pas vus depuis plus de dix-huit mois. Gwen ne sait même pas s'il reviendra un jour de cette guerre. Oui, nous aurions fait comme eux... J'aurais fait comme ma fille. Si seulement Yves n'était pas coincé à Molène... Si j'avais pu m'occuper de mes enfants... Depuis deux ans, je ne les ai presque pas vus... Non. Yvonne et Gwen-Aël n'ont pas eu de chance, tout simplement...

— Sans compter que, si je ne me trompe, Yves et toi n'avez pas attendu de passer devant monsieur le curé...

— C'est vrai, sourit Anne, mais nous étions fiancés... D'ailleurs, Lise et toi, non plus, pas plus que Louise et Cheun, Joseph et Rozenn, ni Estelle et François ! Finalement, quand on fait le compte...

Yann éclata de rire.

— Entre nous, Anne, il n'y a peut-être pas de famille plus dévergondée que la nôtre dans tout Le Conquet... Pas un de nous pour racheter l'autre ! Si nos parents avaient su... Pour ce qui est de Gwen-Aël et d'Yvonne, nous ne pouvons que les plaindre. Ce n'est pas drôle d'avoir vingt ans en ce moment. Ils ne sont même pas sûrs de vivre ensemble un jour. Gwen-Aël peut être tué n'importe quand ! C'est même pour ça qu'il faut les marier le plus vite possible. J'ai pris sur moi de prévenir Yves. Mais maintenant que je suis là, je pense que le mieux serait que tu ailles toi-même le retrouver à Molène. Paul peut t'y conduire aujourd'hui ou demain. Tu peux y rester quelques jours.

— Vrai ? Tu parles sérieusement ? s'exclama Anne.

— Bien sûr. Je suis venu pour te libérer.

Toute à sa joie de partir, Anne mit brièvement Yann au courant de la situation, lui présenta Calloc, le chef des gardiens — et lui conseilla de s'en méfier. Pour le reste, Yann connaissait le métier mieux qu'elle.

Une heure plus tard, Anne quittait Quéménès. Les dixneuf mois qu'elle venait d'y passer lui avaient paru autant d'années. Elle n'y avait pas perdu la santé, mais elle savait qu'elle allait devoir reconstruire sa vie de femme, de couple, de mère. Cette guerre détruisait tout.

36

Les premiers contacts de Yann avec les forçats et leurs gardiens lui permirent de mesurer à quel point deux ans de tranchées l'avaient endurci et mûri. Le géant répondit sèchement à Calloc qui voulait le prendre de haut, et il lui signala les sanctions qu'il encourait, maintenant que les évadés avaient été repris et qu'on pourrait confronter leur version des faits à la sienne.

De la même façon, lorsqu'il s'était adressé aux forçats, il leur avait fait comprendre l'inutilité de toute tentative de révolte ou d'évasion. Sans les menacer formellement de les abattre comme des lapins s'ils s'y risquaient, il souligna qu'un soldat qui revenait du front pouvait avoir la gâchette facile. Il n'allait pas se laisser intimider par des condamnés de droit commun qui n'avaient même pas eu le courage de saisir l'opportunité qu'on leur avait donnée de se racheter en se battant pour leur pays. Il leur parla, ensuite, de leur travail de goémoniers, agitant successivement la carotte et le bâton. Les fainéants seraient immédiatement renvoyés au bagne de Brest, où la pénurie alimentaire rendait les conditions de vie de plus en plus difficiles depuis le début de cette année 1916. En revanche, il ferait tout ce qui était en son pouvoir pour obtenir des remises de peine pour les plus méritants d'entre eux.

Les menaces du géant portèrent immédiatement leurs fruits, tant auprès des gardes que des prisonniers, et la récolte quotidienne de tali augmenta comme par enchantement de façon spectaculaire. L'équipage d'un bateau se composait d'un goémonier professionnel et d'un condamné. Le goémonier maniait la pigouille tandis que le forçat hissait les laminaires dans la barque. L'homme avait les pieds entravés, non par une chaîne comme l'exigeait l'administration pénitentiaire, mais par un lien plus symbolique que réellement efficace. C'était Yves qui avait décidé de ce changement, après qu'une barque eut chaviré : le forçat enchaîné avait coulé comme une pierre. Quant aux condamnés qui restaient à terre, surveillés par les gardes, les uns faisaient office d'ouvriers agricoles, les autres montaient les meules ou faisaient sécher le goémon, sous la direction de Yann, qui ne leur laissait aucun répit. Il resta huit heures près d'un homme qui dut faire et défaire la même meule jusqu'à ce que le géant juge son travail satisfaisant. Pendant tout ce temps, ni lui ni le forçat n'avaient ni mangé ni bu. Un tel traitement brisait les plus récalcitrants qui comprenaient vite qu'il était inutile de s'opposer à cet homme qui ne les craignait aucunement. Ils en furent définitivement convaincus le jour où ils le virent expédier au sol, d'un seul revers de main, un garde-chiourme qui avait manqué de respect à Jacqueline, la vieille cuisinière. Un homme qui n'avait pas peur des matons armés méritait le respect.

Yves était toujours au sémaphore quand Yann dut faire face à une situation tout à fait inhabituelle. Alors qu'un de ses plus vieux goémoniers, Théophile, rentrait de mer avec son « assistant », ce dernier réussit à s'emparer de sa pigouille et, l'outil à la main, s'enfuit à toutes jambes en direction de la grange. Interdit, Théophile resta un moment sans voix avant d'appeler au secours. Percevant une agitation anormale du côté de la grange, Yann s'en approcha après s'être muni de son fusil de chasse. Il avançait aussi vite qu'il le pouvait sur ses béquilles, quand il s'arrêta. Un forçat venait de déboucher devant lui. Il avait les pieds entravés et paraissait terrorisé. Ils se dévisagèrent un bref instant, puis le forçat plongea par-dessus le talus le plus proche, juste au moment où arrivait son poursuivant.

— Attends moi, mon salaud ! criait l'homme. Tu ne

m'échapperas pas ! Je vais te crever, je vais t'embrocher avec cette faux. Tu vas voir comme c'est bon !

Il balançait de grands coups de pigouille de droite et de gauche, au risque de se blesser lui-même. Le géant se planta au milieu du chemin, face à lui.

— Pose cette pigouille, mon gars, fit-il, et dis-moi ce qui ne va pas.

— Laissez-moi passer, laissez-moi faire la peau à ce salaud ! C'est une affaire entre lui et moi. Il m'a surpris pendant mon sommeil cette nuit, et il m'a violé.

— Et tu veux lui faire la peau parce qu'il t'a violé ? Cela t'avancera à quoi ? À prendre perpète ou vingt ans de plus ? Allons, ne fais pas l'idiot. Donne-moi cette pigouille, et venge-toi autrement.

Et pour appuyer son propos, il pointa son fusil vers l'homme. Le forçat jeta sa pigouille, que Yann récupéra. Cela fait, il se pencha au-dessus du talus de galets, sortit le fuyard de sa cachette en le soulevant d'une seule main, et le mit debout devant sa victime qui l'avait regardé faire, incrédule. Jamais il n'avait vu pareil colosse !

— Alors, bonhomme, il paraît que tu as violé ton ami ici présent ! Arrange-toi avec lui, maintenant. Et s'il veut t'assaisonner à son tour, ce n'est pas moi qui l'en empêcherai. Et toi, le violé, casse-lui la figure, démolis-lui le portrait, viole-le à ton tour, je ne te dirai rien. Mais ne me l'abîme pas trop quand même : il doit travailler demain matin. Tout à l'heure, tu me remercieras pour t'avoir évité de faire une nouvelle sottise.

Puis il s'assit sur le muret de pierres et entreprit de bourrer sa pipe. Le violeur s'était effondré sur le sol. La peur qu'il avait ressentie quelques minutes plus tôt l'avait liquéfié. Il n'avait plus la force de se défendre, et Yann, à qui il était parfois arrivé de voir, au front, des hommes dans cet état, savait que celui-ci préférerait mourir sur place plutôt que d'avancer d'un mètre. Il accepterait, sans un geste, tout ce qui pourrait lui arriver maintenant. Sa victime de la nuit s'approcha de lui, l'empoigna par la chemise et lui envoya son poing dans la figure, faisant éclater la pommette droite.

— Allez, relève-toi, Duclos ! Relève-toi, mon salaud ! Défends-toi, pourriture ! Tu fais moins le faraud, hein, sans tes quatre acolytes pour t'aider... Mais regardez-moi cette lope... Le voilà qui chiale comme une fille, maintenant. Pauvre type, va...

Insultes et coups n'y changeaient rien. Secoué de sanglots, l'homme était incapable de réaction ; un instant plus tôt, quand il s'était vu embroché d'un coup de pigouille, le ventre percé de part en part, ses intestins s'étaient vidés.

— Tu vois, mon gars, fit Yann, ton violeur est fini. Tu n'as qu'à raconter tout à l'heure à tes camarades ce qui s'est passé, et il sera jugé. Tu peux t'en aller, il ne réagira pas avant longtemps...

— M'en aller ? Mais il n'a même pas souffert ! Je ne suis pas encore vengé...

— Crois-tu, mon gars ? S'il t'a blessé physiquement, toi, tu lui as démoli sa réputation de dur. Quand ils le verront rentrer à la grange, tout à l'heure, tu verras la tête des gars...

L'autre parut réfléchir.

— Oui, vous avez sans doute raison, Penru, admit-il. Vous êtes un type étrange, quand même. Vous n'êtes pas mauvais comme ces salauds de matons que vous traitez aussi durement que nous, et vous ne semblez pas avoir peur de nous...

Le forçat avait commencé à s'éloigner quand il s'arrêta et, se tournant vers Yann, lui demanda :

— Tout de même... qu'auriez-vous fait si je vous avais sauté dessus ?

Le géant eut un sourire fugace avant de répliquer :

— Ce que j'aurais fait ? Mais mon gars, tu ne serais certainement pas là à me poser la question ! Tu serais mort à c'te heure, avec un gros trou dans la poitrine ou la nuque brisée ! Si je peux te donner un conseil d'ami, ne t'avise jamais de céder à pareil accès de curiosité. Tu t'appelles comment ?

— Martinelli.

— J'espère que tu m'as compris, Martinelli. Il faudrait que vous me tombiez dessus à une dizaine pour avoir une chance. Et encore, il faudrait que ce soit par surprise... Je ne suis pas mauvais bougre, mais ne faites pas les idiots.

*
* *

Anne était restée cinq jours à Molène, et avait eu beaucoup de mal à en repartir. C'est Yves qui l'y avait finalement décidée. Il avait été étonné de constater à quel point elle était épuisée : elle était à bout de nerfs et avait dormi plus de douze heures, les deux premières nuits. Yves n'arrivait pas à imaginer ce qu'elle avait pu vivre, et cette incompréhension risquait, il le sentait, de créer entre eux un fossé qui irait s'élargissant. Aussi souhaitait-il qu'elle aille immédiatement à Brest tenter d'obtenir gain de cause auprès de son administration.

De retour à Quéménès, Anne était montée se changer avant de repartir pour le Conquet. En l'attendant, Paul Roué en avait profité pour entreprendre Yann. Il voulait savoir. À Molène, pour se faire valoir auprès de deux veuves en mal d'homme, il s'était fait passer pour un permissionnaire, mais s'était trouvé incapable de répondre aux questions qu'elles lui avaient posées sur la vie au front. Par chance, le géant était bien disposé, ce jour-là, et il lui raconta tout. Comment ils avaient cru leurs chefs, au début du conflit, comment ils étaient partis, la fleur au fusil, cueillir la victoire qu'on leur promettait éclatante et rapide, et comment le rêve avait vite tourné au cauchemar. Il lui raconta les premières boucheries, les premières tranchées où, depuis deux ans maintenant, les soldats des deux camps s'enterraient. Il lui raconta les obus, des obus sans répit, des 150, des 210, des obus par milliers, par dizaines, par centaines de milliers, qui ouvraient des cratères où aurait disparu la ferme de Quéménès tout entière, et qui, constituaient à leur tour, des abris où se jetaient les soldats qui partaient à l'assaut de la tranchée d'en face. Tous les jours, on perdait un ami de longue date ou un copain de la veille, un frère d'armes dont on n'hésitait pourtant pas à faire les poches lorsqu'il n'était plus qu'un mort parmi d'autres. On lui volait ses trésors : un quignon de pain, un morceau de chocolat, une bouteille de gnôle quand on avait de la chance. Un mort n'a pas besoin de provisions pour le dernier voyage...

La haine qu'ils avaient eue pour les Allemands au début n'avait pas résisté longtemps aux réalités de la guerre. Ils haïssaient le Kaiser, oui, les chefs qui avaient voulu ce conflit, mais les soldats ? C'étaient des hommes comme eux, qui se battaient eux aussi pour leur pays. On les tuait ou ils vous tuaient, au hasard des assauts. Comme les soldats français, ils étaient ouvriers, paysans, commerçants, ils obéissaient aux mêmes ordres, donnés par d'autres chefs, partaient à l'assaut des mêmes positions, avec la même peur au ventre, plongeaient dans les mêmes trous d'obus qu'eux quand ils entendaient siffler un 150 au-dessus de leurs têtes. Ils étaient les ennemis, c'est vrai, et il fallait les haïr, car comment peut-on tuer un homme si on ne le hait pas ? Mais des ennemis qui vous ressemblent tant, il n'est pas facile de les haïr longtemps, et encore moins facile de les tuer quand on se trouve face à eux. Pas facile, non plus, de s'arrêter, en plein assaut, pour porter secours au camarade fauché par une balle ou un éclat d'obus. En avait-il ramené à l'arrière des soldats dont il savait qu'ils ne survivraient pas à leurs blessures ! Alors qu'on n'aspirait qu'à faire vite, à se mettre à l'abri, il fallait s'arrêter, les calmer et les rassurer, leur mentir, lorsque, le ventre ouvert ou la jambe arrachée, ils ne demandaient qu'un peu d'espoir avant de mourir.

Oui, lui, le géant, il avait eu peur quand il fallait jaillir de la tranchée, courir comme un dératé vers les lignes ennemies, franchir les barbelés, se battre au corps à corps. D'ailleurs, il n'en avait pas tué beaucoup, de boches, et ne s'en portait pas plus mal ; au contraire, il en était heureux. Au front, il pensait souvent à son frère Cheun, à ce qu'il lui avait dit, en 1913, de son dégoût de la guerre. À l'époque, il n'avait pas compris ce frère qui, pourtant, était le seul à savoir, le seul à se douter que cette guerre serait une boucherie immonde. Il l'avait rencontré en Champagne, peu de temps avant d'être blessé. Cheun savait faire la guerre et ses hommes le suivaient aveuglément, conscients que son objectif premier était de les garder tous en vie. Mais Cheun ne pouvait leur éviter la boue, pendant six mois de l'année, la saleté, les poux, les puces, la vermine, les maladies, ces épidémies qui décimaient parfois un régiment plus sûrement que la mitraille ennemie.

De tout cela, il n'était pas question à l'arrière, dans les salons et les cafés où les planqués de tout poil jouaient les stratèges et refaisaient la guerre, leur guerre, celle que l'on mène à coups de petits drapeaux déplacés sur une carte, une guerre toute proprette, où il n'est pas question de ces malheureux tombés dans le no man's land qui sépare les tranchées des deux camps, de ces agonisants qui y hurlent leur souffrance et réclament leur femme, leur mère, ou la mort, si lente à venir.

Le géant s'était donné un grand coup de canne sur le pilon avant de se taire enfin. Il fixait sur le mur une tache grise derrière laquelle il venait de revivre en un éclair son dernier assaut. Il avait nettement perçu le sifflement du 210, puis l'explosion et ensuite, le trou noir... Il paraissait hagard quand il se retourna...

Anne était dans l'escalier depuis un long moment. Elle ne s'était pas montrée. Les larmes aux yeux, elle avait écouté son frère raconter, d'une voix métallique qu'elle ne lui connaissait pas, cette guerre affreuse, sa guerre à lui. Et ce qu'il disait était si loin de ce qu'elle imaginait, de tout ce que racontaient les journaux ; les assauts victorieux, les soldats magnifiques... Yann ne parlait, lui, que de corps brisés, de ventres béants, d'hommes terrés dans des trous d'obus, de silhouettes grises qui s'embrochaient à la baïonnette et semblaient ne plus savoir pourquoi.

Paul aussi avait recueilli religieusement les confidences du géant. Eh quoi ! Le patron avait connu la peur, là-haut ? Il avait eu peur de mourir au combat ? Finalement, il n'était donc qu'un homme comme lui, le simple goémonier, et non le surhomme qu'il imaginait.

— Tu vois, Paul, reprit Yann, la guerre n'est pas ce que tu crois, ou, du moins, ce n'est pas que cela. Pour un chef comme Joffre, c'est une avancée sur le terrain, une partie du pays reprise à l'ennemi, mais pour les soldats, pour les gars des tranchées, la guerre se limite aux cinquante ou cent mètres qu'ils ont devant eux et qu'ils vont devoir franchir. Et quand tu parviens, enfin, dans la tranchée d'en face, il te reste à en chasser l'occupant au corps à corps. C'est cela, la guerre du soldat. Ça et rien d'autre. Il ne participe qu'à un tout petit bout de la bataille. Lui-même n'est rien ou presque. À lui la misère et la mort, au chef, la gloire de la victoire ou le déshonneur de la défaite...

Anne se décida enfin à pénétrer dans la pièce. Elle en avait assez entendu.

— Tiens, Anne ! s'exclama Yann en changeant de ton. Alors, tu as vu Yves ? Comment va-t-il ?

— Il se morfond à Molène, c'est du moins ce qu'il prétend, répondit Anne, en affectant elle aussi la légèreté. Mais guerre ou pas, les Molénaises ont toujours le sang aussi chaud, surtout avec cette pénurie d'hommes à l'île. Il ne faudra pas s'étonner que je porte des cornes bientôt, si ce n'est pas déjà le cas. Quand je pense que j'ai passé des mois et des mois seule femme parmi une trentaine d'hommes... Tu me diras que des forçats...

— Heureusement que je te connais, Anne, fit le géant en riant, sinon je me poserais des questions...

— Tu ne me crois pas ? Si tu avais vu les îliennes me dévisager quand elles ont su que j'étais la femme d'Yves, c'est là que tu te serais posé des questions. Demande à Paul...

— Pour ça, patron, c'est la vérité, et Yves a eu bien du mérite de leur résister si longtemps, parce que moi...

*
* *

Au petit matin les gardes avaient découvert les deux corps, déjà froids. Duclos, le violeur, avait commencé par étrangler Martinelli dans son sommeil, avant de se pendre. Naturellement, le drame n'avait eu aucun témoin ; personne n'avait vu ou entendu quoi que ce soit. Yann hésita un peu avant de se décider à partir pour Le Conquet. Il confia son fusil à Paul Roué, en lui conseillant de rester à la ferme jusqu'à son retour, et demanda à Calloc de garder tous les forçats durant la journée. Seuls les vrais goémoniers travailleraient ce jour-là.

Il s'était immédiatement rendu à la gendarmerie, où le nouveau brigadier, s'imaginant sans doute tenir là l'affaire de sa vie, se montra si tatillon que Yann réagit avec virulence, au point de se voir menacer d'inculpation et de devoir faire appel à Adrien Devernois.

— Mon pauvre Yann, lui dit Adrien en quittant la gendarmerie, je suis vraiment désolé pour vous. Non seulement vous devez vous débrouiller avec ces gibiers de potence, mais, en plus, quand ils s'entretuent, ils vous causent encore plus d'ennuis morts que vivants. Laissez-moi régler le problème avec l'administration pénitentiaire.

— Voyez-vous, monsieur Devernois, je me reproche de n'avoir pas laissé ce Martinelli se faire justice lui-même. Il n'y aurait eu qu'un mort.

— On ne peut pas tout prévoir, Yann, et vous n'avez fait que ce que vous deviez faire. Ne vous en faites donc pas. Cette affaire sera classée sans suite ; nous avons tous d'autres chats à fouetter... Comment va votre sœur ? Je sais qu'elle est à Brest, à la direction des Phares et Sémaphores. J'espère qu'elle réussira là où Eugène et moi échouons depuis si longtemps.

— Vous venez quand même d'obtenir trois mois pour Yves, et c'est déjà bien, monsieur le Maire, répondit Yann. Cela nous donnera le temps de nous organiser jusqu'au brûlage.

— À condition que nous puissions suivre votre cadence et disposer de suffisamment de chlore pour traiter les pains de soude. Rendez-vous compte : nous faisons à peine 60 pour cent du tonnage d'avant la guerre ! Enfin, nous arrivons à honorer les commandes de l'armée et de nos clients les plus fidèles, ce n'est déjà pas si mal... Nos ouvrières sont extraordinaires et je ne médirai plus jamais des femmes.

Lise avait sauté de joie quand Yann lui avait appris le retour d'Yves à Quéménès : elle allait pouvoir retrouver son géant.

Ce soir-là, Anne rendit visite à sa belle-sœur. Elle rentrait de Brest où elle avait obtenu l'accord verbal du directeur des Phares et Sémaphores qui acceptait de détacher Yves à l'île durant toute la durée du conflit, sous réserve que les Économats du Service de Santé des Armées donnent, eux aussi, leur accord. Adrien Devernois avait promis d'intervenir une fois de plus.

Yann et Lise sortaient de table quand ils virent les deux industriels remonter l'allée du jardin. Eugène Lemarchand accompagnait son ami Adrien. Encore un nouveau problème d'approvisionnement en iode, se dit Yann en les faisant entrer dans la salle à manger.

— Bonjour, monsieur le maire. Alors, ce brigadier veut encore me faire des misères ?

— Non, Yann, ce n'est pas cela... C'est... c'est autre chose, fit Adrien en toussant légèrement pour s'éclaircir la voix...

Lise avait compris la première. Non, pas cela ! Pas Cheun ! Elle poussa un cri en se précipitant sur son mari, les yeux déjà voilés de larmes. Yann comprit à son tour, tenta de parler mais n'y réussit pas et se laissa tomber sur une chaise. Sa canne roula au sol...

— Oui, Yann, c'est Cheun, votre frère, chuchota Adrien. Il est tombé il y a une semaine, à Verdun. Une balle, une seule balle en pleine tête. Comme ils disent, il n'a pas souffert. Il menait ses hommes à l'assaut. Une balle, c'est quand même mieux qu'un éclat d'obus... Je viens de recevoir le télégramme. Je vais faire prévenir Yves et Anne dès aujourd'hui.

Mais le géant n'écoutait plus ; il fixait Adrien sans le voir. Lise le serrait dans ses bras et pleurait. Ce qui étonnait Yann, c'était de souffrir si peu. C'était comme si, depuis toujours, il s'était préparé à cette fin. Après quelques minutes qui lui parurent interminables tant l'absence de réaction du géant le surprenait, Eugène glissa timidement :

— Yann, ne pensez-vous pas qu'il faudrait prévenir Yvonne ? Cheun était son père... Et pour le mariage...

— C'est vrai, il y a Yvonne ! Et la semaine prochaine...

— Oui, Gwen-Aël arrive dimanche, poursuivit l'industriel, et le mariage est mardi, dans une semaine juste...

Le géant reprit enfin ses esprits.

— Je vais avec vous voir ma nièce, décida-t-il. Nous devons la prévenir immédiatement.

Quand elle vit arriver son oncle en compagnie d'Eugène Lemarchand, Yvonne pensa tout de suite à une nouvelle complication pour son mariage. Mais très vite elle sut que ce qui les amenait était plus grave. Aucun d'eux ne semblait vouloir prendre la parole. Enfin, Yann se lança :

— Tu sais, Yvonne, que la guerre est une chose terrible, et que chaque jour apporte, malheureusement, son lot de soldats blessés, ou pire.

La jeune fille s'était levée d'un bond.

— Gwen-Aël ! Gwen-Aël ! Il est arrivé quelque chose à Gwen-Aël ! Dites-le-moi, mon oncle... Il n'est pas mort, n'est-ce pas ? Monsieur Lemarchand ? Non ! Il n'est pas mort !

Elle s'était jetée sur Yann, et lui avait saisi les mains, son regard angoissé quémandant une dénégation.

— Non, Yvonne, fit enfin Eugène, il ne s'agit pas de Gwen, mais de ton père. Il a été tué, hier, à Verdun.

La jeune fille était restée un instant interdite, avant de fondre en larmes dans les bras de Yann. Eugène était gêné. Gêné pour Yann, mais pour Cheun, aussi, tant il était évident qu'Yvonne n'avait pensé qu'à Gwen-Aël, et pas du tout à son propre père. Quel égoïsme chez ces jeunes gens ! se dit-il. Il s'était retiré, en compagnie d'Adrien, et était descendu au Café du Port, où, après avoir offert une tournée générale, il n'avait pas tardé à trouver un pêcheur qui avait accepté d'aller porter la mauvaise nouvelle à Quéménès. Il était, ensuite, descendu à Poul-Conq prévenir

Estelle qui avait quitté immédiatement son bureau pour venir consoler Yvonne.

En arrivant à Roz-Avel, Estelle fut surprise de constater que ce n'était pas l'oncle qui consolait la nièce, mais l'inverse. Yann semblait ailleurs, comme s'il avait été drogué ou endormi, et Estelle se demandait comment il réagirait quand il sortirait de l'état de torpeur où il était plongé. Yvonne elle, avait apparemment parfaitement surmonté le choc, et, hormis ses yeux rougis, rien ne permettait de penser qu'elle venait d'apprendre le décès de son père.

*
* *

Yves, lui aussi, parut privé de réaction. La blessure et l'amputation de Yann venant après la disparition de Joseph, c'était déjà beaucoup. La grossesse pour le moins mal venue d'Yvonne et ces deux morts à l'île étaient de trop. Et maintenant, la mort de Cheun... Qu'avaient-ils fait au Bon Dieu pour qu'Il s'acharne ainsi sur leur famille, à coups si rapprochés ? À Molène, il avait vécu comme hors du temps, hors du monde réel, et le retour à la réalité était rude. Dans la quiétude de son sémaphore où, tous les jours, un pêcheur ou un autre venait lui rendre visite, il avait eu du mal à imaginer les dangers qu'affrontaient ses beaux-frères au front, l'angoisse d'Anne à Quéménès, la solitude de sa fille à Roz-Avel. Maintenant, il allait, enfin, pouvoir se rendre utile, pouvoir remettre en place toute la filière de l'iode. Mais auparavant, il y avait le mariage d'Yvonne et Gwen-Aël, la semaine suivante, qu'on avait décidé de maintenir, malgré tout. Ce serait un mariage sans fête, simplement. La fête, ils la feraient plus tard, quand la guerre serait finie. Il allait devoir trouver une solution pour se libérer quarante-huit heures et se demandait bien laquelle, car il n'était pas question pour lui de laisser les forçats seuls avec ses vieux employés et les gardes-chiourme.

C'est Michel Cuillandre qui la lui apporta. Le Molénais n'avait jamais retrouvé le plein usage de sa jambe gauche, écrasée, des années plus tôt, par une barrique de vin, lors du déchargement du *Vesper*. Il s'en plaignait d'autant moins que, depuis son accident, il percevait une pension substantielle. Michel était passé par curiosité : il voulait voir à quoi ressemblaient ces forçats dont on parlait tant à Molène et dans les cafés de la côte, et que Paul Roué lui avait décrits comme des bandits sanguinaires s'entretuant pour un oui ou pour un non. Il débarqua à l'improviste à Quéménès, peu avant l'heure du déjeuner. Au cours du repas, Yves lui fit part du problème que lui posait le mariage d'Yvonne, et Michel lui proposa aussitôt de le remplacer à l'île le temps qu'il faudrait. Il se ferait aider de Mathieu Masson qui avait toujours bon pied, bon œil malgré ses soixante ans. Yves n'hésita pas.

— Tu me rends vraiment un fier service, Michel, et je t'en remercie. Cela fait plus de six mois que je n'ai pas vu mes enfants ; alors, rater le mariage de ma fille...

— Je croyais qu'elle était bonne sœur, ta fille...

— Ma fille religieuse c'est Julia, expliqua Yves. Elle n'est encore que novice, d'ailleurs, et termine des cours d'infirmière à Rennes. Ensuite, elle partira, soit pour le front, soit pour un hôpital militaire. Celle qui se marie, c'est Yvonne. Elle épouse Gwen-Aël, le fils de François Kernéis.

— François ? Celui du *Vesper* ? celui qui m'a sauvé ?

— Oui. Il sert en ce moment dans la Royale. Il était second sur un destroyer, il y a peu. Il n'est pas revenu chez lui depuis le début de la guerre. Je crois qu'il passe son temps à jouer les chiens de garde pour des bateaux de commerce qu'il protège contre les sous-marins allemands. Il ne sera pas là pour le mariage de son fils.

— Quelle drôle d'époque ! Mes deux frères sont dans le même cas. Deux ans qu'ils n'ont pas revu leur famille, et comme ils ne savent pas écrire... Enfin, ils sont vivants, et c'est déjà beaucoup. Tu te rappelles, Yves, 1914 ? Ce qu'ils nous disaient alors ? Qu'on gagnerait la guerre en un ou deux mois. Deux ans que ça dure, et on n'est même pas sûrs de la gagner...

Michel avait vu les forçats et Yves lui avait présenté les gardes-chiourme. Durand, le remplaçant de Calloc, un homme de quarante-cinq ans environ, paraissait sérieux et compétent. Yves était parti rasséréné. Son ami Mathieu était un homme calme et déterminé, qui saurait se faire respecter et n'hésiterait pas à se servir de son fusil si besoin était. L'île était en de bonnes mains ; il pourrait conduire sa fille à l'église.

*

* *

Yves s'appliquait. Il n'avait pas navigué depuis longtemps et devait tirer des bords en permanence. Il faudrait qu'il songe à équiper son bateau d'un moteur, cela lui permettrait de gagner un temps fou. Il allait demander à Yann de se renseigner sur la question. Encore qu'un bateau à moteur pouvait être une tentation pour les bagnards... La pensée des forçats le ramena à Anne, qui avait passé près de deux ans avec eux et qui s'en remettait difficilement. Il se sentait terriblement coupable envers elle. Lorsqu'il lui avait imposé de prendre sa place à Quéménès, il n'avait pas mesuré ce qu'il exigeait d'elle. Il se souvenait des reproches qu'elle lui avait adressés quelques jours plus tôt à Molène. Comme Yvonne, elle avait l'impression qu'il l'avait abandonnée. Il s'était récrié, mais n'avaient-elles pas raison, toutes les deux, d'une certaine façon ? Bien sûr, il venait à Quéménès deux fois par an, pour six à huit semaines, mais ensuite il retournait dans son sémaphore, où, si elle n'était pas toujours drôle, la vie était quand même très supportable en comparaison de ce qu'elle était à Quéménès. Et Yvonne ? Il aurait dû se montrer plus proche d'elle, ne pas se contenter de ces quelques lignes hebdomadaires qui sentaient sûrement trop le devoir paternel.

— Des étrangers. Des étrangers l'un pour l'autre. Voilà ce que cette guerre a fait de nous, lui avait dit Anne...

Elle n'avait pas tort, et tous les soldats, tous les hommes allaient trouver bien du changement quand ils rentreraient chez eux. Comme Anne avait pris sa place à l'île, leurs femmes les auraient remplacés pendant des années à la ferme ou à l'usine et elles ne seraient plus les mêmes à leur retour. Il s'était défendu comme il avait pu, avait rappelé à Anne, une fois encore, qu'il n'était, lui-même, qu'une victime de l'administration qui, pour des motifs obscurs, préférait le voir dans un sémaphore plutôt que sur son île avec les forçats. Grâce à Dieu, et surtout, grâce à elle, ils avaient enfin obtenu satisfaction. Elle allait, à nouveau, pouvoir s'occuper de leurs enfants, et lui de ses pains de soude.

Mais elle lui avait dit aussi :

— Après la guerre, Yves, quand ce sera fini, je voudrais que tu t'arrêtes. À quoi bon vivre ainsi, séparés ? N'avons-nous pas assez d'argent pour laisser l'île et la soude ? Nous pourrions faire autre chose, vivre différemment, pourquoi pas de nos rentes au Conquet ?

— Oui, nous le pourrions, Anne, avait-il répondu. Même si nous ne sommes plus aussi riches que tu ne le crois. J'ai donné les trois quarts de notre or à l'État. Pour l'effort de guerre...

— Comment cela, tu as donné notre or ? s'était-elle écriée en se levant de sa chaise, comme mue par un ressort. Alors, quand je me crevais à Quéménès, c'était pour que tu distribues notre argent, sans même me demander mon avis ? Les trois quarts, tu dis ? Tu es fou !

— Non, je ne suis pas fou, ma chérie, et je prévoyais ta réaction, c'est pourquoi je ne t'en ai pas parlé. Mais réfléchis : si Dieu nous a permis de gagner cet argent, il ne l'a pas fait pour que nous devenions des Crésus. Cet or, nous ne l'avions qu'en dépôt. Notre pays en avait besoin ; il fallait le lui rendre. D'ailleurs, rassure-toi : ce que j'ai donné provenait exclusivement de la vente de nos emprunts russes. Tu ne savais même pas que nous possédions cet argent.

— Tu as gardé tout l'or que nous avions à la banque et dans notre coffre ?

— Oui, tout à fait...

— Mais alors, Yves, nous étions très riches !

Et après un moment de silence, elle ajouta :

— Finalement, tu as sans doute eu raison ; nous n'avions pas besoin de tout cet argent. Quand l'on voit ce qui est arrivé à Yann ou Cheun, et que nous ne savons même pas si Joseph est vivant ou mort... Excuse-moi, c'est que je suis lasse, si lasse, vois-tu...

Et elle s'était mise à pleurer. Elle avait pleuré longtemps, évacuant l'angoisse qui lui nouait la gorge depuis des mois.

— Ne pleure pas, ma chérie, je t'en prie, ne pleure pas, avait dit Yves.

— Laisse, Yves, cela me fait du bien, au contraire. Il y a si longtemps que je voulais pleurer et que je n'y arrivais pas... Juste quelques larmes, l'autre jour, quand j'ai revu Yann...

Il l'avait prise dans ses bras et l'avait bercée comme un enfant, en songeant aux leurs, à Yvonne, qu'il allait conduire à l'autel, à Jean-Yves, qui devait passer son bac dans quelques semaines, avant d'être mobilisé dans la marine, à Julia, sa petite Julia, son rayon de soleil, qu'il n'avait pas revue depuis plus de deux ans. Jean-François, lui, semblait ignorer la guerre. Jean-François, si secret et qu'il comprenait si peu. Il était au collège pour travailler, et il travaillait. Il avait un an d'avance et brillait en latin et grec. Peut-être en feraient-ils un prêtre, finalement ? Quant à Jacqueline et aux jumeaux, c'étaient certainement eux qui étaient le plus à plaindre. Les pauvres petits n'avaient quasiment pas vu leurs parents pendant près de deux ans. Et ce bébé qui allait naître... Ils allaient être grand-père et grand-mère.

Il avait choisi de longer la côte pour profiter du jusant et se trouvait au large de Kerhornou. Dans un peu plus d'une demi-heure, il passerait Kermorvan. Il se sentait un peu anxieux à l'idée de retrouver les siens. Anne, surtout. Quand ils s'étaient quittés, quelques jours plus tôt, il lui avait dit :

— Je suis fier de toi, fier de ce que tu as fait depuis un an et demi. Je sais que ce que je te demandais était hors du commun, mais c'est parce que je te savais une femme hors du commun que je te l'ai demandé. Tu n'as pas failli, bien au contraire. Tu es un brave petit soldat de la République qui a sans doute fait, pour son pays, autant que tout un régiment sur le front. Je t'aime, Anne, je t'aime et je t'admire...

37

Rozenn cherchait le sommeil, comme tous les soirs, mais le temps lourd rendait cette quête plus difficile encore cette nuit-là. Et comme tous les soirs, aussi, elle pleurait en silence.

Dans la matinée lui était revenue du front une nouvelle lettre portant la mention « disparu ». Quelle différence y avait-il entre disparu et décédé ? Pratiquement aucune, lui avait-on dit. Peut-être Joseph avait-il eu la chance d'être fait prisonnier ? Elle n'avait eu aucunes nouvelles de lui depuis près de quatre mois. S'il était mort, il irait rejoindre la cohorte de tous ceux dont on ne retrouverait jamais le corps. Cette guerre était tellement horrible.

Elle renifla, puis se moucha bruyamment. Qu'avait-elle fait pour mériter tant de malheurs ? La mort de son petit Pierre, deux ans plus tôt, elle pouvait la comprendre. N'avait-elle pas maudit le ciel et attenté à ses jours en se jetant dans un puits après ces vacances ratées avec son mari ? Il n'était resté que deux jours et cinq heures avec elle, au lieu des dix jours promis. Il la trouvait stupide, mal dégrossie, paysanne... Évidemment, comment aurait-elle pu rivaliser avec cette femme si riche, cette Ursula Maïer ? Elle baisait bien, lui avait dit Joseph, pour la blesser ; mais elle aussi, Rozenn, faisait très bien l'amour. Après son mari, tous ses amants le lui disaient. Pas plus tard que la semaine passée, le jeune Tanguy Mazé, le pilote, avait, lui aussi, apprécié et en avait redemandé...

Son infortune conjugale lui pesait d'ailleurs moins depuis qu'à son tour elle trompait Joseph. Que toute la famille, toute la ville sache qu'elle portait des cornes ne l'avait pas gênée jusqu'à ce que ses enfants l'apprennent. Mais quand Jean-Joseph, son aîné de quatorze ans, lui avait demandé, insolemment, ce qu'elle avait bien pu faire à leur père pour qu'il ne veuille plus d'elle, c'en avait été trop ; elle l'avait giflé. Il fallait qu'elle en parle à Yves. Il viendrait à terre pour le mariage d'Yvonne et saurait remettre le garçon dans le droit chemin.

Et puis, il y avait l'argent. Comment allait-elle faire ? Elle ne savait pas où Joseph le plaçait et ne disposait plus que de que 160 francs. Une fois payé l'internat des deux aînés, il ne lui resterait plus rien. De l'argent, il y en avait quelque part, mais où ? Ah ! si Joseph avait été là ! Chaque fois qu'elle pensait à lui, elle revivait les jours heureux d'avant Ursula. Et puis il y avait eu cette guerre... Tant qu'elle l'avait attendu, espéré, elle était restée fidèle, mais depuis deux ans qu'elle se trouvait seule, elle n'essayait plus de résister à ses désirs ; elle les assouvissait chaque fois que l'occasion se présentait. Si seulement elle avait pu se confier à quelqu'un... Anne ? Mais Anne était la sœur de Joseph. Estelle ? Oui, il n'y avait qu'Estelle qui puisse la comprendre... Mais se confier à elle serait lui avouer l'échec de sa vie. « Et alors ? » fit-elle à voix haute. Estelle ne lui avait-elle pas promis de ne jamais l'abandonner ? Oui, elle irait la voir demain. À moins que... Oui, il n'était pas trop tard.

*
* *

Yvonne non plus n'arrivait pas à dormir. Cette chaleur, Gwen-Aël qui arrivait le lendemain, le bébé qui grossissait dans son ventre. La mort de son père... Pendant la messe du matin qui avait été d'une sobriété surprenante, elle avait fait son mea culpa : elle s'en voulait terriblement du soulagement qu'elle n'avait pu cacher quand elle avait appris que c'était son père et non Gwen qui avait été tué.

Cette mort la touchait, bien sûr, mais il lui semblait avoir perdu davantage un oncle cher que son propre père. Cheun était venu si tard dans sa vie, il avait toujours vécu si loin, et finalement, elle l'avait si peu connu... Non, c'était bien Yves son père. Le télégramme des autorités militaires mentionnait qu'il était mort en héros et rappelait qu'il avait obtenu la croix de guerre au Maroc et de nombreuses citations. La lettre de son colonel avait beaucoup ému l'oncle Yann.

Il y avait eu encore le coup de téléphone de ce M. Kerouanton, le premier clerc de l'étude Andrieux, qui souhaitait la voir personnellement, avant son mariage. Cela avait un rapport avec le décès de son père, lui avait-il dit. Sans doute lui avait-il laissé une lettre, une sorte de testament...

Yvonne s'était levée et s'était accoudée à la fenêtre. C'était la pleine lune. Dans la chambre voisine, ses parents ne dormaient pas, eux non plus ; ils étaient même plutôt bruyants ses parents ! Oh ! Gwen-Aël, vite !

Il serait là le lendemain soir. Depuis une quinzaine de jours, il ne lui avait pas écrit et elle ignorait comment il avait pris la nouvelle de sa grossesse et de leur mariage. Car, finalement, Estelle n'avait même pas demandé son avis à son fils ; elle le mariait pour qu'il répare sa faute. Yvonne se souvenait de ce que lui avait dit Gwen lors de sa permission : trente-six heures pour dix-huit mois d'absence, c'était court. Tant pis pour ce qui arriverait. Ils n'allaient pas faire attention alors qu'ils avaient si peu de temps. Ils s'étaient aimés comme jamais, avaient profité de ces trente-six heures au maximum. Le résultat était là, se dit-elle en se tâtant à nouveau le ventre.

*

* *

Gare de l'Est, il régnait une cohue indescriptible. Les deux hommes se frayaient un chemin en jouant des coudes.

— Nous n'arriverons jamais à temps à Montparnasse, dit Maurice. À quelle heure est le train, Gwen-Aël ?

— Dix-sept heures vingt-cinq. Il nous reste une heure. Nous allons prendre un fiacre. À moins que le métro...

— Le tramway, plutôt. Un fiacre, moi, je ne peux pas. Tu as des sous, toi ?

— Oui, ne t'en fais pas. On prend le fiacre. Ce sera plus agréable que le tramway. Et j'en ai assez de cette foule. C'est encore pire que les tranchées...

Les deux soldats — un sergent-chef et un caporal — auraient pu passer pour deux frères tant ils se ressemblaient : mêmes cheveux noirs, coupés ras, sous le képi, même moustache en brosse, même peau tannée par le soleil et les intempéries, même uniforme. Ils s'étaient retrouvés par hasard dans la foule.

— On t'attend chez toi, Maurice ?

— Non, pas du tout. Il n'y a que trois jours que j'ai su que j'avais ces deux semaines de permission de convalescence. J'avais juste assez d'argent pour me payer le train ; alors j'ai bondi sur l'occasion. Cela fait deux ans que je ne suis pas retourné chez moi, à Plouescat. J'ai un peu la trouille, d'ailleurs.

— La trouille ? Pourquoi donc ? Tiens, on va prendre ce fiacre. Dépêche-toi de monter !

Ils avaient jeté leur barda sur le plancher de la voiture avant de s'y installer confortablement.

— Tu disais que tu avais peur, reprit Gwen-Aël. De quoi, au juste ?

— Eh bien, quand je suis parti, j'avais, comme qui dirait, une promise. Elle m'a écrit pendant huit mois. Mais depuis un an, plus rien. Je crains qu'elle n'en ait épousé un autre, comprends-tu ?

— Oui, parfaitement, fit Gwen-Aël, qui changea aussitôt de sujet. Combien de temps as-tu passé à l'hôpital ?

— Deux mois. Au début, c'était pénible, avec ces éclats d'obus un peu partout ; mais, sans rire, c'est certainement dans les fesses que c'est le plus embêtant. Enfin, j'ai eu de la chance, quand même.

— Tu peux le dire ! Quand Jules et moi t'avons relevé,

nous te croyions mort. Tu pissais le sang de partout. Le crâne, surtout. Quand je pense que seul le cuir chevelu était touché ! À deux centimètres près, tu n'avais plus de tête. Tu as eu une chance de cocu.

— C'est bien pour cela que je ne suis pas pressé d'arriver à Plouescat ! sourit tristement Maurice. Et toi, toujours aussi mystérieux... Pourtant, quand nous nous sommes connus, tu étais drôlement amoureux...

— Je le suis toujours, mais c'est cette guerre... J'ai l'impression d'être non pas mort, mais en dehors de la vie, absent, comme « entre parenthèses ». Parfois, je ne sais plus qui je suis, et pourtant, tu vois, je rentre chez moi pour me marier ; je vais avoir un enfant dans six ou sept mois...

— Tu vas te marier ! Ça alors ! Tu es jeune, pourtant. Et... tu l'aimes ?

— Oui, je l'aime. Et, il y a deux ans, je ne rêvais que de l'épouser. Aujourd'hui, je ne sais plus. Je ne suis pas sûr que nous ayons le droit, nous, soldats, de nous marier, d'avoir des enfants, alors que nous pouvons mourir chaque jour...

— Mais justement, Gwen, c'est la vie ! La mort en fait partie. L'Ankou est toujours là ; il prend l'un, il laisse l'autre. Que ce soit au front ou ailleurs, c'est pareil. Bien sûr, au front, nous avons plus de chance de mourir qu'à l'arrière, mais les épidémies frappent partout, les maladies aussi. Et puis, maintenant que tous les hommes de plus de dix-huit ans sont soldats, si tout le monde raisonnait comme toi, il ne naîtrait plus un seul enfant dans ce pays. Cesse donc de broyer du noir et remercie le ciel qui te donne la chance d'épouser la fille que tu aimes. Tu es un veinard, Gwen-Aël, et tu ne t'en rends même pas compte. D'autant que tu gagnes une perm', en plus !

— C'est le bon côté de la chose, c'est vrai...

— Et comment est-elle ta promise ? Tu n'as pas une photo ?

Gwen-Aël ne répondit pas immédiatement. Il détestait ces familiarités entre soldats. Pourtant, après un moment d'hésitation, il sortit une photo de son portefeuille et la tendit à son ami. Maurice, c'était autre chose.

Jamais, quand il était parti à la guerre, il n'aurait imaginé qu'il pourrait avoir un ami comme Maurice ni qu'il lui parlerait de sa vie personnelle comme il venait de le faire. Deux ans plus tôt, on aurait dit qu'ils n'étaient pas du même monde, mais la vie des tranchées, la promiscuité dans laquelle ils vivaient tous, la familiarité qui s'établissait naturellement entre eux, tout cela abolissait les barrières et les classes sociales, modifiait les valeurs. Rien n'est plus égalitaire que la mort. Gwen-Aël se souvenait de ses premiers mois à l'armée, du blanc-bec qu'il était alors, fier d'être bachelier et étudiant. Il n'avait pas mis longtemps à changer de façon de voir. Pour lui, aujourd'hui, un homme valait, certes, par son intelligence, et par son courage, mais il valait surtout par son abnégation, sa générosité, sa disponibilité. Et hormis son cousin Karl qui était un garçon d'exception, il ne connaissait personne qui approche Maurice selon ces critères. Maurice était un homme simple, mais d'une bonté et d'une générosité exceptionnelles, reconnues de tous. Un saint, se disait Gwen-Aël par moments.

Il sursauta. Maurice le tirait par la manche.

— Tu rêves, Gwen-Aël ? Ta fiancée, c'est une beauté, tu sais. Elle paraît presque aussi grande que toi, sur cette photo.

— Oui, elle est grande. Ce n'est pas étonnant, d'ailleurs. Son père est un géant de près de deux mètres. Un géant roux...

— Un géant roux ? J'en ai connu un. Un officier breton, que j'ai rencontré l'an dernier ; il commandait des tirailleurs marocains. Mais des géants roux, même bretons, il doit y en avoir plusieurs... Celui-là, c'était une légende vivante. Ses soldats l'adoraient...

Gwen-Aël ne répondit pas. Il s'agissait évidemment de Cheun. Le fiacre venait de s'engager rue de Rennes. Gwen-Aël régla la course et ils s'engouffrèrent dans la gare.

— Dis-moi Maurice, aimerais-tu venir à mon mariage ?

— Tu parles, que j'aimerais ! Mais je ne sais pas si je peux. Je ne connais pas ta famille, et puis, ma promise, comme je te l'ai dit, ne m'a peut-être pas attendu. Et sans cavalière...

Gwen-Aël sourit.

— Sais-tu ce que nous allons faire ? reprit-il. Une petite fête entre nous, pour ce mariage. Nous allons commencer par un bon repas au wagon-restaurant et, ensuite, nous prendrons un wagon-lit. Comme cela, demain matin, nous serons en pleine forme. Tu es mon invité, bien sûr. C'est mon mariage.

— Si tu m'invites, ça me va. Mais auras-tu assez d'argent pour payer tout ça ?

— Ne t'inquiète pas, j'ai de l'argent pour deux. Je vais même t'en prêter un peu pour que tu puisses profiter de ta permission. Tu me le rendras quand on aura gagné la guerre.

La joie de Maurice, émerveillé de tout ce qu'il découvrait, avait un peu réconcilié Gwen-Aël avec la vie. Il y songeait, le lendemain matin, dans le tramway électrique qui l'amenait au Conquet. Il arrivait chez lui avec près de douze heures d'avance et allait surprendre tout le monde. Il n'aurait jamais pensé qu'il pouvait être aussi gratifiant de faire plaisir à quelqu'un. C'était la première fois, depuis bien longtemps, qu'il était content de lui.

*
* *

Estelle maudissait, elle aussi, cette chaleur lourde et désagréable. Les fenêtres de sa chambre étaient grandes ouvertes, mais c'était insuffisant pour rafraîchir l'atmosphère. Françoise, sa chambrière, lui brossait les cheveux tandis qu'elle feuilletait une revue de mode. Estelle sentit une goutte de sueur couler lentement entre ses seins. Elle avait horreur de transpirer ainsi, comme un palefrenier ! Sans s'en rendre compte, elle redressa le buste pour ne plus sentir cette goutte de transpiration. Le geste eut pour effet de plaquer sur ses seins humides la légère chemise de soie, faisant ressortir les mamelons d'une façon incroyablement érotique. La jeune Françoise les regardait, fascinée.

— Madame veut-elle que j'aille lui chercher une autre chemise de nuit ? demanda-t-elle.

— Faites-moi plutôt couler un bain, Françoise. Tiède. Cela me fera du bien. J'ai cru entendre sonner, pouvez-vous aller voir ?

Un instant plus tard, Françoise annonçait Rozenn, et la faisait entrer dans le boudoir.

— Rozenn ! s'exclama Estelle. Qu'est-ce qui t'amène à cette heure ? Rien de grave, j'espère ?

— Rien de grave, non, il n'y a pas de nouvelle catastrophe, madame. C'est moi qui ne vais pas très bien.

— Tu me rassures. Je me préparais à prendre un bain. Si tu le veux, nous pourrons parler pendant que... Mais tu es trempée, ma fille. Tu es en eau ! Cette chaleur... Viens, suis-moi, tu vas au moins te laver le visage.

Assise devant la baignoire, Rozenn avait commencé par une crise de larmes. Estelle, qui y était habituée, l'avait laissée pleurer tout son saoul. La suite tenait à la fois de la confession et de la confidence. Rozenn avait récapitulé ses malheurs avant d'aborder ce qui causait aujourd'hui son angoisse : le manque d'argent, la hantise des jours sans pain, pour elle et ses enfants. Si seulement Joseph pouvait revenir rapidement...

Estelle était sidérée de constater que sa protégée n'avait toujours pas admis que son mari était probablement mort, ou dans un état qui ne valait guère mieux. S'il avait été un prisonnier parmi d'autres, elle aurait déjà eu des nouvelles.

— Tu as bien fait de venir me voir, ma chérie, lui dit-elle. Tout cela est bien trop lourd pour toi, en effet. Ne pleure plus ; je suis avec toi, tu le sais. Dis-toi, d'abord, que toi et les tiens ne manquerez jamais d'argent, tant que je vivrai. N'oublie pas, non plus, que les Penru sont des gens prudents et avisés, et que Joseph a sûrement des économies en lieu sûr. À nous de trouver où, si ce n'est pas dans une banque. Mais toi-même, tu as l'argent de la dot qu'Yves et moi t'avions constituée. Où est-il ?

— Oh ! il y a beau temps que je ne l'ai plus ! Je l'ai donné à Joseph quand nous nous sommes mariés et nous l'avons mis dans notre maison.

— C'est justement ce qu'il fallait éviter, fit sèchement Estelle. Je t'avais pourtant recommandé de ne pas le faire. Pourquoi m'avoir désobéi ? Placés convenablement à intérêts capitalisés en emprunts russes, ces 5 000 francs en vaudraient plus du double aujourd'hui, et tu n'aurais pas de problème. Mais ce qui est fait est fait. Nous parlerons à Yves demain. Peut-être a-t-il une idée de l'endroit où Joseph plaçait votre argent. Je te conseille, d'autre part, de te faire un peu plus discrète. Il y a des bruits qui courent sur ta conduite. Méfie-toi : les gens sont méchants, tu le sais,...

— Comment avez-vous appris ? s'étonna Rozenn.

— Tu sais très bien que dans une ville de la taille de la nôtre, tout se sait un jour. Pour ne pas se faire prendre, il faut en sortir, aller à Brest, par exemple, et encore !

— Je n'ai pas de voiture, madame, fit Rozenn, pincée. Et puis tant pis. Cela ne regarde que moi ; c'est ma vie. J'ai des besoins, que voulez-vous. Mais vous, madame, comment faites-vous ?

— Je résiste, pour le moment. Je résiste à toutes les tentations, et Dieu sait s'il y en a, aujourd'hui. Mais je résiste surtout à mes propres démons, ce qui m'étonne moi-même. Au point que, pour une fois, je suis fière de moi. Tiens, passe-moi mon peignoir, s'il te plaît...

Estelle s'était séchée, puis, drapée dans son peignoir, elle était descendue à son bureau, y avait pris 2 000 francs qu'elle avait remis à Rozenn en lui recommandant de les gérer avec parcimonie.

— Cet argent est pour toi et tes enfants, et uniquement pour vous, avait-elle précisé. J'espère qu'il ne te viendra pas à l'idée d'en faire profiter quelqu'un d'autre, l'un de tes amants de passage, par exemple. Je connais ta faiblesse et ta naïveté, ma chérie. Tu serais capable de donner la moitié de ce tu possèdes pour une fable qui te serait bien racontée.

*
* *

La flotte était en état d'alerte maximale depuis que, six heures plus tôt, à deux cents nautiques à peine, au nord-est, les sous-marins allemands avaient envoyé deux cargos de blé par le fond. Ils étaient en plein Atlantique, presque à mi-chemin entre les côtes du Brésil et les Canaries, alors que, d'habitude, c'était surtout aux portes de l'Argentine que le danger les guettait. Il devait donc s'agir de nouveaux venus, en route vers leur futur terrain de chasse, et qui se faisaient la main sur le gibier qui se présentait.

François se lissait les moustaches. L'escorteur rapide dont il avait pris le commandement quelques semaines plus tôt, l'un des derniers construits à Cherbourg, était spécialement conçu pour la lutte contre ces nouveaux charognards des mers qu'étaient les sous-marins allemands. Ne pouvant contester la supériorité des Britanniques sur les océans, les Allemands avaient choisi la terreur. Tout en affirmant ne s'en prendre qu'aux navires chargés d'approvisionner les Alliés, ils coulaient tout ce qu'ils trouvaient. Sur son précédent bateau, François avait acquis, comme second, les rudiments de cette guerre navale d'un type nouveau, à laquelle il avait fallu s'adapter rapidement. Torpilleurs, contre-torpilleurs, dragueurs de mines, avisos, escorteurs, tous, avec des moyens différents, participaient à ces combats.

Les jumelles vissées aux yeux, François scrutait la mer, à la recherche d'un kiosque ou d'un périscope. Mais l'ennemi devait encore être très loin d'eux, à six ou huit heures au moins. La veille serait harassante, mais, par chance, la mer était aussi plate qu'un lac, ce qui facilitait considérablement la surveillance ; François se redressa et décida d'aller déjeuner. Il en avisa son second.

En se retournant, il aperçut, à un mille de lui, trois des huit cargos qu'il escortait jusqu'à Nantes. Tous ces moteurs tournant en même temps devaient faire un boucan de tous les diables sous l'eau, et l'ennemi n'aurait aucun mal à les localiser s'il passait à proximité. Deux jours plus tôt, ils avaient franchi la Ligne et devaient être à la hauteur des îles du Cap-Vert. Il faisait chaud et lourd, comme toujours dans ces parages à cette époque de l'année.

En poussant la porte du carré, François se surprit à nouveau à se lisser les moustaches. Il faudrait qu'il s'applique à perdre ce tic ridicule, se dit-il avant de reprendre le fil de ses pensées. À la fin de cette mission, ils devaient rester quarante-huit heures à Nantes, mais ignoraient encore où ils iraient ensuite. Ah ! s'il pouvait relâcher à Brest, ou même à Lorient, ne serait-ce qu'une seule fois ! Jusqu'à présent, c'était toujours à Cherbourg, La Rochelle ou Toulon qu'ils faisaient escale, ce qui ne lui laissait aucune chance d'aller voir sa famille. Une semaine plus tôt, Estelle l'avait informé, par télégramme, que Gwen-Aël épousait Yvonne qui attendait un enfant ; il n'en avait pas été étonné outre mesure. François sourit : Estelle, grand-mère ! Il entendait d'ici ses commentaires... Et le petit-fils Lemarchand épousait la fille de Cheun Penru. Quelle évolution !

François terminait son déjeuner, toujours plongé dans ses pensées. Ce télégramme était les seules nouvelles qu'il avait eues de Bretagne depuis deux mois. Le fil qui les reliait à la France était aussi ténu pour lui que pour son équipage et, sur mer comme sur terre, au fur et à mesure que passaient les mois, le fossé se creusait entre combattants et civils. Non, cette guerre n'était pas une guerre ordinaire, ni pour eux, ni pour les fantassins dans les tranchées. Mais leur sort à eux, marins, était quand même bien plus enviable que celui des soldats du front, et François n'arrivait pas à comprendre pourquoi Gwen, qui aimait la mer, avait choisi l'infanterie plutôt que la marine. Il eût été bien mieux dans la Royale. Un homme se mit au garde-à-vous devant lui :

— Mon commandant, un message pour vous.

Il en prit connaissance.

— Prévenez le second que je monte dans un instant, dit-il.

Ce n'était qu'un changement de cap. Pour éviter les sous-marins ennemis, le pacha avait décidé de plonger au sud-est. Comme tout le reste de la flotte, et en parfaite harmonie avec les cargos, l'escorteur réduisit sa vitesse, passant en protection sur le flanc gauche. Il serait aux premières loges si, d'aventure, les Allemands leur tombaient dessus, et cette idée n'était pas pour déplaire à François.

Deux heures plus tard, un des veilleurs lui annonçait : « Sous-marin à deux nautiques, nord-nord-ouest, mon commandant. » Par réflexe, François orienta immédiatement ses jumelles dans la direction indiquée, tout en griffonnant un message pour le pacha, et ce qu'il vit le glaça : la première torpille fonçait déjà sur sa proie, le cargo poussif et ventru qui les précédait d'un demi-mille, en laissant derrière elle un long sillage blanc. Le sous-marin, qui était encore en surface, se dirigeait droit sur eux. Il apercevait nettement son kiosque qui s'enfonçait lentement dans l'eau. Ils allaient lui faire payer son audace. François donnait ses ordres d'une voix métallique et froide, tout en suivant des yeux la première torpille qui rata sa cible. Il fonçait sur l'Allemand, qui se montrait aussi impatient que téméraire. L'escorteur de tête l'avait imité et tous deux allaient prendre l'ennemi en tenaille. Mais un destroyer avait réagi encore plus rapidement et avait déjà tiré une salve de trois torpilles qui croisèrent le second projectile que le sous-marin venait de lancer sur le cargo britannique. Les deux déflagrations se suivirent à moins de quinze secondes d'intervalle, avant que les escorteurs, à leur tour ne lâchent leurs chapelets de grenades sous-marines. La seconde torpille du sous-marin percuta le cargo qui prit feu immédiatement, mais l'Allemand avait, lui aussi, été touché par le tir du destroyer avant d'être achevé par les explosions sous-marines. Une large tache d'huile en surface témoignait de sa mort prochaine. Une deuxième nappe d'huile suivit bientôt, à quelques centaines de mètres, avant que n'émerge un kiosque d'où sortit rapidement un drapeau blanc. Ils avaient fait coup double.

La lutte avait été brève, mais le résultat positif : un cargo coulé, certes, du côté allié, mais chez les Allemands, un sous-marin par le fond, un second inutilisable, un troisième en fuite... Comme les autres commandants de l'escadre, François avait reçu les félicitations du pacha qui, cette fois encore, n'avait pas eu à intervenir. Si seulement cela pouvait leur valoir quelques jours de permission...

38

Yves avait, enfin, réussi à convaincre les autorités et obtenu carte blanche pour essayer d'augmenter la production de pains de soude sur tout le Finistère. Yann et lui allaient se relayer, tant à Quéménès que sur le continent, pour réussir ce nouveau pari. Depuis deux semaines, c'était le géant qui dirigeait goémoniers et forçats à l'île, et son beau-frère allait venir le relever. Tout s'était bien passé cette dernière quinzaine et c'est l'esprit serein que Yann s'apprêtait à retrouver les siens.

Quand il sortit de la ferme, il trouva l'horizon bouché. La brume était là et, dans cinq minutes au plus, elle allait noyer l'île. Il lui fallait agir. Il rentra à la ferme, saisit son fusil et tira deux cartouches en l'air. C'était un signal clair.

Tous les bateaux étaient en mer quand, en un instant, ils se trouvèrent plongés dans une ouate épaisse. L'un après l'autre, les goémoniers jetèrent l'ancre. Ils savaient que la seule chose à faire était d'attendre que la brume se lève. Très vite, parmi les forçats qui leur servaient d'assistants, ce fut l'anxiété, puis la panique, feinte ou réelle. Ces hommes ne craignaient pas grand-chose, mais semblaient terrorisés par cette purée de pois qui limitait la visibilité à quelques mètres. Contrairement aux goémoniers, la plupart d'entre eux ne savaient pas nager, et pour eux la noyade était un risque réel.

Il y avait déjà une bonne heure que Paul patientait quand son aide l'interpella avec véhémence. L'homme cherchait évidemment à dissimuler la peur qui le tenaillait, mais sa hargne cachait quelque chose d'autre, Paul le savait.

— Détache-moi du banc, Roué. Détache-moi. Tu n'as pas le droit de me tenir ainsi entravé. Tu es tranquille, toi. Que nous heurtions une roche et que nous coulions, tu t'en fous, tu te sauveras. Tu t'en bats l'œil que je crève dans la salée !

— Tais-toi, Blanchard ! À quoi ça te sert de crier comme ça ? Que je te détache ? Sûrement pas ! Tu serais capable de sauter à l'eau et j'aurais ta mort sur la conscience. Reste assis sur ce banc et cesse de gesticuler, ou tu vas nous faire chavirer. Et apprends qu'en mer, par temps de brume, il faut d'abord se taire. Se taire et écouter. L'on ne peut se guider qu'à l'oreille, et il faut que le silence soit total. Alors, tais-toi et écoute...

Le forçat avait obtempéré, mais les deux hommes avaient beau tendre l'oreille, ils n'entendaient que le clapot sur la coque de la barque...

— Je n'entends rien, Roué, et toi non plus, fit Blanchard. À quoi cela nous sert-il de rester ici, sans bouger, sans tenter quoi que ce soit ? On va crever sur place ! Avançons !

— Bougre d'abruti, ferme-la ou je te flanque à l'eau, le coupa Paul.

— J'ai entendu un cri, dit le forçat, soudain.

— Ah ! Quand même ! Pourquoi crois-tu que je te demande de te taire ? Cela fait cinq bonnes minutes que je cherche à savoir d'où proviennent ces appels.

Le forçat s'était mis à hurler à tue-tête et appelait au secours, mais il n'obtint pas de réponse. Après une ou deux minutes de silence, Paul reprit :

— Ils se déplacent. Ils s'éloignent de nous... Si seulement vous, les bagnards, vous nous laissiez faire notre travail... Nous connaissons la mer beaucoup mieux que vous. Mais non. Grandes gueules comme vous l'êtes, vous voulez tout faire vous-mêmes, et comme vous êtes incapables de reconnaître nos voix...

— Merde, Roué, on ne peut pas penser à tout ! En

tout cas, si l'autre bateau avance, c'est qu'il sait où il va. Il a dû trouver des repères pour rentrer à l'île, lui.

— Ou alors, il avance au jugé, parce que le goémonier a peur du forçat qui l'accompagne. Laisse-moi faire, bonhomme, et tu t'en sortiras. Par temps de brume, la règle est de n'avancer qu'à coup sûr, car le courant est si dangereux dans les chenaux du Four et de la Helle qu'y tomber en barque, c'est dire adieu à la vie. Quand j'étais gamin, j'ai été mousse sur un terre-neuvas. Eh bien, presque tous les ans, dans la brume, là-haut, il y avait un ou deux types qui disparaissaient. Toujours les plus impatients. Des gars comme toi ou tes copains.

— Mais ton ancre chasse, Roué, tu l'as dit toi-même !

— Elle chasse, c'est vrai, mais à peine, et cela ralentit notre dérive. Ah ! Si j'avais une montre comme le patron. Avec cette brume, on ne peut pas avoir l'heure au soleil. Je pense qu'on ne doit pas être loin de l'étale de haute mer... À moins qu'elle n'ait commencé à descendre ? Oui, bien sûr, elle doit descendre...

— Étale ou pas, tu dois me détacher, Roué. Si on va sur les cailloux, je ne veux pas couler avec ce bateau de malheur.

— Détache-toi toi-même, Blanchard ! Vous nous prenez vraiment pour des pommes, hein ?

Le bagnard en resta sans voix. Ces paysans étaient finalement bien moins stupides que ne l'imaginaient les forçats et leur plan risquait de faire long feu. Pourtant, il était résolu à l'appliquer : cette brume providentielle, ils l'attendaient tous. Il se pencha sur le banc, et, à l'aide d'une tige de métal qu'il avait dissimulée, il ne mit pas cinq secondes à se libérer les pieds. Mais Paul était sur ses gardes depuis un moment. Il s'attendait à cette attaque et avait choisi d'accélérer les choses en poussant Blanchard à se défaire de ses liens. Aussi était-il prêt quand le forçat se redressa et se rua sur lui. L'aviron que Paul tenait fermement décrivit un arc de cercle et vint frapper le forçat en pleine tempe. Déséquilibré, celui-ci bascula à la mer, après avoir vainement tenté de s'agripper au plat-bord. Paul le regarda s'enfoncer lentement dans l'eau, sans esquisser le moindre geste. C'était le forçat ou lui, il le savait, c'était la règle.

Pour autant, Paul ne blâmait pas le bagnard. Sans doute, à sa place, aurait-il, lui aussi, tenté sa chance. Heureusement pour eux, les goémoniers avaient un patron, un vrai. Yann avait vu juste, encore une fois, quand il leur avait dit que les prisonniers allaient probablement tenter quelque chose par temps de brume. Pourvu que Jean-Marie s'en sorte avec le sien ! se dit Paul. Jean-Marie, son pays, qui venait de le rejoindre à l'île pour se faire un peu plus d'argent qu'à Lilia, où il ne gagnait plus rien. Comment cela s'était-il passé à l'île ? Bien, sûrement. Le géant ne se serait pas laissé surprendre.

Le corps du forçat avait presque disparu, maintenant. C'est à peine s'il distinguait encore une vague tache sombre dans l'eau, sur le fond plus clair, presque à la verticale du bateau. Paul hésita un bref instant. Et s'il le repêchait avec la pigouille ? Oui, mais si la faux lui abîmait le visage ou les vêtements, on l'accuserait de l'avoir tué délibérément. Et puis il devait être mort, maintenant, Blanchard. Mieux valait le laisser où il était pour le moment.

Mais, bon sang, bien sûr ! Ce fond clair, c'était du sable. Il était à la plage de sable, et c'est pour cela qu'il dérivait si vite. L'ancre n'accrochait pas, et il allait droit sur les brisants de la pointe. Il remonta l'ancre à gestes mesurés et se mit à godiller à contre-courant en se laissant glisser tout doucement vers la côte. Il n'en était plus qu'à six à huit mètres, tout au plus, quand il distingua les premiers rochers. Il pouvait enfin se repérer précisément ; il avait la plage à main droite. Il avançait en crabe, maintenant, godillant comme un forcené, et se rapprochait très vite du rivage. Quand la barque s'échoua sur le sable, il perdit l'équilibre et faillit passer par-dessus bord. Il sauta à l'eau, tira le bateau sur la dune de galets et prit le chemin de la ferme, la pigouille à la main, à nouveau sur ses gardes. Qui sait ce qui avait pu se passer, à terre ?

*
* *

À terre, la révolte avait été étouffée dans l'œuf, et il n'y avait finalement qu'un mort et deux blessés à déplorer. Le mort était un forçat que l'un des gardes avait tiré à bout portant, en pleine poitrine. Les deux blessés avaient, l'un, une cheville cassée, l'autre, une balle dans la cuisse. Les prisonniers n'avaient oublié qu'une chose, c'est que, si la brume leur permettait de se cacher, elle leur dissimulait aussi leurs adversaires. En tirant ses deux coups de feu en l'air, Yann avait semé le doute parmi les bagnards. Prompts à se soulever, ils le furent tout autant à se rendre, quand ils s'aperçurent que l'effet de surprise ne jouait pas. Manquaient tout de même trois hommes, qui avaient profité de la confusion pour tenter la belle en s'emparant d'une barque.

— Il n'y a qu'à attendre que la brume se lève complètement, fit le géant en trempant un morceau de pain dans son bol de soupe où flottaient de grands carrés de lard. Quelle plaie, ce temps ! Quelqu'un a-t-il été voir les gardes, ce soir ?

— Moi, répondit Job Arzel, et je peux vous dire qu'il n'y aura pas d'évasion cette nuit, patron ! Les gardes sont fous de rage et crient vengeance. Et comme on n'y voit goutte, il nous faudra faire attention quand nous irons nous coucher, tout à l'heure. Ils sont capables de nous tirer dessus.

— Possible, fit Yann, mais je préfère être à ma place, cette nuit, qu'à celle de nos trois fuyards. Pas vrai, Paul ?

— Pour ça, patron, les gaillards doivent commencer à regretter de s'être enfuis par un temps pareil, répondit le goémonier. J'espère seulement qu'ils ne s'échoueront pas avec le bateau. Ils ne doivent pas être très farauds, perdus dans la brume...

— Il faudra quand même donner un linceul à ce mort, dès ce soir, reprit le géant. Vois-tu, mon gars, il y a au moins une chose que j'ai apprise au front : c'est que, qui que nous soyons, nobles ou paysans, riches bourgeois ou pauvres gueux, devant la mort, nous sommes tous égaux. L'Ankou a trente-six façons de nous emporter dans sa karrigell, mais le résultat est le même ; mourir dans son lit, d'une balle dans la tête ou noyé dans la mer, ça n'y change pas grand-chose...

— Quand même, patron, fit Paul, cela vous serait égal de mourir noyé ? Bouffé par les crabes ? Vous vous souvenez des deux Anglais, il y a vingt ans ? Ils n'étaient pas beaux à voir, hein ?

— Et moi, dit Yann, tu crois que je suis beau à voir ? Regarde-moi... J'ai perdu un pied et le bas de ma jambe, je ne sais où. À cette heure, ils ont été mangés par les asticots, les rats ou les corbeaux, mais pour moi, cela ne change rien : mon cœur bat, je respire, et si c'étaient les crabes qui s'en étaient régalés, cela serait exactement pareil.

— Évidemment, évidemment,... fit Paul, qui n'avait pas l'air convaincu. Mais vous pouvez dire ce que vous voulez : moi, je préfère être enterré au cimetière comme tout le monde, dans un vrai cercueil de bois, et servir de festin aux vers de terre plutôt qu'aux homards. Sans compter, quand même, qu'il y a la Résurrection des Corps, au Jugement Dernier !

Puis le goémonier s'était tu un instant. Il fallait pourtant qu'il le dise ; c'était le moment, le patron était bien disposé.

— J'espère seulement que le corps de celui que l'on va retrouver sur la plage, demain matin, ne sera pas trop abîmé. Il n'aura passé qu'une nuit dans la salée, après tout.

— Qu'est-ce que tu veux dire ? sursauta Yann.

— J'ai été obligé de me défendre contre mon aide, patron. Ce Blanchard. Il m'a sauté dessus. Je l'ai frappé à la tête d'un coup de rame : il est tombé à la mer et s'est noyé. Voilà.

Paul s'attendait à des cris de la part du géant. Mais il n'y eut qu'un long et lourd silence pesant avant que Yann ne soupire :

— Eh bien, nous voilà avec deux cadavres sur les bras... Mais pourquoi ce type voulait-il à tout prix rejoindre la côte à la nage ? Tu as été trop bon de le détacher parce qu'il avait peur. Il aurait mieux fait d'écouter tes conseils et d'attendre avec toi sur le bateau que la brume se lève...

Le goémonier respirait. Une fois de plus, le patron lui donnait la solution. C'était tout à fait comme cela que les choses s'étaient passées. Le bagnard avait peur et menaçait de faire chavirer la barque, il l'avait détaché et l'autre en avait profité pour sauter à l'eau. C'était tout simple, et lui, Paul, n'était responsable de rien...

*
* *

— Cela m'apprendra, je ferai un peu plus attention la prochaine fois, fit Yves au goémonier qui l'accompagnait. Tu vois, Jean-Louis, trois mois sans naviguer et j'oublie tout. Je fais vraiment un piètre marin.

La brume était tombée à une vitesse incroyable, il est vrai. Mais au lieu de plaisanter si sottement et de veiller sur leurs lignes comme s'il s'agissait d'un trésor, ils auraient été bien mieux inspirés de jeter, de temps à autre, un coup d'œil en direction d'Ouessant. Ils auraient alors pu voir les îles disparaître une à une dans ce voile cotonneux qui, peu à peu, recouvrait tout, avalait tout. Mais finalement, cela n'aurait pas changé grand-chose... le vent était trop faible, et, à la rame...

Depuis trois heures, déjà, ils tuaient le temps : ils avaient mouillé l'ancre et gardé deux lignes à l'eau, ce qui leur avait permis de prendre quelques maquereaux. Mais cette pêche ne demandait guère d'attention, et Yves laissait vagabonder son esprit. Tout en surveillant sa ligne, il revivait les quinze jours agités qui venaient de se terminer par le mariage de Gwen-Aël et d'Yvonne.

Il n'aurait su expliquer pourquoi il s'était senti si mal à l'aise en conduisant sa fille à l'autel. À quoi cela tenait-il ? Bien sûr, Cheun, le père d'Yvonne, venait de mourir, et il avait peut-être eu l'impression d'usurper sa place. Mais ce n'était pas cela : il avait toujours considéré Yvonne comme sa fille. Alors, quoi ? Gwen-Aël ? Il était son père naturel, oui, mais, pour autant, il ne prétendait à aucun droit sur lui. C'était François le vrai père de Gwen-Aël ; lui, il n'avait fait que féconder Estelle, presque par accident. La consanguinité entre les deux jeunes époux ne le gênait pas non plus : l'histoire présentait un nombre considérable de cas semblables, restés sans conséquences.

Peut-être était-ce, alors, le reproche muet qu'il lisait dans le regard d'Eugène depuis des mois, et qu'il y avait encore lu, le jour de la cérémonie ? Son vieil ami désapprouvait ce mariage et ne l'avait caché ni à lui-même, ni à Estelle. Pour ces problèmes de consanguinité, justement. Mais que pouvaient-ils y faire ? Révéler la vérité aux enfants ? Impossible, Estelle et lui ne le voulaient pas. S'opposer au mariage ? Il aurait fallu le faire avant, et ni Gwen-Aël ni Yvonne n'auraient compris pourquoi. Il n'y avait aucune solution, en définitive, et ce qu'Eugène lui reprochait, finalement, avec le recul et avec l'âge, c'était peut-être d'avoir jadis séduit Estelle. Comme si Eugène ne savait pas que c'était Estelle qui l'avait voulu, lui ! Non, ce n'était pas cela non plus.

Il s'agissait de Gwen-Aël lui-même. Pendant toute la cérémonie, il avait paru davantage spectateur qu'acteur, comme détaché de l'événement, bien qu'attentif à Yvonne et à son entourage. Oui, c'était cela, c'était ce sourire mécanique qui tenait du rictus, cette apparence d'ennui poli qu'il dégageait qui gênaient Yves. Yann lui avait parlé de ces jeunes gens qui se battaient comme des automates sur le front, mais ne croyaient plus en rien, parce qu'ils savaient que cette guerre ne rimait à rien. C'étaient des morts-vivants, des morts en sursis qui continueraient à vivre, sans doute, après la guerre, mais sans savoir pourquoi. Gwen-Aël était l'un d'eux. Yann lui avait dit que le jeune homme ne se remettrait que difficilement de ce qu'il vivait sur le front car il avait perdu tous ses repères, ses certitudes, et il faudrait qu'il se reconstruise. En serait-il capable ? Il n'avait pas peur de la mort, lui avait dit Yann. Et s'il était tué, peut-être serait-ce pour lui un aboutissement logique, après tout, une délivrance.

Yves se demanda soudain quel aurait été son comportement au front. Hypothèse gratuite bien sûr, car, s'il n'avait pas été au sémaphore, il aurait servi dans la marine. Jamais il n'aurait de réponse à cette question, et cela aussi le mettait mal à l'aise. Évidemment, c'était cela : il était le seul homme mobilisable et valide à assister à ce mariage ; hormis le marié, les autres, tous les autres, avaient passé l'âge ou étaient réformés.

Il sortit un instant de sa rêverie pour remonter un maquereau, avant d'enrouler consciencieusement le fil autour d'un morceau de liège dans lequel il planta l'hameçon. Il en avait assez. Quelques instants plus tard, il sifflotait *À Recouvrance*, en observant la mer.

— La brume semble se faire moins dense, observa-t-il. Je crois que nous pourrons repartir d'ici une heure ou deux.

— J'ai bien peur que nous en ayons plutôt jusqu'à la nuit, patron, répondit le goémonier. C'est une bonne brise de fond de culotte qu'il nous faudrait pour la dissiper !

Jean-Louis avait vu juste, et l'obscurité était totale quand ils aperçurent les premières étoiles dans le ciel, bien avant le scintillement des phares. Mais la brise était trop légère encore et les voiles inutiles. Aussi se décidèrent-ils à se mettre aux avirons, autant pour se réchauffer que pour avancer.

*
* *

Le soleil était déjà levé depuis deux bonnes heures quand ils accostèrent à Quéménès où régnait une animation inhabituelle à une heure aussi matinale. Yann mit Yves au courant des événements de la veille. Deux morts, deux blessés, trois fuyards, cela faisait beaucoup trop pour que l'administration restât sans réagir.

— Il faudra que nous soyons prudents dans nos explications, dit Yves. Cette fois, j'en ai vraiment assez, et j'ai bien envie de tout laisser tomber.

— Tu n'y penses pas ! protesta le géant. D'ailleurs, nous ne le pouvons pas, tu le sais bien. Par correction vis-à-vis d'Adrien et Eugène, d'abord, mais aussi envers le pays. Cela correspondrait à une désertion, ni plus, ni moins. Sans compter que nous n'avons jamais gagné autant d'argent avec les pains de soude… Et puis pense à tous les blessés qui ont besoin de teinture d'iode…

— Je sais tout cela, Yann, mais tu m'as mal compris. Je voulais seulement dire que j'en avais assez de ces forçats ; je me demande si nous n'aurions pas intérêt à n'en garder que les cinq ou six meilleurs, et renvoyer les autres à Brest. Nos goémoniers travailleraient sans doute aussi bien, seuls en mer, s'ils n'avaient pas ce poids sur le dos toute la journée. On pourrait peut-être en parler à Paul ? Il a déjà recruté Jean-Marie… Il suffirait d'en trouver deux ou trois autres. Si on les payait bien…

— C'est une idée à creuser, effectivement, fit Yann. En attendant, que faisons-nous de ces cadavres et des blessés ?

— Je ne sais pas trop. Une révolte, cela veut dire enquête, non ? Je me demande si je ne devrais pas prévenir la gendarmerie avant de faire quoi que ce soit. De toute façon, les gardes seront certainement convoqués à Brest pour y être interrogés. Comme je te remplace, je crois que le plus simple est que tu prennes les deux blessés avec toi. Les gendarmes pourront les interroger, puis poursuivre leur enquête à l'île auprès des autres forçats. Ils ramèneront les deux morts et se débrouilleront avec l'administration pénitentiaire. En tout cas, nous l'avons échappé belle. Si Anne avait été là…

— Au fait, fit soudain Yann, qu'est-ce que cette histoire que m'a racontée Anne ? Tu aurais donné ton or à l'État ? Pourquoi lui avoir raconté pareilles craques, Yves ?

— Ce ne sont pas des craques, Yann. C'est la vérité, répondit Yves.

— Tu es devenu fou ?

— Non, je ne suis pas fou. Je sais que pour vous, Penru, les louis, ça se garde, et même, ça se cache dans la cheminée quand ça ne s'enterre pas. Mais c'est aujourd'hui que notre pays a besoin d'or, Yann, pas demain. Alors, comme il m'a permis d'en gagner, je lui en rends une partie. D'ailleurs, comme tu le dis, nous n'avons jamais gagné autant d'argent avec la soude que depuis le début de cette guerre, alors...

— Et ton travail, Yves ? Notre travail ? Tu le comptes pour rien ? Crois-tu que tout le monde se serait crevé pendant des années comme nous l'avons fait ? Comme Anne, ces deux dernières années ?

— Les goémoniers se crèvent autant que nous pour bien moins de profit, répondit Yves. De toute façon, Yann, je ne te demande pas d'en faire autant, et Anne n'avait pas à t'en parler.

— Encore heureux que tu ne me le demandes pas ! N'empêche, tu devais quand même te douter que cela me mettrait mal à l'aise, d'apprendre cela.

— Oui, et c'est pourquoi je ne t'ai rien dit.

— J'ai l'impression d'être un avare sur son tas d'or, et d'avoir à côté de moi un saint avec son auréole sur la tête.

— C'est idiot. Dis-toi plutôt que ton or, tu l'as déjà donné au pays en lui abandonnant ta jambe et deux ans de ta vie.

— C'est vrai. Sans compter que Cheun, et sans doute Joseph aussi, y ont laissé leur peau. Parce que, pour Joseph, inutile de se faire des illusions. On ne le retrouvera jamais.

— Détrompe-toi, Yann. Joseph n'est pas mort. J'ai eu de ses nouvelles hier par Ursula.

— Ursula ? s'exclama Yann. Mais comment peut-elle le savoir ?

— Dès la disparition de Joseph, je lui avais écrit, pour lui apprendre la nouvelle, d'une part, et, de l'autre, pour lui demander de se renseigner du côté allemand. Elle a beaucoup d'argent, elle parle allemand, et les Suisses sont neutres. Ursula a fait faire une enquête et a retrouvé la trace de Joseph, en Allemagne, dans un hôpital où il est prisonnier. Gravement blessé, mais vivant. Elle espère le récupérer, en payant, pour le faire soigner en Suisse, si c'est possible.

— Joseph, vivant ! Pour une bonne nouvelle ! Tu as prévenu Rozenn ?

— Non, et je ne le ferai pas tant que je ne saurai pas,

avec précision, l'état dans lequel se trouve ton frère. Inutile de lui donner de faux espoirs. Une chose est sûre : Joseph est incapable d'écrire, sans quoi il l'aurait fait. C'est pour cela que je préfère attendre. Tu gardes cette nouvelle pour toi, n'est-ce pas ? Je n'en ai rien dit à Anne...

Les deux hommes restèrent un moment silencieux.

— Bon, reprit Yves, il va falloir que tu y ailles. Au fait, ce Blanchard, dans quel état l'avez-vous retrouvé ?

— Blanchard ? Comme un noyé normal, après une nuit en mer. Pas de blessure apparente, si c'est ça qui t'inquiète.

— Parfait. Dans ce cas, tu annonces un noyé perdu dans la brume, et un mort par balle, suite à une tentative d'évasion. Souligne bien le fait que c'est un garde qui l'a tiré à bout pourtant. En tout cas, avec cette révolte avortée, nous aurons la paix à l'île pour un bon moment.

*
* *

Les autorités pénitentiaires admirent qu'elles devraient dorénavant se montrer plus prudentes dans le choix des bagnards qui seraient envoyés aux îles, et décidèrent d'y reléguer désormais en priorité des prisonniers politiques. Dès le mois de juillet, tous les droit commun avaient quitté Quéménès et avaient été remplacés par des politiques ; la qualité du travail et l'atmosphère générale s'en trouvèrent améliorées du jour au lendemain.

Ce jour-là, Yann faisait équipe avec un forçat d'une quarantaine d'années qu'on appelait « le Muet », non qu'il le fût, mais parce qu'il ne parlait à personne. Il n'avait ni ami, ni ennemi parmi les prisonniers ; toujours taciturne, il obéissait sans discuter aux ordres qu'on lui donnait et s'était, peu à peu, forgé la réputation d'un solitaire un peu dérangé auquel il valait mieux ne pas se frotter.

Le géant l'avait observé toute la matinée. Il tenta d'entamer la conversation par une remarque technique.

— Tu t'y prends bien pour un débutant, mon gars ! Une chose, cependant : tu devrais essayer de moins remuer le goémon quand il brûle, de moins l'oxygéner. Quand il y a trop de flammes, l'iode s'envole en fumée, et c'est l'iode qui nous intéresse dans le pain de soude. Vas-y donc un peu plus doucement avec ton *pifoun*.

L'homme avait acquiescé d'un grognement.

— Tu n'es pas très causant, toi, avait repris Yann. J'aimerais bien savoir pourquoi tu restes si silencieux.

Le forçat s'était redressé, et tout en regardant Yann droit dans les yeux, il avait répliqué :

— Qu'est-ce que cela peut vous faire ? Le silence est l'un des rares droits qui me restent. Je fais ce boulot contraint et forcé, dans cette île où je demeure, contraint et forcé. J'ai été condamné au bagne, mais je garde le droit de me taire. J'ai payé très cher la confiance que j'avais mise en un fumiste d'avocat, un beau parleur qui n'a pas su plaider l'innocence, puisque, pour lui, j'étais coupable. Quand je m'en suis aperçu, j'ai voulu me défendre moi-même, mais on m'a fait taire. Alors, depuis, je continue à me taire. C'est ma façon de protester.

— Tu es en train de me dire que tu es innocent ? fit Yann. Et que si on t'a condamné, c'est parce que ton avocat était mauvais ?

— Exactement. Je vais vous dire ce qu'on m'a reproché. Non pas pour satisfaire votre curiosité, mais parce que, en perdant votre jambe, vous avez payé pour d'autres, là-haut, au front. Je suis lorrain et c'est ce qui m'a valu d'être condamné pour espionnage. Alors que mon grand-père est mort pour la France à Sedan, et que mon père a passé douze ans dans les geôles allemandes pour avoir affiché ses sentiments pro-français...

— Tu parles comme un livre, mon gars. Que faisais-tu avant ta condamnation ?

— J'étais professeur de latin-grec, à Paris. J'ai fui la Lorraine occupée en 1896, à dix-sept ans. Je ne voulais pas être allemand, parler allemand, servir dans l'armée allemande... La France était notre mère-patrie. Je suis redevenu français, j'ai fait mes sept ans de service militaire dans l'armée française, ce qui me redonnait les droits de n'importe quel Français. C'est du moins ce que je croyais.

Mais un jour de 1912, j'ai fait la bêtise de distribuer des tracts pacifistes. J'ai surtout eu le tort de me faire prendre. Lorsque j'ai été arrêté, ils m'ont jugé, non comme pacifiste, mais comme agitateur à la solde de l'Allemagne. Je n'étais plus un Français d'origine lorraine, mais un Allemand naturalisé à tort. Au vu de mon dossier, mon avocat a estimé que les vingt ans dont j'écopais étaient un moindre mal. Vingt ans ! Une vie gâchée, brisée...

Yann observa un moment l'homme en hochant la tête.

— Je te plains, mon gars, dit-il enfin. Être condamné lorsque l'on est innocent, il n'y a pas pire vacherie. Oui, je te plains, et je te prie aussi de m'excuser ; je ne voulais pas être indiscret. Pourtant, je vais en parler à mon beau-frère.

— Kerléo ?

— Oui. Il a plus de relations que moi, et si on peut faire quelque chose... Aujourd'hui, ça m'étonnerait, mais, à la fin de la guerre, qui sait ?... Pourquoi ne t'es-tu pas porté volontaire pour le front ? Tu aurais pu y gagner une remise de peine...

— J'étais volontaire, bien sûr, mais même cela on me l'a refusé. Sans doute craignaient-ils que je renseigne les Allemands...

— Les cons ! Comment t'appelles-tu, au fait ?

— Lefrançois. En un seul mot. Je m'appelle « le Français », et l'on me croit agitateur allemand ! Je vous remercie de votre sollicitude, Penru, mais je sais que j'en ai jusqu'en 1932... si je suis toujours vivant.

— Je crois sincèrement que tu n'auras pas à aller jusque-là. Nous avons l'assurance que nos meilleurs ouvriers obtiendront de substantielles remises de peine, quand tout ça sera fini.

— Vous êtes encore plus naïf que moi, Penru...

— Pourquoi n'y croirions-nous pas ? Nous adressons régulièrement des rapports à l'administration pénitentiaire... Dis-moi plutôt, maintenant que j'y pense : ce ne serait pas toi qui m'aurais fait parvenir ce mot m'avertissant de la rébellion du mois de mai ? Tu étais déjà là, et, à part toi...

— Moi ? Quel mot ? Quelle rébellion ?

— Bon, ça va, j'ai compris, Lefrançois. Tu as le droit de te taire, c'est vrai. Sache cependant que celui qui a écrit ce billet a bien fait : il a évité une tuerie qui se serait soldée par la mort de tous les bagnards, et probablement aussi, par celle de la plupart des gardes et des pigouillers.

Ils étaient groupés autour de la table, dans la salle commune, et tous attendaient le moment où Jacqueline apporterait le repas du soir.

— J'ai les reins brisés, Yves, dit Yann. Ce n'est plus de notre âge, ce boulot ! Et encore moins de celui de Paul et des autres.

— Tais-toi, grand, répondit Yves. Sers-nous plutôt une bolée de cidre. Jacqueline, qu'est-ce que tu nous a préparé, ce soir ?

— Du congre et du homard, monsieur Yves. C'est Mathieu qui les a déposés dans l'après-midi.

— Mathieu Masson ? Il est venu à l'île et on ne m'en a rien dit ?

— Il était pressé, monsieur Yves. Il a dit qu'il repasserait demain, en rentrant du Conquet. Il allait livrer des pains de soude à l'usine Devernois.

— Tu vois, Yann, les Molénais sont encore en avance sur nous, cette année ! Il est vrai qu'ils sont entre gens de bonne compagnie, eux ! Quand on voit comment nos prisonniers brûlent le goémon !

— À propos de prisonniers..., fit Yann.

Quelques minutes plus tard, on aurait entendu une mouche voler. Yann rapportait sa discussion de l'après-midi avec Lefrançois.

— Et tu es sûr de ce gaillard, Yann ? demanda Yves.

— Je suis sûr qu'il dit la vérité, oui. C'est incroyable de penser que s'il avait été parisien, ou même breton, il n'aurait jamais été inquiété. Mais le plus étonnant de l'histoire, c'est qu'il n'est pas trop aigri par ce qui lui arrive. Il n'en veut qu'à son avocat. Je suis même persuadé que si on lui rendait la liberté, il s'engagerait immédiatement pour le front.

— Quel gâchis ! fit Yves.

— Et puis il y a autre chose ! poursuivit le géant. Je suis pratiquement certain que c'est lui qui m'a fait parvenir le mot qui me prévenait qu'une rébellion aurait lieu le premier jour de forte brume.

— Si c'est vrai, c'est sans doute par là qu'on pourra obtenir une remise de peine conséquente, fit Yves. Tu as gardé ce mot ?

— Quelle question ! Oui, bien entendu. Yves, cet homme est innocent, et nous n'avons pas le droit de laisser un innocent au bagne !

*
* *

Yves et Goulven se faisaient face. La veille, l'explication entre les deux hommes avait été plus que sévère et le déjeuner que Léone venait de leur servir avait pour but de leur permettre de renouer les fils de leur ancienne amitié, si la chose était encore possible. Veuve depuis trois mois, Léone n'avait pas hésité à demander à son père de ravaler son orgueil par respect pour Pol, son gendre, mort au front. Elle voulait réussir là où, de son vivant, son mari, avait échoué : réconcilier les deux anciens amis.

Avant de retrouver Goulven, Yves avait visité quelques hameaux de goémoniers sur la côte. Tant bien que mal, les femmes s'y étaient substituées à leurs maris mobilisés, mais ce qu'elles ne pouvaient pas remplacer, c'étaient les chevaux qui avaient été réquisitionnés par l'armée. Presque tout le tali était, aujourd'hui, transporté sur de longues civières, les *kravaz-hir*, ou dans des voitures à bras. Quelques goémoniers, les plus audacieux et les plus riches, n'avaient, cependant, pas hésité à remplacer les chevaux par des bœufs. Ils s'en étaient bien trouvés, l'envolée du prix des pains de soude leur ayant permis d'amortir rapidement cet achat très lourd.

Bien entendu, Goulven avait été le premier de ces investisseurs avisés et il louait ses bœufs au prix fort, à ceux des goémoniers qui ne pouvaient s'en passer. C'est ce qu'Yves lui avait reproché la veille, en lui rappelant l'esprit dans lequel Pol mettait, lui, ses attelages à la disposition des goémoniers, avant la guerre. Yves avait bien une idée, qui lui était venue quelques jours plus tôt, mais il doutait tellement de son ami qu'il ne voulait lui laisser aucune possibilité de refuser. Aussi choisit-il de s'adresser à Léone, en présentant sa proposition comme émanant de Goulven lui-même. Après tout, ce dernier avait bien besoin de retrouver un peu de l'estime de sa fille.

Yves ne se lança qu'après avoir adressé à Goulven un clin d'œil suivi d'un appel du pied sous la table. Pendant une dizaine de minutes, il exposa à Léone l'idée qui avait, selon lui, peu à peu germé dans le cerveau de Goulven et qu'il avait, lui, Yves, approuvée la veille. Cette idée était on ne peut plus simple : si Goulven et lui-même tiraient des profits anormalement élevés de la vente des pains de soude, ils n'accompliraient donc que leur devoir en faisant bénéficier les familles des goémoniers mobilisés d'une partie de cette manne exceptionnelle. Sollicités par Yves le matin même au téléphone, Adrien et Estelle avaient accepté de participer à cet « effort de guerre » d'un genre particulier. En bref, ce que proposait Goulven ne constituait qu'une reprise de ce qui avait été le travail de Pol des années durant : il s'agissait de racheter au prix fort des chevaux à nouveau disponibles sur le marché de Landivisiau, et de les mettre à disposition des « goémonières ». Tanguy Mazé, son beau-frère, se chargerait des achats. Léone, elle, reprendrait le flambeau et continuerait l'œuvre de Pol. Ils n'attendaient plus que son accord.

Tout le temps de son exposé, pour ne pas se trahir, Yves avait soigneusement évité de glisser le moindre regard vers Goulven, qui ne tenta à aucun moment de l'interrompre. Il ne s'était adressé qu'à Léone, assise en bout de table, et avait parlé les yeux rivés à ceux de la jeune femme qui, de temps à autre, regardait son père à la dérobée. Quand il eut fini, Yves sut qu'il avait gagné : rayonnante, Léone s'était levée, avait contourné la table et s'était jetée au cou de Goulven, comme elle ne l'avait plus fait depuis dix ans. Elle ne cherchait plus à retenir les larmes de bonheur qui, un instant plus tôt, perlaient dans ses yeux. Elle retrouvait, enfin, son père, l'homme généreux et aimant de son enfance, celui qu'elle n'hésitait pas, à l'époque, à comparer au Bon Dieu !

Goulven était bouleversé par le moyen utilisé par Yves pour lui faire regagner l'estime de sa fille. C'était vraiment le geste d'un ami. Bien sûr, cela lui coûterait des écus, mais c'étaient ces écus, précisément, qui l'avaient peu à peu éloigné de tous ceux qu'il aimait et qui l'avaient aimé. Il devait changer son fusil d'épaule, retrouver les valeurs qui avaient été les siennes autrefois, et ce serait d'autant plus facile que, maintenant, sa famille était à l'abri du besoin. Il entendait encore les reproches de ses deux aînés, lors de leurs dernières permissions. L'armée et les rigueurs du front leur avaient donné l'audace de dire à leur père ce qu'ils avaient tu jusqu'alors : ils ne pouvaient plus admirer un homme qui ne faisait plus qu'exploiter et appauvrir les goémoniers dont il trahissait la confiance. S'il ne changeait pas, ils ne le verraient plus.

— Je suis heureux que tu acceptes cette proposition, Léone, dit Goulven. Mais, même si je l'approuve entièrement, c'est Yves qui en est l'initiateur, pas moi, je veux que tu le saches. Nous allons nous y mettre tout de suite. Quand Tanguy peut-il s'occuper des chevaux ?

— Il a déjà commencé depuis une semaine, répondit Yves. Il est très difficile de s'en procurer ; et il faut que nous en ayons suffisamment pour terminer la récolte du goémon d'épave l'hiver prochain, et surtout pour assurer celle du goémon d'avril. J'ai calculé qu'il nous faudrait une trentaine de chevaux sur toute la côte, et trouver trente chevaux, par les temps qui courent, c'est une gageure. Léone, tu en auras une douzaine dans tes écuries. Tu connais les besoins, ici ; tu as aidé Pol assez longtemps, et les goémoniers te connaissent tous.

Puis il se tourna vers son ami.

— Tu verras, Goulven, nous reformerons notre équipe, comme naguère, et qui sait : peut-être le *baramor* se vendra-t-il encore, une fois la guerre finie ?

— J'y compte bien, Yves, j'y compte bien. Ma fille,

qu'attends-tu pour nous servir un verre de lambig ? C'est l'occasion ou jamais, ne le crois-tu pas ?

*
* *

Trois heures du matin. Plus de deux heures, déjà, qu'il était éveillé. Depuis des années, les cloches de l'église rythmaient impitoyablement les nuits d'Eugène Lemarchand. Il se connaissait : il en avait encore pour une heure ou deux avant de pouvoir espérer se rendormir. S'il y parvenait, car ses nuits se faisaient de plus en plus courtes.

Quand arrivait le soir, pourtant, il se sentait si fatigué qu'il était persuadé qu'il pourrait, enfin, faire sa nuit, dormir sept ou huit heures d'affilée, et à peine au lit, en effet, il s'endormait comme une souche. Mais trois ou quatre heures plus tard, il se réveillait et c'en était fini jusqu'à l'aube. C'était la guerre, bien sûr, la guerre qui l'usait plus sûrement et plus sournoisement encore que ne le faisait la maladie. Certes, il avait un cancer à l'estomac, dont il mourrait un jour, mais ce n'était pas cela qui l'empêchait de dormir : c'était toujours une bombe, un obus qui venait abréger son cauchemar au moment précis où il allait s'abattre sur l'un de ses garçons, sur Karl ou sur Gwen-Aël, tous les deux au front. Depuis peu, il lui arrivait même de se voir, lui aussi à Verdun, à côté de ses petits-fils, quand sifflait cet obus...

Une fois éveillé, il était incapable de se fixer sur quelqu'un en particulier, ses pensées sautaient sans arrêt de l'un à l'autre, et cela l'épuisait. D'Estelle, il passait presque invariablement à Yves Kerléo. Il leur en voulait à tous les deux d'avoir laissé Gwen-Aël épouser Yvonne. Il les trouvait inconscients et irresponsables. Yvonne lui faisait songer à son oncle Yann, aux Penru, à Joseph. À l'image du don Juan, aujourd'hui porté disparu, succédait inévitablement celle de sa maîtresse, Ursula, sa belle-fille, et puis de Félix et ses enfants, Érika et Karl, encore...

Il y avait des années, en revanche, qu'il ne rêvait plus d'iode, des années que son usine était passée au second plan de ses préoccupations. En l'absence de François, Estelle s'en occupait comme elle le pouvait, et Adrien lui prodiguait des conseils de temps à autre. Comment son vieil ami trouvait-il, à son âge, le courage de descendre chaque matin à son usine ? Adrien Devernois était un héros ; il se tuerait à la tâche. Il est vrai qu'Adrien était un colosse, l'un de ces hommes indestructibles que seul un coup de sang pouvait abattre.

Cette guerre s'éternisait et il n'en verrait pas la fin, il le savait bien. Combien lui restait-il ? Six mois ? Un an ? Il se souvenait de cette discussion qu'il avait eue avec Yves et Cheun, en 1913. Il venait tout juste d'apprendre qu'il avait un cancer, cette maladie incurable, dont on commençait à parler depuis peu. Il avait failli le dire à Yves, et n'eût été la présence imprévue de Cheun, il se serait vraisemblablement confié à son ami. Mais voilà, Cheun était là, et depuis, Yves et lui s'étaient peu à peu éloignés l'un de l'autre. Ou plutôt, lui s'était éloigné d'Yves, et il avait changé. Dire qu'à cette époque — trois ans plus tôt seulement —, bien que malade, il n'était préoccupé que par l'argent et les affaires, qu'il envisageait la guerre froidement, comme une période pendant laquelle le commerce serait certes plus difficile, mais qui mettrait fin à la crise de l'iode. Pour cela, oui, elle y avait mis fin, et comment ! Ils produisaient deux fois moins d'iode que deux ans auparavant, alors qu'il y avait deux fois plus de besoins ! et les cours avaient plus que quadruplé. Mais le prix payé en sang, en vies humaines, ce prix, rien ne pouvait le justifier...

Quel idiot il avait été ! Pourtant, comme bien d'autres, il aurait dû s'en souvenir, à cette époque : il ne faut jamais tenter le diable. La cuiller avec laquelle l'on dîne avec lui n'est jamais assez longue. Et ce kaiser était le pire des démons ! Eugène soupira : il s'en allait, tout doucement vers la sortie. Il avait sans doute beaucoup appris de ses chers stoïciens, mais pas assez, car il ne s'estimait pas encore tout à fait prêt à faire le grand saut. Que lui restait-il donc à faire ? La paix avec lui-même, oui, mais ce n'était pas cela le plus compliqué. La paix avec les autres l'était davantage, et il était temps qu'il se décide à pardonner les offenses, si tant est qu'on l'eût offensé. Ensuite, il pourrait s'en aller en paix... Eugène reposa ses bras sur les draps et ferma les yeux. Il n'entendit pas les quatre coups tinter au clocher de l'église.

39

Hiver 1916-1917

Gwen-Aël était seul, au premier rang du cortège, derrière le corbillard. Il précédait Yves qui avait les yeux fixés sur sa nuque. Dieu, qu'il aurait donné cher pour connaître les pensées de son garçon. Le pauvre ne méritait certainement pas ce qui lui arrivait et devait terriblement souffrir. S'il savait ! S'il savait que ce n'était pas François, mais lui, Yves, son vrai père ! Peut-être leur en voudrait-il à sa mère et lui ; peut-être se dirait-il, comme lui, que c'était à travers leurs enfants que Dieu les punissait, Estelle et lui, pour leur faute passée. Il se sentait coupable de la mort de sa fille et ce remords venait s'ajouter à sa douleur de père. Depuis la mort d'Yvonne quatre jours plus tôt, il n'avait pas dormi plus de quelques heures. Il était épuisé, mais chaque fois qu'il pensait trouver le sommeil surgissait devant lui le visage innocent de sa fille, le regard plein de reproches d'Eugène ou l'interrogation angoissée qu'il lisait dans les yeux d'Estelle devant l'apparente indifférence de Gwen-Aël.

Tout et tous lui rappelaient sa faute, leur faute, à Estelle et lui. Ils avaient laissé se marier ces enfants qui étaient cousins germains. Ils avaient violé cet interdit des lois humaine et divine ; Dieu se rappelait durement à eux. Sa faute, Yves la payait de la vie de sa fille, de son enfant ; c'était cher, trop cher. Pourquoi la justice divine se manifestait-elle par une injustice plus grande encore que la faute ? Pourquoi sa fille avait-elle dû tant souffrir dans sa chair avant de mourir ? Il avait revécu cent fois cet accouchement interminable qui avait duré vingt heures, et le martyre de la jeune fille. Sans compter que cet imbécile de médecin qui avait choisi de sacrifier la mère à l'enfant n'avait même pas réussi à sauver sa petite-fille...

Yves jeta un coup d'œil sur sa droite. Ses deux aînés étaient là qui entouraient Anne, à nouveau enceinte de deux mois. Julia la réconfortait, Julia qui s'était révélée si forte dans l'épreuve et qui leur était d'un grand secours. Elle avait su trouver les mots pour apaiser et consoler sa mère, mais elle ne pouvait rien pour lui. Il était seul avec ce tourment qu'il ne pouvait partager avec personne. Jean-Yves, les yeux dans le lointain, devait se remémorer quelque souvenir d'enfance.

Oui, les années heureuses étaient derrière eux, et ils n'en avaient pas eu suffisamment conscience quand ils les avaient vécues. Mais cette conscience, qui pouvait l'avoir ? On vivait, c'est tout. Une des images fortes qu'il garderait de sa fille était aussi l'une des plus récentes, quand, chez eux, à Roz-Avel, quelques jours plus tôt, il l'avait observée pendant la prière du soir. Avec quelle ferveur elle priait Notre-Dame de la Paix de protéger son mari ! Quelle foi il y avait dans son regard ! Il sentit la main de sa fille Marie-Ange presser la sienne et tourna le regard vers l'enfant qui levait les yeux vers lui avec confiance. Il lui sourit. Il ne fallait pas que les jumeaux pâtissent de ce malheur qui frappait leur famille. Il ne fallait pas que l'enfant que portait Anne naisse dans la tristesse. Une vie pour une vie, disait-on. Peut-être, après tout, cet enfant serait-il celui de la paix retrouvée et du renouveau ?

Deux rangs derrière lui, Estelle était, elle aussi, en proie aux interrogations. Elle ne comprenait pas son père, qui considérait que Dieu les punissait, Yves et elle, à travers Yvonne. La veille au soir, ils avaient eu une vive altercation. Comment pouvait-il penser aussi faussement ? Comment pouvait-il soutenir que Dieu avait voulu les châtier en prenant une vie innocente ? Non, elle ne croyait pas en ce Dieu de vengeance et de rancune ; Dieu était amour et clémence. Elle en voulut soudain à son père d'être là, tout près d'elle, vivant reproche de sa faute passée. En ces jours de deuil, il aurait bien mieux fait d'entourer son petit-fils de son affection. Pauvre Gwen qui, enfermé dans sa douleur, partait à la dérive. Personne ne pouvait rien pour lui, pas même elle, sa mère, lui avait-il dit... Cette épreuve, il devait la vivre seul. Elle s'empara brusquement de la main de sa fille. Il lui restait Aurélie, qui allait avoir seize ans. Ah ! si François avait été là. Elle se sentait si seule aujourd'hui, abandonnée de tous, y compris de son père. Son fils était ailleurs. Quant à Yves... Lui aussi acceptait mal la froideur d'Eugène, il le lui avait dit. Son père leur devait une explication à tous les deux.

Gwen-Aël était loin, très loin de là, seul avec lui-même. Il ne s'étonnait pas de la mort d'Yvonne ; il ne s'étonnait plus de rien. Il se reprochait de ne pas avoir été capable de lui donner l'amour qu'elle attendait de lui. Tout ce qu'il avait fait, tout ce qui lui était arrivé depuis le début de cette guerre lui était étranger. Comment aurait-il pu expliquer à sa mère, ou à Yvonne, qu'il avait perdu la foi ? La foi en Dieu, bien sûr, mais aussi la foi en la vie, en l'homme, en lui-même. Comment auraient-ils pu comprendre qu'il n'avait plus pour lui-même que mépris et dégoût ? Pourquoi avait-il tué ce soldat allemand, deux semaines plus tôt, au lieu de le faire prisonnier ou de le laisser s'enfuir ? Il lui semblait qu'il avait en lui un instinct de mort qu'il ne s'expliquait pas. Quand il montait à l'assaut avec sa section, c'était comme si quelqu'un d'autre l'habitait, un être froid, implacable, qui tuait sans états d'âme, mais qui lui donnait la nausée quand c'était fini. Comment ce cauchemar pouvait-il se terminer sinon par une autre mort, la sienne ? Si seulement il avait pu se confier à quelqu'un ! Mais Maurice n'était plus avec lui et il n'avait pas vu Karl depuis si longtemps... Karl l'aurait compris ; il comprenait tout, il savait tout du cœur humain, comme s'il avait déjà vécu cent vies. Il en avait parlé à Yann Penru, à mots couverts. Yann savait, il en était sûr. Le géant lui avait cité le cas d'un de ses anciens amis qui passait pour un grand soldat parce qu'il descendait beaucoup de boches. « Je ne voudrais pas être à sa place », avait-il ajouté. Oui, il fallait qu'il reparle au géant. Lui savait, il comprendrait et l'aiderait.

*
* *

L'escadre allait rentrer à Cherbourg. Deux semaines plus tôt, François avait perdu son escorteur, victime d'une torpille allemande. Par chance, ils n'avaient compté que trois morts. Il avait quitté le navire le dernier, mais certains officiers estimaient qu'il aurait dû rester à son bord avec ses marins morts et les accompagner au fond de l'océan. Le pacha l'avait rassuré : les bateaux se remplaçaient, les bons officiers, non. Il aurait quelques semaines de repos, le temps qu'on lui trouve un autre commandement. François n'avait pas jugé utile d'alarmer Estelle en lui faisant part de cette péripétie.

En revanche, il s'était décidé à lui annoncer sa décision de rester dans la Royale, une fois le conflit terminé. Il avait assez joué à l'industriel. Il ne regrettait pas ces années passées dans le commerce, mais, depuis qu'il avait réintégré la marine, il savait que sa vie était là et pas ailleurs. C'était sa vocation, et s'il pouvait la vivre quelques années encore, il le ferait. Il savait qu'Estelle et lui devraient vivre séparés pendant des semaines, des mois parfois, mais leurs retrouvailles n'en seraient que plus intenses.

François avait eu le temps de réfléchir et de s'apercevoir que la vie qu'il avait menée pendant vingt ans ne répondait pas du tout à ses vœux. Certes, il avait une femme qu'il aimait, un fils remarquable, une fille adorable, un beau-père qui avait été pour lui un mentor affectueux, des amis sincères, une position sociale enviable et même plus d'argent qu'il ne lui en fallait. Il jouissait de l'estime générale. Pourtant, il était frustré, insatisfait. Heureusement il y avait eu Estelle... Quelle femme ! Comme il l'aimait ! Comme il avait aimé son corps !

Aujourd'hui, il vivait comme un moine et s'en trouvait

fort bien. Aux escales, que ce soit au Brésil ou en Argentine, il visitait les musées, les monuments, les sites naturels, assistait aux réceptions, mais il n'avait encore cédé à aucune des nombreuses tentatrices qui s'étaient offertes à lui. Cela ne manquait pas de l'étonner. Aurait-il perdu sa virilité en mer ? Ou était-il vraiment de nature fidèle ? Sa prochaine permission lui permettrait de répondre à la question, quand il retrouverait sa femme. Mais plus que leur mère, c'étaient ses enfants qui lui manquaient aujourd'hui. Gwen-Aël, le premier, ce garçon magnifique, qu'il plaignait de tout cœur. Que n'avait-il choisi la marine au lieu de l'infanterie ! Au moins, sur l'océan, la guerre était propre ; il n'y avait ni gaz, ni tranchées, ni ces chars qui, disait-on, allaient remplacer les chevaux...

François sortit de sa rêverie et relut sa lettre. Il allait adresser un télégramme à Estelle pour lui annoncer sa venue. Dans quatre jours, il serait à Cherbourg ; dans six jours, tout au plus, à Ker-Héol, chez lui.

*
* *

Le timbre était suisse, l'écriture celle d'Ursula. Des nouvelles de Joseph, évidemment. Devant Anne, Yves n'avait montré aucune hâte en prenant son courrier ; mais dès qu'il fut seul, il déchira fébrilement l'enveloppe.

Mon ami,

Attendez-vous à avoir un grand choc. Après ces mois d'espoir, puis d'attente insupportable, et d'espoir encore, nous voilà fixés : Joseph est vivant, c'est vrai, mais sans doute eût-il mieux valu pour lui être mort. Tout le bas du corps est paralysé et il ne peut se déplacer que dans une petite voiture. Il sait qu'il ne pourra jamais plus marcher. Joseph est infirme, à vie.

C'est sur le Bodensee, dans un hôpital militaire parfaitement tenu, que j'ai enfin été autorisée à le voir, il y a deux semaines, en présence de deux médecins qui ont vite compris la nature de mon intérêt pour lui, alors que je me présentais en tant que membre de la Croix-Rouge suisse. Je l'ai difficilement reconnu. Joseph a perdu l'œil droit et, du front au menton, une énorme balafre lui barre toute la joue, au ras du nez, qui a été refait tant bien que mal. Cette plaie est en grande partie recouverte de pansements, mais, par endroit, l'on aperçoit les chairs boursouflées. C'est ce qu'on appelle, chez vous, une « gueule cassée ».

Malheureusement pour lui, Joseph a toute sa tête. Ses capacités intellectuelles sont intactes, ce qui signifie qu'il se voit tel qu'il est et sera. Il est désespéré et ne pense qu'à une chose : se donner la mort. Il m'a même demandé de lui apporter un pistolet lors de ma prochaine visite. Les médecins militaires que j'ai rencontrés m'ont confirmé sa détermination au suicide, qu'ils comprennent et ne jugent pas. Ils sont disposés à le laisser sortir d'Allemagne, non vers la France, mais vers la Suisse. C'est ce que je vais m'employer à faire, s'il m'en laisse le temps.

C'est vraiment pitié de voir un homme comme lui, si beau, si viril, réduit à cet état. Il est détruit, Yves. Souvenez-vous : lors de notre dernière rencontre à Paris, il y a quatre mois, vous m'avez demandé si j'aimerais autant Joseph s'il était laid et impuissant... Aujourd'hui, je dois répondre à la question, car Joseph est laid et impuissant, et... je ne sais plus. Chaque jour, je pleure des heures entières. Mais le Joseph que vous connaissiez et que j'aimais est mort. Le nouveau Joseph, j'en ai pitié, mais je ne puis plus l'aimer de la même façon que l'autre. J'aurai toujours pour lui une affection indéfectible, mais de l'amour ?

J'ai vécu avec Joseph les plus belles années de ma vie, mais je serai incapable de sacrifier celles qui me restent à l'infirme qu'il est devenu. Je ne suis pas une sainte, je suis une femme de chair et de sang. Joseph le sait, d'ailleurs, et n'acceptera jamais ma pitié...

Lors de notre entretien, nous avons aussi beaucoup parlé de votre famille, de sa femme, de ses enfants. Il s'est souvenu qu'il n'avait même pas donné de procuration à Rozenn sur ses différents comptes bancaires, et elle doit aujourd'hui manquer cruellement d'argent. Par mon intermédiaire, il fait le nécessaire, et mon notaire parisien procède actuellement à toutes les formalités administratives. Sachez qu'il transfère tous ses biens à ses enfants, à l'exception de la maison de Kerlohic, qu'il donne à sa femme en même temps qu'une rente confortable. Joseph n'était pas riche, mais il gagnait bien sa vie. À ce sujet, je tiens à souligner que, contrairement à ce que vous vous êtes probablement imaginé, il n'a jamais travaillé dans l'une de mes sociétés. Il n'aurait jamais admis d'être un « gigolo ». Ce qui revient à dire qu'il m'a aimée pour moi-même, et non pour ma fortune.

Sa détermination à mettre, enfin, ses affaires en ordre signifie aussi que Joseph se prépare à la mort. Je ne me sens pas le droit d'aller contre sa volonté, quoi qu'il puisse m'en coûter. Car vous vous doutez bien, Yves, que je suis anéantie. Je sors à peine de l'état de prostration dans laquelle ma visite en Allemagne m'avait plongée. Ces jours derniers, j'ai beaucoup prié, ce que je n'avais pas fait depuis longtemps. Nous vivions dans l'adultère, c'est vrai, et les hommes nous jugeaient sévèrement. Dieu aura, je l'espère, plus de mansuétude ; il saura mettre dans un des plateaux de la balance la passion qui nous a unis, l'amour que nous nous sommes donné, au-delà des interdits et des conventions.

Notre seul regret, aujourd'hui, est d'avoir fait le malheur de Rozenn. Je suis sûre que Joseph lui demandera de lui pardonner avant de... Je ne me fais pas d'illusion, en effet, et suis persuadée que la prochaine lettre que je vous écrirai sera pour vous annoncer sa mort.

Voilà ce que je me dois de vous dire, mon ami. Et quand j'écris « mon ami », Yves, ce n'est pas une simple formule de politesse ; je vous considère vraiment comme tel. Vous êtes un homme de bien, je le sais depuis des années. Ayez pitié de nous, de Joseph, bien sûr, mais de moi, aussi. Et priez pour lui, il en a tant besoin.

Yves replia les feuillets et les glissa dans l'enveloppe. Joseph aussi payait ses fautes, mais du moins les payait-il lui-même. Yves sortit et, d'un pas résolu, se dirigea vers l'église. Il s'agenouilla devant l'autel dédié à la Vierge et récita un chapelet entier. Puis il prit la direction de Kerlohic. Il allait voir Rozenn.

*
* *

L'après-midi tirait à sa fin quand Estelle décida de s'arrêter et de chercher un hôtel. Dès qu'elle avait reçu le télégramme annonçant l'arrivée du bateau de François à Cherbourg, elle avait décidé de le rejoindre. Son père allait mieux depuis quelques jours, et il lui avait proposé de la remplacer à l'usine. Ils venaient pourtant d'avoir une explication sévère. Estelle était violemment opposée au retour de son frère Félix, qu'Eugène était, une fois de plus, sur le point d'accepter. Mais surtout, elle lui avait dit sa façon de penser sur son interprétation de la mort d'Yvonne, et lui avait reproché sa rancune injustifiée envers Yves : il savait fort bien que c'était elle qui avait séduit Yves, et non l'inverse. Il lui fallait crever l'abcès et elle ne regrettait pas de l'avoir fait. Le lendemain, Eugène et Yves s'étaient réconciliés.

Elle était éreintée. La pluie, le froid, et trois crevaisons sur la route avaient eu raison de sa résistance. Elle n'était qu'à Dol, aux portes de la Bretagne, et, le lendemain, il lui faudrait encore remonter tout le Cotentin.

Elle avait dormi comme une souche, s'était levée très tôt, et avait repris la route. Elle avait traversé Pontorson, Ardevon et allait arriver à Courtils, sur la route d'Avranches, quand, à un croisement, elle aperçut un panneau indiquant le Mont-Saint-Michel. Elle bifurqua aussitôt et s'engagea sur un chemin de terre, en se disant qu'elle pouvait bien perdre une demi-heure, et à la sortie du premier virage, elle eut une des plus fortes émotions de sa vie. Devant elle, émergeant de la mer de brume qui recouvrait la baie à marée basse, se découpait la silhouette élancée de l'abbaye, derrière laquelle on devinait, dans le lointain, les hautes falaises de la côte bretonne et de la pointe du Grouin. C'était fabuleux. La lumière bleutée qui baignait le Mont était féerique, et elle n'aurait pas été étonnée de voir Merlin ou la fée Viviane surgir du voile cotonneux qui drapait la baie. Brocéliande n'était pas si loin...

Mais elle ne pouvait s'attarder : la route était encore longue qui, d'Avranches, la conduirait à Cherbourg. Elle s'arrêta un quart d'heure pour adresser un télégramme à son mari, et, en guise de déjeuner, se contenta de deux galettes et d'une bolée de cidre. Il n'était pas encore quinze heures lorsqu'elle gara enfin sa voiture devant l'Hôtel de France. Elle prit un bain avant de téléphoner à la Préfecture maritime et de se renseigner sur l'heure d'arrivée de l'escadre. Les premiers bateaux étaient arrivés le matin même.

Quand François avait reçu le télégramme d'Estelle, son croiseur était à vingt nautiques à peine du port. Elle avait fait tout ce chemin pour l'accueillir ! Et lui qui était de service le soir même... Mais comment aurait-il pu refuser cette corvée ? Il était le seul à avoir trois semaines de repos. Peut-être pourrait-il obtenir du pacha l'autorisation exceptionnelle de faire monter son épouse à bord, pour la soirée ? Pour la nuit, il ne fallait pas y compter.

Estelle était resplendissante quand elle descendit de voiture et s'avança vers l'échelle de coupée. François devina, plus qu'il ne les entendit, les exclamations admiratives des marins et officiers qui étaient encore à bord, car déjà il courait, il volait vers elle. Seigneur Dieu ! Elle n'avait jamais été aussi belle ! Elle avait toujours ce corps et ce port de reine qui le faisaient rêver et en faisaient certainement rêver beaucoup d'autres. Il sut que le désir qu'il avait d'elle était à nouveau là, toujours aussi impérieux. Il fallait à tout prix qu'ils puissent se voir ce soir.

Estelle n'avait pas hésité à l'embrasser longuement et passionnément devant l'ensemble des officiers et hommes d'équipage qui, accoudés au bastingage, applaudissaient à tout rompre leurs retrouvailles. Une femme qui accomplissait un pareil périple pour rejoindre son mari et n'hésitait pas à afficher aussi publiquement son amour pour lui, voilà qui forçait leur admiration. Le vice-amiral le signifia, en aparté, à François quelques minutes plus tard, avant de s'incliner devant Estelle.

— Madame, lui dit-il, après le périple que vous venez d'accomplir en voiture, je serais le dernier des goujats si je privais une femme aussi charmante et aimante de l'objet de ses désirs. Aussi je vous rends votre mari avec vingt-quatre heures d'avance. Kernéis, vous avez de la chance d'être pareillement aimé, mon cher, et nous comprenons tous, aujourd'hui, pourquoi vous êtes un mari si fidèle. Considérez-vous en permission dès la minute présente. Soyez de retour, ici même, dans vingt-deux jours.

Aussi émus que deux collégiens à leur premier rendez-vous, Estelle et François n'avaient pas échangé un seul mot jusqu'à l'hôtel. Ils n'aspiraient qu'au moment où ils pourraient assouvir le désir fou qui les tenait. François dut se faire enregistrer avant de rejoindre Estelle dans leur chambre. À peine avait-il refermé la porte qu'ils se jetèrent l'un sur l'autre. Ils se dévêtirent fébrilement, arrachant leurs vêtements sans prendre le temps de les déboutonner, le cœur battant à grands coups. François ne se reconnaissait pas. Jamais il ne s'était ainsi comporté avec Estelle, comme un hussard, mais jamais non plus Estelle n'avait été aussi débridée qu'elle l'était ce soir-là. Ce n'était plus la maîtresse savante qu'il connaissait, mais une jouvencelle impatiente, vorace et exigeante. Après un long moment, Estelle lui souffla en riant :

— Voilà ce que nous sommes, mon chéri, un mâle en rut et une femelle en chaleur. Rien d'autre. Mais c'est si bon ! J'avais oublié jusqu'à ton odeur et ton goût...

— Moi aussi. Je me disais même : jamais plus. Et puis, tu es là...

Ils mirent quatre jours à rejoindre Ker-Héol, mais le téléphone était vraiment une belle invention et Eugène n'eut pas à s'inquiéter des reports successifs de leur arrivée. Après tout, se disait-il, ce nouveau voyage de noces serait peut-être pour sa fille le signe du renouveau.

40

1918

Anne tenait son amie par les épaules et tentait de la réconforter. Depuis plusieurs jours, Estelle ne quittait pas le chevet de son père dont les forces déclinaient inexorablement. Eugène s'éteignait tout doucement. C'était une question de jours, maintenant, lui avait dit le docteur.

— Soixante-treize ans, soupirait Estelle. C'est un âge respectable, mais sans plus. Père a abusé des plaisirs de la table, et ses portos quotidiens ne l'ont certainement pas arrangé. Enfin, il a bien profité de la vie... Tiens ! Voici mon frère...

Félix sortait, en effet, de la chambre de son père. Il avait l'air songeur.

— Eh bien, Félix, comment est-il ?

— Bien mieux que je ne le pensais, Estelle. En tout cas, en assez bonne forme pour me donner encore des leçons. Ne fais pas trop attention à ce qu'il dit, cependant, car il déraisonne, par moments. En tout cas, il te réclame. Tiens, mais Mme Kerléo est encore là ! Décidément, l'on ne voit plus que vous à Bellevue. Vous y prenez pension, ma parole !

— Félix, veux-tu ! coupa Estelle.

— Laisse, Estelle, laisse, je t'en prie, intervint Anne. Il y a longtemps que la goujaterie de ton frère me laisse froide. Et d'ailleurs, je suis encore chez ton père, ce me semble, pas chez lui.

Félix avait réintégré l'usine familiale, dix mois plus tôt, après qu'Ursula eut fait en sorte qu'il ne retrouve plus de travail en Suisse. Il avait pu juger, à ce moment, de la puissance financière et économique de sa femme, mais aussi de sa rancune à son égard. Pendant plusieurs années, ils avaient vécu séparés tout en restant mariés, et plutôt en bonne entente, jusqu'au jour où, pris de boisson, il l'avait forcée à remplir son devoir conjugal. La réaction d'Ursula avait été brutale et définitive. Du jour au lendemain, elle lui avait retiré tous ses pouvoirs d'administrateur avant de le licencier et d'en faire un véritable paria dans son pays d'adoption. Chaque fois qu'il était sur le point de trouver un emploi, une intervention d'Ursula venait ruiner ses espoirs au dernier moment. Finalement, ils avaient divorcé. Félix n'avait eu d'autre choix que de rentrer en France. Il savait que ce n'était qu'à la seule intervention de son fils Karl qu'il devait ce retour au bercail. Estelle avait été difficile à fléchir, d'autant plus que la nationalité suisse de son frère, qui lui évitait la mobilisation, faisait beaucoup jaser.

Elle était maintenant au chevet de son père qui respirait avec difficulté et avait les yeux mi-clos.

— Ah ! te voilà, Estelle ! fit le vieil homme. Je t'attendais. J'ai tant de choses à te dire... Approche-toi, je n'ai plus beaucoup de temps.

— Reposez-vous, Père, je reviendrai plus tard, quand vous aurez repris des forces.

— Il n'y aura pas de plus tard, Estelle. Écoute-moi... Et d'abord, pardonne-moi. J'ai été injuste avec toi ces dernières années.

— Voyons, Père, vous n'avez rien à vous faire pardonner !

— Ne m'interromps pas, s'il te plaît... Il faudra que tu dises à François quel bon gendre il a été pour moi. J'ai été fier de lui, fier de vous. Ton mari est un honnête homme, et je suis heureux que vous vous soyez enfin trouvés, tous les deux. Ah ! si Félix avait pu lui ressembler... Je me suis éloigné d'Yves Kerléo ces dernières années, tu sais très bien pourquoi. Demande-lui pardon pour moi, si je ne puis le faire moi-même. J'ai compris trop tard à quel point j'ai été dur avec vous, et combien il a dû souffrir quand sa fille est morte. Puisse Dieu me prendre en pitié et être moins sévère envers moi que je ne l'ai été envers lui. J'aurais voulu revoir Gwen-Aël. Il m'a écrit qu'il allait beaucoup mieux aujourd'hui. Grâce, dit-il, à Yann Penru. Qui aurait pu l'imaginer ? On dirait que seuls ceux qui ont été au front peuvent vraiment se comprendre. Tâche de lui trouver un dérivatif, quand la guerre sera finie. Qu'il voyage, qu'il s'amuse avant de reprendre des études.

Eugène se tut un moment. Un pâle sourire flottait sur ses lèvres quand il se tourna de nouveau vers sa fille.

— Quant à toi, ma chérie, reprit-il, tu as été le soleil de ma vie et je t'en remercie. Ne change pas, tu es la vie même. Maintenant vient pour moi le plus difficile. J'aurais voulu t'épargner cette épreuve, mais tu vas devoir affronter ton frère. Méfie-toi de lui, il manigance quelque chose que je n'ai pas encore réussi à découvrir. Vérifie tous les chiffres, fais-toi aider de l'extérieur, il faut contrôler les stocks, les ventes. Je suis persuadé qu'il y a des disparitions de marchandises, des produits qu'il revend sans déclaration, des choses comme ça. On l'a surpris plusieurs fois à rôder autour des stocks de bisulfite d'iode. Ouvre l'œil, Estelle. C'est dangereux, ce genre de trafic en temps de guerre, d'autant qu'il paraît que l'iode serait utilisé dans la fabrication des gaz par les Allemands. Si Félix faisait des bêtises, tu pourrais être condamnée en tant que gérante et responsable légale de la société.

— Tranquillisez-vous, Père, je m'en occuperai.

Fallait-il que cette ombre plane sur les derniers instants du vieil homme ? Il se tut de nouveau, prit la main de sa fille, qu'il garda longtemps dans la sienne, et s'endormit dans l'obscurité qui gagnait la chambre.

*

* *

Les jumelles vissées aux yeux, Yves observait le canot. Il y avait six hommes à bord, mais ils étaient encore trop loin pour qu'il puisse reconnaître leurs uniformes.

— Jean-Louis, dit-il au goémonier qui se tenait à ses côtés, je ne serais pas étonné que nous ayons la visite de quelques rescapés d'un naufrage. Amis ou ennemis ? Qu'en dis-tu ?

— Rien, Patron, c'est vous qui avez les jumelles.

— Tiens, regarde donc, fit Yves en les passant au goémonier.

Jean-Louis avait fixé le canot pendant deux bonnes minutes avant d'admettre son incompétence. Pour lui, tous les marins se ressemblaient.

— En tout cas, ce ne sont pas des gars de chez nous, fit-il. Ni des Anglais, non plus. Des Américains, peut-être, à moins que... Patron ! Ce sont des Allemands... Ce ne peut être que des Allemands : des Français ou des alliés nous feraient des signes, pour qu'on les repère...

— Bien raisonné, Jean-Louis. Repasse-moi les jumelles, veux-tu ? Oui, tu as raison, ce sont des Allemands. Ils viennent vers l'île. Nous allons les faire prisonniers.

— Vous croyez qu'ils vont accepter de se rendre ?

— Je ne vois pas ce qu'ils pourraient faire d'autre, même s'ils sont armés. Nous allons quand même leur préparer un comité d'accueil, pour le cas où...

Tout s'était passé très simplement. Les marins allemands n'avaient ni mangé ni bu depuis trente-six heures, et ils ne pensaient effectivement qu'à se rendre. Yves commit deux gardes à la surveillance de ces nouveaux prisonniers, puis il attendit l'arrivée des gendarmes maritimes, qui avaient sûrement aperçu le canot allemand. Moins de deux heures plus tard, l'île avait retrouvé son calme.

C'est alors que Yann accosta à son tour. Il venait relever son beau-frère et lui annoncer la mort d'Eugène. Ce n'était pas une surprise ; ce fut quand même un choc.

Il lui fallait aller au Conquet, s'incliner devant la dépouille et réconforter Estelle. Maintenant qu'Eugène n'était plus là, c'était lui, Yves, qui allait devoir assurer la sécurité de tous : celle de sa famille et de ses employés, celle de ses amis, Estelle et les siens inclus. Ils avaient des contrats à honorer avec le gouvernement, et maintenant Félix était là...

Yves fit signe à Yann de le suivre et tous deux rentrèrent dans la salle commune.

— Une bolée de cidre, Yann ? demanda Yves.

— Volontiers, Yves. Tu pars tout de suite ?

— Oui. Le temps de prendre mes affaires. Pauvre Eugène ! J'espérais qu'il verrait la fin de la guerre. Il s'en va et nous laisse Félix, qui va certainement nous donner du fil à retordre.

— Félix ou pas, la guerre tire à sa fin, répondit Yann. Cela va casser d'un côté ou de l'autre. Les Allemands mettent le paquet. Pour eux, c'est maintenant ou jamais. Ils ont attaqué en Champagne. Si nous tenons le coup, Foch contre-attaquera, c'est sûr, car les Américains arrivent en force. Va faire un tour à Brest ; c'est incroyable, il y en a partout. Les Allemands vont bientôt se trouver en état d'infériorité numérique, et alors...

— Puisses-tu dire vrai ! fit Yves. Des nouvelles des enfants ?

— Anne a reçu une lettre de Jean-Yves, cette semaine. Tout va bien pour lui. Jean-François n'est pas encore au front ; il est passé voir Julia dans son hôpital de campagne, je ne sais plus où, à Château quelque chose.

— Château-Thierry ?

— C'est ça. Très près du front.

— Et ton fils ? Toujours à Brest ?

— Oui, il fait encore ses classes ; je suis fier qu'il ait devancé l'appel.

— Gwen-Aël, et François seront-ils là pour l'enterrement d'Eugène ? demanda Yves.

— Je n'en sais rien. J'ai eu, hier, un court message de Gwen-Aël. Il a bon moral. Il a rencontré son ami Maurice et doit passer deux ou trois jours de détente à Paris. C'est étonnant, hein, qu'il m'écrive régulièrement ?

Yves interrompit son beau-frère, qui ne se rendait pas

compte de son malaise. Il était peiné de voir que Gwen-Aël l'ignorait, lui, son père, alors qu'il s'était soudainement pris d'affection pour Yann. Solidarité de poilus, disait Eugène...

— Et ici ? questionna Yann, quoi de neuf ?

— Nous avons récupéré six marins allemands ce matin, on te racontera ça. Et puis nous avons commencé le brûlage. C'est très tôt, bien sûr, mais comme il a fait sec et chaud, nous en avons profité pour éviter de nouvelles ruptures de stocks dans les usines. On continue à récolter, aussi. Trois bateaux...

— Bon Dieu, Yves, j'allais oublier ! Le Félix, tu sais ce qu'il m'a demandé ? Il veut qu'on lui fournisse quatre cents tonnes de pains de soude de plus, sur le quota d'Adrien. Il nous les paierait le double.

— Eh bien, il ne perd pas de temps ! J'ai donné ma parole à Adrien, et ma parole vaut un écrit. Quatre cents tonnes ! Il ne manque pas d'air !

— C'est ce que je lui ai dit. Et sais-tu ce qu'il m'a répondu ? Qu'il pouvait prévoir un « cadeau » pour moi, si j'arrivais à te convaincre. Tu te rends compte ? Il va falloir en parler à Adrien, et à Estelle aussi. Tout augmente, ces temps-ci. Il faudrait pouvoir doubler les salaires de nos goémoniers ; leurs économies ne valent même plus la moitié de ce qu'elles valaient en 1914.

— Ce qui revient à dire qu'il nous faut aussi augmenter nos tarifs, observa Yves.

— Tout à fait. Je suis sûr que le prix de l'iode a au moins doublé, cette année, et...

— Nous verrons, j'en parlerai à Adrien.

Avant de quitter l'île, Yves avait rassemblé les goémoniers, ainsi que les forçats encore à l'île, pour assister aux prières des morts. Dans une brève allocution, Yves avait rappelé qui était Eugène Lemarchand, et ce qu'il avait fait pour eux tous, que ce soit pour les goémoniers ou pour les prisonniers pour lesquels il venait de recevoir les premières réductions de peine, et quelques libérations anticipées qui interviendraient dès la fin de la guerre.

Yves était préoccupé par ce que venait de lui dire Yann. François absent, Eugène malade, il n'avait eu qu'Estelle comme interlocutrice depuis deux ans, et Estelle était trop peu au fait des réalités du marché. Elle se reposait entièrement sur Adrien qui, bien qu'encore vert pour son âge, n'était plus tout à fait ce qu'il avait été. Si seulement François pouvait avoir une permission ; comme l'année précédente... En quinze jours, il avait tout remis d'équerre, aussi bien dans l'entreprise qu'avec les fournisseurs et les clients.

Maintenant, il allait devoir affronter Félix, cela ne faisait pas de doute. Il lui fallait trouver rapidement une façon ou une autre de le coincer, car avec des cours d'iode aussi volatils qu'ils l'étaient aujourd'hui, un margoulin comme Félix devait s'en donner à cœur joie. S'il pouvait vendre l'iode à plus de 100 francs le kilo à certains commerçants sans scrupules, il ne s'en privait certainement pas. Oui, il devait voir tout de suite Adrien et Estelle.

*
* *

Le régiment de Gwen-Aël regagnait le front après quarante-huit heures de détente. On parlait d'une offensive générale des Alliés. En tout cas, celle de l'ennemi était stoppée. Depuis plus d'une semaine, les Allemands n'avançaient plus, alors qu'ils semblaient avoir engagé leurs meilleures troupes en Champagne. Leur moral devait en avoir pris un coup.

Gwen-Aël était heureux d'avoir vu Julia et Jean-François, même si cela avait été bref, et même s'il se sentait assez peu d'affinités avec le jeune frère de son amie, dont il n'arrivait pas à imaginer qu'il était aussi son beau-frère. Julia était une femme étonnante : elle irradiait la bonté et semblait tout comprendre, tout savoir, exactement comme son cousin Karl. Comment se faisait-il que leur petit groupe ait pu produire deux êtres aussi exceptionnels ? Julia, à qui il s'était confié, lui avait dit : « Ne te juge pas si sévèrement, Gwen-Aël, tu as si peu à te reprocher ! En tant que mari, tu as rendu ma sœur heureuse. Je le sais, elle me l'a écrit plusieurs fois ; la dernière, une semaine avant de mourir. De cela, au moins, tu peux être sûr. Quant au reste.... Crois-tu qu'un homme, soldat ou non, qui en tuerait un autre sans en être bouleversé, sur le coup ou plus tard, mériterait encore le nom d'homme ? Remplis ton devoir vis-à-vis de ton pays et des tiens et ne te juge pas selon les critères du temps de paix. » Il l'avait remerciée par un sourire et l'avait embrassée tendrement.

C'était une chose bizarre de voir ainsi Julia en religieuse, en novice, avait-elle précisé, car elle n'avait pas encore prononcé ses vœux. Il se souvenait si bien d'elle quand ils jouaient aux pionniers dans leur cabane, dix ans plus tôt. Mais son amie lui avait confié qu'il était peu probable qu'elle garde le voile. Sa véritable vocation était d'être infirmière, de soigner les corps. Cela ne l'empêcherait pas de prier Dieu, mais c'est en observant Karl qu'elle avait compris qu'elle faisait fausse route. Karl était un homme exceptionnel. Non content de servir comme brancardier sur le front, il passait ses périodes de détente à visiter les hôpitaux, où il remontait le moral des blessés. Toujours de bonne humeur, il faisait preuve d'une générosité étonnante et, en distribuant ses colis de vivres aux blessés, expliquait qu'il fallait bien que les pays neutres rendent aux belligérants une petite partie des profits qu'ils faisaient sur leur dos, ne serait-ce que pour se donner bonne conscience.

Julia avait aussi reçu de Jean-Yves une lettre qu'elle avait montrée à Gwen-Aël. Il avait été sidéré d'apprendre que son ami d'enfance était amoureux fou d'Aurélie, sa petite sœur, et que cet amour était réciproque. Il en était resté muet de stupéfaction. Aurélie n'était encore qu'une enfant, une petite fille ! Une petite fille de bientôt dix-huit ans, lui avait fait remarquer Julia. Dix-huit ans, déjà ! Comment était-ce possible ? Cette guerre jouait avec le temps d'une drôle de manière...

Sa dernière permission, Gwen-Aël venait de la passer à Paris, comme la précédente. Depuis que sa mère avait fermé son hôtel particulier de Passy, il prenait ses quartiers dans la résidence de sa tante Ursula, à Neuilly. Cette fois-là, à peine venait-il d'y poser son sac que sa cousine Érika s'y installait, elle aussi, en compagnie de son amie, Katia, et de la mère de celle-ci, qui répondait au nom de Christina. Christina, qui était supposée surveiller les deux jeunes filles, les laissait en réalité parfaitement libres, parce qu'elle souhaitait, elle-même, profiter de son séjour parisien — si bien que, dès le premier soir, Gwen-Aël s'était retrouvé en tête à tête avec une femme charmante en quête d'aventure. Ce qui devait arriver était arrivé, et pendant une semaine, il avait complètement oublié le front et la guerre.

Soudain, on lui tapa sur l'épaule. Il sursauta et se retourna :

— Maurice ! Quelle surprise ! Je croyais que tu en avais encore pour une semaine à l'arrière !

— Moi aussi, Gwen-Aël. Mais non. On m'a jugé indispensable au front pour l'assaut final. Foch est venu me trouver alors que je me prélassais dans un hôtel de grand luxe et m'a dit : « Mon cher Maurice, hâtez-vous de terminer ce rôti. J'aimerais que vous puissiez regagner le front immédiatement. Je compte sur vous pour mener nos troupes lors de l'assaut final. »

— Et tu lui as répondu : « J'arrive tout de suite. »

— C'est cela même. C'est drôle, on dirait que tu as assisté à la scène.

— Alors, tu crois que c'est pour cette semaine ? demanda Gwen-Aël.

— Tu sais ce que valent ces rumeurs. C'est toujours le frère de la petite amie du secrétaire particulier de l'aide de camp du général... Non, je ne sais rien, bien sûr, mais j'espère, comme nous tous. Il faut qu'on en finisse. Ce dont je suis sûr, par contre, c'est que toutes les troupes allemandes du front russe sont en France, maintenant. Je le tiens d'un prisonnier qui a perdu une jambe ici après une semaine de combats alors qu'il avait passé près de quatre ans en Russie. C'est ce jour-là, aussi, que j'ai rencontré ta belle-sœur, la religieuse. Extraordinaire ! Et mignonne, avec cela ! Elle m'a beaucoup parlé de votre enfance commune, dont elle garde un souvenir émerveillé, et d'un certain Karl, ton cousin suisse. Julia l'admire beaucoup, et je crois même qu'elle en est amoureuse, sans le savoir encore.

— Julia amoureuse de Karl ? Rien ne me ferait plus plaisir...

— Et moi, alors, Gwen-Aël ? Tu m'oublies ? Pourtant, crois-moi, Julia ne me laisse pas indifférent.

— Toi ou Karl, vous seriez tous deux parfaits pour Julia... si elle renonce à prononcer ses vœux.

— En tout cas, dit Maurice, je compte la revoir, car j'ai besoin de lui parler. Julia est quelqu'un de bon, de calme ; elle me permet de voir clair en moi. Elle m'a presque convaincu de me faire père blanc pour aller prêcher la bonne parole en Afrique ou en Asie. Elle est persuadée que j'ai la vocation sans le savoir, et, depuis qu'elle me l'a dit, je n'arrête pas de me poser la question. Mais elle ne se rend pas compte que je manque d'instruction...

— Laisse faire le temps, Maurice. Tu verras cela après la guerre.

*
* *

Félix était sur les charbons ardents. Deuil ou pas, il devait absolument expédier les quinze kilos promis le lendemain. Son partenaire, Theytoz, s'était engagé ferme et ne pourrait justifier un nouveau report... les clients étaient pressés. Les yeux dans le vague, Félix réfléchissait, debout, à la gauche de la dépouille de son père, devant laquelle venaient s'incliner l'un après l'autre ses anciens administrés. Certains d'entre eux le saluaient parfois d'un signe de tête discret, mais c'était surtout sa sœur qui recevait leurs marques d'affection et de respect. Félix avait d'abord pensé que la décision d'Estelle de fermer l'usine pendant trois jours lui compliquerait la tâche, mais, finalement, cela l'avait plutôt servi. Le gardien, Fanch Appriou, n'avait pas inventé la poudre, et pour lui, Félix était toujours le fils de monsieur le maire.

Félix n'avait eu aucun mal à s'apercevoir que, toutes ces dernières semaines, son père l'avait fait surveiller par Auguste Quinquis — sans résultat, semblait-il. Son père décédé, il saurait mettre au pas cet employé modèle, et comme il ne craignait pas Estelle... La principale difficulté consisterait à s'absenter environ deux heures et demie le lendemain. À quel moment serait-ce le plus facile ? À l'heure du déjeuner, sans doute, mais sous quel prétexte ? À moins que... Le matin, en deux heures, il aurait le temps de faire un aller-retour sur Saint-Renan. C'était imprudent, mais il n'avait pas le temps d'aller jusqu'à Brest, et encore moins à Lesneven ou Landerneau, comme il le faisait d'habitude. Cette filière du colis postal était bien rodée, maintenant... une déclaration officielle, à la dénomination incomplète mais pas fausse, et une expédition également officielle par un service de l'administration publique... Bien sûr, les destinataires habitaient tous Annecy et Annemasse, mais comme les envois étaient effectués de différentes postes et gares, le risque de recoupement était minime. Et puis, le jeu en valait la chandelle : trois envois de trente-cinq kilos par mois, à 100 francs le kilo, c'était loin d'être négligeable, car pour lui l'époque des vaches grasses était révolue. Il se doutait bien que leur acheteur suisse, ce Hofstetter, revendait en partie le produit en dehors de la Suisse, mais cela n'était ni l'affaire de Theytoz ni la sienne.

Félix prit soudain un air de circonstance quand il vit Adrien Devernois se diriger vers lui. À quatre-vingt ans, l'industriel était encore remarquablement vert, en dépit de ses nombreux soucis. Son fils prisonnier, son gendre blessé, la charge de la commune en cette période délicate, la direction de son usine, c'était beaucoup pour un vieillard. Quand Adrien lui présenta ses condoléances, Félix se pencha vers lui, et fit semblant de lui glisser quelques mots à l'oreille. Il venait de trouver l'excuse à son déplacement du lendemain : une visite à Adrien. Quand, un peu plus tard, il mentionna ce rendez-vous devant Estelle, elle n'y trouva rien à redire, sinon que le moment était mal choisi. Avant de quitter sa sœur, il lui demanda :

— As-tu des nouvelles de nos soldats, sœurette ?

— Karl et Gwen-Aël sont consignés tous les deux. En revanche, il est possible qu'Ursula vienne à l'enterrement : elle aimait beaucoup papa. Je l'ai eue au téléphone, il y a deux heures. Elle est à Paris. Si elle peut avoir un wagon-lit, elle sera là demain matin.

— Mon ex-femme tient toujours à se faire remarquer, grimaça Félix. Sans doute voyagera-t-elle avec un nouveau Joseph...

— Je t'en prie, fit Estelle. Joseph est mort, pour ta femme comme pour tout le monde. Et même s'il s'est suicidé, il est mort en héros, lui. Alors, laisse-le en paix, veux-tu ?

— Décidément, tu ne m'aimes vraiment plus du tout, Estelle. Plus du tout...

— Donne-moi des raisons de t'aimer à nouveau, Félix, et j'en serai heureuse. Mais j'ai bien peur que tu n'en sois plus capable. Ursula ne veut même pas que tu viennes la chercher. N'importe qui sauf Félix, m'a-t-elle précisé.

Décidément, les choses n'allaient pas être aussi simples qu'il l'avait imaginé ! Loin de lui ouvrir des horizons nouveaux, la disparition de son père risquait de lui fermer au nez les portes entrouvertes. Il ne serait pas facile de regagner la confiance d'Estelle, et la venue d'Ursula n'arrangerait certainement pas ses affaires. Maintenant qu'ils étaient divorcés, elle n'allait pas manquer de raconter à Estelle quelques-unes de ses turpitudes passées.

Une certaine agitation régnait du côté du grand salon ; il s'approcha. Yves et Anne Kerléo étaient en discussion animée avec Estelle et Yann Penru. La conversation roulait sur le front : toutes les permissions avaient été supprimées, et tous les hommes étaient consignés. Selon le géant, cela annonçait une offensive de grande ampleur, sinon une offensive générale. Qu'en savait-il, cet escogriffe ? Comme si deux années passées dans les tranchées lui permettaient de se mettre dans la peau de Foch ! Un instant plus tard, Félix nota qu'Estelle s'adressait exclusivement à Yves Kerléo : il était question des cordons du poêle et de la messe d'enterrement. Félix était ulcéré à l'idée que son père ait confié l'organisation de la cérémonie à Adrien Devernois et Yves Kerléo, deux étrangers. Il n'y avait rien de plus blessant pour lui que de se voir ainsi évincé par son propre père. Combien de couleuvres lui faudrait-il encore avaler ?

— À quoi pensez-vous, mon oncle ? fit une voix dans son dos.

Félix avait sursauté ; il était vexé de se trouver ainsi surpris par Aurélie, qu'il n'aimait pas. Sa nièce tenait en effet, de son père, des yeux d'un bleu très clair, si clair qu'ils semblaient transparents et lui donnaient un regard étrange qui le gênait lui, Félix, alors que généralement c'était son regard à lui qui gênait les femmes. Aurélie ne s'était pourtant adressée à lui que par politesse. Depuis vingt-quatre heures, ses pensées étaient concentrées sur deux hommes, bien plus intéressants que cet oncle pour lequel elle n'avait qu'indifférence : son grand-père, bien sûr, qu'elle aimait beaucoup, et Jean-Yves, l'amour de sa vie, qui serait là le lendemain.

Aurélie s'était éloignée sans prêter attention à la réponse de Félix, quand celui-ci eut soudain une illumination en voyant le vieux comptable de l'entreprise Devernois pénétrer dans le petit salon, transformé en chambre mortuaire. Adrien ! L'usine d'Adrien ! Voilà ce qu'il lui fallait ! La succession de son père allait certainement lui laisser plus d'un million de francs, ce qui devrait suffire pour racheter l'usine Devernois. Ce n'était, en effet, ni son fils Jean, un militaire, ni sa fille Justine qui allaient succéder à leur père. Et pour Adrien, il était, lui, Félix, l'acheteur idéal au moment idéal. Oui, il allait mener cette affaire tambour battant. Rencontrer Adrien et liquider la succession de son père : voilà ce à quoi il devait s'atteler d'urgence. Cela lui donnerait la possibilité d'organiser ses ventes en toute liberté, sans avoir à se cacher de sa sœur.

Félix rentrait de Saint-Renan. Dans vingt minutes, tout au plus, il serait à Bellevue. Il aurait encore quelques heures de répit avant de devoir affronter Ursula. Il fallait qu'il utilise ce laps de temps pour avancer, et donc qu'il ait immédiatement un entretien avec Adrien Devernois. Il décida de s'arrêter à Poul-Conq et alla droit au but en proposant à Adrien de lui reprendre son usine immédiatement, pour autant que le prix demandé soit raisonnable. Le paiement interviendrait au fur et à mesure que se liquiderait la succession de son père.

Adrien fut d'autant plus surpris par la proposition de Félix que, comme la plupart de ses confrères, il ne se berçait guère d'illusions sur l'avenir de l'iode. L'embellie actuelle était artificielle et, dès la fin du conflit, la situation deviendrait plus critique encore qu'en 1914. Il demanda à Félix quarante-huit heures de réflexion, mais il savait que pareille aubaine ne se représenterait pas et sa décision était déjà prise. Le fils d'Eugène lui offrait une solution inespérée à un problème auquel il ne voyait pas d'issue : la sauvegarde de l'emploi de ses salariés. Il allait enfin pouvoir déposer le fardeau que cette usine représentait pour lui depuis près de dix ans et prendre un repos mérité. Restait à fixer le prix de vente et surtout à en informer Estelle et Yves avant de conclure l'affaire. Ce Félix ! Un jeune chien fou prolongé qui, bien que vendeur hors pair, s'il fallait en croire Ursula, n'arrêtait pas de faire des bêtises. Le rachat de l'usine Devernois en serait une très grosse, sans doute la plus grosse de sa vie, mais il n'avait, lui, Adrien, aucun cadeau à faire à ce voyou.

Félix réussit à voir sa sœur entre deux portes. Sans lui faire part de son projet de rachat, il lui demanda quand ils pourraient envisager l'ouverture du testament et le partage. C'en était trop pour Estelle. Son père était encore sur son lit de mort que Félix ne pensait déjà plus qu'à savoir ce qu'il lui laissait. Elle sentit brutalement monter en elle un sentiment de dégoût, et elle ne put se retenir de le gifler, avant d'éclater en sanglots en balbutiant : « Espèce de salaud ! Je ne veux plus te voir ! Fiche le camp ! Va-t'en ! »

Félix avait besoin de prendre l'air. Il avait eu du mal à se contrôler pour ne pas retourner sa gifle à sa sœur. Cette fois, c'en était bien fini du passé et de l'affection qu'il lui restait pour elle. Dorénavant, ce serait la guerre, et elle allait voir de quoi il était capable, dès qu'il aurait sa propre usine. Bientôt, il serait maître de ses ventes et de ses clients ; il pourrait écouler sur la filière suisse cent kilos par semaine, ce qui, aux marges actuelles, lui garantirait un bonus annuel minimum de près de 500 000 mille francs, de quoi payer une bonne partie de l'usine en un seul exercice. Évidemment, il ne faudrait pas que Theytoz se fasse prendre, sans quoi, cela pouvait être le grand saut...

Adrien réfléchissait, lui aussi, tout en déambulant dans son usine. Depuis des années, tous les matins, à dix heures précises, il sortait de son bureau et passait dans les différents ateliers saluer l'un, encourager l'autre, sermonner un troisième. Depuis le début de la guerre, il faisait ce tour l'après-midi aussi. Ses ouvrières étaient encore plus sensibles que leurs maris aux encouragements ; elles avaient besoin d'être reconnues, et presque d'être aimées, et il aurait pu être leur père ou leur grand-père à toutes.

Il sortait d'un atelier quand on lui annonça la visite d'Yves Kerléo. Yves avait décidé de taire la proposition que Félix avait faite à Yann ; il était venu parler de prix et de quantités à livrer, ce qui incita Adrien à jouer cartes sur tables :

— Mon cher Yves, sans doute ne suis-je plus pour vous le bon interlocuteur. Avant d'aller plus loin, je dois, en effet, vous informer d'une offre que m'a faite, il y a quelques heures, le fils de notre ami Eugène. Il veut reprendre mon usine et y investir son héritage. Je ne vous cache pas que c'est pour moi une proposition inespérée que je ne peux refuser. Vous vous doutez bien qu'à mon âge je ne souhaite qu'une chose : vendre. Et comme je n'aurai certainement pas d'autres acheteurs avant longtemps...

— Félix vous rachète votre usine ? s'exclama Yves, abasourdi.

— Oui. Nous n'avons pas encore discuté du prix, mais je vais accepter. Avant de lui répondre positivement, je souhaitais, par correction, vous en parler et en informer Estelle, mais je vous le répète, je n'ai pas le choix. Aucun de mes enfants ne va me succéder...

— Je vous comprends, Adrien, mais Félix !

— Je m'attendais à vos réticences, Yves, fit l'industriel, tout comme je m'attends à celles d'Estelle. Mais je ne peux pas faire la fine bouche. Il me faut un repreneur, Félix connaît le métier, il a de l'argent et croit en l'affaire...

Yves le savait : Adrien avait raison, mais il ne pouvait pas l'admettre.

— J'ai besoin de réfléchir, Adrien, dit-il, mais je vais certainement revoir ma position vis-à-vis de votre entreprise. J'étais moralement lié à M. Adrien Devernois, je ne le serai jamais envers Félix Lemarchand, à moins qu'il ait bien changé, ce dont je doute. Quoi qu'il en soit, je venais vous voir pour que nous nous mettions d'accord sur une augmentation du prix de la soude. Il faudrait le doubler.

— Et je vous réponds d'accord, Yves. Je vais faire cela par écrit, immédiatement, et, pour vous rendre service, antidater notre accord de quelques mois. Vos prix étaient, en effet, très bas comparés à ceux de Lilia, par exemple, et je comptais vous en parler. J'ai, d'ailleurs, provisionné cette augmentation dans mes livres depuis plus de quatre mois et ai conseillé à Estelle d'en faire autant. Vous n'êtes pas un commerçant de temps de guerre, Yves, vous avez trop de scrupules pour cela.

— Vous avez sûrement raison, Adrien, mais, même en temps de paix, je n'ai jamais eu le sens du commerce. J'ai, tout simplement, eu la chance de tomber sur des acheteurs comme Eugène et vous.

— Tout comme nous avons eu la chance de vous avoir comme fournisseur et ami, Yves. Quoi qu'il en soit, puis-je compter sur vous pour aviser Estelle de ma décision, dès aujourd'hui ? Je sais que le moment est inopportun, mais Félix ne me laisse pas le choix.

Adrien regardait Yves s'éloigner d'un pas rapide. Son ami venait de l'informer de la démarche de Félix auprès de Yann, et cette confidence le confortait dans sa décision de ne pas faire de cadeau au fils d'Eugène. Au fond, il était heureux de quitter le métier au moment où y débarquait un pareil forban. Félix allait vite mettre la zizanie dans la profession et dresser les uns contre les autres des industriels qui, jusque-là, s'entendaient finalement assez bien. C'était un prédateur qui les détruirait tous si on lui en laissait le temps.

Au grand étonnement d'Yves, Estelle avait très bien pris la nouvelle. Elle préférait avoir Félix comme concurrent que comme employé. Au moins, les choses seraient claires. Mais elle s'était effondrée quand il avait ajouté qu'il leur fallait, tous les deux, discuter rapidement de nouveaux tarifs. Elle avait murmuré, entre deux sanglots : « Crois-tu, Yves, que ce soit bien le jour de me parler de pains de soude ? Tu n'as donc pas de cœur ? Ne vois-tu pas dans quel état je suis ? » Il l'avait prise dans ses bras, et ils s'étaient assis sur un sofa. Il l'avait consolée, l'avait bercée comme une enfant. Estelle avait les yeux gonflés d'avoir trop pleuré, le visage défait, mais elle était plus belle que jamais. Il le lui avait dit ; elle lui avait souri et avait levé les yeux vers lui en lui tendant les lèvres avant de se pelotonner contre lui. Cinq minutes plus tard, elle dormait profondément.

41

Estelle n'était pas très douée en calcul et le savait, mais elle était cependant certaine qu'il y avait une erreur dans les chiffres qu'elle venait de vérifier. Une erreur, ou quelque chose de pire. La quantité de produits fabriqués aurait dû correspondre au cumul des ventes et des produits en magasin. Or, si c'était bien le cas pour les sels, il lui manquait près de sept cents kilos d'iode. Félix ? Cela faisait près d'un mois maintenant qu'il avait repris l'usine Devernois. Si ces manquants lui étaient imputables, cela remontait donc à plus loin. Elle soupira. Ce travail devenait une corvée. Bien sûr, il lui faudrait trouver l'erreur, mais son comptable était au front et, pas plus qu'elle, Auguste ne connaissait les mécanismes classiques des fraudeurs. Elle allait devoir faire appel à quelqu'un de l'extérieur.

Elle se leva et se dirigea vers la fenêtre. Comme son père l'avait fait avant elle, des années durant, elle observa les volutes de fumée s'envoler dans le ciel, tout en songeant à son mari et son fils. François lui avait adressé une longue lettre d'Argentine et Gwen-Aël lui avait griffonné, du front, quelques lignes sur une feuille de papier arrachée à un calepin. Il lui disait qu'ils étaient en train de gagner la guerre, ils avançaient. Ah ! qu'enfin ce cauchemar se termine ! Elle liquiderait l'usine dès qu'elle le pourrait. François souhaitait rester dans la Royale et tout vendre : elle vendrait tout. À moins que Gwen-Aël... Il y avait Aurélie, bien sûr, qui était amoureuse de Jean-Yves, le fils d'Yves et Anne, lui aussi sur un bateau. Décidément, leurs deux familles étaient destinées à être alliées... Elle aurait préféré que sa fille prenne son temps, qu'elle profite un peu de la vie avant de se lier à ce garçon qui n'avait pas encore vingt et un ans. Estelle se regarda dans le miroir qu'elle avait fait installer dans son bureau. Quarante-quatre ans bientôt. Elle devenait une vieille femme. Elle avait des cheveux gris, des rides, et s'empâtait, mais elle n'avait pas encore ressenti les atteintes de la ménopause et ces bouffées de chaleur dont se plaignait tant Anne.

Elle vit Yves pénétrer dans la cour. Il devait rentrer de Quéménès et venait certainement lui faire part des quantités de pains de soude qu'il allait lui livrer. Elle se mit rapidement un peu de rouge à lèvres avant de se repoudrer très légèrement. Elle se rassit à son bureau et paraissait plongée dans ses comptes quand il poussa la porte après qu'elle l'eut prié d'entrer. Elle se leva et contourna son bureau pour venir l'embrasser. Mais arrivée devant lui, elle s'arrêta et, lui prenant les mains, demanda.

— Qui ai-je devant moi, aujourd'hui ? L'ami, le fournisseur ou... l'homme ?

— Pourquoi cette question, Estelle ?

— Comment me trouves-tu, Yves ? Dis-le-moi franchement. Je suis vieille, n'est-ce pas ? Regarde-moi. J'ai les yeux délavés d'avoir trop pleuré, la peau flétrie, les seins qui tombent, la taille épaisse... Je suis devenue laide et vieille.

Yves éclata de rire.

— Toi, laide ? Mais si tu l'étais, que dire des autres femmes ? Non, Estelle, tu n'as plus vingt ans, bien sûr, mais tu es encore très belle, et tu le sais.

— Pourquoi ne me le dis-tu pas, alors ? Tu sais que je suis seule et que, François absent, il n'y a personne pour me faire de compliment, toi excepté.

— Tu sais très bien pourquoi, Estelle. S'il n'y avait ni François, ni Anne...

— Mais il y a François et Anne. Comme je regrette, parfois, de t'avoir connu ! Mais tant pis... Alors ? Que me veut mon fournisseur préféré ? De l'argent ?

— Estelle !

— Pardonne-moi, Yves. Tu vois, il te suffirait de me dire : « Je te veux, je te prends », et je me sentirais tout de suite jeune et belle. Mais un homme comme toi ne peut ni dire ni faire ces choses-là. Et à une ancienne maîtresse, de quoi peut-on parler sinon d'argent ? Surtout pas d'amour ! Ce serait du réchauffé...

— Tu deviens méchante, Estelle. Mais tu te trompes. Ces mots, je peux te les dire, ces choses, je peux te les faire, mais pas ici, pas maintenant... L'autre jour, quand je suis venu te voir chez toi, à Ker-Héol, j'aurais bien aimé... mais tu t'es endormie. C'est le destin.

— Retrouvons-nous demain, à Brest, chez moi, répondit Estelle d'une voix altérée. À midi.

— Je ne sais pas si je pourrai... J'essaierai. Pas de téléphone, surtout. Mais que je te dise, quand même, pourquoi je venais te voir... J'ai appris que Félix avait procédé à plusieurs expéditions de produits à destination d'Annecy et d'Annemasse, par la poste de Saint-Renan. Je le tiens d'un cousin d'Anne, qui travaille dans cette poste, et qui a dîné à Roz-Avel, il y a deux jours. Il m'a demandé ce que je faisais ; je le lui ai expliqué. Du coup, il voulait signaler ces expéditions à la police. Je l'en ai dissuadé et j'espère qu'il se tiendra tranquille. Sans quoi... Annemasse et Annecy, c'est la frontière suisse...

— Ainsi, c'était bien Félix !

— Pourquoi ? Tu t'en doutais ?

— Il nous manque sept cents kilos d'iode en magasin. Je n'arrivais pas à les retrouver. Je pouvais toujours chercher ! En tout cas, merci Yves. Il faut que je me protège, car, légalement, je suis responsable des fraudes. Je vais lui faire signer une décharge.

— S'il a détourné une telle quantité, ce n'est pas par Saint-Renan qu'il a tout expédié, observa Yves, puisqu'il n'y a eu que trois expéditions de trente-cinq kilos. Sept cent kilos, ça commence à faire du bruit ! Il faudrait vérifier discrètement en gare de Brest.

— En tout cas, sois discret pour le moment, soupira Estelle. Il faut d'abord que je règle ce problème avec lui.

*
* *

Félix s'estimait lésé, même s'il savait qu'Estelle n'était pour rien dans les dispositions testamentaires de son père. Ainsi n'était-il qu'usufruitier d'immeubles à Paris, dont ses enfants étaient nus-propriétaires. Ainsi était-il actionnaire minoritaire d'une société financière dans laquelle étaient regroupés tous les titres et participations de son père et dont Estelle, majoritaire, était seule gérante. Finalement, il avait retiré à peine plus de 500 000 francs de liquidités de la succession. Certes, cela lui avait permis d'acheter l'usine d'Adrien, mais seulement parce que l'industriel lui avait consenti un crédit vendeur de 300 000 francs. La découverte d'Estelle lui fit l'effet d'une douche froide. Il dut passer sous les fourches Caudines de sa sœur et n'eut d'autre choix que d'accepter la solution qu'elle lui proposait : rendre à l'usine Lemarchand les produits manquants en les prélevant sur ses propres stocks.

Pour l'heure, Félix habitait chez son neveu, Gwen-Aël. Eugène Lemarchand avait, en effet, légué la propriété familiale de Bellevue à l'aîné de ses petits-enfants, tout en faisant, par ailleurs, des donations princières à Karl, Érika et Aurélie : 100 000 francs à chacun d'eux. Il avait légué le double à son gendre, et, à Yves Kerléo, quelques-uns des trésors de sa bibliothèque ainsi qu'un tableau de Maufra représentant des goémoniers.

Depuis qu'il était contraint de travailler avec Yves, Félix s'étonnait de le trouver sympathique et ouvert. Il comprenait mieux, aujourd'hui, son père et Adrien Devernois. Travailler avec Kerléo, c'était l'assurance d'avoir des pains de soude à teneur élevée, livrés à date, sinon en avance, à des prix convenus sur lesquels il ne revenait pas. Depuis peu, Kerléo et son beau-frère, Yann Penru, reprenaient en mains les fournisseurs du pays bigouden et ceux de la côte du Léon qui faisaient partie de leur organisation avant la guerre. Ils devaient donc peser d'un poids considérable sur le marché, et mieux valait être en bons termes avec eux.

Félix avait bien tenté de lui arracher la promesse de quantités plus importantes, il lui avait proposé des prix d'achat plus élevés, en expliquant qu'il n'arrivait pas à honorer tous les engagements pris par Adrien. En vain. Yves avait poliment décliné, se doutant qu'il reviendrait bientôt à la charge. Félix devait, en effet, se procurer impérativement d'autres tonnages de pains de soude. Le jour même où il avait repris l'usine d'Adrien, il avait téléphoné à ses acolytes, dans les Alpes, et une semaine plus tard, il les recevait au Conquet. Il avait fixé la barre à trois cent soixante kilos par mois, à livrer, non plus sur Annecy et Annemasse, mais sur Lyon, où ils devraient les récupérer. Le prix augmentait également. Félix voulait solder Adrien avec le profit qu'il retirerait de ce seul marché. Le client serait dorénavant une société que Theytoz créerait pour la circonstance. Ces quatre tonnes ajoutées aux dix tonnes qu'il devait livrer à l'État représentaient, pour Félix, la quasi-totalité de la production annuelle dont il disposait. Peut-être les Molénais seraient-ils moins rigides qu'Yves Kerléo ? Des pêcheurs...

Cela lui remit en mémoire certaines dispositions aussi étranges que dispendieuses du testament de son père : une dotation pour le canot de sauvetage, de l'argent légué à la commune pour la construction d'un monument dédié aux soldats tués au front, 1 000 francs à chaque famille de la commune ayant perdu l'un des siens à la guerre... Et, le plus choquant pour lui, le legs, à Ursula, d'une bible du XVIe siècle, éditée en Allemagne. Son père, qui se doutait qu'Ursula viendrait à ses funérailles et en était flatté, avait demandé à Estelle de remettre cette bible à sa belle-sœur le jour même de son enterrement. Quant à Ursula, son attitude était incompréhensible. Elle s'était montrée charmante avec lui et il en venait à se demander si elle ne regrettait pas leur divorce. Ursula... Il poussa un soupir. Quelle folie lui était passée par la tête, ce soir-là ? Elle avait tenté de résister, ce qui l'avait excité, puis s'était laissé faire comme une morte et s'était contentée de lui dire : « Ça y est ? Tu as fini ? Je peux aller me laver ? »

Son mépris lui avait fait l'effet d'une douche glacée,

mais, plus encore, ce qu'elle lui avait martelé, un peu plus tard, en sortant de sa salle de bains : « Félix, tu me paieras ce viol très cher. Beaucoup plus cher que tu ne te l'imagines. Je t'attends demain matin à mon bureau. Tu es démis de toutes tes fonctions à l'intérieur de mon groupe. Tu es viré. Et tu peux quitter la Suisse : tu ne trouveras jamais plus de travail dans mon pays. Compte sur moi pour t'en empêcher. Va-t'en. Quitte immédiatement ma demeure ou je téléphone à la police. »

Quel imbécile il pouvait être, parfois ! Quelques années plus tôt, cette Italienne de malheur qui lui avait pris plus de 350 000 francs, et cette fois Ursula. C'était d'autant plus idiot qu'il le savait, ils étaient faits l'un pour l'autre, même s'il y avait eu ce Joseph entre eux. Ursula et lui, c'était le feu et l'eau, la mer et la terre, faits pour s'attiser ou s'éteindre, s'étreindre ou se repousser, s'affronter ou s'unir au gré des circonstances.

*
* *

En ce début novembre 1918, Yves ressentait une légère inquiétude en se rendant au rendez-vous qu'Adrien venait de lui fixer. Encore un problème avec Félix ! Adrien avait dû recevoir une demande de renseignements sur son successeur, et la gendarmerie également. Adrien était grave quand il répondit à son salut. Non, cela ne devait pas concerner Félix ; cela le concernait, lui. Yves eut un éblouissement. C'était leur tour. Bien sûr, c'était l'un de ses garçons...

— Allez droit au but, Adrien. Lequel ? Lequel est-ce ? Jean-Yves ou Jean-François ?

— Jean-François, Yves, je suis désolé. C'est Jean-François. La grippe espagnole. Son régiment a été décimé. Il est mort, il y a une semaine.

— Une semaine déjà, et ils ne vous préviennent qu'aujourd'hui ?

— Non, Yves, je l'ai appris il y a deux jours, mais je

ne voulais pas l'annoncer à Anne. Quand j'ai su que vous rentriez aujourd'hui de Quéménès, j'ai préféré attendre.

— Merci Adrien, vous avez bien fait.

— Tenez, voici le télégramme. Je n'ai aucune autre précision.

— La grippe espagnole... Quelle mort stupide !

— Comme toutes les morts, Yves. Il faut bien mourir de quelque chose...

— Oui, mais de la grippe, au front ! Jean-François...

Yves s'était tu. Il n'aurait pu dire un mot de plus tant il avait la gorge serrée. Ne rien montrer à Adrien. Il en voyait déjà tant !

— La grippe espagnole tue presque autant de soldats que les Allemands, cette année, mon ami, reprit Adrien. Je vous présente mes condoléances, Yves, et vous assure de toute mon amitié. Ayez du courage. Il vous en faudra pour annoncer la nouvelle à Anne.

Ils étaient tous au premier rang de la nef, serrés les uns contre les autres, ce samedi 9 novembre. On annonçait la fin prochaine de la guerre, la défaite de l'Allemagne, et c'est à ce moment que la mort frappait, une nouvelle fois, leur famille. Julia, Jean-Yves étaient là, ainsi que Jacqueline et les jumeaux, Sébastien et Marie-Ange.

Il jeta un coup d'œil sur sa droite. Anne regardait l'autel et semblait écouter attentivement le prêche. Il savait, pourtant, qu'elle était à des lieues de là, quelque part avec leur fils disparu. Lorsqu'il lui avait appris la mort de Jean-François, elle avait gardé son calme. Elle avait beaucoup pleuré, certes, mais s'était résignée. Elle n'avait pas eu de crise de désespoir, pas de mouvement de révolte. C'était l'effet, sur eux tous, de la répétition des malheurs. Yves se mit à prier.

Tout le monde était dans la rue deux jours plus tard, les cloches carillonnaient, la guerre était finie, mais la mort de Jean-François était bien trop proche pour qu'Yves et Anne participent à la liesse populaire. Le cauchemar était pourtant terminé ; il allait falloir songer à réapprendre la paix, et ce ne serait pas le plus facile. Cette guerre qui devait durer deux mois et avait duré plus de quatre ans laisserait des traces indélébiles, des millions de morts, la ruine, la misère dans toute l'Europe. Et comment ceux qui l'avaient faite allaient-ils pouvoir se réaccoutumer à la vie civile, après quatre ans de tranchées ?

La semaine suivante, Yves s'était rendu à la direction de l'administration pénitentiaire. Il avait présenté un dossier demandant la libération anticipée de quatre de ses forçats et une réduction de peine de moitié pour cinq autres. Le directeur avait émis un avis favorable, mais sa décision devrait être entérinée par le ministère de la Justice. Le cas Lefrançois avait été dissocié des autres et Yves était resté une journée à Brest pour tenter de le régler. Le directeur lui ayant expliqué que la simple mention d'une erreur judiciaire éventuelle signifierait le rejet pur et simple de la demande, il avait concentré son argumentation sur le travail et la conduite irréprochables du condamné, d'une part, les vies humaines qu'il avait sauvées, de l'autre. Quinze jours plus tard, Lefrançois était libre, comme trois autres forçats.

*
* *

Ils étaient tous rentrés les uns après les autres. Gwen-Aël, d'abord, bientôt suivi des marins : Jean-Yves, puis l'aîné de Yann, et François enfin. Estelle était chagrinée de constater que son fils et elle avaient du mal à trouver des sujets de conversation. Heureusement qu'ils pouvaient parler de Karl et de Julia.... Un soir, avant le retour de François, elle s'était décidée à inviter Yves et Anne, mais aussi, à la demande de Gwen, Yann et Lise. Elle avait été étonnée de constater que son fils était beaucoup plus à l'aise avec le géant qu'il ne l'était avec Yves ou elle-même. Les soldats du front formaient entre eux une sorte de confrérie, semblaient se comprendre à demi-mot, et les tiers se sentaient exclus de leur univers. Mais Yann clarifia les choses en fin de repas, en déclarant :

— Tu vois, Gwen-Aël, il faut que tu te dises, une fois pour toutes, que la guerre est finie. Que ce cauchemar que nous avons vécu appartient au passé, qu'il faut, non pas l'oublier, mais le mettre de côté. Nous devons ranger nos souvenirs dans un tiroir et ne les sortir qu'en cas de nécessité absolue, pour témoigner et veiller à ce que cela ne puisse se reproduire. Aujourd'hui, l'important c'est de vivre, de retrouver les siens, sa famille, ses amis. Je sais que, pour toi, c'est peut-être plus dur que pour d'autres : tu as perdu Yvonne. Mais tu es jeune. Tu dois reprendre tes études, choisir un métier, faire ta vie. Regarde devant toi.

Jean-Yves avait été libéré quelques jours plus tard. Il voulait mériter Aurélie, et pour cela continuer ses études. Dès le surlendemain de son arrivée, il s'inscrivit à la faculté de droit de Rennes. Gwen-Aël, lui, n'avait pas encore choisi sa voie. Pour en décider, il attendait son père qui avait annoncé son retour pour Noël.

Aux tout premiers jours de décembre, Julia et Karl arrivèrent ensemble à Bellevue. Karl n'avait pas encore assimilé le décès de son grand-père, et ce n'est que quand il constata les modifications intervenues dans son bureau qu'il sut qu'il ne le reverrait jamais. Il s'était assis sur l'ancien siège d'Eugène, remisé dans un angle, quand Gwen-Aël poussa la porte, Julia sur ses talons, et se précipita sur lui avant de l'étreindre en riant.

— Julia vient de m'annoncer la nouvelle ! Vous allez vous marier ! Rien ne pouvait me faire plus plaisir. C'est merveilleux !

— Tu as toujours su que j'aimais Julia, fit Karl.

— Su, non, mais espéré, oui. Sacré Karl ! Mon Dieu, que c'est bon de vous retrouver tous les deux. Tu sais que ton père loge à Bellevue ?

— Oui. Est-ce qu'il va y rester, maintenant que te voilà de retour ?

— Je ne vais quand même pas expulser mon oncle de

la maison familiale ! D'autant que je suis célibataire ! Bien entendu, vous logez ici tous les deux.

— Je crains de te décevoir, Gwen, dit Julia, mais je ne vois pas comment je pourrais loger chez toi, alors que mes parents habitent à moins de cinq cents mètres.

— C'est vrai, tu as raison. Au fait, vous avez informé vos parents ?

— On aurait eu bien du mal, sourit Julia. Ce n'est que la nuit dernière, dans le train, que Karl s'est déclaré, qu'il m'a demandé d'être sa femme, quand je lui ai dit que je quittais le voile... Je suis toujours aussi croyante, mais j'aurais fait une mauvaise religieuse car j'ai toujours été amoureuse de Karl. Seulement, je pensais que lui ne m'aimait pas.

— Et Maurice ? demanda Gwen-Aël. Tu as de ses nouvelles, Julia ?

— Il ne t'a rien dit ? Il compte aller en Afrique, chez un certain Schweitzer, un médecin alsacien établi en Afrique-Équatoriale Française, à Lambaréné, et qui réclame des bonnes volontés. Je lui ai conseillé de suivre un stage d'infirmier, en France, avant son départ, mais il avait l'air pressé de partir...

Gwen-Aël eut un sourire mélancolique. Il savait, lui, pourquoi Maurice tenait tant à s'en aller.

Anne n'en avait pas cru ses yeux quand elle avait vu sa fille remonter l'allée, Karl à ses côtés, portant sa valise. Mais très vite elle s'était ressaisie et s'était précipitée vers la porte : Julia rentrait au bercail ! « Merci, mon Dieu ! » dit-elle tout fort, en se signant. Mère et fille s'étreignirent longuement. Karl s'était esquivé en promettant à Julia de repasser une heure plus tard.

Anne ne savait plus si elle devait rire ou pleurer. Julia venait de lui confirmer qu'elle ne serait pas religieuse, mais infirmière. Sa petite Julia serait mère de famille ; elle lui donnerait des petits-enfants ! Et Yves qui était à Quéménès pour une semaine encore, et ne pouvait partager cette joie avec elle... La gorge nouée, Anne regardait sa fille, puis l'embrassait de nouveau. Soudain, elle ressentit un grand vide en elle, tandis que des larmes coulaient lentement sur ses joues. Julia l'avait prise dans ses bras et la consolait, en lui caressant le visage.

— Tu vois, ma chérie, fit Anne, depuis des années, nous n'avons fait que pleurer, nous n'avons eu que des peines, connu que le malheur : cette île maudite, ce tali, ces forçats, et puis... la grande faucheuse qui s'est mise au travail et a enlevé tes oncles, Cheun, Joseph, tes cousins, ta sœur Yvonne, ton frère Jean-François... Ton père toujours absent... Trop, c'était trop... Je n'en pouvais plus. Et puis, te voilà... Je crois que c'est fini, que la vie va recommencer...

— Maman, j'ai encore quelque chose à vous confier, dit Julia. Je vais me marier.

— Te marier ? s'exclama Anne. Qui est-ce, ma chérie ? Je le connais ?

— C'est Karl, Maman, le cousin de Gwen-Aël. Il m'aime, depuis longtemps, mais il ne me l'a dit que la nuit dernière, dans le train.

— Et toi, tu l'aimes ?

— Mais, Maman, bien sûr que je l'aime ! Je croyais que vous le saviez ! Je l'ai toujours aimé ! Il était si différent des autres garçons, il pensait toujours à faire le bien, quand les autres ne pensaient qu'à eux... Yvonne avait Gwen, et moi Karl...

— Il est très riche, aussi, observa Anne, ce qui ne gâte rien. Mais tu sais, ton père n'aime pas beaucoup le sien...

— Je n'épouse pas sa famille, Maman, et, Karl le sait bien. Lui aussi a des problèmes avec ses parents, mais ils l'écoutent tous les deux. Karl est un homme exceptionnel. Gwen-Aël dit que c'est un saint. Dieu me donne une chance inouïe.

— Puisses-tu être heureuse, ma chérie, tu le mérites !

*
* *

Depuis plus d'une semaine, le temps était franchement mauvais. Ce n'était pas la tempête, mais les vents forts et continus qui soufflaient du sud-ouest ne permettaient pas de sortir en mer et confinaient tout le monde sur l'île. Yves s'interrogeait sur l'avenir de l'exploitation. Pour ce qui était des ventes, ils n'auraient pas de problèmes : les soins aux blessés n'allaient pas s'arrêter avec la fin des combats, et le gouvernement maintiendrait ses commandes un an ou deux encore, au minimum. Ce qui le préoccupait, c'était le personnel. Il n'avait aucunes nouvelles de ses goémoniers et ignorait s'ils reviendraient aux îles, à leur retour à la vie civile. Il en doutait. Cette guerre allait changer les mentalités et les hommes, mais aussi les familles. Yves savait que ce qu'Anne et lui avaient vécu, beaucoup d'autres couples le vivaient aussi, d'une façon ou d'une autre. Il n'y aurait plus beaucoup d'employés qui accepteraient de travailler aux îles dans les conditions d'avant-guerre. Il allait devoir prévoir des congés réguliers, des séjours à terre plus fréquents, s'il entendait recruter de nouveaux pigouillers.

Il pouvait, aujourd'hui, compter sur ses vieux goémoniers et, peut-être, sur deux des forçats qui avaient obtenu leur libération anticipée. S'il comprenait le choix de l'un d'entre eux, ancien ouvrier agricole, il saisissait moins les motivations du second. Crainte de replonger s'il retournait à une vie civile normale ? Peur d'une vengeance ? Quoi qu'il en soit, il fallait que Yann ou lui-même aille recruter de nouveaux employés sur la côte. Ce n'était pas encore urgent ; pour le moment, les goémoniers étaient tous occupés à donner un coup de main aux travaux de la ferme, où plus de la moitié des terres restaient en jachère par manque de personnel. C'était le même problème : des centaines de milliers de bras allaient manquer dans le pays. Comment pourraient-ils décider de bons domestiques à venir s'isoler dans leur île pour des salaires « normaux » ? Ils allaient être obligés de les payer très cher ou de plier bagage. Plus Yves réfléchissait, et plus il aboutissait à la conclusion que son activité était condamnée à moyen terme, peut-être même très vite.

Estelle lui avait fait part de la décision de François de rester dans la Royale. Son ami en avait fait la demande deux ans plus tôt et venait de voir sa requête agréée. Il avait déjà demandé à Estelle de chercher un repreneur pour ses usines. Lui non plus ne croyait pas à l'avenir de l'iode en France, et il ne servait donc à rien de garder l'usine pour les enfants. Yves avait cependant recommandé la prudence à Estelle. Bien sûr, elle devrait vendre durant la première année de paix, avant que ne s'évanouissent tout à fait les super-profits provenant des commandes de l'armée, mais il lui faudrait aussi attendre que ses confrères soient prêts à investir. Certains, optimistes incorrigibles, comme Félix, s'imaginaient que le commerce de l'iode était de nouveau promis à un avenir radieux. Ils oubliaient que les Américains sortaient de cette guerre plus puissants que jamais. Ils feraient plier l'Europe quand ils le voudraient, et alors...

Lui-même ne pouvait vendre avant qu'Estelle ne le fasse ; ce ne serait pas correct. Mais il ne faudrait pas qu'il traîne, non plus. Si Félix avait été moins impatient, il aurait pu racheter l'usine de sa sœur mais il s'était précipité sur celle d'Adrien et Estelle devrait trouver un autre acquéreur, à moins que son frère ne veuille également reprendre l'entreprise familiale. Bien sûr, il le ferait si Estelle lui en laissait le temps ! Non par intérêt économique, mais pour prouver à son père défunt et à sa sœur qu'ils l'avaient sous-estimé.

Mais lui, Yves, qu'allait-il faire ? Vivre de ses rentes, comme le souhaitait Anne ? Ce n'était pas sérieux. Pas à cinquante ans. Il devait réinvestir. Il y avait bien le commerce de vins. C'était sûrement quelque chose de rentable, mais il n'y connaissait rien. François, non plus, c'est vrai, quand il avait acheté ce commerce, en 1903, mais ils étaient beaucoup plus jeunes, alors. Pourtant, oui, le vin pouvait être une sécurité pour ses enfants, pour Sébastien, surtout. Ses filles, Jacqueline comme Marie-Ange, se marieraient ; il les doterait. Mais il fallait un métier à Sébastien. Et ce métier de négociant en vins, il pourrait l'apprendre par Job Courtès, un très bon professeur. Il allait en parler à François, dès qu'il rentrerait. Il serait là à Noël. Pour la première fois depuis des années, ils attendaient tous cette fête avec impatience. Dire, pourtant, qu'il n'y avait que trois semaines que l'armistice avait été signée, que Jean-François était mort ! Il avait l'impression que cela datait déjà de plusieurs mois.

Yves mit son ciré et sortit, sous la pluie et le vent. Il aimait ce temps qui lui rappelait l'époque où il était gardien de phare. Il songea un instant à son ami Joseph Tromeur dont il était sans nouvelles, mais revint vite à ses préoccupations du moment. S'il se retirait, qu'allaient devenir ses adjoints ? Pour Yann, il ne se faisait pas de soucis. Son beau-frère avait acheté trois fermes à Ploumoguer, et pourrait en exploiter une s'il souhaitait continuer à travailler. À moins qu'il ne se décide à reprendre l'île ? Pierre, lui, s'était réinstallé chez lui avec Maria. Il s'occupait également de la ferme de Pol, son beau-frère, tué au Chemin des Dames, deux ans plus tôt, comme tant d'autres, pour rien. Il arrivait sur le rivage, à la hauteur des fours. Oui. Il allait arrêter. Sa décision était prise. Il ferait encore la prochaine campagne, ce serait la dernière.

*
* *

Yves et tous les siens avaient assisté à la messe de minuit, à leur place habituelle, sur le côté droit de la nef. Derrière lui, Yann, Lise et leurs enfants, Rozenn et les siens, renforçaient le groupe familial. Noël était le seul jour de l'année où hommes et femmes d'une même famille se trouvaient réunis dans l'église. Trois rangées devant lui, Yves apercevait le crâne luisant d'Adrien. Son fils Jean était rentré d'Allemagne tuberculeux et devait abandonner la carrière militaire. Son gendre, Denis, avait perdu un bras. Cela ne l'empêcherait pas de plaider. De l'autre côté de la nef se tenaient Estelle, François et leurs enfants, mais aussi Karl et Félix. Félix n'avait pas dû mettre les pieds dans une église depuis son mariage. Julia avait confié à Anne que Karl tentait de réconcilier ses parents et semblait sur le point de réussir. Il fallait que le garçon ait une grande force de persuasion pour faire revenir Ursula à de meilleurs sentiments envers son ex-mari.

Yves avait apprécié la grande sobriété de l'homélie expurgée de toutes ces envolées patriotiques, malvenues dans une église, auxquelles ils avaient eu droit pendant les semaines précédentes. Noël était une fête de paix, de réconciliation entre les hommes, et c'est ainsi que l'avait présentée le prêtre. En ce jour de Noël 1918, Yves avait l'impression de retrouver un peu de la ferveur qu'il ressentait des années plus tôt, quand il assistait avec ses quatre sœurs à la messe de minuit, à Plougonvelin, et qu'après l'office, ils rentraient tous à la ferme en chantant des psaumes durant les quatre kilomètres du trajet.

Ils n'avaient pu refuser le champagne que Gwen-Aël avait voulu leur offrir à tous, à Bellevue. Anne s'était excusée et s'était éclipsée avec Rozenn qui pour rien au monde n'aurait mis les pieds dans une pièce où se trouvait Félix Lemarchand. Yves avait été heureux de revoir François ; pourtant, si leur amitié restait sincère, il n'y avait plus, entre eux, la chaleur d'antan. C'était comme si chacun d'eux cherchait encore ses marques vis-à-vis de l'autre. La guerre, qui avait rapproché certains êtres, en avait éloigné d'autres. Les épreuves qu'ils avaient vécues les avaient changés et ils semblaient tous assez peu à l'aise, dans leurs nouveaux habits de temps de paix. Ils avaient beau le savoir, ils ne se faisaient pas encore à l'idée que c'était un autre monde, une autre vie qui s'ouvraient devant eux. Gwen-Aël, en revanche, semblait parfaitement à l'aise et animait avec vivacité le cercle des « jeunes », qui, pour la première fois, incluait Jacqueline et les jumeaux. Une coupe de champagne à la main, Julia et Karl encadraient leur ami, et leur réserve tranchait avec le manque de retenue qu'affichaient Jean-Yves et Aurélie.

Il vit Félix se diriger vers lui, une flûte dans chaque main. Que lui voulait-il ?

— J'ai quelque chose à te confier, fit Félix sans préambule. Quelque chose d'important, pour moi du moins, et je crois que cette nuit de Noël est particulièrement propice à ma démarche. Je voudrais m'excuser pour le tort que j'ai pu te causer, ou essayer de te causer, pendant toutes ces années. J'ai promis à mon fils de m'amender, devant ta fille, et j'ai bien l'intention d'essayer. J'aimerais aussi que Rozenn me pardonne. Je sais que si elle n'est pas là ce soir, c'est que je lui fais encore peur. Peux-tu lui présenter mes excuses ? Je suis prêt à les lui faire moi-même, si elle accepte de me rencontrer. Je sais que cela doit te paraître incroyable, et que tu es en droit de supposer que ma démarche cache un nouveau piège. Je t'assure, cependant, qu'il n'en est rien.

Yves marqua un temps avant de répondre.

— Félix, dit-il enfin, j'ai la faiblesse de te croire. Si je me trompe, tant pis pour moi, mais je ne vois pas ce que tu gagnerais à me mentir. Je te remercie pour Rozenn. Cela lui simplifiera sûrement la vie. Sache aussi que je regrette ta séparation d'avec Ursula que j'apprécie beaucoup. J'espère que vous redeviendrez, au moins, amis...

— Merci, Yves. J'ai raté pas mal de choses dans ma vie, et peut-être mon mariage. Alors, sans rancune ?

— Sans rancune, Félix.

Ils s'étaient serré la main et regardé dans les yeux en se souriant, pour la première fois depuis plus de quarante ans, depuis l'école primaire...

*
* *

Il attendit la fin du repas de famille qui, tous les 25 décembre, les réunissait à Roz-Avel pour leur faire part à tous des excuses de Félix. Les réactions des femmes avaient été très négatives ; pas une d'entre elles ne croyait à la sincérité de ce repentir, et Rozenn se refusait à pardonner quoi que ce soit à ce « diable ». Ce fut Yann qui mit les pieds dans le plat.

— Tu ne peux pas continuer comme ça, Rozenn, déclara-t-il. Depuis quinze ans, tu te ronges les sangs et tu te pourris la vie à cause de Félix. Aujourd'hui, cet homme veut s'excuser ; il te demande pardon. Je comprends que tu puisses refuser de le lui accorder, mais, du moins, accepte de le rencontrer. On pourrait se poser des questions si tu refusais de le voir. Et puis, sincèrement, ne crois-tu pas que tu te faciliterais la vie en acceptant de passer l'éponge ?

Le ton était monté très vite, Anne et Lise volant au secours de Rozenn, jusqu'à ce qu'Yves demande à Julia de donner son avis. Après tout, sa fille était la fiancée de Karl qui, s'il fallait en croire Félix, était à la base de ce revirement spectaculaire. Pour Julia, il n'y avait aucun doute. Karl faisait pression sur son père pour qu'il retrouve des relations normales avec tous ceux que son grand-père aimait et appréciait. « Un peu d'humilité n'a jamais tué personne, papa, lui avait-il dit la veille. Maman m'a dit que vous aviez tous les torts vis-à-vis de M. Kerléo. Pourquoi ne l'admettez-vous pas ? Faites la paix avec lui. Vous vous sentirez beaucoup mieux, croyez-moi. De plus, cela ne pourrait que faciliter vos rapports avec Julia. » Karl avait tenu ce discours devant sa future femme. C'était, selon lui, la meilleure façon pour lui d'obtenir quelque chose de son père qui tenait toujours une promesse faite devant un tiers.

Après des heures de discussion, Rozenn avait finalement accepté de rencontrer Félix, mais uniquement en présence d'Anne et d'Estelle.

42

Le 10 juillet 1919, la nouvelle avait fait la une des journaux : Félix était tombé. Lorsque son compère Theytoz avait été arrêté pour avoir vendu, sans autorisation gouvernementale, du bisulfite d'iode à l'étranger, il s'était dit que cela sentait le roussi, mais il n'imaginait pas à quel point il était déjà dans la nasse. L'inspecteur des Douanes qui suivait l'affaire l'avait bien interrogé sur ses liens avec ses distributeurs lyonnais soupçonnés d'exportation illégale de ce produit stratégique, mais Félix avait expliqué que les produits vendus ne devaient l'être que sur le marché français. De la même façon qu'il s'y était engagé envers l'État, il avait, disait-il, exigé et obtenu de ses acheteurs les mêmes engagements contractuels, comme la loi lui en faisait l'obligation. Il avait pu produire les documents qui le blanchissaient, et se sentait d'autant plus sûr de lui qu'Adrien le soutenait. Il l'eût été beaucoup moins s'il avait su que l'administration le surveillait depuis des mois et que ses communications téléphoniques étaient écoutées. Il n'existait cependant aucune preuve contre lui sinon les aveux passés par Theytoz et son acolyte.

Ce fut son désir de se débarrasser de cette enquête qui le perdit. À force de comparer la maigreur de sa paie aux bénéfices confortables que dégageait le commerce de l'iode, l'inspecteur des Douanes réussit à le persuader qu'il ne recherchait qu'un « arrangement ». Félix tomba dans le piège et, pour avoir la paix, lui proposa 100 000 francs. Il lui en coûta douze fois plus, il y perdit son entreprise et aurait pu y laisser son héritage. Par chance pour lui, c'est l'usine Devernois qu'il avait achetée, et Adrien, qui ne pouvait tolérer que son nom et son honneur soient salis, prit la défense de son successeur. Il intervint discrètement auprès des rédactions des journaux et fit valoir que rien ne permettait de penser que Félix se fût rendu coupable de quelque chose d'autre que d'une maladroite tentative de corruption de fonctionnaire. Encore avait-il été piégé. Quant aux aveux de ses prétendus complices, on savait ce qu'ils valaient : ils chargeaient leur fournisseur pour se défausser. Certes, Félix Lemarchand avait péché par légèreté et appât du gain, mais il devait finir de payer son usine, et ceci expliquait cela. N'avait-il pas toujours honoré les commandes de l'État, ce qui n'était pas le cas de tous ses confrères ?

Adrien réussit à éviter la prison à Félix, mais pas l'amende de 1 200 000 francs qui, semblait-il, devait le ruiner. Ce ne fut pas le cas, mais il fut contraint de céder son usine à un groupe chimique appâté par les profits considérables qu'elle avait dégagés lors des deux derniers exercices. Ursula réembaucha son ex-mari.

*
* *

Cette affaire était déjà oubliée quand Julia avait épousé Karl. C'était le 15 mai 1920. Pour Anne et Yves, ce samedi fut bien le grand jour qu'ils avaient espéré, un jour de liesse et de gloire. Si le mariage d'Yvonne avait, en effet, été célébré presque dans la clandestinité, en raison des circonstances et de la mort de Cheun, celui de Julia le fut avec toute la pompe requise. Les familles Penru et Kerléo au grand complet avaient répondu à l'invitation. Pendant un bon mois, des deux côtés, il n'avait été question que de cette fête. Personne ne devait payer son écot, ce qui était exceptionnel, et l'on assurait que les invités pourraient boire, à volonté, les plus grands crus, Yves Kerléo venant d'acheter à François Kernéis son commerce de vins en gros. Ils n'avaient eu aucun mal à s'entendre sur le prix et avaient signé la vente chez Jacques Andrieux, revenu très affaibli des geôles allemandes. Progressivement, Yves se familiarisait avec cette forme de négoce nouvelle pour lui, même s'il n'y intervenait pas directement. Comme le lui avait dit François, cette affaire marchait toute seule. Le meilleur conseil qu'il pouvait donner à Yves, c'était de conserver le personnel et surtout le maître de chai, au moins jusqu'à ce que Sébastien soit en âge de reprendre la direction de l'affaire. Pour le moment, il pouvait se contenter d'en surveiller la gestion.

Tout s'était passé pour le mieux. Ursula avait convaincu Karl d'accepter l'organisation d'une réception à Bâle, en septembre, la Bretagne étant trop éloignée de la Suisse pour que ses propres invités puissent se déplacer. Ils étaient donc entre Léonais.

Pour Anne et Yves, le mariage de Julia avait été l'occasion de réunir tous ceux qui avaient compté dans leur vie : les amis de longue date, mais aussi tous les goémoniers qui avaient un jour ou l'autre travaillé aux îles. Beaucoup, c'est vrai, manquaient à l'appel, et si certains d'entre eux s'étaient engagés dans la marine, à la suite de la guerre, d'autres avaient préféré chercher du travail en ville. Le temps des îles était passé pour eux.

Ce jour-là, Yves avait repris contact avec les enfants de Jeannie. Tanguy se demandait s'il allait rester pilote militaire ou entrer dans cette aviation civile dont on commençait à parler. Pierre reprenait peu à peu en main la ferme que Marie-Françoise avait, quatre années durant, tenue avec l'aide de son père. Yves avait senti la tension qui régnait dans le jeune couple qui devait réapprendre à vivre et à travailler ensemble. Son neveu Jean-François était venu lui annoncer qu'il restait dans la marine ; il était second maître. Yves avait aussi revu Brigitte, veuve depuis peu, comme deux de ses filles. Son mari, François, avait été emporté par la grippe espagnole, au début de l'année 1919, comme tant d'autres. Et il avait retrouvé sa cousine Louise, dont le commerce était redevenu, après six mois de paix, la référence des élégantes de Brest. Elle allait épouser un jeune officier de marine qu'elle n'avait pas manqué de présenter à Yves mais aussi à Estelle et Anne.

Au moment d'ouvrir le bal avec Julia, au rythme d'une valse de Strauss, Yves avait soudain été saisi d'une impression de calme et d'aboutissement, de paix intérieure et de plénitude. Le mariage de Julia, il en était certain, marquait pour leur famille la fin d'une période noire, et pour Anne et lui un tournant de leur vie. À la deuxième valse, il avait fait danser Ursula.

— Nous voici de la même famille, Yves, lui avait-elle dit avec un sourire. Qui aurait cru cela, il y a douze ans ?

— C'est vrai, Ursula. Et j'en suis heureux. Karl est un garçon exceptionnel.

— Julia n'est pas mal non plus, fit Ursula en riant. Et ils sont faits pour s'entendre. Yves, ce que j'ai à vous dire n'est pas facile, mais je sais que vous comprendrez dans quel esprit je le fais. Voilà : ne vous souciez ni de dot ni d'argent. Les choses sont ainsi faites que Karl en a et en aura pour deux. Gardez vos écus, comme vous dites, pour vos autres enfants.

— Voyons, Ursula, je ne puis accepter, et...

— Laissez-moi finir, et ne m'interrompez plus, car avant la fin de cette valse j'ai une autre confidence à vous faire. Je vous remercie pour ce que vous avez dit de moi à Félix, il me l'a répété, et depuis deux ans Karl me pousse à la réconciliation. Il est donc fort possible que Félix et moi vivions à nouveau ensemble. Ce qui est sûr, c'est que nous sommes, vous et moi, appelés à nous revoir souvent. À Paris, par exemple, maintenant que nos enfants y habitent. C'est drôle, vous occupez, incontestablement, une place spéciale dans ma vie... Je vous ai toujours considéré comme un être à part, et j'ai toujours su que je pouvais tout vous confier, comme à un confesseur, sans autre risque que de me faire sermonner...

Quelques minutes plus tard, c'est Anne qui valsait dans ses bras, et puis Estelle à la danse suivante.

Il y avait plus que de la nostalgie, presque de la tristesse, dans cette valse dont ils savaient que c'était la dernière, la dernière fois qu'ils seraient dans les bras l'un de l'autre. Estelle avait les larmes aux yeux quand la musique se tut et qu'ils se séparèrent.

Yves jeta un coup d'œil à Anne, en discussion animée avec François, et ce même coup d'œil enregistra le regard d'Ursula sur eux. En un éclair, celle-ci venait de tout comprendre : Estelle et Yves s'aimaient. Comment ne s'en était-elle jamais aperçue ? Comment avaient-ils pu cacher si bien, si longtemps, leur amour ? Yves lui adressa un sourire d'une infinie tristesse et plaça son index devant la bouche. Ursula répondit à son sourire et opina de la tête : ils emporteraient leur secret avec eux.

*
* *

Yves rejoignit François qui lui avait fait un signe discret de la main. Les deux amis s'isolèrent dans un salon dont François referma soigneusement la porte.

— Yves, commença-t-il, je ne sais plus où j'en suis, et j'ai besoin de tes conseils. Personne, pas même Estelle, ne sait ce que je vais te dire. On vient de me demander de quitter mon commandement pour rejoindre le ministère, à Paris. Pour beaucoup, cette nomination se comprend : au ministère, l'on souhaite utiliser mes compétences d'homme d'affaires polyglotte, paraît-il. Je parle anglais, un peu le hollandais et l'espagnol et, surtout, l'allemand, et j'ai dirigé une entreprise. Ils veulent donc me confier des missions à l'étranger. Pour beaucoup, ce serait une promotion inespérée. Pour moi, c'est une catastrophe, cela ne me va pas du tout. Si je suis marin, c'est pour servir en mer, pas pour naviguer entre bureaux et salons.

— C'est peut-être provisoire..., hasarda Yves.

— Tu sais bien que non, et il est hors de question que j'accepte. Plutôt retourner à la vie civile. J'ai fait jouer mes relations, enfin, le peu que j'ai. En vain. Vois-tu Yves, il me faut l'océan, les grands espaces, la mer, ses tempêtes et ses calmes. J'aime bien commander, aussi, mais si je n'avais pas été officier, j'aurais été heureux de servir, même comme quartier-maître. En mer, je vis. Je ne sais pas comment te l'expliquer, mais j'ai beaucoup changé, ces dernières années. Quand je regarde, à l'horizon, le soleil plonger dans l'océan, je prends conscience de l'infini, de la grandeur et de la petitesse de l'homme dans cet espace, et cela, je ne veux pas le perdre.

— Si je te comprends bien, en mer, c'est Dieu que tu cherches...

— Je ne sais pas si c'est Dieu que je cherche, mais, en mer, je me suis retrouvé. Quand j'ai choisi la Royale, à la fin de la guerre, je l'ai expliqué à Estelle. Sais-tu ce qu'elle m'a dit ? « Tu m'as donné les plus belles années de ta vie, je puis en faire autant pour toi, aujourd'hui. Je te rends ta liberté. » Et c'est cela, effectivement, que j'ai trouvé en mer, ma liberté.

— Je t'envie, François, dit Yves. Ne peux-tu pas négocier avec le ministère ? S'ils n'acceptent pas, tu pourras toujours démissionner, et t'acheter un yacht pour naviguer en Méditerranée, une île, même...

— Moque-toi de moi ! fit François en riant. Quoi qu'il en soit, Estelle a dû te le dire : l'iode, pour nous, c'est fini. Terminé. Nous vendons nos trois usines à ce groupe pharmaceutique.

On frappa à la porte du salon. C'était Gwen-Aël. Il était seul.

— Je vous cherchais, Père, dit le jeune homme en entrant.

Et comme Yves s'était levé, il reprit :

— Non, ne partez pas, monsieur Kerléo. Ce que j'ai à dire nous concerne tous, les Lemarchand et les Kernéis, les Kerléo. Cela aurait sans doute pu attendre quelques jours, mais puisque nous sommes tous réunis... Voilà. Pardonnez-moi, tout d'abord, d'outrepasser mes droits, Père, mais je ne l'aurais pas fait s'il n'y allait de notre avenir commun. Karl, Julia, Jean-Yves, Aurélie et moi-même en avons longuement parlé entre nous, et c'est en notre nom à tous que je vous dis : ne vendez pas l'usine du Conquet. Les deux autres, si vous le voulez, mais pas celle du

Conquet. Vous avez le droit de vendre l'entreprise, mais pensez à votre ville, à vos employés, envers qui vous avez des devoirs. Pensez à grand-père dont elle a été toute la vie. Et puis, pensez à nous...

François et Yves échangèrent un long regard, et François répondit :

— Gwen-Aël, l'usine, c'était la vie de ton grand-père, c'est vrai. Mais ce n'est plus celle de ta mère ni la mienne. Et puis, il est probable que d'ici deux ou trois ans, toutes les usines d'iode devront fermer, car elles seront déficitaires, ce qui représenterait pour nous une perte énorme, tu t'en doutes. D'un autre côté, tu n'as pas tort. Nous avons des devoirs envers la ville et nos employés, et ces devoirs, nous les assumons en cédant l'entreprise à un groupe puissant qui garantit l'emploi des salariés et entend développer l'usine et donc assurer un avenir à la ville.

— Mais, Père...

— Laisse-moi finir, s'il te plaît, Gwen. Je suis le plus petit porteur de parts de la famille et n'ai pas grand-chose à dire dans la décision que vous prendrez, votre mère et vous. Mais rien n'empêche, je le suppose, de renégocier avec nos acheteurs et de trouver un compromis. Nous pourrions leur céder deux usines et garder, d'une façon ou d'une autre, celle du Conquet. S'ils acceptent, bien entendu. Quoi qu'il en soit, tu as raison. Aurélie et toi êtes des adultes qui avez le droit à la parole. Nous aurions dû y penser et vous consulter. Mais que viennent faire Julia et Karl dans cette affaire ? Mis à part, bien sûr, le côté sentimental ?

— Karl a de l'argent et proposait de racheter l'usine avec l'aide de tante Ursula.

— Je savais votre tante très riche, mais j'ignorais que Karl l'était aussi. Nous n'en sommes pas là, cependant. Voici ce que je te propose : retrouvons-nous tous demain matin. Nous verrons bien.

*
* *

Durant toute la semaine, les réunions s'étaient multipliées, à Ker-Héol, à Bellevue et même dans les îles. Il fallait règler les problèmes un à un, et celui de l'approvisionnement des usines en matière première n'était pas le moindre.

Yann et Yves en vinrent rapidement à la conclusion qu'Hervé Le Bars était le seul repreneur possible de leur affaire de goémon ; lui seul avait les épaules assez larges, la compétence et l'autorité indispensables. Ils ne parvinrent à un accord qu'après avoir abandonné l'idée d'une vente normale. Hervé n'ayant pas les moyens de les payer comptant, ils convinrent d'un paiement effectué par un partage des bénéfices à parité pendant cinq ans, à l'issue desquels il deviendrait l'unique propriétaire et de Quéménès et de la société goémonière. Il en serait de même pour Julien, qui se contenterait de leur verser 20 pour cent de ses gains pendant la même durée. Quant à Goulven, il aurait simplement à payer les chevaux.

Pour les Kernéis, l'affaire avait été plus ardue, et il est probable qu'Estelle et François n'y seraient pas parvenus seuls. Ils se sentaient engagés envers leurs acheteurs, même s'ils n'avaient rien signé, et ceux-ci prétendaient ne vouloir que les trois usines ou aucune. Le troisième jour, Gwen-Aël demanda la parole et utilisa des arguments qui choquèrent ses parents, mais pas du tout ses interlocuteurs, habitués à ce type de négociations. Ou ils reprenaient deux usines en pleine propriété et la troisième en partenariat minoritaire, leur expliqua-t-il, ou les trois usines tombaient dans l'escarcelle de leur principal concurrent, un groupe pharmaceutique suisse dont l'offre était nettement supérieure à la leur. L'accord fut signé moins d'une heure plus tard. Dans les jours qui suivirent, Karl fit venir de Paris deux jeunes ingénieurs qu'il avait connus durant la guerre. L'un remplacerait François, le second prendrait la direction technique ; le gérant de l'entreprise était dorénavant Gwen-Aël, qui se trouvait, tout comme Aurélie, détenteur de 34 pour cent des parts sociales des « Nouveaux Établissements Lemarchand et Kernéis ». La nouvelle génération prenait le pouvoir.

Cette négociation avait été une révélation pour Gwen-Aël qui y avait pris un plaisir inattendu. Il savait maintenant ce qu'il voulait faire et, le mois suivant, il s'inscrivit dans une grande école parisienne de commerce, dont il suivrait les cours pendant deux ans. Il allait s'initier aux affaires, et son père l'y aiderait. François avait finalement accepté sa nomination au ministère, après avoir obtenu l'assurance qu'il retrouverait un commandement quinze mois plus tard. Aurélie, quant à elle, restait en Bretagne, et passerait son temps entre Le Conquet et Rennes, où Jean-Yves poursuivait ses études.

Anne avait accompagné Estelle à la gare de Brest. Jusque-là, elle avait résisté bravement, mais quand elles furent sur le quai de départ, elle fondit en larmes dans les bras de son amie.

— C'est moi qui devrais pleurer, ma chérie, pas toi, dit Estelle. C'est moi qui quitte la Bretagne...

— Tu vas me manquer, Estelle. Terriblement. Tu pars... et c'est comme si on m'arrachait une partie de moi-même. Comme si je perdais...

— Une sœur, Anne ? C'est la même chose pour moi. Mais nous nous verrons souvent, très souvent. Vous avez Julia à Paris, nous, Aurélie en Bretagne. Et puis, je reviendrai chaque été. Ce n'est pas un adieu, Anne.

Ils venaient de rentrer Roz-Avel. Anne était montée aussitôt dans leur chambre. Yves attendit quelques minutes avant de l'y rejoindre. Allongée sur le lit, le visage dans l'oreiller, elle était secouée de sanglots. Il s'assit près d'elle et lui caressa les cheveux.

— Te souviens-tu, ma chérie, lui dit-il doucement, d'une réflexion que tu m'as faite sur le bateau, pendant la guerre, un jour où nous rentrions tous deux sur Le Conquet ? Tu m'as demandé si nous ne pouvions pas abandonner les îles, rentrer définitivement à Roz-Avel et y vivre de nos rentes pour profiter de la vie et de nos enfants. Tu te rappelles ? Eh bien ! c'est ce que nous allons faire. Nous allons nous occuper de nous et de nos enfants. Il nous reste à marier Jacqueline à Augustin, puisqu'ils s'aiment. C'est dommage que Jean Menguy ne soit plus là pour voir cela. Il aurait été heureux. Il nous reste, enfin, à terminer l'éducation des jumeaux, ce qui n'est pas une mince affaire. Mais comme ils sont en pension tous les deux, voici ce que je te propose : dès la fin des vacances de la Pentecôte, nous allons partir en voyage. À Lourdes...

— À Lourdes ?

— Oui. Vois-tu, quand tu as accouché de Julia, j'ai promis à la Vierge de faire ce pèlerinage une fois tous les dix ans, jusqu'à ma mort. J'avais eu si peur ! Mais je n'ai jamais trouvé ou pris le temps de le faire, j'ai donc deux pèlerinages de retard. Nous irons en voiture et, au retour, nous flânerons. D'ailleurs, ce voyage se justifie. Il me faut rendre visite à nos vendeurs de cognac et de bordeaux. Qu'en dis-tu ?

Anne resta un moment songeuse.

— Prête-moi ton mouchoir, s'il te plaît, dit-elle enfin. Je dois être affreuse d'avoir tant pleuré... Oui, tu as raison, nous allons vivre un peu pour nous, maintenant. Pour nous et pour nos petits-enfants. J'ai hâte d'entendre Roz-Avel retentir de rires et de cris d'enfants. Tu ne trouves pas la maison vide ? Écoute-la : ce n'est plus Roz-Avel, c'est un tombeau !

Yves sourit : Anne, décidément, était toujours du parti de la vie.

— Si on allait marcher un peu au bord de l'eau ? demanda-t-il.

Impression réalisée sur CAMERON
par BRODARD ET TAUPIN
La Flèche
en juin 2002

Dépôt légal : juin 2002
N° d'édition : 28836 – N° d'impression : 13755
Imprimé en France